La vengeance du Scorpion

Du même auteur
aux Éditions Stock

Le Tombeau de Saqqarah, 1991.
La Dame du Nil, 1992.
Les Enfants du Soleil, 1993.
Le Scorpion du Nil, 1994.

Pauline Gedge

La vengeance du Scorpion

roman

TRADUIT DE L'ANGLAIS
PAR
CLAUDE SEBAN

Stock

Titre original :

HOUSE OF ILLUSIONS

(Viking)

Première Partie

KAMEN

1

C'est au début du mois de Thot que je la vis pour la première fois. J'avais été chargé par mon commandant, le général Paiis, d'escorter un héraut royal dans le Sud, en Nubie, pour une mission de routine, et nous étions sur le chemin du retour lorsque nous dûmes faire relâche dans le village d'Assouat. La crue du fleuve n'avait pas encore commencé. Il coulait lentement, et bien que nous progressions plus vite en le descendant que nous ne l'avions fait à l'aller, nous étions impatients, après les centaines de kilomètres parcourus, de retrouver les conforts familiers du Delta.

Assouat n'est pas un village où je choisirais de m'arrêter, car il ne compte guère que quelques cahutes de boue serrées entre le désert et le Nil. Il peut toutefois s'enorgueillir d'un assez beau temple dédié à Oupouaout, dieu de la guerre et protecteur local, et le sentier longeant le fleuve sinue agréablement sous des palmiers ombreux. Le héraut dont j'assurais la garde n'avait pas prévu d'échouer notre barque dans ces parages; il y semblait même très opposé. Mais une manœuvre usée que nous surveillions avec inquiétude finit par rompre et, le même après-midi, un membre de l'équipage se fit une entorse à l'épaule. À contrecœur, mon supérieur ordonna donc de rentrer les avirons et d'allumer un feu sur la berge, non loin du temple d'Assouat.

C'était le coucher du soleil. En mettant pied à terre, j'aperçus le pylône à travers les arbres et le canal que les visiteurs du dieu pouvaient remonter en barque. Rê rougissait les eaux de ses dernières lueurs. L'air était chaud et poussiéreux, et l'on n'entendait plus que les froissements d'ailes et le pépiement des oiseaux se préparant à la nuit. À moins que les paysans du village ne vouent une haine féroce aux messagers de Pharaon, ma tâche se réduirait à peu de chose. Attentif à mes devoirs, je quittai néanmoins la plage, où certains marins ramassaient du bois mort, pendant que les autres s'affairaient à réparer la manœuvre rompue, et j'allai inspecter le sentier du fleuve et ses abords pour m'assurer qu'aucun danger ne menaçait mon héraut. C'était le cas, naturellement. Si le serviteur royal avait couru le moindre risque pendant ce voyage, mon général aurait confié sa garde à un soldat aguerri.

J'avais seize ans, bientôt dix-sept. Il y avait deux ans que j'avais quitté l'école pour la vie militaire, mais je n'avais encore participé à aucun combat, exception faite des mêlées sur le terrain d'exercice. J'avais espéré être affecté dans une des citadelles orientales de Pharaon, sur ces frontières où se pressaient les tribus étrangères, irrésistiblement attirées par les terres fertiles du Delta. Là, au moins, l'occasion de tirer l'épée aurait pu m'être donnée, mais mon père avait sans doute usé de son influence pour me garder à Pi-Ramsès, loin de tout danger, car je me retrouvai membre de la garde personnelle du général Paiis, un poste sans imprévu ni difficulté. Je poursuivais ma formation militaire mais passais l'essentiel de mon temps à patrouiller la propriété du général et à monter la garde devant la porte de sa maison, où j'assistais à un défilé ininterrompu de femmes, nobles et roturières, ivres et gaiement débraillées, ou élégantes et d'une froideur trompeuse. Paiis était en effet bel homme et séducteur : il dormait rarement seul.

Bien que je parle de mon père, et que je le considère assurément comme tel, j'ai toujours su avoir été adopté. Mon vrai père a péri dans l'une des premières guerres menées par Pharaon, et ma mère est morte en me donnant le jour. Mes parents adoptifs, qui n'avaient pas d'enfant mâle, furent heureux de me prendre pour fils. Mon père est un riche marchand, et il aurait aimé que je suive ses traces, mais quelque chose en moi aspirait à la vie militaire. Pour lui faire plaisir, j'accompagnai un jour une des caravanes qu'il conduit au pays des Sabéens où il achète des herbes médicinales rares, mais ce voyage ne me procura que de l'ennui, et je l'écoutais avec un embarras croissant tâcher de m'intéresser aux spectacles que nous découvrions, puis à ses négociations avec les membres de la tribu. Nous échangeâmes des mots assez vifs et, à notre retour à Pi-Ramsès, il céda à mes prières et m'inscrivit à l'école d'officiers attachée au palais. Voilà pourquoi, en cette soirée paisible et chaude du mois de Thot, dieu de la sagesse, je me dirigeais vers le petit temple d'Oupouaout, avec, derrière moi, le village d'Assouat, à ma droite, les eaux calmes et lentes du Nil et, à ma gauche, les champs minuscules, bruns et labourés.

En vérité, j'étais curieux de voir l'intérieur du temple. Le seul objet qui me relie à mes véritables parents est une petite statue en bois d'Oupouaout. Aussi loin que mes souvenirs remontent, elle avait toujours été sur ma table de chevet. J'avais serré contre moi ses formes lisses dans les chagrins fugitifs de l'enfance, arpenté furieusement la pièce devant elle dans mes lamentables accès de mauvaise humeur et sombré dans le sommeil nuit après nuit en contemplant, à la lueur de ma lampe, le long museau de loup et les oreilles pointues du dieu. La peur ne m'atteignait pas lorsqu'il était près de moi. Je grandis avec la conviction étrange que ma première mère l'avait chargé de me protéger et qu'aucun danger, humain ou surnaturel, ne pouvait m'atteindre tant qu'Oupouaout scrutait de son regard assuré les recoins obscurs de ma chambre. C'était une œuvre simple mais pleine de sensibilité ; j'étais certain que la main qui avait fabriqué la lance et l'épée portées par le dieu, tracé avec soin sur sa poitrine les hiéroglyphes de Celui-qui-ouvre-les-voies, l'avait fait avec autant d'amour que d'habileté. Qui était le sculpteur ? Ma mère adoptive l'ignorait et me conseilla de ne pas me perdre en vaines suppositions. Mon père m'apprit que la statue se trouvait dans les linges qui m'emmaillotaient lorsque l'on m'avait apporté chez lui. Je ne pensais pas que mes mystérieux parents aient travaillé le bois de leurs propres mains. Les officiers de haut rang ne s'abaissent pas à un travail d'artisan, et je n'imaginais pas une femme sculpter un dieu de la guerre. Je ne pouvais croire non plus que la statue vienne d'Assouat. Montou était le plus puissant des dieux de la guerre, mais Oupouaout était vénéré dans toute l'Égypte, lui aussi, et au bout du compte, je finis par supposer très raisonnablement que mon défunt père, un soldat, avait acheté la statue pour son autel domestique. Parfois, lorsque je touchais le dieu, je pensais à ces autres mains, celles qui l'avaient sculpté, celles des mes parents, et je m'imaginais sentir vibrer à travers le bois patiné un courant qui nous reliait. En cette soirée paisible, j'avais l'occasion inattendue de pénétrer dans la maison d'Oupouaout et de lui adresser mes prières sur son propre domaine. Je contournai l'extrémité du canal, traversai la minuscule avant-cour et franchis le pylône.

Les ombres s'allongeaient déjà dans la cour extérieure, et l'obscurité grandissante enveloppait les colonnes simples qui la flanquaient, exception faite des chapiteaux, encore éclairés par les dernières lueurs du soleil. En approchant des deux vantaux qui donnaient accès à la cour intérieure, je me baissai pour retirer mes sandales, mais alors que je m'apprêtais à pousser la porte, une voix résonna :

« C'est fermé. »

Surpris, je me retournai. Une femme avait quitté l'abri d'une colonne et posait un seau sur son socle. Elle y jeta un chiffon, puis après s'être étirée, une main appuyée au creux des reins, elle s'avança vers moi d'un pas vif. « Le prêtre lecteur verrouille la porte de la cour intérieure au coucher du soleil, poursuivit-elle. C'est la coutume, ici. Peu de villageois viennent vénérer le dieu la nuit. Ils travaillent trop dur dans la journée. » Elle parlait avec détachement, comme si elle avait souvent répété cette explication, et ne m'accordait qu'une attention distraite. De mon côté, en revanche, je l'observai avec curiosité. Elle n'avait pas le parler rugueux et confus des paysans d'Égypte ; son élocution était précise, et sa voix bien modulée. Mais ses pieds étaient nus et cornés, ses mains calleuses, ses ongles cassés et crasseux. Elle portait le vêtement informe des femmes de fellahs, une robe grossière lui arrivant aux genoux et nouée par un bout de chanvre. Un autre bout de chanvre retenait son épaisse chevelure noire. Son visage, très brun, était dominé par des yeux pleins d'intelligence qui, comme je m'en rendis compte avec étonnement, étaient d'un bleu clair translucide. En rencontrant son regard, je faillis d'instinct baisser le mien, et ce réflexe me contraria. J'étais un jeune officier de l'armée de Pharaon. Je ne m'en laissais pas imposer par des paysans.

Tournant mon attention vers la porte du temple, je dis plus sèchement que je n'en avais eu l'intention, avec une autorité que j'espérais naturelle : « Je vois. Dans ce cas, trouve-moi un prêtre. J'escorte un héraut royal. Nous nous sommes arrêtés dans ton village sur le chemin du Delta, et j'aimerais profiter de l'occasion pour honorer mon dieu protecteur. » Au lieu de s'incliner et de se retirer comme je m'y attendais, elle s'approcha encore, rivant sur moi ses yeux étranges.

« Vraiment ? dit-elle avec brusquerie. Comment s'appelle ce héraut ?

– May, répondis-je, voyant la déception se peindre sur son visage. Tu iras chercher un prêtre ? »

Elle m'examina des pieds à la tête, notant les sandales réglementaires que je tenais à la main, l'épée courte pendue à ma ceinture de cuir, ma coiffe de lin et, à mon bras, le bracelet qui indiquait mon grade et dont j'étais très fier. J'aurais juré que ce court instant lui suffit pour déterminer avec exactitude mon rang, mon âge et la limite de mes pouvoirs. « Je ne pense pas, déclara-t-elle avec calme. Il est en train de dîner dans sa cellule, et je ne souhaite pas le déranger. As-tu apporté un présent à Oupouaout ? » Je secouai négativement la tête. « Alors, il vaut mieux que tu reviennes à l'aube, avant que vous ne leviez l'ancre, et que tu récites tes prières lorsque le prêtre commencera le rituel. » Elle fit mine de s'éloigner, puis se retourna brusquement. « Je ne suis qu'une servante des serviteurs du dieu, expliqua-t-elle. Il m'est donc impossible de t'ouvrir cette porte. Mais je peux t'apporter des rafraîchissements, de la bière et des gâteaux, ou même un repas. Pourvoir aux besoins de ceux qui voyagent au service de Pharaon fait aussi partie de mes devoirs. Où êtes-vous amarrés ? » Je la remerciai, lui dis où se trouvait notre barque, puis la regardai prendre le seau et disparaître dans l'obscurité. Elle avait une démarche aussi majestueuse que ma sœur aînée – laquelle avait reçu des cours de maintien de notre bonne d'enfants, une femme venue du harem de Pharaon en personne – et je contemplai son dos impeccablement droit avec un vague sentiment d'infériorité. Contrarié, je remis mes sandales et retournai à la barque.

Je trouvai le héraut en train de fixer d'un air maussade le feu allumé par les marins. Accroupis sur le sable un peu plus loin, ceux-ci bavardaient à voix basse. Notre embarcation n'était plus à présent qu'une masse sombre se découpant sur un ciel presque noir, et l'eau qui clapotait doucement contre sa coque avait perdu toute couleur. May leva les yeux à mon approche.

« Je suppose qu'il ne faut pas compter faire un repas décent dans ce trou perdu, dit-il d'un ton las. Je pourrais envoyer un des marins chez le maire, mais l'idée d'être entouré de villageois béants d'étonnement est plus que je n'en puis supporter, ce soir. Nos provisions s'épuisent. Nous allons devoir nous contenter de pain non levé et de figues sèches. » Je m'assis près de lui et tournai mon visage vers le feu. Après avoir mangé, il irait dormir dans la cabine du bateau, et pendant qu'il ronflerait, mon unique subordonné et moi monterions la garde à tour de rôle. Je me sentais las moi aussi de la nourriture médiocre, des heures monotones et inconfortables passées sur le fleuve, des nuits de sommeil trop courtes, mais j'étais encore assez jeune pour prendre à cœur mes responsabilités et en être fier, même quand je bâillais au petit matin, appuyé sur ma lance, et que rien ne bougeait autour de moi que les arbres clairsemés des bords du Nil agités par le vent.

« Nous serons chez nous dans quelques jours, répondis-je. Ce voyage se sera au moins déroulé sans encombre. Et puis, j'ai rencontré dans le temple une femme, qui va nous apporter de la bière et de quoi manger.

– Ah oui ? dit-il. A quoi ressemblait-elle ? » La question me prit au dépourvu.

« À n'importe quelle paysanne, exception faite de ses yeux bleus. Pourquoi cette question, seigneur ?

– Tous les hérauts royaux qui font la navette sur le fleuve la connaissent, fit-il avec un reniflement de contrariété. La folle aux yeux clairs. Nous tâchons de ne pas nous arrêter ici et, si nous ne pouvons faire autrement, de rester à l'écart du temple, où elle sert les prêtres. Sous prétexte d'hospitalité, elle nous harcèle en voulant absolument nous confier un paquet destiné à Pharaon. Je l'ai déjà rencontrée. Pourquoi crois-tu que je tenais tant à éviter ce trou perdu ?

– Un paquet ? répétai-je, intrigué. Et que contient-il ?

– L'histoire de sa vie, d'après elle, répondit le héraut avec un haussement d'épaules. Elle prétend avoir connu le Très-Grand, qui l'aurait exilée ici pour un crime quelconque ; et il suffirait qu'il lise ce qu'elle a écrit pour lui pardonner et remettre sa peine. Ce qu'elle a écrit ! conclut-il d'un ton méprisant. Elle ne doit même pas savoir tracer son nom dans la poussière ! J'aurais dû t'avertir, Kamen, mais ça n'est pas bien grave. Même si elle doit nous importuner quelques instants, nous y gagnerons au moins un repas.

– Personne n'a donc jamais vu le contenu de ce paquet ? insistai-je.

– Bien sûr que non. Elle est folle, je te l'ai dit. Aucun héraut ne se risquerait à satisfaire une telle requête. Et oublie tes idées romanesques, si tu en as, jeune homme. Les paysans se retrouvent peut-être en présence du Seigneur-de-toute-vie dans les contes pour enfants, mais en réalité ce sont des animaux stupides, tout juste bons à cultiver les champs et à s'occuper du bétail auquel ils ressemblent.

– Elle avait un accent cultivé, risquai-je, sans bien savoir pourquoi je la défendais.

– Elle l'a acquis à force de harceler les malheureux qui ont eu la malchance de tomber sur elle, répliqua-t-il en riant. Traite-la avec sévérité, sinon tu ne t'en débarrasseras pas. Les prêtres qui l'emploient devraient surveiller sa conduite. Bientôt, plus personne ne voudra s'arrêter à Assouat, que ce soit pour commercer, prier ou engager des ouvriers. Elle a beau être inoffensive, elle est aussi agaçante qu'un nuage de mouches. A-t-elle parlé de soupe chaude ? »

L'obscurité était totale lorsqu'elle émergea de l'ombre et s'avança presque sans bruit dans la lumière dansante du feu, pareille à une prêtresse barbare avec sa chevelure hirsute, qui bouffait autour de sa tête et ondulait sur ses seins. Je remarquai qu'elle avait changé de robe, quoique la nouvelle fût tout aussi grossière que la précédente et qu'elle fût toujours pieds nus. Elle portait un plateau et le posa avec cérémonie sur la table pliante que le héraut avait fait descendre de la barque. Après s'être inclinée devant lui, elle souleva le couvercle d'un récipient et remplit deux bols d'une soupe à l'odeur alléchante. Il y avait aussi du pain d'orge frais, des gâteaux de dattes et, bonheur suprême, une cruche de bière. Avec des mouvements gracieux et délicats, gardant la tête baissée, elle servit le héraut, puis moi, en nous tendant le bol des deux mains, puis tandis que nous commencions à manger – la soupe était vraiment délicieuse –, elle versa la bière et déplia deux carrés de lin immaculés, qu'elle disposa avec soin sur nos genoux nus. Elle attendit ensuite à l'écart, ne s'avançant que pour remplir nos gobelets ou enlever les assiettes vides. Je me demandai si elle avait servi dans la demeure d'un dignitaire local, ou si le premier prêtre d'Oupouaout, un paysan lui aussi mais nécessairement plus cultivé que ses voisins, lui avait appris ces manières. Finalement, les derniers plats furent empilés sur le plateau et recouverts des carrés de lin souillés. Poussant un soupir de satisfaction, le héraut se cala sur son siège.

« Merci », fit-il d'un ton bourru, comme s'il prononçait le mot à contrecœur. La femme sourit, découvrant des dents blanches et régulières qui étincelèrent fugitivement à la lumière des flammes, et je me rendis brusquement compte qu'elle était belle. La pénombre dissimulait ses mains calleuses, les fines rides autour de ses yeux étranges, ses cheveux rebelles secs et ternes, et pendant un instant je la dévisageai hardiment. Son regard se posa sur moi, puis revint au héraut.

« Nous nous sommes déjà rencontrés, héraut May, dit-elle doucement. Ton escorte et toi avez fait relâche ici l'an dernier, à cause d'une voie d'eau. Quelles nouvelles du Delta ?

– Aucune, répondit May avec raideur. Je reviens du Sud. J'ai été absent de Pi-Ramsès plusieurs semaines. » Le sourire de la femme s'élargit.

« Et bien entendu, il a pu se produire dans le Nord des événements capitaux dont tu n'as pas connaissance, riposta-t-elle avec une gravité feinte. Voilà pourquoi tu ne peux rien me dire… à moins que tu ne souhaites tout simplement pas bavarder avec moi ? Je t'ai donné à manger, héraut May. En échange, ne puis-je m'asseoir ici sur le sable et profiter de ta compagnie quelques instants ? » Elle n'attendit pas son accord. Se laissant glisser sur le sol, elle croisa les jambes et lissa sa robe sur ses genoux d'une façon qui me rappela les gestes du scribe de mon père quand il arrangeait sa palette pour prendre sous la dictée.

« Je n'ai rien à te dire, femme ! lança May d'un ton sec. Ton repas était le bienvenu, et je t'en ai déjà remercié. Rien de ce qui se passe à Pi-Ramsès ne présente le moindre intérêt pour quelqu'un de ta sorte, je t'assure.

– Je l'ai embarrassé, dit-elle, en se tournant vers moi. Ce puissant héraut. Je les embarrasse tous, ces hommes importants qui montent et descendent le Nil, et qui maudissent le sort quand ils sont jetés sur les rives arides d'Assouat parce qu'ils savent que j'irai aussitôt les voir. Que je puisse moi aussi éprouver de la gêne ne semble pas leur effleurer l'esprit. Mais, toi, le jeune officier aux yeux de jais, je n'ai pas encore eu le plaisir de te rencontrer. Quel est ton nom ?

– Kamen », répondis-je, craignant fort peu courageusement qu'elle ne me soumette sa requête insensée. Je coulai un regard vers le héraut.

« Kamen, répéta-t-elle. L'Esprit-de-Men. Puis-je supposer que Men est le nom de ton père ?

– Tu le peux, fis-je avec brusquerie. Et je suppose, de mon côté, que tu te moques de moi. Je te remercie pour le repas, moi aussi, mais j'ai le devoir de veiller sur mon héraut, et il est fatigué. Tu devrais prendre tes plats et te retirer », ajoutai-je, en me levant. À mon grand soulagement, elle se mit aussitôt debout et ramassa son plateau. Je ne devais toutefois pas m'en tirer à si bon compte.

« J'ai une faveur à te demander, officier, un paquet à remettre au souverain. Je suis pauvre et n'ai pas d'argent à t'offrir. Acceptes-tu ? » Ô dieux ! pensai-je avec exaspération. Je secouai négativement la tête, en me sentant honteux pour elle.

« Je regrette, madame, mais je n'ai pas accès au palais.

– Je n'en attendais pas davantage, dit-elle en se détournant. L'Égypte est tombée bien bas, si les puissants se refusent à écouter les supplications des déshérités. Il est inutile que je te pose la question, héraut May, car tu as déjà refusé une fois. Dormez bien ! » Son rire méprisant résonna encore après qu'elle eut disparu, puis le silence revint.

« Stupide créature ! lança le héraut d'un ton bref. Occupe-toi des factions, Kamen. » Il s'éloigna en direction de la barque, tandis que j'appelais le soldat et commençais à jeter du sable sur le feu. La nourriture tournait à l'aigre dans mon estomac.

Je choisis le second tour de garde, fixai au soldat le périmètre de sa patrouille et me retirai sous les arbres avec ma couverture. Mais je ne trouvai pas le sommeil. Le murmure des marins s'éteignit peu à peu. Aucun son ne venait du village, et la présence du fleuve n'était révélée que par un clapotement sourd de loin en loin, produit par un animal nocturne. Au-dessus de moi, à travers le treillage des branches, je voyais palpiter les étoiles.

J'aurais dû être content. J'allais bientôt revoir ma famille et ma fiancée, Takhourou. J'avais rempli avec succès ma première mission militaire. J'étais en bonne santé, vigoureux, riche et intelligent. Pourtant, une agitation et une tristesse inexplicables m'envahissaient. Je me tournai sur le côté et fermai les yeux, mais le sol me paraissait plus dur que de coutume, et me meurtrissait la hanche et l'épaule. J'entendis mon soldat passer près de moi, puis s'éloigner. Je me retournai encore, mais c'était peine perdue. Mon esprit restait en éveil.

Je me levai, ceignis mon épée et gagnai le sentier du fleuve à travers les arbres. Il était désert, un ruban gris sinuant entre palmiers et acacias. J'eus un instant d'hésitation, mais je ne souhaitais pas vraiment voir le village, qui différerait peu des milliers d'autres alignés le long du Nil, du Delta aux cataractes du Sud. Je tournai à droite, éprouvant un sentiment d'irréalité de plus en plus fort, tandis que les contours du temple se découpaient avec netteté dans le clair de lune et qu'au-dessus de moi les frondaisons des palmiers murmuraient leur chant nocturne. L'eau du canal était noire et immobile. M'arrêtant sur les dalles du rebord, je contemplai un instant mon reflet, pâle et indistinct. Je ne voulais pas retourner près du fleuve. Pivotant à gauche, je longeai le mur du temple et tombai presque aussitôt sur une cahute délabrée, appuyée contre l'arrière de l'édifice. Devant moi, le désert déroulait jusqu'à l'horizon ses dunes inondées de lune. A ma gauche, une rangée de palmiers marquait la lisière des terres cultivées d'Assouat, un rempart bien fragile contre les assauts du sable, et que baignait lui aussi la lumière irréelle du clair de lune.

Je ne la vis pas tout de suite, pas avant qu'elle n'émerge de l'ombre profonde d'une dune et n'avance sur le sable comme en flottant… nue, les bras levés et la tête rejetée en arrière. Je la pris pour un de ces morts dont la tombe est abandonnée et qui errent dans la nuit, avec le désir de se venger des vivants. Mais elle dansait avec une telle vitalité que mon épouvante ne dura qu'un instant. Son corps souple, d'une blancheur bleutée, semblait de la couleur même de l'astre nocturne, et sa chevelure accompagnait ses évolutions, pareille à un nuage noir. Je savais que j'aurais dû m'éloigner, que je contemplais une transe très intime, mais j'étais cloué au sol par la beauté sauvage de la scène. L'immensité du désert, la lumière froide de la lune, la danse passionnée qu'exécutait cette femme en guise d'hommage, d'expiation ou par pur plaisir me tenaient sous le charme.

Mais elle s'immobilisa soudain et tendit les deux poings vers le ciel, puis d'un seul coup ses muscles semblèrent se relâcher, ses épaules s'affaissèrent comme sous le poids de l'abattement, et je me rendis compte que la danse était terminée. Faisant quelques pas dans ma direction, elle se pencha pour ramasser son vêtement, puis s'avança vers moi d'un pas rapide. Je compris brusquement que j'allais être découvert. En hâte, je voulus m'éclipser, mais mon pied buta sur une pierre, je trébuchai et allai m'effondrer contre le mur de la cahute dans l'ombre de laquelle je me dissimulais. La douleur vive qui me transperça le coude dut m'arracher un gémissement, car elle s'arrêta et, s'enveloppant dans sa cape, demanda : «Pa-ari, c'est toi ?» J'étais pris. Jurant tout bas, je m'avançai dans le clair de lune pour lui faire face. Dans cette lumière étrange, ses yeux étaient incolores, mais sa silhouette restait parfaitement reconnaissable. Des gouttes de sueur luisaient sur son cou et coulaient sur ses tempes. Des mèches de cheveux humides collaient à son front. Elle haletait un peu, et l'on voyait sa poitrine se soulever sous la cape qu'elle serrait contre elle. Sa surprise avait été de courte durée. Elle avait déjà composé son visage.

«C'est donc Kamen, le jeune officier, dit-elle d'une voix voilée. Kamen, l'espion, qui abandonne l'illustre héraut royal May dont il a la garde. Apprendrait-on désormais aux jeunes recrues de l'école militaire de Pi-Ramsès à espionner les femmes innocentes, Kamen ?

– Certainement pas ! répliquai-je, désorienté par ce que j'avais vu et irrité par son ton. Et depuis quand les femmes convenables dansent-elles nues sous la lune à moins d'être…

– D'être quoi ? Démente ? Folle furieuse ? Oh, je sais ce qu'ils pensent tous. Mais ceci est ma maison, fit-elle en désignant sa cahute. Et c'est mon désert, ma lune. Je ne crains pas les regards indiscrets. Je ne fais de mal à personne.

– Le dieu lune est-il donc ton protecteur ? demandai-je, déjà honteux de mon éclat.

– Oh non ! répondit-elle avec un rire amer. La lune a causé ma perte. Je danse pour défier Thot. Suis-je folle pour autant, jeune Kamen ?

– Je ne sais pas, madame.

– Tu m'as déjà appelé "madame" une fois, ce soir. C'était gentil de ta part. J'ai porté un titre, autrefois. Me crois-tu ?

– Non », répondis-je, en la regardant en face.

Elle sourit, et la fièvre intérieure que je vis briller fugitivement dans son regard me fit frissonner d'une peur superstitieuse. Mais l'instant d'après, sa main se posait sur mon bras, chaude et impérieuse. « Tu t'es égratigné le coude. Assieds-toi là et attends-moi. » J'obéis et elle disparut dans sa cahute, dont elle ressortit presque aussitôt avec un petit pot en terre. Se glissant près de moi, elle en ôta le couvercle, puis appliqua délicatement un onguent sur la légère plaie que j'avais au coude. « Miel et myrrhe pilée, expliqua-t-elle. La blessure ne devrait pas s'infecter, mais dans le cas inverse, baigne-la dans le suc de feuilles de saule.

– Comment sais-tu ces choses ?

– J'ai été médecin, il y a très longtemps, répondit-elle avec simplicité. Il m'est interdit de pratiquer mon art. Je vole la myrrhe dans les magasins du temple pour mon usage personnel.

– Interdit ? Pourquoi ?

– Parce que j'ai tenté d'empoisonner le souverain. »

Déçu, je lui jetai un regard. Assise les bras autour de ses genoux pliés, elle contemplait le désert. Je ne voulais pas que cette femme bizarre et excentrique fût folle. Je la voulais saine d'esprit pour pouvoir ajouter une autre dimension, imprévue et excitante, à ma connaissance de la vie. J'avais mené jusque-là une existence protégée où tout était prévisible : mes repas, mon éducation, l'affection de mes parents, les jours de fête des dieux. Mes fiançailles avec Takhourou, fille d'une famille fortunée, avaient elles aussi été programmées et escomptées. Même ma mission présente n'avait comporté aucune aventure, seulement des tâches et des inconvénients prévisibles. Rien ne m'avait préparé à voir des femmes étranges danser avec frénésie sous la lune, mais la folie ôterait toute valeur à cette nouvelle dimension, en ferait une aberration qu'il valait mieux ignorer et oublier. « Je ne te crois pas, dis-je. J'habite Pi-Ramsès. Mon père connaît de nombreux nobles. Je n'ai jamais entendu parler d'une histoire pareille.

– Évidemment. Très peu de gens en ont été informés à l'époque, et cela s'est passé il y a des années. Quel âge as-tu, Kamen ?

– Seize ans.

– Seize ans.» Elle eut un geste irrésolu et étrangement émouvant. «Il y a seize ans tout juste que j'ai aimé Pharaon, que j'ai tenté de le tuer et que j'ai eu un fils. J'avais à peine dix-sept ans moi-même. Quelque part en Égypte, mon fils dort, ignorant tout de sa naissance et de celui qui l'a engendré. A moins qu'il ne soit mort. J'essaie de ne pas trop penser à lui. Cela fait trop mal.» Elle me sourit avec douceur. «Mais pourquoi croirais-tu la folle d'Assouat? J'ai parfois du mal à croire moi-même que tout cela soit arrivé, surtout lorsque je suis en train de laver le sol du temple, avant le lever de Rê. Parle-moi de toi, Kamen. As-tu une vie agréable? Tes rêves ont-ils commencé à se réaliser? Qui sers-tu à Pi-Ramsès?»

Je savais que j'aurais dû regagner le fleuve. Le tour de garde de mon soldat allait bientôt prendre fin. Je devais être là pour le remplacer, et l'éventualité d'une alerte ne pouvait être exclue. Mais cette femme me fascinait. Cela ne tenait pas à sa folie – il me fallait bien convenir à présent que mon héraut avait raison sur ce point –, ni aux aspects contradictoires de sa personne, même si je les trouvais intriguants. Non, elle représentait quelque chose de neuf, qui tout à la fois troublait et apaisait mon *ka*. Je me mis à lui parler de ma famille, de notre domaine de Pi-Ramsès, de mes batailles contre mon père qui voulait que je devienne marchand comme lui, de ma victoire finale et de mon entrée dans l'école militaire attachée au palais. «Je compte obtenir un poste sur la frontière de l'est, lorsque je serai promu, conclus-je. Mais pour l'instant, je suis sous le commandement du général Paiis, qui me fait garder...» Je ne pus aller plus loin. Poussant une exclamation, elle m'agrippa l'épaule.

«Paiis! Paiis? Ce ver d'Apophis! Ce rat de grenier! Il fut un temps où je le trouvais séduisant. C'était avant...» Elle luttait contre des émotions tumultueuses. Je détachai discrètement sa main de mon épaule. Elle était glacée. «Est-il toujours aussi séduisant et charmeur? Les princesses s'ingénient-elles toujours à se glisser dans son lit? Oh, Oupouaout! s'écria-t-elle soudain, en martelant le sable du poing. Où est ta pitié? J'ai payé pour mes actes. Je me suis acharnée à oublier, à abandonner tout espoir, et voilà ce que tu m'envoies!» Gauchement, elle se releva et courut dans sa maison. J'eus à peine le temps de me mettre debout à mon tour qu'elle revenait en tenant un coffret. Elle me le tendit, tremblant de tout son corps, le regard farouche. «Écoute-moi sans parti pris, Kamen, je t'en supplie! Je t'implore, pour le salut de mon ka, d'emporter ce coffret dans la maison de Paiis. Mais ne le donne pas au général. Il le détruirait, ou pis encore. Confie-le à l'un des hommes de Pharaon, que tu as sûrement l'occasion de voir passer. Demande qu'il soit remis à Ramsès en personne. Raconte ce que tu veux. Dis la vérité, si tu le souhaites. Mais pas à Paiis ! Pense de moi ce qui te plaît, mais si tu as le moindre doute, aide-moi ! Ce n'est pas grand-chose, n'est-ce pas ? Pharaon est quotidiennement assailli de pétitions. Je t'en prie ! »

Instinctivement, ma main se porta à mon épée. Mais on m'avait entraîné à tenir à distance des hommes hostiles, et non des femmes obstinées dont la raison était suspendue à un fil. Mes doigts se posèrent sur la garde et y demeurèrent. « Je ne suis pas la personne la plus indiquée, objectai-je, en tâchant de parler avec calme. Je ne peux aborder ces personnages aussi facilement que tu le crois et, si je transmets ta requête à l'un des amis de mon père, il voudra s'assurer de sa validité avant de risquer de perdre la face devant le Très-Grand. Pourquoi ne pas apporter ton coffret au maire d'Assouat ? Il pourrait le joindre au courrier qu'il adresse au gouverneur du nome, lequel le transmettrait à son tour au vizir de Pharaon. Pourquoi importunes-tu les hérauts, dont aucun n'acceptera jamais de t'aider ?

– Je vis en réprouvée, ici », expliqua-t-elle. En dépit de ses efforts pour paraître raisonnable, son corps et sa voix trahissaient sa tension. « Je suis une fille d'Assouat, mais mes voisins ont honte de moi et m'évitent. J'ai déjà essuyé plusieurs refus de la part du maire. Les villageois s'arrangent pour que personne ne m'écoute en tournant en ridicule mon histoire auprès de ceux qui pourraient me venir en aide. Ils ne veulent pas que soit rouverte la plaie de leur humiliation. Je reste donc la folle, une source d'irritation qu'ils peuvent expliquer honorablement, au lieu d'une meurtrière exilée qui tâche d'obtenir son pardon. » Elle haussa les épaules. « Même mon frère Pa-ari ne veut rien faire, en dépit de l'amour qu'il me porte. Son sens de la justice serait offensé si le souverain me prêtait enfin une oreille compatissante. Personne ne veut risquer sa position pour moi, sans parler de sa vie. » Prenant le coffret à deux mains, elle le poussa doucement contre ma poitrine et me regarda droit dans les yeux. « Le feras-tu ? »

Je regrettai de tout cœur de ne pas être à l'autre bout de la terre, car elle avait éveillé ma pitié, une émotion qui retire à tout coup ses forces à un homme. Si j'acceptais, peut-être son obsession s'affaiblirait-elle. Je n'avais qu'une faible idée de ce que pouvait représenter pour elle le fait de se rendre au bord du fleuve, mois après mois, année après année, et d'affronter les sarcasmes, les refus, le mépris ou, pis encore, la compassion des hommes qu'elle était obligée de solliciter. J'espérais qu'elle ne pouvait lire la mienne. Si je prenais le coffret, elle serait au moins délivrée de ce fardeau. Je pourrais ensuite le jeter par-dessus bord. Elle ne recevrait jamais aucune réponse du palais, bien entendu, mais penser que le souverain avait simplement décidé de prolonger son exil la réconforterait, et elle trouverait peut-être la paix. Une telle tromperie était indigne d'un officier du souverain, mais n'était-elle pas dictée par de bonnes intentions ? J'acquiesçai de la tête, avec un sentiment de culpabilité, et nos mains se frôlèrent lorsque je pris le coffret. « Je le ferai, dis-je, mais tu ne t'attends sûrement pas à ce que le souverain te réponde. » Un large sourire s'épanouit sur son visage, et elle me posa un baiser sur la joue.

« Oh, mais si, murmura-t-elle, m'effleurant de son souffle tiède. Ramsès est un vieil homme et, à son âge, les hommes passent beaucoup de temps à revivre les passions de leur jeunesse. Il me répondra. Merci, officier Kamen. Qu'Oupouaout te protège et te guide. » Serrant plus étroitement la cape autour d'elle, elle disparut dans l'ombre de la cahute et, ce maudit coffret sous le bras, je m'élançai en courant vers le fleuve. Je me faisais l'effet d'un traître, et me reprochais déjà avec colère mon manque de volonté. J'aurais dû refuser. « C'est ta faute, grommelai-je, en trébuchant sous les arbres. Tu t'es laissé ensorceler par la lune. Que vas-tu faire, à présent ? » Je n'étais en effet pas assez dépourvu de scrupules pour jeter le coffret dans le Nil. Lorsque j'eus regagné ma couche, je le glissai sous ma couverture et me hâtai d'aller relever le soldat. Puis je passai misérablement le reste de la nuit à faire ma ronde.

À l'heure où les marins préparaient le repas du matin, j'étais dans la cour intérieure du temple, en train d'écouter un prêtre aux yeux chassieux psalmodier les premières salutations au dieu. Je ne distinguais pas la forme de mon protecteur par la porte entrouverte du sanctuaire. Son serviteur me masquait la vue. Tout en respirant l'encens dont la brise matinale poussait vers moi de minces filets, j'accomplis les prosternations rituelles et tâchai de me concentrer sur les prières que j'avais préparées, mais mes pensées restaient confuses, et je trébuchais sur les mots. Le temps que la lumière impitoyable de Rê brille de tout son éclat au-dessus de l'horizon, j'avais cessé de me reprocher ma faiblesse et décidé de rendre le coffret à cette paysanne. J'étais en colère contre moi, mais lui en voulais encore davantage de m'avoir manipulé. Si je gardais cet objet, j'aurais des décisions difficiles à prendre, et je me savais trop honnête pour le confier tout simplement aux profondeurs du Nil. Tandis que je m'agenouillais et me relevais en murmurant mes suppliques d'un cœur distrait, je regardais autour de moi dans l'espoir de la voir. Mais elle ne se montra pas.

Le prêtre acheva le rituel, et la porte du sanctuaire fut refermée. Il m'adressa un sourire bref et, suivi de ses deux jeunes servants, disparut dans l'une des petites pièces qui donnaient sur la cour. Je me retrouvai seul, le coffret posé sur les pavés à côté de moi, muettement accusateur. Le ramassant d'un geste brusque, je traversai la cour extérieure, remis mes sandales et courus jusqu'à la minuscule masure accrochée au mur du temple. En ouvrant la bouche pour appeler la femme, je me rendis compte que j'ignorais son nom. Je lançai tout de même une salutation et attendis, sachant qu'au même instant les marins achevaient sans doute leurs ultimes vérifications et que le héraut était pressé de larguer les amarres. « La peste soit d'elle ! jurai-je à voix basse. Et de moi, pour m'être montré aussi stupide. » Après avoir appelé encore une fois, je poussai avec hésitation la natte de roseau qui servait de porte. Elle céda, et je découvris une petite pièce sombre au sol de terre battue et aux murs nus. Un mince matelas recouvrait un lit bas en bois, aux pieds polis, au châssis solide, dont la qualité étonnait dans la pauvreté relative du cadre. La table et le tabouret qui complétaient le mobilier étaient eux aussi l'œuvre d'un bon artisan. Une grossière lampe en terre était posée sur le sol. Il n'y avait personne, et je n'avais pas le temps d'attendre. J'envisageai un instant de laisser le coffret sur le lit, mais, non sans pousser un nouveau juron, j'y renonçai en me disant que c'était indigne de moi. Laissant retomber la natte, je partis en courant vers le fleuve.

Lorsque je montai la passerelle de notre barque, mon fourniment et ma couverture sous un bras, ce satané coffret sous l'autre, mon héraut éclata de rire.

« Elle a fini par trouver sa dupe, on dirait ! s'exclama-t-il. Vas-tu le jeter par-dessus bord, jeune Kamen, ou tes principes l'emporteront-ils ? Comment a-t-elle réussi à te persuader ? En t'offrant une partie de jambes en l'air sur son lit plein de vermine, peut-être ? Ce sont des ennuis sans nombre que tu emportes là, tu peux me croire ! » Je ne répondis pas. Je ne lui jetai pas même un regard et, tandis qu'il donnait l'ordre de remonter la passerelle et que la barque s'écartait lentement de la rive dans la lumière scintillante du matin, je me rendis compte que je ne l'aimais pas du tout. Mon soldat m'avait gardé du pain et de la bière. Assis à l'ombre de la proue, je bus et mangeai sans appétit pendant qu'Assouat et sa végétation protectrice disparaissaient derrière nous et que le désert cernait les rares champs et les derniers palmiers isolés. Le village suivant n'était pas très éloigné, naturellement, mais quand j'eus fini mon pot de bière, je me sentis accablé par un intense sentiment de solitude et souhaitai avec ferveur la fin de cette mission.

2

Les huit derniers jours de notre voyage se déroulèrent sans incident et, au matin du neuvième jour, nous arrivâmes dans le Delta, où le Nil se divise en trois bras principaux. Nous prîmes celui du nord-est, les Eaux-de-Rê, qui devenait plus loin les Eaux-d'Avaris et traversait le centre de la plus grande cité du monde. Ce fut un soulagement pour moi que de quitter l'aridité et le silence du Sud, de respirer l'air plus humide du Delta et les senteurs des jardins, d'entendre les bruits réconfortants de l'activité humaine. Bien que la crue n'eût pas encore commencé, il y avait de l'eau partout, dans les étangs et les paisibles canaux d'irrigation ; elle frissonnait entre les arbres touffus et étincelait, à peine visible, à travers les bosquets de papyrus, dont le feuillage délicat ondulait sous la caresse d'une faible brise. Des grues arpentaient les berges d'un pas arrogant, tandis que d'innombrables oiseaux chantaient à pleine gorge. De petites embarcations sillonnaient le fleuve, et notre timonier, sur le qui-vive, se frayait un chemin entre elles avec précaution.

Dans les Eaux-d'Avaris, le paysage changea, car nous dépassâmes alors le temple de Bastet, la déesse-chatte, puis, serrés autour de l'immense temple de Seth, les taudis miséreux des pauvres, qui offraient au voyageur un spectacle bruyant, poussiéreux et sordide. Mais bientôt, nous atteignîmes le large canal entourant Pi-Ramsès, la cité du dieu, et tout changea de nouveau. Nous prîmes à droite, dépassant un fouillis interminable d'entrepôts, d'ateliers, de greniers et de magasins, dont les quais s'allongeaient dans l'eau comme des doigts cupides pour recevoir des marchandises venues de tout le monde civilisé, et dont les portes béantes engloutissaient des flots ininterrompus d'ouvriers, portant sur leur dos les richesses qui faisaient l'Égypte. Derrière, j'entraperçus les bâtiments tentaculaires des faïenceries. Leur surveillant était le père de ma fiancée, Takhourou, et mon cœur battit plus vite à l'idée de la revoir enfin après cette longue séparation.

Cette confusion céda bientôt la place à la paix et l'élégance des domaines où vivaient les fonctionnaires et la petite noblesse, les marchands et les négociants étrangers. C'était ici que j'habitais. Ici que j'allais me reposer quelques jours avant de reprendre mon poste chez le général Paiis, et ma formation à l'école des officiers. Mon héraut, lui, poursuivrait sa route jusqu'au goulet, étroitement gardé, qui donnait accès au lac de la Résidence. Là, l'eau clapotait contre des débarcadères taillés dans le marbre le plus pur, où étaient amarrées des embarcations ornées d'or, construites avec le meilleur cèdre libanais ; là, s'étendaient des jardins luxuriants et des vergers ombreux où régnaient le silence poli et idyllique de l'extrême richesse. C'était le quartier des vizirs et des grands prêtres, des nobles héréditaires et des surveillants, dont mon futur beau-père faisait partie. C'était là aussi que se dressait le solide rempart entourant le palais et le domaine privé du grand Ramsès III.

On ne pouvait pénétrer sur le lac de la Résidence sans un laissez-passer. Ma famille avait accès au domaine privé, bien entendu, et j'avais un sauf-conduit distinct pour la demeure du général et l'école militaire, mais aujourd'hui, tandis que le timonier tirait sur la barre et orientait notre barque vers mon débarcadère, je ne pensais qu'à un bon massage, à la cruche de vin qui accompagnerait les plats raffinés de notre cuisinier, aux draps propres et parfumés de mon lit. Avec impatience, je rassemblai mes affaires, libérai mon soldat et, après avoir cérémonieusement pris congé du héraut May, sautai à terre, retrouvant avec plaisir sous mes pieds la fraîcheur des marches de pierre. C'est à peine si j'entendis les marins retirer la passerelle et le capitaine lancer l'ordre du départ. Franchissant le haut portail de métal, dont les battants étaient ouverts, je saluai gaiement le portier qui somnolait sur le seuil de sa petite loge et pénétrai dans le jardin.

Il était désert. Les arbres et les buissons bordant l'allée bougeaient paresseusement dans les rares souffles de vent qui réussissaient à se couler par-dessus la haute enceinte entourant notre domaine et, à travers leurs branches, le soleil éclaboussait les parterres de fleurs, disséminés au petit bonheur, selon le goût de ma mère. Je parvins bientôt au sanctuaire d'Amon, autour duquel ma famille se réunissait régulièrement pour faire ses dévotions, et je tournai à droite, vers le porche de la maison. A ma gauche, entre les troncs robustes des arbres, j'apercevais le grand étang à poissons au fond du jardin, tout près du mur d'enceinte. Il n'y avait personne sur ses rives envahies de roseaux, et les larges feuilles de lotus flottant à sa surface étaient immobiles. Les fleurs ne s'épanouiraient pas avant quelques mois, mais des libellules aux ailes diaphanes voletaient de-ci, de-là, et une grenouille plongea, ridant la surface de quelques cercles.

J'avais failli me noyer dans cet étang. À l'âge de trois ans, poussé par une curiosité insatiable, toujours en mouvement, j'avais échappé un instant à la surveillance de ma bonne à qui, je le confesse, je donnais bien du fil à retordre. Trottant jusqu'à l'eau, j'avais voulu attraper poissons, fleurs et insectes, et étais tombé la tête la première à travers les roseaux. Je me souvenais du choc, de la fraîcheur délicieuse, puis de ma terreur quand j'avais essayé de respirer dans cette obscurité verte qui m'entourait et m'étais aperçu que c'était impossible. Ma sœur aînée m'avait repêché et tiré sur le bord, où j'avais vomi de l'eau avant de me mettre à hurler, de rage plus que de peur. Dès le lendemain, mon père avait demandé à son intendant de me trouver un maître nageur. Cette scène m'était brusquement revenue en mémoire, et je souriais en entrant dans le vestibule. M'immobilisant un instant, je poussai un grand soupir de satisfaction, enfin libéré de l'inconfort et de la tension des semaines précédentes.

A ma gauche, s'ouvrait la grande salle de réception avec ses quatre colonnes. Au-delà, il y avait encore un jardin et le puits, tout près du mur intérieur qui séparait la maison des logements des domestiques. Le verger était si touffu qu'il dissimulait l'enceinte extérieure aux regards. Sur ma droite, une petite porte donnait dans la cour où se trouvaient les greniers et, en face de moi, au fond du vaste vestibule carrelé de blanc, il y avait trois portes, toutes fermées. Je couvai un instant du regard celle qui était la plus proche des colonnes, car les bains se trouvaient derrière. mais c'est vers la troisième que je me dirigeai, en laissant dans mon sillage une petite traînée de sable. Je l'atteignais lorsque la porte du milieu s'ouvrit, révélant l'intendant de mon père.

« Kamen ! s'exclama-t-il avec un large sourire. Il me semblait bien avoir entendu quelqu'un. Sois le bienvenu !

– Merci, Pa-Bast. Quel silence dans la maison ! Où sont-ils donc tous ?

– Ta mère et tes sœurs sont dans le Fayoum. Tu l'avais oublié ?

Mais ton père travaille, comme de coutume. Retournes-tu immédiatement chez le général, ou dois-je faire préparer ta chambre ? »

J'avais effectivement oublié que les femmes de la famille s'étaient réfugiées dans notre petite maison du Fayoum pour échapper aux jours les plus torrides de *shemou* ; elles ne rentreraient pas à Pi-Ramsès avant un bon mois, à la fin de *paophi*, date à laquelle on espérait le début de la crue. J'éprouvai un pincement de déception. « J'ai deux jours de permission, répondis-je en lui tendant mon ceinturon, mon fourniment ainsi que mes sandales. Fais préparer mon lit, je t'en prie, et dis à Setau que tous mes vêtements sont sales, que mon épée a besoin d'être fourbie et que la lanière de ma sandale gauche est en train de se découdre. Tu feras aussi apporter de l'eau chaude dans les bains. » Il restait là, souriant, le regard posé sur le coffret que je tenais sous le bras et dont le poids me parut brusquement pénible. « Emporte ça dans ma chambre, dis-je très vite. Je l'ai ramassé pendant mon voyage et ne sais absolument pas quoi en faire. » Il le prit maladroitement, les bras déjà chargés de mes effets.

« Il est lourd et fermé par de bien drôles de nœuds ! » commenta-t-il. Je savais que sa remarque n'avait rien d'indiscret. Pa-Bast était un bon intendant, qui s'occupait de ses affaires. « Dame Takhourou a envoyé un message, poursuivit-il en changeant de sujet. Elle demande que tu lui rendes visite dès ton retour. Akhebset est passé hier, pour t'informer que les officiers subalternes se réunissaient ce soir à la taverne du Scorpion d'or, dans la rue des marchands de paniers, et qu'il comptait bien t'y voir si tu rentrais à temps. »

J'adressai une petite grimace à Pa-Bast. « Un dilemme.

– Effectivement. Mais tu pourrais aller présenter tes respects à dame Takhourou après le dîner, et te rendre au Scorpion d'or plus tard.

– C'est une solution. Que nous mitonne le cuisinier, ce soir ?

– Je l'ignore, mais je peux me renseigner.

– Oh, ce n'est pas la peine, fis-je avec un soupir. Il pourrait me servir des souris bouillies à l'herbe hachée que ce serait toujours meilleur que l'ordinaire du soldat. N'oublie pas l'eau chaude, Pa-Bast. Tout de suite. » Il acquiesça et s'en fut, tandis que j'allai frapper à la troisième porte.

« Entrez ! » ordonna mon père qui, en me voyant, quitta son bureau et s'avança vers moi, les bras tendus. « Kamen ! Sois le bienvenu ! Le soleil du Sud t'a donné la couleur de la cannelle, mon fils ! Comment s'est passé ton voyage ? Je crois que nous avons assez travaillé pour aujourd'hui, Kaha, je te remercie. » Le scribe de mon père se releva, m'adressa un sourire bref mais chaleureux et sortit, sa palette dans une main, son rouleau et son calame dans l'autre. Me faisant signe de m'installer en face de lui, mon père se rassit et me regarda en souriant.

Son bureau était toujours sombre et agréablement frais, car la lumière n'entrait que par une rangée de petites fenêtres percées près du plafond. Quand j'étais enfant, il me laissait souvent jouer sous sa table pendant qu'il s'occupait de ses affaires, et les carrés de lumière blanche qu'elles jetaient sur le mur opposé m'avaient fasciné – des carrés qui s'allongeaient à mesure qu'avançait la matinée, qui descendaient le long des étagères encombrées et finissaient par couler leurs formes fluides dans ma direction. Parfois, Kaha était assis en tailleur sur leur chemin, sa palette sur les genoux, son calame courant sur le papyrus au rythme de la dictée de mon père ; la lumière ondulait alors le long de son dos, s'insinuait dans sa perruque noire, et je savais que j'étais en sécurité. Je pouvais retourner sans crainte à mon oie de bois, au petit chariot dans lequel je chargeais ma collection de jolis cailloux et de scarabées d'argile multicolores, ou au jouet dont j'étais le plus fier : un petit cheval aux naseaux dilatés et aux yeux farouches dont la croupe s'ornait d'une queue en vrais crins. Mais si Kaha s'installait un peu plus près du siège de mon père, j'oubliais mes jouets et regardais, avec une fascination horrifiée, les carrés éclatants se muer peu à peu en rectangles déformés qui suintaient des étagères et s'avançaient implacablement vers moi. Ils ne m'atteignaient jamais avant que ma mère ne m'appelle pour le repas de midi et, bien entendu, je compris en grandissant qu'ils ne pouvaient le faire, puisque le soleil montait à l'aplomb de la maison. Plus tard, je passai mes matinées à l'école et non plus sous le bureau de mon père, mais aujourd'hui encore alors que j'étais un homme fait et un officier de Pharaon, je ne pouvais rire de cette peur enfantine.

En ce début d'après-midi, c'était une lumière douce qui éclairait la pièce et mon père. Il avait les mains et le visage profondément marqués par les années passées sur les routes caravanières, dans une chaleur de fournaise, mais ces rides profondes avaient été creusées par des expressions amusées ou bienveillantes, et la rugosité comme les taches de ses mains ne faisaient que souligner leur force. C'était un honnête homme, carré et franc, un champion du marchandage sur le marché difficile des herbes médicinales et des produits exotiques, mais toujours correct en affaires et qui avait amassé une fortune en faisant ce qu'il aimait. Il parlait plusieurs langues, dont celle des Ha-nebous et le dialecte étrange des Sabéens, et tenait à ce que, tout en étant citoyens égyptiens, les conducteurs de ses caravanes soient de la même origine que les peuples avec qui il commerçait. À l'instar des prêtres, il n'était d'aucune classe et était donc accepté dans tous les cercles de la société. En réalité, cependant, il appartenait à la petite noblesse, une qualité dont il ne faisait pas grand cas, car il disait ne pas l'avoir gagnée. Cela ne l'empêchait pas d'avoir de l'ambition pour moi et d'être très fier des négociations compliquées qui avaient abouti à mes fiançailles avec une fille de la grande noblesse. A présent, se calant dans son siège, il passa une main ornée de bagues sur son crâne, où ne restait plus qu'un demi-cercle de cheveux gris, et haussa ses sourcils broussailleux.

«Eh bien? dit-il. Qu'as-tu pensé de la Nubie? Pas très différente de notre voyage au pays des Sabéens, hein? Du sable, des mouches et beaucoup de chaleur. Comment t'es-tu entendu avec ton héraut royal? Mal, à en juger par ta mine! ajouta-t-il en riant. Et tout cela, pour une solde d'officier. L'armée t'apprend au moins à maîtriser tes humeurs, Kamen, ce qui est une bonne chose. Un mot impoli au serviteur de Sa Majesté, et tu te retrouverais à la porte.» Il y avait comme un regret dans sa voix, et je lui adressai mon plus large sourire.

«Je n'ai pas la moindre intention de me faire chasser de l'armée, répondis-je. La Nubie était assommante, le héraut irritable, et la mission, dans son ensemble, très peu mouvementée, mais c'était tout de même mieux que de passer des jours entiers à mourir de soif sur un âne, en craignant que les brigands du désert ne nous volent les marchandises âprement négociées, et en sachant devoir tout recommencer quelques semaines plus tard.

– Si, comme tu le souhaites assez sottement, tu obtiens un poste dans une des citadelles frontalières, tu auras ton soûl de chaleur et d'ennui. À qui vais-je laisser mon affaire à ma mort, Kamen? À Moutemheb? Le commerce n'est pas une occupation pour une femme.» J'avais déjà entendu cet argument bien souvent. Je savais qu'il n'y avait pas d'acidité dans ses paroles, seulement de l'affection et de la déception.

«Tu peux me la laisser, cher père, fis-je avec impatience. Je trouverai de bons intendants…

– Le commerce ne se délègue pas à des serviteurs, coupa-t-il avec hauteur. On y a trop d'occasions de se montrer malhonnête. Tu te réveilles un matin en constatant que tu es ruiné et que tes serviteurs ont acquis le domaine d'à côté.

– C'est ridicule, voyons ! Combien de caravanes conduis-tu encore en personne ? Une sur dix ? Une fois tous les deux ans, quand l'inactivité te pèse trop ? Tu te fies à tes hommes comme un officier doit se fier à ses soldats...

– C'est à ton tour de discourir, on dirait, remarqua-t-il en souriant. Pardonne-moi, Kamen. Tu dois mourir d'envie de prendre un bain. Comment était le fleuve au retour ? Je suppose que les marins imploraient les larmes d'Isis pour que le courant triomphe du vent du nord et vous porte jusqu'ici. Avez-vous mis beaucoup plus de temps qu'à l'aller ?

– Quelques jours de plus, répondis-je avec un haussement d'épaules. Mais nous n'avancions pas assez vite pour faire les escales prévues. Mon héraut comptait profiter de l'hospitalité de maires à la table bien garnie, mais nous avons souvent dû nous contenter de pain et de dattes au bord du Nil. Quand nous avons été contraints de passer la nuit à Assouat, il est devenu carrément désagréable. Dans ce village, pourtant, une femme nous a apporté à manger...

– Une femme ? interrompit mon père, le regard soudain perçant. Quelle femme ?

– Une simple paysanne, père, à moitié folle. Je suis allé prier dans le temple d'Oupouaout, et elle était là, en train de nettoyer. Je lui ai parlé parce que la porte de la cour intérieure était fermée et que je voulais la faire ouvrir. Pourquoi ? Tu la connais ? » Il fronçait les sourcils, et son expression était soudain devenue grave.

« J'ai entendu dire qu'elle harcelait les hérauts. Est-ce qu'elle t'a importuné, Kamen ? » Alors que le sujet aurait dû donner lieu à des plaisanteries, son regard restait sérieux. Il n'est tout de même pas mère poule au point de s'inquiéter de cette rencontre ! me dis-je.

« Oh, pas vraiment, répondis-je, hypocritement. Mais elle essaie effectivement de confier une boîte à tous les personnages importants qui passent, quelque chose qu'elle veut faire remettre à l'Unique. Apparemment, elle avait déjà cherché à persuader le héraut May lors d'un précédent voyage, et comme il avait refusé, elle a tenté sa chance avec moi. » Les yeux pénétrants de mon père, ce regard qui avait triomphé de tant de marchands étrangers, ne me quittaient pas

« Tu n'as pas accepté, n'est-ce pas ? Je connais les élans de compassion de la jeunesse. Tu n'as pas pris cette boîte ? »

J'étais sur le point de lui avouer l'inverse, de lui dire qu'elle avait appuyé le coffret contre ma poitrine, à demi nue dans le clair de lune, un éclat fiévreux dans ses yeux étranges, que quelque chose de plus qu'une compassion naïve s'était emparé de moi… mais il se produisit un phénomène curieux. Je n'avais jamais menti à mon père, absolument jamais. Mes professeurs m'avaient répété à satiété la gravité du mensonge. Les dieux n'aimaient pas la tromperie. C'est l'arme des lâches. Un homme courageux dit la vérité et accepte les conséquences de ses actes. Enfant, il m'était arrivé de mentir par colère ou dans un moment de panique – « Non, père, je n'ai pas frappé Tamit parce qu'elle se moquait de moi » –, mais je finissais en général par le reconnaître et subir ma punition. J'aimais l'homme qui me fixait avec solennité et je lui faisais confiance, pourtant j'eus soudain la conviction que je devais lui cacher la vérité. Et cela, non parce que j'avais honte d'avoir cédé à cette folle, ni parce que mon père risquait d'être contrarié ou de me tourner en ridicule, ni même parce qu'il pourrait exiger de voir le coffret, de l'ouvrir, de… de quoi, au juste ? Je ne savais pas pourquoi il me fallait lui mentir. Je savais seulement au fond de mon ka que révéler sa présence sur mon lit, à l'étage, serait la fin… la fin de quoi ? De quoi, bon sang ?

« Évidemment que non, répondis-je avec calme. Elle m'a fait pitié, mais je n'ai pas voulu entretenir sa folie. Cela dit, la situation était plutôt embarrassante, il faut bien l'avouer. » Il me vint alors à l'esprit que j'avais intérêt à inventer une histoire quelconque pour Pa-Bast, qui risquait dans la conversation de faire allusion à cette boîte. Les probabilités étaient minces, mais elles existaient. La position de mon père ne changea pas, mais je sentis qu'il se détendait.

« Bien ! fit-il, avec enjouement. Les fous sont les préférés des dieux, et nous devons les chérir pour cette raison, mais certainement pas encourager leur folie. J'ai réussi à me procurer de l'antimoine et une grande quantité de sauge du Keftiou, lors de mon dernier voyage, poursuivit-il, changeant totalement de sujet. Les Sabéens ont vendu à l'intendant de ma caravane un peu d'une poudre jaune qu'ils appellent gingembre. Je n'ai pas la moindre idée de son utilisation. Je vais rendre visite au Voyant, après la sieste. L'antimoine lui est destiné et il me le paiera un bon prix, mais j'espère qu'il prendra aussi ce gingembre. » Contournant son bureau, il me donna une tape paternelle dans le dos. « Tu pues, constata-t-il d'un ton jovial. Va te laver, te désaltérer et prendre un peu de repos. Écris à ta mère et à tes sœurs, si tu en as l'énergie. Dommage que tu n'aies pas pu faire le détour et leur rendre visite. » Il me congédiait. Tandis que je l'étreignais, sentant ses bras puissants sous le lin fin de sa tunique, j'étouffai impitoyablement en moi tout sentiment de honte. Je sortis du bureau, accablé soudain par une immense fatigue.

Dans le vestibule, j'ouvris la porte du milieu et montai l'escalier menant aux chambres. La mienne était à droite, percée de deux grandes fenêtres. Parce que l'étage était moins haut que le rez-de-chaussée, je pouvais, si je le souhaitais, descendre sur le toit et aller regarder les greniers, la cour des domestiques, l'entrée principale et, au-delà du mur d'enceinte, les Eaux-d'Avaris avec leur va-et-vient incessant d'embarcations. À gauche de l'escalier se trouvaient les chambres de mes sœurs, qui donnaient sur la partie nord du jardin, et, en face, celle de mes parents. Je poussai ma porte et me retrouvai avec plaisir dans ma chambre.

Le coffret trônait avec insolence sur les draps propres de mon lit et, avant d'ôter mon pagne crasseux pour descendre aux bains, je l'attrapai par la corde bizarrement nouée qui le fermait et le jetai dans un des mes coffres en cèdre, dont je rabattis brutalement le couvercle. Je n'avais toujours pas la moindre idée de ce que j'allais en faire. Même invisible, il contaminait l'air. « Que Seth t'emporte ! » murmurai-je à l'adresse de la femme qui m'avait déjà causé tant de contrariétés. Seth était en effet le dieu roux du chaos et de la discorde, et s'il protégeait la ville de Pi-Ramsès, nul doute qu'il avait aussi des fidèles dans le village misérable d'Assouat. « Oh, n'y pense plus ! me dis-je en descendant aux bains. Tu es rentré, Takhourou t'attend, tu peux aller te soûler avec Akhebset et, dans deux jours, tu reprends ton poste chez le général Paiis. Tu t'en occuperas à ce moment-là. »

Comme je l'avais demandé, deux grandes jarres fumaient déjà dans la pièce, où je fus accueilli par Setau, mon serviteur. Tandis que, debout sur la dalle de pierre, je me frottais vigoureusement de natron et qu'il m'arrosait d'eau parfumée, il m'interrogea sur mon voyage, et je lui répondis de bon cœur, en regardant la crasse de mes semaines de voyage s'écouler sur le sol en pente. Lorsque je fus propre, j'allai m'étendre au-dehors, sur le banc installé dans l'ombre mince de la maison, où Setau m'enduisit d'huile et me massa. On était aux heures les plus chaudes de la journée. Les arbres bougeaient à peine, et les oiseaux se taisaient. Même le brouhaha continuel de la ville au-delà du mur d'enceinte avait faibli. Sous les mains expertes de mon serviteur, mes muscles se dénouèrent et je commençai à me détendre. « Tu t'occuperas de mes pieds une autre fois, Setau, dis-je en bâillant. Ils sont propres, c'est l'essentiel.

Quand tu auras fini, tu apporteras de la bière dans ma chambre. Fais aussi prévenir Takhourou que j'irai la voir au coucher du soleil.»

De retour dans ma chambre, je baissai les nattes devant les fenêtres, vidai le pot de bière apporté par Setau et me laissai tomber sur mon lit avec un grognement de satisfaction. À son poste sur la table de chevet, la petite statue d'Oupouaout me regardait avec sérénité; son nez élégant semblait humer l'air et ses grandes oreilles être toutes prêtes à m'écouter. «Ton temple est petit mais joli, lui déclarai-je d'une voix somnolente. Mais tu as à Assouat des adeptes bien étranges que j'espère vivement ne plus jamais avoir à rencontrer.»

Je dormis d'un sommeil sans rêve, dont je fus tiré par Setau, qui relevait les nattes et posait un plateau à mes pieds. «Je ne voulais pas te réveiller, Kamen, mais Rê descend sur l'horizon, et le repas du soir a déjà eu lieu. Ton père est revenu de sa visite chez le Voyant. Il m'a recommandé de te laisser dormir, mais dame Takhourou doit d'ores et déjà arpenter son jardin en t'attendant, et je me suis dit que tu ne voudrais sûrement pas encourir son déplaisir.

– Ce qui n'est que trop facile à faire, répondis-je en souriant. Merci, Setau. Trouve-moi un pagne propre, tu veux, mais inutile de sortir mes plus belles sandales. Si tu as réparé les autres, elles feront l'affaire. Je vais aller à pied chez Takhourou. J'ai besoin d'exercice.» Le plateau contenait du lait et de la bière, une petite miche de pain d'avoine parfumé aux clous de girofle, une soupe de lentilles fumante et un lit de feuilles de laitue croquantes sur lequel reposaient un bout de fromage de chèvre, un morceau de canard grillé et quelques petits pois crus. «Dieux, quel plaisir d'être chez soi!» m'exclamai-je.

Tandis que je dévorais les plats avec un enthousiasme qui m'aurait valu les critiques acerbes de ma vieille bonne, Setau allait et venait dans la pièce. Je le vis hésiter lorsqu'en ouvrant un de mes coffres, il découvrit le coffret. «Il risque de froisser tes vêtements, dit-il en le soulevant. Puis-je le ranger ailleurs?» Il était trop stylé pour me demander ce qu'il contenait, et je m'abstins d'augmenter sa curiosité en inventant une explication.

«Mets-le au fond du coffre, alors, dis-je d'un ton désinvolte. Je n'en ai pas besoin dans l'immédiat.» Il acquiesça, puis prépara un pagne liséré d'or et une ceinture, mon bracelet en or et des boucles d'oreilles ornées de perles de jaspe. Lorsque je fus prêt, il me farda les yeux de khôl noir et m'aida à me vêtir. Après quoi, je le laissai et dévalai l'escalier. Mon père discutait avec Kaha au bas des marches et, en me voyant, il m'examina d'un œil critique. «Très séduisant, commenta-t-il d'un ton badin. Tu vas conter fleurette à Takhourou, je suppose ? Sois sage, Kamen. N'oublie pas que ton mariage n'aura lieu que dans un an.» La taquinerie était habituelle, et je la laissai passer sans riposter. Après leur avoir souhaité une bonne nuit, je traversai le vestibule et sortis dans les lueurs orangées du couchant en me disant que je ne devais pas oublier de parler du coffret à Pa-Bast.

Parvenu au portail, je pris à gauche et suivis le chemin qui longeait le fleuve, respirant avec bonheur l'air plus frais du soir. Sur les débarcadères que je dépassai, les habitants des domaines voisins et leurs serviteurs s'apprêtaient à embarquer pour aller festoyer toute la nuit sur le fleuve, et beaucoup me saluèrent. Puis, après avoir longé quelque temps des arbres touffus, j'arrivai à la hauteur des sentinelles qui gardaient le lac de la Résidence. Ils me firent leurs sommations, mais ce n'était qu'une formalité. Je les connaissais bien. Ils me laissèrent passer, et je poursuivis ma route.

Les Eaux-d'Avaris s'élargissaient pour former l'immense lac, dont les eaux lapaient le domaine sacré du Grand Dieu Ramsès III ; les propriétés s'étendant au pied de l'imposant rempart qui protégeait le souverain des regards du commun étaient également entourées d'un mur d'enceinte. Des arbres luxuriants inclinaient discrètement leur cime par-dessus ces constructions massives en terre crue, m'abritant d'une ombre mouchetée de lumière. Un haut portail les interrompait par intervalles, précédé d'un débarcadère en marbre, où étaient amarrées des embarcations aux lignes pures dont les drapeaux colorés tremblaient dans la brise du soir. Je saluais en passant les groupes de soldats qui gardaient ces entrées, et ils me rendirent bruyamment mon salut.

Le long de cette rive sacrée du lac vivaient les hommes dont dépendait la santé de l'Égypte. Leur pouvoir donnait richesse et vitalité au royaume. Sous leur conduite était préservée l'équilibre de Maât, la délicate toile tissant ensemble les lois divines et humaines. Ici vivait To, le vizir du Sud et du Nord, derrière son portail d'électrum massif. Le grand prêtre d'Amon, Ousermaarenakht, avait fait graver ses titres dans la pierre du pylône sous lequel devaient passer ses invités, et ses gardes portaient un uniforme de cuir rehaussé d'or. Amonmose, maire de la ville sainte de Thèbes et grand percepteur de Pharaon, avait fait dresser sur l'esplanade, entre son débarcadère et sa porte, une statue colossale du dieu Amon-Rê, autrefois protecteur de la seule ville de Thèbes mais devenu depuis le souverain de tous les dieux. En passant devant ses genoux puissants, je lui rendis hommage. La demeure de Bakenkhons, surveillant du bétail royal, était relativement modeste. Près du débarcadère, un groupe s'apprêtait à embarquer; les femmes portaient des robes vaporeuses semées de joyaux qui étincelaient dans la lumière mourante du soleil, et les hommes, parés et coiffés de perruques, avaient le corps luisant d'huile. J'attendis respectueusement tandis qu'on les aidait à monter sur le large radeau qui se balançait au pied des marches. Bakenkhons en personne répondit par un sourire chaleureux à mon salut cérémonieux, puis, dans un remous d'eau noire, l'embarcation s'éloigna du rivage. Je repris ma route.

Les ombres s'allongeaient, frôlant à présent les bords du lac et, quand j'arrivai devant le domaine du Grand Voyant Houi, je m'immobilisai un instant. Le mur qui entourait sa propriété n'était pas différent des autres. Il était interrompu par un petit pylône très simple et dépourvu de porte, qui permettait d'apercevoir un coin du jardin. Dans le môle de gauche, une sorte de niche abritait un vieil homme taciturne, le portier, que j'avais toujours vu là et qui n'avait jamais répondu une seule fois à mes saluts. Mon père, qui traitait souvent avec le Voyant, m'avait dit qu'il n'adressait la parole qu'à ceux qui franchissaient le pylône, et seulement pour s'assurer qu'ils étaient autorisés à entrer. Bien que ce vieillard fût trop frêle pour barrer le passage à qui que ce soit, aucun soldat ne gardait la porte du Voyant. Mon père m'avait dit en avoir vu à l'intérieur de la maison, qui accomplissaient leur tâche avec discrétion et efficacité, mais en contemplant l'ombre déformée qui marquait l'entrée du domaine, je compris pourquoi leur présence était inutile à l'extérieur. Le pylône ressemblait à une bouche ouverte, prête à engloutir celui qui ne se méfiait pas, et j'avais vu des gens décrire inconsciemment un demi-cercle pour l'éviter. Même dans la lumière crue de midi, il m'était souvent arrivé, à moi aussi, de préférer passer au ras du débarcadère. Et en cette heure où la longue ombre du pylône ondulait sur le chemin, je dus faire un effort sur moi-même pour me redresser et poursuivre ma route.

Je n'avais jamais été autorisé à accompagner mon père, quand il se rendait chez le plus grand oracle d'Égypte. Des années plus tôt, lorsque j'avais demandé pourquoi cela m'était interdit, il m'avait répondu assez sèchement : « Sa maison est parfaitement respectable, mais il préserve farouchement son intimité, et je ferais de même si je souffrais de son mal.

– Quel mal ? » avais-je insisté. Toute l'Égypte savait que le Voyant avait une terrible maladie. Lors de ses rares apparitions en public, il était emmailloté de lin blanc des pieds à la tête; même son visage était invisible. Étant donné les fréquentes visites de mon père, j'espérais qu'il pourrait m'en révéler davantage. «Le Voyant est-il difforme?

– Je ne le crois pas, répondit mon père avec prudence. Il a manifestement l'usage de ses deux bras et de ses deux jambes. Son torse paraît agréablement mince pour un homme de son âge. Sous les bandages, bien entendu. Je n'ai jamais eu le privilège de le voir sans.» J'avais neuf ans au moment de cette conversation et, avec la curiosité naturelle d'un enfant, j'avais essayé d'extorquer d'autres informations à Pa-Bast, qui s'était montré encore moins coopératif que mon père. Pénétrant hardiment comme à mon habitude dans son petit bureau, où je l'avais trouvé penché sur un rouleau de papyrus, je lui avais dit :

«Tu es un ami de Harshira, l'intendant du Voyant, Pa-Bast. Parle-t-il beaucoup de son illustre maître?

– Il est impoli d'entrer sans frapper, Kamen, répliqua-t-il. Je suis occupé, comme tu peux le voir.» Je m'excusai mais ne lâchai pas prise.

«Mon père m'a dit ce qu'il sait, et ses paroles m'ont troublé, poursuivis-je effrontément. Je souhaite inclure le Voyant dans mes prières à Amon et à Oupouaout, mais il faut que je sois précis. Les dieux n'aiment pas l'imprécision.

– Vraiment, jeune maître? Et crois-tu qu'ils aient de l'indulgence pour les petits garçons hypocrites en quête de ragots? Harshira est effectivement mon ami. Il ne parle pas des affaires personnelles de son maître, et je ne parle pas du mien. Je te conseille vivement de te mêler de ce qui te regarde, à savoir tes résultats affligeants en histoire militaire, et de laisser les affaires du Voyant au Voyant.» Sur ce, il avait repris son travail, et je m'étais éclipsé sans éprouver le moindre repentir et toujours aussi curieux.

Mes notes en histoire militaire s'étaient améliorées, et j'avais plus ou moins appris à me mêler de ce qui me regardait, mais dans mes moments de loisir, je continuais à m'interroger sur les pouvoirs et le mystère de cet homme à qui les dieux révélaient leurs secrets et qui, disait-on, pouvait guérir d'un regard. Guérir tout le monde, sauf lui, apparemment. En dépassant la bouche ténébreuse de son pylône, je l'imaginai, enveloppé de linges comme un cadavre, immobile dans la maison silencieuse et sombre dont on apercevait parfois les fenêtres du haut à travers la végétation exubérante du jardin.

Une fois que j'eus dépassé sa propriété, mon humeur s'égaya et, peu après, j'étais devant le portail de Takhourou. Les gardes me saluèrent, et je suivis l'allée sablonneuse qui sinuait entre des bosquets touffus. En ligne droite, je serais vite arrivé devant l'imposante façade de la maison, mais le père de Takhourou avait dessiné sa propriété de façon à la faire paraître plus grande qu'elle n'était en réalité. Ses sentiers serpentaient autour de bouquets de palmiers-dattiers, de bassins ornementaux et de parterres de fleurs aux formes étranges avant d'aboutir dans une vaste cour pavée; et l'on ne découvrait la maison elle-même qu'au tout dernier tournant. Ces raffinements amusaient mon père, qui comparait le domaine à une mosaïque fabriquée par un faïencier trop zélé, résolu à donner mal à la tête à ceux qui la regardaient. Il ne faisait naturellement jamais cette remarque en public. En ce qui me concernait, je trouvais le résultat plutôt oppressant.

Si les jardins étaient étouffés par la végétation et l'abondance des ornements, l'intérieur de la maison, par contraste, avec ses sols carrelés, ses plafonds piqués d'étoiles, semblait vide, frais et spacieux, et l'on y éprouvait une impression de paix et de distinction surannée. Les meubles étaient rares, simples et coûteux, les serviteurs stylés, efficaces et parfaitement silencieux. L'un d'entre eux glissa à ma rencontre lorsque je franchis le seuil du vestibule. La politesse voulait que j'aille présenter mes respects aux parents de Takhourou avant de la rejoindre, mais l'homme m'informa qu'ils étaient allés dîner sur le fleuve avec des amis. Dame Takhourou se trouvait, elle, sur le toit. Je le remerciai et ressortis pour prendre l'escalier extérieur.

Bien que le soleil fût maintenant couché et que les traînées rouges qui s'attardaient encore à l'horizon aient donné peu de chaleur, ma fiancée était installée dans l'ombre, contre le mur oriental, au milieu d'un amoncellement de coussins. Elle avait beau être assise en tailleur, son dos ne touchait pas la brique, ses épaules étroites ne s'affaissaient pas et les plis vaporeux de sa robe jaune dissimulaient très convenablement ses genoux. Près d'elle, posées soigneusement côte à côte, se trouvaient ses sandales aux lanières dorées. A sa droite, sur un plateau, il y avait un pichet et deux coupes en argent, deux serviettes et une assiette de gâteaux. Devant elle, le jeu de *zénet* attendait, toutes les pièces déjà placées sur leur case. En m'entendant, Takhourou tourna la tête et me sourit avec gaieté, mais son petit dos rigide ne plia pas. Sa mère approuverait, pensai-je en m'approchant. Je lui pris la main et pressai ma joue contre la sienne. Elle sentait la cannelle – un goût coûteux mais agréable – et l'huile de lotus.

« J'arrive plus tard que prévu, je suis désolé, dis-je, pour prévenir ses reproches. J'étais très sale et très fatigué quand j'ai débarqué, et après le bain, j'ai dormi plus longtemps que je n'aurais dû. » Avec une petite moue, elle libéra sa main et me fit signe de m'asseoir en face d'elle, de l'autre côté du jeu de zénet. Elle portait le bracelet que je lui avais offert l'année précédente, à l'occasion de nos fiançailles officielles : un mince cercle d'électrum décoré de minuscules scarabées en or. Pour l'acheter, je m'étais occupé du bétail du grand prêtre de Seth pendant tout un mois, et je le trouvais superbe à son poignet.

« Je te pardonne à condition que tu aies rêvé de moi, répondit-elle. Tu m'as beaucoup manqué, Kamen. Je ne fais que penser à toi du matin au soir, surtout quand mère et moi commandons du linge et de la vaisselle pour notre future maison. Le menuisier est passé la semaine dernière. Il a fini les fauteuils que nous avions commandés et veut savoir la quantité de dorure qu'il doit utiliser sur les bras, et s'il faut ou non décorer le reste. Il vaut mieux rester sobre, tu ne crois pas ? » Elle haussa ses sourcils noirs et j'acquiesçai de la tête. Elle souleva le pichet de vin. Je la regardai mordre un peu sa lèvre inférieure en me servant, et ses yeux fardés de khôl rencontrèrent les miens. Le vin était délicieux, et je le savourai.

« Sobre ou orné, ça m'est égal », commençai-je, puis devant son air déconfit, je tâchai de rattraper ma bévue. « Ce que je voulais dire, c'est que je n'ai pas les moyens de payer beaucoup plus qu'une simple dorure. Pour l'instant, du moins. Ma solde n'est pas très élevée, tu le sais, et nous devons tâcher de nous en satisfaire. La maison à elle seule me coûte déjà une petite fortune. » La moue refit son apparition.

« Si tu acceptais d'apprendre le métier de la faïence, comme te le propose mon père, nous pourrions avoir tout ce que nous voudrions », objecta-t-elle pour la énième fois. Je lui répondis avec plus de vivacité que je ne l'aurais voulu. Nous avions déjà eu cette discussion, mais j'éprouvai soudain un abattement mêlé d'irritation devant son égoïsme insouciant. J'eus tout à coup devant les yeux la femme d'Assouat, avec ses pieds cornés et ses mains calleuses, sa cahute misérable et propre, et j'étreignis ma coupe avec force pour empêcher ma colère de déborder.

« Je t'ai déjà dit que je ne voulais pas devenir un surveillant des faïenceries, ni prendre la suite de mon père, Takhourou. Je suis un soldat. Un jour, je serai peut-être général, mais en attendant, je suis heureux du choix que j'ai fait, et tu devras apprendre à l'accepter sans te plaindre.» Je regrettai ma sévérité en voyant sa petite moue affectée céder la place à une expression blessée. Elle pâlit et eut un mouvement de recul. Mais, très vite, elle se redressa, posant ses mains teintes de henné sur ses genoux et relevant le menton.

«Je ne suis pas habituée à la pauvreté, Kamen, dit-elle d'une voix unie. J'ai parlé sans réfléchir, pardonne-moi. Tu sais naturellement que ma dot suffira amplement à tous nos besoins.» Puis, avec une grimace enfantine et ingénue, qui dissipa aussitôt ma colère, elle ajouta d'un ton d'excuse : «Je ne voulais pas paraître arrogante. Mais je n'ai jamais eu à me priver de ce dont j'avais envie, sans parler du simple nécessaire, et c'est une idée qui me fait peur.

– Ma petite sœur chérie et très idiote, plaisantai-je. Nous ne serons pas pauvres. Être pauvre, c'est n'avoir qu'une table, une chaise et une lampe. N'ai-je pas promis de prendre soin de toi? Allons, bois ton vin, et commençons cette partie de zénet. Tu ne m'as même pas demandé comment je m'étais acquitté de ma mission.» Elle plongea docilement son petit nez dans la coupe, puis se lécha les lèvres et s'avança en se tortillant.

«Je prends les cônes et toi les cylindres, décréta-t-elle. Et si je ne t'ai pas interrogé sur ton voyage, c'est que je ne trouve absolument aucun intérêt à tout ce qui t'éloigne de moi.»

J'étouffai un soupir, et nous commençâmes à jouer, en jetant les baguettes sur le toit encore tiède où nous étions assis, et en bavardant de choses et d'autres, tandis que les dernières lueurs de Rê disparaissaient et que les étoiles s'allumaient une à une dans le ciel.

Nous nous connaissions depuis des années : nous avions fait nos premiers pas de concert dans nos jardins respectifs pendant que nos parents mangeaient ensemble et, plus tard, étudié tous les deux à l'école du temple. Takhourou était ensuite rentrée chez elle, munie des connaissances rudimentaires jugées suffisantes pour une jeune femme dont l'unique tâche consisterait à tenir la maison de son époux. De mon côté, j'avais poursuivi mes études et étais entré à l'école militaire. Nous ne nous retrouvions plus alors que dans les soirées ou les cérémonies religieuses qui réunissaient nos familles. Mon père avait entamé les négociations qui s'étaient conclues par nos fiançailles. Tout cela m'avait paru naturel jusqu'à ce que Takhourou se mette à parler de maison et de meubles, d'instruments de cuisine et de dot, et que je réalise que j'allais manger, parler et faire l'amour avec cette jeune fille le restant de mes jours.

Je pense qu'elle n'avait pas encore pleinement conscience de la réalité de ce contrat de mariage, en dépit de ses rêves. C'était une enfant unique et gâtée, accordée sur le tard à des parents qui avaient perdu une fille des années plus tôt. Elle avait une beauté délicate et fragile, et je suppose que je l'aimais. De toute manière, les dés étaient jetés, et nous étions liés l'un à l'autre d'une façon quasi irrévocable, que cela nous plût ou non. Dans son innocence, Takhourou s'en réjouissait. J'avais fait de même, sans beaucoup réfléchir à la question, jusqu'en cet instant. Je me surpris en train d'observer les gestes étudiés avec lesquels elle déplaçait ses cônes, la façon dont elle lissait parfois sa robe, comme si elle craignait que je n'aperçoive ses genoux, la moue et le froncement de sourcils qui précédaient chacun de ses coups. «T'arrive-t-il jamais de danser, Takhourou ?» lançai-je de but en blanc. Elle me regarda avec ahurissement.

«Danser ? Que veux-tu dire, Kamen ? Ce n'est pas ma vocation.

– Je ne parle pas du temple. Je sais que tu n'as pas été formée pour cela. Je me demandais si tu dansais parfois pour toi-même, dans le jardin peut-être, devant ta fenêtre, ou même au clair de lune. Simplement pour exprimer ta joie... ou ta rage.» Elle me dévisagea un instant d'un air déconcerté, puis éclata de rire.

«Seigneur, Kamen, bien sûr que non ! Quelle idée bizarre ! Qui pourrait bien avoir une conduite aussi déraisonnable ? Attention ! Je vais te jeter à l'eau. Un mauvais présage pour demain !»

Qui, en effet ? songeai-je tristement, tandis qu'elle poussait mon cylindre sur la case représentant les eaux noires du monde d'en bas, puis me regardait en riant de nouveau. Ce coup marqua la fin de la partie, car je ne réussis pas le jet de baguettes propice qui m'aurait libéré et, quelques instant plus tard, elle rangeait les pièces dans leur boîte, fermait le couvercle et se levait.

«Sois prudent demain, dit-elle, à demi sérieuse, en me prenant la main. Le zénet est un jeu magique, et tu as perdu. Tu rentres un moment avec moi ?» Je me penchai et l'embrassai sur les lèvres, savourant un instant l'odeur de la cannelle et son haleine parfumée. Elle me rendit mon baiser, puis se dégagea, comme elle le faisait toujours, et je ne la retins pas.

«Je ne peux pas, répondis-je. Je dois aller retrouver Akhebset et m'informer de ce qui s'est passé à la caserne en mon absence.

– Dis plutôt que tu dois passer la nuit à faire la noce, grommela-t-elle. Très bien, préviens-moi quand tu auras un moment pour aller voir ces fauteuils. Bonne nuit, Kamen.» La façon, souvent détournée, dont elle me reprochait mes activités, m'agaçait parfois. Nous nous séparâmes et je la suivis des yeux, regardant ce dos droit comme une lance quitter la pénombre pour la lumière jaunâtre des lampes, déjà allumées dans la maison. Puis je retraversai les jardins obscurs, me sentant non seulement épuisé mais abattu. J'avais accompli mon devoir en rendant visite à Takhourou, en l'apaisant, en lui présentant des excuses pour quelque chose que je n'aurais même pas évoqué si elle avait été ma sœur ou un ami, et je me faisais une bien plus grande joie de la nuit que j'allais passer à la taverne en compagnie d'Akhebset et de mes autres camarades. Avec eux, je n'aurais pas besoin de m'expliquer, non plus qu'avec les femmes qui nous servaient bière et nourriture et qui habitaient ces bordels, où l'aube nous trouvait parfois.

Parvenu au bord du fleuve, je regardai un instant la lumière mouchetée des étoiles danser sur le cours lent de ses eaux. Qu'est-ce qui t'arrive ? me demandai-je avec sévérité. Elle est belle et chaste, son sang est noble, tu la connais depuis des années, et sa compagnie t'a toujours été agréable. Pourquoi cette irritation, brusquement ? Un souffle d'air agita les feuilles au-dessus de moi et, un bref instant, un mince rayon de lune éclaira les roseaux à mes pieds. Réprimant un soudain mouvement de panique, je me détournai et repris ma route.

3

Je passai le dernier jour de ma permission à soigner un violent mal de tête, à dicter une lettre aussi intéressante que possible à ma mère et mes sœurs dans le Fayoum, et à nager, dans le vain espoir de débarrasser mon organisme des poisons – agréables, il faut en convenir – dont je l'avais nourri. J'envoyai un message à Takhourou, pour convenir d'un rendez-vous chez le menuisier après mon premier tour de garde chez le général. Le soir, je dînai en compagnie de mon père, puis m'assurai que Setau avait bien nettoyé et préparé mon équipement pour le lendemain. Je devais relever l'officier de garde devant la porte du général à l'aube et j'allai donc me coucher de bonne heure, mais, trois heures après que Rê eut disparu à l'horizon, je me tournais et me retournais encore sous mon drap pendant que brûlaient les dernières gouttes d'huile dans ma lampe et que, dans les ombres mouvantes de la pièce, Oupouaout semblait m'observer d'un air perplexe et vaguement désapprobateur. Je finis par admettre que tant que je n'aurais pas réglé la question du coffret, je ne trouverais pas le sommeil. J'allai donc ouvrir mon coffre, en espérant un peu que par un miracle quelconque il aurait disparu. Mais non, il était toujours confortablement niché sous mes pagnes comme un parasite indésirable. Avec un serrement de cœur, je le pris et m'assis sur mon lit.

Il m'aurait été impossible de défaire tous les nœuds bizarres qui maintenaient le couvercle hermétiquement scellé. Si j'avais voulu examiner le contenu, il m'aurait fallu sectionner la corde, mais naturellement, je n'aurais pu me résoudre à violer un secret qui ne m'était pas destiné. L'envie ne m'en manquait pas, pourtant. Dans sa folie, la femme avait peut-être rempli le coffret de cailloux et de plumes, de brindilles et de grains, en s'imaginant y mettre l'histoire de sa vie. Peut-être était-elle effectivement capable de gribouiller quelques mots et avait-elle noté les pitoyables détails de son existence dans l'espoir d'impressionner le Seigneur-de-toute-vie, à moins qu'elle n'eût inventé de toutes pièces une histoire de complots et de persécution. Quoi qu'il en soit, je n'avais pas été autorisé à ouvrir cette boîte. Qu'arriverait-il au messager malchanceux qui parviendrait à le remettre à Pharaon, si celui-ci ne trouvait à l'intérieur que du vent ou des inepties ? Sans doute s'exposerait-il seulement au ridicule, à une remarque cinglante du souverain et aux rires étouffés des courtisans. Je m'imaginais sans mal devant le Trône d'Horus – même si, ne les ayant jamais vus, je n'avais naturellement qu'une idée très vague de la salle d'audience et du trône lui-même. Je voyais la main divine trancher les nœuds à l'aide d'un couteau orné de pierreries et soulever le couvercle. J'entendais le rire condescendant de Pharaon en découvrant... quoi, au juste ? Quelques cailloux ? Un misérable bout de papyrus volé ? J'imaginais aussi très bien ma carrière ruinée avant même d'avoir commencé, et je poussai un gémissement. Mes principes ne me permettaient ni de jeter le coffret ni de l'ouvrir, et je ne pouvais décemment pas demander à un autre de se ridiculiser devant le Dieu bon. J'envisageai un instant de demander conseil à mon père, mais pour y renoncer aussitôt. Je le connaissais trop bien. Il me dirait que c'était ma responsabilité et non la sienne, que je n'étais plus un enfant et que je n'aurais jamais dû accepter de prendre ce coffret. Il trouvait déjà que je manquais de jugement et pensait qu'il suffirait d'un peu de temps pour que je renonce à ma décision d'être soldat. La stupidité de mon acte ne ferait que renforcer la piètre opinion qu'il avait de moi. Je savais qu'il m'aimait avec passion, mais je voulais aussi qu'il soit fier de moi. Je ne lui parlerais pas de cette affaire.

Cela ne laissait plus que le général. Je lui apporterais le coffret le lendemain et lui expliquerais ce qui s'était passé, même si cela devait m'exposer à ses reproches ou ses moqueries. La femme m'avait certes imploré de ne rien dire au général Paiis, mais que valaient ses paroles ? Elle ne pouvait connaître autre chose de lui que son nom. Cette décision m'apporta un soulagement immédiat et immense. Je posai le coffret par terre et me recouchai. Oupouaout semblait me contempler avec une satisfaction béate. Je m'endormis en un clin d'œil.

Setau me réveilla une heure avant l'aube. Je fis un repas léger, puis revêtis avec fierté mon uniforme d'officier de la maison du général : pagne immaculé, ceinture de cuir huilée, poignard et épée, coiffe de lin blanc et, au bras, le bracelet simple indiquant mon grade. J'enfilai ensuite mes sandales, glissai des gants dans ma ceinture et quittai la maison, le coffret sous le bras.

Le silence et l'obscurité régnaient encore dans le jardin, mais la lune s'était couchée et, à l'est, un mince ruban rouge séparait la terre du ciel. Nout s'apprêtait à enfanter Rê dans un flot de sang. J'aurais pu aller au débarcadère prendre notre embarcation, mais comme je ne risquais pas d'être en retard ce matin-là, je suivis le chemin du fleuve, où retentissaient les premiers chants d'oiseaux et où quelques serviteurs somnolents commençaient à s'affairer.

Le domaine du général n'était pas très éloigné; aucune destination ne l'était, à Pi-Ramsès. Son portail s'ouvrait juste après la maison de Takhourou. Il arrivait que ma fiancée monte son déjeuner de fruits et de pain sur le toit et me salue de la main, lorsqu'elle se levait tôt, et je jetai donc un coup d'œil dans son jardin en passant, mais je ne vis qu'une servante en train de secouer une tenture dans un nuage de poussière qui poudroyait au soleil levant.

Une fois dans la propriété du général, je cherchai l'officier de service, puis écoutai le rapport de l'homme que je remplaçais. Rien de fâcheux ne s'était produit en mon absence. Posant le coffret sous un buisson, près de l'entrée, je pris mon poste devant une des colonnes et me préparai avec satisfaction à regarder le jardin s'animer à mesure que monterait la chaleur. Cette semaine-ci, je gardais le général. La semaine suivante, je passerais une semaine à la caserne pour m'entraîner au maniement des armes. Le bruit courait que ma compagnie partirait peut-être en manœuvres dans le désert occidental. D'ici la fin de la journée, l'irritant problème du coffret serait réglé. J'étais un homme heureux.

Ma faction se déroula sans incident. Deux heures après l'aube, une litière arriva. Une femme pâle et somnolente sortit d'un pas hésitant de la maison, escortée par l'intendant du général et par une servante attentionnée, qui déplia aussitôt un parasol au-dessus de la tête ébouriffée de sa maîtresse, bien que le soleil fût loin d'avoir atteint sa pleine force. Celle-ci monta dans la litière, me découvrant un mollet rond et ferme, et la servante tira aussitôt les rideaux. Était-ce pour arrêter les rayons du soleil ou les regards indiscrets, je n'en savais rien, et m'en moquais. La litière fut soulevée et disparut en direction du fleuve, suivie à pied par la servante.

Peu après, les allées et venues s'intensifièrent : des généraux amis et des officiers de rang inférieur; les domestiques de Paiis; quelques solliciteurs; des hérauts et des messagers de moindre importance. Je les regardais tous, arrêtant ceux que je ne reconnaissais pas, saluant les autres, jusqu'à l'heure du repas de midi. Un de mes subordonnés me remplaça, le temps que je me rende dans les cuisines, derrière la maison, où l'on me servit du pain, du canard froid et de la bière que je dégustai à l'ombre, dans un coin retiré du jardin. Puis je repris mon poste.

En fin d'après-midi, je fis mon rapport à ma relève, récupérai le coffret et entrai dans la maison, où je demandai à l'intendant si le général accepterait de me recevoir pour une affaire personnelle. J'eus de la chance. Le général était encore dans son bureau, quoiqu'il s'apprêtât à partir pour le palais. Chargé de garder sa maison, je connaissais parfaitement la disposition des lieux, et je n'eus pas besoin que l'on m'accompagne jusqu'à l'imposante porte à deux battants qui fermait ses appartement privés. Un ordre bref répondit au coup que je frappai. La pièce dans laquelle j'entrai ne m'était pas inconnue. Grande et plutôt agréable, elle contenait un bureau, deux fauteuils, de nombreux coffres aux garnitures de cuivre, un élégant brasero et un autel consacré au dieu Montou, devant lequel fumait une cassolette d'encens. Parce que les rares fenêtres étaient percées haut dans le mur, il y régnait toujours une lumière diffuse – un avantage, me dis-je, pour un homme qui commençait souvent ses journées les yeux battus et la tête douloureuse. Paiis était un homme doté de puissants appétits, moins officier de terrain que stratège et tacticien militaire. Je me demandais souvent comment il avait survécu aux années d'entraînement physique rigoureux et au service obligatoire dans les rangs de l'armée, qui précédaient toute promotion. Ce n'était pas qu'il fût mou. Je savais qu'il consacrait un temps considérable à la nage, la lutte et le tir à l'arc, mais je le soupçonnais de ne le faire que pour poursuivre ses véritables intérêts : le bon vin et les plaisirs du lit; et ses excès dans l'un et l'autre domaine commençaient à se faire sentir, en dépit de sa discipline. Séduisant et vaniteux, c'était néanmoins un bon supérieur, impersonnel dans ses ordres et impartial dans ses jugements.

Je m'avançai vers lui avec assurance, saluai et me mis au garde-à-vous aussi bien que me le permettait le coffret sous mon bras. Il me sourit. Je supposai qu'il allait dîner au palais, car il portait une somptueuse jupe de lin rouge, et un ruban écarlate frangé de minuscules flèches d'or retenait ses cheveux noirs touchés de gris. De la poussière d'or luisait sur sa large poitrine et au-dessus de ses yeux fardés de khôl, et de l'or encore brillait à ses poignets. Aussi magnifiquement paré qu'une femme, il dégageait pourtant une incontestable aura de virilité. Je ne savais pas si je l'aimais. On ne pensait pas à ses supérieurs en ces termes-là. Mais j'espérais de temps à autre voir mon avenir dans sa richesse et son rang prestigieux.

«Eh bien, Kamen, dit-il avec chaleur, en m'indiquant que je pouvais relâcher ma position. Il paraît que tu veux me parler d'une question personnelle. J'espère que ce n'est pas pour solliciter une autre affectation. Je sais qu'il me faudra te perdre un jour, mais je te regretterai. Tu es un jeune officier prometteur, et la garde de ma maison fonctionne bien sous tes ordres.

– Merci, mon général. Je suis heureux d'être à ton service, même si j'espère en effet une affectation plus mouvementée avant mon mariage, qui doit avoir lieu dans un an. Après, je suppose que j'aurai moins l'occasion de m'éloigner de Pi-Ramsès.

– Ta future épouse souhaitera sans aucun doute te voir rester ici, répondit-il, l'air amusé. Le mariage ne mettra toutefois d'obstacle à tes ambitions que si tu te laisses faire. Malheureusement pour toi, les postes dangereux sont rares de nos jours, mais tu peux continuer à rêver d'invasions soudaines.» Son visage ne reflétait pas la condescendance de ses paroles. Il me souriait toujours avec bonté. «Alors, qu'est-ce qui te tracasse?»

Je me penchai en avant et posai le coffret sur son bureau, me préparant à ma confession. «J'ai fait une bêtise, mon général, commençai-je. As-tu déjà entendu parler de la folle d'Assouat?

– Assouat? répéta-t-il en fronçant les sourcils. Ce trou perdu dans le Sud? Oupouaout y a un temple assez beau, si je me souviens bien, mais le village n'a rien de remarquable. Oui, j'ai effectivement entendu parler d'une femme qui importunait les malchanceux obligés de s'arrêter là. Pourquoi cette question? Et qu'est-ce que ce coffret?» Il le tira à lui, mais se figea soudain en voyant les nœuds compliqués qui le fermaient. «Où l'as-tu trouvé?» demanda-t-il d'un ton sec. Ses doigts chargés de bagues coururent presque maladroitement sur la corde, puis, se ressaisissant, il retira sa main d'un geste brusque. Ses paroles sonnaient comme une accusation, et je fus décontenancé.

«Excuse-moi, mon général, j'espère ne rien avoir fait de mal, mais j'avais besoin de tes conseils. Il m'a été donné par cette femme ou, plus exactement, j'ai accepté de le prendre. C'est que, vois-tu, elle supplie tous les voyageurs de le remettre à Pharaon. Elle raconte une histoire de tentative de meurtre et d'exil, en affirmant l'avoir couchée par écrit. Elle est folle, bien entendu, et personne ne l'écoute, mais elle m'a fait pitié et maintenant, je ne sais pas quoi faire de cette boîte. Il aurait été malhonnête de tout jeter dans le Nil, et plus encore de couper la corde pour en examiner le contenu. Mon rang ne me permet pas d'approcher Pharaon, même si je le voulais, et je n'en ai vraiment aucune envie ! » Un sourire glacial tordit les lèvres du général. Il se remettait de l'émotion qui l'avait étreint, mais semblait encore ébranlé, et je remarquai pour la première fois les fines stries rouges de la fatigue dans ses yeux.

« Cela ne m'étonne pas, fit-il avec ironie. Il faudrait être fou pour aider des fous de la sorte. Mais l'honnêteté et la folie ont parfois beaucoup en commun, n'est-ce pas, mon jeune idéaliste ? » Une fois encore, sa main effleura le coffret, puis se rétracta comme s'il avait craint une sorte de contamination. « À quoi ressemble cette femme ? demanda-t-il. J'ai entendu les hérauts parler d'elle, mais rarement et de manière brève, sans que j'y prête attention. Décris-la-moi. »

Ce fut à mon tour de froncer les sourcils. « C'est une paysanne, et comme la plupart des paysannes, elle ne devrait rien avoir de remarquable : des cheveux noirs, une peau brûlée par le soleil... et pourtant, je me souviens bien d'elle. Elle avait quelque chose de différent, d'exotique. Sa façon de parler et son accent étaient bien trop raffinés pour une simple villageoise, et puis elle avait les yeux bleus. »

Lorsque je me tus, il me dévisagea si longuement que je crus d'abord qu'il avait perdu tout intérêt pour mon histoire et cessé d'écouter, puis je craignis une sorte de malaise. Le silence s'éternisa. Ne souhaitant pas paraître impoli, je continuai à le dévisager un moment, puis comme cela devenait embarrassant, je laissai mon regard vagabonder. C'est alors que je me rendis compte qu'il m'avait bien écouté et s'efforçait d'absorber le choc produit par mes paroles ; il agrippait en effet le bord de son bureau avec une telle force que la peau blanchissait autour de ses bagues. Mon cœur se mit à battre plus vite.

« Tu la connais ! m'exclamai-je, et, en m'entendant, il reprit ses esprits.

– Je l'ai cru un instant, répondit-il posément. Mais je me trompais. C'est une coïncidence, rien de plus. Laisse-moi ce coffret. C'était idiot et sentimental de ta part de l'accepter, Kamen, mais ça n'est pas bien grave. Je comprends ton mouvement de compassion.

Tu peux partir, à présent. » Une certaine tension perçait dans sa voix, et il se massait les tempes comme s'il avait soudain mal à la tête.

« Mais tu ne le jetteras pas, mon général ? insistai-je.

– Oh non, répondit-il sans lever les yeux. Certainement pas. Cela étant, puisque tu as jugé bon de m'en confier la responsabilité, jeune homme, il me semble que tu dois désormais me laisser en disposer à ma guise. Me fais-tu confiance ? » Son regard chercha le mien. Ses lèvres s'étaient amincies, et je jure que, si j'avais été assez près pour sentir son haleine, je l'aurais trouvée froide. J'acquiesçai de la tête et me remis au garde-à-vous.

« Je suis ton humble serviteur, noble Paiis, et je te remercie de ton indulgence.

– Cet entretien est terminé. »

Je saluai, pivotai sur mes talons et quittai son bureau, l'esprit en ébullition. N'avais-je pas commis une erreur, en fin de compte ? Je n'avais pas eu pour intention de me décharger d'une responsabilité, et je ne trouvais pas que confier le coffret au général lui donnait le droit d'en faire ce qui lui plaisait.

J'avais lancé un « bonsoir » distrait à ma relève et m'apprêtais à franchir le portail d'entrée quand il m'apparut que je ne faisais en réalité aucune confiance à Paiis. La femme d'Assouat non plus. Elle avait insisté pour que je ne lui remette pas le coffret, et je n'avais pas tenu compte de son avertissement. Le général la connaissait, j'en étais de plus en plus certain, et pas seulement pour avoir entendu les hérauts en parler. Il l'avait rencontrée. Quand il m'avait demandé de la lui décrire, je lui avais fait le portrait de quelqu'un de connu, capable en outre de provoquer en lui une réaction étonnamment intense. Les nœuds, d'abord, lui avaient paru familiers, puis mes paroles avaient confirmé ses soupçons. Mais quels liens pouvaient bien unir une paysanne et le riche et puissant Paiis ? Son trouble en tout cas était indiscutable. Se pouvait-il que l'histoire de cette femme fût vraie, au moins en partie ?

Cet entretien avec mon supérieur me laissa un sentiment de malaise, qui ne s'était toujours pas dissipé quand j'arrivai à mon propre débarcadère. J'envoyai Setau chercher de la bière et, m'asseyant dans le jardin, au bord de l'étang, je regardai la surface bleutée de l'eau s'opacifier, puis se balafrer d'orange, à mesure que Rê descendait vers la large bouche de Nout. Je ne savais pas bien ce qui me tourmentait le plus, la possibilité que l'inconnue ne fût finalement pas folle, le soupçon dérangeant et vaguement menaçant que Paiis savait tout d'elle, ou le fait qu'en lui confiant le coffret, j'avais renoncé à toute possibilité de connaître la vérité. En ce qui me concernait, l'aventure était terminée.

Rê disparut sous l'horizon. Dans la maison, les lampes brûlaient déjà. L'ombre rafraîchissante des arbres autour de moi s'était muée en obscurité. Ce ne fut qu'en sentant une odeur de poisson frit, annonçant le repas du soir, que je me rappelai mon rendez-vous avec Takhourou. Elle devait être furieuse. Pour une fois, je m'en moquais.

Ce fut juste après ce troublant entretien avec le général que les rêves commencèrent. Je n'y prêtai d'abord aucune attention, pensant qu'ils avaient un rapport avec les réprimandes acérées que m'avait adressées Takhourou lorsque j'étais allé m'excuser d'avoir oublié notre rendez-vous chez le menuisier. Perdant mon sang-froid, je lui avais agrippé le poignet en hurlant, ce à quoi elle avait riposté par une gifle et un coup de pied dans la cheville avant de s'éloigner d'un air digne. Naguère, je lui aurais couru après mais, ce jour-là, je tournai les talons, moi aussi, et quittai son jardin ridicule. Après tout, j'avais seulement commis un oubli, dont je m'étais excusé, et elle avait réagi comme si j'avais négligé de me présenter à la signature de notre contrat de mariage, en m'accusant de ne penser qu'à moi. C'était à son tour de s'humilier, pour une fois. Naturellement, elle n'en fit rien. Le sang de Takhourou était noble et son caractère, fier et égoïste.

Une semaine s'écoula. Le mois de Thot céda la place à celui de paophi, brûlant et interminable. Le fleuve approchait de son niveau le plus élevé de l'année. Nous reçûmes une lettre de ma mère déclarant qu'elle comptait prolonger d'un mois son séjour dans notre domaine du Fayoum. Je fixai à mes hommes les horaires de leurs factions chez le général, puis partis pour la caserne, où je passai la semaine à transpirer sur le terrain d'entraînement et à oublier l'irritation que m'avait causée Takhourou. Nous n'allâmes pas dans le désert. Je revins chez moi avec une égratignure à l'épaule, reçue pendant un combat à la lance. Cette blessure était sans gravité et se referma vite, mais en guérissant, elle me démangea, et il m'était impossible de la gratter.

Akhebset et moi continuions nos beuveries, et nous nous réveillâmes un matin au fond d'une barque, une prostituée entre nous. Je n'avais toujours aucune nouvelle de ma fiancée ni du général. Je m'étais imaginé qu'il m'apprendrait ce qu'il avait fait du coffret, mais je parcourais ses couloirs et montais la garde devant sa porte sans jamais le voir ni en entendre parler. J'étais dans un état d'esprit étrange, fiévreux. Mon sommeil devint de plus en plus agité, puis je me mis à rêver.

J'étais couché sur le dos, dehors, sous un ciel pur. J'éprouvais un profond sentiment de bonheur et demeurais longtemps immobile, rempli d'un bien-être béat. Mais, soudain, je percevais un mouvement, et une forme énorme, qui ne cessait de grossir, me cachait le ciel. Je la regardais sans peur, diverti seulement. Puis j'y reconnaissais une main, dont la paume teinte de henné entourait une fleur de lotus rose. Cette main sortait de nouveau de mon champ de vision, et je sentais la fleur me chatouiller le nez. Alors que je cherchais vainement à l'attraper avec des gestes malhabiles, je me réveillais en sursaut, trempé de sueur, l'épaule douloureuse et les bras au-dessus de la tête. Ma chambre était plongée dans l'obscurité, et le silence de la nuit enveloppait la maison. Je me redressai, tremblant, en proie à une terreur sans rapport avec les détails agréables du rêve, et je dus faire un effort pour prendre le gobelet d'eau sur ma table de chevet. Mes doigts, raides comme des morceaux de bois, m'obéissaient à peine. Je bus et retrouvai peu à peu mon calme. Après avoir adressé un prière à Oupouaout, je me recouchai, et le reste de la nuit s'écoula paisiblement.

Il fallut plusieurs heures, le lendemain matin, pour que les effets du rêve se dissipent et, au soir, je l'avais quasiment oublié. Mais cette nuit-là, il revint, absolument identique, et je me réveillai de nouveau, terrorisé. Ce fut pareil la nuit suivante, et je commençai à prendre la précaution de remplir ma lampe d'huile pour voir la solidité rassurante de mes quatre murs lorsque j'ouvrais brutalement les yeux, le cœur battant et les jambes faibles.

La septième nuit, le rêve devint plus complexe. Les doigts teints de henné portaient des bagues et répandaient un léger parfum, dont je respirais une bouffée en même temps que l'odeur du lotus qui m'effleurait le nez. Ce parfum ajoutait un sentiment de désespoir à ma terreur, et je faisais des efforts démesurés mais toujours vains pour saisir les pétales. Je me réveillai en suffoquant et, courant à ma fenêtre, j'écartai violemment la natte qui la fermait pour respirer l'air doux de la nuit. La lune se couchait derrière un enchevêtrement de branches noires. Au-dessous de moi, les coffres à grains rangés contre le mur de la maison projetaient de longues ombres dans la cour paisible et, au-delà, l'eau du Nil coulait silencieusement vers la Grande-Verte. Prenant mes draps et mon oreiller, j'allai m'installer sur le toit, mais regarder les étoiles étendu sur le sol me rappela trop vivement mon rêve, et je regagnai vite mon lit. Cette fois, je ne pus me rendormir. Recroquevillé sur moi-même, j'attendis que pénètre dans ma chambre la lumière grise qui précède le lever de Rê. M'assoupissant alors enfin, je sombrai dans un profond sommeil. Ce matin-là, j'arrivai en retard chez le général.

Je décidai de m'abrutir de boisson tous les soirs pour qu'aucun rêve ne parvienne à filtrer à travers les vapeurs de l'alcool. Au lieu d'eau, je remplissais le gobelet de ma table de nuit de Bon Vin de la Rivière-de-l'Ouest, que j'engloutissais goulûment, mais je ne réussis qu'à ajouter maux de gorge et de tête aux effets de mon rêve. Je me dis ensuite qu'à force d'exercices, j'arriverais peut-être à m'épuiser assez pour ne pas me réveiller ni même me rappeler ma vision de la nuit... En vain. J'eus droit aux réflexions de mes camarades sur mon air hagard, et je me traînai d'un bout de la journée à l'autre, hébété de fatigue. Je savais que j'aurais dû me réconcilier avec Takhourou, lui apporter un présent et lui dire que je l'aimais, mais elle gardait le silence, et je n'arrivais pas à rassembler assez d'énergie pour prendre l'initiative.

La quatorzième nuit, vers la mi-paophi, un nouveau changement se produisit. On aurait dit que ce rêve était l'œuvre d'un artiste magicien qui, après avoir tracé une esquisse, ajoutait non seulement des nuances de couleur et d'infinis détails, mais aussi des odeurs et, pour finir, des sons. Cette nuit-là, en effet, alors que le lotus caressait mon visage et que je tâchais comme toujours de le saisir, j'entendis chantonner avec douceur : «Mon tout petit, mon joli, lumière de mon cœur», et dans mon rêve, je souriais. C'était une voix de femme, jeune et mélodieuse, légèrement voilée. Elle ne ressemblait pas à celle de ma mère, ni à celles de mes sœurs, ni à celle de Takhourou, et pourtant je la connaissais. Je la connaissais intimement, au plus profond de mon être, et, bouleversé, je me réveillai, la gorge nouée de sanglots.

Enfilant une tunique de lin, je sortis d'un pas chancelant dans le couloir et allai frapper à la chambre de mon père. Au bout de quelques instants, un filet de lumière filtra sous la porte. J'attendis. Il vint finalement ouvrir, le visage bouffi de sommeil mais le regard alerte, comme toujours. «Dieux, Kamen, quelle mine tu as ! Entre.» Il referma la porte derrière moi, et je me laissai tomber dans un des fauteuils confortables qui encadraient sa fenêtre. Il s'assit dans l'autre, croisa ses jambes nues et attendit que je parle. Je me forçai à prendre de profondes inspirations pour lutter contre l'angoisse qui m'étreignait la poitrine et, peu à peu, je retrouvai mon calme. Mon père désigna d'un mouvement de tête le gobelet de vin à demi vide sur la petite table qui nous séparait. Il avait manifestement lu avant de se coucher, car un rouleau de papyrus était posé à côté du gobelet. Je secouai la tête avec un frisson de répulsion. «Ça ne m'étonne pas, remarqua-t-il, avec une pointe d'ironie. Tu as bu la moitié de mes réserves, ces deux dernières semaines. Qu'est-ce qui ne va pas ? Des problèmes avec Takhourou ?

– Parle-moi de ma mère», dis-je. Il haussa les sourcils, puis comprit.

«Ta mère est morte, répondit-il. Tu le sais, Kamen. Elle est morte en te donnant le jour.

– Oui, je le sais, mais quel genre de femme était-ce ? Je n'ai pas souvent pensé à elle. Quand j'étais enfant, je l'imaginais riche, jeune, belle, toujours en train de rire... rien que de très classique. Qu'en était-il en réalité, père ? Tu la connaissais ?»

Il me contempla longuement. Et je regardai moi aussi avec une soudaine bouffée de tendresse ses quelques cheveux gris ébouriffés, son pagne court, tout froissé, qui découvrait ses genoux osseux, et les plis de son ventre fatigué. Ce fut lui qui prit le gobelet et but une gorgée de vin, sans que ses yeux quittent les miens.

«Je ne la connaissais pas du tout, répondit-il. Le messager qui t'a amené dans cette maison nous a seulement dit qu'elle était morte en couches, et que ton père avait péri au service du souverain.

– Mais cet homme n'est tout de même pas tombé du ciel ! Tu as dû te renseigner sur les possibilités d'adopter un orphelin ; il y a certainement eu des négociations, un accord ! Tu sais forcément quelque chose de mes origines !» Poussant un soupir, il reposa le gobelet sur la table et croisa les bras.

«Pourquoi me poses-tu ces questions, aujourd'hui, Kamen ? Tu ne t'en es jamais beaucoup préoccupé jusqu'ici.»

Brièvement, avec embarras, je lui racontai mes rêves et, tandis que je le faisais, ils me revinrent en mémoire, accompagnés des mêmes sentiments mêlés de bonheur et d'horreur, si bien que, lorsque je me tus, j'avais de nouveau la gorge serrée par l'angoisse. «Je me dis que je rêve peut-être de ma petite enfance et que cette main que je vois descendre est celle de ma mère, conclus-je d'une voix étouffée. Mais c'est une main rougie de henné et ornée de bagues. Ma mère était-elle noble, père ? Ou le rêve mêle-t-il désirs et réalité ?

– Tu es un jeune homme astucieux, dit-il avec lenteur. Je n'ai jamais rencontré ta vraie mère, mais je connaissais un peu sa réputation. Elle était effectivement belle, jeune et très riche quand elle t'a mis au monde. Elle n'était pas noble.

– Quelles étaient ses origines, alors ? Venait-elle d'une famille de marchands comme la nôtre ? Est-ce que j'ai des grands-parents, des sœurs, ou peut-être un frère, ici, à Pi-Ramsès? Comment pouvait-elle être mariée à un officier et être très riche?

– Non! fit mon père, d'un ton catégorique. Ôte-toi cette idée de la tête, Kamen. Tu n'as ni frère ni sœur; quant à tes grands-parents, nous n'avons eu aucune information sur leur existence.

– Mais tu as dit qu'elle était riche.» Dans ma poitrine, l'oppression s'intensifiait au point de devenir douloureuse. «Mon père avait-il de la fortune? Et sa famille? Les archives de l'armée doivent certainement contenir des indications sur ses origines et ses états de service!» Les lèvres de mon père se crispèrent; une rougeur commença à envahir son cou.

«Non. J'ai consulté ces archives moi-même. Il n'y a rien. Je t'ai dit tout ce que je savais, mon fils. Contente-toi de cela, je t'en prie.» Il avait insisté sur le mot «fils», délibérément, mais je ne pouvais pas encore renoncer.

«Rien dans les archives? Même pas son nom? Comment s'appelait-il?» Et pourquoi n'avais-je jamais posé aucune des questions qui se bousculaient à présent dans mon esprit? Mon père se pencha en avant et posa une main sur ma cuisse. Elle était brûlante.

«Crois-moi, Kamen, dit-il d'une voix forte. Je ne sais rien de ton père naturel, sinon que c'était un officier. J'ai pourtant fait de mon mieux pour découvrir son identité, il y a quelques années, en prévision d'une conversation comme celle-ci. Je t'ai dit tout ce que j'étais en mesure de te dire sur ta mère. Je t'aime, comme t'aiment aussi Shesira, ma femme, et tes sœurs Moutemheb et Tamit. Tu es un jeune homme séduisant, en pleine santé, et tu ne manques de rien. Tu as pour fiancée une jeune fille de sang noble. Que cela suffise à ton bonheur. Je t'en prie.» Il lissa de la main ses cheveux gris en désordre, un geste familier qui dénotait chez lui un certain trouble. «Quant à tes rêves, ils passeront. Tu es à l'âge où l'on commence à réfléchir en adulte, voilà tout. Retourne te coucher, à présent. Demande à Setau de te masser pour t'endormir plus facilement.» Il se leva, et je l'imitai. A la porte, il m'étreignit avec force et m'embrassa sur les deux joues. «Fais brûler de l'encens pour Oupouaout, conseilla-t-il encore. Il a toujours été ton guide.»

C'est vrai, me dis-je en regagnant ma chambre. Oupouaout me relie à mon passé, et il n'est pas seulement le dieu de la guerre mais aussi Celui-qui-ouvre-les-voies. Si seulement il pouvait me parler! Peut-être le fait-il, d'ailleurs. Qui sait si ce n'est pas lui qui m'envoie ces rêves?

Mais une autre pensée me vint à l'esprit, si glaçante que je m'immobilisai, la main sur la porte. L'esprit de ma mère s'adressait à moi. Il voulait quelque chose. Il ne connaissait plus le repos et me tourmenterait jusqu'à ce que je comprenne. Où se trouvait le tombeau de ma mère ? Et celui de mon père ? Que m'arrivait-il, par les dieux tout-puissants ? Faisant volte-face, je dévalai l'escalier et allai réveiller mon serviteur. Sous ses mains habiles, mon corps se détendit et la douleur lancinante de ma poitrine s'apaisa, mais je mis longtemps à m'endormir.

La nuit suivante, exceptionnellement, le rêve ne vint pas troubler mon sommeil, comme si ma conversation avec mon père lui avait ôté un peu de son pouvoir. Je me réveillai, reposé et impatient de prendre mes fonctions. Sur mon épaule, la croûte se détacha, ne laissant qu'une mince cicatrice rouge. La famille d'Akhebset m'invitait à une promenade en barque pour fêter le bon niveau de la crue annuelle, et j'acceptai avec plaisir. Dans le jardin, les jardiniers triaient les semences à planter, et toute l'Égypte semblait baigner dans une atmosphère de fête, en harmonie avec mon humeur. Mais, cette nuit-là, le rêve revint comme une fièvre récurrente et, à l'aube, j'étais agenouillé devant Oupouaout, une cassolette d'encens à la main et des prières désespérées aux lèvres. Je m'acquittai de mes heures de garde dans l'état d'abrutissement d'un homme adonné au pavot, puis, dès que je fus rentré chez moi, je pris un bain, me changeai et me rendis chez Takhourou.

Je fus admis dans le vestibule, où j'attendis si longtemps que je faillis repartir, mais finalement, un domestique me pria de le suivre dans les appartements privés de Takhourou. Je n'en étais plus à m'irriter de cette petite vengeance et, lorsque je fus annoncé et qu'elle quitta sa coiffeuse, je la pris dans mes bras et la serrai contre moi. Elle commença par se raidir, mais fondit bientôt sous mon étreinte, et je sentis ses mains glisser sur mon dos nu. Elle s'était maquillée pour la soirée, mais ses cheveux n'étaient pas encore nattés, et j'y enfouis mon visage, respirant ce léger parfum de cannelle qui ne la quittait jamais.

« Je suis vraiment désolé, Takhourou, dis-je. Je me suis montré têtu et sans cœur. Pardonne-moi d'avoir élevé la voix, et d'être resté si longtemps loin de toi. » Elle s'écarta, fit signe à sa servante de nous laisser et m'adressa un sourire radieux.

« Moi aussi, je te dois des excuses, Kamen. J'attends de toi que tu sois aussi parfait que tu l'es dans mes rêves, et ce n'est pas juste. T'ai-je fait très mal en te donnant ce coup de pied ? ajouta-t-elle, une lueur espiègle dans le regard. Je l'espère bien !

– J'ai boité pendant des jours!» m'exclamai-je, en imitant sa moue. Elle éclata de rire et me conduisit à un siège en me tenant par la main. Puis elle se percha à côté de moi, sur un tabouret, ses doigts entrelacés aux miens.

«Tu m'as manqué, mais pas tant que cela, annonça-t-elle. Mon amie Tjeti s'est fiancée, et ses parents ont donné une grande fête, où il y avait des monceaux de nourriture, des danseuses professionnelles et tous les jeunes hommes que je voulais pour me distraire. Je t'aurais bien invité, mais tu avais été trop méchant.

– Je suis désolé, répétai-je. Accompagne-moi à la réception que donnent les parents d'Akhebset sur leur barque. Je ne veux pas y aller sans toi.

– Tiens, et pourquoi pas? répliqua-t-elle, en retrouvant sa causticité habituelle. Tu pourrais aussi bien être fiancé à Akhebset : tu t'amuses davantage avec lui qu'avec moi.» Je me dis avec un peu de culpabilité qu'elle avait raison, puis il me vint à l'esprit que c'était peut-être ma faute. Peut-être n'accordais-je pas assez d'attention à Takhourou et ne réfléchissais-je pas suffisamment à des distractions auxquelles nous pourrions prendre plaisir tous les deux, comme je le faisais avec Akhebset.

«Tu viendrais avec moi boire et jouer à la taverne? demandai-je en plaisantant.

– Oui, répondit-elle d'un air solennel. Si cela nous permettait de nous amuser ensemble. Mais mère n'y consentirait jamais.» Elle était sérieuse et, en imaginant la délicate Takhourou, avec ses sandales ornées de bijoux et ses vêtements immaculés, son nez sensible et ses manières aristocratiques, tâcher de prendre plaisir par amour pour moi au tapage et au tumulte de la taverne, je ne pus réprimer un sourire.

«Je t'y emmènerai un jour, promis-je. Mais après notre mariage, afin que ton père ne puisse pas me réclamer ta dot et déchirer le contrat!»

Il y eut un court silence, pendant lequel elle m'observa avec attention. Puis elle dit avec douceur, posant son autre main sur la mienne : «Quelque chose ne va pas, n'est-ce pas, Kamen? Tu as l'air malade. Non, pas malade, tourmenté plutôt. Tu veux m'en parler?» Sa perspicacité me surprit, car elle semblait souvent uniquement préoccupée d'elle-même. Je souhaitais en effet me confier à elle, mais j'avais craint son désintérêt. Je portai impulsivement ses doigts à mes lèvres.

«Merci, Takhourou. C'est vrai, quelque chose me tourmente. J'en ai déjà parlé à mon père, mais il ne peut m'aider. » Et je lui racontai mes rêves et ma conversation décevante avec mon père. Elle m'écouta presque sans bouger, exception faite d'un hochement de tête ou d'un froncement de sourcils de temps à autre. Puis, quand j'eus terminé, elle se leva et se mit à jouer avec les pots et les flacons de la coiffeuse, le visage fermé. J'attendis.

« Je pense que tu as raison de croire que c'est la main de ta vraie mère, dit-elle enfin. Et ce messager qui t'a amené chez ton père, Kamen ? Il t'avait bien pris quelque part.

– Bien sûr. Mais, d'après mon père, il a seulement dit que ma mère était morte en couches et mon père, au service de Pharaon.

– Il est arrivé sans prévenir, sans leur présenter de rouleau à signer ? demanda-t-elle.

– Non. Mon père avait commencé à se renseigner en ville sur les possibilités d'adoption, et ce messager est apparu. » Takhourou sembla sur le point de faire une remarque, se ravisa, puis vint s'agenouiller près de mon fauteuil.

« Pardonne-moi, Kamen, mais tu ne crois pas qu'il pourrait te mentir ? Des paysans adopteraient sans doute un orphelin sans se soucier de ses origines, mais ton père a de la fortune et appartient à la petite noblesse : il n'aurait pas accepté n'importe quel enfant, malade peut-être, ou portant en germe de futures difformités. J'ai du mal à croire qu'il ait suffi que tes parents aient décidé d'adopter un garçon, commencé à se renseigner auprès de leurs amis pour qu'aussitôt, comme par magie, tu apparaisses. »

C'étaient des propos que je n'avais pas envie d'entendre ; ils donnaient forme aux vagues soupçons qui m'obsédaient. Je me rappelais la main brûlante de mon père sur ma peau. « Que cela suffise à ton bonheur, je t'en prie », avait-il dit, et quelque chose en moi avait tressailli. Mais je l'aimais. J'avais confiance en lui. Il avait toujours attaché beaucoup de prix à l'honnêteté, et puni mes mensonges d'enfant avec plus de sévérité que toute autre peccadille. Il ne me mentirait pas… n'est-ce pas ?

« Il ne me mentirait pas, répétai-je à voix haute. Quel intérêt y aurait-il ?

– Il le ferait, s'il devait te dissimuler quelque chose, un secret susceptible de te faire du mal. Mais de quoi peut-il s'agir, si l'on admet que j'ai raison et qu'il n'a pas accepté un orphelin sans s'assurer au préalable qu'il ne ferait pas déchoir sa famille et sa descendance ? »

Je me penchai vers elle, brusquement glacé. « Takhourou ! Ton père a consenti à nos fiançailles, alors que ton sang est plus pur et plus noble que celui de mon père, et que l'on est censé tout ignorer du mien. Et si mes origines n'étaient pas si inconnues que cela ? Et si nos deux pères partageaient un secret qui doit m'être dissimulé ? » Nous nous dévisageâmes en silence, puis j'éclatai de rire. « C'est ridicule ! Nous bâtissons une pyramide de conjectures à partir de quelques grains de sable. » Takhourou tâtonna derrière elle, attira un coussin et s'y assit, croisant les jambes sous sa robe ample. Son dos se redressa, et je réprimai un sourire.

« J'en parlerai tout de même à mon père, dit-elle d'un ton ferme. Ne t'inquiète pas, Kamen, je trouverai un moyen détourné. Je lui glisserai peut-être que j'ai peur de ne pas épouser un homme digne de mon rang et de compromettre la pureté du sang de mes enfants. Après tout, je suis une jeune fille arrogante et snob, n'est-ce pas ? Et qui n'a aucun remords à l'être. La question ne lui paraîtra pas étrange, venant de moi. S'il ne me répond pas, je fouillerai son bureau. Il y a de nombreux coffres bourrés de rouleaux de papyrus, qui concernent principalement les faïenceries : les comptes, les ouvriers, des choses de ce genre… Très aride et très ennuyeux. Mais je trouverai peut-être des informations à ton sujet. Nos pères ont signé notre contrat de fiançailles, l'an dernier. Tu crois qu'il nous apprendrait quelque chose ? » Je la regardai avec un émerveillement sincère.

« Tu m'as étonné deux fois, aujourd'hui ! m'exclamai-je. Je suis fiancé à une petite sorcière retorse, qui rêve de fréquenter les tavernes ! » Elle pouffa et rejeta la tête en arrière, très contente d'elle-même. Je l'attirai contre moi et l'embrassai. Cette fois, il n'y eut ni hésitation ni résistance. Elle me rendit mon baiser avec ferveur.

« J'ai une suggestion à te faire, dit-elle quand nous nous séparâmes, empourprés et haletants. Trouve un présent et va consulter le Voyant. Il ne reçoit pas le commun des mortels, mais ton père traite avec lui, et il acceptera certainement d'exercer son don pour toi. Parle-lui de ton rêve. S'il y a quelqu'un qui peut t'aider en Égypte, c'est bien lui. Tu ferais mieux de partir, maintenant. Nous recevons l'un des majordomes royaux, ce soir, et je suis loin d'être prête. » Je fis mine de l'embrasser de nouveau, mais elle s'esquiva et je n'insistai pas. En traversant le vestibule, où flottait à présent une appétissante odeur de cuisine, il me vint à l'esprit que je venais de découvrir chez ma fiancée un goût insoupçonné pour l'intrigue.

4

Takhourou avait eu une bonne idée en me suggérant d'aller consulter le Voyant et, dans la soirée, je dictai une demande de rendez-vous à Setau, qui me tenait lieu de scribe dans les rares occasions où je ne souhaitais pas informer Kaha de mes affaires. Après lui avoir recommandé d'aller la remettre personnellement le lendemain matin, je traversai le jardin obscur et gagnai le débarcadère, où je détachai notre esquif de son piquet d'amarrage et tirai sur les rames.

La nuit fondait ensemble l'eau, les rives et la végétation touffue qui bordait le sentier, si bien que j'avais l'impression d'être au cœur d'un océan de ténèbres. Je ne rencontrai personne, n'entendais rien que le craquement des rames et mon souffle précipité. Je glissais sur l'eau comme dans un rêve, et c'était bien préférable aux cauchemars du sommeil. Je ramai longtemps avant de prendre le chemin du retour.

Plusieurs jours s'écoulèrent sans que le Voyant ne réponde, et le rêve continua à me hanter. Je n'eus pas non plus de nouvelles de Takhourou. Mais mon agitation avait cédé la place à la patience et à l'optimisme. Je ne me sentais plus impuissant. Je ne manquais pas mes prières à mon dieu protecteur, et j'envisageai un instant de m'adresser directement à ma mère morte quand je me réveillais en sursaut, trempé de sueur et suffoquant, mais c'était un abîme que je craignais de franchir. On disait que les morts ne pouvaient pas réellement nuire aux vivants tant que ceux-ci ne les invoquaient pas en les appelant par leur nom ou en leur parlant, et je ne savais pas si le propriétaire de cette main me voulait du bien ou du mal.

Le cinquième jour, je reçus du Voyant un message concis : « À Kamen, officier du souverain. Présente-toi à la porte de ma maison demain, une heure avant le coucher du soleil. » Il n'y avait pas de signature. Le rouleau de papyrus était simple mais préparé avec art, et l'écriture du scribe d'une extrême élégance.

Je cachai le rouleau dans mon coffre, sous mes pagnes, et passai mes bijoux en revue à la recherche d'un présent convenable à remettre au Voyant. Que recevait-il des princes et des nobles dont il lisait l'avenir ? Ses coffres devaient être remplis de colifichets coûteux. Je voulais déposer quelque chose de différent entre ces mains que personne, à l'exception de ses serviteurs, de Pharaon et des grands prêtres, n'avait jamais vues. Mes propres mains effleurèrent alors un coffret d'ébène, que je pris avec révérence. Il contenait le poignard que mon père m'avait offert quand j'étais entré à l'école militaire – un témoignage d'amour d'autant plus émouvant qu'il avait été opposé à ce que j'embrasse le métier de soldat. La gorge serrée par l'émotion, je sortis l'arme, un poignard de cérémonie sans véritable fonction, une pièce de collection, qu'il avait achetée à des Libous. Sa lame en dents de scie s'incurvait vicieusement et le manche, d'argent repoussé, était serti de pierres de lune d'un vert laiteux. C'était le cadeau de mon père auquel je tenais le plus, mais je savais au fond de moi que l'homme mystérieux qui me révélerait mes origines ne se contenterait de rien de moins. Je le posai devant Oupouaout et rangeai mes bijoux.

Cette nuit-là, je ne fis pas de rêve, et je me réveillai plein d'impatience. En partant pour la maison du général, alors que je traversais un vestibule encore plongé dans l'ombre, je fus salué par le surveillant des caravanes de mon père. Il était accroupi devant le bureau de son employeur, le visage brûlé, le corps enveloppé d'un lin brun grossier, et il avait laissé derrière lui sur le carrelage un mince filet de sable. Je lui rendis son salut et perçus un murmure de voix de l'autre côté de la porte, celles de mon père et d'un autre homme. Sans doute une caravane venait-elle d'arriver ou allait-elle se mettre en route. Dans ce dernier cas, profitant de ce que le reste de la famille se trouvait toujours dans le Fayoum, mon père partirait peut-être avec elle. Cette perspective m'apporta un sentiment de soulagement. Les énigmes de ma vie me préoccupaient au point de me faire trouver pesant ce qui m'en distrayait, et notamment les rapports avec les autres membres de la maison.

Cela valait aussi pour mes fonctions quotidiennes. Monter la garde des heures devant la porte du général m'ennuyait, et je ne trouvais plus ses visiteurs intéressants. Je préférais les factions de nuit, qui me permettaient de faire mes rondes en paix, mais je m'en étais acquitté récemment et devais prendre mon service dans la journée. Ce jour-là, alors que je dansais d'un pied sur l'autre et que mon épée ne m'avait jamais paru aussi lourde, je me demandai si le rêve m'aurait hanté de la même façon si j'avais eu la possibilité de dormir pendant que le soleil brillait.

Le temps passa tout de même, et je pus enfin rentrer chez moi pour me laver et manger un morceau avant de me rendre chez le Voyant. Je montais l'escalier quatre à quatre quand la porte du bureau de mon père s'ouvrit.

« Kamen ! appela-t-il. Attends. » Je me retournai. Il était au pied des marches, vêtu seulement d'un pagne lui arrivant à mi-cuisses et d'une tunique sans manche, les cheveux en bataille. « Une de mes caravanes part pour la Nubie, dit-il. Je crois que je vais l'accompagner jusqu'à Thèbes. Je veux aller prier dans le temple d'Amon et, en revenant, je pourrai m'arrêter dans le Fayoum pour voir ta mère et tes sœurs. Je serai absent une quinzaine de jours, peut-être davantage. Tu te débrouilleras ?

– Oui, bien sûr, tu le sais bien, lui assurai-je aussitôt. J'ai Setau, et je suppose que Pa-Bast restera ici. Pourquoi cette question ?

– Parce que je me suis inquiété à ton sujet, dit-il. Mais tu as l'air d'aller mieux, je dois en convenir. Tu fais toujours ce rêve ? » Son ton était embarrassé, et je savais qu'il ne souhaitait pas une réponse affirmative. J'éprouvai une bouffée de ressentiment à son égard.

« Non, répondis-je – ce qui n'était qu'un demi-mensonge puisque je n'avais effectivement pas rêvé la nuit précédente.

– Tant mieux ! fit-il avec un sourire de soulagement. Travaille dur, fais régulièrement de l'exercice, mange avec frugalité, et ces démons nocturnes s'enfuiront. Je pars à l'aube et serai de retour le mois prochain. Je ramènerai sans doute les femmes.

– Parfait. Que la plante de tes pieds soit ferme, père. » Il hocha la tête en réponse à ma bénédiction et rentra dans son bureau. Dans ma chambre, alors que je me déshabillais pour le bain, je me demandai pourquoi mon père voulait aller jusqu'à Thèbes pour prier Amon, qui avait plusieurs sanctuaires disséminés dans Pi-Ramsès. Sans doute cela lui donnait-il une bonne excuse pour rendre visite aux amis marchands qu'il avait dans cette ville et passer quelque temps dans le Fayoum. Il fallait aussi reconnaître que les sanctuaires de Pi-Ramsès, petits et très publics, étaient à peine plus que des niches de pierre abritant la statue du dieu et un autel destiné à l'encens et aux offrandes. Il n'y avait aucun prêtre pour écouter les suppliques, et l'on priait au milieu du bruit et de la foule. Mais le temps que je descende aux bains et que Setau me tende du natron, j'avais cessé de m'interroger. Il me suffisait d'avoir la maison à moi seul pendant plusieurs jours.

Propre, huilé, parfumé et vêtu du lin blanc le plus fin, j'arrivai devant le pylône du Voyant alors que la lumière commençait à changer, son rouleau à la main et mon poignard sous le bras. J'aurais préféré poursuivre ma route et gagner un endroit plus rassurant, car je savais que les ombres du soir s'allongeraient bientôt et qu'à l'heure où je quitterais le Voyant, son jardin serait noyé d'obscurité. Je me forçai pourtant à m'avancer entre les deux piliers de pierre. Une silhouette apparut alors, qui me barra le passage. Le visage creusé de rides, les épaules voûtées, un vieillard me scruta d'un regard perçant et inamical. Quand il parla, il le fit d'une voix grêle mais forte.

« Ah, c'est toi, dit-il. Kamen, officier du souverain. Donne-moi ça. » Une main noueuse se referma sur le rouleau. Ahuri, je le regardai dérouler le papyrus et le parcourir des yeux. « Je t'ai souvent vu passer, poursuivit-il. Tu travailles pour Paiis et tu courtises la fille hautaine de Nesiamon. Je savais que tu franchirais la porte de mon maître, un jour ou l'autre. Tout le monde en rêve. Peu arrivent jusqu'ici. Entre. » Il me fourra le papyrus dans les bras. Ses paroles résonnèrent à mes oreilles comme une formule rituelle, si bien que je m'inclinai malgré moi devant ce vieillard acerbe, mais je m'inclinai dans le vide, car il avait déjà regagné sa tanière.

L'allée se divisait presque aussitôt le pylône franchi. La branche de droite paraissait se terminer beaucoup plus loin contre un haut mur, que j'apercevais à peine à travers le feuillage. L'autre partait tout droit, entre un bouquet d'arbres touffus, des palmiers au tronc lisse et des buissons envahissants. Elle menait manifestement à la maison, et je la suivis, marchant d'un pas rapide pour me donner de l'assurance. Très vite, je parvins à un endroit dégagé où se trouvaient des bancs de pierre et une fontaine, qui tombait en cascadant dans un grand bassin. De l'autre côté, l'allée se divisait de nouveau en deux. Je pris à gauche mais dus revenir sur mes pas, car le chemin ne conduisait qu'à un étang à poissons disparaissant sous les lys et les feuilles de lotus. Un gros sycomore aux branches tourmentées se penchait au-dessus de l'eau. M'engageant cette fois dans l'allée que je supposai centrale, je longeai des haies d'épineux et dépassai sur ma droite un grand bassin, servant certainement à la natation. Une cabane se dressait à une extrémité. Plus loin, je contournai un petit sanctuaire, qui abritait une table d'offrandes et une statue étonnamment vivante de Thot, dieu de la Sagesse et de l'Écriture. Son long bec d'ibis jetait une ombre courbe sur le petit autel, et ses minuscules yeux noirs me suivirent lorsque, après m'être incliné devant lui, je me remis en route.

Brusquement, les arbres s'éclaircirent, je franchis un portail et débouchai dans une cour pavée. La maison se dressait devant moi; ses colonnes blanches, teintées de rose par le soleil couchant, étaient décorées de plantes grimpantes et d'oiseaux aux couleurs vives qui s'envolaient vers le toit. J'avançai d'un pas hésitant. Tout semblait désert, et je n'entendais que le claquement de mes sandales sur les pavés. Devant l'entrée, je m'arrêtai, saisi soudain de la même appréhension qu'au moment de franchir le pylône, mais alors même que je prenais une profonde inspiration et faisais un pas en avant, un serviteur surgit, sourit, me fit signe de patienter et disparut à l'intérieur. J'attendis, le dos à la cour, les yeux fixés sur l'obscurité qui avait englouti l'homme.

Puis l'encadrement de la porte fut presque entièrement occupé par l'être le plus imposant que j'eusse jamais vu. Il me fit immédiatement penser au Taureau Apis, car ses épaules massives et le cou épais qui soutenait sa large tête dégageaient une puissance animale. Les plis de son estomac tombaient en cascade sur son pagne long. Si je lui avais entouré le torse de mes bras, mes doigts ne se seraient certainement pas touchés. Mais je n'avais nulle intention d'oser un geste aussi irrespectueux. Je frissonnai rien que d'y penser, car il aurait été capable de me briser en deux. Pourtant, c'était loin d'être un homme jeune. Des rides profondes sillonnaient ses joues, marquaient ses tempes et les coins de ses lèvres pleines. J'étais convaincu que la coiffe de lin amidonnée qu'il portait dissimulait un crâne rasé, car il n'y avait pas le moindre soupçon de poils sur son corps. Il inclina la tête.

«Bonsoir, officier Kamen, dit-il d'une voix grondante. Je suis Harshira, l'intendant du maître. Il t'attend. Suis-moi.» Ses yeux noirs, noyés dans des replis de chair, me jaugèrent froidement avant qu'il ne pivote et ne s'éloigne d'un pas presque silencieux, se mouvant avec une surprenante agilité.

Nous traversâmes d'abord une immense pièce au sol carrelé, où se dressaient d'autres colonnes blanches. Des chaises en cèdre marquetées d'or et d'ivoire y étaient disposées au hasard, ainsi que des tables basses au plateau de faïences bleues et vertes. Un domestique allumait les lampes et, avec la lumière, les scènes de banquet et de chasse qui décoraient les murs prirent soudain vie. J'aurais aimé les contempler plus longuement, mais Harshira franchissait déjà une porte à deux battants ouvrant sur une antichambre beaucoup plus petite, et je me hâtai de le rejoindre. A gauche, un escalier disparaissait dans l'obscurité; en face de moi, un couloir traversait la maison pour aboutir à une rangée de colonnes et à d'autres jardins, que le coucher de Rê baignait d'une lueur rouge. A ma droite, il y avait des portes fermées, et l'intendant alla frapper à l'une d'elles. Une voix répondit.

«Tu peux entrer», dit Harshira, qui s'écarta pour me laisser passer et referma sans bruit derrière moi.

La première chose qui me frappa fut l'odeur, un mélange d'herbes odorantes et d'épices. Je reconnus la cannelle – qui fit surgir devant mes yeux le visage de Takhourou –, la myrrhe et la coriandre, et d'autre senteurs que je ne pus identifier, mais le parfum qui dominait tous les autres était celui du jasmin. Je remarquai ensuite l'ordre extrême qui régnait dans la pièce. Des étagères couvraient les murs du sol au plafond, et d'innombrables coffrets y étaient posés, mais tous rangés avec soin et identifiés par une étiquette de papyrus. À ma droite, presque cachée par les étagères, il y avait une petite porte. Une autre lui faisait face sur le mur opposé. Devant moi trônait un grand bureau. Des rouleaux s'y alignaient avec une précision militaire. Une palette de scribe reposait à côté d'une lampe d'albâtre simple mais d'une grande finesse. Tout brillait de propreté. Je notai ces détails d'un coup d'œil rapide avant de m'incliner devant l'homme assis derrière le bureau.

Du moins supposais-je que c'était un homme, car il était emmailloté de lin blanc des pieds à la tête. Un capuchon lui couvrait la tête, son visage était masqué, les mains croisées sur le bureau étaient gantées de blanc : pas un bout de sa peau n'était visible... ce dont je me félicitai de tout cœur. Quelle que soit l'horreur dissimulée par ces linges, je préférais ne pas la voir. Mais si le visage du Voyant était invisible, ses yeux ne me quittaient pas, et l'examen rapide que j'avais fait de la pièce ne lui avait pas échappé, car il remarqua avec un petit rire rauque :

«Mon humble cabinet de travail te convient-il, officier Kamen? Correspond-il à ce que tu attendais? J'en doute. Les jeunes gens qui viennent me consulter semblent en général déçus. Ils veulent de l'obscurité et du mystère, des flammes vacillantes et un épais voile d'encens, des charmes et des chuchotements. Je dois avouer que je prends un plaisir coupable à leur déception.» Je réprimai le besoin nerveux de me racler la gorge.

«Je ne m'attendais à rien de ce genre, maître, répondis-je, étonné de la fermeté de ma voix. Ton don de voyance te rapproche des dieux. Les apparences importent peu.» Il se cala dans son siège, dans un froissement d'étoffes.

«Bien parlé, officier Kamen. Mon frère Paiis te dit intelligent et consciencieux, mais tu es aussi prudent et plein de tact. Oh! Tu ne savais pas que Paiis était mon frère? Évidemment. Tu es un jeune homme honnête et un bon officier, formé à ne pas poser de questions à tes supérieurs et à tuer sans réfléchir. Peux-tu tuer sans réfléchir, jeune Kamen? Quel âge as-tu?» Je sentais son regard peser sur moi. Je savais qu'il ne m'avait pas quitté des yeux un instant, et j'en avais des picotements sur la peau.

«J'ai seize ans, répondis-je. J'ignore si je suis capable de tuer, car l'occasion ne s'en est encore jamais présentée. Je tâche d'être un bon soldat.» Son ton condescendant me déplaisait, et quelque chose dans ma voix ou mon attitude dut me trahir. Il croisa les bras.

«Il y a tout de même en toi de la graine de rebelle, qui n'attend pour germer que l'eau de l'insulte ou de l'injustice, remarqua-t-il. Je le sens. Tu n'es pas l'homme que tu crois être, Kamen. Pas du tout. Tu m'intéresses. La lumière pénétrera dans le monde d'en bas avant que tu ne cèdes d'un pouce, malgré l'impression de souplesse polie que tu donnes. Paiis m'avait dit que je te trouverais divertissant. Qu'attends-tu de moi?

– Comment le général a-t-il su que je venais te consulter, maître?» Il y eut un léger mouvement sous le masque. Il souriait.

«Je le lui ai appris, bien entendu. Il dîne souvent ici, et nous discutons de beaucoup de choses. Lorsque nous n'avons pas de sujets plus captivants à nous mettre sous la dent, nous parlons de notre vie. J'ai pensé qu'il aimerait savoir qu'un des officiers de sa garde venait me voir. Souhaiterais-tu me voir vraiment, Kamen?» ajouta-t-il, après un court silence. Un frisson de peur me parcourut.

«Tu t'amuses avec moi, dis-je. Si tu décidais de te montrer, j'en serais honoré. Sinon, cela ne me dérange pas le moins du monde.» Cette fois, il rit franchement, d'un rire assourdi par son masque.

«Tu ferais un excellent courtisan, déclara-t-il. Et tu as raison, je m'amuse. Je m'en excuse. A présent, je le répète : qu'attends-tu de moi? Tu peux t'asseoir.» Il m'indiquait une chaise de sa main gantée. Je m'inclinai de nouveau et m'installai, posant le coffret d'ébène sur son bureau. Maintenant que le moment décisif était venu, j'avais du mal à trouver mes mots.

«Je suis orphelin, commençai-je d'un voix hésitante. Mes parents m'ont adopté alors que je n'avais que quelques mois...» Il m'arrêta d'un geste de la main.

«Ne perdons pas de temps. Men est ton père. Comme toi, c'est un homme honnête, qui a accumulé une fortune considérable grâce à son goût de l'aventure et à son flair en affaires. Il est mon fournisseur attitré d'herbes rares et de remèdes. Ta mère, Shesira, est une bonne épouse égyptienne, qui ne demande rien de plus qu'un foyer paisible. Tu as une sœur aînée, Moutemheb, et une sœur cadette, Tamit. Ta famille n'a rien d'extraordinaire. Qu'est-ce qui te tourmente, au juste ?» Cet homme se souciait manifestement fort peu des règles de la conversation polie. Il était capable de sonder les cœurs, en ajoutant à son don un pouvoir d'observation aigu. Dans les milieux aristocratiques qu'il fréquentait, il savait certainement jauger froidement ses interlocuteurs en leur offrant une surface aussi lisse qu'un papyrus bien raclé, mais ici, avec ceux qui venaient le consulter, il allait droit au but.

«Très bien, fis-je. J'ai effectivement mené une vie heureuse, sans manquer de rien, jusqu'à ce que je commence à faire ce rêve...» Je lui décrivis avec précision mon visiteur nocturne, la main teinte de henné, la voix, et lui dis la conviction croissante que j'avais de voir et d'entendre ma vraie mère. «Je ne sais rien d'elle, ni de mon père naturel, conclus-je. Mon père adoptif, non plus...» Il sentit aussitôt mon hésitation.

«Tu penses que ton père en sait plus qu'il ne t'en dit, n'est-ce pas ? L'avais-tu déjà interrogé sur tes origines avant ce rêve ?

– Non, c'est lui qui m'a incité à le questionner.» Sans reprendre souffle, je lui racontai mon entretien avec mon père, les remarques pertinentes de Takhourou, son intention de chercher notre contrat de fiançailles et mes propres soupçons. Le Voyant demeura parfaitement immobile, son extraordinaire capacité d'attention concentrée sur moi comme un rayon de soleil à son zénith.

«Décris-moi cette voix, coupa-t-il. Décris-moi les bagues. Et les lignes de la paume de sa main, si tu le peux. Je dois avoir une image précise de ce que tu vois pour pouvoir t'aider.» J'obéis de mon mieux, puis me tus.

Il croisa les jambes, posa les mains sur ses genoux, et je sentis qu'il se retirait en lui-même. J'attendis, en parcourant la pièce du regard. Dehors, le soleil s'était couché et ses dernières lueurs filtraient par les fenêtres. Je voyais à ma droite, sans avoir à tourner la tête, la petite porte encadrée d'étagères surchargées. Elle avait quelque chose d'étrange, de troublant, mais avant que j'aie pu trouver ce que c'était, le maître bougea et poussa un soupir.

«Ce n'est donc pas ton avenir que tu veux connaître, dit-il. Tu souhaites savoir qui étaient ta mère et ton père. Tu me charges d'une tâche difficile, officier Kamen. » Interprétant ces paroles comme une façon indirecte d'aborder la question de sa rémunération, je me penchai en avant et soulevai le couvercle du coffret d'ébène.

« Je t'ai apporté un objet qui m'est très précieux, déclarai-je. Mais ton don vaut ce sacrifice. Mon père l'a acheté au pays des Libous.

– Garde cette babiole. » Sans même lui accorder un regard, il se leva et fit le tour du bureau, en remontant les linges blancs sur ses épaules. « Je ne te demande rien. Tu m'as déjà rendu un grand service, même si tu ignores lequel. » Je me levai aussi et me reculai lorsqu'il passa devant moi. Je ne souhaitais pas être trop près de lui. « Suis-moi », m'enjoignit-il. Et il me conduisit dans les jardins de derrière, où seul le sommet des arbres était encore teinté d'écarlate. Leur tronc et le sol à leur pied étaient noyés d'obscurité.

Juste après la porte, il y avait un petit espace pavé au centre duquel se trouvait un socle de pierre. Un vase, une grosse cruche et un pot bouché y étaient posés. Le Voyant souleva la cruche et versa de l'eau dans le vase. « Reste ici, à côté de moi, ordonna-t-il. Ne bouge pas et ne parle que pour répondre à mes questions. » J'obéis, respirant une bouffée de jasmin lorsqu'il prit le pot et le déboucha. Ce parfum qui, dans son bureau, dominait tous les autres, était apparemment le sien. Je le regardai verser avec précaution quelques gouttes d'huile dans l'eau, attendre un instant, le temps sans doute qu'elles se stabilisent, jeter un coup d'œil vers le ciel, qui pâlissait rapidement pour devenir d'un bleu très pur, puis se pencher sur le vase. Son capuchon lui tomba sur le front. Ses mains gantées se refermèrent sur les côtés du socle. « Loué soit Thot, murmura-t-il. Celui qui donne le jugement, qui triomphe du crime, qui se rappelle tout ce qui est oublié ; celui qui se souvient du temps et de l'éternité, et dont les mots demeurent à jamais. Maintenant, Kamen, raconte tes rêves depuis le début, dans le détail. N'omets rien. Il faut que tu les voies en les décrivant. »

Je commençai, me sentant gauche et ridicule, mais ces émotions s'évanouirent bientôt, et ma voix, plus ferme, se mêla à la brise tiède qui me caressait le visage et faisait ondoyer les vêtements du Voyant, se désincarna au point que les mots semblaient prononcés aussi par les arbres et la pierre sous mes pieds. Bientôt rien n'exista plus que ma voix et le rêve, qui se fondirent ensemble, et je ne fus plus un être de chair mais une vision dans l'esprit d'un jeune homme, suspendu entre la réalité et l'illusion.

Le maître leva une main, découvrant un court instant un bout de poignet entre la manche du manteau et le gant, et sa peau me parut terreuse dans la lumière déclinante. « C'est assez, dit-il. Ne parle plus. » Je me tus, et le monde reprit son aspect familier autour de moi.

J'attendis. J'avais l'habitude des longues factions et, avant que le Voyant ne relève enfin la tête et ne passe les mains au-dessus du vase, dans un geste rituel de congédiement, les étoiles avaient commencé à apparaître dans le ciel. Il se redressa et me regarda. « Thot est vraiment celui qui se souvient de tout ce qui est oublié », dit-il d'un voix rauque. Il avait l'air très fatigué et, en parlant, il chercha à tâtons le bord du socle, comme s'il avait besoin de s'y appuyer. Mon cœur battit plus vite. Son don était réel. Il avait vu pour moi. Il s'apprêtait à m'apprendre ce que je désirais savoir. Je me sentis brusquement les jambes molles. « Thot, le plomb exact de la balance, poursuivit-il avec un rire sans joie, une sorte d'aboiement morne. Tu es bien plus intéressant que mon frère ne l'imaginait, mon cher Kamen. Je dois me reposer. Les visions m'épuisent toujours. Viens, nous parlerons près de la fontaine. »

Il trébucha, se rattrapa, puis contourna la maison d'un pas rapide, tête baissée, les mains enfouies dans ses manches. Je lui emboîtai le pas une fois de plus et, traversant la cour, nous atteignîmes bientôt la petite clairière où la fontaine déversait à présent une eau argentée dans un bassin obscur. Le maître se laissa tomber sur un banc et je l'imitai, à bout de patience. Je le regardai reprendre ses forces, comme une feuille sèche et recroquevillée qui retrouverait sa souplesse en étant jetée dans l'eau. Puis, finalement, je n'y tins plus.

« Qu'as-tu vu ? demandai-je. Je t'en prie, maître, ne me tourmente pas davantage ! » Il hocha la tête sans enthousiasme.

« Avant que je te dise quoi que ce soit, réponds à ma question, déclara-t-il enfin. Pourquoi as-tu décidé de devenir soldat ? Succéder à ton père t'aurait assuré une vie bien plus facile et plus raisonnable. »

Le jardin n'était plus éclairé que par la clarté timide de la lune et celle des étoiles. L'homme qui me faisait face était devenu de plus en plus immatériel à mesure que le jour s'évanouissait. Aussi immobile qu'un cadavre, aussi impalpable qu'un fantôme, tout de ténèbres sous l'abri profond de son capuchon, il n'avait même pas de visage. Je haussai les épaules.

« Je ne sais pas. C'est simplement quelque chose que je souhaitais profondément. J'ai toujours pensé que c'était parce que mon père avait été un officier de Pharaon. » Le capuchon bougea de droite à gauche.

«Pas ton père, répondit-il d'une voix sans timbre. Ton grand-père.»

Brûlant de fièvre, le souffle court, j'agrippai le bras du Voyant. «Tu sais qui je suis ! m'écriai-je. Tu sais ! Dis-moi ce que tu as vu !

– Ton grand-père était un étranger, un mercenaire libou, qui obtint la citoyenneté égyptienne à la fin des guerres menées par Pharaon, il y a quarante ans. Ce n'était pas un officier. Sa fille, ta véritable mère, était une femme du commun. Elle était belle et ambitieuse. Elle a acquis richesses et honneurs.

– Tu as vu tout cela dans l'huile ?» Je secouais son bras sans en avoir conscience, et il se dégagea. Reprenant mes esprits, je me rassis. Je tremblais de la tête aux pieds.

«Non, répondit-il, d'un ton bref. Dans l'huile, j'ai vu ton rêve se dérouler comme un papyrus. Toi, nouveau-né, couché dans l'herbe devant l'endroit où tu vivais avec ta mère. Elle vient s'agenouiller sur le bord de la couverture où elle t'a installé. Elle sourit. Elle tient une fleur de lotus dans sa main rougie de henné. D'autres fleurs sont éparpillées autour d'elle. Elle te chatouille le nez avec les pétales, et tu ris en essayant de les attraper. J'ai reconnu son visage, son ovale parfait, la ligne de ses lèvres pleines. J'ai connu ta mère autrefois.

– Où ? Ici, à Pi-Ramsès ? Où vivions-nous ? Et mon père ? Comment s'appelait-elle ? Est-elle vraiment morte ?»

Il leva un bras et, brusquement, à mon grand effroi, son capuchon bascula. Le masque, percé seulement de deux étroites fentes à l'emplacement des yeux, dissimulait toujours ses traits, mais ses cheveux tombaient en cascade sur ses épaules… et ils étaient du blanc le plus pur, si blancs qu'ils semblaient émettre leur propre lumière. Même dans l'obscurité, je voyais qu'aucune couleur ne corrompait leur blancheur. En va-t-il de même pour le reste de sa personne ? me demandai-je avec un frisson. Était-ce cela sa maladie ? Avoir la peau dépourvue de toute couleur ? Et son sang ?

«Elle vivait dans un très grand confort, ici, à Pi-Ramsès, répondit le Voyant d'une voix rauque. Je ne peux te révéler le nom de ton père, Kamen, mais je t'assure que Takhourou n'a aucun souci à se faire concernant ton lignage. Quant à ta mère, elle est bien morte. Je regrette.

– Mon père était donc noble ? Est-ce que par hasard je serais un enfant illégitime ?» Cela expliquerait beaucoup de choses, pensai-je avec excitation. Car dans ce cas, bien entendu, mon père adoptif pouvait me prendre sans hésitation dans sa maison, et Nesiamon m'accepter pour gendre sans réticence. Peut-être même mon père connaissait-il l'homme dont la semence m'avait donné la vie… ce qui rendrait plus compréhensible sa répugnance à me dire quoi que ce fût.

« Ton père est effectivement noble, confirma le Voyant. Et, oui, tu es un bâtard. J'ai assisté à l'accouchement de ta mère, et elle est morte quelques jours plus tard. » D'un air las, il passa une main dans ses étranges cheveux et se leva. « Je t'en ai dit assez. Tu dois t'en contenter.

– Son nom, maître ! fis-je, en lui barrant la route, le visage à quelques pouces de son masque épais. Il faut que tu me dises son nom ! Il faut que je trouve sa tombe, que je fasse des offrandes, que je récite des prières pour qu'elle cesse de hanter mon sommeil ! » Il ne recula pas. Au contraire. Et malgré mon agitation, j'aurais juré voir une lueur rouge briller derrière les fentes du masque.

« Je ne peux pas te révéler son nom, déclara-t-il avec fermeté. Cela ne t'apporterait rien. Elle est morte. Et maintenant que tu sais tout ce qu'il te faut savoir de la vérité, je t'assure qu'elle ne se glissera plus dans tes rêves. Que cela te suffise, Kamen. Rentre chez toi. » Il s'éloigna, et je courus derrière lui.

« Pourquoi refuser de me dire son nom ? demandai-je, avec autant de fureur que de désespoir. Quelle différence cela peut-il bien faire, puisqu'elle est morte ? » Il s'arrêta et se tourna à demi, si bien que la lumière des étoiles éclaira ses cheveux d'argent et la moitié du masque, laissant le reste dans l'ombre.

« Tu es un jeune homme courageux et stupide, fit-il d'un ton méprisant. Quelle différence ? Si je te révèle son nom, ta curiosité s'enflammera encore et, qu'elle soit morte ou non, tu te sentiras obligé de reconstituer son histoire, de chercher sa famille ; tu t'acharneras, à t'en rendre fou, à déterminer sa personnalité, les traits de caractère dont tu as hérité. Veux-tu continuer à te tourmenter, Kamen, et à tourmenter les tiens ? Je ne le pense pas.

– Si, je le veux ! criai-je. Il faut que je sache ! Si le présent que je t'ai apporté peut t'obliger à me révéler tout ce que tu as vu, prends-le, mais je t'en prie, maître, dis-moi son nom !

– Non, dit-il, en m'arrêtant d'un geste impérieux de sa main gantée. Le savoir ne t'apporterait que du chagrin. Fie-toi à moi. Sois-lui reconnaissant de la vie qu'elle t'a donnée et accomplis ta propre destinée. Ne t'interroge plus sur la sienne. Cet entretien est terminé. » L'instant d'après, il se fondait dans l'ombre et disparaissait, me laissant tremblant de colère et de frustration.

Je ne me rappelle pas être rentré chez moi. Il ne me vint pas à l'idée de mettre en doute la vision du Voyant ni sa parole. Sa réputation d'oracle et de prophète était établie depuis fort longtemps. Mais son arrogance, ses paroles méprisantes m'avaient échauffé le sang, et je ne repris mes esprits, épuisé et abattu, que devant ma porte. Je suppose que j'aurais dû m'estimer heureux qu'il ait connu ma mère, mais à quoi cela me servait-il s'il refusait de me communiquer le renseignement le plus utile ? Et que devais-je faire maintenant ?

Dans ma chambre, où Setau avait laissé une lampe allumée, je contemplai les objets familiers qui m'entouraient avec un sentiment d'étrangeté. Tout avait changé. Quelques heures plus tôt, ce lit, cette table, le coffre ouvert où j'avais pris le poignard avaient été les miens. A présent, ils me semblaient appartenir à un autre, à un Kamen qui n'existait plus.

Je marchai de long en large, trop bouleversé pour me coucher. J'aurais aimé me précipiter dans la chambre de mon père, le réveiller, lui crier ce que j'avais appris... mais quelle serait ma réaction si je lisais sur son visage qu'il savait déjà tout ? Je ne voulais pas avoir la confirmation de son mensonge. Le temps des explications viendrait plus tard. Il partait le lendemain matin, et je préférais conserver encore un peu l'estime que j'avais pour lui. Il y avait de fortes chances pour qu'il connaisse également l'identité de mon père. Un noble, avait dit le Voyant. Nesiamon n'aurait pas honte de m'avoir pour gendre.

Celui qui m'avait donné la vie était-il un ami de mon père adoptif ? Je me mis à passer en revue ses relations d'affaires, les hommes qui, comme le Voyant, lui achetaient des marchandises, ceux qui investissaient dans ses caravanes, ceux qu'il recevait chez lui. Tous me traitaient avec une politesse plus ou moins indifférente. Y en avait-il un qui se soit montré plus chaleureux que les autres ? Qui se soit enquis de mes activités avec plus d'insistance ? Et pourquoi pas le général Paiis ? C'était un séducteur notoire, qui avait certainement engendré plus d'un bâtard dans sa carrière. M'imaginer son fils ne me déplaisait pas. Mais Men et lui ne fréquentaient pas les mêmes milieux, même si mon père avait usé de son influence pour m'obtenir ce poste dans la maison du général. S'était-il agi d'autre chose que d'influence ? D'un petit chantage, peut-être ? À cette idée, j'éclatai de rire et me traitai d'idiot. Ce genre de raisonnement ne me conduirait qu'aux conjectures les plus extravagantes.

Et que faire concernant ma mère ? Devais-je retourner voir le Voyant et l'importuner jusqu'à l'obliger à dire tout ce qu'il savait ?

Mais il ne fallait guère espérer que ce personnage puissant se laisse forcer la main, ni ne fasse quoi que ce soit contre son gré. Je pouvais raconter mon histoire à Akhebset et à mes camarades de l'école militaire, et leur demander de circuler en ville, attentifs à tout indice susceptible de me renseigner à son sujet. Mais Pi-Ramsès était vaste, et cette méthode n'avait que d'infimes chances de donner des résultats. Je pouvais aussi faire ce que Takhourou faisait peut-être déjà de son côté : fouiller dans les rouleaux de mon père. Après tout, il allait être absent quelques semaines. Cette idée me mit un goût désagréable dans la bouche. La sournoiserie du procédé me déplaisait. Je lui parlerais d'abord et n'irais fouiner dans ses dossiers qu'en dernier ressort.

À ce point de mes réflexions, je me mis à bâiller, ma fièvre cédant soudain place à une immense fatigue. Sans prendre la peine d'appeler Setau, je jetai mes vêtements et mes bijoux en tas sur le sol et me couchai. Quelque temps, les événements de la soirée tournèrent dans mon esprit – le massif Harshira et ses yeux noirs; ma première vision du Voyant, assis derrière son bureau, ses mains gantées de blanc posées devant lui; mon choc quand il avait repoussé son capuchon et révélé des cheveux d'une blancheur lunaire; le serviteur qui m'avait rattrapé, alors que je quittais le jardin, pour me rendre mon poignard –, puis tout s'anéantit dans le sommeil.

Je ne rêvai pas. Quelque chose en moi savait que j'étais libéré à jamais de cette obsession-là, et je dormis profondément jusqu'au moment où je me redressai brutalement, entièrement réveillé, les mains crispées sur le drap. La lampe s'était éteinte, laissant dans l'air une odeur désagréable d'huile brûlée, et je ne voyais que le pâle rectangle de ma fenêtre. Mais cela n'avait pas d'importance, car ce n'était pas la peur qui m'avait tiré ainsi du sommeil, mais une brusque révélation. Je savais à présent ce qui m'avait troublé dans la petite porte que j'avais vue dans le bureau du Voyant. Sur le moment, je n'avais pas trouvé l'explication, mais à présent, les yeux ouverts sur la nuit, je revoyais nettement les étagères bien rangées, le cèdre massif de la porte, les deux crochets, plantés l'un dans le bois, l'autre dans le mur… et la corde qui passait entre eux pour la fermer.

La corde. Et les nœuds. Beaucoup de nœuds, compliqués et impossibles à défaire à moins de savoir comment ils avaient été noués; des nœuds qui garantissaient la sécurité de ce qu'il y avait derrière cette porte, quoi que ce fût. Tout le monde se servait de nœuds pour fermer coffres et coffrets. Généralement, ils étaient simples, juste destinés à maintenir le couvercle en place pour défendre le contenu contre poussière, sable et vermine. Si l'on souhaitait aussi dissuader les indiscrets, on les imprégnait de cire et l'on y apposait le cachet de sa bague. Mais les nœuds fermant la porte du Voyant était si compliqués qu'il aurait fallu de nombreuses minutes pour les défaire. De plus, il aurait été absolument impossible de les renouer de la même façon. Ils étaient uniques. Or, j'aurais donné ma tête à couper qu'une seule et même main avait fait ces nœuds-là et ceux qui fermaient le coffret en cèdre que j'avais rapporté d'Assouat avec tant de réticence.

Je restai figé dans mon lit, craignant que le moindre mouvement ne me fasse perdre le fil de mes pensées. Les mêmes nœuds. La même main. La même main ? Mais il était impensable que le Voyant eût noué ceux que j'avais vus sur le coffret que cette folle m'avait forcé à prendre. Elle m'avait dit y avoir mis le récit de sa vie. En toute logique, c'était donc elle qui, après avoir déposé son papyrus à l'intérieur, avait fermé le couvercle et attaché la corde. Elle n'avait jamais prétendu avoir reçu ce coffret du Voyant, ni l'avoir trouvé… sur la rive du fleuve, mettons, après le passage de quelques nobles de Pi-Ramsès. Non, elle n'avait cessé de répéter qu'il s'agissait de son histoire, une histoire d'empoisonnement et d'exil, et du pardon qu'elle souhaitait obtenir.

Comment se faisait-il alors que le maître et elle sachent former des nœuds identiques ? Il n'y avait qu'une seule explication : la femme d'Assouat avait toute sa raison. Et, à cette pensée, j'eus l'impression qu'en moi aussi un nœud se desserrait. Elle était saine d'esprit. Elle disait la vérité, et c'était une vérité bien amère et bien cruelle. Elle m'avait déclaré avoir été médecin. Or le Voyant aussi était médecin. Se pouvait-il qu'un jour, des années auparavant, elle ait fait partie de ses collègues, à Pi-Ramsès, et que lors d'une visite à son domicile, elle l'ait vu nouer les nœuds compliqués qui fermaient la porte de son cabinet ? Si c'était le cas… alors, il était possible qu'elle aussi ait connu ma mère. Je devais trouver le moyen de retourner à Assouat, de lui parler, de lui raconter mon histoire comme elle m'avait raconté la sienne et de l'interroger sur ma mère. Quel prétexte pouvais-je inventer pour quitter le service du général le temps d'un aller et retour à Assouat ? Je n'en voyais pas, mais je me jurai de partir, quitte à abandonner mon poste.

Je ne pus me rendormir. Assis sur mon lit, les genoux repliés, je passai le reste de la nuit à tourner et retourner dans ma tête les hypothèses et les conjectures. Peu avant l'aube, j'entendis que l'on s'affairait dans la cour. Je me levai et allai sur le toit. Juste au-delà des grands coffres à grains, des torches flambaient et, dans leur lumière, des serviteurs allaient et venaient, chargeaient les chevaux qui attendaient près de la porte, tandis que les chiens qui accompagnaient les caravanes pour tuer les prédateurs du désert et avertir du danger couraient en tous sens en aboyant d'excitation. Je vis Kaha, portant sa palette de scribe, et un Pa-Bast plutôt débraillé, qui discutait près d'une pile de sacs. Puis mon père apparut, botté, enveloppé dans un manteau, et je me reculai. Je ne voulais pas qu'il m'aperçoive et m'adresse un dernier au revoir avec son grand sourire chaleureux. Il y avait quelque chose entre nous désormais, et tant que tout ne serait pas élucidé, je ne pourrais le regarder en face.

La caravane finit par s'ébranler, quittant la maison par l'entrée des domestiques. Le claquement des sabots et le brouhaha des voix s'éteignirent peu à peu, ne laissant qu'une cour au sol piétiné. À l'est, le ciel pâlissait.

Setau entra dans ma chambre, me salua et, après avoir posé mon déjeuner sur la table, se mit à ranger sans un mot les vêtements et les bijoux que j'avais jetés en désordre sur le sol. Je me forçai à manger le pain chaud, le fromage de chèvre brun et quelques pommes ridées et sucrées, sans cesser de me demander ce que je pourrais bien dire au général. Il fallait absolument que je me rende à Assouat et que j'en sois revenu avant le retour de mon père. Son absence durerait tout au plus trois semaines. Assouat était moins éloigné que Thèbes, et une journée en compagnie de cette femme suffirait amplement, mais je ne pensais pas que le général me libérerait immédiatement… s'il consentait à m'accorder une permission. Que faire s'il refusait ? Lui désobéir serait considéré comme une désertion et passible de mort. Quel argument pourrait le convaincre ? Je n'en avais toujours aucune idée précise. J'étais résolu, mais plein d'appréhension aussi.

Je m'inquiétais en fait bien inutilement, car je n'étais pas à mon poste depuis une heure que son intendant vint vers moi. « Le général t'attend dans son bureau, officier Kamen », déclara-t-il. Étonné, je le suivis dans la maison et allai frapper à l'imposante porte de cèdre.

Paiis était à son bureau. Un plateau contenant les restes de son premier repas était posé par terre ; lui-même était encore pieds nus, vêtu seulement d'un pagne court. La pièce sentait l'odeur forte de l'huile de lotus qui brillait sur son torse et dans ses cheveux, pas encore rincés. Il posa sur moi des yeux aux paupières bouffies.

« Ah, Kamen, dit-il d'un ton brusque. Il faut que tu modifies la liste des tours de garde de façon à te faire remplacer quelque temps. Dans quatre jours, tu escorteras un de mes mercenaires, chargé d'arrêter la folle d'Assouat. Tu seras responsable de leur sécurité et de leur bien-être jusqu'à l'internement de cette femme, ici, dans la prison de Pi-Ramsès. Tes subordonnés se chargeront d'approvisionner celle de mes embarcations que tu choisiras. Tu veilleras seulement à ce que la cabine soit en bois et pas simplement fermée par des rideaux. Vous ne ferez escale ni dans les villages ni à proximité d'habitations, et ne parlerez de cette mission à personne. Tu viendras me faire ton rapport personnellement à ton retour. C'est tout. »

Je le dévisageai, abasourdi. Son discours était si inattendu qu'il me fallut quelques instants pour rassembler mes idées. « Mais pourquoi, mon général ? lâchai-je alors.

– Pourquoi ? répondit-il en haussant les sourcils. Parce que c'est un ordre.

– Oui, balbutiai-je. C'est un ordre, je l'exécuterai, mais puis-je savoir pourquoi elle doit être arrêtée ?

– Non, pas vraiment. Si tous les soldats discutaient leurs ordres, l'Égypte sombrerait dans le chaos en moins d'une semaine. Songerais-tu à refuser de partir ? » Je savais que cela signifierait un rapport défavorable à l'école militaire et compromettrait ma carrière. Et puis cette mission semblait m'être envoyée par le destin. Ce qui ne l'empêchait pas d'être parfaitement incompréhensible. Pourquoi dépêcher un soldat du Delta et un mercenaire coûteux à Assouat, alors qu'il aurait suffi d'adresser un message au gouverneur du nome où habitait cette femme ? N'y avait-il pas de prison plus près de ce village ? Et d'ailleurs, pourquoi l'arrêter, au nom d'Amon ? J'aurais dû saluer, claquer des talons et m'en aller, mais ce fut plus fort que moi, j'insistai :

« Je sais que refuser cette mission me vaudrait un rapport défavorable à mon supérieur immédiat, mon général, répondis-je. Mais envoyer deux hommes de Pi-Ramsès pour une arrestation de routine me paraît du gâchis.

– Vraiment, mon jeune indiscipliné ? fit-il avec un sourire froid. Je devrais peut-être me féliciter que tu te montres aussi soucieux d'économiser le temps et les ressources du pays. Je t'aime bien, Kamen, mais tu n'as pas toujours l'attitude que doit avoir un soldat devant ses supérieurs. Nous ne sommes pas ici pour discuter d'une stratégie, et je n'ai nul besoin de ton opinion. Fais ce que l'on te demande. »

J'aurais dû en rester là. Après tout, j'étais un homme raisonnable, et de l'avis de tout le monde, le mien excepté, la femme d'Assouat ne l'était pas. Continuer à importuner le général était de la folie, mais je ne pouvais m'en empêcher. Toute l'affaire me paraissait de plus en plus absurde à mesure que j'y réfléchissais. « Pardonne-moi, mon général, mais j'aimerais faire deux observations.

– Vite, alors ! jeta-t-il sèchement. Je n'ai même pas encore pris mon bain. » Pourquoi me convoquer avec tant de hâte, dans ce cas ? me demandai-je à part moi.

« Eh bien d'abord, la femme d'Assouat est inoffensive. Elle ne fait guère qu'importuner les voyageurs. À moins qu'elle n'ait commis un crime récemment ? Et en second lieu, pourquoi choisir de m'envoyer, moi ?

– Ce ne sont pas des observations, mais des questions, jeune imbécile, fit-il d'un ton las. Et pour y répondre – bien que rien ne m'y oblige –, sache qu'il est de règle d'identifier la personne arrêtée. Tu as vu et parlé avec cette femme. Tout autre soldat risquerait de commettre une erreur.

– Un membre de sa famille aurait pu établir son identité. Ou un des villageois.

– T'adresserais-tu à quelqu'un de ta famille dans une pareille situation ? Quant aux villageois, je veux que tout se passe dans la plus grande discrétion. Ils ont assez entendu parler d'elle, tout comme les hérauts et autres personnes d'importance, qui souhaitent vaquer à leurs affaires ou à celles de l'Égypte sans être harcelés par cette femme. Leurs plaintes ont enfin été entendues. Elle doit être incarcérée quelque temps. Elle sera traitée avec bonté mais fermement et, à sa libération, solennellement mise en demeure de ne plus ennuyer les voyageurs sous peine d'un bannissement encore plus lointain.

– Je vois », dis-je, en me demandant toujours pourquoi les autorités locales d'Assouat ne s'en occupaient pas, et pourquoi un homme de la stature de Paiis se chargeait en personne d'une affaire aussi banale. Puis, brusquement, je repensai à ses paroles et sursautai. « Un bannissement encore plus lointain, mon général ? Alors, elle a bien été exilée à Assouat ? Cette partie de son récit était vraie ? As-tu ouvert le coffret et trouvé le manuscrit qu'elle jurait y avoir mis ? »

Il se leva et contourna son bureau, laissant dans son sillage une odeur de lotus et de sueur mâle. Les bras croisés, il se pencha vers moi. « Je n'ai pas ouvert ce coffret, dit-il, en détachant les syllabes comme s'il s'adressait à un enfant. J'ai fait ce que tu aurais dû faire. Je l'ai jeté. Quant au mot de bannissement, je l'ai utilisé improprement. Elle est née à Assouat, et c'est sa folie qui en fait une exilée dans son propre village. Je ne voulais rien dire de plus. Tu cours le risque de perdre ton poste dans cette maison, Kamen, mais aussi la réputation de soldat sérieux, promis à un brillant avenir, que tu t'étais acquise… et tout cela parce que ton jeune esprit impressionnable a été frappé par le destin malheureux de cette femme. » Il me prit par les épaules, et son expression s'adoucit. « J'oublierai que tu as eu l'insolence de discuter mes ordres, si tu acceptes de les exécuter avec diligence, puis de chasser définitivement Assouat de ton esprit. C'est entendu ? » Un sourire chaleureux éclaira son séduisant visage, et je m'inclinai, en reculant d'un pas.

« Tu es un homme généreux, répondis-je. Est-ce que je connais le mercenaire qui m'accompagnera ?

– Non, je ne l'ai pas encore choisi. Mais sois prêt à partir dans quatre jours. Tu peux disposer. »

Je saluai et me dirigeai vers la porte. Lorsque je me tournai pour la refermer, il m'observait toujours, les bras croisés sur la poitrine, mais son expression n'avait plus rien de bienveillant. Ses yeux noirs étaient indéchiffrables.

Je finis mon tour de garde, puis passai la soirée à réorganiser les horaires des factions et à donner mes instructions pour l'approvisionnement de la barque que j'avais choisie. Paiis possédait toutes sortes d'embarcations, mais je me demandais pourquoi il ne m'avait pas envoyé en chercher une dans le petit port militaire qui jouxtait la caserne sur le lac. Je me demandais aussi pour quelle raison nous devions faire escale chaque soir dans des endroits déserts. L'extrême clandestinité de l'opération ne me disait rien de bon. Pourquoi vouloir garder secrète l'arrestation d'une misérable paysanne ? Surtout si elle ne devait subir qu'une courte peine de prison. N'aurait-il pas été plus simple d'ordonner au maire d'Assouat de l'assigner à résidence ? Plus j'y réfléchissais, plus tout cela me semblait ridicule, et le plaisir que j'avais d'abord éprouvé à cette occasion inespérée de la revoir se transforma peu à peu en un sentiment de malaise.

Paiis n'avait sûrement pas détruit le coffret. Il me paraissait évident que non seulement il l'avait ouvert, mais qu'il y avait trouvé quelque chose d'assez important pour décider d'arrêter secrètement cette femme sans en référer à quiconque. Ce n'était qu'une supposition, bien entendu, mais il n'avait à aucun moment laissé entendre que l'ordre émanait d'un autre que lui. Tant que cette femme avait importuné des hommes qui la jugeaient folle et la repoussaient, Paiis pouvait l'ignorer. Mais j'avais changé tout cela. J'avais accepté le coffret. En le remettant entre les mains du général, en dépit des avertissements que j'avais reçus, je l'avais poussé à agir. S'il en était ainsi, j'étais responsable de l'arrestation de cette femme. J'obéirais au général, bien entendu. Refuser était impensable. Mais je le ferais avec circonspection. Je commençais à regretter de ne pas avoir jeté mes principes par-dessus bord et coupé ces nœuds compliqués pour lire les feuilles de papyrus. Car je ne doutais plus désormais de leur existence.

Le temps que je rentre chez moi, la nuit était tombée. Bien qu'une lampe brûlât dans le vestibule, la maison avait un air abandonné, et le silence qui m'accueillit me parut pesant. Le pas léger de mes sœurs, la voix de ma mère réglant le déroulement quotidien de nos vies ne m'avaient pas manqué jusque-là, mais en cet instant j'aurais aimé l'entendre dire : «Kamen? C'est toi? Tu rentres bien tard!» et voir Tamit courir vers moi, suivie par ses chatons. Je me sentais soudain seul et déraciné, et soupirais après la sécurité de la famille et la routine rassurante de mon enfance.

En passant devant le bureau de mon père, je m'arrêtai. Lui aussi était parti. Je ne risquais pas de le voir apparaître si je poussais la porte. Je pourrais ouvrir les coffrets où il rangeait ses comptes, dérouler les papyrus... Un bruit de pas derrière moi me fit sursauter. C'était Kaha, sa palette sous un bras et une lampe à la main. «Bonsoir, Kamen, dit-il en souriant. Voulais-tu quelque chose dans le bureau de ton père?

– Non, merci, Kaha. J'étais simplement en train de me dire que la maison paraissait bien vide, maintenant que père est parti. Et dans quatre jours, je vais devoir la quitter, moi aussi. On m'envoie en mission dans le Sud.

– C'est bien dommage, fit-il poliment. Tu viens à peine de rentrer. N'oublie pas d'envoyer une lettre à dame Takhourou pour l'informer de ton absence forcée.» Ses yeux brillaient de malice, et j'éclatai de rire.

«Je suis un amoureux parfois distrait, reconnus-je. Rappelle-le-moi encore avant mon départ. Bonne nuit, Kaha.» Il inclina la tête et pénétra dans le bureau, dont il referma la porte derrière lui.

Après avoir pris mon bain et mangé, je dis à Setau que, s'il le souhaitait, il pourrait aller rendre visite à sa famille dans le Delta pendant mon absence. Quand il se fut retiré, je mis quelques grains de myrrhe dans la cassolette d'encens posée à côté de la statue d'Oupouaout et, me prosternant devant elle, je priai avec ferveur que ce voyage résolve l'énigme de ma naissance et que le dieu me protège dans ma quête. Lorsque j'eus terminé, je me relevai et le regardai. Son long nez aristocratique humait quelque chose que je ne sentais pas, ses yeux minuscules fixaient quelque chose que je ne voyais pas, mais il me sembla l'entendre murmurer : « Je suis Celui-qui-ouvre-les-voies », et j'en fus heureux.

Je ne reçus pas d'autres instructions du général, et mes trois derniers jours de service se déroulèrent sans incident. Kaha avait appris mon départ à Pa-Bast, qui m'assura que tout serait en ordre à mon retour. C'était une pure formalité. Aussi loin que remontent mes souvenirs, j'avais toujours vu Pa-Bast diriger ma famille avec autant de douceur et de fermeté que la domesticité.

Le deuxième jour, je rendis visite à Takhourou. Elle bouda moins que je ne le craignais quand je lui annonçai mon départ, et me rendit mon étreinte avec plus de chaleur que je ne m'y attendais, sans doute parce qu'elle était tout excitée par « notre mystère », comme elle l'appelait. Chez Takhourou, cela se traduisait par une jolie roseur et des mouvements un peu moins étudiés et guindés que de coutume. Je l'observai avec amusement, avec un certain trouble aussi, mais je la quittai sans regret. Les responsabilités de ma mission commençaient à me préoccuper, et j'espérais que le mercenaire se révélerait un meilleur compagnon de voyage que mon héraut grincheux.

Le troisième soir, après ma faction, j'allai inspecter chaque coudée de la barque que j'avais choisie. J'ouvris chaque sac de farine, examinai les paniers de fruits et m'assurai que les jarres de bière étaient toujours cachetées. Le règlement de l'armée imposait ces vérifications, bien qu'elles fussent souvent inutiles. Quant aux armes, j'emporterais les miennes, et je supposais que le mercenaire ferait de même. Nous partirions avec un cuisinier et six rameurs, tous choisis par moi, car la remontée du fleuve serait difficile. La crue était en effet à son maximum et le courant particulièrement fort. Je m'étais imaginé, avant ma première mission dans le Sud, que regarder défiler l'Égypte pendant des heures, assis sur le pont d'une barque, serait un enchantement. Et cela avait été le cas… le premier jour. Ensuite, le voyage était devenu monotone, d'autant plus que je n'avais personne avec qui bavarder agréablement. Un mercenaire, vivant en marge de la société égyptienne, serait certainement plus distrayant et moins prétentieux.

Je passai quelques heures à la taverne en compagnie d'Akhebset, puis rentrai chez moi d'un pas un peu incertain, sous un ciel paisible où brillait, très haut, une lune ronde. Je comptais me coucher aussitôt, mais, quand j'entrai dans ma chambre, je trouvai Setau, tout ensommeillé, assis sur une natte à côté de mon lit. «Tiens, fit-il, en me tendant un rouleau. C'est arrivé pour toi il y a quelques heures. Je me suis dit qu'il te faudrait peut-être répondre sur-le-champ.» Je rompis le cachet familial de Takhourou et déroulai le papyrus avec précaution. «Cher frère, lus-je. Viens tout de suite, si tu le peux. J'ai des nouvelles stupéfiantes à t'apprendre. Je serai à la maison jusqu'au coucher du soleil, mais ensuite je dois me rendre à une fête chez mon oncle.» Les hiéroglyphes étaient grossièrement formés, les lignes irrégulières, et je me rendis compte que Takhourou les avait laborieusement tracés elle-même, sans avoir recours à un scribe. Elle souhaitait donc garder le secret, ce qui signifiait qu'elle avait sans doute tenu sa promesse et fouillé le bureau de son père. Qu'avait-elle trouvé? «Des nouvelles stupéfiantes», disait le rouleau. Et elles devaient l'être pour pousser Takhourou à faire quelque chose qu'elle détestait, à savoir prendre le calame. Elle n'aimait pas lire et n'écrivait jamais, bien qu'elle ait reçu une meilleure éducation que la majorité des filles.

Je fixai sans le voir Setau, qui attendait patiemment près de mon lit. Mon premier mouvement fut de me précipiter chez Takhourou, mais je me retins. On était en pleine nuit. Je me voyais mal tenter d'arriver jusqu'à elle sans réveiller toute sa maisonnée, et je devais quitter Pi-Ramsès à l'aube. A contrecœur, je choisis la voie de la sagesse. La découverte de Takhourou pouvait attendre mon retour. N'avais-je pas déjà attendu seize ans? La patience, disait mon professeur, est une qualité à cultiver si l'on souhaite parvenir à une maturité digne d'estime. En cet instant, l'estime comme la maturité étaient le cadet de mes soucis, mais je ne voulais pas commencer ma mission complètement épuisé, ni, pis encore, être surpris en train d'escalader le mur de Nesiamon. Je tendis le rouleau à Setau.

«Brûle-le, ordonnai-je. Demain matin, tu feras dire à Takhourou que je l'ai reçu mais trop tard pour aller chez elle. Je lui rendrai visite dès mon retour du Sud. Merci d'avoir veillé si tard, Setau.

– Compte sur moi, Kamen. Je t'ai préparé ton équipement pour demain. Je partirai pour le Delta dans l'après-midi et serai de retour dans une semaine. Je te souhaite un bon voyage.» Il sortit sans bruit, et je sombrai aussitôt dans le sommeil de l'ivresse.

Le lendemain, néanmoins, j'étais au débarcadère du général avant l'aube, ayant délibérément chassé de mon esprit tout ce qui n'était pas mes fonctions. Un par un, mes marins arrivèrent, me saluèrent cordialement et se mirent au travail. Le cuisinier et son aide étaient déjà à bord. Autour de nous, la nature prenait peu à peu vie et couleurs, et les oiseaux commençaient à chanter timidement dans les buissons.

Puis j'eus la surprise de voir le général en personne franchir le portail et s'avancer vers nous. Un homme un peu plus petit le suivait, enveloppé de la tête aux pieds dans un manteau de laine brune. Je pensai un instant au Voyant, puis l'inconnu adressa un bref salut au général et, passant devant moi, monta la passerelle et disparut dans la cabine. Ses chevilles musclées étaient plus foncées que son vêtement, et une mince chaîne en argent entourait l'une d'elles. Il était pieds nus. La main que j'avais entraperçue lorsqu'il avait légèrement repoussé son capuchon était, elle aussi, de ce brun foncé, presque noir, des peaux perpétuellement exposées au soleil. J'avais également eu le temps de voir briller une bague à son pouce avant que la manche du manteau ne retombe. J'eus le pressentiment que ce passager ne se montrerait guère plus amical que le héraut, et c'est sans entrain que je me tournai vers mon supérieur. « Bonjour, mon général », dis-je en saluant.

En guise de réponse, il me tendit un rouleau. « La confirmation de tes instructions, officier Kamen. Pour le cas, fort improbable, où la nécessité s'en présenterait, il t'autoriserait à réquisitionner des provisions ou des moyens de transport. » C'était la procédure habituelle, et je glissai le rouleau dans ma ceinture.

« Je suppose que le mercenaire a lui aussi des instructions écrites, remarquai-je. À quelle division appartient-il ?

– Aucune pour le moment, répondit Paiis. Il est affecté à mon service. Il ne sait pas lire, et ses instructions sont donc verbales. Tu lui obéiras néanmoins en toutes circonstances.

– Mais, mon général ! protestai-je. En cas de danger, il est sûrement de mon devoir… » Il m'interrompit d'un geste brusque, presque sauvage.

« Pas cette fois, Kamen. Cette fois, tu n'es pas capitaine des gardes mais simplement chargé de l'escorter. Si tout se passe bien, tu n'auras aucune décision à prendre. Dans le cas inverse, tu lui obéiras sans discussion. » Devant mon expression, il m'administra une tape de commisération sur l'épaule. « Cela n'a rien à voir avec tes capacités, m'assura-t-il. Au contraire, cela prouve la confiance que j'ai en toi. J'attends ton rapport avec impatience. »

Quelque chose dans son ton me fit frissonner, et je lui jetai un regard. Il tâchait de me sourire avec la sollicitude paternelle d'un supérieur pour un officier prometteur, mais derrière ce masque, son visage – ce visage au teint jaunâtre et aux yeux cernés, marqué par une énième nuit de débauche – me parut étrangement fuyant. Il détourna la tête pour regarder la barque, où les marins attendaient, rames rentrées, tandis qu'à l'avant le timonier humait l'air matinal sur son perchoir, un bras sur la cambrure du gouvernail. « Tu ferais bien de larguer les amarres, conclut-il abruptement. Le voyage va être long et pénible à contre-courant. Que la plante de tes pieds soit ferme. » Sa voix se cassa, il toussa, puis eut un rire bref. Je saluai une fois encore, mais il m'avait déjà tourné le dos et s'éloignait d'un pas rapide.

Je fis un pas vers la barque, et le timonier se redressa aussitôt, tandis que les marins, eux, se courbaient, prêts à retirer la passerelle dès que je serais à bord. J'hésitai encore, pourtant. Il n'était pas trop tard pour changer d'avis. Une douleur soudaine au ventre, une soudaine attaque de fièvre. Je pouvais me faire remplacer par un de mes subordonnés, qui ne demanderait qu'à troquer l'ennui des factions devant la porte du général contre deux semaines sur le fleuve. Mais ensuite ? Des excuses embarrassées à Paiis ? Un rouleau remis à mon supérieur de l'école militaire : « Kamen s'étant révélé incapable d'obéir sans discussion à ses ordres, je ne souhaite plus l'avoir à mon service. Il conviendrait de le rétrograder au rang de simple soldat jusqu'à... » Le soleil commençait à me brûler les épaules et je sentis un filet de sueur me couler dans le cou. La chaleur grandissante n'en était pas l'unique responsable. Avec un soupir de capitulation, je montai la passerelle, fis signe au serviteur de détacher les amarres et lançai l'ordre du départ au timonier.

Une tente avait été installée à l'arrière de la cabine, et je m'installai dans son ombre tandis que notre barque s'écartait du débarcadère et que les marins s'apprêtaient à prendre le canal qui nous conduirait aux Eaux-d'Avaris et, de là, au Nil, gonflé par la crue. Sur une impulsion, je frappai à la paroi de la cabine. « Tu devrais sortir profiter de la brise », dis-je. Mais je n'obtins pas de réponse. À ta guise, pensai-je. Si tu préfères mariner dans ce réduit... Et après avoir demandé à l'aide-cuisinier de m'apporter de l'eau, je tournai mon attention vers la ville, qui se déployait lentement sous mes yeux.

5

À n'importe quelle autre période de l'année, le voyage jusqu'à Assouat aurait duré environ huit jours, mais nous fûmes ralentis par l'importance de la crue et les instructions du général Paiis. Le Delta et sa succession de petites villes densément peuplées cédèrent vite la place à des villages, puis à de longues étendues de champs déserts recouverts d'une eau paisible qui reflétait un ciel bleu tout aussi serein. Nous étions parfois contraints de nous arrêter de bonne heure parce que les bords du fleuve étaient ensuite trop habités et que j'avais reçu l'ordre d'éviter villages et fermes. Et le Nil ne nous offrait pas toujours l'abri d'une petite baie quand nous le voulions. La tâche était dure pour les marins, qui ramaient tout le jour à contre-courant, et la lenteur de notre progression accentuait encore mon ennui et un sentiment de malaise que je ne parvenais pas à chasser.

Les trois premiers jours décidèrent de la routine de notre voyage. Après que nous avions échoué la barque dans un endroit solitaire juste à la tombée de la nuit, le cuisinier et son aide allumaient un feu et nous préparaient à manger. Je partageais mon repas avec les autres, tandis que le mercenaire se faisait servir dans la cabine. Ensuite, je prenais du natron et allais me laver dans le fleuve, à quelque distance de l'embarcation. À mon retour, le feu était éteint et les restes du repas débarrassés. Les marins se rassemblaient sous la proue pour bavarder ou jouer, et j'arpentais le pont, en contemplant la rive obscure ou la surface miroitante du fleuve, jusqu'à ce que je sois prêt à dormir. En général, les marins étaient déjà roulés dans leur couverture, serrés les uns contre les autres, quand j'installais ma paillasse, glissais mon poignard sous le coussin qui me servait d'oreiller et fixais les étoiles jusqu'à ce que mes paupières s'alourdissent.

Je savais que le mercenaire sortait de sa cabine à la faveur de la nuit. Je l'entendis une fois. La porte émit un léger grincement et les planches du pont vibrèrent sourdement sous le poids de ses pieds nus. Aussitôt sur le qui-vive, je veillai à ne pas faire un mouvement. Vint ensuite un floc presque imperceptible, puis, pendant longtemps, je n'entendis plus rien. Je commençai à me rendormir lorsqu'il remonta sur le pont et, cette fois, j'ouvris les yeux. Il regagnait la cabine, le corps ruisselant, tordant ses cheveux à deux mains. Il se baissa pour ouvrir la porte et, l'espace d'un instant, il me fit penser à quelque chose d'inhumain, à une bête sauvage. Puis il disparut à l'intérieur, et l'illusion avec lui. Je supposai qu'il allait lui aussi se laver de la sueur et de la crasse de la journée, mais n'en éprouvai pas plus de sympathie à son égard.

Il continua à demeurer caché pendant les interminables heures de la journée, que je passais assis ou étendu sous la tente, séparé de lui par une simple cloison de bois, et à mesure que nous remontions vers le Sud, sa présence me devint de plus en plus pesante. C'était comme si son aura, puissante et mystérieuse, filtrait à travers les parois de la cabine et commençait à envahir mon esprit, accentuant l'angoisse vague contre laquelle je luttais et qui finissait par se traduire par une agitation physique. De temps à autre, il se raclait la gorge ou se déplaçait dans la cabine, mais même ces bruits paraissaient furtifs. Je songeai à faire tendre la tente sous la proue, mais c'était là que s'était installé le reste de l'équipage, et c'eût été admettre que mon appréhension se muait en une peur fort peu glorieuse. Si l'homme s'était montré une seule fois en plein soleil, s'il avait frappé à la cloison et m'avait adressé la parole, cette impression se serait certainement dissipée, mais il restait invisible et n'apparaissait, à la dérobée et fugitivement, que pour se plonger dans le Nil sous le manteau de la nuit.

Je me mis à dormir d'un sommeil plus léger, me réveillant parfois avant même que le petit grincement de la porte ne le trahisse, et, tous les sens en alerte, les paupières mi-closes, je le regardais s'avancer jusqu'à la lisse, entièrement nu, et se glisser dans l'eau avec une agilité que je lui enviais malgré moi. J'étais bien musclé et en excellente forme, mais cet homme, à qui je donnais au moins le double de mon âge, se mouvait avec une souplesse et une précision qui dénotaient des années de discipline physique. Je me demandai à nouveau où Paiis l'avait trouvé et pourquoi il était chargé d'une mission aussi banale que l'arrestation d'une paysanne. Selon moi, c'était un homme du désert. Pendant de nombreux *hentis*, les medjaious – la police du désert – avaient été recrutés parmi les tribus qui parcouraient ces étendues arides avec leurs troupeaux, car même les Égyptiens étaient incapables de supporter les mois de patrouille éprouvants le long de la frontière occidentale qui nous séparait des Libous. Je ne pensais toutefois pas que le mercenaire fasse partie des medjaious, ou pas depuis longtemps en tout cas : la sauvagerie du désert était encore trop présente en lui.

Je tournai et retournai longuement tous ces éléments dans mon esprit, me remémorant les paroles du général ainsi que les réponses qu'il avait faites à mes questions concernant cette mission, et les doutes qui m'avaient assailli alors se muèrent en certitudes. Paiis n'était pas devenu général grâce à ses talents amoureux. C'était un homme logique et raisonnable. Il savait aussi bien que moi, un simple officier, que pour arrêter et faire incarcérer cette femme, il suffisait d'un ordre écrit adressé au maire de son village, lequel était parfaitement en mesure de la faire escorter jusqu'à la ville la plus proche. Pourtant, j'étais là sur ma paillasse, incapable de dormir, envoyé à Assouat avec hommes et provisions, comme s'il s'agissait d'une criminelle d'importance. Et l'homme de la cabine ? Ce n'était ni le maire de son village, ni un héraut, ni même un soldat en affectation. Pourquoi se trouvait-il là ? Devant cette question, mon esprit se dérobait.

Néanmoins, au cours de notre septième nuit de voyage, dès que je l'eus entendu se couler dans l'eau, je me levai et, veillant à me courber assez pour rester invisible du fleuve, je me glissai jusqu'à la cabine. Comme il avait laissé la porte ouverte, je n'eus pas à craindre qu'elle ne me trahisse par un craquement. Toujours à quatre pattes, je me faufilai à l'intérieur. Il faisait sombre et l'atmosphère, renfermée, sentait l'odeur âcre de sa sueur. Je patientai un instant, bien que chacun de mes nerfs me crie de faire vite, le temps que mes yeux s'accoutument à l'obscurité. Je distinguai alors les coussins aplatis sur lesquels il passait sans doute la majeure partie de son temps et, à côté, une sorte de ballot. Éprouvant une étrange répugnance à le toucher, je soulevai le tissu rude de la cape et le secouai. Rien ne tomba, mais je découvris sous le vêtement une ceinture en cuir portant deux couteaux, retenus par une lanière. L'un d'eux était court, à peine plus qu'une lame pour étriper un animal, mais l'autre était incurvé et pourvu de dents grossières vers sa pointe, de façon à déchirer et mutiler définitivement les chairs de la victime lorsqu'on l'arrachait.

Ce n'était pas là une arme de soldat. Un soldat devait pouvoir frapper vite, se reculer et frapper de nouveau. Or, dégager ce couteau d'une blessure devait nécessiter non seulement de la force mais du temps. Pas beaucoup, certes, mais davantage que ne pouvait en perdre un soldat dans le feu du combat. C'était une arme de tueur, et faite pour une seule victime. Vaguement conscient des battements désordonnés de mon cœur, je m'agenouillai et glissai une main sous les coussins. Je trouvai sous l'un d'eux un mince fil de cuivre enroulé, terminé à chaque bout par un petit morceau de bois rainuré. Un fil d'étrangleur. Je le remis à sa place d'une main tremblante, m'assurai que la cape recouvrait bien la ceinture et sortis de la cabine.

Je venais de me recoucher sous la tente et de tirer la couverture sur mes épaules, quand j'entendis le frôlement imperceptible annonçant le retour de l'homme sur le pont. Fermant les yeux, je m'obligeai à cesser de trembler. La porte émit son léger grincement habituel et, à l'autre bout de la barque, un des marins poussa un soupir et se mit à ronfler. Je n'osai pas me redresser de peur que, de l'autre côté de la cloison, l'homme ne se rende compte que je ne dormais pas. Avais-je tout laissé comme je l'avais trouvé ? Que se passerait-il s'il s'apercevait que j'avais fouillé dans ses affaires pendant qu'il nageait ? Serait-il capable de détecter mon odeur ? Car je savais à présent ce qu'il était. Pas un soldat. Pas même un mercenaire. Un assassin. Et Paiis ne l'avait pas engagé pour arrêter la paysanne, mais pour la tuer.

Malgré tout, j'essayai encore de me convaincre du contraire. Allongé sous les étoiles qui tournaient lentement au-dessus de ma tête, mourant d'envie de me lever, de nager ou de courir pour dissiper la fièvre qui s'était emparée de mon esprit, mais craignant de bouger ne fût-ce qu'un orteil, je cherchai désespérément une explication moins atterrante : je me trompais grossièrement sur le compte de mon compagnon de voyage ; c'était un mercenaire étranger, qui préférait tout naturellement se servir des armes dont il avait l'habitude dans son pays. Rien de plus compréhensible. Quant à la femme, elle avait importuné un personnage d'une grande importance, un prince peut-être, qui avait exigé son emprisonnement. En raison du rang du plaignant, Paiis avait souhaité que rien ne fût laissé au hasard. Un message au maire du village n'aurait pas suffi. Mais pourquoi le secret ? Pourquoi l'homme se cachait-il ? Pourquoi m'avait-on ordonné la plus totale discrétion ?

En dépit de mes efforts, les pitoyables arguments que mon esprit tentait de me présenter s'effondraient l'un après l'autre et, finalement, je fus acculé à la conclusion que l'homme en qui j'avais eu confiance, et dont mon sort dépendait pour une large part, m'avait menti. Ce n'était pas de sa liberté que j'allais priver la femme d'Assouat, mais de sa vie, et je ne savais pas quoi faire.

Ma première réaction fut une colère froide et égoïste contre le général. Il m'avait chargé de cette mission non parce que j'étais un soldat capable, mais à cause de ma jeunesse et de mon inexpérience. Un officier aguerri aurait immédiatement flairé le piège et trouvé un bon prétexte pour refuser, ou, moins hésitant que moi, serait allé s'ouvrir de ses doutes à quelqu'un de plus important que Paiis. Un autre général, peut-être.

Mais, naturellement, Paiis m'avait choisi pour une autre raison. Il devait s'assurer que la lame de l'assassin frappe la bonne victime. Si ce dernier tuait une inconnue par erreur, les conséquences pouvaient être fâcheuses. Il aurait certes pu envoyer l'un des nombreux voyageurs qu'elle avait importunés au cours des ans, mais je me dis avec amertume et non sans honte qu'aucun d'eux n'aurait été assez naïf pour croire à cette histoire d'arrestation, surtout s'il avait dû passer des jours en compagnie d'un officier qui ne parlait ni ne montrait son visage. J'avais été bien bête et bien suffisant de m'imaginer que Paiis appréciait mes capacités et m'avait choisi pour elles. Je n'étais qu'un instrument anonyme entre ses mains.

À l'intérieur de la cabine, l'homme soupira dans son sommeil, un longue exhalation, suivie d'un froissement d'étoffe quand il se retourna sur ses coussins. Et si je le tuais maintenant ? pensai-je stupidement. Je pourrais me glisser dans la cabine et lui plonger mon épée dans le corps pendant qu'il rêve. Mais suis-je seulement capable de tuer un homme sur le champ de bataille, sans parler d'assassiner de sang-froid un homme endormi ? J'ai fait semblant à l'entraînement, rien de plus. Et cela, Paiis le sait aussi. Évidemment. Et supposons que je commette un tel acte, supposons que cet échafaudage ne soit qu'un produit de mes craintes et de mes fantasmes, qu'il n'y ait rien à reprocher à cet homme qu'un comportement étrange ? Je sentis mes entrailles se contracter à cette terrible pensée. Je suis un soldat, qui a pour ordres d'escorter un mercenaire à Assouat et de l'aider à accomplir sa mission, me rappelai-je. Une mission dont je ne sais rien, sinon les mensonges que le général m'en a dits. Une jeune officier obéissant et sain d'esprit s'interdirait toute conjecture et se contenterait de faire ce qu'on lui demande, en abandonnant le reste à ses supérieurs. Suis-je obéissant ? Suis-je sain d'esprit ? Si mes horribles suppositions sont fondées, vais-je laisser cet homme tuer sans procès, sans ordre écrit ? Ô dieux ! Et il faut que je parle de ma mère avec cette femme. Je comptais le faire sur le chemin du retour, mais si j'ai raison, si elle est condamnée à mort et que je ne m'interpose pas parce que tel est mon devoir, je n'en aurai pas l'occasion.

Je ne m'étais jamais senti aussi seul de ma vie. Je me demandai ce qu'aurait fait mon père dans ma situation, et la réponse m'apparut aussitôt. Mon père était un homme qui avait bâti sa vie sur le risque. Il ne craignait pas de mettre en jeu dans une nouvelle caravane tout ce qu'il possédait, sans être assuré d'être plus riche à la fin du voyage. Il était aussi honnête et juste en affaires. Il me dirait : « Tu ne dois pas laisser perpétrer ce crime, Kamen, quoi qu'il doive t'en coûter. Mais avant de désobéir à ton supérieur et de ruiner ta carrière, il te faut être absolument certain que tes soupçons sont fondés. »

Misérablement, je me retournai sur ma paillasse et posai ma joue contre ma paume. Le début de la phrase était de mon père, mais la conclusion était mienne. Il fallait en effet que j'aie la confirmation de mes soupçons. Je n'étais pas assez naïf pour penser qu'il me suffisait pour cela d'aller interroger l'homme sur ses intentions. Je devais donc attendre que ses actes me donnent raison et, ce faisant, mettre ma propre vie en danger. Car si c'était bien un assassin, il ne se laisserait pas aisément priver de son salaire. Je ne comptais pas pour lui et, si je le gênais, il se débarrasserait de moi. Selon mes prévisions, trois jours nous séparaient encore d'Assouat. J'avais trois jours pour décider quoi faire. Je me mis à prier Oupouaout, posément, avec cohérence, et sans interruption.

Nous nous arrêtâmes hors de vue du village par une soirée étouffante, alors que le soleil avait disparu sous l'horizon mais que ses dernières lueurs rosissaient encore le fleuve. Je me rappelais vaguement l'anse où nous avions fait relâche lors du précédent voyage ; elle était plus large à présent en raison de la crue, et les arbres qui la bordaient disparaissaient à moitié sous l'eau. Je savais aussi que le chemin du fleuve s'incurvait vers l'intérieur des terres pour contourner le fourré qui nous protégeait des regards. Quiconque l'emprunterait pour aller d'Assouat au village suivant nous dépasserait sans voir notre barque. Je ne permis pas au cuisinier d'allumer de feu, et nous mangeâmes un repas froid – oie fumée, pain et fromage –, tandis qu'autour de nous, les oiseaux se taisaient peu à peu et que seul le murmure du Nil coulant vers le Delta rompait encore le silence.

Je m'étais forcé à manger, et je finissais ma bière quand je sursautai en entendant un coup sec frappé contre la paroi de la cabine. De l'intérieur. J'attendis, la bouche soudain sèche en dépit de la bière, puis sa voix résonna, assourdie par le bois. « Officier Kamen, dit-il. Tu m'entends ?

– Oui, répondis-je en déglutissant.

– Bien. Nous sommes à Assouat. » C'était plus une constatation qu'une question.

« Oui.

– Bien, répéta-t-il. Tu me réveilleras deux heures avant l'aube et tu me conduiras jusqu'à la maison de cette femme. Tu sais où elle se trouve. » Il parlait avec un accent prononcé et guttural. Son égyptien était sommaire, comme s'il ne le pratiquait pas souvent ou l'avait mal appris, mais la froideur et l'assurance de son ton ne laissaient aucun doute sur la clarté de son esprit. Paiis devait lui avoir appris tout ce que je lui avais confié. Comment, sinon, aurait-il su que je pouvais le guider jusqu'à la paysanne ? Je pris une profonde inspiration.

« Il n'est pas très gentil de la réveiller pour l'arrêter, dis-je. Elle sera effrayée et déroutée. Pourquoi ne pas attendre le matin, en lui laissant le temps de se laver, de s'habiller et de manger ? Après tout, son crime n'est pas bien grand, ajoutai-je hardiment. Elle n'est peut-être pas assez folle pour être sous la protection des dieux, mais elle n'a sûrement pas toutes ses facultés. L'arrêter de nuit serait cruel. »

Il y eut un silence, pendant lequel je m'imaginai, en frissonnant et avec une totale certitude, qu'il était en train de sourire. Puis je l'entendis bouger. « Ses voisins et sa famille ne doivent pas être dérangés, dit-il. Ordre du général. Si nous y allons au matin, le village sera levé. Il y aura des gens. Ils verront et seront affligés. Sa famille sera informée plus tard. » Je soupirai, assez fort pour qu'il entende.

« Très bien. Mais il faudra la traiter avec douceur. » J'attendis une réponse, mais il garda le silence. J'avais la gorge si desséchée par l'appréhension que j'aurais pu vider le tonneau de bière tout entier, et j'allais faire signe au cuisinier de remplir mon gobelet quand je me ravisai : j'allais avoir besoin de toute ma clarté d'esprit.

Il me fallait une ultime preuve. Tandis que l'obscurité s'épaississait et que le bavardage des marins laissait peu à peu place aux bruits étouffés de la nuit, je restai étendu, les yeux fermés et tous les sens en alerte. Le temps passa, mais le sommeil ne me gagnait pas. Je commençais à penser – avec un immense soulagement – que je m'étais trompé du tout au tout, quand j'entendis le craquement familier de la porte. Avec précaution, j'ouvris les yeux. Une ombre étrangement difforme traversait le pont, et il me fallut quelques secondes pour comprendre que, cette fois, l'homme n'était pas nu mais enveloppé dans son ample cape. Il disparut par-dessus bord. Je rampai jusqu'à la lisse, juste à temps pour le voir se glisser sous les arbres, dont l'ombre l'engloutit.

Assis sur les talons, je regardai fixement les planches du pont. Je ne pensais pas qu'il fût parti tuer la femme, pas sans l'identification que je devais lui fournir. Non. Il allait reconnaître les lieux, étudier le plan du village, de ses ruelles et de ses places, chercher des itinéraires de fuite en cas de besoin et peut-être même un endroit pour enterrer le corps, dans le désert. Il serait de retour dans deux ou trois heures, puis dormirait jusqu'à ce que je l'appelle.

J'avais regagné ma paillasse où je me préparais à une attente longue et anxieuse, quand une idée me frappa avec la force du khamsin, m'arrachant une exclamation que j'étouffai aussitôt en plaquant la couverture sur la bouche : une fois qu'il aurait tué cette femme, il lui faudrait me tuer, moi aussi. C'était moi qui le conduirais jusqu'à elle. À moins qu'il ne m'éloigne sous un prétexte quelconque pendant qu'il faisait ce qu'on l'avait payé pour faire – hypothèse peu vraisemblable –, je serais témoin du meurtre et susceptible de rentrer en hâte à Pi-Ramsès pour raconter cette exécution à d'autres qu'à Paiis. Reviendrait-il ensuite calmement à la barque en inventant une histoire au bénéfice des marins ? Que la femme était tombée malade, par exemple, et que comme il était impossible de la déplacer pour le moment, j'étais resté la garder ? Ou disparaîtrait-il simplement dans le désert après nous avoir enterrés tous les deux, afin que personne ne connaisse jamais la vérité ? Et Paiis ? Ma mort faisait-elle partie de son plan original ? Avait-il une explication de ma disparition toute prête à fournir à mes parents ? Mentir ne serait pas bien difficile en l'absence de tout contradicteur. Ah, décidément, j'avais été bien stupide et bien crédule ! Je m'étais mis dans la gueule du lion et pouvais remercier les dieux que ses mâchoires ne se soient pas encore refermées.

J'avais envie de courir réveiller les marins, de les informer de mes soupçons et de leur ordonner de quitter Assouat dans l'instant, mais je réprimai cette impulsion. Je ne disposais pas de la moindre preuve. Il fallait que j'aille jusqu'au bout, même si je devais d'ici le lever du soleil, me considérer comme un total imbécile être mort ou avoir tué un homme. Je maudis Paiis, me maudis moi-même et maudis les événements qui avaient conduit à cet instant, mais mes imprécations se transformèrent en prières lorsque je me souvins du temple de mon protecteur, tout proche, et ces prières me calmèrent.

Il revint juste après que la lune eut dépassé son zénith et, cette fois, il ne regagna pas immédiatement sa cabine. Lorsque je le vis se tourner vers moi, je fermai les yeux et me forçai à me détendre, à adopter la respiration profonde d'un dormeur, bouche entrouverte. Je l'entendis s'arrêter près de moi, et je sentis l'odeur de boue humide de ses pieds tandis que, gardant une immobilité menaçante, il me regardait, m'épiait. Ce moment dura, s'éternisa, si longtemps que je crus que j'allais me redresser d'un bond en hurlant, mais finalement, la porte grinça et je sus que j'étais sauf. Même s'il n'avait pas été indispensable que j'attende suffisamment longtemps pour être certain à mon tour qu'il dormait, j'aurais été incapable de bouger. Je tremblais de la tête aux pieds. Peu à peu, cependant, je parvins à reprendre le contrôle de mon corps et, sans un bruit, je me levai, traversai avec une immense lenteur le pont, qui gardait encore la trace humide de ses pas, et me glissai par-dessus bord.

Après les arbres, je trouvai le sentier et le suivis en courant, conscient de ne pas avoir beaucoup de temps. Il me conduisit comme je l'escomptais au bord du modeste canal qui reliait le Nil au temple d'Oupouaout. Là, il changeait de direction, contournait l'édifice par-derrière, passait devant la cahute de la femme, puis repartait vers le fleuve et le village. Haletant, je poursuivis ma course, heureux malgré tout de sentir la terre sous mes pieds, de dévorer l'espace, libre, sous l'entrelacs sombre des palmes. Rien ne m'empêchait de continuer, de courir jusqu'à ce que je sois en sécurité, loin d'Assouat, et de regagner ensuite Pi-Ramsès par mes propres moyens. Mais alors même que je me faisais ces réflexions, j'arrivai devant la cahute branlante dont je ne me souvenais que trop bien.

Un instant, le temps de reprendre mon souffle, je restai immobile, l'oreille aux aguets. La nuit était silencieuse. L'infini du désert s'ouvrait sur ma droite avec, à sa lisière, des petits champs, transformés à présent en étang où se reflétaient les étoiles. Tout était gris et immobile. Le mur de la maison jetait une ombre lunaire à mes pieds. Je m'étais plus ou moins attendu à trouver la femme en train de danser dans les dunes comme une déesse démente, mais il n'y avait personne. Il m'était impossible d'attendre plus longtemps. Empoignant la natte effilochée qui servait de porte, je la soulevai et entrai.

Je savais où se trouvait son lit, et j'y fus en quatre enjambées. J'y voyais assez pour discerner sa silhouette, un bras pendant hors de la couche, les genoux repliés sous la couverture, puis, à mesure que mes yeux s'habituaient à l'obscurité, je distinguai aussi son visage, à demi dissimulé sous une masse de cheveux emmêlés. Sans plus hésiter, de peur peut-être de perdre mon sang-froid, je me penchai, plaquai une main sur sa bouche, lui agrippai l'épaule de l'autre et appuyai un genou contre sa cuisse. Elle eut un sursaut convulsif, puis demeura parfaitement immobile. «N'aie pas peur, murmurai-je. Je ne te veux pas de mal, mais il est très important que tu ne cries pas. Je peux retirer ma main?» Elle secoua la tête avec vigueur et, dès que je l'eus libérée, se redressa et me repoussa.

«Tu peux enlever ton genou aussi, siffla-t-elle. Tu m'écrases. Explique-toi vite, sinon tu risques de t'en repentir.» Rapidement, et avec le plus grand naturel, elle se leva, s'enveloppa dans sa couverture et alla prendre un bout de bougie sur la table.

«Non! murmurai-je, en lui saisissant le poignet. Pas de lumière. Allons dehors pour parler. Je ne veux pas être pris par surprise, ici.» Je la sentis hésiter et attendis, la main toujours refermée autour de son poignet roidi.

«Je n'ai rien à voler, dit-elle à voix basse. Et si tu avais eu l'intention de me violer, ce serait déjà fait. Qui es-tu? Que veux-tu?» Son ton était soupçonneux, mais elle s'était détendue. Je la lâchai donc et me dirigeai vers la natte, que je soulevai. Au bout d'un instant, elle serra la couverture plus étroitement autour d'elle et passa devant moi, s'arrêtant un instant sur le seuil pour respirer l'air nocturne.

La prenant par le coude, je l'entraînai jusqu'à la ligne d'arbres qui, partant du temple, s'allongeait entre le désert et le chemin menant au village. Je l'attirai ensuite dans leur ombre, où il était impossible de nous voir. Dès que nous nous arrêtâmes, elle scruta mon visage. «Oui, souffla-t-elle. Oui. Je me disais que je te connaissais, et je ne me trompais pas. Il y a deux mois de cela, au début de Thot. Je t'ai vu dans le temple, puis je t'ai surpris à m'épier en train de danser dans le désert. Tu es celui qui as accepté de prendre mon coffret, le seul à avoir eu pitié de moi depuis bien des années. Je m'excuse, mais je ne me rappelle pas ton nom. Pourquoi es-tu ici? Pourquoi ces précautions?» Un sourire s'épanouit sur son visage comme une fleur de lotus. «Cela a un rapport avec mon coffret, n'est-ce pas? J'osais à peine espérer que, par miracle, tu sois un homme honnête et que tu ne te contentes pas de le jeter par-dessus bord. Tu es parvenu à le faire remettre à Pharaon, c'est cela? Et il t'a chargé d'un message pour moi?

– Non, répondis-je d'un ton bref. Ecoute-moi, parce que le temps presse. J'ai donné ce coffret au général Paiis sans tenir compte de ton avertissement. Je te croyais folle et, comme ma conscience m'interdisait de m'en débarrasser purement et simplement, je ne voyais pas d'autre solution. Je regrette ! » Le sourire disparut, remplacé par une expression d'incrédulité. « J'ai fait ce qui me paraissait le plus honorable, mais je crains d'avoir seulement réussi à te mettre en danger. Je suis ici sur les ordres du général, accompagné d'un homme dont je crois qu'il est un assassin chargé de te tuer. Juste avant l'aube, je dois le conduire à ta maison. Je pensais que nous devions t'arrêter pour trouble de l'ordre public, mais le contenu de ce coffret a apparemment signé ton arrêt de mort. Je suis convaincu que ta vie est en danger. »

Elle me dévisagea un instant avec attention, et je ne lus pas le moindre signe d'appréhension sur son visage. « Ainsi, au nom de l'honneur, tu t'es déchargé d'une responsabilité librement acceptée sur un homme que l'on t'avait nommément demandé d'éviter, dit-elle enfin. Ça n'était pas très courageux de ta part. Mais tu es très jeune, et je te pardonne donc d'avoir confondu l'honneur avec la lâcheté. Que Paiis ait décidé de se débarrasser de moi ne me surprend pas le moins du monde, étant donné que tu as eu la bêtise d'aller réveiller ses vieilles craintes. En revanche, je me demande pourquoi tu désobéis à ton supérieur de manière aussi flagrante, mon bel officier ? À moins que tu ne lui désobéisses pas du tout, poursuivit-elle d'un ton sec. On t'envoie peut-être pour me tendre un piège, et ton histoire d'assassin a peut-être pour but de me pousser à fuir, car si je quittais le lieu d'exil qui m'a été assigné, Paiis pourrait alors en toute légalité me faire jeter en prison et m'y laisser croupir. »

Une main sous le menton, elle se mit à marcher de long en large, et je gardai le silence. Elle avait parfaitement analysé les motifs qui m'avaient conduit à remettre son coffret à Paiis. J'avais commis une faute, mais sans rien connaître de la situation, sans pouvoir comprendre ce que je faisais vraiment. Je n'étais guère plus avancé à présent, et me contentai donc de l'observer sans rien dire. Elle poussa un soupir, secoua la tête, puis eut un rire sans joie. « Non, dit-elle. Il n'essaierait pas de me faire quitter Assouat. Il sait que rien ne m'en fera partir. Voilà seize ans que je respecte la loi. Je ne compromettrais pas les chances que je peux encore avoir de retrouver la faveur du Roi sur la foi de simples contes, et Paiis le sait. De toute façon, si j'étais assez stupide pour m'enfuir, on ne pourrait m'arrêter sans un mandat en bonne et due forme signé par les officiers de

Pharaon à la demande du maire d'Assouat. Tout cela serait beaucoup trop public pour ce cher Paiis. Il veut enterrer le passé. Littéralement. Non.» Elle s'immobilisa et me regarda dans les yeux. «Tu as décidé de m'avertir parce que tu es effectivement un jeune homme honorable, qui souhaite réparer le mal qu'il a fait, et parce que tu sais aussi que, si l'on m'assassine, tu mourras également.» Elle avait compris la situation avec une rapidité et une perspicacité qui m'ahurissaient et, devant mon expression, elle rit de nouveau. «Je ne suis pas si folle que cela en fin de compte, hein? Ce que les jeunes gens peuvent être présomptueux, tout de même! Vais-je donc périr avant l'aube? Je ne pense pas qu'il agisse tant que nous serons ensemble, poursuivit-elle, les sourcils froncés. Cela réduirait ses chances de réussite. A mon avis, il te demandera de le conduire jusqu'à ma porte, puis te tuera avant d'entrer et de me poignarder à mon tour. De cette façon-là, il nous élimine séparément, et nos cadavres sont côte à côte. Plus faciles à traîner et à enterrer.» Elle se tut un instant, songeuse, puis tendit une main vers moi. «Eh bien? M'as-tu apporté une arme?» Je secouai la tête, pris de court.

«Je n'ai que les miennes, une épée et un poignard. J'ai laissé l'épée sur la barque.

– Alors, donne-moi le poignard. Comment me défendrai-je autrement? En lui jetant ma lampe au visage?» Comme j'hésitai, elle s'exclama avec colère : «Tu doutes encore de ses intentions, n'est-ce pas? Tu ne veux rien faire avant d'en être absolument certain. Mais si tes soupçons sont fondés, tes scrupules vont nous valoir d'être tués tous les deux. Écoute, si tu me laisses ton poignard, je jurerai par Oupouaout, mon protecteur, de te le rendre docilement et de bon gré dans le cas où l'homme de la barque se révélerait n'avoir d'autre intention que de m'arrêter. Peux-tu te fier à ce serment?»

À ces paroles, j'eus soudain devant les yeux la petite statue de bois posée sur ma table de chevet, et je me rappelai toutes les prières angoissées que j'avais adressées au dieu ces derniers jours. Elle me regardait avec anxiété, les lèvres entrouvertes, les poings serrés, et, libéré tout à coup de l'incertitude qui m'accablait, je lui souris. Le nom du dieu avait agi comme une sorte de mot de passe entre nous et, en guise de réponse, je décrochai la gaine de ma ceinture et la lui tendis. Se comportant comme un soldat, elle sortit le poignard et vérifia avec soin le tranchant de la lame avant de le rengainer. «Merci, dit-elle seulement. À présent, il nous faut réfléchir à un plan. Que penses-tu de celui-ci? Tu l'amènes jusqu'à ma maison. Je vous suis tous les deux – je peux surveiller le chemin sans risque d'être découverte. Il va essayer de te tuer dès que tu lui auras indiqué mon logis, tu es d'accord ? Eh bien, quand je verrai qu'il s'apprête à te poignarder dans le dos, je crie et tu le prends de vitesse.

– Non, dis-je, ça ne marchera pas. Il a besoin de moi pour t'identifier sans risque d'erreur. Mettons que je lui indique ta maison, qu'il me tue et que tu ne sois pas chez toi ? Tu pourrais très bien passer la nuit chez des amis ou des parents. Comment te trouverait-il, dans ce cas ? Il pensera à cette possibilité. Et puis, de toute manière, s'il connaît son métier, je serai mort avant même d'avoir pu me retourner. Cet homme sait se déplacer vite et sans bruit. À supposer même que j'arrive à faire face avant qu'il ne me plante son couteau dans le dos, je ne sais pas… je ne crois pas… Je n'ai encore jamais versé le sang de quiconque. » Je sentis sa main sur mon bras, chaude et rassurante.

« Moi, j'ai tué, murmura-t-elle en resserrant son étreinte. Deux fois. Il est possible de commettre un crime sans perdre la raison, mais ce sont les remords ensuite qui te conduisent aux lisières de la folie. Ne te laisse pas décourager par la perspective d'avoir à verser son sang. Cet homme est un animal, rien de plus. Lui n'éprouvera certainement aucun remords après t'avoir assassiné. » Elle retira sa main, et j'éprouvai une sensation de froid là où elle s'était posée. « Si tu es certain qu'il a besoin de toi pour m'identifier, il sera contraint de nous affronter au même endroit et en même temps. Mais il fera l'impossible pour nous séparer au dernier moment, alors méfie-toi ! Il semble que nous allons devoir improviser notre défense, finalement, en priant que tu aies correctement deviné son raisonnement. Je te dois beaucoup, conclut-elle, en m'effleurant la joue d'un baiser. Je ferai donc l'impossible pour que ta bravoure ne soit pas le dernier acte de ta vie et de la mienne. Garde la main sur ton épée et prie ! » Elle remonta la couverture sur ses épaules et regarda le ciel, ce qui me rendit brusquement la notion du temps. La lune avait en effet disparu et l'on commençait à pressentir l'aube.

« Il faut que je regagne la barque, dis-je. Ne te rendors pas, surtout ! » Elle acquiesça de la tête, et je m'élançais déjà quand elle demanda : « Quel est ton nom ?

– Kamen. Je m'appelle Kamen », répondis-je sans me retourner, et l'instant d'après je courais le long du mur du temple, dissimulé dans son ombre.

Le jour n'était toujours pas levé lorsque j'arrivai à la barque, mais tout, autour de moi, annonçait son approche : le frémissement de la brise et d'invisibles éveils dans la végétation des berges. Réprimant le sentiment d'urgence qui m'aurait fait me précipiter à bord, je restai appuyé contre la coque, de l'eau jusqu'aux genoux, et tendis l'oreille. Aucun bruit ne me parvint. J'agrippai la lisse et me hissai doucement à bord. Les marins, formes indistinctes groupées sous la proue, étaient toujours plongés dans leurs rêves, et la cabine se dressait comme une sentinelle trapue et silencieuse. Je rampai jusqu'à la tente et m'essuyai soigneusement les pieds dans ma couverture. Si l'homme remarquait qu'ils étaient humides et boueux, il risquait d'en tirer la bonne conclusion. Puis, après avoir pris mon épée, j'allai frapper à la porte de la cabine. « L'aube approche, déclarai-je. Il est temps. » C'est à peine si j'entendis un frôlement avant qu'il n'apparaisse, enveloppé dans sa cape, pieds nus, apportant avec lui une bouffée d'air chaud et vicié. Il ne dit rien. Il secoua seulement la tête et s'apprêta à enjamber la lisse. « Il faut installer la passerelle, dis-je. Cette femme ne pourra pas grimper à bord.

– Pas maintenant, répondit-il d'un ton bref. Les marins le feront à notre retour. » Sur quoi, il descendit à terre. Je lui avais donné une nouvelle chance de prouver son innocence, et c'est avec accablement que je pataugeai jusqu'à l'endroit de la berge où il m'attendait. D'un geste, il me fit signe de passer devant. « Conduis-moi », dit-il.

Tout en moi me sembla se recroqueviller et vaciller quand je commençai à suivre le chemin, très court, trop court, qui menait à la cahute. Je crois que, jusqu'à cet instant, toute la situation, la trahison de Paiis et même ma mort imminente étaient restées un jeu dépourvu de réalité dans mon esprit, une série de supputations auxquelles je m'étais livré en m'imaginant qu'à la fin, je réveillerais le mercenaire et que nous irions arrêter la femme, puis rentrerions gentiment ensemble dans le Delta.

Mais maintenant, en avançant sur ce chemin dans une obscurité qu'épaississaient encore les feuilles tremblantes des palmiers, en voyant déjà étinceler devant moi l'eau du canal qui conduisait au temple d'Oupouaout, je pris l'exacte mesure de la situation. Il ne s'agissait pas d'un exercice militaire étrange imaginé par mon officier instructeur, ni d'une mauvaise plaisanterie concoctée par mes camarades. Tout était bien réel. L'homme qui marchait derrière moi mettrait un terme à ma vie avant que Rê ne hisse son énorme disque au-dessus des arbres, de l'autre côté du fleuve… et tout serait fini. Je ne saurais jamais ce qui se passe ensuite. Des picotements me coururent le long de la colonne vertébrale, et une sueur d'effroi me couvrit le corps. Il avançait d'un pas si furtif que je ne l'entendais pas. Je ne savais pas à quelle distance il se trouvait. Lorsqu'il me murmura soudain à l'oreille : «Quitte le sentier», je faillis pousser un cri. Je me retournai.

«Nous devons le suivre parce qu'il passe devant sa porte, répondis-je. Ce n'est plus très loin.»

Nous continuâmes et, alors que nous commencions à longer le mur du temple, je crus percevoir un mouvement dans les buissons. Était-ce elle? D'un seul coup, les battements frénétiques de mon cœur s'apaisèrent, et je me dis avec fatalisme que j'avais fait tout ce que j'avais pu. Le reste était l'affaire des dieux.

Devant sa porte, je m'immobilisai. La nuit recouvrait toujours le désert mais, à l'est, son manteau commençait imperceptiblement à se déchirer. «Elle habite ici, dis-je sans baisser la voix. Il serait incorrect que deux inconnus la réveillent aussi brutalement. Nous devons au moins frapper.» Sans me prêter la moindre attention, il souleva la natte et se glissa à l'intérieur. Je ne le suivis pas. Je savais qu'il ne la trouverait pas.

Lorsqu'il réapparut, il me prit par le coude. «Personne, siffla-t-il. Où est-elle?» Je me dégageai et m'apprêtai à répondre quand la femme sortit des buissons. Elle portait la même cape grossière dont elle avait voilé sa nudité lorsque je l'avais surprise en train de danser sous la lune, deux mois plus tôt. Elle la tenait d'une main. L'autre était invisible, mais je savais qu'elle étreignait mon poignard.

«Une heure bizarre pour une visite, dit-elle d'un air méfiant, en nous dévisageant. Qui êtes-vous, et que voulez-vous? Si vous cherchez un prêtre, il arrivera bientôt pour chanter les prières du matin. Retournez l'attendre dans l'avant-cour.» Elle était parfaitement calme, parfaitement convaincante.

Je sentais que l'homme était contrarié. Il mit trop longtemps à répondre. Je pouvais presque lire dans ses pensées. Nous étions ensemble, elle et moi, et dehors. Qu'allait-il faire? Dirait-il : «Je suis ici pour t'arrêter», mettant ainsi un terme au jeu inventé par mon esprit enfiévré? Une seconde, le temps que dura son silence, nous restâmes comme en suspens. Puis je me rendis compte que je voyais mieux la paysanne, bien que son visage demeurât indistinct et gris dans la lumière sans chaleur de l'aube. Elle étreignait trop fort le bord de sa cape.

«C'est bien cette femme? demanda le mercenaire d'une voix sans expression.

– C'est elle, répondis-je sans oser le regarder.

– Tu en es sûr?

– Oui. » Il hocha la tête, puis s'adressa directement à elle. « Femme d'Assouat, je suis ici pour t'arrêter et te conduire dans le Nord. Tu es accusée de troubler l'ordre public. Va chercher les affaires dont tu auras besoin. » Je vis que, comme moi, elle était prise au dépourvu. Ses yeux s'agrandirent.

« Quoi ? s'écria-t-elle. M'arrêter ? Pour quel motif ? Où est ton mandat ?

– Je n'en ai pas besoin. Tu ne seras pas détenue longtemps. » Elle jeta un coup d'œil dans ma direction, puis regarda sa porte et de nouveau l'homme.

« Dans ce cas, je n'emporte rien, dit-elle. Les autorités n'auront qu'à s'occuper de moi. Comment se fait-il qu'on ne m'ait même pas avertie ? Que va penser ma famille en constatant que j'ai disparu ? Est-ce que le maire d'Assouat est au courant ?

– Ils seront informés. Officier Kamen, retourne à la barque ordonner aux marins d'installer la passerelle et de se préparer à partir. »

Mais bien sûr. Je déglutis. C'était très rusé de sa part, ou parfaitement irréprochable. Je n'en savais toujours rien, et la femme et moi allions devoir jouer cette comédie jusqu'au bout. Je lui jetai un bref regard avant de feindre d'obéir. Son visage était sans expression.

Dès que je fus hors de vue, je tirai mon épée et quittai le chemin pour me dissimuler dans les broussailles. La lumière avait encore grandi. D'un instant à l'autre, Rê se montrerait au-dessus de l'horizon et, déjà, les premières notes ensommeillées du chœur de l'aube se faisaient entendre au-dessus de ma tête. Je misais tout sur l'hypothèse qu'il ferait avancer la femme le long du chemin jusqu'à être protégé, d'un côté par les arbres et, de l'autre, par le mur du temple. Mais s'il lui avait lié les mains ? S'il avait trouvé mon poignard ?

Ils arrivèrent presque aussitôt, elle marchant devant, et lui sur ses talons. Elle fixait le sol. Son regard à lui ne cessait de scruter les abords du chemin et, à l'instant même où je m'accroupissais, prêt à bondir, il sortit d'un geste preste le fil de cuivre de son manteau. Sans ralentir ni accélérer le pas, il le déroula, empoigna les bouts de bois, se pencha et, d'un seul mouvement, à la fois brutal et gracieux, le passa autour du cou de sa victime.

Quelque chose, un bruissement imperceptible, un frémissement de l'air, avait dû avertir la femme. Sa main jaillit, s'interposa entre le fil et sa gorge, et elle tomba à moitié, déséquilibrant l'assassin. Alors que je m'élançais sur le chemin, je la vis chercher à tâtons le poignard sous sa cape. Mais l'homme s'était déjà ressaisi. Lâchant le fil, il lui passa un bras sous le menton, sans se soucier de ses efforts désespérés pour se libérer, et le couteau barbare apparut soudain dans son poing. Elle essayait de crier mais n'arrivait à émettre que des sons étouffés.

Brusquement, un grand calme m'envahit. Ma main se raffermit autour de la garde de mon épée. Le temps ralentit. Je courais vers eux, mais mon œil nota une tache de boue sur le bord du manteau de l'assassin, un caillou orange et parfaitement rond sur le chemin. Il m'entendit venir et tourna à demi la tête, mais sans lâcher prise. Son bras se releva, prêt à enfoncer le couteau dans son flanc. Ce fut alors que je le frappai, à deux mains, entre le cou et l'épaule. Il poussa un grognement et tomba à genoux. Son arme lui échappa. Un flot de sang jaillit de sa blessure quand je dégageai mon épée, mais, bien que mourant, l'homme se traîna encore vers le couteau. Avec un cri, je l'empoignai et le lui plantai dans le dos. Il s'effondra dans la poussière, le visage dans la flaque d'un rouge sombre qui grossissait sur le sentier. Ses doigts griffèrent le sol, puis il émit un râle et ne bougea plus. Je m'éloignai en titubant et me mis à vomir, appuyé sur mon épée. Lorsque j'eus la force de me retourner, le soleil s'était levé. Un vent chaud jouait dans les cheveux échappés de la tresse noire du mort et soulevait un pan de son manteau.

La femme était assise à côté du corps, tenant contre elle sa main blessée d'où coulaient quelques gouttes de sang écarlate. «Regarde», dit-elle d'une voix rauque, en me montrant le dos de ses doigts. Des meurtrissures apparaissaient aussi à son cou. «Le cuivre m'a coupé jusqu'à l'os. Mais il est bien mort. Je m'en suis assurée. Son pouls ne bat plus.» Elle me jeta un regard compatissant. «Tu t'es bien comporté. Je craignais que tu n'aies cru son histoire et regagné la barque. J'ai du mal à parler, Kamen. Il faut que nous l'enterrions avant qu'on ne commence à circuler sur ce chemin. Va chercher une couverture et un balai dans ma maison. Vite!» Je commençais à me remettre, mais j'avais encore les jambes flageolantes et ce fut d'un pas hésitant que je me dirigeai vers la cahute. Il me sembla que des milliers d'hentis s'étaient écoulés depuis que nous nous étions tenus tous les trois devant sa porte, et que j'avais définitivement abandonné là un autre Kamen, plein de peur et d'incertitude.

Quelque chose en moi avait changé. C'était aussi incontestable que la présence de Rê dans le ciel. J'avais franchi d'un seul bond le fossé séparant l'enfance de l'âge d'homme, et pas parce que j'avais tué un homme d'un coup d'épée. J'avais eu à affronter une situation inconnue de mes camarades officiers, et je ne m'étais pas dérobé. Le temps que je rejoigne la femme avec la couverture et le balai, ma nausée avait entièrement disparu.

Nous enroulâmes le corps dans la couverture, en laissant le couteau dans la plaie pour éviter que de nouvelles taches de sang éloquentes ne souillent le chemin ; et nous utilisâmes le balai pour effacer toute trace du meurtre. Puis, dans une hâte voisine de la panique, moitié en le traînant, moitié en le portant, nous amenâmes le cadavre jusqu'à sa cahute. « Il est inutile de chercher à l'ensevelir dans le désert, dit-elle. Les chacals le déterreraient, et il nous faudrait toute la matinée pour creuser un trou assez profond. Or je dois commencer mon travail dans le temple dans un instant. Si je n'y vais pas, on viendra me chercher. » Tout en parlant, d'une voix enrouée, à cause de sa gorge blessée, elle nettoyait les plaies qu'elle avait aux doigts et y appliquait un onguent. Elle me montra sa main en faisant une grimace : « Je ne peux pas t'aider, malheureusement, mais tu trouveras une pelle dehors, contre le mur. Enterre-le ici. Je n'ai pas l'intention de continuer à y habiter, de toute façon. À mon retour, nous déciderons de ce qu'il convient de faire. » Je n'avais pas songé au futur. Assurer son salut et le mien avait absorbé toutes mes pensées. Et je n'avais pas encore le temps de réfléchir à ce problème : le soleil était levé ; les marins étaient en train de déjeuner et se demanderaient bientôt où j'étais passé. J'allai chercher la pelle et me mis à creuser.

Le sol de la cahute était en terre battue, propre mais dur. Une fois percée la croûte superficielle, toutefois, je trouvai du sable et le travail avança plus vite. De temps à autre, quelqu'un passait devant la porte et je m'interrompais, le cœur battant, mais personne ne frappa au chambranle. À la fin, sa pièce ne fut plus qu'un amoncellement de sable, et comme il m'était impossible de continuer sans en jeter dehors, je déposai le corps dans la fosse et m'attelai à la tâche tout aussi épuisante de le recouvrir. La femme revint sur ces entrefaites, et nous terminâmes ensemble, puis nous tassâmes la terre et poussâmes le peu qui restait sous son lit.

Un moment, à demi hébétés, nous restâmes assis côte à côte sur son lit en désordre, contemplant fixement le sol retourné, puis je repris mes esprits. « Il faut que je parte, dis-je. Lorsque je ferai mon rapport au général, je lui raconterai qu'à notre arrivée à Assouat, l'homme a descendu la passerelle et disparu. J'ai cherché à procéder moi-même à l'arrestation mais constaté que tu avais disparu, toi aussi. » Je m'aperçus soudain que je mourais de soif. « C'est fini, poursuivis-je en me levant. As-tu des parents qui accepteront de t'héberger et t'aideront à te construire une autre habitation ? Quel prétexte vas-tu donner pour abandonner celle-ci ? » Elle me dévisagea comme si j'avais perdu l'esprit, et je sentis ses doigts s'enfoncer dans mon bras.

« Ce n'est pas fini, fit-elle d'un ton haletant. T'imagines-tu que Paiis va te croire sur parole ? Il a sans doute enjoint à l'assassin de lui rapporter la preuve qu'il avait accompli sa mission, et lorsque tu lui raconteras ton histoire cousue de fil blanc, il saura qu'il y a eu une anicroche. Si tu mens de manière convaincante, tu ne courras aucun danger toi-même, mais tu peux être certain qu'il enverra un autre assassin à mes trousses. Non, Kamen, je ne peux pas rester ici et vivre dans une peur perpétuelle. Je viens avec toi. »

J'eus un mouvement de recul. Elle avait raison, bien entendu, mais l'idée de l'avoir indéfiniment sous ma responsabilité m'effrayait. Je m'étais imaginé pouvoir l'interroger sur ma mère, puis repartir tranquillement chez moi, en oubliant tout de cette histoire insensée.

« Mais ton exil ? demandai-je aussitôt. Si tu quittes Assouat, les autorités locales te chercheront, puis elles seront obligées de signaler ta fuite au gouverneur de ce nome. Et puis, je peux t'emmener en te faisant passer pour ma prisonnière, mais que feras-tu une fois dans le Delta ?

– Je n'ai pas le choix ! dit-elle, en hurlant presque. Tu ne vois donc pas qu'ici je suis une cible sans défense ? Les villageois ont honte de moi : ils ne feraient rien pour m'aider. Ma famille tâcherait de me protéger mais, au bout du compte, Paiis parviendrait à ses fins. Il ne renoncera pas. Plus maintenant.

– Mais pourquoi ? Pourquoi veut-il ta mort ?

– Parce que j'en sais trop. Il a sous-estimé mon obstination, ma détermination à me faire entendre. Je te donnerai mon manuscrit à lire pendant le voyage, et tu comprendras tout...

– Mais je croyais...

– J'en ai fait une copie. » Elle se leva et contempla ses mains, les paumes calleuses, la peau rugueuse des articulations, la mince entaille rouge, là où le fil de cuivre avait mordu la chair. « Voici près de dix-sept ans que je vis dans cet endroit. Dix-sept ans ! Tous les matins, je me réveille en me jurant de n'avoir de trêve que je ne sois libérée de cet esclavage. Tous les jours, je nettoie le temple dans l'humilité et la honte ; je m'occupe des prêtres, qui sont aussi mes voisins, des villageois hostiles accomplissant leurs trois mois de service sacré ; je plante, cultive et récolte ma nourriture, et conserve ma santé mentale en volant des feuilles de papyrus pour y écrire mon histoire pendant mes rares heures de loisir. Je ne suis pas stupide, Kamen», dit-elle. Et je constatai avec étonnement qu'elle avait les larmes aux yeux. «Je savais que, même si j'arrivais à convaincre un voyageur compatissant de prendre mon coffret, rien ne garantissait que le souverain le verrait un jour. J'ai donc recopié chaque page à mesure que je la terminais. Au début de mon exil, je lui ai envoyé de nombreuses suppliques par l'entremise de notre maire, mais je n'ai jamais reçu de réponse. Sans doute ne les a-t-il jamais lues. Mais il m'a forcément pardonnée après toutes ces années ! J'ai été pardonnée et oubliée ! On dit qu'il est malade. Il faut que je le voie avant sa mort.

– Après sa mort, le nouvel Horus-dans-le-nid passera en revue tous les jugements, intervins-je. Si ce que tu dis est vrai, ne vaudrait-il pas mieux tenter ta chance auprès de son successeur ?» Elle eut un rire bref.

«J'ai connu le Prince aussi, quand il était jeune, séduisant, et qu'il dissimulait une ambition froide sous des dehors distants et bienveillants. Il n'aimera pas à se rappeler qu'une paysanne lui a arraché un jour la promesse d'une couronne de reine. Non, Kamen, c'est Pharaon que je dois voir, et il faut que tu m'aides. Attends-moi un instant.» Un rayon de soleil aveuglant tomba sur le sol lorsqu'elle se glissa au-dehors.

C'était l'occasion de m'enfuir. En quelques instants, je pouvais avoir regagné le bord et ordonné aux marins de rentrer la passerelle et de pousser au large. J'avais fait ce que les dieux exigeaient de moi. Que pouvait-on me demander de plus ? Je lui avais sauvé la vie. Ce qu'elle décidait de faire ensuite ne me regardait pas. J'avais mes propres problèmes à régler. Elle n'avait d'ailleurs pas le droit de compromettre davantage ma carrière en s'imposant à moi comme une mendiante importune dans la rue. Son histoire ne m'intéressait pas. Je voulais seulement retrouver le Delta et le déroulement ordonné de mes jours. Elle me faisait l'effet d'une maladie que j'aurais contractée à mon premier voyage sans parvenir depuis à m'en débarrasser.

Je savais néanmoins que je ne m'enfuirais pas. Non par faiblesse de caractère, mais parce qu'elle avait dit la vérité et que je n'avais guère envie de la voir mourir après les efforts que j'avais déployés pour lui sauver la vie. Contrairement à elle, j'avais encore le choix. Je lirais son manuscrit. S'il ne me convainquait pas, je la remettrais aux autorités compétentes à notre arrivée à Pi-Ramsès, et elle serait appréhendée pour avoir quitté le lieu de son bannissement. Paiis n'oserait pas reconnaître qu'il avait ordonné son arrestation secrète, de sa propre initiative. Je pensai au cadavre sous mes pieds et me résignai à l'inévitable.

Elle fut absente longtemps, et je m'apprêtais à l'abandonner malgré tout, quand sa silhouette se découpa sur le ciel brûlant. Elle me fit signe de sortir, et je quittai avec soulagement la pièce obscure et sans air pour la lumière aveuglante du dehors. Elle s'était lavée et coiffée, portait une cape à capuchon sur un bras et tenait de l'autre main un sac en cuir, qu'elle me tendit. « Il était chez mon frère pour plus de sécurité, expliqua-t-elle. Il a accepté de raconter que j'étais malade et que j'habiterais chez lui jusqu'à ce que je sois en état de reprendre mon travail. Mes parents s'inquiéteront, et ma mère, qui était le médecin et la sage-femme du village, voudra me soigner, mais mon frère s'arrangera pour l'en dissuader. Je l'ai peu vue, ces dernières années, car elle a toujours désapprouvé ma conduite. Mon père, lui, devra être mis au courant tôt ou tard. » Elle haussa les épaules, mais sa voix était voilée. « J'aime tendrement mon frère. Il m'a toujours soutenue, même dans mes aventures les plus folles. S'il lui arrivait malheur à cause de moi, je ne me le pardonnerais pas, mais je ne vois pas d'autre solution… Eh bien, allons-y maintenant, conclut-elle en jetant la cape sur ses épaules et en rabattant le capuchon.

– Tu n'emportes rien ? » demandai-je en montrant la maison. Elle eut un geste violent, de rejet et de regret mêlés.

« J'ai déjà vécu deux vies, dit-elle avec amertume. La première fois que j'ai quitté Assouat, je n'avais rien, et l'on m'y a renvoyée sans rien. Aujourd'hui, j'abandonne de nouveau son sein aride, et de nouveau les mains vides. » À cela, il n'y avait rien à répondre.

Nous marchâmes ensemble dans l'ombre du mur du temple, puis suivîmes le chemin jusqu'au fleuve. Les champs étaient déserts et, à mon grand soulagement, le chemin aussi, même si en arrivant à la hauteur du petit canal, j'entendis confusément les prêtres psalmodier leurs prières. La barque était invisible, mais je guidai la femme à travers les broussailles jusqu'à la baie où elle était amarrée. Là, je pris soudain conscience de mon apparence. Des traînées de sable et de terre me collaient à la peau, et je puais la sueur. Pendant qu'elle m'attendait, hors de vue des marins, dont le bavardage nous parvenait avec clarté dans l'air limpide, je plongeai dans la fraîcheur bénie du fleuve et me nettoyai de mon mieux. Puis nous nous approchâmes de la barque, et quand la passerelle fut installée, je la fis monter à bord.

Un bref silence salua notre apparition, puis j'ordonnai d'un signe de tête au timonier de gagner son poste, et les marins se préparèrent à pousser au large. Je sentis la barque frémir sous mes pieds, s'arracher au sable, et bientôt nous nous balançâmes dans le courant, tandis que les voiles latines se gonflaient sous la brise. Nous étions libres. Nous rentrions chez nous. Soulagé et épuisé, je me laissai tomber sous la tente, et la femme s'assit à côté de moi. Le capitaine de la barque s'approcha.

«Le mercenaire avait d'autres tâches à accomplir pour le général Paiis, dis-je, prévenant la question que je lisais dans ses yeux. Il regagnera Pi-Ramsès par ses propres moyens. Demande au cuisinier de nous apporter de la bière et de quoi manger, et fais aérer et nettoyer la cabine pour la prisonnière.» Il s'inclina et, quand il se fut éloigné, je me laissai aller en arrière et fermai les yeux. «Quand j'aurai mangé et bu, il faudra que je dorme, dis-je avec un soupir. Tu pourras occuper la cabine quand elle sera prête.

– Merci, répliqua-t-elle d'un ton acerbe. Je ne comptais pas passer les dix prochains jours vautrée ici, sous les yeux de ton équipage.

– Tu le ferais si je te l'ordonnais, répondis-je, les yeux toujours fermés. Je suis le maître à bord, et tu es ma prisonnière.» Elle ne répondit pas. Je sentis que l'on posait un plateau près de ma cuisse et respirai l'odeur de la bière qui m'attendait, sombre et désaltérante, mais je ne bougeai pas tout de suite. Quand je finis par ouvrir les yeux et m'asseoir, ses yeux bleus étaient posés sur moi, et ses lèvres pleines souriaient.

À mesure que la distance nous séparant d'Assouat s'accrut, je me détendis. Aucun soldat n'apparut sur la rive pour nous crier de nous arrêter, comme je l'avais vaguement craint. Aucune embarcation ne nous poursuivit. Grâce au courant qui nous portait vers le nord et à un bon vent arrière, nous progressâmes avec régularité, en nous arrêtant tous les soirs au coucher du soleil pour faire un feu et manger. Nous ne nous cachions plus. C'était inutile. Tandis que les marins préparaient le feu, la femme plongeait du pont. Elle nageait avec vigueur, ses longs cheveux noirs flottant dans son sillage, ses bras bruns fendant l'eau comme deux poissons, et la détermination qu'elle y mettait me rappelait les exercices prescrits par mon officier instructeur pour accroître la puissance des muscles qui bandaient l'arc.

J'avais commencé à lire son récit, qui me captiva sur-le-champ. Les caractères hiératiques étaient tracés d'une main assurée et élégante, et le style forçait l'admiration. Ce n'étaient pas là les gribouillages laborieux d'une villageoise mais la prose mesurée d'un scribe éduqué.

Je lus qu'elle était née à Assouat. Son père, qui était un mercenaire libou, avait combattu au service de Pharaon pendant ses premières guerres et reçu à titre de récompense les trois aroures de terre cultivable habituelles. Sa mère était la sage-femme du village. Elle racontait ses premières années, son désir d'apprendre à lire, le refus de son père de l'envoyer à l'école du temple et les cours que son frère lui avait donnés en secret. Elle ne voulait pas succéder à sa mère, comme c'était la coutume. Mécontente de son sort, elle aspirait à autre chose, et ce désir fut assouvi le jour où un grand voyant vint s'entretenir avec les prêtres du temple d'Oupouaout. La jeune fille s'était glissée à bord de sa barque en pleine nuit pour le supplier de lui révéler ce que lui réservait l'avenir et, au lieu de lui répondre, il lui avait proposé de l'emmener. Parvenu à ce point du récit, j'avais interrompu ma lecture, plein d'étonnement et d'espoir, car ce voyant s'appelait Houi.

Un soir, alors que le soleil commençait tout juste à teinter le ciel d'orange, et que l'eau que fendait notre barque était déjà devenue opaque, j'allai lui parler. Elle était appuyée contre la lisse, la peau cuivrée par la lumière faiblissante, les bras croisés et le visage offert à la légère brise. L'Égypte défilait devant nos yeux : des champs paisibles bordés de palmiers derrière lesquels se profilaient des collines brunes désertiques ; postés au milieu de bouquets de joncs rigides, des hérons nous regardaient fixement. Elle sourit en me voyant et écarta de son visage ses cheveux rabattus par le vent. « J'ai encore du mal à croire que je ne suis pas dans ma cahute d'Assouat, en train de rêver à cette liberté, dit-elle. Elle est fragile, je sais, et ne durera peut-être pas longtemps, mais ces quelques précieuses journées me remplissent de bonheur. » Je la dévisageai, avec un frisson d'attente.

« Depuis tout ce temps, je ne t'ai pas encore demandé ton nom, fis-je avec calme. Mais j'ai commencé ton récit et découvert que tu t'appelles Thu.

– Oh, Kamen, pardonne mon impolitesse ! répondit-elle en riant. Oui, je m'appelle Thu, un nom court, commun et purement égyptien, bien que mon père soit un Libou. J'aurais dû me présenter plus tôt.

– Tu écris que c'est grâce au Grand Voyant Houi que tu as quitté Assouat, repris-je avec lenteur. Tu m'as dit lors de notre première rencontre que tu avais été médecin. Est-ce le Voyant qui t'a formée ? » Son sourire s'effaça, remplacé par une expression étrange, de tristesse peut-être.

« Oui, répondit-elle simplement. Il était, et est probablement encore, le médecin le plus retors et le plus capable d'Égypte. J'ai été à bonne école. » Je déglutis, impatient de poser la question qui me brûlait les lèvres, mais redoutant aussi de le faire. Une voix prudente me soufflait de me taire, de ne pas chercher à en savoir plus. Je ne l'écoutai pas.

« Il y a quelque temps, j'ai consulté le Voyant en raison d'un rêve troublant qui m'obsédait, expliquai-je. Je suis un enfant adoptif, et ce rêve concernait ma véritable mère. On m'a toujours dit qu'elle était morte en me donnant le jour. Le Voyant m'a appris que c'était une femme du peuple et que mon grand-père était un mercenaire libou. Il a également dit qu'elle était morte, mais qu'il l'avait vaguement connue. D'après lui, elle était belle et riche. » La gorge serrée, j'hésitai à poursuivre. Je pris une profonde inspiration. « J'ai accepté avec plaisir la mission que me confiait le général parce qu'elle me donnait l'occasion de te revoir et de te demander si tu te souvenais d'avoir jamais rencontré une femme correspondant à cette description. Peut-être pour l'avoir soignée. Mais il se pourrait aussi que je sois devant elle en cet instant. Es-tu ma mère, Thu ? Cela n'aurait rien d'invraisemblable, après tout. Ton père est un Libou, et ton fils aurait le même âge que moi, non ? » Elle me regarda avec compassion et posa une main contre ma joue.

« Oh, mon pauvre Kamen ! s'exclama-t-elle. Je suis vraiment désolée. Il semble en effet y avoir certaines coïncidences entre nos deux histoires, mais ce ne sont que des coïncidences. Pharaon a employé des milliers de mercenaires étrangers dans les guerres du début de son règne, et il leur a ensuite donné la citoyenneté égyptienne. Ils se sont dispersés dans toute l'Égypte en s'installant sur les aroures de terre qu'ils avaient reçues et en épousant des villageoises. J'ai été belle autrefois et riche, mais tout ce que j'avais appartenait à Houi ou m'avait été offert par le Roi ; quant à la noblesse, j'ai eu un titre et je l'ai perdu. Je suis paysanne de naissance. Avoir une mère belle et riche doit être le rêve de bien des orphelins qui, comme toi, ne connaissent pas leur histoire. Je suis vraiment navrée de ne pouvoir t'aider, Kamen, poursuivit-elle avec douceur. C'est une question qui te préoccupe beaucoup, je le vois. J'aimerais de tout cœur pouvoir t'apaiser, mais rien ne nous réunit que quelques coïncidences. Aucune preuve tangible ne lie ton sang au mien. Je le regrette. Je serais fière de t'avoir pour fils.

– Mais ce n'est pas impossible, n'est-ce pas ? insistai-je. Plusieurs coïncidences peuvent contrebalancer un manque de preuves.

Supposons que ce soit vrai ? Supposons que tu sois effectivement ma mère et que pour des raisons connues d'eux seuls, les dieux aient arrangé notre rencontre, pour réparer une grande injustice, peut-être... » Elle me regarda d'un air narquois, et je me tus, embarrassé.

« C'est un pas que nous ne pouvons franchir, Kamen, dit-elle doucement. Si tu as raison, les dieux nous dévoileront la vérité le moment venu. En attendant, je pense qu'il vaut mieux pour ta santé mentale supposer ta mère morte. » Le Voyant m'avait tenu les mêmes propos, à peu de chose près, et j'eus aussitôt un sursaut de révolte.

« Je ne peux pas, répondis-je énergiquement. Elle vit déjà dans mes rêves et dans mon imagination. J'aimerais pouvoir interroger encore Houi. » Elle garda le silence.

Au bout d'un moment, elle reprit sa contemplation du soir et j'allai rejoindre le capitaine, qui était prêt à amarrer pour la nuit. En traversant le pont, je me rappelai, comme si cela s'était produit dans une autre vie, le message que Takhourou m'avait fait parvenir juste avant mon départ. Elle avait découvert un document important parmi les rouleaux de son père. Je pouvais donc continuer à espérer, au moins quelque temps.

Lorsque nous arrivâmes à l'embouchure du Fayoum, j'avais terminé la lecture du manuscrit. En dépit de ses côtés intrigants et horrifiants, son récit avait l'accent de la vérité, et je le remis dans le sac de cuir en sachant que je ne livrerais pas Thu aux autorités. Jeune et innocente en dépit de ses ambitions, utilisée par des hommes sans scrupule qui complotaient contre Pharaon et l'avaient ensuite abandonnée sans pitié, elle était plus victime que coupable, et la trahison du Voyant, qu'elle aimait et respectait, lui avait porté le coup le plus dur. Plusieurs heures, assis sous la tente, je repensai à ce récit de désir, de trahison et de meurtre, avant de réfléchir aux difficultés qui nous attendaient. Qu'allais-je faire de Thu ? J'aurais ardemment souhaité pouvoir l'emmener chez moi et la présenter à tout le monde comme ma mère, mais elle avait dit vrai en déclarant que rien ne nous liait qu'une série de vagues coïncidences.

J'allai frapper à la paroi de la cabine, et elle en sortit peu après, décoiffée et ensommeillée, au moment où nous dépassions le canal conduisant au grand lac du Fayoum. Elle le contempla longuement, enveloppée dans une couverture, puis s'assit près de moi. « Ramsès m'avait donné un domaine au bord de ce lac, dit-elle. J'étais une bonne concubine. Il était content de moi. Après ma tentative d'assassinat, il m'a tout repris : ma terre, mon titre, mon enfant... Je méritais la mort, poursuivit-elle sans émotion, mais il s'est montré clément. Il m'a condamnée au bannissement. Ceux qui s'étaient servis de moi pour se débarrasser d'un souverain qu'ils méprisaient ont échappé à toute punition : Paiis, Houi, Hounro, Banemus, Pabakamon.

– Je sais, dis-je. J'ai tout lu.

– Et crois-tu ce que j'ai écrit ?» C'était la question qu'elle posait le plus souvent, toujours d'un ton pressant, et qui trahissait sa vulnérabilité. Les mains autour des genoux, je regardai le triangle blanc des voiles qui se gonflaient et claquaient contre le bleu du ciel.

« Si le général Paiis n'avait pas engagé un assassin, je douterais de la véracité de ton récit, répondis-je. Il est fascinant mais, sans cette tentative de meurtre, je n'y aurais pas cru. Cela dit, ajoutai-je, en cherchant son regard, je dois te demander comment tu comptes t'y prendre pour confondre les comploteurs au bout de tant d'années. As-tu des amis à Pi-Ramsès ?

– Des amis ? Non. Il y a bien la grande épouse royale Ast-Amasareth, si elle vit encore, et si elle jouit toujours de son influence auprès du souverain grâce à son réseau d'espions et à l'acuité de son sens politique. Elle n'était pas mon amie, mais elle avait intérêt à maintenir Ramsès sur le trône, et peut-être m'écouterait-elle.» Thu s'interrompit et poussa un soupir. « Mais tant d'années se sont écoulées : il se peut qu'Ast-Amasareth soit morte, ou ait perdu toute autorité. À la cour d'un souverain, ce ne sont que coups et contre-attaques, tout le monde complote ouvertement ou en secret pour gagner en influence et partager ainsi le pouvoir qui émane du Trône d'Horus. Les danseurs vont et viennent, entrent d'un pas majestueux et quittent la scène sur une pirouette. Les vieux visages disparaissent, d'autres les remplacent.

« Aujourd'hui, apparemment, Pharaon souffre seulement de son grand âge, poursuivit-elle, en appuyant la tête contre sa main. Et il n'a eu ni accident ni maladie grave depuis des années. Je suppose donc que les comploteurs ont renoncé à l'éliminer. Ils sont toujours en vie et prospères. Mon témoignage excepté, il n'y avait, et il n'y a toujours, aucune preuve contre eux ; et je pense que personne ne se souviendra de moi. Je voudrais qu'ils paient leurs crimes à mon égard, mais je ne vois pas comment m'y prendre. Tout ce que je peux faire, c'est essayer d'être admise en présence de Pharaon pour me jeter à ses pieds et le supplier de lever mon bannissement. Quant à me venger de Houi, il faudra que je me débrouille seule.» Elle me jeta un regard perçant. « Tu te demandes ce que tu vas faire de moi lorsque nous arriverons en ville, dit-elle. Mais regarde-moi, Kamen. Je n'ai plus rien de la femme dorlotée que j'étais autrefois. Je peux aller sur la place du marché me faire engager comme domestique, le temps de trouver un plan d'action. Je te dois la vie. Je n'ai pas l'intention de mettre la tienne en danger ni de t'embarrasser davantage. »

Son discours était plein de générosité, mais l'abandonner dans le tourbillon de la ville sans même une paire de sandales était impensable. Je ne pouvais la cacher chez nous en la faisant passer pour une servante. L'œil perçant de Pa-Bast l'aurait vite repérée. Takhourou, en revanche, serait peut-être en mesure de lui donner asile. Le domaine de Nesiamon était bien plus vaste que le nôtre, et employait un personnel très nombreux.

Mais m'était-il vraiment possible de la cacher ? Il y avait le capitaine de la barque, les marins, le cuisinier et son aide. Ils risquaient un jour ou l'autre de raconter innocemment dans une taverne que le mercenaire était resté à Assouat sur les ordres du général. Ces propos finiraient par arriver aux oreilles de Paiis. On pouvait seulement prier que ce soit après que Thu aurait trouvé un moyen de s'introduire dans le palais.

Je la regardai. Elle paraissait calme, et je supposai que dix-sept années passées à Assouat avaient dû lui apprendre le fatalisme et la patience qui me faisaient encore défaut. Si elle avait conscience de mon regard, elle n'en montra rien. Je contemplai la ligne agréable de sa mâchoire, son petit nez résolu, les minuscules rides au coin de ses yeux. Elle avait repoussé ses cheveux rebelles derrière une oreille, découvrant un cou mince brûlé par le soleil et, d'un seul coup, je la vis comme elle avait dû être lorsque ses étranges yeux bleus étaient soulignés de khôl, qu'elle avait la bouche teinte de henné rouge et des cheveux souples et luisants. Comme si elle avait lu dans mes pensées, elle répéta tout à coup, sans se retourner : « J'ai été belle autrefois.

– Tu l'es toujours, assurai-je, la gorge serrée. Tu l'es toujours. »

6

Il était midi quand j'attachai les mains de la femme derrière son dos et la fis descendre sur le quai animé du quartier des entrepôts. Nous avions bien marché. Le voyage de retour n'avait pris que huit jours, et je félicitai les marins, à qui j'octroyai trois jours de permission. J'avais prétendu qu'une escorte de la prison devait m'attendre. Il y avait toujours des soldats sur les quais pour convoyer des chargements précieux jusqu'aux temples ou au palais. On pouvait présumer que certains d'entre eux m'attendaient. Après avoir renvoyé mes hommes en leur ordonnant de conduire la barque à l'appontement militaire pour inspection, avant que je ne la fasse rapporter chez le général, j'entraînai la femme dans l'ombre d'un des entrepôts, la libérai et me fondis avec elle dans la foule. Elle avait rabattu son capuchon et n'attira pas l'attention.

Il faisait une température agréable. Le mois d'*athyr* s'achevait, et le plus fort de la chaleur estivale était passé. Aller à pied jusque chez Takhourou allait être long, pénible et poussiéreux, mais j'avais vainement cherché une autre solution, qui n'éveille pas les soupçons. Je me frayai un chemin à travers l'encombrement habituel de la ville, fait d'ânes brayant, de charrettes brinquebalantes et de marchands vociférant, en pensant aux difficultés à venir. Takhourou serait-elle chez elle ? Comment présenterais-je Thu aux gardiens de Nesiamon ? De combien de temps disposais-je avant que Paiis n'apprenne que mes marins étaient de retour et que j'étais en vie ?

À mesure que nous nous éloignions des entrepôts pour entrer dans le quartier des marchés, la bousculade diminua. Les gens se pressaient autour des étals, et nous pûmes progresser plus rapidement. Des arbres commencèrent à apparaître et, dans leur ombre, des vieillards accroupis, vêtus de pagnes sales, gesticulaient et bavardaient d'une voix rauque pendant que la ville s'agitait autour d'eux. Je me retournais de temps à autre, mais elle marchait toujours derrière moi, et ses pieds nus étaient blancs de poussière. Nous dépassâmes un groupe de fidèles, rassemblé autour d'un petit sanctuaire dédié à Hathor, et une bouffée d'encens me piqua un instant les narines. La fête d'Hathor, qui se déroulait le premier jour de *khoiak*, approchait, et ce serait alors toute l'Égypte qui célébrerait la déesse de l'amour et de la beauté.

Je pensai aux femmes de ma vie : Takhourou, ravissante et têtue, avec son corps jeune et soigné; ma mère, Shesira, toujours élégamment vêtue, toujours parée d'un collier, de bagues ou de bracelets coûteux offerts par mon père; mes sœurs Moutemheb et Tamit, dont la peau pâle n'était jamais exposée au soleil, qui étaient accoutumées au lin le plus fin, aux huiles parfumées et aux parfums précieux. La femme qui me suivait avait des pieds larges et cornés, un corps resté mince et vigoureux à cause de travaux pénibles et non grâce à l'exercice, un visage touché trop souvent par les doigts desséchants de Rê. Et pourtant, je n'avais pas menti en lui disant qu'elle était toujours belle. Dans ses yeux brillaient une richesse de connaissances et d'expériences totalement inconnue des femmes de mon milieu social. C'était une séduction sans artifice. Parée de tous les atours du harem royal, elle avait dû être irrésistible.

Je la laissai assise sous un arbre, les pieds dans l'eau, hors de vue des soldats qui gardaient l'entrée du lac de la Résidence puis, répondant à leur qui-vive, je passai devant la succession familière de portails imposants et de débarcadères de marbre. Le pylône du Voyant ne projetait pas d'ombre dans la lumière de midi, mais je perçus un mouvement derrière un des piliers et lançai un salut au vieux gardien. Il ne répondit pas. Me souriant à moi-même en dépit de l'anxiété qui me nouait l'estomac, je poursuivis mon chemin.

Le concierge de Nesiamon m'accueillit avec effusion et m'assura que Takhourou était chez elle. Je traversai le jardin et demandai à un domestique qui passait de lui annoncer ma présence.

Je m'étais préparé à une longue attente. J'y étais habitué avec Takhourou. Elle était presque toujours en retard et ne s'en excusait jamais, ce qui, à mon avis, indiquait qu'elle se croyait le centre du monde. Cette fois, cependant, je n'étais pas encore assis sur un des élégants fauteuils en cèdre du vestibule qu'elle arriva en courant du fond de la maison. En me voyant, elle s'immobilisa. Je la contemplai avec stupéfaction, car elle avait enfilé une tunique ample sur un corps encore luisant d'huile. Son visage n'était pas maquillé, et elle avait ramassé ses cheveux à la hâte sur le sommet de sa tête. Je n'avais encore jamais été autorisé à la voir dans une tenue aussi négligée. «Kamen! s'écria-t-elle. Tu es là depuis longtemps? Je suis désolée. J'étais en train de me faire masser. Pardonne-moi mon apparence. Je ne t'attendais pas si tôt...» Sa voix s'éteignit. Elle ne me toisait pas de cet air désapprobateur auquel j'avais généralement droit quand j'osais me présenter dans une tenue qui n'était pas irréprochable. Mon pagne était taché et froissé, la poussière de la ville me collait aux jambes et aux cheveux, mais elle ne paraissait pas s'en apercevoir. Elle restait là, pieds nus, à se mordre la lèvre. Après un moment de perplexité, j'allai lui prendre la main et posai un baiser sur sa joue.

«Tu m'as manqué, Takhourou, dis-je. Mais tu es sûre de te sentir bien? Tu as l'air fiévreuse.

– Bien? répéta-t-elle. Oh oui, Kamen, merci, je vais très bien. Il faut que je te parle sur-le-champ J'ai quelque chose de très important à te montrer. Ç'a été dur d'attendre ton retour près de trois semaines. Montons dans ma chambre.» J'éprouvai une bouffée de tendresse pour elle. Elle me regardait, le visage empourpré, les yeux brillants, et toute son attitude trahissait une tension, une impatience fébriles.

«Tout à l'heure, répondis-je. J'ai un secret à te confier, Takhourou. Il s'est passé quelque chose d'assez grave. Je peux avoir confiance en toi?

– Bien sûr, fit-elle en retirant sa main.

– Il ne s'agit pas d'un petit secret frivole dont tu pourras bavarder avec tes amies, prévins-je. Tu dois me promettre de le garder pour toi. C'est bientôt la fête d'Hathor. Jure-le sur Hathor!

– Je le jure, fit-elle d'une voix tremblante. Tu me fais peur, Kamen.

– Pardonne-moi. Allons dans le jardin. Nous pourrons y parler sans risque d'être entendus.»

Elle me suivit sans protester, ce qui me convainquit, encore plus que tout le reste, que quelque chose l'avait profondément bouleversée. Autrement, elle n'aurait jamais consenti à sortir de la maison à peine habillée et pas maquillée, de crainte d'être vue. Je la conduisis jusqu'à un massif d'arbustes et l'attirant à mes côtés, dans l'herbe, je lui racontai tout. Je savais que je prenais un grand risque, mais si je ne pouvais me fier à Takhourou, alors qu'elle était ma fiancée, quelle confiance pourrais-je lui accorder quand elle serait ma femme ? Paiis venait fréquemment chez elle. Nesiamon et lui étaient de vieilles connaissances. Et Paiis était le frère du Voyant.

Tandis que je parlais, relatant l'histoire de la femme d'Assouat, puis les terribles événements des semaines écoulées, il me parut brusquement évident que le Voyant devait être informé du plan de Paiis. Peut-être même était-ce lui qui avait pris la décision de tuer Thu. J'avais lu le manuscrit. Houi était un homme froid et sans scrupules qui, après avoir utilisé la jeune fille, l'avait abandonnée à un jugement royal fatal et irrévocable. Résoudre sa mort aujourd'hui lui pèserait-il plus que de chasser une mouche importune ? Surtout si ses machinations passées, oubliées pendant si longtemps, risquaient d'être finalement révélées ? J'avais cru le récit de Thu. S'il parvenait entre les mains du souverain, ne serait-il pas convaincu, lui aussi ? Paiis avait sans doute lu les feuilles de papyrus et trouvé le contenu assez menaçant pour le montrer à son frère et décider avec son accord que Thu devait mourir, et moi avec elle.

Takhourou m'écouta avec une attention intense. Elle ne m'interrompit pas. Ses yeux ne quittaient les miens que pour suivre le mouvement de mes lèvres, et elle ne faisait pas un mouvement. Quand je me tus, elle resta silencieuse un moment, manifestement absorbée dans ses pensées, puis demanda, en me touchant le genou : « Tu crois cette histoire, Kamen ? » C'était la question que ne cessait de poser Thu. J'acquiesçai de la tête.

« Oui, et je joue à présent ma carrière et peut-être ma vie sur sa véracité.

– Alors, je la crois aussi. Et cette paysanne est dehors, au bord du fleuve ? Que veux-tu que je fasse pour elle ? » Il y avait un peu de mépris et de l'appréhension dans sa voix. Il était difficile de lui reprocher l'un ou l'autre.

« Tu as beaucoup de domestiques à ton service, Takhourou. Dis à ton intendant qu'elle t'a suivie sur le marché en te suppliant de l'employer et que tu n'as pas eu le cœur de refuser. Loge-la avec les autres serviteurs, mais en veillant à lui confier des tâches qui la tiendront à l'écart. Dans le jardin, peut-être. » Takhourou fronça son petit nez.

« Pourquoi ne la prends-tu pas chez toi, Kamen ?

– Parce que nous avons beaucoup moins de serviteurs que Nesiamon et que Pa-Bast la mettrait tout bonnement à la porte, ou la ferait engager dans une autre maison. Fais-le pour moi, Takhourou, je t'en prie. » Mon ton implorant ne l'adoucit pas, au contraire.

« Pour toi, Kamen, ou pour elle ? fit-elle d'un ton coupant. Ou pour tous les deux, peut-être ? Est-ce qu'elle est belle ? Après tout, vous avez passé de longs jours ensemble, sur le Nil. »

Ah ! les femmes, me dis-je, avec un soupir.

« Je sais que tu m'as écouté avec beaucoup d'attention, ma chérie. Thu a été belle autrefois, c'est vrai, et Pharaon l'a aimée, mais c'était il y a dix-sept ans. Aujourd'hui, c'est simplement une femme désespérée qui a besoin de notre aide. Il faudrait d'ailleurs que tu réfléchisses au moyen de la faire pénétrer dans le palais. »

Takhourou retrouva le sourire. « Si elle a appartenu au harem, elle doit bien connaître le palais. Nous essaierons de trouver une solution ensemble. Je n'ai jamais rencontré de concubine, tu sais, et je suis très curieuse de la voir. » Puis elle se pencha vers moi, l'air sérieux. « Je comprends la gravité de la situation, Kamen, et je ne la traiterai pas à la légère, sois tranquille. Mais ce que j'ai à t'apprendre est encore plus important. Veux-tu m'écouter, à présent ?

– Non, fis-je d'un ton brusque. Pas maintenant. Trouve-moi un insigne de la maison pour que les gardes la laissent passer. Elle attend depuis longtemps et doit avoir faim et soif. Je vais aller la chercher. » Takhourou ouvrit la bouche pour parler, puis la referma et s'éloigna. Elle revint peu après avec un mince bracelet de cuivre.

« J'ai informé l'intendant que j'avais engagé une nouvelle servante, dit-elle en me le tendant. Amène-la dans ma chambre, Kamen, mais ensuite, il faudra vraiment que tu m'écoutes. » Je revis passer sur son visage cette expression mi-hésitante, mi-impatiente, puis elle se détourna et je quittai rapidement le jardin.

La femme était endormie à l'ombre d'un sycomore, les deux mains sous la tête, les cheveux répandus dans l'herbe. Je la contemplai un instant, remarquant le mouvement rapide de ses longs cils noirs sur ses joues, puis je lui effleurai l'épaule. Elle se réveilla aussitôt, me fixant de ses limpides yeux bleus. « J'ai parlé à Takhourou, dis-je en lui tendant le bracelet. Je lui ai tout raconté. Elle a accepté de te prendre à son service et de garder le secret.

– Tu lui fais confiance. » C'était une constatation, pas une question, et j'acquiesçai de la tête.

« J'ignore quelles tâches l'on te confiera », déclarai-je, me sentant confusément obligé de m'excuser qu'elle ait à travailler. Une fois de plus, elle sembla deviner mes pensées et sourit en passant le bracelet à son bras.

« J'ai l'habitude des travaux pénibles, dit-elle. Ce que l'on me fera faire m'importe peu. Tout ce que je demande, c'est que ta fiancée me permette d'aller nager tous les jours, et si possible, de ne pas avoir à rencontrer invités et visiteurs.

– Dans ce cas, nous pouvons y aller. »

En passant devant les gardes, elle leur montra son bracelet sans ralentir le pas ni les regarder, et ils firent à peine attention à nous. Peu après, nous traversions l'ombre courte que commençait à projeter le pylône du Voyant. Thu détourna la tête, ce qui me rappela son récit et les nombreuses occasions où elle avait franchi ce portail, dans les parures les plus éblouissantes que pouvaient fournir le harem et un souverain conquis. Elle ne fit pas de commentaire, et je gardai le silence.

C'était l'heure de la sieste, et le jardin de Takhourou était désert. Nous nous glissâmes dans le vestibule, vide lui aussi, et montâmes l'escalier. Takhourou nous attendait et nous ouvrit aussitôt. Je remarquai avec amusement qu'elle avait trouvé le temps de se laver et de se maquiller pendant ma courte absence. Sa fine robe de lin blanc était serrée autour de sa taille minuscule par une ceinture d'*ankhs* en or, et d'autres, piqués de pierres de lune, entouraient son cou gracieux et pendaient à ses oreilles. Sa maquilleuse avait passé de la poudre d'or sur son visage et ses épaules. Son élégance contrastait de façon saisissante avec le vêtement souillé et en loques de ma compagne, mais c'était pourtant la paysanne dont la présence dominait la pièce. Les deux bras tendus, elle s'inclina profondément devant Takhourou. Celle-ci répondit par un signe de tête, et les deux femmes s'observèrent en silence.

« Comment t'appelles-tu ? demanda finalement Takhourou.

– Mon nom est Thu.

– Je suis dame Takhourou. Kamen m'a raconté ton histoire, et je lui ai promis de t'aider de mon mieux. Mon intendant croit que tu m'as importunée sur la place du marché et que je t'ai engagée par pitié. Tu vas peut-être juger ce prétexte offensant, toi qui as autrefois eu tes propres serviteurs, mais c'est le seul qui me soit venu à l'esprit », poursuivit-elle d'un ton embarrassé, oubliant son arrogance pour montrer un tact et une gentillesse que j'aimais mais ne voyais pas souvent. « Il faudra que tu lui obéisses jusqu'à ce que Kamen et moi trouvions comment te sortir de ce cauchemar. » A sa façon de souligner certains mots, je compris tout à coup que ce n'était pas par vanité mais bien plutôt par manque d'assurance que ma fiancée s'était mise sur son trente et un, et qu'elle affirmait l'antériorité de ses droits sur moi. J'en fus aussi flatté qu'amusé.

« Je te suis infiniment reconnaissante, dame Takhourou, répondit

Thu d'une voix égale. Et servir ne m'offense pas du tout, je t'assure. Je ferai l'impossible pour ne vous mettre en danger ni l'un ni l'autre. Après tout, Kamen m'a sauvé la vie.

– C'est vrai qu'il l'a fait ! s'exclama Takhourou en souriant. J'ai encore du mal à croire à la réalité de tout cela. Je te ferai appeler bientôt pour que nous en discutions plus longuement. À présent, si tu vas au fond du jardin, tu verras les logements des domestiques. Mon intendant devrait s'y trouver. Dis-lui de te donner à manger et à boire, et de t'indiquer un endroit où dormir.

– Merci. » La femme s'inclina et sortit avec une grâce discrète. Lorsqu'elle fut partie, Takhourou se tourna vers moi.

« Elle n'est pas du tout comme je l'imaginais, dit-elle avec franchise. Je pensais qu'elle serait... plutôt robuste et massive, mais sous la pauvreté et le manque de soins, on devine tout de suite une femme raffinée. Sa façon de parler et ses manières n'ont rien de paysan.

– Je t'aime, Takhourou. Non seulement tu es belle et généreuse, mais je ne cesse de découvrir des aspects de ta personnalité que j'ignorais.

– Voilà un aveu consternant si l'on considère que nous nous connaissons depuis l'enfance, répliqua-t-elle en rougissant. Moi, en revanche, je sais très bien que ton extérieur ennuyeux et horriblement sérieux cache un homme capable d'envoyer promener les convenances sans hésiter, en cas de nécessité. Et c'est précisément ce que tu as fait. Je t'aime, moi aussi. Cette aventure me passionne. Tu crois qu'un jour cela nous vaudra de rencontrer l'Unique ?

– Non, répondis-je d'un ton bref, craignant de nouveau qu'elle ne comprenne pas toute la gravité de notre situation. Si nous avons de la chance, j'aurai la vie sauve et ta famille ne saura rien de cette histoire. Il ne s'agit pas d'un jeu.

– Je sais », murmura-t-elle, et je retrouvai brusquement la Takhourou qui m'avait accueilli de façon si étrange. Elle me dévisageait avec attention. « Ce message que je t'ai envoyé, Kamen, fit-elle avec lenteur. Celui auquel tu n'as pas pu répondre à cause de ton départ... J'ai quelque chose à te montrer. Au sujet de ton père. »

Elle prit une profonde inspiration et, s'agenouillant devant un de ses coffres, elle fouilla parmi les vêtements et en sortit un rouleau, qu'elle m'apporta en le maniant avec d'étranges précautions.

« Je l'ai trouvé dans le bureau de mon père, dit-elle d'une voix soudain fluette. Il était dans un coffret contenant de vieilles listes d'employés et de produits de faïence. S'il est authentique, il se peut effectivement que tu te tiennes un jour devant l'Unique. Tu en aurais le droit. Tu es son fils.» Elle me tendit le rouleau à deux mains, comme un cadeau précieux ou une offrande aux dieux, et je le pris, l'esprit en pleine confusion.

Le papyrus était raide, comme s'il n'avait pas été déroulé depuis longtemps. Il était cacheté, mais la moitié du sceau s'était effritée. Je remarquai presque avec détachement que mes mains tremblaient. Quelque chose en moi avait compris les paroles de Takhourou et en était bouleversé, mais elles n'avaient pas encore atteint ma conscience. «Que dis-tu? Que dis-tu?» balbutiais-je comme un idiot. A l'aveuglette, j'attirai une chaise et m'y laissai tomber. Les hiéroglyphes noirs dansaient devant mes yeux. Takhourou posa une main ferme sur mes épaules.

«Lis-le», dit-elle.

Les caractères avaient cessé de tournoyer, mais je dus crisper les mains sur le papyrus pour pouvoir lui obéir : «Au noble Nesiamon, Surveillant des Faïenceries de Pi-Ramsès, salut. Concernant le lignage d'un certain Kamen, demeurant aujourd'hui dans la maison de Men le marchand, sois assuré que le susmentionné est un homme intègre et qu'il n'a pas cherché à unir un fils adoptif de vile naissance à ta fille, qui est de souche pure et ancienne. Le Seigneur du Double Pays, le Grand Dieu Ramsès, a jugé bon, pour des raisons divines qui lui appartiennent, de confier son fils Kamen au marchand Men, afin qu'il l'élève comme son enfant. Bien que ledit Kamen soit le fils d'une concubine royale, le sang de la divinité coule dans ses veines, et tu peux donc sans hésiter permettre un mariage entre ta maison et celle de Men. Il t'est cependant ordonné de respecter le silence imposé au marchand Men lorsque l'enfant Kamen lui fut confié. Dicté au scribe royal du harem, Moutmose, le quatrième jour du mois de *pachons*, en la vingt-huitième année du Souverain.» C'était signé : «Amonnakht, Gardien de la Porte».

Un long moment, je n'éprouvai strictement rien. Ma tête, mon cœur, mon corps, tout était paralysé. Je regardais devant moi sans rien voir. Ce doit être comme cela quand on est mort, me répétais-je encore et encore. Puis, peu à peu, je revins à moi, je sentis une main sur mon épaule, la main d'une femme, celle de Takhourou. J'étais dans sa chambre, par un après-midi moite… non, pas moi : le fils d'un roi était là, le fils de Pharaon. Moi, Kamen, j'étais bel et bien mort et, pris soudain de vertige, je me pliai en deux.

Les yeux étroitement fermés, j'appuyai la tête contre mes genoux jusqu'à ce que cela passe. Takhourou retira sa main. Lorsque je pus me redresser, je la vis assise par terre en face de moi, qui attendait patiemment. «Le choc a été terrible pour moi, alors j'imagine ce que tu dois ressentir, dit-elle. C'est ta mère qui t'est apparue en rêve, et c'est elle que tu étais résolu à trouver. Qui aurait cru que tu allais d'abord recevoir la réponse à une question que tu n'avais pas encore posée ?» Je me léchai les lèvres et essayai de déglutir. Je me sentais aussi vide et léger que la balle d'un grain.

«Je suppose que ce papyrus est authentique ? parvins-je à articuler.

– Je le pense. Amonnakht est bien le Gardien de la Porte. C'est lui qui fait la loi à l'intérieur du harem. Et puis, qui serait assez fou pour commettre un faux de ce genre ? Pour exprimer la volonté de Pharaon à son insu et sans son autorisation ? Les fils de l'Unique ne peuvent pas se marier sans cette autorisation. Cela signifie que lorsque la question de nos fiançailles s'est posée, ton père a dit au mien que notre union était possible parce que ton sang était en fait plus noble que le mien. Mon père ne l'a pas cru. Il s'est adressé au Gardien pour en avoir la confirmation. Celui-ci a obtenu de Pharaon la permission de rassurer mon père et d'autoriser ton mariage. Tu es un enfant royal, Kamen.

– Mon père savait, dis-je, gagné soudain par une colère effrayante. Il savait tout. Il doit connaître la concubine qui m'a donné le jour. Et pourtant, malgré ma détresse, il s'est tu, il m'a menti ! Pourquoi ?

– Le papyrus indique clairement que ton père était tenu au secret, répondit Takhourou avec un haussement d'épaules. Il ne pouvait pas te dire la vérité.»

Mais je n'étais pas prêt à lui pardonner. Je brûlai d'une colère intense, aveugle, qui me donnait envie de le prendre à la gorge et de frapper, frapper encore. Mes poings se crispèrent, puis je me rendis compte que c'était à mon vrai père que j'en voulais. Au Grand Dieu lui-même. J'étais un enfant royal.

«Pourquoi Ramsès s'est-il débarrassé de moi aussi discrètement ? fis-je avec véhémence. Il y a des dizaines de bâtards royaux dans le harem ; certains sont officiers dans l'armée, d'autres occupent des postes dans l'administration. Tout le monde sait qui ils sont. Ils ne jouissent peut-être pas de la vénération due aux princes légitimes, mais leur naissance n'est pas tenue secrète. Pourquoi cela a-t-il été le cas pour moi ?» Takhourou se pencha et me prit les poignets.

«Je ne sais pas, mais nous pouvons le découvrir, dit-elle. Laisse-toi le temps de t'habituer à cette idée, Kamen. Ne fais rien d'inconsidéré. Il se peut que tu sois né sous des auspices particulièrement funestes, ou que Pharaon ait aimé ta mère au point de ne rien supporter qui la lui rappelle. Cette paysanne, Thu, a été concubine à peu près à l'époque où tu as vu le jour. Je lui demanderai les souvenirs qu'elle garde de cette époque. Et ce que je t'ai dit est vrai : tu es de sang royal; tu peux solliciter une audience de ton père.» Puis, me secouant un peu le bras, elle ajouta d'un ton solennel : «Tu sais que je t'aimais avant de connaître tes origines, n'est-ce pas?» J'essayai de sourire mais sans beaucoup de succès.

«Tu es une horrible snob, Takhourou, murmurai-je. Mais que dois-je faire à présent? Comment dois-je me considérer? Mes pensées et mes habitudes, mes goûts et mes répugnances ont-ils un rapport avec mon sang royal? Dois-je changer, me voir différemment? Qui suis-je?» Takhourou m'attira près d'elle et m'étreignit de toutes ses forces.

«Tu es mon Kamen, un homme courageux et honorable, déclara-t-elle. Nous allons procéder par étapes. Tu vas commencer par rentrer chez toi et te faire laver et masser par Setau. Demain, tu t'introduiras dans le bureau de ton père afin de t'assurer de l'authenticité de ce rouleau par l'existence de l'autre.

– Demain, je dois me présenter devant le général et mentir, répondis-je.

– Tu pourras te dire que tu es d'un sang plus noble que le sien. Il n'osera pas s'en prendre à un fils de Pharaon!»

Mais je n'en étais pas aussi certain. Longtemps, Takhourou et moi restâmes allongés parmi ses coussins, à nous embrasser et à somnoler dans la torpeur de l'après-midi. Sa chambre me semblait un havre de paix et de normalité, le dernier refuge de l'homme que j'avais été. Et je ne la quittai que lorsque j'eus suffisamment retrouvé mon équilibre.

Je me souviens avec netteté de mon retour. On aurait dit que des yeux tout neufs avaient remplacé les miens, et je voyais le scintillement de l'eau sous le soleil, la ligne des arbres contre le ciel, les étendues de sable ocre le long du chemin, avec une extraordinaire clarté. La plante de mes pieds était sensible aux moindres irrégularités du sentier, mes oreilles captaient les mille sons de la vie émis par les insectes, les oiseaux, les êtres humains... J'avais vécu une seconde naissance, et bien que toujours le même, je n'avais plus l'impression d'occuper sur terre une place qui n'était pas la mienne.

Arrivé chez moi, je me lavai, me changeai, puis repartis aussitôt, cette fois pour le domaine de Paiis. J'aurais aimé remettre au lendemain pour lui faire mon rapport, mais je savais qu'il me fallait lui parler avant qu'il n'apprenne mon retour par quelqu'un d'autre. Au lieu de l'assassin qu'il attendait sans doute, ce fut donc moi qui entrai dans son bureau avant que l'intendant n'ait pu m'annoncer.

Il ne se leva pas d'un bond, mais je vis tous ses muscles se tendre sous l'effet de la surprise. Il se maîtrisa aussitôt et, quand ses yeux croisèrent les miens, ils étaient sans expression. J'admirai son sang-froid et me composai de mon côté un air solennel. « Ah, Kamen ! Tu es donc rentré. Fais ton rapport, déclara-t-il d'une voix anormalement aiguë.

– Je dois malheureusement t'apprendre que je n'ai pu exécuter tes ordres, mon général. Ce n'est pas faute de zèle de ma part, je t'assure. Je connais mon devoir. » Il me coupa d'un geste impatient. Il était de nouveau parfaitement maître de lui, mais soupçonneux, aux aguets, et je mobilisai mes forces pour affronter l'épreuve.

« Trêve de bavardages, fit-il sèchement. Comment une mission aussi simple a-t-elle pu échouer ? » Je réprimai un rire nerveux.

« J'ai escorté le mercenaire jusqu'à Assouat, selon tes instructions, répondis-je avec calme. Nous nous sommes arrêtés chaque soir dans des endroits isolés où l'on ne pouvait nous voir, toujours selon tes instructions. Une fois la barque amarrée à proximité du village, j'ai accompagné le mercenaire jusqu'à la maison de cette femme, trois heures avant l'aube. Mais il n'y avait personne. Le mercenaire était furieux et, après m'avoir demandé où elle pouvait être, il m'a ordonné de l'attendre là et s'est éloigné. J'ai obéi. Il n'est pas revenu, et la paysanne non plus.

– Comment cela, il n'est pas revenu ? tonna Paiis. Combien de temps as-tu attendu ? Est-ce que tu l'as seulement cherché ?

– Bien sûr ! fis-je, en m'autorisant une expression de fierté offensée. Mais je gardais à l'esprit tes recommandations de discrétion. Cela rendait difficile des recherches approfondies. Au lieu d'interroger les villageois et de fouiller leurs maisons, je me suis contenté de parcourir les ruelles et les champs jusqu'à ce que la matinée soit bien avancée. Puis j'ai attendu toute la journée, caché à bord de la barque, mais le mercenaire ne s'est pas montré. Le soir venu, je suis retourné à la cahute : sans résultat. La femme non plus n'était pas revenue. J'avais le choix entre me faire repérer par des paysans curieux ou repartir pour le Delta. J'ai choisi d'appareiller. J'espère avoir agi en officier responsable. Pourrais-je te suggérer d'envoyer à Assouat un message ordonnant qu'un fonctionnaire de la région procède à l'arrestation ? Un homme connaissant les déplacements et les habitudes de cette femme. » Étais-je allé trop loin ? Le général me dévisageait avec une attention froide, mais je soutins sans mal son regard. J'espérais seulement avoir l'air assez contrit.

Je compris pleinement en cet instant que l'assassin n'avait été qu'un instrument. C'était Paiis, l'instigateur. Je ne pensais pas qu'il haïsse cette femme, ni moi non plus d'ailleurs. Les sentiments n'entraient en rien dans sa décision ; j'irai même jusqu'à dire qu'il avait de l'affection pour moi. Il agissait par instinct de conservation. Ayant décelé un danger potentiel, il l'avait évalué et avait réfléchi avec soin aux mesures à prendre. Puis il était passé à l'action. Tous talents indispensables à un chef militaire. Thu avait affirmé qu'il ferait une nouvelle tentative. En regardant ces yeux, qui ne trahissaient rien, je sus qu'elle avait raison.

Il fit une grimace et se rejeta en arrière. L'examen était terminé. « Je suis certain que tu t'es acquitté de ta tâche de ton mieux, dit-il d'un ton bref. La conduite de ce mercenaire m'intrigue, je l'avoue, et j'enquêterai sur son étrange disparition. Penses-tu qu'il lui soit arrivé malheur ? » Je pris un air interloqué, en me disant que je devenais décidément un très bon acteur.

« Malheur ? répétai-je. Oh non, je ne crois pas, mon général. Qu'aurait-il pu lui arriver pendant une mission aussi banale ? Je dois dire qu'il ne m'inspirait guère confiance. Il est resté claquemuré dans la cabine des journées entières sans parler à personne. Je suppose qu'une fois dépassées les régions plus peuplées, il a senti l'appel du désert ; et il y a répondu sans ce sentiment du devoir qui retiendrait un homme plus civilisé. C'est bien un homme du désert, n'est-ce pas ? » Paiis me jeta un regard perçant.

« C'est évident, je suppose, et il y a fort à parier que nous ne le reverrons plus. Dis-moi, Kamen, ce coffret que tu m'as apporté : l'as-tu ouvert ?

– Non, mon général, ce n'aurait pas été honorable de ma part. De plus, cette femme était tenue pour folle, et je ne pensais pas qu'il contiendrait quoi que ce soit d'intéressant. Les nœuds qui le fermaient étaient remarquablement compliqués. J'aurais été incapable de les refaire.

– Comme il est reposant d'avoir le sens de l'honneur, murmura-t-il en souriant. Un homme qui possède pareille notion du bien et du mal n'a jamais de mal à prendre une décision. Maât le fait pour lui. Tu peux disposer, Kamen, mais avant que tu ne partes, sache que tu quitteras bientôt ma maison. Tu m'as bien gardé, mais nous avons tous les deux besoin de changement. Tu retourneras à l'école militaire pour une nouvelle période d'entraînement avant d'être affecté à un autre poste.»

Mille pensées me traversèrent l'esprit. Il avait pris cette décision à l'instant. Il n'avait pas cru un mot de ce que je lui avais raconté et n'avait aucune envie de me savoir en train de patrouiller dans ses couloirs pendant la nuit. Il préférait me renvoyer à la caserne pour pouvoir me faire assassiner à sa guise : un accident sur le terrain de manœuvre, peut-être. Il allait user de son influence pour me faire envoyer en Nubie ou dans un des forts de l'Est. Je fis un gros effort pour ne rien laisser paraître de mes réflexions «J'ai été heureux de te servir, mon général, déclarai-je en saluant. Et j'espère que tu n'as rien à me reprocher.

– Absolument rien, Kamen, m'assura-t-il en se levant. Mais tu es jeune, il te faut un poste plus stimulant, qui te permette de développer tes capacités. Je garderai un œil sur toi, bien entendu. Je te porte un intérêt tout particulier.» Et il me sourit avec une assurance si insolente que j'eus envie de faire disparaître ce sourire d'un coup de poing.

«Merci, mon général, répondis-je. Je quitterai votre service avec regret.» Sur ce, je pivotai sur les talons et sortis, tout à la fois soulagé et bouillonnant de rage.

Sur le chemin du fleuve, je m'imaginai en présence de Pharaon, mon père. Il m'avait expliqué pourquoi il m'avait rejeté. Il n'avait pas imploré mon pardon, car ses raisons ne pouvaient être que justes, mais il me regardait avec une affection bienveillante et me demandait : «Puis-je t'accorder une faveur, Kamen?» et je répondais d'un ton humble mais ferme : «J'aimerais que tu me livres le général Paiis. Il m'a fait beaucoup de tort.» Au même instant, un homme qui passait en barque sur le lac me reconnut et me salua gaiement, m'arrachant à ces enfantillages. Je répondis à son salut et, ma colère dissipée, je ris de ma présomption et de l'arrogance de Paiis. Lorsque je franchis notre portail, j'étais de meilleure humeur.

Des lettres de mes parents m'attendaient. Mon père était arrivé sans encombre dans le Fayoum, après avoir laissé la caravane à Thèbes et être remonté en barque vers le nord. Il y resterait une semaine pour s'occuper des affaires du domaine avec son surveillant et décider des semences à planter quand les eaux de la crue se retireraient des champs. Puis il reviendrait avec les femmes. Ma mère et mes sœurs avaient dicté au scribe de longues missives bavardes, si caractéristiques de leur façon de parler qu'il me sembla presque entendre leur voix en les lisant. Je les aimais tous beaucoup, mais trop de secrets me séparaient à présent de mon père – de ma mère peut-être aussi –, et tant que tout ne serait pas éclairci, il y aurait un fossé entre nous.

J'envoyai Setau informer Pa-Bast que je ne dînerais pas à la maison. Je n'avais pas vu Akhebset depuis quelque temps, et j'éprouvais le besoin de me défouler dans l'atmosphère rude et bruyante de la taverne. Paiis, Thu, mes origines et mes craintes attendraient jusqu'au matin pour m'obséder à nouveau. J'allais me soûler avec mon ami et tout oublier. Me dépouillant de mes armes et de mon uniforme, j'enroulai un pagne court autour de ma taille, enfilai une vieille paire de sandales et sortis.

Je bus beaucoup de bière mais, en dépit de mes efforts, je ne pus totalement chasser de mon esprit la semaine écoulée. Les événements et les émotions, les tensions et les bouleversements qui l'avaient marquée ne disparurent pas de ma conscience et continuèrent à palpiter faiblement sous les chants et les rires épais. J'appris à Akhebset que j'allais bientôt quitter la maison du général. J'aurais aimé lui en dire davantage, m'épancher – nous nous connaissions depuis notre entrée dans l'armée –, mais je ne voulus pas courir le risque, si faible fût-il, de perdre son amitié ou de le mettre en danger. Donc, nous nous disputâmes, jouâmes aux dés et chantâmes, mais je rentrai chez moi sobre et sombrai dans un sommeil perturbé.

Je me réveillai tard le lendemain matin et paressai un moment au lit, tandis que Setau relevait les nattes et mettait de l'ordre dans ma chambre. Le repas qu'il avait apporté répandait une odeur appétissante. Rien ne me pressait, puisque ma longue mission me donnait droit à deux jours de repos; je restai donc étendu dans le rayon de soleil qui entrait par la fenêtre jusqu'à ce que Setau demande : «Es-tu malade ou seulement paresseux, ce matin, Kamen?

– Ni l'un ni l'autre, répondis-je en me redressant. Merci pour ce déjeuner, Setau, mais je n'ai pas faim. Je vais juste boire un peu d'eau et aller nager. Ensuite, je voudrais voir Kaha, s'il n'est pas occupé. Inutile de me préparer mes vêtements, je m'habillerai moi-même en revenant.» Il acquiesça de la tête et sortit en emportant le plateau. Après avoir vidé la cruche d'eau, j'enfilai des sandales et allai au bord du lac.

La matinée était limpide et la chaleur agréable sans être écrasante. Je me coulai dans l'eau paisible du lac avec un soupir de plaisir. Un moment, je me contentai de flotter, savourant la fraîcheur de l'eau et la brûlure du soleil sur ma tête, puis je me mis à nager. Il me sembla retrouver mon équilibre grâce aux mouvements rythmés, à la caresse de l'eau, au bruit régulier de ma respiration. Lorsque je commençai à me fatiguer, je repris pied sur la rive et, le temps que je traverse le jardin, j'étais sec. Une fois dans ma chambre, je mis un pagne propre, me peignai et redescendis dans le vestibule, où je demandai à un domestique qui passait de m'envoyer Kaha. J'étais parfaitement calme. Je savais ce que je devais faire.

Le scribe arriva aussitôt, sa palette sous le bras, un sourire sur son visage intelligent. «Bonjour, Kamen. Tu souhaites me dicter une lettre ?

– Non, répondis-je. Je veux que tu m'aides à fouiller dans les rouleaux de mon père. Tu les connais tous, Kaha. Je pourrais chercher seul, mais ce serait trop long.

– Ton père tient à ce que personne n'entre dans son bureau en son absence, répondit Kaha d'un ton hésitant. Je m'occupe uniquement de la correspondance qui ne peut attendre son retour. C'est urgent ?

– Très, et je t'assure que je n'ai pas l'intention de déranger ses dossiers.

– Puis-je te demander ce que tu cherches ?» Après un instant de réflexion, je décidai de lui répondre la vérité. C'était un fidèle serviteur de mon père et, qu'il accepte ou non de m'aider, il se sentirait tenu de l'informer de mes exigences. «Il s'agit d'une lettre du palais, dis-je. Je sais qu'il est arrivé à père de livrer des marchandises rares au surveillant de la maison royale. Ce n'est pas cela qui m'intéresse. Le rouleau que je cherche date de l'année de ma naissance.» Le regard du scribe se fit plus perçant.

«Je suis entré au service de ton père trois ans plus tard, remarqua-t-il. Ses affaires étaient en ordre, et je n'ai pas eu à consulter les documents antérieurs. Mais naturellement, ils sont conservés dans son bureau, eux aussi. Je m'expose aux réprimandes de ton père en t'ouvrant cette pièce, Kamen, ajouta-t-il après un temps d'hésitation. Je le ferai néanmoins, si tu m'assures que c'est de la plus grande importance et que tu n'enfreins pas une interdiction de ton père.»

Je pouvais m'en tenir à la lettre de la vérité sans mentir. Après tout, père ne m'avait pas défendu de chercher mes racines. Il m'avait simplement conseillé de ne plus y penser.

«C'est très important, déclarai-je. Je connais les recommandations de mon père concernant son bureau, mais il est indispensable que je trouve ce rouleau. Ces recherches ne m'ont pas été interdites, et j'en suis arrivé à un point où il me faut consulter certaines informations détenues par mon père. Il est dommage qu'il ne soit pas là, mais je suis pressé.» Kaha fronça les sourcils, manifestement indécis. Il tambourinait machinalement sur sa palette.

«Tu ne peux pas m'en dire davantage ? dit-il enfin. Je ne demande qu'à t'aider, mais les ordres de ton père sont très explicites.

– Tu es autorisé à entrer dans son bureau quand bon te semble, avançai-je. Est-ce que je ne pourrais pas y pénétrer avec toi et te parler pendant que tu vaques à tes tâches quotidiennes ?» Il faiblissait, c'était visible. Puis il capitula.

«Je suppose que si, répondit-il. Tu es la goutte d'eau qui érode le rocher, mon cher Kamen ! Mais tu devras t'expliquer avec ton père à son retour.

– Il n'a pas besoin de le savoir, dis-je, alors qu'il rompait la cire appliquée sur le verrou de la porte, faisait coulisser celui-ci et entrait dans le bureau.

– Oh si, répliqua-t-il. Si un homme ne peut avoir confiance dans son scribe, à qui se fiera-t-il ?» Me tournant le dos, il commença à décacheter les rouleaux alignés avec ordre sur le bureau, et je m'approchai aussitôt des étagères.

Chaque coffret contenait les documents de l'année indiquée à l'encre noire sur le devant. Kaha était méticuleux jusqu'à l'obsession. «Trente et unième année du souverain», lus-je. C'était l'année passée. L'étagère du dessus supportait les coffrets des dix années précédentes. En la vingtième année de Pharaon, j'avais six ans. Le cœur battant, je parcourus des yeux l'étagère supérieure, où étaient rangés les coffrets des années dix à dix-neuf. Sur les sept premiers, les dates n'étaient pas écrites de la main de Kaha. Je pris celui de la quatorzième année en jetant un coup d'œil dans la direction du scribe. Il était penché sur un papyrus. Je posai le coffret par terre et en soulevai le couvercle.

«Veille à ne pas déranger l'ordre des rouleaux», dit soudain Kaha. Il ne me regardait toujours pas. Sans prendre la peine de répondre, je passai rapidement en revue le contenu du coffret, m'attendant à chaque instant à voir le cachet royal. Mais je ne trouvai rien. Je recommençai. En vain. Je replaçai le coffret et, en proie à une agitation croissante, fouillai dans ceux des années précédentes et suivantes sans plus de succès.

«Il n'est pas là, dis-je à Kaha, d'une voix étranglée. Pas dans les documents d'affaires en tout cas. Où mon père range-t-il ses papiers privés ?» Kaha se redressa.

«Voyons, Kamen, tu sais bien qu'il est hors de question que je te réponde. Il te faudra attendre le retour de ton père.

– Mais je ne peux pas attendre, Kaha. Je regrette.»

Me glissant derrière le scribe, je l'immobilisai en lui passant un bras autour du cou et en lui plaquant la tête contre mon torse. «Une simple pression, et je te brise le cou, prévins-je. Tu pourras dire à mon père que je t'ai contraint à m'obéir par la menace. Alors? Où se trouvent ses coffrets privés?» Kaha ne fit pas un mouvement. Il resta parfaitement détendu.

«Tue-moi si tu veux, murmura-t-il, et je sentis le mouvement de sa gorge contre mon bras. Mais je ne pense pas que tu le feras. Tu sais ce qu'il t'en coûterait. Il vaudrait mieux que tu m'expliques la cause de ton acharnement.» Poussant une exclamation, je le libérai et me passai la main sur le visage.

«J'essaie de découvrir qui étaient mes parents, dis-je J'ai de bonnes raisons de penser qu'en dépit de ses dénégations, mon père connaît leur identité, et que toutes les informations que je cherche se trouvent sur ce rouleau.

– Je vois.»

Il m'observait avec calme. Je ne lui avais pas fait peur un seul instant, et je me sentis un peu ridicule sous son regard attentif.

«Tu comprends bien que, si ton père refuse de te dire ce que tu veux savoir, je ne peux t'autoriser à lui désobéir.

– Je ne suis plus un enfant, Kaha, fis-je d'un ton las. Si tu ne me donnes pas le coffret que je cherche, je vais mettre ce bureau sens dessus dessous, et je finirai par le trouver. Je me moque de la réaction de mon père. Je n'ai pas peur de lui. Et je ne te reconnais aucune autorité sur moi.

– Je t'aime beaucoup, Kamen, mais je te rappelle que je n'ai pas non plus d'ordres à recevoir de toi. Je n'ai de comptes à rendre qu'à ton père. C'est à cela que tient ma position dans cette maison.»

Je me levai. Avec beaucoup de calme, je me dirigeai vers un des coffres posés par terre et, brisant le cachet de cire apposé sur la ficelle qui le fermait, je me mis à en répandre le contenu par terre. Kaha me regarda faire en silence. Le coffre renfermait des rouleaux mais aussi de petites boîtes et des objets emballés dans du lin. J'ouvris et je déballai tout avec brutalité. Il y avait des bijoux en or; des lingots d'argent; un lapis-lazuli non taillé, qui devait valoir le prix de notre maison tout entière; des pierres précieuses; des pièces de monnaie sabéennes, mais pas ce que je cherchais. Écartant du pied les objets qui jonchaient le sol, je m'approchai d'un second coffre. Le couvercle heurta le mur avec fracas. Je me penchai.

«D'accord, d'accord! s'écria Kaha. Dieux, Kamen, as-tu perdu l'esprit ? Je vais te donner ce que tu veux. Appelle Pa-Bast pour qu'il témoigne que j'ai agi sous la contrainte. » Mais il fut inutile d'aller chercher l'intendant. Debout sur le seuil, il contemplait avec consternation le chaos qui régnait dans la pièce. Je ne lui laissai pas le temps de parler.

« Tu vois cela ? fis-je d'une voix tremblante. C'est mon œuvre. Kaha a voulu m'arrêter. A présent, il va me remettre ce que je cherche parce que s'il ne le fait pas, je mettrai ce bureau à sac. Je suis sérieux, Pa-Bast. » D'un coup d'œil, il évalua mon état, la colère de Kaha et l'étendue des dégâts.

« Es-tu ivre, Kamen ? » demanda-t-il. Je secouai négativement la tête. « Dans ce cas, tu ferais mieux de lui donner ce qu'il veut, dit-il à Kaha. Si cela ne te calme pas, je te ferai enfermer dans ta chambre jusqu'à ce que ton père rentre du Fayoum.

– Certainement pas, répondis-je. J'ai toute ma raison, et tout va rentrer dans l'ordre. Kaha ? » Le scribe hocha la tête et alla ouvrir un autre coffre, dont il sortit un coffret d'ébène ciselé d'or.

« Je le tiendrai pendant que tu en examines le contenu, dit-il. Ne prends que ce que tu cherches. »

Je le vis immédiatement. Il ressemblait au rouleau que Takhourou m'avait montré. Le papyrus était d'excellente qualité, préparé avec un grand savoir-faire. Le cachet, qui s'était détaché au lieu de se briser en deux, portait un sceau identique. Les deux hommes, le désordre de la pièce, tout disparut et, gagné soudain par un calme immense, je déroulai le document avec lenteur et lus les hiéroglyphes sans un battement de cœur :

« Au noble Men, salut. Ayant eu connaissance de ton désir d'adopter un fils, et nous étant assuré que tu étais tout ensemble un noble d'Égypte et un homme de bonne réputation, nous te confions la garde de cet enfant, né de notre semence sacrée et enfanté par la concubine royale Thu. Tu l'élèveras comme ton fils. En échange, nous t'accordons un de nos domaines du Fayoum, dont tu trouveras le plan ci-joint. Nous te demandons de ne jamais révéler l'origine de cet enfant, sous peine d'encourir notre extrême déplaisir. Nous espérons qu'il t'apportera le bonheur. Dicté au Gardien de la Porte Amonnakht, le sixième jour de *mésorè*, en l'an quatorzième de notre règne. » La signature était d'une écriture différente, rapide et si appuyée qu'elle avait griffé le papyrus. Les titres du souverain occupaient quatre lignes.

C'était donc vrai. J'étais un fils de roi. Le rouleau le confirmait. Et la concubine, ma mère, s'appelait Thu. Se pouvait-il que par un miracle divin, cette Thu d'Assouat soit bien ma mère, en fin de compte ? Je tâchai de ne pas m'emballer. Thu était un nom très courant, porté par des milliers de femmes en Égypte. L'émotion, pourtant, me submergeait. Je roulai le papyrus. Kaha me tendit le coffret, mais je secouai la tête. « Je vais le garder quelque temps, annonçai-je. Fais-toi aider d'un domestique pour tout ranger. » Le regard du scribe et celui de Pa-Bast étaient posés sur le document royal, mais je cherchai en vain la lueur d'un souvenir sur le visage de l'intendant. Sans ajouter un mot, je quittai la pièce.

J'étais presque dans ma chambre quand quelque chose arriva à mes pensées. On aurait dit que, de quelques mouvements habiles, une main les avait réorganisées selon une structure nouvelle et surprenante. Le choc fut presque physique, au point que je trébuchai et poussai une exclamation avant de me ruer dans ma chambre.

Jetant le rouleau sur mon lit, je me précipitai sur le coffre où j'avais rangé la copie du manuscrit que m'avait confiée la femme d'Assouat. Assis sur le sol, je tournai avec fièvre les feuilles de papyrus. C'était vers la fin de son récit. Je trouvai le passage et lus rapidement : « Tous les après-midi, quand la chaleur baissait, je l'installais dans la cour herbeuse sur un drap où il gigotait avec vigueur à l'ombre de mon parasol, gazouillant quand je balançais une fleur devant ses yeux ou la lui mettais dans la main. » Elle parlait de son fils, de l'enfant qu'elle avait eu de Pharaon et qui lui avait été enlevé lorsqu'elle avait été bannie à Assouat. Pas tout à fait suffisant, pensai-je avec incohérence. C'était mon rêve, certes, et ces phrases me le faisaient revivre avec une insoutenable netteté, mais fallait-il y voir plus qu'une coïncidence ?

Il y avait autre chose. J'avais été trop préoccupé et trop anxieux pendant notre voyage d'Assouat à Pi-Ramsès pour faire davantage qu'éprouver horreur et pitié à la lecture de son histoire, mais à présent, en y réfléchissant, je retrouvai un autre passage que j'avais parcouru trop rapidement : « ... Il l'avait enduit de nombreuses couches d'huile pour lui donner sa douceur et sa patine. Oupouaout avait les oreilles dressées, le nez flaireur, et ses yeux plongeaient dans les miens avec une expression de toute-puissance paisible. Vêtu d'un pagne court dont les plis étaient exactement représentés, il tenait une lance dans une main et une épée dans l'autre. Sur sa poitrine, mon père avait inscrit les hiéroglyphes signifiant "Celui-qui-ouvre-les-voies". Je savais qu'il n'avait pu le faire sans l'aide de Pa-ari. »

Je regardai le visage paisible et intelligent du dieu que j'avais toujours vu près de moi, sur ma table de chevet, et Oupouaout me rendit mon regard d'un air suffisant. «Celui-qui-ouvre-les-voies, murmurai-je. Est-ce possible?» Je rangeai en hâte les feuilles de papyrus dans le sac, puis y fourrai aussi la petite statue. Un instant plus tard, je dévalai l'escalier. Thu avait confié à Amonnakht, le Gardien de la Porte, la statue protectrice que son père avait sculptée pour elle, et elle l'avait supplié de veiller à ce qu'elle accompagne son fils, où qu'il aille. Était-il allé dans la maison de Men, le marchand? J'allais bientôt le savoir.

Je courus jusqu'à la maison de Takhourou, en faisant voler le sable sous mes sandales. Le soleil était presque à la verticale, à présent. Il y avait beaucoup de monde sur le chemin, et je me faufilai entre des serviteurs affairés, des soldats au pas rapide et des flâneurs. Un grand nombre d'entre eux me saluèrent, mais je ne m'arrêtai pas.

Hors d'haleine, je franchis le portail de Nesiamon, parvins à jeter par-dessus mon épaule un mot haletant au gardien ébahi et eus juste le temps de me glisser derrière un buisson en voyant venir dans ma direction Nesiamon, en grande discussion avec deux hommes. Les porteurs suivaient avec une litière vide, ornée de glands écarlates, dont les rideaux tissés de fils d'or scintillaient dans la lumière. «Notre retard est dû à un manque de quartz en poudre, disait Nesiamon. Mais ce problème devrait être réglé demain, à moins bien sûr que les ouvriers de la carrière ne décident de faire grève. Nous avons bien trop de surveillants incompétents, qui ont acheté leur poste sans rien connaître de la fabrication des faïences. Il m'est très difficile de les renvoyer. Ils ont des parents influents, dont certains sont mes amis. Enfin, ce qui compte, c'est la production…» Sa voix s'éteignit peu à peu.

Se cacher dans le jardin de Nesiamon était un jeu d'enfant. Je restai à l'écart du sentier sinueux, en me disant que les dernières visites que j'avais rendues à ma fiancée avaient tout des rendez-vous furtifs d'amants illicites. Je me sentis soudain las de la succession d'événements clandestins qu'était devenue ma vie, comme si chacun déposait une couche de crasse dans mon esprit. Je voulais avoir la conscience nette et me déplacer librement.

En approchant de la maison, j'entendis le rire d'Adjetaou, la mère de Takhourou, ainsi qu'un cliquetis de vaisselle et un murmure de voix féminines. Elle recevait des amies dans le vestibule, et il était exclu que je passe par là si je ne voulais pas avoir à m'asseoir et à déguster vin et gâteaux au miel sous l'œil curieux d'épouses de nobles. Sans compter que je n'avais pas la tenue adéquate pour ce genre de mondanités. Je m'enfonçai plus profondément dans les buissons, en me demandant ce que j'allais faire.

J'arrivai près de l'étang, vers le fond du domaine, quand un mouvement d'étoffe à travers le feuillage attira mon regard. Je me faufilai plus près. C'était Takhourou, qui venait de sortir de l'eau et s'enroulait dans une grande pièce de lin blanc. Elle était debout, les bras tendus, et j'aperçus fugitivement ses petits seins hauts, ses longs cheveux noirs qui ondulaient sur ses épaules, l'eau scintillante qui ruisselait sur son ventre et ses cuisses. Elle était superbe et, l'espace d'un instant, j'oubliai tout le reste. Puis le drap l'enveloppa, et elle s'assit sur une natte au bord de l'étang. Je quittai l'abri des buissons avec précaution. « Kamen ! s'exclama-t-elle. Que fais-tu ici ?... Elle est allée chercher mon parasol, ajouta-t-elle en voyant que je cherchais sa servante du regard. J'ai décidé de me réfugier ici pour éviter le petit groupe de commères que reçoit ma mère. Est-ce que tu m'apportes un nouveau mystère ?

– Peut-être, répondis-je en sortant la statue d'Oupouaout de mon sac. J'aimerais que tu la poses négligemment parmi tes coussins et tes pots, expliquai-je, en désignant le désordre d'objets qui l'entourait. Puis tu renverras ta servante et feras appeler la femme d'Assouat... sous le prétexte de te coiffer ou de te frotter d'huile, peu importe. L'essentiel, c'est qu'elle remarque la statue du dieu. Je vous observerai, caché dans les buissons.

– Pourquoi ?

– Je te le dirai après. Je préfère que tu notes ses réactions sans rien savoir.

– Oh, comme tu veux, fit-elle en fronçant le nez. Voilà Isis qui revient avec le parasol. Tu es sûr de ne pas vouloir me donner un indice ? » En guise de réponse, je l'embrassai et m'esquivai. J'avais à peine regagné l'abri des arbustes que sa servante apparut et déploya le dôme de lin blanc au-dessus de sa tête. Takhourou chercha dans ses affaires un morceau de cannelle, qu'elle se mit à sucer. « Va m'appeler la nouvelle servante, Isis, ordonna-t-elle. Celle qui a les yeux bleus. Je crois qu'elle travaille dans les cuisines aujourd'hui. Qu'elle vienne ici sur-le-champ. Quant à toi, tu peux rentrer à la maison. » Isis s'inclina et partit.

Takhourou s'appuya sur un coude. Je vis ses lèvres s'entrouvrir et révéler un instant le morceau de cannelle serré entre ses dents. Elle regarda paisiblement l'étang resplendissant qui s'étendait devant elle, puis, se redressant, elle arrangea le petit bracelet d'or autour sa cheville, ce qui fit légèrement remonter le drap sur ses cuisses. Elle s'étendit de nouveau. Ses mouvements étaient lents et nonchalants, chargés de sensualité, et je me rendis soudain compte qu'elle me provoquait d'une façon qui ne devait rien à sa jeunesse ni à son inexpérience.

«Tu ressembles à la déesse Hathor en personne, aujourd'hui», dis-je à voix basse. Elle sourit.

«Je sais», répondit-elle avec sérénité.

Nous attendîmes. Le temps parut s'éterniser, mais Thu finit par apparaître dans la clairière où se trouvait l'étang. Elle portait l'uniforme de la maison : une robe lisérée de jaune lui arrivant à mi-mollet et serrée à la taille par une ceinture, jaune elle aussi, tout comme ses sandales et le ruban qui retenait ses cheveux. Arrivée devant Takhourou, elle s'inclina avec grâce. «Tu m'as fait appeler, dame Takhourou, dit-elle.

– J'ai des courbatures à force d'avoir nagé, déclara ma fiancée. Tu m'as massée avec tant d'habileté, hier, que j'aimerais bien que tu recommences. Tu trouveras de l'huile parfumée, là.»

La femme s'inclina de nouveau et alla prendre le pot à l'endroit qu'elle lui indiquait. Oupouaout était à côté, à demi dissimulé sous un coussin. Je vis sa main brune se tendre vers le récipient, puis s'immobiliser. Mon cœur cessa de battre. Ses doigts se mirent à trembler, puis avec un étrange grognement animal, elle prit la statue à deux mains et se tourna vers Takhourou. Je voyais très bien son visage. Elle avait les yeux écarquillés et était devenue très pâle. Pressant la statue contre son front d'un geste maladroit, elle se mit à vaciller comme si elle était soûle. Takhourou la regardait avec autant d'attention que moi. Lorsqu'elle parvint enfin à parler, ce fut d'une voix étranglée.

«Comment as-tu acquis cet objet, dame Takhourou? demanda-t-elle, suivant d'une main tremblante les contours lisses et luisants de la statue, comme je l'avais fait moi-même si souvent.

– C'est un ami qui me l'a donné, répondit Takhourou avec désinvolture. Il est beau, n'est-ce pas? Oupouaout est le dieu protecteur de ton village, je crois? Mais pourquoi me poses-tu cette question, Thu?

– Je connais cette statue, murmura-t-elle. Mon père l'a sculptée de ses mains pour mon anniversaire, il y a très longtemps, quand j'étais encore en apprentissage chez le Voyant.

– Es-tu certaine que ce soit la même? Les reproductions du dieu sont innombrables. Après tout, il est Celui-qui-ouvre-les-voies. Assieds-toi, je t'en prie, Thu, dit-elle en lui effleurant le bras. Tu n'as pas l'air de te sentir bien.

– Je reconnaîtrais le travail de mon père les yeux bandés, rien qu'au toucher, répondit Thu en se laissant tomber dans l'herbe. J'ai eu cette statue tous les jours au chevet de mon lit. J'ai prié devant elle. Je te supplie de me dire le nom de celui qui te l'a donnée, dame Takhourou. »

Elle était penchée vers elle, le visage crispé, tout le corps tendu. « Je l'ai vue pour la dernière fois le jour où j'ai quitté Pi-Ramsès à jamais. Je l'ai remise à Amonnakht, le gardien du harem de Pharaon, en l'implorant de veiller à ce qu'elle accompagne mon petit enfant, quel que soit le sort qui l'attende. » Je vis les premiers signes de compréhension apparaître sur le visage perplexe de Takhourou. Thu martela le sol de son poing fermé. « Tu comprends ? s'écria-t-elle. Si je pouvais parler à ton ami, je pourrais peut-être savoir ce qu'est devenu mon fils, savoir s'il vit encore ! » Takhourou la regarda fixement, puis se tourna vers l'endroit où je me cachais. « Dieux ! murmura-t-elle. Ô dieux ! C'est toi, Kamen. »

Péniblement, comme affaibli par une longue maladie, je me levai et m'avançai d'un pas chancelant dans la clairière. Mes jambes me portèrent jusqu'à Thu avant de se dérober sous moi et de m'obliger à m'asseoir. Je la regardai dans les yeux. « Cette statue m'appartient, dis-je, en m'entendant parler de très loin. Elle était dans le linge qui m'emmaillotait, quand on m'a amené nouveau-né dans la maison de Men. Je sais que Pharaon est mon père. Et… tu es ma mère. »

Deuxième Partie

KAHA

7

J'étais encore un jeune homme lorsque j'entrai dans cette maison, et Kamen n'avait alors que trois ans. C'était un enfant aux traits réguliers, sérieux et intelligent, avide de comprendre ce qui se passait autour de lui. J'aurais fait un bon professeur, car j'ai toujours été soucieux de ne pas laisser se perdre cette curiosité et ce goût de savoir, mais, dans le cas de Kamen, il n'y avait aucune inquiétude à avoir. Son père accorda beaucoup d'attention à son éducation; il l'éleva et lui apprit la discipline avec toute l'affection que l'on pouvait souhaiter.

Il y avait quelque chose qui m'attirait chez cet enfant, un peu comme ces visages que l'on entraperçoit, que l'on oublie, puis que l'on se met à voir partout, sans pouvoir les relier à un souvenir ni à un événement. Son père le laissait parfois entrer dans son bureau pendant qu'il dictait ses lettres. Kamen s'installait sous sa table et jouait paisiblement avec ses jouets, en me regardant de temps à autre, car nous étions au même niveau. J'avais souvent envie de le toucher, non pour le contact de sa peau douce d'enfant, mais pour atteindre ce quelque chose de familier en lui, et qui m'échappait pourtant.

L'harmonie régnait dans la maison de Men, et Men lui-même était un bon maître. J'étais de mon côté un excellent scribe. J'avais été formé dans le grand temple d'Amon à Karnak, où je m'aperçus avec désenchantement que le culte divin se réduisait à des rituels compliqués mais vides, conduits par des prêtres plus soucieux de remplir leurs coffres et d'affirmer leur pouvoir que respectueux du dieu et attentifs aux besoins de ses suppliants. J'y reçus néanmoins une éducation de premier ordre et, quand elle fut achevée, j'eus le choix entre de nombreuses maisons nobles.

Ayant la passion de l'histoire de mon pays, je décidai d'entrer au service d'un homme qui partageait cet intérêt. Il considérait, comme moi, que Maât était corrompue en Égypte, que la splendeur, qui avait été celle de notre pays à l'époque où les dieux assis sur le Trône d'Horus maintenaient l'harmonie nécessaire entre les temples et le gouvernement, avait pâli. Notre pharaon actuel vivait sous la domination de prêtres qui avaient oublié que l'Égypte n'existait pas pour remplir leurs coffres et promouvoir les ambitions de leurs fils. La corruption et la cupidité compromettaient l'équilibre délicat de Maât, cette musique cosmique qui tissait ensemble pouvoir séculier et pouvoir sacré pour produire le chant sublime constituant la grande force de l'Égypte ; et ce chant était désormais faible et discordant.

Dans sa jeunesse, Pharaon avait mené l'armée dans de grandes batailles contre les tribus orientales qui voulaient s'approprier les riches pâturages du Delta, mais il n'avait pas su livrer les combats qui s'imposaient à l'intérieur même de ses frontières. Son père avait conclu un marché avec les prêtres à l'époque où l'usurpateur étranger souillait le Trône d'Horus, et ils avaient accepté d'aider Setnakht à reprendre le pouvoir en échange de certains privilèges. Notre pharaon actuel a respecté cet accord pendant toute la durée de son long règne, et les prêtres ont engraissé tandis que l'armée stagnait et que l'administration tombait aux mains d'étrangers dont la loyauté ne va pas plus loin que l'or qu'on leur verse.

Mon premier employeur désirait ardemment la restauration de Maât. Il n'engageait que des gens partageant son amour pour le passé de l'Égypte, et je fus heureux dans sa maison. De plus, dans ma jeunesse, je détestais la routine, et l'idée de passer mes journées à écrire des lettres banales pour des nobles fortunés mais dépourvus d'imagination me faisait frémir. Je commençai ma carrière sous les ordres d'Ani, premier scribe de cette étrange maison. J'avais alors dix-neuf ans. Pendant quatre ans, je vécus quasiment retiré du monde chez cet homme très singulier et très secret. Il appréciait et encourageait la capacité que j'avais d'absorber et de restituer à volonté faits, chiffres ou événements historiques. Un bon scribe doit bien entendu pouvoir se rappeler les paroles de son maître quand il prend sous la dictée, ou lors d'une discussion, mais j'étais plus doué dans ce domaine que la plupart de mes confrères, et mon employeur s'en rendait compte.

Il me confia une tâche à laquelle je pris grand plaisir et pour laquelle j'étais particulièrement désigné : l'éducation d'une jeune fille presque illettrée qu'il avait choisie pour servir l'Égypte et

Maât. J'étais au courant de ses intentions. Je les approuvais. Et je me pris peu à peu d'affection pour cette jeune fille. Elle était belle et dotée d'une intelligence brute mais vive. Elle apprit vite et se montra pleine d'amour et de respect pour la langue sacrée que nous donna Thot, le dieu de la sagesse et de l'écriture, au temps de la naissance de l'Égypte. Je la vis partir avec regret, et elle me manqua.

En ce qui me concerne, je quittai mon employeur lorsque j'en vins à craindre que ses relations et lui ne soient surveillés par le palais. La jeune fille avait en effet été poussée à tuer Pharaon, un meurtre dont nous espérions tous qu'il permettrait le rétablissement de Maât. Mais Pharaon avait survécu, et mon élève avait été arrêtée et condamnée à mort. Cette peine fut toutefois commuée en bannissement sans que nous en sachions la raison, et ce fait m'inquiéta. Mon employeur supposa que Pharaon était si épris de sa concubine qu'il n'avait pu supporter l'idée de lui ôter la vie, en dépit de sa culpabilité. Je n'en étais pas aussi sûr. Quels que fussent ses défauts, Ramsès III n'était pas homme à se laisser guider par ses seules émotions. Il était plus probable que la jeune fille lui avait livré des informations, insuffisantes pour nous traîner tous en justice mais assez convaincantes pour éveiller les soupçons et nous valoir d'être surveillés. Mon employeur ne partageait pas cette opinion. Il comprit cependant que je souhaitais le quitter et me fournit d'excellentes références. Il comprit aussi que, même loin de son toit confortable, je ne les trahirais, ni lui ni les autres conjurés.

C'était il y a dix-sept ans. Après deux années peu satisfaisantes passées chez d'autres maîtres, j'entrai au service de Men et y restai. Je demeurai loyal envers mon premier employeur et travaillai honnêtement pour les autres. Je faillis épouser la fille d'un intendant, et parvins presque à oublier le rôle que j'avais joué dans le complot contre le souverain.

La maison de Men devint la mienne. Ses domestiques étaient mes amis, et je me sentais plus ou moins de la famille. Je regardai Kamen se transformer en un jeune homme sérieux et capable, avec cependant un fond d'obstination qui l'opposait parfois à son père. Lorsqu'il décida d'entrer dans l'armée, la bataille fut rude, mais il eut gain de cause. Je ne perdis jamais tout à fait le sentiment de l'avoir connu auparavant, ce qui me le rendit facile à aimer. Lorsqu'il se fiança, je sus qu'il aurait bientôt son propre foyer et je me dis que je lui demanderais peut-être de me prendre à son service. En attendant, j'étais tout dévoué à son père.

Je ne lui en voulus donc pas très longtemps. Bien qu'il se fût montré violent, je savais qu'il ne me ferait pas de mal. Il y avait un certain temps que je le voyais préoccupé, absorbé dans ses pensées. Il s'était mis à boire à l'excès, à rôder dans la maison la nuit et à crier dans son sommeil. Je l'avais entendu de ma chambre, à l'autre bout du couloir. Je me demandais s'il avait des ennuis, mais ce n'était pas à moi de l'interroger. Ce qu'il avait fait dans le bureau de son père m'apparut simplement comme le point culminant de semaines d'angoisse, et lorsqu'il me parla du rouleau qu'il cherchait, je commençai à comprendre. Nous savions tous que c'était un enfant adoptif, mais nous ne nous étions jamais interrogés sur ses origines. Pourquoi l'aurions-nous fait ? Et pourquoi lui s'en serait-il préoccupé, alors qu'il était adoré par sa mère et ses sœurs, aimé par son père et respecté par les serviteurs qui l'avaient vu grandir ? Il menait une vie heureuse, facile, mais, brutalement, tout avait changé.

Après qu'il eut quitté le bureau comme un ouragan, Pa-Bast appela une servante pour remettre de l'ordre dans la pièce. Je réfléchis tout en lui donnant mes instructions. Kamen avait dit qu'il raconterait tout à son père lorsque celui-ci reviendrait. En ce qui me concernait, je n'avais pas peur de Men. C'était un homme juste. Il me paraissait en revanche évident que Kamen ne souhaitait pas vraiment mettre son père au courant. Sinon, il n'aurait pas attendu que celui-ci soit parti pour fouiller dans ses rouleaux. Je comprenais le besoin croissant qu'éprouvait le jeune homme de savoir au moins d'où il venait. Je suppose qu'un bon fils aurait obéi aux ordres de son père, mais il avait ma sympathie. Le refus que lui avait opposé Men semblait en effet peu raisonnable. Qu'y avait-il de répréhensible dans le souhait de Kamen ?

Lorsque le bureau fut de nouveau rangé et la porte verrouillée, je me mis en quête de Pa-Bast. Je le trouvai dans les cuisines en train de parler avec le cuisinier, qui n'avait pas grand-chose à faire en l'absence de la famille. Lorsqu'il eut terminé, je l'entraînai à l'écart. « J'ai réfléchi à la scène de tout à l'heure, dis-je. Ce n'était qu'une bourrasque de vent du désert, vite tombée. Kamen est préoccupé. Je ne voudrais pas ajouter le mécontentement de son père à ses sujets d'angoisse. Gardons pour nous ce qui s'est passé, Pa-Bast. Le bureau est en ordre. Si je demande à Kamen de me rendre le rouleau et que je le remette à sa place demain, serais-tu d'accord pour oublier toute l'affaire ?

– Pourquoi pas ? répondit Pa-Bast en souriant. C'est la première fois que Kamen joue ainsi les trublions et, comme tu dis, rien d'irréparable n'a été commis. Je n'ai guère envie d'essuyer une nouvelle tempête quand Men apprendra que son fils a mis son bureau sens dessus dessous dans un accès de folie. Ce qui tourmente Kamen ne peut qu'être sérieux. Nous le connaissons bien, tous les deux.

– Cela a à voir avec ses origines, dis-je. Men a tort de ne rien vouloir lui dire. Une fois renseigné, Kamen retrouverait la paix et n'y penserait plus. Sais-tu qui étaient ses parents naturels, Pa-Bast ?

– Non, et je ne me rappelle pas avoir jamais vu le rouleau qu'il a pris. Il est arrivé ici avec cette statue d'Oupouaout entortillée dans les linges qui l'emmaillotaient. Le papyrus a dû être remis à Men par un messager. Tu as raison : par son attitude, Men laisse une dune de sable se transformer en montagne.

– Alors, nous sommes d'accord ?

– Oui. »

Je ne me sentais pas déloyal envers mon employeur, au contraire. Il me semblait éviter que le fossé ne s'approfondisse entre le père et le fils. Bien qu'ils s'aiment et se respectent, ils ne se ressemblaient guère. A son retour, je parlerais à Kamen, remettrais le rouleau à sa place, et l'affaire en resterait là.

Mais Kamen ne rentra pas ce jour-là. Je nageai, pris un repas léger et écrivis une lettre aux fabricants de papyrus pour leur demander de me livrer des feuilles et de l'encre. La nuit tomba sans ramener Kamen. Le lendemain matin, je me rendis dans sa chambre dès mon lever, mais Setau me dit qu'il ne l'avait pas vu. Cela ne m'inquiéta guère. Kamen n'avait pour vices que les plaisirs assez inoffensifs de la jeunesse, et je supposai qu'il avait passé la nuit à bambocher avec ses amis et cuvait sa bière chez l'un d'eux. Il avait encore un jour de congé après sa dernière mission, et il n'y avait donc pas de quoi s'en faire.

Des rouleaux adressés à mon attention arrivèrent en milieu de matinée, et je travaillai quelques heures. Puis je déjeunai en compagnie de Pa-Bast, fis une sieste et allai nager dans le lac comme j'en avais l'habitude. Kamen n'était toujours pas rentré au crépuscule et, cette nuit-là encore, son lit demeura vide.

Deux heures après le lever du soleil, je traversais le vestibule quand un soldat entra. Je l'attendis et après avoir salué, il déclara sans préambule : « Le général Paiis m'envoie demander où se trouve le capitaine de sa garde. L'officier Kamen n'a pas repris son poste, ce matin. S'il est malade, le général aurait dû en être informé. »

Je réfléchis à toute vitesse. Les paroles du soldat me remplissaient d'appréhension, et mon premier réflexe fut de protéger Kamen. Ce n'était pas un jeune homme irresponsable. Il était impensable que, sur un coup de tête, il ait décidé de ne pas prendre son service à l'heure fixée en laissant les soldats sous ses ordres livrés à eux-mêmes. Pouvais-je inventer un mensonge plausible ? Dire que sa famille était malade dans le Fayoum, et que son père l'avait envoyé chercher de toute urgence ? Mais Kamen franchissait peut-être le portail du général en cet instant même parce qu'il ne s'était pas réveillé à temps ? Non. Son équipement était toujours dans sa chambre. Alors, où se trouvait-il ? Chez Takhourou ? Depuis deux nuits ? Nesiamon n'y aurait jamais consenti. S'était-il noyé dans le fleuve en y tombant pris de boisson ? C'était possible. Avait-il été victime d'une agression ? Possible aussi, mais peu probable. Je commençais à avoir peur. Pour une raison quelconque, j'avais la certitude qu'il ne s'agissait pas d'une négligence de sa part, qu'il ne rentrerait pas, que quelque chose de terrible se passait et que je devais mentir pour lui.

« Dis au général que son père a exigé qu'il le rejoigne de toute urgence dans le Fayoum. Il s'agit d'une affaire familiale de la plus grande gravité, et il est parti sur-le-champ hier, tard dans la nuit. Le général n'a donc pas reçu son message ?

– Non. Quand reviendra-t-il ?

– Je ne sais pas. Mais dès que j'aurai des nouvelles, j'en informerai le général. » L'homme pivota sur les talons et s'en fut. Je m'aperçus alors que Pa-Bast se tenait derrière moi.

« Cette affaire devient sérieuse, dit-il à voix basse. Je me demande ce que nous devons faire. Je vais envoyer Setau interroger Akhebset et l'intendant de Nesiamon. Mais si nous n'arrivons pas à retrouver la trace de Kamen, il faudra avertir son père. Je prie qu'il ne lui soit rien arrivé, mais j'hésite à alerter tout de suite la police de la ville et à rendre sa disparition publique. »

J'acquiesçai de la tête. J'étais certain que cette disparition avait un rapport avec le fameux rouleau, mais je gardai cette conviction pour moi. « Oui, envoie Setau aux informations, dis-je. Nous ne pouvons rien faire d'autre pour le moment. S'il revient bredouille, nous aviserons. »

Je n'avais guère de travail, ce matin-là. J'emportai quelques rouleaux dans le jardin, en m'installant de façon à surveiller l'entrée et, dès que je vis Setau partir, je rentrai dans la maison. La porte de Kamen était ouverte. Le couloir était désert. D'un bond, je fus près de son coffre, que j'ouvris. Le rouleau y était, posé sur une pile de vêtements propres. Setau l'avait certainement rangé là en mettant de l'ordre dans la pièce. Je le pris et ressortis aussitôt.

Bien entendu, j'avais eu l'intention d'informer Kamen de ce que Pa-Bast et moi avions décidé, et de lui demander de restituer le rouleau, mais les dieux seuls savaient où se trouvait le jeune homme, et Men allait bientôt rentrer. Si j'avais été un scribe observant toujours les règles à la lettre, je l'aurais remis tel quel dans le coffret de Men. J'eus d'ailleurs un peu mauvaise conscience en le déroulant, mais très fugitivement. Je me faisais du souci concernant Kamen. Je voulais lui venir en aide, si c'était possible, et le contenu du papyrus pouvait me donner des indications précieuses.

Les mots que je lus glissèrent d'abord sur moi, ou plus exactement, ils me causèrent un choc si violent que mon esprit en fut paralysé. Puis, laissant le papyrus se réenrouler, je le posai avec soin à côté des autres et contemplai fixement le jardin inondé de lumière. Pendant un moment, je fus incapable de la moindre pensée, mais mon cerveau se remit peu à peu du coup qu'il avait reçu.

Je comprenais à présent la tendresse mystérieuse et immédiate que m'avait inspirée l'enfant qui jouait sous le bureau de son père : son regard, ses gestes et même son rire avaient éveillé en moi des souvenirs que je n'avais pas reconnus comme tels. Tout était clair désormais, et je m'émerveillai de la toile tissée lentement mais inexorablement par les doigts divins, qui n'oublient aucun de nos actes. C'est du moins ce qu'il me sembla dans cet instant de révélation. Car la mère de Kamen n'était ni plus ni moins que la jeune fille qui avait été mon élève dans la maison de Houi, mon maître, celle dont j'avais manipulé l'esprit pur et innocent sur les instructions du Voyant pour y inscrire la formule de la perte de Pharaon. J'avais fini par lui porter l'affection d'un frère et, quand elle était entrée dans le harem du souverain, elle m'avait manqué. Puis, le complot avait échoué, elle avait été bannie, et j'avais quitté la maison du Voyant, poussé par l'instinct de conservation. À présent, je sentais de nouveau le danger, le frisson de la peur, car je savais sans l'ombre d'un doute où Kamen était allé. J'aurais fait la même chose. Il était parti chercher sa mère dans le Sud. Elle lui raconterait son histoire, et nous serions de nouveau tous menacés : Houi, Paiis, Banemus, Hounro, Pabakamon, et même Disenk, la servante personnelle de Thu, qui l'avait apprêtée pour les yeux de Pharaon.

Je n'étais qu'un scribe. Je n'avais pas conçu le complot, mais je ne l'avais pas non plus dénoncé, et j'avais obéi à Houi, qui m'avait demandé d'inspirer à cette enfant malléable de l'admiration pour le passé glorieux de l'Égypte et de l'indignation devant la décadence dans laquelle le pays était tombé sous le gouvernement débile de

Ramsès III. Nous avions réussi au-delà de toute espérance. La petite paysanne qui nous avait été confiée, innocente et pleine de rêves, s'était glissée dans le lit de Pharaon comme un scorpion, fascinante, imprévisible et mortelle. Comme un scorpion aussi, elle l'avait piqué; mais il n'avait pas péri. Et Thu? Elle avait disparu dans le Sud, et Houi avait cru que nous n'avions plus à craindre son dard. Il s'était trompé. Le Voyant ne s'était jamais inquiété de l'enfant à qui elle avait donné le jour. Or, à moins que nous n'agissions très vite, il risquait fort de consommer notre perte, même dix-sept ans plus tard.

Luttant contre un sentiment de fatalité insupportable, je posai ma palette sur mes genoux et écrivis à Houi. Il était inutile d'attendre le retour de Setau. Je savais déjà que l'on ne trouverait pas Kamen à Pi-Ramsès. «Très éminent et noble voyant Houi, ton ancien scribe Kaha te salue, commençai-je. Je suis très honoré d'être invité à dîner demain soir en compagnie de ton frère, le général Paiis, du majordome royal Pabakamon, de dame Hounro et des domestiques qui étaient à ton service il y a dix-sept ans, à l'occasion de l'anniversaire de ton don de voyance. Je te souhaite longue vie et prospérité.» Je signai, sachant que c'était un peu faible, mais incapable de trouver mieux. J'espérais que Houi saurait où je voulais en venir. Je le prenais de court, mais, s'il comprenait, il ordonnerait à ses amis d'annuler tout autre engagement préalable.

Je me rendis dans le quartier des domestiques pour faire porter mon message sur-le-champ, puis, retournant dans la maison où régnait le silence de la sieste, je remis le rouleau de Pharaon dans le coffret de Men. Il était de mon devoir d'avertir les anciens conjurés. Je le ferais le lendemain, et ils décideraient des mesures à prendre. J'espérais que l'on ne m'en demanderait pas davantage. Rempli d'appréhension, je fus cependant incapable de toucher au repas que l'on me servit.

Comme je l'avais prévu, Setau revint sans apporter de nouvelles de Kamen. Ses amis ne l'avaient pas vu. L'intendant de Nesiamon, interrogé en privé, n'avait rien pu dire non plus. «Nous allons lui laisser encore un jour avant de prévenir la police de la ville, déclara Pa-Bast. Après tout, nous ne sommes pas ses geôliers. Il a peut-être décidé de partir à la chasse sans nous en avertir.» Mais son ton manquait de conviction, et je ne répondis rien. Kamen chassait, sans l'ombre d'un doute, et s'il trouvait sa proie, la vie de tous les membres des maisons de Houi et de Men risquait d'en être bouleversée définitivement.

Houi ne répondit pas à mon message. Le soir suivant, après avoir dit à Pa-Bast que j'allais rendre visite à des amis, je me rendis néanmoins chez lui dans le rougeoiement d'un crépuscule parfait. C'était le troisième jour du mois de khoiak. La fête annuelle d'Hathor était passée. Bientôt, le niveau du fleuve commencerait à baisser, et les paysans fouleraient la boue fertile que la crue avait laissée derrière elle afin de semer le grain des prochaines récoltes. A Pi-Ramsès, le lac resterait à peu près identique à lui-même. Les vergers joncheraient le sol d'un tapis de pétales, les fruits grossiraient, mais la vie de la cité continuerait, dissociée dans une large mesure de la poussée d'activité dans les campagnes.

Né et élevé à Pi-Ramsès, je n'éprouvais guère d'attirance pour le caractère immuable du reste de l'Égypte, si différent de l'agitation constante de la ville avec sa forte concentration de population. Que je choisisse de prendre part ou non à la vie de la cité, j'avais besoin de savoir qu'elle était là et que j'étais en son cœur. Les années que j'avais passées dans l'école du temple de Karnak, à Thèbes, avaient été consacrées à l'étude. Je n'avais eu ni le temps ni le goût d'explorer une ville qui avait été autrefois le centre du pouvoir, mais n'existait plus que pour le culte d'Amon et les funérailles organisées régulièrement sur la rive occidentale, dans la cité des morts. C'était pourtant au Sud que je pensais en arrivant à proximité du pylône si familier de Houi. Kamen voguait-il en ce moment sur le fleuve, en route pour l'aridité hostile du désert et le village d'Assouat ?

Le vieux portier sortit de son repaire en clopinant et me gratifia d'un regard noir. « Kaha, jeta-t-il d'un ton aigre. Je ne t'avais pas vu depuis longtemps. Tu es attendu.

– Merci, et un grand bonjour à toi, Minmose ! répondis-je. As-tu jamais fait honneur à ton nom ? » Il regagna sa loge en poussant un gloussement rauque, car son nom signifiait « fils de Min », et Min était une figure d'Amon, lorsqu'une fois par an le dieu devenait le mangeur de laitue de Thèbes et présidait à tous les excès de la chair.

En dépit de la gravité de l'occasion, je dois avouer que mon pas devint plus léger quand je traversai le jardin élégant du Voyant. J'avais été heureux en ce lieu. Une grande partie de ma jeunesse s'y était écoulée et j'y avais de nombreux souvenirs. C'était sous ces arbres que écouté avec une intense concentration par la jeune Thu, j'avais récité la liste des batailles de l'Osiris Touthmôsis III, qu'elle devait ensuite apprendre par cœur et me répéter. Elle avait boudé parce que j'avais refusé de lui laisser boire sa bière avant qu'elle ne le fasse sans une erreur. C'était là aussi que je m'arrêtais parfois pour la regarder faire ses exercices, le corps luisant de sueur, tandis que son entraîneur, Nebnefer, lui criait des instructions. Elle était naïve et avide d'apprendre, en ce temps-là. Lorsqu'elle avait cessé d'être mon élève pour devenir celle du maître en personne, nos heures de cours m'avaient beaucoup manqué. Car nous avions beau continuer à nous voir tous les jours, ce n'était plus la même chose.

Je me demandais ce qu'était devenue la collection de scarabées d'argile qu'elle avait amassée. Je lui en avais donné un pour chaque discipline qu'elle avait maîtrisée, et elle en manifestait chaque fois une joie disproportionnée. Je l'appelais « petite princesse libou » pour me moquer de son arrogance, et elle me souriait, les yeux brillants de malice. Je n'avais pas pensé à elle depuis des années, mais à présent, alors que je traversais la cour du Voyant, mes souvenirs retrouvaient formes et couleurs. Elle était gauchère, une enfant de Seth, et, imprégnée des superstitions paysannes, elle en avait honte, jusqu'à ce que je lui explique que Seth n'avait pas toujours été un dieu malveillant, et que la ville de Pi-Ramsès tout entière lui était consacrée. « Courage, Thu, lui avais-je dit, en la voyant en proie à un trouble qui ne lui ressemblait pas, si Seth t'aime, tu seras invincible. »

Mais elle ne l'avait pas été. Elle s'était certes élevée jusqu'au soleil comme le puissant Horus en personne, mais pour retomber durement à terre, et connaître la souffrance et le déshonneur. Poussant un soupir, je franchis les colonnes décorées de l'entrée et saluai le serviteur qui attendait dans le vestibule. « Tu peux te rendre dans la salle à manger », dit-il, et je me dirigeai vers la grande porte à deux battants sur ma droite, accompagné par le claquement sonore de mes sandales sur le sol carrelé.

Les lampes étaient allumées, et leur lumière se mêlait aux derniers rayons du soleil tombant par les fenêtres. Une bouffée d'air parfumé me parvint aux narines, car des fleurs ornaient les petites tables basses disposées dans la pièce. On percevait aussi une légère odeur de jasmin, le parfum préféré du maître, et je fus submergé par une telle avalanche de souvenirs que je m'immobilisai un instant sur le seuil, bouleversé. Puis l'intendant Harshira s'avança, glissant vers moi comme une barque chargée toutes voiles dehors. « Kaha ! gronda-t-il, en serrant mes deux mains dans ses énormes poings. Je suis vraiment heureux de te revoir. Es-tu satisfait de la vie que tu mènes dans la maison de Men ? Je vois Pa-Bast de temps à autre, et nous échangeons des nouvelles, mais c'est un plaisir de te voir en chair et en os. » Je le saluai avec la même chaleur, car j'avais toujours eu de l'affection et du respect pour lui, mais mon attention était fixée sur les autres.

Ils étaient tous là. Paiis portait un pagne court écarlate frangé d'or, qui mettait en valeur ses jambes musclées. Il avait le torse couvert de chaînes en or, et une boucle, d'or elle aussi, pendait à une de ses oreilles. Ses cheveux noirs, huilés, étaient rejetés en arrière, et il avait la bouche teinte de henné. Le majordome royal Pabakamon avait passablement vieilli depuis notre dernière rencontre. Il s'était voûté, la peau de ses joues était plus tendue que jamais, mais il avait toujours la même expression fermée et dédaigneuse. Il m'était antipathique, et je me souvins que Thu ne l'aimait pas non plus. C'était un homme froid et calculateur. Alors que Paiis était à demi étendu, appuyé sur un coude, une coupe de vin à la main, Pabakamon était assis en tailleur, le dos aussi droit que le lui permettait sa colonne vertébrale fatiguée. Il ne me sourit pas.

Hounro, si. Maquillée, parée de bijoux scintillants, les cheveux tressés de fils d'argent, moulée dans un fourreau orné de perles de cornaline, elle aurait été d'une beauté irrésistible sans les plis d'amertume gravés de son nez aux commissures de ses lèvres, qui lui donnaient une expression légèrement maussade même quand elle souriait. Je me rappelais une jeune fille vive et souple, formée à la danse, toujours en mouvement et douée d'un esprit délié et assez masculin, mais elle semblait s'être étrangement épaissie. Thu et elle avaient partagé la même chambre dans le harem. D'une famille ancienne, sœur de Banemus, un autre général, Hounro avait choisi d'entrer dans le harem plutôt que d'épouser l'homme que lui avait choisi son père. Elle y avait passé sa vie et, à voir son air aigri, on pouvait se demander si elle n'avait pas regretté sa décision.

Puis il y avait Houi et, à sa vue, tout en moi se détendit. Il se leva, colonne de blancheur brisée seulement par le liséré d'argent de son pagne et le bracelet du même métal qui lui enserrait le bras. A son doigt, s'enroulait le serpent d'argent que je lui avais toujours vu. Il n'avait guère changé. Il devait approcher la cinquantaine, mais l'infirmité qui l'obligeait à fuir le soleil avait eu l'avantage de préserver sa peau. Aucune couleur n'en avait jamais atténué la pâleur, ni celle de l'abondante chevelure qui tombait sur ses épaules nues, mais cela n'avait pas d'importance, car c'était dans ses yeux rouges que se concentrait toute sa vie. En raison de cette curieuse maladie, il ne circulait jamais qu'emmailloté de linges à la façon d'une momie, ne se montrant normalement vêtu qu'en présence de ses amis et de ses serviteurs de confiance. Il avait pourtant une étrange et fascinante beauté, dont j'avais oublié le pouvoir jusqu'en cet instant. Je m'inclinai devant lui. «Il y a longtemps que nous ne nous sommes vus, Kaha, dit-il. Pourquoi faut-il une menace commune pour réunir de vieux amis? Prends place, je t'en prie.» Il claqua les doigts, et Harshira sortit aussitôt pour s'occuper du repas, tandis qu'un serviteur me versait une coupe de vin. Avant de la boire, je saluai avec respect l'illustre assistance. Puis je m'installai sur les coussins que m'avait indiqués le maître. «Nous ne discuterons pas de notre affaire avant d'avoir mangé et échangé des nouvelles plus anodines, dit-il. Nous avons été convoqués ici abruptement, mais notre conversation n'a pas à en être brusquée pour autant. Bois ton vin, Kaha.»

Dans un coin de la pièce, que les cercles vacillants de lumière laissaient dans l'ombre, son harpiste se mit à jouer. Des domestiques chargés de plateaux fumants commencèrent à circuler discrètement, et nos coupes furent remplies à plusieurs reprises. Mais sous nos bavardages et nos éclats de rire, l'inquiétude couvait. Je l'écartai délibérément, tout à la joie de me retrouver dans cette maison. Mon palais reconnaissait l'art culinaire du cuisinier de Houi, et son vin réchauffait mon sang. Tout, autour de moi, me parlait du passé et à coup sûr, si je fermais les yeux, si je laissais mes pensées vagabonder un instant, je m'apercevrais que la maison de Men n'avait été qu'un rêve et qu'au-dessus de moi, dans sa chambre élégante, une jeune fille attendait avec impatience de voir les invités partir, agenouillée devant sa fenêtre.

Mais peu à peu, la nuit s'approfondit, notre appétit tomba et, après avoir posé une cruche de vin fraîchement ouverte près de Houi, les domestiques se retirèrent. Le harpiste prit son instrument, nous remercia d'un salut de nos maigres applaudissements et disparut sans bruit. Harshira se posta, bras croisés, devant la porte. «Tu nous as convoqués bien précipitamment, Kaha, déclara alors Houi. Pour quelle raison?» Je lui jetai un coup d'œil, tandis que tous les regards se tournaient vers moi, et je lus sur son visage que lui au moins connaissait la réponse à sa propre question.

«Il me semble que le général et toi, maître, savez déjà pourquoi nous sommes ici, dis-je. Il y a dix-sept ans, nous avons passé de nombreuses soirées ensemble. Sans être à l'origine du projet qui nous réunissait, j'ai participé volontiers à son exécution et, après notre échec, j'ai su que je risquais bien davantage d'être démasqué et puni que le reste d'entre vous. Je ne suis pas noble. Je n'ai pas d'appuis en haut lieu, excepté par votre entremise. Être découvert m'aurait valu la mort, un sort qui n'aurait pas nécessairement été le vôtre. Comme j'étais le plus exposé, j'ai quitté cette maison et rompu tout contact avec vous. Je vous suis néanmoins resté loyal. Je le suis toujours. Si j'ai envoyé ce message, c'est qu'une nouvelle menace a surgi. Aucun de vous ne s'est inquiété de savoir ce qu'était devenu le fils de Thu après le bannissement de celle-ci. Vous pensiez peut-être que s'enquérir de son sort risquait d'éveiller les soupçons. À moins que cela ne vous soit simplement égal.

– Complètement égal, approuva Hounro. Pourquoi nous en serions-nous souciés ? Thu n'était qu'une petite paysanne crasseuse incapable de la moindre gratitude et de la moindre humilité, et la boue qui coule dans les veines de son bâtard l'a certainement emporté sur la semence de Pharaon.

– Il n'empêche, murmura Paiis. Elle était bien belle. J'aurais donné beaucoup pour l'ensemencer, moi, et je lui aurais certainement donné plus de plaisir que ce gros lourdaud. Elle m'obsède toujours comme un rêve insaisissable.

– Tu parles durement d'une femme qui était ton amie, remarqua Houi avec douceur, à l'adresse de Hounro.

– Cette arriviste ! siffla-t-elle. J'étais jeune et pleine d'optimisme, moi aussi. À ta demande, Houi, j'ai fait de mon mieux pour sympathiser avec elle, mais c'était dur. Elle était d'une arrogance sans borne et, pour finir, elle a tout gâché et eu exactement ce qu'elle méritait.

– Si elle avait vraiment eu ce qu'elle méritait et ce que nous espérions, elle ne serait pas en vie aujourd'hui, intervint Pabakamon de sa voix nasillarde. Je comprends ta peur, dame Hounro. Après tout, tu savais ce qu'il y avait dans l'huile que Thu a donné à cette pauvre Hentmira pour qu'elle en frotte Pharaon. Tu étais là quand Thu en a fait présent à cette innocente. Qui sait quelles voix pourraient s'élever dans le harem pour te dénoncer ?

– Et toi, majordome ? riposta Hounro. Tu as pris le pot où restaient des traces d'arsenic. Tu l'as remis au Prince comme Houi te l'avait ordonné, alors que Thu était convaincue que tu le ferais disparaître. Aucun soupçon n'a pesé sur toi parce que nous avons tous menti pour n'impliquer qu'elle, et elle seule !

– Paix ! coupa Houi. Nous avons tous menti, en effet. N'importe lequel d'entre nous pourrait perdre les autres, s'il le voulait. Thu a été sacrifiée pour que nous conservions notre liberté. Je l'ai beaucoup regrettée, Hounro, même si ce n'est pas ton cas. Je l'ai tirée de la boue d'Assouat. Je l'ai formée et disciplinée, j'ai veillé à chaque détail de son éducation. Elle était ma création. Une telle entreprise laisse des marques. Je ne l'ai pas jetée aux chacals d'un cœur léger.

– Non, mon frère, en effet, dit Paiis à voix basse. Et il n'y a pas que ton cœur qui a soupiré après elle, n'est-ce pas ?

– Laissons Kaha poursuivre », ordonna Houi, qui ne releva pas.

J'acquiesçai de la tête et posai mon verre.

« Thu a apparemment écrit le récit de ses rapports avec nous, dis-je. Comme vous le savez sans doute tous, elle a tenté pendant des années de convaincre ceux qui avaient le malheur de s'arrêter à Assouat de remettre son histoire à Pharaon. Sans résultat naturellement, puisqu'elle n'y a gagné que de passer pour folle. Mais aujourd'hui, une nouvelle menace pèse sur notre sécurité. Son fils a découvert ses véritables origines. Il est depuis plus de seize ans l'enfant adoptif de mon maître actuel, le marchand Men. Il y a trois jours, il a trouvé un rouleau établissant que Pharaon était son père et Thu, sa mère. Depuis, il a disparu. D'après moi, il est parti la retrouver à Assouat. Qui sait les projets de vengeance qu'ils élaboreront ensemble ? Il la convaincra d'abandonner son exil pour tenter de rencontrer Pharaon.

– Et après ? dit Paiis d'une voix traînante. Ils n'ont pas à deux plus de preuves du complot que Thu n'en avait, seule. Tu as lu les feuilles de papyrus enfermées dans ce coffret ridicule, Houi, et tu as tout brûlé. C'est toujours sa parole contre la nôtre.

– Peut-être, fit le Voyant d'un air songeur. Mais tu as envoyé ce jeune homme dans le Sud en compagnie d'un assassin simplement parce qu'il y avait une chance infime qu'il ait pris connaissance du contenu du coffret. Tu ne voulais pas courir le moindre risque. Je ne pense pas qu'il l'ait ouvert, en fait : ces nœuds étaient intacts ou renoués par quelqu'un tenant cette technique de moi. Non, à mon avis, Thu ne s'en est pas tenue à une seule copie de son récit. Il y en a une autre.

– Que Kamen a probablement lue, intervint Paiis. Il m'a menti il y a quatre jours en me disant que l'assassin et Thu avaient disparu. Il m'a suffi d'interroger son équipage pour le savoir. Ils m'ont appris que Thu avait été amenée à Pi-Ramsès par Kamen pour y être incarcérée. Il a dû deviner la mission de l'homme qui voyageait avec lui et s'en débarrasser d'une façon ou d'une autre. C'est un jeune homme plein de ressources. Donc, tu te trompes, mon cher Kaha, poursuivit-il en se tournant vers moi. Kamen n'est pas en route pour Assouat. Il se cache quelque part dans cette ville, de même que Thu. S'il était revenu prendre son poste devant ma porte, je l'aurais fait arrêter, mais il s'est montré plus rusé que moi. Jusqu'à présent, en tout cas.

– Tu savais donc qui il était ! m'exclamai-je. Par quel miracle ?

– C'est moi qui le lui ai dit, déclara Houi. Kamen est venu me consulter, il y a quelque temps. Il était tourmenté par un rêve qu'il ne pouvait ni interpréter ni chasser. J'ai accepté de lire l'huile pour lui parce que Men et moi avons des relations d'affaires. Kamen pensait que son rêve concernait la femme qui lui avait donné le jour, et j'étais du même avis. Lorsque je me suis penché sur l'huile, c'est le visage de Thu que j'ai vu. Thu. » Il s'interrompit et fit tourner le vin dans sa coupe avant d'en boire une grande gorgée. Ses yeux rouges cherchèrent les miens, et il eut un sourire désabusé. « Le choc a été rude, mais mes visions ne mentent pas. Le jeune officier sérieux aux épaules carrées qui se tenait devant moi était bien l'enfant rejeté par Ramsès. Naturellement, une fois que je l'ai su, les ressemblances me sont apparues. Ses yeux ont la couleur et la forme de ceux de Pharaon, et il a la carrure de Ramsès à l'époque où il était encore un roi jeune et vigoureux aimant la guerre. Mais Thu lui a donné sa bouche sensuelle, son nez intransigeant et son menton. Je me suis moqué de lui. C'était une erreur.

– Pourquoi ne m'avez-vous rien dit ? demandai-je avec indignation. Vous saviez que j'étais au service de son père.

– En quoi cela nous aurait-il aidés ? dit Paiis. Tu as quitté la maison de mon frère parce que tu avais peur. Il était plus charitable de notre part de ne pas te compromettre davantage.

– Je suis parti parce que je n'ai jamais cru que Ramsès avait gracié Thu pour des raisons sentimentales, répliquai-je, blessé par son ton. Il sait quelque chose, depuis toujours, même si cela n'a jamais suffi pour nous traîner devant un tribunal. Je n'avais aucune envie de faire l'objet d'une enquête secrète du palais.

– Il faut nous pardonner, en ce cas, dit Paiis sans trace de regret. Mais je reste sceptique. Voilà près de dix-sept ans que nous n'avons pas été inquiétés. Houi soigne toujours la famille royale. Je suis toujours général. Hounro continue de sortir à sa guise du harem, et Pabakamon de servir quotidiennement le souverain. Tu as été victime de ton imagination, Kaha.

– Paiis s'était proposé d'éliminer et Thu et Kamen, intervint Houi. Que le jeune homme découvre ses origines n'était en effet qu'une question de temps et, comme tu l'as souligné, Kaha, ils pouvaient se révéler dangereux ensemble. Mais Kamen a éventé notre piège, et il nous faut donc à nouveau décider de ce qu'il convient de faire. »

On percevait une certaine fierté dans son ton, presque comme s'il relatait les exploits d'un fils, et je l'observai avec curiosité. La chaleur de la nuit et le vin avaient couvert son corps d'une fine couche de sueur. Il était appuyé sur les coussins, une guirlande de fleurs fanées en travers des cuisses, les yeux mi-clos, et il m'apparut soudain comme une évidence qu'il était épris de sa victime, qu'il avait succombé jadis à la fois à sa beauté et à la complète domination qu'il exerçait sur elle. Cela n'avait pas affaibli sa détermination. J'ignorais même s'il avait éprouvé le moindre remords à manigancer sa disgrâce. Mais le sentiment était là, malgré tout.

Le général savait, lui aussi. Il regardait son frère, un demi-sourire aux lèvres. « Nous avons deux solutions, dit-il. Tâcher une seconde fois de tuer Thu et son fils, qui ne doivent pas être très difficiles à trouver, ou nous débarrasser de Pharaon – ce qui peut paraître absurde, étant donné qu'il est à la fin de sa vie et a d'ores et déjà désigné le Prince Ramsès pour héritier.

– Tuons-les tous ! s'exclama Hounro avec une véhémence de femme soûle. Ramsès, parce qu'il est plus que temps qu'il cède la place ; Thu et son rejeton, parce que le Prince a été chargé de l'enquête sur le complot, autrefois, et que c'est un homme honnête. Que Thu et Kamen murmurent à l'oreille de l'Horus mourant ou de son oisillon ne fera guère de différence. » Pabakamon se pencha en avant. Son crâne rasé brilla à la lumière des lampes et, pendant qu'il parlait, l'ombre de ses longs doigts noueux courut comme une araignée sur le mur.

« C'est de la folie, dit-il. Il n'existe pas la moindre preuve de notre complicité. Admettons que Thu et son fils parviennent à être reçus par l'Unique ? Et après ? Elle n'a rien de nouveau à révéler, rien à montrer. Ramsès est infirme et souvent malade. Il serait concevable qu'il lui pardonne, mais il le ferait alors en souvenir de son amour passé et non par reconnaissance de son innocence. » Les paroles du majordome m'étonnèrent, car Hounro et lui avaient considéré Thu avec le même dédain. Le sang noble de la première suffisait à expliquer son sentiment de supériorité, mais les origines de Pabakamon étaient troubles et, comme tous les arrivistes ambitieux, il trahissait son sentiment d'insécurité en traitant de haut ceux qu'il jugeait inférieurs. « Il nous faut d'ailleurs consulter le général Banemus avant de prendre une quelconque décision, poursuivit-il.

– Mon frère s'est amolli au cours des ans, comme tu dois le savoir, Paiis, déclara Hounro d'un ton méprisant. Il a passé sa vie entière en Nubie et ne s'irrite plus de déployer ses talents militaires si loin du centre du pouvoir. Après notre échec, il a perdu tout intérêt pour notre cause. Je le vois rarement. Il serait d'accord avec toi pour ne rien faire, Pabakamon.

– Et toi, Kaha ? dit Houi, en levant sa coupe d'un geste mi-moqueur, mi-respectueux. Tu aurais pu garder tes informations pour toi, au lieu de nous convoquer tous. Quelle est ton opinion ? Faut-il les tuer ? »

Tu es un homme terrible, pensai-je en contemplant ce visage aussi blanc que le sel. Tes lèvres et ton regard disent rarement la même chose. Tu sais déjà ce que j'éprouve, les mots que je prononcerai, et tu m'as déjà jugé. « Je suis de l'avis de Pabakamon, répondis-je à haute voix. Un pareil massacre est inutile. Ramsès est mourant. La découverte de Kamen ne peut nous nuire, même si elle risque fort de bouleverser la famille de Men. Thu a assez souffert par notre faute. Laissons-la chercher à obtenir son pardon en paix. Quant à Kamen, son seul crime est d'avoir du sang de Pharaon dans les veines. Épargnez-le ! » Houi haussa un sourcil.

« Un résumé objectif et impartial, déclara-t-il d'un ton sarcastique. Eh bien, nous avons ici deux avis opposés, mes amis sans scrupules. La clémence ou la mort ? Un choix enivrant, vous ne trouvez pas ? Savourez-vous votre pouvoir ? L'un d'entre vous est-il prêt à miser sur l'espoir que personne à la cour n'écoutera ce que Thu hurlera depuis le toit du palais ? Car elle hurlera, vous pouvez en être certains. Je la connais mieux qu'aucun d'entre vous. Pourvu qu'on lui en laisse la possibilité, elle maudira, tempêtera et menacera jusqu'à ce que quelqu'un lui prête attention. Que cela nous plaise ou non, elle est en effet des nôtres : têtue, rusée, fourbe et dépourvue de scrupules. Des qualités équivoques pouvant être mises au service du bien comme du mal ; et Thu ne reculera devant rien pour réparer l'injustice particulière dont elle a été victime, mes chers complices en régicide. Si nous ne l'éliminons pas, elle trouvera le moyen de tous nous détruire. »

Un silence profond suivit ces paroles. Tout le monde fixait le sol, sans faire un mouvement, mais la tension était palpable. Hounro appuyait son menton sur une paume rougie, le regard éteint. Paiis était allongé sur le dos, les paupières closes, sa coupe de vin maintenue en équilibre sur son torse par deux doigts chargés de bagues. Pabakamon était dans l'ombre.

Houi ne bougeait pas, lui non plus, mais lorsque je levai les yeux, son regard était posé sur moi. Tu as déjà pris ta décision, pensai-je. Tu vas les sacrifier tous les deux sur l'autel de ta sécurité. Tu l'aimes, mais tu la feras mourir. Une pareille attitude est quasiment inhumaine. Es-tu humain, Grand Voyant ? Qu'est-ce qui occupe ton esprit lorsque tu pénètres dans le monde flottant entre sommeil et veille ? Es-tu vulnérable alors, ou ta volonté s'impose-t-elle jusque dans ces royaumes mystérieux ? Tu veux sa mort.

Il inclina la tête une fois, sans me quitter des yeux. «Oui, murmura-t-il. Oui, Kaha. J'ai parié une fois. Je suis trop vieux pour m'en remettre une deuxième fois à un coup de dés.» Il se redressa et frappa dans ses mains. Tout le monde sursauta, Paiis excepté. «La mort, dit-il d'une voix forte. Je le regrette, mais il n'y a pas d'autre solution. Sommes-nous d'accord?

– Pourquoi poser la question, maître? intervins-je. Le général et toi avez déjà décidé du sort de Thu.

– Et de celui de Kamen aussi, ajouta Hounro. En bon fils, il brûlera de réparer l'injustice dont a été victime sa mère, qu'elle soit vivante ou morte. Il doit périr aussi.

– Je maintiens que c'est inutile, dit Pabakamon. En cas d'échec, nous courons de surcroît le risque de réveiller de vieux souvenirs à la cour.

– Si j'échoue une seconde fois, tu veux dire, déclara Paiis en se redressant. C'est ce qui arrivera à coup sûr si nous n'agissons pas, Pabakamon, par conséquent, l'affaire est entendue. Je vais essayer de les retrouver grâce à mes soldats, et Houi tâchera d'interroger discrètement ses patients nobles. Si Kamen est assez stupide pour revenir chez lui, tu m'en informeras aussitôt, ajouta-t-il à mon adresse. En dépit de l'affection que tu as pour lui, Kaha, tu comprends certainement combien il serait dangereux de nous laisser attendrir. Et nous avons intérêt à ne pas perdre de temps.

«Si Thu est ici, à Pi-Ramsès, poursuivit-il en se levant. Elle a quitté son lieu d'exil, et les autorités locales d'Assouat demanderont des instructions au gouverneur du nome. Nous ne serons pas les seuls à la pourchasser. Harshira, fais avancer ma litière.»

Sur ces mots, le reste des convives se prépara à partir. L'intendant alla prévenir les porteurs de litière, et les domestiques réapparurent avec des capes. Nous traversâmes ensemble le vestibule ombreux et sortîmes. Je levai les yeux vers le ciel nocturne, inspirant l'air pur à pleins poumons. La lune n'était plus qu'un mince croissant gris, et la lueur des étoiles éclairait seule la vaste cour, qui disparaissait vite dans les ténèbres.

Paiis fut le premier à prendre congé. Il monta dans sa litière et jeta un ordre bref à ses porteurs. Pabakamon suivit. Hounro se pressa contre Houi et l'embrassa sur la bouche. «Tu es notre maître, murmura-t-elle. Nous te respectons.» Harshira dut l'aider à monter dans sa litière, mais bientôt, l'obscurité l'engloutit elle aussi et le pas de ses porteurs s'évanouit. Houi s'essuya les lèvres du revers de la main.

«Quelle poison, celle-là! soupira-t-il. Il y a dix-sept ans, elle n'était que mouvement et énergie, elle dansait dans le harem et les banquets de Pharaon, qu'elle charmait par son enthousiasme et sa vivacité. Devenir l'amie de Thu a été un jeu pour elle, et elle l'a joué à la perfection, en dissimulant son mépris, mais quand Thu a échoué, il ne lui a plus été nécessaire de feindre. Sa vitalité ne se manifeste plus que par intermittence, et l'optimisme de sa jeunesse a cédé la place au ressentiment. Je préférerais que ce soit elle notre cible plutôt que Thu.» Il m'adressa un sourire las, le visage à peine visible dans la lumière incertaine. «Toi et moi la connaissions bien mieux que les autres, reprit-il. Pour eux, elle ne représente guère qu'une menace à éliminer, alors qu'elle nous rappelle des temps plus innocents où nous avions encore de l'espoir.» Il n'avait pas son ton cynique habituel, et paraissait abattu.

«Alors, renonce à tes intentions, fis-je sur une impulsion. L'élimination de Pharaon n'a jamais présenté de grands avantages pour toi, Houi. Quel que soit l'occupant du Trône d'Horus, tu restes le Voyant, le guérisseur. C'était ton frère qui en aurait tiré le plus grand profit, pour l'armée et pour sa propre carrière. Quant à Maât, les dieux n'ont-ils pas parlé en faisant échouer Thu? Kamen est un jeune homme très estimable. Il mérite de vivre!

– Ah, vraiment? fit-il, retrouvant toute son ironie. Et qui se penche sur la balance le sourcil froncé, en tâchant de mettre sur le même plan un bâtard royal et un Voyant au don unique, sans parler d'un puissant général? Tu n'as pas perdu ton idéalisme, Kaha. Autrefois, il te faisait déplorer l'état lamentable de l'Égypte; il se limite aujourd'hui à la défense d'une femme et de son enfant. Il ne s'agit plus de Maât, mais d'une simple question de survie, la tienne comprise.» Je m'inclinai.

«Dans ce cas, je te souhaite une bonne nuit, maître. Et à toi aussi, Harshira.» L'intendant, silencieux, se tenait en effet derrière Houi. Je m'éloignai, si épuisé brusquement que la distance séparant la maison du sentier du lac me paraissait infranchissable. Je n'avais pas envie de partir. Une partie de moi désirait passionnément courir implorer Houi de me reprendre à son service, mais je reconnaissais ce désir pour ce qu'il était : la nostalgie de l'univers protégé où j'avais été heureux. Le Kaha d'alors avait disparu, dissous par l'acide de la connaissance de soi, qui vient avec la maturité et s'accompagne de la perte des illusions. Je franchis le pylône de Houi, dont la taille me parut écrasante dans l'obscurité. De l'autre côté, la surface du lac miroitait faiblement à la lueur des étoiles. Je tournai à droite et suivis le ruban pâle du chemin jusqu'à la maison de Men.

8

Je gagnai ma chambre sans rencontrer personne. Malgré ma fatigue, je ne pus trouver le sommeil. Je repassai sans fin dans mon esprit les moindres détails de la soirée, les paroles de chacun, le ton sur lequel elles avaient été prononcées, les regards et mes propres émotions tumultueuses. Cette réunion me laissait surtout un sentiment de résignation. Pendant des années, notre complot était resté sans véritable conclusion. Aujourd'hui, il était temps de prendre le calame et de rédiger une fin rapide et définitive, de nouer les derniers fils de la trame. Mais ces fils étaient deux êtres humains, et les ultimes hiéroglyphes seraient trempés de sang. A quoi t'attendais-tu donc en prévenant Houi ? me demandai-je, le regard fixé au plafond. Tu croyais peut-être qu'il ne ferait rien ? Tu n'as pas été très étonné d'apprendre que Paiis avait déjà tenté de tuer Thu et Kamen, ni que Houi savait qui était Kamen. Et tu avais raison d'espérer que l'on ne te demanderait rien. Rien qu'une petite trahison. Quelques mots sur un papyrus au cas où Kamen rentrerait chez lui. Trahison ? Le mot résonna dans mon esprit. Qui es-tu, Kaha ? Que dois-tu, et à qui ?

Je me tournai sur le côté et fermai les yeux pour lutter contre la nausée, qui ne devait rien à la nourriture riche ni au vin que j'avais absorbés. Pendant des années, j'avais tenté de me couper de mon passé, mais l'opération avait été accomplie avec un couteau sale, et mon ka s'était infecté. Je ne savais que faire.

Kamen n'était toujours pas rentré lorsque que je pris mon premier repas, dans la lumière étincelante du petit matin. Je ne m'en étonnai pas. Je mangeai distraitement, et je finissais un gobelet de lait de chèvre lorsque je vis Pa-Bast venir vers moi. Il tenait un rouleau décacheté à la main, et son expression était grave. « Bonjour, Kaha, dit-il. C'est un message du Fayoum. Toute la famille se met en route aujourd'hui. Ils arriveront ce soir, à moins qu'ils ne décident de s'arrêter à On, ce dont je doute. » Il s'accroupit près de moi, en tapotant le rouleau contre sa cuisse. « Je n'ai pas envoyé de réponse. C'est inutile. Les domestiques s'occupent des chambres, mais il y a le problème de Kamen… J'attends le commandant de la police de la ville, poursuivit-il, l'air troublé. Et des recherches en règle seront organisées. Avons-nous vraiment fait tout ce qui était en notre pouvoir, Kaha ? »

L'idée qui me traversa aussitôt l'esprit fut que ces recherches arrangeraient Paiis à merveille, pourvu qu'il déniche Thu et son fils et s'en débarrasse rapidement. Il ferait en sorte que la police trouve les corps flottant sur le lac ou poignardés dans une ruelle, et tout le monde supposerait qu'ils avaient été assassinés par des voleurs. Men chercherait à savoir pourquoi Thu se trouvait à Pi-Ramsès, et en compagnie de Kamen. Il en irait de même pour la famille de Thu à Assouat.

Comme la démangeaison d'une arête de poisson au fond de la gorge, je me rappelai le présent que lui avait envoyé son père à l'occasion du premier anniversaire qu'elle passait dans la maison de Houi : une statue d'Oupouaout qu'il avait sculptée de ses propres mains, un objet d'une beauté simple, une preuve modeste de son affection pour sa fille, et… bien sûr, bien sûr ! Je pris une profonde inspiration. Cette statue se trouvait maintenant sur la table de chevet de Kamen. Comment avais-je pu ne pas la reconnaître ? Le père de Thu l'aimait. Son frère, Pa-ari, l'aimait lui aussi et lui écrivait souvent. Et moi, le scribe couard, que valait l'affection que je lui avais portée ? Pas grand-chose, car je m'étais tenu à l'écart quand on l'avait arrêtée et condamnée à mort, et je l'aurais laissée mourir sans éprouver beaucoup plus qu'un pincement de remords.

« Oui, répondis-je enfin. Au retour de Men, je lui parlerai du rouleau. Nous ne pouvons garder le secret, Pa-Bast. Je pense que son contenu est à l'origine de la disparition de Kamen. Lorsque le commandant arrivera, préviens-moi. » L'intendant s'éloigna, et je restai un instant appuyé contre un arbre, les mains pressées contre l'herbe fraîche.

À côté de moi, les plats vides commençaient à attirer les mouches. Elles tournoyaient en bourdonnant, puis se posaient sur le bord du gobelet. D'autres choisissaient les miettes ou la peau des fruits, avides de se nourrir, et, en les regardant, je sus ce qu'il me fallait faire. Nous avions tous profité de Thu. Je m'étais servi d'elle pour nourrir la fierté que je tirais de mes connaissances en histoire et de mon talent d'enseignant. Paiis l'avait considérée comme une proie sexuelle, stimulant son désir. Pour Hounro, elle avait été un être à mépriser, qui la confortait dans son sentiment de supériorité. Et Houi ? Houi l'avait dévorée. Houi lui avait tout pris. Il l'avait modelée, dominée, en avait fait un prolongement de lui-même. Il avait englouti son ka pour le régurgiter reformé. Mais ce faisant, il était tombé amoureux, non pas de Thu, la femme, mais de Thu, son alter ego, sa jumelle.

D'autres mouches arrivaient, toujours plus nombreuses, se marchaient les unes sur les autres pour mieux pomper leur nourriture. Brusquement écœuré, je les chassai. Elles s'envolèrent avec un bourdonnement furieux mais n'abandonnèrent pas. Je couvris les plats de ma serviette. Où irait Kamen ? Où emmènerait-il sa mère ? C'était un jeune homme sociable ayant de nombreuses relations, mais personne à qui confier un secret de cette importance. Et, bien qu'Akhebset fût son ami, je ne pensais pas qu'il lui imposerait une aussi lourde responsabilité. Il pouvait faire entrer Thu comme domestique à la caserne, mais cela aurait été lui mettre la tête dans la gueule de Paiis. L'envoyer dans le Fayoum ? Il l'aurait peut-être fait si le reste de sa famille n'y séjournait pas. Cela ne laissait donc plus que Takhourou, sa fiancée. Son amie depuis l'enfance. Oui. Il tenterait sa chance avec elle. C'était un moyen de mettre son dévouement à l'épreuve, encore que, s'il avait le moindre doute à cet égard, il ne lui confierait certainement pas Thu et son secret.

Je rentrai dans la maison, en laissant aux domestiques le soin de ramasser les plats. Je n'avais pas beaucoup de travail, et je venais de le terminer quand j'entendis des voix dans le vestibule. Je sortis au moment où Pa-Bast s'avançait à la rencontre du commandant de la police. Je l'écoutai en silence expliquer pourquoi il souhaitait son intervention. « Il ne s'agit pas de rendre l'affaire publique, précisa Pa-Bast. Le noble Men ne souhaiterait pas que l'on discute de la disparition de son fils dans toutes les tavernes de Pi-Ramsès.

– Naturellement, approuva l'homme. Je suis très affligé de ce que tu m'apprends, Pa-Bast, et je ferai l'impossible pour retrouver Kamen. Rassurez-vous un peu en pensant que ce jeune homme est un soldat capable de se défendre, et espérons qu'il a simplement abusé de la boisson et été mêlé à une rixe. Je suppose qu'il n'a pas emporté de vêtements ou d'objets lui appartenant ? » Pa-Bast répondit aux questions brèves et pertinentes du commandant, et lorsque celui-ci fut parti, il déclara en poussant un soupir :

« Tout cela est étrange, Kaha. Nous nageons en plein mystère. Enfin, il faut bien vaquer aux affaires courantes malgré tout et, si je ne veux pas me faire frotter les oreilles par dame Shesira, j'ai intérêt à aller au marché et à approvisionner la cuisine avant son retour.

– Je compte me rendre chez Takhourou, cet après-midi, déclarai-je. Si tu pouvais engager un scribe sur le marché pour pointer tes achats, je t'en serais reconnaissant, Pa-Bast. Je suis désolé de te causer ce désagrément, mais c'est important.

– Tu en sais davantage sur le sort de Kamen que tu ne souhaites en dire, n'est-ce pas ? remarqua-t-il en me jetant un regard perçant. Tu as le bien de cette maison à cœur ? » C'était une question, et je répondis par un hochement de tête. « Vas-y alors, reprit-il. Mais Setau s'est déjà rendu chez Nesiamon. Kamen n'y est pas.

– Peut-être. Merci, Pa-Bast. » Il émit un grognement, et j'allai aussitôt mettre mes meilleures sandales et un pagne propre. J'étais rempli d'appréhension, car dès l'instant où je franchirais le seuil de Nesiamon, je me dresserais irrévocablement contre l'homme que je considérais encore comme mon véritable maître. Il était néanmoins temps de soigner cette infection intérieure. Je glissai à mon bras le bracelet d'or indiquant mon rang et partis.

Je parcourus la distance séparant les deux maisons, aveugle à la beauté du jour, évitant distraitement les groupes de gens qui passaient en bavardant. Certains me saluèrent, m'arrachant un instant à mes pensées, et je leur répondis de mon mieux mais sans m'arrêter, de peur que mes pieds ne me ramènent alors dans ma chambre. Ils finirent néanmoins par me conduire jusqu'à la porte de Nesiamon, où le concierge s'enquit de mon nom et du but de ma visite.

J'attendis. Un domestique vint bientôt m'annoncer que le maître de maison était occupé. Il s'entretenait avec le général Paiis. Mais, si je le souhaitais, je pouvais prendre un rafraîchissement avec son intendant. Le scribe était naturellement auprès de son maître et ne pouvait me parler. Nesiamon me recevrait dès qu'il serait libre. Je réfléchis à toute vitesse. C'était jouer de malchance. Il ne me restait qu'à espérer que Paiis me croirait venu dans l'intérêt des conspirateurs. « En fait, l'intendant de mon maître m'a chargé d'interroger dame Takhourou au sujet de la disparition de Kamen, si elle y consent, expliquai-je. Mon maître rentre demain du Fayoum, et nous sommes dans un grand désarroi. »

L'homme claqua de la langue avec compassion. « Je vais demander si elle accepte de te recevoir », dit-il, avant de s'éloigner. J'attendis de nouveau et, tandis que je parcourais du regard les nombreuses statues ornant les vastes jardins de Nesiamon, j'aperçus près du mur d'enceinte, là où se trouvaient les logements des domestiques, un groupe de soldats. Ainsi, pendant que Paiis bavardait avec son ami, sa garde fouillait le domaine. Quelle audace avait cet homme ! Je jetai un coup d'œil dans la direction du concierge, mais il avait regagné sa loge. Accablé, je cherchai à apercevoir encore les hommes en armes. Les domestiques signaleraient nécessairement cette intrusion à l'intendant. Qu'avait dit l'officier qui les commandait ? Qu'ils étaient à la recherche d'un criminel ? Paiis devait s'en moquer. Son assurance ne connaissait pas de bornes. Une ombre passa devant mes yeux, et je me retournai. « Dame Takhourou va te recevoir, déclara le serviteur. Suis-moi. »

Il me conduisit dans une petite pièce du rez-de-chaussée dont la grande fenêtre donnait sur le jardin de derrière. « Le scribe Kaha », annonça-t-il en s'inclinant. Puis il se retira et ferma la porte derrière lui.

Takhourou était assise dans un fauteuil en ébène, les deux mains sur les accoudoirs, les pieds chaussés de sandales dorées et posés dignement sur un tabouret bas. Une robe blanche simple, coupée dans le lin le plus fin, tombait de ses épaules étroites et moussait sur ses mollets. Un diadème en or lui enserrait le front, retenant le filet de fils d'or qui emprisonnait sa chevelure luxuriante. Elle était ravissante, mais tout en m'inclinant profondément devant elle, bras tendus, je remarquai combien elle était pâle sous le maquillage. Ses doigts se crispaient sur la tête de lion des accoudoirs. « Je suppose que tu es ici pour m'interroger encore sur mon fiancé, scribe Kaha, fit-elle d'une voix voilée. J'ai déjà dit tout ce que je savais à son serviteur Setau. Je regrette. » Je me redressai et l'observai avec attention. Elle serrait les dents, et son attention ne se concentrait pas sur moi, mais sur le jardin. J'avais raison, pensai-je avec exultation. Elle sait.

« Merci de m'avoir reçu, dame Takhourou, déclarai-je. Je sais que le général Paiis se trouve auprès de ton père et que des soldats fouillent le domaine. Kamen est-il en sécurité ?

– Que veux-tu dire ? » répondit-elle aussitôt, en me jetant un regard perçant. Ses doigts élégants caressaient à présent les dents sculptées des lions dorés. « Comment pourrais-je le savoir ? Je prie pour lui nuit et jour. L'inquiétude m'ôte le sommeil.

– Je suis inquiet moi aussi, mais je ne voudrais surtout pas que les hommes du général le trouvent, et je pense que tu partages cette crainte. » Elle refusa encore de céder, bien qu'elle fût manifestement au bord de la panique : des gouttes de sueur perlaient sur sa lèvre supérieure, et une veine battait à son cou.

« Je ne désire pas m'entretenir plus longtemps avec toi, Kaha, fit-elle avec toute la hauteur dont elle était capable. Va-t'en, je t'en prie.

– Je ne suis pas venu avec le général, dame Takhourou. Je ne souhaite pas comme lui la mort de Kamen, ni celle de sa mère. Je suis ici pour les mettre en garde. Tu sais où ils sont, n'est-ce pas ? » Elle s'affaissa, très légèrement, et s'appuya contre le dossier du fauteuil.

« J'ignore de quoi tu parles, répondit-elle avec raideur. Mais si tu penses que Kamen est en danger et désires poursuivre, je t'écouterai. » Malgré la bouffée de sympathie que j'éprouvai pour elle, je réprimai le sourire qui me venait aux lèvres ; la jeune fille était encore aussi craintive qu'une gazelle aux abois. Quant à moi, je m'étais déjà trop avancé pour reculer.

Étouffant un dernier sursaut d'appréhension, je commençai mon récit. Si je m'étais trompé sur le compte de Takhourou, je me jetais dans la gueule de Paiis. Mais j'étais un scribe, formé à interpréter plus que le sens des paroles échangées autour de moi, et j'avais vu juste. Dès mes premiers mots, elle écarquilla les yeux et m'écouta avec une attention passionnée.

Cela dura longtemps. Je lui décrivis la vie dans la maison de Houi, Thu à l'époque où je l'avais connue, sa soif de savoir, de reconnaissance, son désir de dépasser ses origines paysannes. Je parlai de sa formation de médecin et de l'éducation souterraine, orientée, qu'elle recevait de chacun d'entre nous. Je lui racontai comment elle avait été présentée à Pharaon et introduite dans le harem, tel un instrument de mort manié par Houi. Après avoir enfanté un fils, elle avait perdu la faveur du souverain et, désespérée, elle était allée trouver Houi, qui lui avait donné de l'arsenic. Elle l'avait mélangé à de l'huile de massage dont elle avait fait présent à Hentmira, la favorite du moment, et celle-ci avait péri, tandis que Pharaon survivait et la condamnait à mort. La peine avait été commuée en exil.

Takhourou, qui n'avait pas soufflé mot, m'interrompit à ce moment-là. « J'aimerais comprendre quelque chose, Kaha, fit-elle à voix basse. Tu demeurais dans la maison du Voyant et tu as été le professeur de Thu. Tu étais au courant du complot contre Ramsès. Lorsque Thu a été arrêtée, ton témoignage aurait pu la sauver, mais tu as préféré garder le silence. Pourquoi viens-tu me trouver aujourd'hui ? » J'admirai son sang-froid. Elle était résolue à ne rien révéler.

Je comprenais sa prudence et la savais résolue à assurer coûte que coûte la sécurité de Kamen, mais le temps passait et je ne pouvais rien faire sans sa coopération. « Je parlais beaucoup d'amour quand j'étais jeune, déclarai-je en me rapprochant d'elle. J'aimais l'Égypte, Maât et les hiéroglyphes sacrés dont Thot nous a fait don, j'aimais l'intelligence et la vivacité de Thu, mais quand ces amours ont été mises à l'épreuve, je me suis enfui. L'instinct de conservation l'a emporté sur tout le reste. J'ignorais jusqu'à hier soir que j'en éprouvais de la honte.

– Que s'est-il passé hier soir ?

– Je suis allé chez le Voyant, où j'ai également rencontré le général et dame Hounro. Ils ont décidé de tuer Thu et Kamen avant qu'ils ne parviennent à plaider la cause de Thu devant Pharaon. Rien n'a changé en ce qui les concerne. Ils sont toujours aussi rapaces et impitoyables. Mais je me suis pris d'affection pour Kamen depuis je suis au service de son père, et Thu était comme une sœur pour moi. Je ne peux pas les laisser mourir. Il faut que je rachète ma lâcheté d'autrefois.

– Le général n'a pas perdu de temps, commenta Takhourou, qui se départit enfin de son air méfiant.

– Oui, et il est loin d'être stupide. Il a compris que Thu et Kamen ne pouvaient se cacher qu'ici. S'il ne les trouve pas maintenant, des assassins à sa solde viendront fouiller la maison cette nuit. Ils ne seront plus en sécurité bien longtemps.

– Il a déjà essayé. À Assouat.

– Oui. Il ne renoncera pas. »

Elle me contempla un moment d'un air songeur, en se mordant la lèvre, puis se leva. « J'ai lu le récit de Thu, dit-elle enfin. Tu confirmes ce que je sais déjà. Viens avec moi. »

Nous retraversâmes le vestibule pour prendre l'escalier menant à l'étage. Au premier, nous suivîmes un couloir et franchîmes une porte à deux battants. Sur son ordre, je la refermai derrière nous et constatai que nous nous trouvions dans ses appartements privés. Sa servante s'inclina, et Takhourou la renvoya.

Se dirigeant vers l'autre bout de la pièce, elle ouvrit une seconde porte : elle donnait dans un réduit contenant des coffres et des étagères où étaient rangés des perruques, des rouleaux de papyrus, des bijoux et des vêtements pliés. Au fond, un escalier étroit se perdait dans les ténèbres. « Comme tout le monde, je dors sur le toit en été, dit Takhourou. Thu avait trouvé refuge dans le quartier des domestiques. Heureusement qu'elle était ici avec moi, ce matin, quand

Paiis est arrivé. Père m'a fait appeler pour répondre à ses questions. Il voulait savoir si nous avions embauché de nouveaux serviteurs, ces derniers jours. J'ai répondu que non, mais je crains bien que l'intendant n'ait dit le contraire en toute innocence. Kamen était ici, lui aussi. Il va en ville pendant la journée et revient le soir à l'insu du concierge.» Elle éclata brusquement de rire, et son visage rosit. «En toute franchise, Kaha, je ne me suis jamais autant amusée. Ils sont en parfaite sécurité ici, tu sais. Personne ne peut entrer dans mes appartements sans mon autorisation.

– Tu te trompes, répondis-je. Un bon assassin n'aurait aucun mal à escalader le mur, descendre cet escalier et perpétrer son forfait.» Son sourire s'évanouit. Passant la tête dans la petite pièce, elle appela Kamen.

Des pas retentirent dans l'escalier, et le jeune homme apparut. En me voyant, il eut un mouvement de recul. Tout son corps se tendit, prêt à l'action, et son regard pivota aussitôt vers la porte. Mais je fis à peine attention à lui. Une femme émergeait à son tour de l'obscurité, vêtue de la robe jaune des serviteurs de la maison. Un instant, je ne la reconnus pas. Le souvenir que j'avais d'une autre Thu, de son visage lisse, maquillé et parfait, ne s'accordait pas avec ce corps brûlé par le soleil et marqué dc fines rides, ces mains et ces pieds calleux, ces cheveux drus. Mais ses yeux bleus, irrésistibles, n'avaient pas changé, non plus que sa bouche sensuelle. «Thu», murmurai-je, la gorge sèche.

Elle s'avança vers moi et me gifla de toutes ses forces. «Kaha, gronda-t-elle. Je vous reconnaîtrais n'importe où, tous autant que vous êtes. Voilà dix-sept ans que vos visages hantent mes nuits et tourmentent mes jours. Je te faisais confiance ! Tu étais mon professeur bien-aimé, mon ami ! Mais tu m'as menti, tu m'as trahie et abandonnée. Je te hais ! J'aimerais te voir mort !» Toute la colère qu'elle refoulait depuis des années se déversait comme un torrent furieux. Ses yeux flambaient. Son corps tremblait. Kamen voulut l'enlacer, mais elle le repoussa. «Je veux que tu souffres, s'écria-t-elle. Je veux que tu saches ce que c'est d'être sans ami, condamné, privé de tout !» J'avais les larmes aux yeux en raison de la force du coup, et la joue en feu.

«Je suis désolé, Thu, profondément et sincèrement désolé.

– Désolé ? Vraiment ! riposta-t-elle. Et crois-tu que cela va suffire à me rendre les années perdues, celles où je n'ai pas vu mon fils grandir ? Maudis sois-tu, petit scribe ! Soyez tous maudits !» Elle fondit en larmes, et ses pleurs étaient plus bouleversants encore que sa colère. Puis elle s'approcha de moi et posa la tête contre ma poitrine. Je la serrai dans mes bras. « Je t'aimais, Kaha, dit-elle, entre deux sanglots. Je croyais tout ce que tu me disais. Tu étais mon frère, et j'avais confiance en toi. »

Je n'avais rien à répondre. Tandis que Takhourou et Kamen attendaient, silencieux, elle lutta pour retrouver son calme et, bientôt, l'orage s'apaisa. S'écartant, elle s'essuya les yeux sur un coin de sa robe et me regarda d'un air posé. « Eh bien, fit-elle en prenant la main de Kamen. Je suppose que tu es venu ici avec Paiis dans l'intention de m'emmener. Tu peux essayer, mais je résisterai. Je n'ai plus rien à perdre. »

Kamen m'observait avec attention, et je remarquai la courte épée militaire qui pendait à sa ceinture. Il avait la main sur sa garde. « Non, Kamen, je ne suis pas venu aider Paiis à vous arrêter, dis-je. Il n'a pas besoin de moi pour cela. Je suis ici pour vous prévenir que, comme vous vous en doutez probablement, on vous a condamnés à mort. Vous ne pouvez pas rester ici. Le général en est déjà arrivé à la conclusion que vous ne pouviez vous cacher qu'ici. Il ne vous trouvera peut-être pas aujourd'hui, mais tôt ou tard il enverra des hommes fouiller la maison en secret. Dame Takhourou est en danger, elle aussi. Elle en sait trop.

– Je n'y avais pas pensé, dit Kamen en fronçant les sourcils. C'est stupide de ma part. Mais si Paiis ne nous découvre pas ici, il ne soupçonnera tout de même pas Takhourou ?

– Mais si, intervint la jeune fille. Il pensera au moins que tu m'as tout raconté, et il préférera s'assurer que je n'en parlerai à personne d'autre. » Elle ne paraissait pas effrayée le moins du monde, et je n'arrivais pas à savoir si c'était de l'insouciance ou l'impossibilité de saisir sa véritable situation. Je penchais pour la seconde hypothèse. Takhourou avait mené une existence protégée, elle ignorait la souffrance et même les contrariétés : je ne pensais pas qu'elle soit capable d'imaginer une véritable menace.

« La police de la ville est à vos trousses, elle aussi, déclarai-je. Pa-Bast l'a avertie ce matin, Kamen. Ta disparition l'a affolé, d'autant que ta famille doit rentrer du Fayoum demain soir.

– Ce serait peut-être une bonne idée de nous laisser arrêter, dit Kamen. Si nous tombions aux mains de la police, nous échapperions au moins au général.

– Pas nécessairement, intervint Thu, d'une voix maintenant parfaitement assurée. Les prisons de la ville sont des endroits très publics, et la police a toujours eu des liens étroits avec l'armée.

Y arranger un «accident» serait un jeu d'enfant pour Paiis. Je suppose que l'on a maintenant découvert que j'avais quitté Assouat et que je suis passible de poursuites. Je me demande si Ramsès en sera informé.

– J'en doute, dis-je. À moins de nouvelles preuves permettant de rouvrir l'affaire, tu serais simplement arrêtée, probablement fouettée et reconduite à Assouat sans que Pharaon en sache rien.» Thu lâcha la main de Kamen.

«Tu pourrais faire en sorte que l'on rouvre mon affaire, Kaha. Tu pourrais rendre pour moi ce témoignage que tu n'as pas apporté autrefois. J'ai livré vos noms au souverain, et il a juré de ne pas les oublier, bien qu'il n'ait eu d'autre preuve que ma parole. La parole d'une meurtrière, ajouta-t-elle avec une grimace. Si tu souhaites sincèrement m'aider, obtiens que je voie Pharaon et parle en ma faveur!»

J'avais toujours pensé que quelque chose de ce genre s'était passé. C'était ce qui m'avait poussé à quitter Houi, et j'avais eu raison, même si nous avions tous coulé des années paisibles et prospères depuis le complot.

Takhourou nous servit du vin, puis alla s'asseoir au bord de son lit. Kamen la rejoignit. Mais Thu resta debout devant moi dans une attitude de défi, sans toucher à son vin. J'aurais volontiers vidé ma coupe d'un trait, tant la tension me desséchait la gorge. «Ce ne serait pas suffisant, remarquai-je. Ce serait la parole d'un scribe contre la réputation de trois des plus puissants personnages d'Égypte et d'une femme de la noblesse. Nous n'avons aucune preuve tangible, Thu.

– Pabakamon l'avait, dit-elle avec amertume. Il était censé la jeter, mais il l'a conservée et remise au Prince. Ce pot d'huile m'accablait toutefois plus qu'il ne me disculpait. Les dieux savent que je suis coupable, mais d'un crime moins grave. La corruption d'une jeune fille était certainement plus condamnable. Mais il ne sert à rien de ressasser le passé, ajouta-t-elle avec un haussement d'épaules. Tu as raison, Kaha. Je pourrais peut-être faire justice moi-même. Les tuer tous, l'un après l'autre.» Elle éclata de rire, et je retrouvai la Thu que j'avais connue. «Essaieras-tu au moins de transmettre mon récit à Pharaon?

– Ce n'est pas le moment de penser à cela, coupa Kamen avec impatience. Nous devons trouver une autre cachette et nous y rendre sur-le-champ. Mais qu'allons-nous faire te concernant, Takhourou? Si la fille d'une maison illustre comme la tienne disparaît, le scandale en retentira d'un bout à l'autre de l'Égypte!

– Ça ne serait peut-être pas plus mal, observa la jeune fille. Plus cela fera de bruit, plus il sera difficile au général de se débarrasser discrètement de nous. La situation lui échappe déjà. Il projetait d'assassiner gentiment deux quasi-inconnus loin du siège du pouvoir, et il a échoué. A présent, les deux victimes se trouvent au cœur d'une ville où la vie grouille de jour comme de nuit. Et pour aggraver les choses, il doit éliminer une troisième personne, qui se trouve être la fille d'un personnage éminent et dont la disparition provoquera immanquablement une enquête du palais. Peut-être renoncera-t-il devant la difficulté.

– Si Houi était au courant, il interdirait le meurtre de Takhourou, dit Thu. Avec Kaha, je suis celle qui le connaît le mieux. Il est froid et manipulateur, mais pas cruel. »

Dans le silence qui suivit, je pris conscience de la chaleur plutôt agréable qui envahissait la pièce et des bruits domestiques qui nous parvenaient par intermittence des pièces du rez-de-chaussée. Les réflexions acerbes de Thu m'avaient touché au vif et, tout en dégustant mon vin, je me demandais ce que je devais faire. Je n'avais pas esquivé mes responsabilités en prévenant Kamen et elle du danger qui les menaçait, mais ce n'était pas suffisant. Il fallait que je me débarrasse entièrement de mon ancien moi, que je répudie Houi et tout ce qu'il avait signifié pour moi. Mon cœur se serra à cette idée, mais je me rappelai que le Voyant jouait précisément de ce sentiment de dépendance et le cultivait. Dans ma bouche, le vin prit brusquement un goût de sang, et j'eus du mal à l'avaler.

« À mon avis, dame Takhourou, déclarai-je, il est nécessaire que tu t'installes quelque temps chez Kamen. J'allais suggérer le domaine de Men dans le Fayoum, mais je ne crois pas qu'il accepterait de te savoir loin de lui et de sa protection.

– Continue, Kaha, dit le jeune homme, en approuvant de la tête.

– Kamen et moi raconterons toute l'histoire à Men et lui demanderons d'implorer une audience du Prince. Il est inutile d'essayer de voir Pharaon. Il est malade, et c'est son héritier qui s'occupe des affaires du royaume. Si Men est convaincu par notre récit, nous révélerons à Nesiamon où est sa fille et pourquoi. Le Prince peut refuser de recevoir Men, mais pas un de ses nobles les plus influents.

– Quelle raison avanceras-tu pour déranger le Prince ? demanda Thu d'un ton brusque.

– L'enlèvement de la fille du Surveillant des Faïenceries, répondis-je avec un sourire. Takhourou a raison. Pareil acte entraînerait l'intervention des soldats du palais. En ce qui te concerne, tu ne seras nulle part en sécurité, ajoutai-je, en me tournant vers elle. Tu ne peux véritablement te cacher que dans les entrailles de la ville. Fais-tu confiance à Akhebset, Kamen ?

– Oui, mais je n'aime pas beaucoup ton plan, Kaha. Je n'abandonnerai pas ma mère aux dangers des rues de Pi-Ramsès. » Thu lui tapota gentiment le bras.

« Ce n'est pas le moment de faire du sentiment, dit-elle. Ne commets pas l'erreur de m'idéaliser, Kamen. Après tout, j'ai connu les périls du harem. Pi-Ramsès ne présente guère de danger pour moi. » Nos regards se croisèrent, et en cet instant, notre vieille amitié renaquit, une affection et un respect mutuel qui avaient survécu aux ans. Nous avions notre propre histoire. « Tu comptes me lâcher dans la ville, et utiliser l'ami de Kamen comme messager, déclara-t-elle. Bonne idée, Kaha. Très bonne idée. Je n'ai jamais eu le loisir de visiter les bordels et les tavernes de Pi-Ramsès. » Elle prévint d'un geste les protestations courroucées de son fils. « Il me sera plus facile d'échapper aux sbires du général. Ne t'inquiète pas inutilement pour moi. Préoccupe-toi plutôt de ta fiancée. » Takhourou s'approcha de Thu, les yeux pétillants.

« J'aimerais bien t'accompagner, dit-elle. Moi non plus, je n'ai jamais eu l'occasion d'explorer la ville.

– Il n'en est pas question ! tonna Kamen, hors de lui. Je t'ai déjà dit que tout cela n'était pas un jeu, Takhourou. Maintenant, écoute-moi ! Rassemble les affaires dont tu auras besoin. Nous partons sur-le-champ. » La jeune fille rougit. Le menton levé, elle affronta le regard furieux de son fiancé, mais ce fut elle qui baissa les yeux la première.

« Je ne sais pas quoi emporter, objecta-t-elle d'un ton boudeur.

– Je vais t'aider », proposa gentiment Thu, dissimulant avec peine son amusement. Quand les deux femmes furent passées dans l'autre pièce, Kamen et moi nous dévisageâmes.

« Cela peut marcher, murmura-t-il. Sinon, nous devrons nous occuper nous-mêmes de Paiis et de Houi. » Il y avait dans son regard un éclat dur qui lui venait de Thu.

« Nous devons absolument quitter cette maison pendant que tout le monde fait la sieste », ajoutai-je. Il nous fallut cependant attendre patiemment que les deux femmes réapparaissent.

Thu s'était débarrassée de tout ce qui aurait pu la désigner comme un membre du personnel de Nesiamon : sandales, robe et ruban jaunes, bracelet de cuivre. Elle était pieds nus et vêtue d'un vêtement de lin grossier lui arrivant sous le genou. C'était Takhourou qui portait à présent l'uniforme de la maison de son père. Elle traînait un sac en cuir volumineux, que Kamen jeta sur son épaule. « Nous allons passer par l'entrée des domestiques, dit-il. Dans la rue des marchands de paniers, il y a une taverne appelée le Scorpion d'or, mère. Akhebset et moi nous y rendons souvent. Vas-y tous les trois soirs pour prendre des nouvelles. »

Nous étions prêts à partir, mais peu pressés de le faire, soudain. Les bras croisés, Thu regardait par la fenêtre. Takhourou tirait sur sa robe et Kamen, les lèvres pincées, fixait le sol. Je n'avais pas non plus envie de quitter cette pièce paisible, mais chacun d'entre nous savait qu'elle n'offrait qu'une sécurité trompeuse. Finalement, Kamen leva les yeux, et il s'apprêtait à parler quand on frappa à la porte. « Qu'y a-t-il ? demanda Takhourou d'un ton sec.

– Le visiteur de ton père est parti, dame Takhourou, répondit une voix assourdie. Et ta mère te fait savoir que le repas de midi est servi.

– Dis-lui que j'ai mangé tard, ce matin, et que je la verrai après la sieste. » Les pas s'éloignèrent dans le couloir, et Takhourou eut un pâle sourire. « Cela m'ennuie de penser que ma mère va s'inquiéter, soupira-t-elle.

– Ce n'est que pour une nuit, dit Kamen, avec un brin d'impatience toute masculine. Préférerais-tu rester ici et risquer d'être assassinée pendant ton sommeil ?

– Ça n'a rien d'idiot de vouloir épargner du chagrin à ses parents bien-aimés », riposta Takhourou, les yeux flamboyants de colère. Kamen murmura une excuse, et nous nous dirigeâmes vers la porte.

Nous quittâmes la maison sans encombre. Nesiamon et sa femme déjeunaient dans la salle à manger. Lorsque nous descendîmes l'escalier en catimini, nous entendîmes leurs voix et les murmures respectueux des domestiques qui les servaient. Le reste de la maison semblait vide. Le personnel de la maison dont la présence n'était pas requise se reposait dans ses logements. Le jardin était temporairement déserté, lui aussi, et les outils des jardiniers attendaient au bord de l'allée. Takhourou nous conduisit au mur d'enceinte, tout au fond du domaine, et par un chemin détourné, nous gagnâmes l'entrée des serviteurs, loin du portail principal. Elle était gardée, mais par un unique soldat somnolent, qui nous salua avec indifférence.

Nous nous retrouvâmes sur le sentier du lac, que nous suivîmes en silence jusqu'à la porte de Men. Là, à l'ombre de son mur, nous fîmes halte. Thu serra Kamen dans ses bras. « Les gardes du lac ne s'intéressent pas à ceux qui sortent, seulement à ceux qui entrent, déclara-t-elle. Je passerai sans mal. Dans trois jours, je serai au Scorpion d'or. Puisse Oupouaout nous tirer de cette situation difficile. » Sans s'attarder plus longtemps, elle tourna les talons et s'éloigna d'un pas rapide.

« C'est ainsi que je l'ai vue, la première fois, soupira Kamen. Vêtue d'une robe grossière et pieds nus. Je prie que ce ne soit pas le dernier souvenir que j'aie à garder d'elle. Allons, entrons. »

Comme chez Nesiamon, nous veillâmes à ne pas être vus. Il était essentiel qu'aucun domestique ne nous aperçoive, du moins jusqu'au retour de Men, car, en dépit de leur loyauté, il suffisait d'un mot malencontreux tombant dans une oreille malveillante pour nous perdre. Par bonheur, personne n'avait décidé de travailler pendant la pause quotidienne, et Kamen conduisit Takhourou dans la chambre de sa mère, tandis que je me rendais tout droit dans celle de Pa-Bast.

L'intendant était étendu nu sur son lit. Il avait déroulé la natte de la fenêtre pour ne pas être dérangé par la lumière vive de l'après-midi, et il ronflait doucement. J'allai le réveiller avec précaution, et il se redressa aussitôt, passant une main sur sa joue, qui gardait l'empreinte de l'oreiller. « Kaha, fit-il d'une voix ensommeillée. Quelque chose est arrivé dans la maison ?

– Non, répondis-je. Mais Kamen est ici avec Takhourou. Il l'a installée dans les appartements de Shesira. Il sera impossible de garder sa présence secrète, et il faut donc que tu ailles exiger des domestiques qu'ils se taisent. C'est une question de vie ou de mort, Pa-Bast. » Il était complètement réveillé à présent et me fixait de ce regard pénétrant que tous les intendants semblent apprendre à poser sur leurs subordonnés. Mais je n'étais pas un subordonné. J'avais le même rang que Pa-Bast dans la maison.

« Kamen est sain et sauf, les dieux en soient loués, déclara-t-il. Tu ferais mieux de tout me raconter, Kaha. Je me doutais que tu en savais plus que tu ne souhaitais en dire, mais tu dois à présent me mettre dans la confidence si tu ne veux pas que j'envoie prévenir Nesiamon dans l'instant. Je suppose qu'il ignore où se trouve sa fille.

– Il ne s'est probablement pas encore aperçu de sa disparition, mais cela ne tardera pas. C'est une longue histoire, Pa-Bast. Me jures-tu de l'écouter jusqu'au bout sans colère ?

– J'ai toujours eu beaucoup de respect pour toi, Kaha. J'écouterai. »

Je lui fis donc mon récit et, le temps que je finisse, l'heure de la sieste était passée. Il m'interrompit pour me poser quelques questions précises mais par ailleurs se montra attentif, quoique sans rien trahir de ses réactions, en bon intendant. Lorsque je me tus, il se leva et rassembla ses vêtements : la longue robe ample et le bracelet de sa charge, le ruban rouge de la maison de Men qu'il nouait autour de son crâne rasé. Puis il s'habilla avec une précision machinale, manifestement perdu dans ses pensées. « Je connais bien Harshira, l'intendant du Voyant, déclara-t-il enfin. Je connais également celui du général. Je n'ai jamais entendu un mot de cette histoire.

– Naturellement, répondis-je. Ce sont des serviteurs fidèles, qui ne bavardent pas. Comme toi, Pa-Bast. Mais je t'assure que je connais Harshira mieux que toi. J'ai vécu des années en sa compagnie. Il a menti pour protéger Houi, et moi aussi. Je t'implore de m'accorder le bénéfice du doute et de réserver ton jugement jusqu'au retour de notre maître. » L'intendant finit d'attacher ses sandales et contempla un instant le petit autel du Taureau Apis, son protecteur. « Je jure sur Thot, le dieu qui guide ma vie, que j'ai dit la vérité, dis-je encore. Interroge Kamen, si tu veux.

– Je vais le faire, et j'attendrai le retour du maître, comme tu me le demandes. Naturellement, dame Takhourou devra avoir un chaperon tant qu'elle restera sous ce toit. Dame Shesira et ses filles ont malheureusement emmené leurs femmes avec elles dans le Fayoum, mais j'attacherai une des servantes de la maison à son service. C'est une terrible histoire, Kaha, ajouta-t-il, les sourcils froncés. Effrayante, si elle est vraie. » Je poussai un soupir de soulagement. Je l'avais convaincu.

« Merci, Pa-Bast. »

Nous nous séparâmes, lui pour aller parler à Kamen et aux domestiques, moi pour me rendre dans ma chambre. Par bonheur, je n'avais pas grand-chose à faire jusqu'à l'arrivée du courrier, le lendemain matin, où il me faudrait veiller à ce que la correspondance soit à jour pour le retour de Men. Après m'être dévêtu, je m'étendis sur mon lit, épuisé. Je pensai à Thu, qui devait en cet instant se mêler aux foules encombrant les marchés de la ville. Elle passerait inaperçue quelque temps. J'aurais aimé savoir si elle était officiellement recherchée, car, en ce cas, d'autres soldats que ceux de Paiis seraient à ses trousses. Où dormirait-elle ? Que mangerait-elle ? Et si nos efforts se révélaient inutiles ? Si les dieux la poursuivaient toujours de leur vindicte et ne jugeaient pas qu'elle avait suffisamment expié ? On disait qu'ils n'intervenaient pas dans l'existence de ceux qui les laissaient indifférents. Si c'était vrai, ils devaient s'intéresser énormément à Thu, qui avait payé plusieurs fois les conséquences de son crime. Leur intérêt irait-il jusqu'à permettre qu'elle périsse d'un coup de poignard anonyme, dans une ruelle obscure ? Cesse donc d'imaginer des bêtises, Kaha ! me reprochai-je et, après avoir murmuré une courte prière à Thot, je m'endormis.

Je passai les longues heures angoissantes de la soirée dans la chambre de Kamen, en compagnie de Takhourou. Pa-Bast avait mis à son service une jeune fille timide de la maison, que son illustre maîtresse impressionnait au point de la rendre maladroite. Takhourou prenait toutefois sa gaucherie avec philosophie. L'intendant ayant ordonné à la servante de ne pas la quitter un instant, nous ne pûmes guère parler de nos affaire privées.

On apporta le dîner, et je fus invité à le partager avec les deux jeunes gens. Après avoir servi sa nouvelle maîtresse, la domestique se retira dans un coin de la pièce, d'où elle nous observa, les yeux écarquillés. Notre conversation fut intermittente et banale. L'anxiété nous étreignait, et un silence lourd s'abattait souvent entre nous. Kamen et moi contemplions alors fixement notre coupe de vin, tandis que Takhourou déplaçait machinalement les pions d'un jeu fourni par Pa-Bast. Kamen paraissait très fatigué. Il avait les yeux cernés et les lèvres pâles. Je savais qu'avec la tombée de la nuit, il pensait encore davantage à sa mère.

Je descendais l'escalier pour regagner ma chambre, quand je vis l'intendant discuter sur le seuil avec un homme de la maison de Nesiamon. Mon cœur cessa de battre. Je me dirigeai vers eux. Un serviteur se tenait à leurs côtés, une lampe à la main. « Le noble Nesiamon s'inquiète du sort de sa fille, expliqua aussitôt Pa-Bast, une expression de souci poli sur le visage. Elle a disparu depuis le milieu de l'après-midi. Comme le fils de Men est introuvable, lui aussi, le noble Nesiamon demande si nous avons des nouvelles de l'un ou de l'autre, et souhaite voir notre maître dès son retour. » La main du serviteur trembla, et la flamme de la lampe vacilla follement. Je lui jetai un regard sévère.

« Nous sommes tous profondément bouleversés de la disparition de Kamen, répondis-je. Cette nouvelle est consternante. Nesiamon a-t-il averti les autorités de la ville ?

– Il l'a fait sur-le-champ, répondit l'homme. Il a également envoyé un message à son ami, le général Paiis, qui a promis de mettre tous ses soldats à la recherche de dame Takhourou. » Je luttai contre l'envie de regarder Pa-Bast.

« Alors, on ne peut rien faire de plus, déclara l'intendant. Dis à ton maître que le noble Men le préviendra dès son retour. » L'homme s'inclina et s'enfonça dans l'obscurité.

« Prions que Men rentre au plus vite, soupira Pa-Bast d'un air sombre, en se tournant vers moi. Sinon il va y avoir une catastrophe. »

Je dormis peu cette nuit-là, ne sombrant dans un sommeil agité qu'au moment où le soleil léchait l'horizon. Pendant la matinée, je vaquai à mon travail, la tête douloureuse et remplie de sombres pressentiments. À l'étage, tout était silencieux. Soit Kamen et Takhourou étaient encore couchés, soit ils avaient décidé de se montrer le moins possible. L'heure du déjeuner arriva. Je mangeai distraitement quelques figues et un peu de fromage de chèvre, mais bus un gobelet de vin dans l'espoir de calmer les coups qui me martelaient le crâne. Je sortis et bavardai un peu avec le chef jardinier, qui se montra poli mais peu enclin à interrompre son travail. Puis je me rendis aux bains, où je m'arrosai plusieurs fois d'eau froide, mais rien ne parvint à dissiper mon mal de tête ni l'inquiétude de mon ka.

En fin d'après-midi, quatre des soldats de Paiis se présentèrent. Je les entendis discuter avec Pa-Bast alors que, sortant du bain, enveloppé dans une étoffe de lin, je m'apprêtais à traverser le vestibule. Je me dissimulai dans l'embrasure de la porte pour écouter.

« Il faudra que vous reveniez demain quand le maître sera là, disait Pa-Bast avec fermeté. Je ne suis pas habilité à vous laisser entrer.

– Nous tenons nos ordres du général, qui les tient, lui, du Prince en personne, répliqua l'officier. Nous devons fouiller toutes les maisons situées entre le palais et la sortie du lac. En cas de désobéissance, tu t'exposes à être puni par Son Altesse. Écarte-toi, intendant.

– Si tes ordres émanent du palais, montre-moi le rouleau portant le sceau du Prince, objecta Pa-Bast en se redressant de toute sa taille. Aucun noble de ce quartier ne te laissera mettre son domaine à sac sur ta seule parole. » Le visage de l'officier s'assombrit.

« Je vois que tu ne comprends pas, dit-il. Ces gens sont de dangereux criminels. Ils pourraient se cacher sur ce domaine à ton insu.

– Sûrement pas, déclara Pa-Bast. La maison est modeste et ne compte que peu de serviteurs. J'en suis l'intendant. J'inspecte la propriété tous les jours. Aucun inconnu ne s'y dissimule. » Je fermai les yeux. Ne te laisse pas entraîner dans une discussion stérile, priai-je en silence. Tiens-t'en à exiger ce rouleau.

« Nous devons nous en assurer, insista l'officier. Nous nous sommes rendus chez trois des voisins du noble Men. Aucun ne nous a fermé sa porte. Ils ont au contraire montré beaucoup d'empressement à faire leur devoir.

– Mon maître est absent, et je ne peux prendre la responsabilité de vous laisser entrer sans ordres écrits du palais. Montre-les-moi, et je m'incline. Sinon, je te prie de partir.» Il tourna le dos à l'officier et s'éloigna du pas lent et digne de sa charge. Il avait le visage rouge de contrariété, mais son inquiétude se voyait à la façon dont il se mordait la lèvre. Il savait comme moi que, si les soldats entraient de force, nous ne pourrions les arrêter : Men n'avait pas de gardes. Mais le bluff marcha. Après un instant d'hésitation, l'officier aboya un ordre et s'en fut avec ses hommes. La lumière entra de nouveau sans obstacle dans la pièce. Poussant un soupir tremblant, je repartis vers ma chambre.

Une heure plus tard environ, un autre soldat se présenta. C'était cette fois un homme de Nesiamon, qui venait de nouveau demander si nous avions des nouvelles de sa fille. Pa-Bast fut encore obligé de mentir. Il était furieux, non contre le pauvre homme, manifestement aussi bouleversé que devait l'être son maître, mais contre les circonstances qui le plaçaient dans une situation insupportable pour tout bon intendant. Bientôt, ce serait au tour des agents de police de fouiller la ville à la recherche de la femme d'Assouat, qui avait quitté sans autorisation son lieu d'exil, et j'espérai de tout cœur qu'ils ne se présenteraient à notre porte qu'après le retour de Men. Je frémissais à l'idée que notre maître puisse décider de rester dans le Fayoum jusqu'au retour de sa caravane.

Mais cette inquiétude était sans fondement. Une heure après le coucher du soleil, le silence de la maison vola en éclats et le vestibule devint le théâtre d'une intense activité. «Pa-Bast ! Kaha ! Kamen ! Où êtes-vous ? Nous sommes de retour ! » Tandis que je me dirigeai vers l'escalier et passai devant la porte de Kamen, en train de sortir lui aussi, j'entendis la voix apaisante de Shesira.

«Ne crie pas, Men. Ils s'apercevront vite que nous sommes rentrés. Emmène ce chat à la cuisine tout de suite, Tamit, puis tu iras te laver avant de manger. Moutemheb, occupe-toi de faire monter à l'étage les coffres de vêtements et de produits de beauté. Le reste peut attendre ici que les domestiques se soient restaurés. Kamen ! Mon chéri ! Dieux, as-tu vraiment toujours été aussi grand ! »

Je savais que Men se rendrait directement dans son bureau pour être mis au courant de ses affaires, et ne consentirait qu'ensuite à se détendre et manger. Mais avant qu'il ne m'appelle, Kamen me dépassa et prit sa sœur par le bras. Il lui murmura quelque chose à l'oreille, la prévenant sans doute que la chambre de sa mère avait été occupée. J'espérai qu'il avait eu la présence d'esprit de cacher temporairement Takhourou dans la sienne. Moutemheb hocha la tête, lui sourit et se tourna vers les domestiques qui se débattaient avec une montagne de coffres et de coffrets.

Shesira attendait, les bras grand ouverts. «Mon joli fils! chantonna-t-elle. Viens m'embrasser! Paiis te fait travailler trop dur, à moins que tu ne passes tes nuits à la taverne. Tu as mauvaise mine. Comment va Takhourou?» Je vis Kamen hésiter et sus immédiatement ce qui se déroulait dans son esprit : il comparait malgré lui cette femme douce et séduisante, possédant toute l'assurance de son rang, avec l'inconnue au passé trouble mais fascinant qui avait accaparé ses émotions et bouleversé toutes les certitudes de son existence. Il s'avança vers Shesira, se laissa étreindre, puis s'écarta pour poser un baiser sur sa tempe.

«J'ai l'air fatigué, mère, c'est tout, répondit-il. Et vous, vous êtes-vous bien reposés? Les nouvelles du Fayoum sont-elles bonnes? Qu'est-ce que père a planté, cette année?

– Je n'en ai aucune idée. Le surveillant et lui ont arpenté les champs, froncé les sourcils et discuté longuement. Je voudrais qu'il agrandisse la maison, là-bas. Elle est petite, tu sais, bien trop petite pour nos réunions familiales, surtout quand Takhourou et toi m'aurez donné des petits-enfants. Et puis il y a la fontaine du jardin, qui ne marche plus, et ton père qui ne cesse de remettre à plus tard la simple tâche d'engager un maçon. Mais c'est tout de même un endroit délicieux, ajouta-t-elle avec un grand sourire, qui découvrit ses dents régulières. J'adore y aller. L'oisiveté a fini par peser à Moutemheb, naturellement, et il faut toujours se battre avec Tamit pour qu'elle continue à étudier ses leçons.

– Tamit fera une bonne épouse et pas grand-chose de plus, remarqua Kamen. C'est une gentille enfant sans ambition. Ne la harcèle pas trop, mère.

– Quelque chose te tourmente, Kamen, dit Shesira à voix basse. Cela se voit. Je suis fatiguée, affamée, et il me faut un bain de toute urgence, mais viens me parler un peu plus tard. Kaha! Ah, tu es là! Demain, je veux que Pa-Bast et toi m'aidiez à procéder à l'inventaire annuel. Le mois de *tybi* sera bientôt là, et nous nous sommes toujours acquittés de cette tâche avant la fête du Couronnement d'Horus. Ah, quel plaisir de rentrer chez soi, tout de même!» conclut-elle avec un soupir d'aise. Je m'inclinai devant elle et, au même moment, Men m'appela par-dessus la tête des serviteurs qui continuaient à apporter des bagages en un flot continu. J'avais pris ma palette avant de quitter ma chambre et, la serrant étroitement contre moi, je me frayai un chemin à travers la confusion et gagnai la paix relative du bureau. Kamen m'emboîta le pas.

Comme à son habitude, Men parcourut son saint des saints d'un regard critique avant de nous inviter à nous asseoir, Kamen sur un fauteuil et moi, en tailleur, à ma place accoutumée. « Eh bien ? fit-il, s'installant derrière son bureau avec une évidente satisfaction. As-tu quoi que ce soit d'important à m'apprendre avant le dîner, Kaha ? Des nouvelles de la caravane, par exemple ? Et toi, Kamen, es-tu de meilleure humeur qu'au moment de mon départ ? » Kamen me fit signe de commencer. Brièvement, je présentai mon rapport. Men m'écouta avec attention, en poussant de temps à autre un grognement ou en m'indiquant d'un geste de la main que je pouvais passer à autre chose.

« J'ai rapporté du Fayoum les comptes rendus de mon surveillant concernant les semences que je souhaite planter et l'estimation de la production d'après la hauteur de la crue de cette année, dit-il. Tu les reporteras demain. Shesira m'a cassé les oreilles avec cette satanée fontaine. Trouve un maçon digne de confiance, veux-tu, Kaha, et envoie-le s'en occuper. Encore que je préférerais de beaucoup l'enlever carrément pour creuser un étang à poissons. Les mouches sont une vraie calamité dans le Fayoum. Tu écriras également au Voyant pour lui dire que les herbes qu'il m'a commandées devraient arriver avec la caravane. Il faudra qu'il patiente un peu. Autre chose ? » Je regardai Kamen. Il avait les bras croisés et se raclait la gorge comme s'il avait une arête coincée en travers.

« Oui, père, dit-il enfin. Mais je crois qu'il serait préférable que tu te restaures et te laves avant de m'écouter.

– Une affaire sérieuse, hein ? fit Men en haussant ses sourcils broussailleux. Je préfère l'entendre tout de suite et dîner en paix. Paiis t'aurait-il renvoyé ?

– Non. » Kamen hésita, puis il se dirigea vers l'étagère où se trouvait le coffret travaillé renfermant les papiers privés de Men. « Cela concerne le rouleau rangé là-dedans, reprit-il, en le posant sur la table. Mais je ne sais pas par où commencer. Takhourou est ici, père.

– Quoi ! Dans cette maison ? Pourquoi n'est-elle pas venue nous saluer ? Restera-t-elle manger avec nous ?

– Non, elle a passé la nuit dans les appartements de mère. Sa vie est en danger. La mienne aussi. Paiis nous traque. Nous... » Men l'arrêta d'un geste.

« Assieds-toi, ordonna-t-il. Kaha, va chercher Takhourou, puis dis à Pa-Bast de ne pas servir le dîner avant que je lui en donne l'ordre. Qu'il nous apporte sur-le-champ une cruche de vin, en revanche.

– Kaha doit être présent, intervint Kamen. Il est concerné.

– Mon scribe ? Mon domestique ? La folie aurait-elle frappé cette maison en mon absence ? Fais ce que je t'ai dit, Kaha. » Je me levai, m'inclinai et quittai la pièce.

Takhourou attendait calmement dans la chambre de Kamen, et nous redescendîmes ensemble. Par bonheur, nous ne rencontrâmes personne. On entendait l'eau ruisseler et les femmes bavarder dans la salle de bains. Après avoir fait entrer la jeune fille dans le bureau, je partis à la recherche de Pa-Bast et rapportai moi-même la cruche de vin.

Kamen parlait toujours, racontant l'histoire que je connaissais si bien. Il avait cédé son fauteuil à Takhourou, qui était assise toute droite, le visage pâle. Avant de reprendre ma place, je servis le vin. Men vida sa coupe d'un trait et me la tendit de nouveau. Il ne quittait pas Kamen des yeux. Le temps que celui-ci se taise et cesse d'arpenter la pièce, la cruche était vide.

Un long moment, Men garda le silence. Il avait les mains croisées et un visage impassible, mais je savais qu'il réfléchissait intensément. Puis, passant lentement la main sur son crâne dégarni, d'un geste qui lui était familier, il poussa un profond soupir. « Si je ne savais pas avec certitude qui étaient tes vrais parents, je dirais que c'est l'histoire la plus absurde que j'aie jamais entendue, déclara-t-il. Le général est un homme capable et respecté dont la réputation est sans tache. Sans compter qu'il est un ami intime de ton père, Takhourou. Quant au Voyant, il soigne la famille royale, en plus d'être le plus grand visionnaire d'Égypte. Tu mets en cause deux des hommes les plus influents du pays. Quelle preuve as-tu que cette femme d'Assouat n'a pas tout inventé ?

– Kaha a passé plusieurs années au service du Voyant, dit Kamen en me désignant. Il a participé au complot contre Pharaon. Raconte, Kaha. » Sur un signe de mon employeur, j'obéis, de façon aussi succincte que possible.

« J'ai gardé tout cela pour moi jusqu'à aujourd'hui, sans jamais trahir mon maître », conclus-je. C'était une tentative assez maladroite pour assurer à Men que je restais un scribe digne de confiance, mais je ne pense pas qu'il entendit ces derniers mots. Il tambourinait contre sa coupe, les sourcils froncés.

« Cela ne suffit tout de même pas pour aller trouver le Prince, déclara-t-il. C'est ce que vous attendez de moi, n'est-ce pas ? Que j'aille au palais ? Mais même si Ramsès consentait à m'accorder un entretien privé, je ne pourrais que lui débiter des racontars sans fondement. »

Kamen s'appuya sur le bureau, et j'aperçus un instant le visage inquiet de Takhourou dans l'espace entre son corps et ses bras.

« Il y a des preuves, affirma-t-il avec énergie. Sous le sol de la maison de ma mère à Assouat. Le corps de l'assassin que j'ai tué. »

Men se rejeta en arrière, une expression sévère sur le visage. « Vous vous rendez tous compte, je suppose, que, si une explication plus plausible est avancée, nous aurons de graves ennuis. As-tu quelque chose à ajouter, dame Takhourou ?

– Non, murmura-t-elle. Mais j'ai confiance en Kamen, et j'ai longuement écouté sa mère. Par ailleurs, Paiis et ses soldats sont venus chez moi, aujourd'hui, et il a envoyé d'autres hommes ici, dans l'après-midi. Je te supplie de nous aider, noble Men. » Il la regarda puis, brusquement, un sourire détendit son visage.

« Va chercher Pa-Bast, m'ordonna-t-il. As-tu noté cette conversation sur ton papyrus, Kaha ?

– Non, répondis-je, en posant ma palette sur son bureau.

– C'est bien. Fais vite. »

Pa-Bast bavardait avec les serviteurs dans la salle à manger. Il me suivit, en me jetant un regard interrogateur, mais je n'avais pas le temps de lui expliquer ce qui s'était passé. Men se leva à notre entrée. « Il est évident que tu as également cru à cette histoire fantastique, Pa-Bast. Le monde que je connaissais semble avoir changé en mon absence. Va immédiatement chez Nesiamon et demande-lui de venir ici. Vas-y en personne. Dis-lui que je suis rentré et dois le voir de toute urgence au sujet de la disparition de sa fille. Pendant ce temps, nous allons dîner. » Il frappa dans ses mains. L'intendant s'éclipsa aussitôt

Il était de tradition que, avec Pa-Bast, Setau et les autres serviteurs personnels, je mange en compagnie de la famille. Le repas aurait dû être joyeux mais, quoique faisant de son mieux pour parler avec Moutemheb et feindre de l'intérêt pour le bavardage ingénu de Tamit, Takhourou ne cessait de regarder vers la porte sans toucher à son assiette. Shesira l'observait, et Men, tout en mangeant de bon appétit, observait Kamen. L'atmosphère s'alourdit au point que même Tamit finit par se taire, et l'on n'entendit plus que le va-et-vient discret des serviteurs et le cliquetis des plats sur les plateaux qu'ils apportaient.

Quand des bruits de voix résonnèrent enfin dans le vestibule, ce fut un soulagement. Takhourou repoussa aussitôt sa table et se précipita. Poussant une exclamation, Shesira voulut la suivre, mais Men l'arrêta d'un geste. « Plus tard, dit-il. Kamen, Kaha, venez avec moi.» Nous sortîmes. Dans le vestibule, Nesiamon étreignait sa fille, et quand il vit Kamen, ses yeux s'écarquillèrent.

«Vas-tu m'expliquer ce qui se passe, Men?» demanda-t-il. En guise de réponse, le marchand s'inclina et alla ouvrir la porte de son bureau.

«Nous serons plus tranquilles ici, dit-il. Va dîner maintenant, Pa-Bast.»

Raconter ma partie de l'histoire à Nesiamon ne fut pas une mince affaire. Le Surveillant des Faïenceries n'était pas un brave marchand. De haute naissance et doué d'une intelligence froide, il m'interrompit fréquemment pour me poser une question brutale ou me contredire. Il ne put toutefois trouver de faille dans mon récit, puisque je disais la vérité. Lorsqu'il se tourna vers Kamen, son attitude ne fut guère différente, mais le jeune homme pouvait lui répondre en égal.

Questions et réponses fusèrent jusqu'à ce qu'enfin Nesiamon déclare : «Paiis et moi sommes amis depuis des années. Je le connais très bien, mais je ne me fais pas d'illusion sur son compte. C'est un génie militaire, ou du moins il le serait s'il y avait encore des guerres, mais c'est aussi un homme cupide et dissimulé. Serait-il un traître et un assassin par-dessus le marché? C'est ce que tu affirmes. Je t'ai toujours considéré comme un garçon honnête, Kamen. Je dois donc conclure, soit que tu as entièrement raison, soit que tu t'es laissé abuser par la concubine qui t'a donné le jour. Jures-tu sur ton dieu protecteur que tu as tué et enterré un assassin à Assouat afin de sauver ta vie et celle de Thu?

– Je le jure, répondit aussitôt Kamen. Et toi, solliciteras-tu une audience du Prince? Tu es un homme important, Nesiamon. Il ne te fera pas attendre. Plus le temps passe, plus le général a de chances de retrouver ma mère. Si tu présentes cette requête en invoquant la disparition de ta fille, le Prince te recevra sur-le-champ. La police de la ville la recherche toujours, n'est-ce pas?» Nesiamon acquiesça de la tête. «Alors, le Prince en est sûrement informé.

– Tu as pensé à tout, on dirait? Aurais-tu amené ma fille ici pour me forcer la main?

– Non, père, intervint Takhourou. Kamen ne ferait pas une chose pareille. Si tu refuses de nous aider, j'irais trouver Ramsès moi-même. Il est le seul à pouvoir nous protéger.»

Nesiamon la foudroya du regard, étonné par son audace.

«Je ne te permets pas de me parler sur ce ton. Tu n'es pas encore mariée. Il me paraît indispensable de donner à Paiis et à son frère une chance de s'expliquer avant de les dénoncer au palais, ajouta-t-il à l'adresse de Men.

– Non ! s'écria Takhourou, en lui agrippant le bras. J'ai peur, père. Tu n'as pas eu le temps de réfléchir à toute cette histoire, sinon tu comprendrais. Ne suis-je pas quelqu'un de raisonnable ? Kamen n'est-il pas un homme sincère et droit ? Nous crois-tu assez crédules pour gober n'importe quelles fadaises ? Et puis, il y a Kaha. Personne ne voudrait plus d'un scribe ayant la réputation de mentir. Demande une entrevue à Ramsès dans l'heure ! Je t'en prie ! »

Nesiamon se leva. « Je veux que tu rentres à la maison avec moi, Takhourou, dit-il. Je vais réfléchir et prendrai une décision demain matin. Nos gardes sont certainement en mesure de te protéger, si nécessaire. » D'un mouvement rapide et résolu, Kamen s'interposa entre le père et la fille.

« Ou Takhourou reste ici, ou je l'enlève pour de bon, dit-il avec calme. Elle a raison. Tu ne comprends pas combien nous sommes vulnérables. Ma mère est quelque part dans la ville, en train de dormir dans une ruelle, au fond d'une barque ou dans le renfoncement d'une porte, comme une mendiante. Crois-tu qu'elle ait quitté son lieu d'exil sans motif, au bout de près de dix-sept ans ? Vas-tu nous aider ou pas ? » Ils se mesurèrent du regard. Nesiamon ne bougea pas, mais il se détendit.

« Ta détermination parle en ta faveur, dit-il enfin. Très bien. Je vais demander une audience au Prince immédiatement sous le prétexte que tu as suggéré. Si tu mens ou si tu as été abusé, tu en supporteras les conséquences. Pense à ta mère ce soir, Takhourou, et aux souffrances que tu lui infliges. Je suppose en effet que je ne peux rien lui raconter de cette conversation pour le moment. Bonne nuit, Men. » Il quitta la pièce abruptement, sans même attendre que le marchand lui réponde. Nous nous regardâmes.

« Ne vous inquiétez pas, dit Takhourou d'une voix tremblante. Il est en colère et désorienté, mais s'il ne nous croyait pas, il aurait refusé tout net et m'aurait traînée de force à la maison. Il tiendra parole. »

Je doute que quiconque ait beaucoup dormi, cette nuit-là. Kamen étendit un matelas en travers du couloir, devant la chambre de Shesira. Celle-ci ne posa pas de questions lorsque son mari lui apprit que Takhourou partagerait ses appartements. Moutemheb haussa les sourcils et jeta à son frère un regard amusé avant de se retirer dans sa propre chambre et Tamit, fatiguée et énervée après cette longue journée passée sur le fleuve, alla se coucher sans protester. Men ordonna à Pa-Bast de poster deux jardiniers au portail avec ordre de renvoyer tous ceux qui se présenteraient, exception faite des messagers de Nesiamon. Lui-même s'installa à proximité de l'entrée de la maison, et il était visible qu'il regrettait de ne pas avoir de soldats à son service. Je me retirai dans ma chambre où je cherchai en vain le sommeil, obsédé de nouveau par la pensée de Thu.

Le lendemain matin, nous attendîmes en vain un message de Nesiamon. Avec le retour de la famille, la maison sortit toutefois de sa léthargie. Men fut à son bureau peu après l'aube, et je pris ma place habituelle à ses pieds. Malgré la porte fermée et la voix forte de mon maître qui me dictait son courrier, j'entendais les bruits rassurants de la vie quotidienne. La voix d'enfant suraiguë de Tamit retentit dans l'escalier, déversant un torrent de protestations inintelligibles qui se tarit peu à peu, sous l'influence des apaisements de sa mère. Plus tard, je reconnus la voix musicale de Moutemheb au milieu d'un concert de bavardages et de claquements de sandales, et je me dis qu'elle n'avait pas perdu de temps pour inviter ses amies et se mettre au courant des dernières nouvelles. Puis Pa-Bast gourmanda un serviteur. Au fond de la maison, quelqu'un fit tomber un objet et jura. Un courant de vie circulait de nouveau à travers les pièces, mais je savais que sous cette apparence de normalité, l'angoisse et l'incertitude régnaient.

Il m'était difficile de me concentrer sur les paroles de Men, et il avait du mal à appliquer son esprit à ses affaires. Il s'interrompit même en plein milieu d'une phrase pour déclarer : «Il ne manque pas une occasion d'appeler cette femme sa mère. Tu as remarqué, Kaha? Quelle que soit l'issue de cette tragédie, rien ne sera plus jamais comme avant. Il va falloir que j'en parle à Shesira. Kamen et Takhourou sont en haut, enfermés comme deux animaux traqués. Pourquoi Nesiamon n'envoie-t-il pas de message?

– C'est sa mère, maître, répondis-je, posant mon calame sur la palette. Tu aurais dû lui révéler ses origines avant qu'il ne les découvre lui-même. Il est soucieux de la protéger, et il t'en veut de lui avoir menti. Mais un jour, il retrouvera son amour pour Shesira. C'est elle qui habite ses souvenirs d'enfant, pas Thu.» Il passa une main distraite sur sa nuque et dans ses cheveux gris clairsemés.

«Tu as sans doute raison, convint-il. Je voulais éviter qu'il ne nourrisse des rêves de grandeur irréalisables, mais il semble que j'ai eu tort. Cette attente me tue! Où en étais-je?» Il reprit sa dictée, mais il avait perdu le fil de ses instructions et finit par me renvoyer et disparaître dans les entrailles de la maison.

Je n'allai pas déjeuner avec les autres, ni faire la sieste dans ma chambre. Je préférai m'étendre dans le jardin et regarder les oiseaux filer dans le bleu infini du ciel. Pour moi aussi, l'attente était insoutenable. J'avais envie de courir au palais, d'écarter gardes et courtisans pour aller me jeter aux pieds du Prince, lui raconter mon histoire et en finir au plus vite. Je compromettais ma carrière de scribe bien plus irrémédiablement que Kamen n'avait risqué son avenir militaire par la décision qu'il avait prise à Assouat. S'il avait gain de cause, il jouirait d'une grande faveur auprès de son demi-frère, le Prince, tandis que la réputation d'un scribe reposait tout entière sur sa discrétion. Or, j'avais trahi mon ancien maître, et un futur employeur n'aurait que faire de mes motivations. Men me garderait-il à son service ? Dans la négative, Kamen me prendrait-il dans son nouveau foyer, comme je l'avais secrètement espéré ? Ces pensées, pour mesquines qu'elle puissent paraître, semblèrent se communiquer à ce qui m'environnait : l'herbe se mit à m'irriter la peau et le frémissement des feuilles à me blesser les yeux. Je n'avais pas de parents chez qui me réfugier, pas de femme à qui me confier. J'étais entièrement dépendant de la bienveillance de Men et de sa famille, et fondamentalement seul.

Vers le soir, enfin, nous reçûmes un message de Nesiamon. Le Prince consentait à le voir, et il devait se présenter devant lui le lendemain matin. Je pris le messager à part alors qu'il s'en allait. « Quelqu'un d'autre est-il au courant de cette audience ? demandai-je.

– Uniquement le scribe du seigneur Nesiamon et le Surveillant adjoint des Faïenceries, répondit-il d'un air perplexe. Ils se trouvaient là lorsque le héraut du palais est arrivé. Ah ! et aussi le général Paiis, bien sûr. Il est très souvent chez le maître, en ce moment. Les ennuis de la famille l'affectent beaucoup.

– A-t-il fait une remarque concernant le message du Prince ?

– Il s'est seulement félicité que mon maître se soit adressé à la cour sans perdre de temps. C'est un ami attentionné. Beaucoup de ses soldats fouillent la ville à la recherche de dame Takhourou. » Je le remerciai et le laissai partir. Nous jouions vraiment de malchance. Il ne restait qu'à espérer que Nesiamon n'ait pas pris notre histoire à la légère, et laissé échapper imprudemment notre secret devant Paiis. C'était un homme direct, peu enclin aux subterfuges, et le général était observateur. Même si Nesiamon avait surveillé ses propos, Paiis avait pu noter une hésitation, un léger malaise chez son vieil ami. Dans ce cas, que ferait-il ? Devinerait-il la vérité ?

La réponse me fut donnée avec une brutale rapidité. La famille achevait le repas du soir quand un grand vacarme se fit dans le vestibule. Nous nous précipitâmes pour trouver la pièce pleine de soldats et un des jardiniers que Men avait postés à l'entrée, la tête ensanglantée. Men embrassa la scène d'un regard, puis se tourna vers ses filles. « Tamit, Moutemheb, montez dans vos chambres ! ordonna-t-il. Tout de suite ! » Elles obéirent, une expression effrayée sur le visage.

« Je suis désolé, maître, dit le jardinier. J'ai essayé de les arrêter. » Le sang ruisselait sur sa joue et trempait le col de sa tunique.

« Tu as fait ton devoir, déclara Men avec calme. Je te remercie. Emmène-le, Shesira, et occupe-toi de sa blessure.

– Mais..., protesta sa femme, en s'avançant.

– Je t'en prie, Shesira », coupa-t-il, de ce ton uni dans lequel les membres de sa maison savaient reconnaître une colère extrême. Shesira se tut et s'éloigna avec le jardinier. Pa-Bast et moi nous rapprochâmes. « Que venez-vous faire ici ? » demanda Men. L'officier avança d'un pas, un rouleau à la main. D'un geste de la tête, Men me fit signe de le prendre.

« Je suis ici pour arrêter ton fils Kamen, qui est accusé d'enlèvement, déclara l'homme avec embarras. Et pour t'éviter une question, sache que je suis envoyé par le Prince Ramsès en personne.

– Impossible ! » s'exclama Men. Mais j'avais déjà déroulé le papyrus, que je parcourus rapidement. Il portait bien le cachet royal.

« Il dit vrai, maître », intervins-je, en lui tendant le rouleau. Il le saisit d'une main tremblante.

« De qui émane cette accusation ? demanda-t-il. C'est parfaitement absurde ! A quoi pense Nesiamon ?

– Ce n'est pas le noble Nesiamon qui a porté plainte contre lui, répondit l'officier. Le général Paiis s'est entretenu avec Son Altesse après s'être rendu chez le surveillant. Il a la conviction que dame Takhourou est retenue prisonnière ici.

– Où sont vos preuves ? coupa Men. Vous ne pouvez procéder à une arrestation sur de simples présomptions !

– Nous n'avons pas besoin de preuve pour fouiller la maison, répliqua l'homme. Si tu ne nous livres pas ton fils, nous le chercherons nous-mêmes.

– Certainement pas ! Savez-vous que Nesiamon a d'ores et déjà obtenu une audience du Prince concernant cette affaire, et qu'il doit se présenter demain devant Son Altesse ? Il ne soupçonne pas son futur gendre. D'ailleurs, Kamen lui-même a disparu. Je suis rentré chez moi pour apprendre qu'on ne l'avait pas vu depuis plusieurs jours. Le général Paiis en personne a envoyé prendre de ses nouvelles parce qu'il ne s'était pas présenté à son poste, n'est-ce pas, Pa-Bast ?» Celui-ci acquiesça, l'air sévère. «Tu vois ? J'ignore les arguments avancés par le général pour persuader le Prince de permettre cet outrage à la justice, et je m'en moque. Kamen n'est pas ici. Sortez de ma maison.»

Sans répondre, l'officier fit un signe à ses hommes, qui commencèrent à se disperser. L'un deux ouvrit la porte du bureau. Deux autres se dirigèrent vers l'escalier. Avec un cri, Men se jeta sur eux, et Pa-Bast leur barra le passage. L'officier dégaina son épée.

C'est alors que la voix de Kamen retentit. Il était au sommet de l'escalier. «Non, père, non ! Il ne faut pas leur résister ! C'est de la folie !» Il dévala les marches et s'avança vers l'officier. «Tu me connais, Amonmose, déclara-t-il. C'est moi, Kamen, ton camarade. Peux-tu vraiment croire que j'enlèverais la femme que j'aime ?» Le jeune homme rougit.

«Je regrette, Kamen, marmonna-t-il. Je ne fais qu'exécuter mes ordres. S'il ne s'agissait que du général, je pourrais trouver une excuse, mais cela vient du palais. Je n'ose pas désobéir. Où étais-tu passé, d'ailleurs ? Où est Takhourou ?

– Ici, dit la jeune fille, en descendant l'escalier d'un pas majestueux. Qu'est-ce que cette histoire d'enlèvement ? Je suis dans cette maison en qualité d'invitée. Mon père est au courant. A-t-il été informé que l'on allait traîner Kamen hors de chez lui ? Je te conseille de retourner chez le général lui expliquer son erreur, et j'espère que cela lui vaudra de sévères réprimandes de la part du Prince.» C'était une tentative courageuse, et je crus un instant qu'elle réussirait. Amonmose hésita, dérouté. Puis il se redressa.

«Je ne sais pas ce qui se passe ici, déclara-t-il. Mais ce sera au palais d'en décider. Il faut que tu viennes avec moi, Kamen, au moins jusqu'à que cette erreur soit corrigée. Mes ordres sont des plus clairs.

– Non ! s'écria Takhourou. Si tu l'emmènes, il sera tué ! Il n'arrivera jamais jusqu'au palais ! Où vas-tu le conduire ?» L'officier lui jeta un regard amusé.

«Voyons, dame Takhourou ! Nous n'allons pas le livrer au bourreau. Il est simplement en état d'arrestation. Le Prince a autorisé le général à lui poser quelques questions. Et puis, si tu es ici en invitée, ajouta-t-il finement, pourquoi passe-t-on la ville au peigne fin pour te retrouver ? Rentre chez ton père.» Il lança un ordre bref, et des soldats en armes encadrèrent Kamen. Un autre ordre, et il fut entraîné vers la porte.

« Rends-toi immédiatement chez Nesiamon, père ! cria-t-il. N'attendez pas demain matin pour aller au palais. Kaha, le manuscrit ! » Puis il disparut, et nous restâmes un instant pétrifiés. Takhourou se mit à pleurer.

« Dieux, quel imbécile je fais ! grogna Men. Je te confie Takhourou, Pa-Bast. Personne ne doit te l'enlever, pas même les gardes de son père. Kaha, va chercher ton manteau. Nous allons nous rendre chez Nesiamon à bord de l'esquif. »

Je courus à l'étage, mais, avant de gagner ma chambre, j'entrai dans celle de Kamen. Setau était là. « Il me faut le sac de cuir que Kamen a rapporté d'Assouat, dis-je. Tu peux me le confier sans crainte, Setau. Ton maître m'a demandé de le remettre au Prince, et je compte le faire ce soir au lieu de demain. J'en assumerai la responsabilité.

– Kamen ne m'a donné aucune instruction à ce sujet, répondit-il, en se dirigeant néanmoins vers l'un des coffres.

– Il l'aurait emporté demain s'il n'avait pas été arrêté, expliquai-je, prenant le sac qu'il me tendait. Fais-moi confiance, je t'en prie, et aide Pa-Bast à veiller sur Takhourou. »

Dans ma chambre, je pris une cape, la jetai sur mon bras et redescendis aussitôt.

9

Men m'attendait déjà dehors, enveloppé dans sa cape. « J'ai parlé à Shesira, dit-il. Nous sommes convenus que, si quelqu'un venait chercher Takhourou, elle la cacherait dans le grenier et autoriserait les soldats à fouiller la maison sans opposition. Quelle épouvantable histoire !

– Il vaudrait mieux que nous ne prenions pas l'esquif, maître, soufflai-je en le retenant par le bras. Paiis a certainement prévu ce que nous ferions. Ses hommes doivent surveiller ta porte ainsi que celle de Nesiamon ; il se peut même qu'il en ait posté quelques-uns aux abords du palais. Nous devrions escalader le mur du fond et passer derrière les domaines. Demande à deux serviteurs bien emmitouflés de se rendre en barque jusqu'au débarcadère de Nesiamon, mais en ramant lentement… et en silence, bien sûr.

– Bonne idée. Attends-moi ici. »

Il revint peu après, accompagné de Setau et d'un domestique. « Faites en sorte que l'on ne voie pas votre visage avant que vous ne soyez à bonne distance du débarcadère, recommanda-t-il. En arrivant, amarrez l'embarcation mais restez un moment à bord en feignant de réfléchir à ce que vous allez faire. Kaha et moi avons besoin de temps. Nous craignons que les hommes du général Paiis ne surveillent les deux maisons. » Il leur donna une tape amicale sur l'épaule, et nous nous enfonçâmes dans l'obscurité.

Une fois au fond du jardin, nous grimpâmes sur la margelle du puits jouxtant le mur d'enceinte, afin de nous hisser sur celui-ci et de sauter de l'autre côté, dans la ruelle sale qui reliait le goulet du lac à l'immense complexe militaire où l'armée vivait et s'entraînait. Bien qu'elle longe de nombreux domaines, personne ne l'empruntait jamais. Elle était jonchée des détritus que jetaient par-dessus les murs des serviteurs paresseux, et hantée par des chats sauvages. Nous prîmes à gauche, car Nesiamon habitait près de l'entrée du lac, non loin des fabriques dont il avait la charge.

Nous ne rencontrâmes personne. Obligés d'avancer furtivement dans l'ombre des murs, butant sur des ordures innommables qu'une lune pâle ne nous permettait pas de distinguer, nous progressâmes avec lenteur. Chaque mur nous semblait s'étirer à l'infini, mais finalement Men s'arrêta, la main sur l'enceinte de brique crue. « Je crois que nous y sommes, murmura-t-il. Je ne suis pas certain d'avoir bien compté, mais je reconnais le gros acacia que Nesiamon refuse de laisser abattre. Monte sur mes épaules, Kaha. Tu vas devoir aller chercher Nesiamon. Je suis trop vieux pour escalader les murs. »

Je posai mon précieux fardeau sur le sol et ôtai mes sandales. Men se pencha, et je me hissai. Je parvins de justesse à attraper la branche qui surplombait le mur et parcourus le jardin d'un regard prudent. Je ne vis rien de suspect. Les allées tortueuses étiraient des rubans d'un gris terne entre les masses sombres des buissons et des arbres. En dépit de la protestation de mes muscles, peu exercés, je réussis à poser un genou sur le bord du mur. Mon menton frôla la brique grossière. D'une poussée, je roulai et dégringolai de l'autre côté du mur.

J'aurais aimé prendre le temps de retrouver mon souffle, mais je n'osai pas. Me relevant aussitôt, je gagnai donc en courant le fourré le plus proche, puis m'avançai en catimini vers la maison. Je tombai vite sur un premier soldat. Appuyé contre un arbre, en lisière de l'allée, il regardait dans la direction des bâtiments. Le contourner ne me fut pas difficile, mais terrifié à l'idée d'en rencontrer un autre, je restai à distance de l'entrée principale, certain que de nombreux hommes étaient postés devant la porte et sur l'allée conduisant au portail.

Je finis par arriver derrière la maison. Mais comment y pénétrer ? Un homme entraîné serait monté sur le toit et aurait peut-être réussi à se glisser par une fenêtre, mais mes exercices physiques se limitant à un peu de natation quotidienne, j'en étais parfaitement incapable. Je me souvins qu'un escalier conduisait du toit aux appartements de Takhourou, mais encore fallait-il arriver jusque-là. Fermant les yeux, je m'abandonnai un instant au désespoir. Si je longeais les murs sans trouver d'entrée, j'irais informer mon maître de mon échec, et nous tenterions de nous faire admettre au palais sans l'aide de Nesiamon.

Mais, en tournant le coin, je vis un carré de lumière. Il provenait d'une fenêtre percée bas dans le mur. La natte était baissée et ne laissait filtrer qu'une faible lueur. J'attendis un instant, fouillant l'obscurité du regard pour m'assurer que je n'étais pas observé. Puis, risquant le tout pour le tout, j'allai coller mon œil à une fente de la natte. Je découvris le cabinet de Nesiamon, une grande pièce dont le fond disparaissait dans la pénombre, et en face de moi, si près que j'aurais pu le toucher, Nesiamon en personne, assis derrière son bureau.

Un papyrus était déroulé devant lui, mais il ne le lisait pas. Il regardait droit devant lui. Prudemment, je parcourus la pièce du regard. Il semblait seul. J'entendais un murmure de voix, mais très lointain, bien au-delà de la porte invisible de la pièce. Je frappai doucement sur le rebord de la fenêtre. « Seigneur ! » murmurai-je. Puis j'écartai la natte. « C'est moi, Kaha, seigneur. M'entends-tu ? » Il ne sursauta pas et contourna aussitôt son bureau.

« Kaha ? dit-il. Pourquoi rôdes-tu dans le jardin comme un voleur ? Fais le tour et entre.

– Impossible. Ta maison est surveillée par les hommes du général, expliquai-je rapidement. Kamen a été accusé d'avoir enlevé ta fille. Paiis a persuadé le Prince Ramsès de signer l'ordre d'arrestation. Nous devons nous rendre sans délai au palais, car si le Prince n'intervient pas, le général risque de faire assassiner Kamen, puis de chercher tranquillement sa mère. Nous ne pouvons attendre jusqu'à demain.

– Où est Men ? demanda-t-il, saisissant immédiatement la gravité de la situation.

– De l'autre côté de ton mur. Sa maison est surveillée, elle aussi. Il t'implore de le rejoindre sur-le-champ. » Sans répondre, il se courba, et je vis qu'il attachait ses sandales. Un instant plus tard, il était passé par la fenêtre et se tenait à mes côtés.

Je le conduisis en silence par où j'étais venu, en contournant de nouveau le soldat. Nous atteignîmes le gros acacia sans incident, mais devant la hauteur de son mur, Nesiamon déclara : « Je ne peux pas escalader ça. Attends. » Il disparut dans l'obscurité, et je m'accroupis, plein d'appréhension, impatient de quitter cet endroit. Un instant plus tard, cependant, il était de retour avec une échelle. Je l'aidai à l'appuyer contre le mur et, après être montés, nous la hissâmes pour pouvoir redescendre de l'autre côté. Men quitta la flaque d'ombre où il avait attendu, et les deux hommes se saluèrent brièvement. Je ramassai ma cape et le sac.

« Il n'y a pas de temps à perdre, observa Men. Ils ne tarderont pas à s'apercevoir que nous sommes passés à travers les mailles de leur filet.»

Comme des spectres, nous revînmes sur nos pas, dépassâmes le domaine de Men et poursuivîmes notre route. De temps à autre, des bribes de musique, les rires et le brouhaha d'un banquet nous parvenaient par-dessus les murs que nous longions, bientôt remplacés par le bruissement des feuillages au-dessus de nos têtes et le miaulement des chats qui pullulaient dans ce coin oublié de la ville. Puis, laissant enfin le dernier domaine derrière nous, nous nous dirigeâmes vers le centre de Pi-Ramsès.

D'un commun accord, nous prîmes une route indirecte, qui nous conduisit à proximité du temple de Rê et dans l'anonymat de la foule nocturne. À la lueur tremblotante des lampes, nous dépassâmes des tavernes ouvertes et les étals de marchands soucieux d'attirer les flâneurs qui savouraient la douceur de la nuit. Mais, en arrivant à la rue qui menait au temple de Ptah, Nesiamon s'arrêta.

«Nous ne pouvons espérer pénétrer clandestinement dans l'enceinte du palais, déclara-t-il. Toutes les entrées sont gardées, et même si par miracle nous parvenions à déjouer la surveillance des mercenaires royaux, nous ne pourrions parvenir jusqu'au Prince sans être interpellés à plusieurs reprises. Sans compter que nous ne savons pas exactement où le trouver. Le palais est trop labyrinthique pour que nous y errions au hasard, et le temps nous manque. Je pense que nous ferions mieux de nous présenter à l'entrée principale : je tâcherais de persuader les gardes de nous conduire directement où nous souhaitons aller. Si des soldats de Paiis rôdent aussi par là, il leur faudra donner aux hommes de Pharaon une raison de m'interdire le passage. J'ai emporté le rouleau m'accordant d'être reçu en audience par le Prince, ajouta-t-il, en sortant le document des plis de sa tunique. Il nous permettra au moins de franchir ce premier barrage.

– Très bien, approuva Men. J'ai peur pour mon fils, Nesiamon. À chaque moment qui passe, je tremble un peu plus pour sa vie. Si Paiis triomphe, je ne me pardonnerai jamais de n'avoir pas écouté Kamen plus tôt.

– Et Takhourou m'en voudra éternellement, ajouta Nesiamon avec un sourire sans joie. Allons, il faut nous diriger vers le lac.»

Nous marchâmes encore une heure dans le dédale des rues et des ruelles de la ville avant de nous retrouver brusquement sur une immense pelouse piquée de palmiers. Au-delà, c'était la masse sombre du lac de la Résidence. L'imposant rempart qui ceignait le palais et ses nombreuses dépendances se dressait sur notre gauche, interrompu par le canal bordé d'arbres où étaient amarrées les barques royales et qui amenaient les diplomates du monde entier jusqu'à notre dieu. Ce canal se terminait par trois larges marches de marbre donnant sur une immense esplanade pavée, où s'élevait le pylône marquant l'entrée du domaine sacré.

Tendus et silencieux, nous nous avançâmes vers l'esplanade. Une litière superbement ornée, qui scintillait à la lueur des torches portées par les esclaves, y était posée, rideaux de soie ouverts. Les porteurs bavardaient à proximité. Ils nous accordèrent à peine un regard. Plusieurs barques arrivaient au débarcadère. Les passerelles claquèrent contre la pierre, et une foule de passagers rieurs descendit à terre. Ils passèrent près de nous, nous enveloppant fugitivement de leur parfum, du scintillement de leurs bijoux, avant de franchir le pylône par petits groupes. Beaucoup d'entre eux saluèrent Nesiamon en lui demandant pourquoi il n'était pas habillé pour le banquet, et ce qu'il avait fait de sa femme. Le peloton de gardes posté à l'entrée les examina avec attention, puis s'écarta.

Men me prit le bras et se rapprocha de Nesiamon, qui avait emboîté le pas à l'un des fêtards et discutait avec lui. Entourés par cette joyeuse compagnie, nous franchîmes le pylône et nous retrouvâmes dans l'enceinte du palais. «S'il y a un banquet ce soir, le Prince ne sera pas chez lui, observa Men. Et il ne souhaitera pas non plus être dérangé.

– Il est encore tôt, dit Nesiamon. Trop tôt pour qu'il se rende dans la salle de banquet. Nous allons essayer de le voir avant qu'il ne quitte ses appartements.»

Nous étions parvenus à un endroit où le chemin pavé se divisait en trois allées, toutes bordées d'arbres. Celle du milieu aboutissait à quatre colonnes, pareilles à de hautes flammes rouges dans la lumière des torches groupées à leur base. «La salle de réception publique», annonça Nesiamon laconiquement. Nous restâmes mêlés à la foule des convives jusqu'à l'entrée mais, au lieu de la franchir, nous tournâmes à gauche. «Il nous faut passer entre le harem et les murs du palais», expliqua Nesiamon. Il nous avait conduits à une petite grille, près des colonnes, gardée par deux sentinelles vêtues de l'uniforme royal bleu et blanc. L'un d'eux leva un bras protégé d'un brassard de cuir en nous voyant approcher.

«Si vous vous rendez au banquet, vous faites fausse route, dit-il. Retournez à l'entrée principale.

– Je suis le Surveillant des Faïenceries, déclara Nesiamaon, qui lui tendit son rouleau d'un geste plein d'autorité. Le Prince Ramsès m'a accordé une audience.» L'homme déroula le papyrus et le parcourut du regard.

«Ton audience est pour demain matin, remarqua-t-il d'un ton ferme. Le Prince reçoit, ce soir. Reviens à l'heure convenue.

– Il s'agit d'une affaire de la plus haute importance, et de nouveaux éléments sont intervenus depuis que Son Altesse a accepté de me voir, insista Nesiamon.

– Tout le monde souhaite l'attention immédiate du Prince, riposta l'officier. Si tu étais un ministre ou un général, je te laisserais passer, mais quelle affaire urgente peut amener le Surveillant des Faïenceries à cette heure de la journée? Je regrette.

– Tu fais bien ton travail, et le Prince ne peut que s'en féliciter, dit Nesiamon. Mais si tu refuses de nous laisser entrer, tu risques de le regretter. Appelle au moins un héraut. Sinon je m'en chargerai moi-même.» L'homme ne céda pas mais, après un instant d'hésitation, il envoya son subordonné à la recherche d'un héraut.

Le soldat s'éloigna dans un craquement de cuir et un cliquetis de cuivre. Aucun de nous ne bougea, mais je sentais l'impatience et la tension de mon maître. Il respirait avec difficulté, les pouces passés dans sa ceinture, et regardait fréquemment par-dessus son épaule le flot bruyant de convives aux tenues chatoyantes qui continuait d'entrer dans le palais. Nesiamon paraissait calme, mais uniquement parce qu'il souhaitait en imposer à l'officier nous barrant le passage. Il savait comme moi qu'au premier signe d'hésitation, nous serions renvoyés.

Nous n'attendîmes pas longtemps. La sentinelle reprit son poste devant la porte, et le héraut salua. «Tu es le noble Nesiamon, n'est-ce pas? fit-il d'un ton aimable. Il paraît que tu souhaites faire remettre un message à Son Altesse. Tu es pourtant sur la liste des audiences de demain.

– Je sais, mais cela ne peut attendre. Va informer le Prince que je ne crains plus seulement pour le sort de ma fille. La vie d'un fils royal est également en danger. Mon compagnon, Men le marchand, et son scribe Kaha en attesteront. Nous le supplions de nous accorder sur-le-champ quelques instants de son temps.» Le héraut était stylé. Il ne manifesta ni curiosité ni doute.

«Je vais parler à Son Altesse, déclara-t-il en s'inclinant de nouveau. Il est encore dans ses appartements mais s'apprête à se rendre au banquet.» Il partit, et nous nous écartâmes un peu de la porte. Bientôt, les deux gardes se mirent à bavarder ensemble et nous ignorèrent. Sur l'allée centrale, le calme était enfin revenu ; on n'y voyait plus que des lumières solitaires de loin en loin, signalant le passage d'un domestique pressé. Une vague de fatigue me submergea. Le visage de mon maître paraissait blême dans l'obscurité. Kamen était-il encore en vie ? Dans mon abattement, j'en doutais et appréhendais que tous nos efforts ne soient inutiles.

Le héraut fut absent longtemps, mais quand il revint, ce fut pour ordonner aux gardes de s'écarter. « Je vais vous conduire devant le Prince, dit-il. Mais je dois vous prévenir que vous encourriez son extrême mécontentement si vos assertions se révélaient mensongères. » Ses paroles auraient dû m'alerter, mais j'étais si soulagé de pouvoir entrer que je n'y fis pas attention.

Nous eûmes vite franchi la courte distance nous séparant de l'escalier qui s'appuyait contre le mur extérieur de la salle du Trône et menait aux vastes appartements du Prince. Deux autres soldats montaient la garde au pied des marches, mais le héraut passa sans s'arrêter, et nous le suivîmes. Parvenu devant une haute porte à deux battants, il frappa. On nous ouvrit, et nous nous trouvâmes à l'entrée d'un couloir sombre s'allongeant sur notre gauche. Devant nous, il y avait une autre porte, fermée. Le héraut frappa de nouveau, et une voix impérieuse lui répondit. Cette fois, une lumière vive nous inonda, et nous nous avançâmes en clignant les yeux. « Le noble Nesiamon », annonça le héraut, avant de se retirer en refermant la porte derrière lui.

Avant de me prosterner avec les autres, j'eus le temps de parcourir la pièce du regard. Elle était vaste et élégante. Des scènes de désert d'un bleu profond et d'un beige délicat décoraient les murs, et je me souvins que le Prince avait toujours aimé la simplicité des horizons égyptiens, et qu'il partait souvent méditer ou chasser seul dans le désert. Cette particularité l'avait éloigné de ses frères, plus sociables, et des courtisans qui tâchaient de le sonder sur ses préférences politiques, à l'époque où son père n'avait pas encore choisi son héritier et où ministres et hommes de pouvoir rivalisaient de flagornerie auprès des fils royaux.

Il avait su garder ses opinions pour lui, ne montrant qu'affection pour son père et amour pour l'Égypte alors que ses frères se disputaient âprement le trône. Houi m'avait dit des années auparavant que la bonté et l'effacement apparents du Prince dissimulaient une ambition aussi féroce que la leur, mais qu'il mettait plus d'intelligence et de patience à parvenir à ses fins. Si c'était le cas, il avait fini par réussir, car il était désormais l'héritier et le bras droit de

Pharaon, qui, malade, quitterait bientôt son royaume pour la barque céleste. On ne savait toujours rien de l'avenir dont Ramsès rêvait pour l'Égypte, mais on disait qu'il manifestait pour l'armée un intérêt prudent, qui s'épanouirait à la mort de son père.

L'ameublement de la pièce était d'une simplicité et d'une élégance raffinées : des fauteuils en cèdre doré, un brasero de bronze poli, un triple autel aux dieux Amon, Mout et Khonsou en or massif, incrusté de faïence, de cornaline et de lapis-lazuli. Il y avait des lampes partout : sur le bureau encombré, sur les tables basses, sur les supports dressés dans les coins. Un scribe était assis en tailleur près du bureau, sa palette sur les genoux, le visage impassible.

Mais ce ne fut pas lui qui retint mon attention, ni même le Prince. Il y avait en effet un autre homme dans la pièce, assis nonchalamment sur l'un des sièges. Il se leva avec une grâce familière, qui me figea le sang. J'entendis Men pousser un grognement étranglé. Le cœur battant, j'attendis que le Prince parle et nous libère de notre silence désespéré.

Paiis nous observait, un demi-sourire aux lèvres.

«Bonjour, Nesiamon, dit le Prince avec affabilité. Je devais avoir le plaisir de te voir demain, mais le héraut m'a raconté une histoire absurde de fils royal en danger, en m'informant que tu attendais à ma porte. Sur les conseils du général Paiis, j'ai déjà ordonné que l'on arrête le fils de Men pour l'enlèvement de ta fille. Que ses hommes lui fassent avouer où elle se trouve n'est qu'une question de temps, et je ne saisis donc pas du tout la raison de votre présence ici. Expliquez-vous vite, j'ai faim.

– En ce qui concerne l'enlèvement, Altesse, le général a agi avec précipitation. Ma fille séjournait dans la maison de Men sans mon autorisation, et je t'implore de libérer sur-le-champ ce jeune homme. Il ne s'agissait que d'un malentendu.

– Vraiment? fit le Prince. Alors pourquoi toute la police de Pi-Ramsès fouille-t-elle la ville à sa recherche?

– Je me suis adressé à elle quand Takhourou a disparu de la maison, répondit Nesiamon sans se troubler. Je ne savais pas qu'elle était avec son fiancé. Elle ne m'avait pas averti. Je suis furieux.

– Je m'en doute, remarqua le Prince en haussant les sourcils. Ton fils ne serait donc coupable que d'un excès d'amour, Men? Il me semble que ce jeune homme avait disparu, lui aussi, ajouta-t-il en se tournant vers Paiis. Il n'a pas pris son poste chez toi quand il l'aurait dû, n'est-ce pas?

– C'est exact, Prince, répondit le général. Il s'est révélé totalement indigne de confiance. J'ai fini par découvrir qu'il se cachait chez lui et qu'il y retenait dame Takhourou. Men ignorait qu'elle se trouvait là.

– Tu mens, serpent ! cria Men. Où est mon fils ? Est-il encore en vie ?

– Pourquoi ne le serait-il pas, au nom des dieux ! coupa le Prince avec irritation. Et toi ? fit-il en me désignant. Je ne te connais pas. Que fais-tu ici ? » Il y eut un brusque silence. Paiis souriait, mais le regard qu'il posait sur moi était glacial.

Le moment était venu. Prenant une profonde inspiration, je brisai définitivement avec mon passé.

« J'implore ton indulgence, Prince, commençai-je. Je suis Kaha, le scribe de Men, mon maître. Je pense que c'est à moi qu'il revient d'entamer un récit, qui sera long. Mais avant de le faire, je te demanderai si tu as jamais entendu prononcer ensemble les noms suivants : le voyant Houi, les généraux Paiis et Banemus, le majordome royal Pabakamon, dame Hounro. » L'air perplexe, il commença par secouer la tête, puis son expression changea, et un éclair brilla dans ses yeux.

« Oui, aboya-t-il. Continue. »

J'obéis. Le papyrus de Thu à la main, je racontai tout. Pendant que je parlais, des serviteurs vinrent discrètement moucher les lampes et apporter du vin et des gâteaux au miel. Personne n'y toucha. Ramsès m'écoutait avec attention, sans rien trahir de ses réactions. Nesiamon et Men, la tête baissée, étaient absorbés dans leurs pensées. Paiis me regardait, les yeux plissés, les lèvres pincées, et je savais que, si nous ne parvenions pas à convaincre le Prince, sa vengeance serait aussi immédiate qu'impitoyable. J'avais peur, mais je poursuivis.

Quelqu'un se présenta à la porte, fut admis et commença à parler, mais le Prince l'arrêta d'un geste. « Plus tard », dit-il. Le temps que j'aie achevé ma part du récit, le scribe royal faisait discrètement jouer ses doigts ankylosés, et les lampes avaient toutes été remplies d'une nouvelle dose d'huile.

Ramsès m'étudia avec attention, en faisant la moue. Puis il se tourna posément vers le général. « Une histoire très intéressante, déclara-t-il avec désinvolture. Plus longue et plus compliquée que les contes que ma nourrice me racontait, mais captivante tout de même. Qu'en penses-tu, Paiis ?

– Un prodige d'imagination tissé de quelques fils de vérité pour l'empoisonner, Prince, répondit le général avec un haussement d'épaules dédaigneux. J'ai connu cet homme lorsqu'il était au service de mon maître. Il était déjà versatile et bavard, en ce temps-là. Tu sais, naturellement, que la femme qui a tenté d'assassiner l'Unique autrefois a quitté son lieu d'exil et se trouve quelque part dans cette ville. D'après moi, elle s'est entendue avec Kaha pour jeter le discrédit sur ceux qui lui avaient témoigné de la bienveillance et pour obtenir son pardon en mentant. Ils ont inventé ce conte ensemble.

– Et pour quelle raison aurait-il consenti à l'aider ?» Les bras croisés, Ramsès ne regardait plus Paiis, mais fixait un coin éloigné de la pièce.

– Parce qu'il est épris d'elle depuis des années, répondit aussitôt Paiis. Elle avait le don d'exciter le désir des hommes et, apparemment, elle ne l'a pas perdu.» Une expression étrange passa fugitivement sur le visage du Prince, presque une grimace de douleur.

«Je me souviens bien d'elle, dit-il en s'éclaircissant la voix. La concubine de mon père… pour sa perte. J'ai été chargé d'enquêter sur sa culpabilité. Aucune complicité n'a pu être établie.» Ses yeux quittèrent le plafond pour se poser sur moi. «Comment expliques-tu cela, si ton récit est vrai ?» La question me parut naïve, mais je savais que le Prince était loin d'être stupide. Il voulait une confirmation.

«Parce qu'au lieu de jeter le pot contenant l'huile de massage empoisonnée, le majordome Pabakamon te l'a remis, Prince, afin d'accabler Thu.

– Thu, répéta-t-il. Oui. Dieux, qu'elle était belle ! Et en quoi a consisté ton mensonge, scribe Kaha ?» J'osai jeter un coup d'œil au général. Les mains derrière le dos, les jambes écartées, on aurait dit qu'il passait des troupes en revue sur le champ de manœuvre.

«Vas-y, Kaha, parjure-toi pour un amour depuis longtemps englouti par le passé. Mens pour cette paysanne d'Assouat.» La colère me fit oublier un instant la peur qu'il m'inspirait.

«J'ai menti autrefois par loyauté envers le Voyant et envers toi. Par loyauté, général ! Mais je suis un scribe et j'ai encore le respect de la vérité. Crois-tu qu'il me soit facile de parler, moi qui ne suis qu'un misérable poisson dans une rivière peuplée de requins, moi qui risque d'être dévoré alors que les puissants continueront à évoluer en toute liberté ? On se montrera plus cléments envers vous, quelle que soit la gravité de votre crime !

– Calme-toi, Kaha, intervint le Prince. La justice égyptienne s'applique également au noble et à l'homme du peuple. Tu n'as pas plus à craindre des juges que Paiis.

– Alors, prouve-le, Prince ! m'écriai-je en tombant à genoux. Voici quel a été mon mensonge : mon maître Houi a déclaré à tes enquêteurs que Thu lui avait demandé de l'arsenic pour se débarrasser de vers intestinaux, et qu'il n'avait pas imaginé un instant qu'elle pourrait l'utiliser contre ton père. En réalité, il m'avait confié avec beaucoup de satisfaction qu'il connaissait ses intentions, et il se réjouissait que l'Égypte soit enfin débarrassée du parasite royal... Pardonne-moi, Prince, mais ce sont ses termes exacts. Je suis entraîné à me souvenir avec précision des propos que l'on tient devant moi. Lorsque j'ai été interrogé sur l'affaire, j'ai répété le mensonge de mon maître. J'ai également menti concernant l'endroit où il se trouvait la nuit où ton père a failli mourir. Houi a ordonné à tous les gens de sa maison de déclarer qu'il était parti consulter les prêtres d'Osiris à Abydos et n'était rentré que deux jours après la tentative d'assassinat. C'était faux. Il n'a pas quitté sa demeure et a donné l'arsenic à Thu au moment où il était censé être absent.

– Ta parole seule ne suffira assurément pas, déclara Ramsès, alors que je me relevais. Je ne suis pourtant pas disposé à en rester là. » Il murmura quelques mots à son scribe, qui se leva, s'inclina et sortit.

« Et toi, reprit le Prince, à l'adresse de Men. Qu'as-tu à voir dans cette affaire ?

– C'est très simple, Altesse, répondit Men en se redressant. Mon fils, Kamen, est un enfant adoptif. Sa vraie mère est la Thu dont vous parlez, et vous avez le même père. C'est ton demi-frère. Le destin a fait qu'il rencontre cette femme à Assouat. Elle lui a raconté son histoire et, depuis, le général essaie de les tuer tous les deux, de peur que leur double témoignage ne te convainque de leur sincérité. » Paiis éclata d'un rire sans joie, et le Prince lui intima le silence d'un geste brutal et impérieux.

« Voilà donc ce qu'est devenu l'enfant de Thu, dit-il. Je me suis parfois interrogé sur son sort, mais mon père a gardé le secret. Je te répète la question que j'ai posée à Kaha : quelle preuve as-tu des accusations infâmes que tu portes ?

– Si Kamen était là – ce qui ce serait le cas si le général ne l'avait pas fait arrêter –, il te l'expliquerait mieux que moi. Le général a envoyé ton frère à Assouat pour escorter l'homme même qui était chargé de l'assassiner. Kamen a vite soupçonné sa véritable mission, mais il n'a pu en avoir la certitude que lorsque cet homme a attaqué Thu. Il l'a alors tué, et a enterré son corps dans la cahute de Thu à Assouat. Si Son Altesse y envoie des hommes, ils le trouveront.

– Paiis, dit Ramsès. Vois-tu une objection à ce que je fasse ce que ce marchand me demande ?»

Pour la première fois, je vis le masque d'assurance du général se fissurer. La sueur perlait sur sa lèvre supérieure, et il jetait des coups d'œil nerveux en direction de la porte.

« N'encourage pas leur imagination, Prince, déclara-t-il. Tout cela est pure invention.

– Ce n'est pas une réponse. » Le Prince désigna le sac que je portais à présent sur l'épaule. « Qu'as-tu apporté, Kaha ? » J'aurais préféré ne pas m'en séparer avant de savoir si Paiis allait ou non triompher, mais je n'avais plus le choix. À contrecœur, je le posai par terre et l'ouvris.

« Thu a passé ces dix-sept dernières années à écrire le récit de sa chute, depuis le moment où elle a quitté Assouat dans la barque du Voyant, dis-je. Elle a imploré Kamen de le faire parvenir à Pharaon, comme elle l'avait fait avec de nombreux voyageurs. Elle ne savait pas qu'elle s'adressait à son fils. Kamen l'a pris et, en bon officier, l'a remis à son supérieur, c'est-à-dire au général. Il a disparu depuis. Mais Thu avait eu l'intelligence d'en établir une copie. » Je tendis les feuilles de papyrus au Prince. « Prends-en bien soin, Prince. C'est un document convaincant. » Ramsès sourit, et un frisson me courut le long de l'échine, car tout son pouvoir divin, toute sa sagacité se lisaient dans le mouvement de ces lèvres peintes.

« Asseyez-vous tous, dit-il. Et prenez des rafraîchissements en attendant. Il semble que le banquet se déroulera sans moi, ce soir. » Il claqua les doigts, et un serviteur s'avança. Je n'avais pas envie de m'asseoir. J'étais trop tendu. Mais je pris docilement un siège, imité par mes deux compagnons. Personne n'osa demander ce que nous attendions. « Toi aussi, Paiis, dit le Prince d'un ton bref. Ici. » Il indiquait un fauteuil près de son bureau, et je remarquai avec un peu d'espoir que c'était le siège le plus éloigné de la porte. Paiis le savait aussi. Il hésita un instant, puis s'assit et croisa les jambes.

Le Prince sembla parfaitement à l'aise dans le silence qui suivit. Il s'installa à son bureau, déroula l'un des nombreux papyrus qui y étaient posés et se mit à lire pendant que nous l'observions avec inquiétude. Le domestique nous servit du vin dans des gobelets d'argent et nous offrit des gâteaux au miel. Nous bûmes un peu. Brusquement, Ramsès demanda sans lever la tête : « Mon frère est-il toujours en vie, Paiis ?

– Mais naturellement, Prince, répondit le général d'un ton indigné qui n'abusa personne.

– Bien. » Et le silence retomba dans la pièce.

Une heure environ s'écoula avant que la porte ne s'ouvre et que le scribe ne s'avance, un rouleau à la main. Il s'inclina devant le Prince, qui ne fit pas un mouvement. « Pardonne-moi, Altesse, mais comme les archives étaient fermées, j'ai dû chercher l'archiviste. Il assistait au banquet, et j'ai eu du mal à le trouver dans la foule. Ensuite, il lui a fallu quelque temps pour mettre la main sur le document que tu demandais. Mais le voici.

– Lis-le, ordonna Ramsès.

– "Au Seigneur-de-toute-vie, le divin Ramsès, salut, commença le scribe. Mon très cher maître, cinq hommes, dont ton illustre fils, le Prince Ramsès, me jugent en ce moment pour un crime terrible. Selon la loi, je n'ai pas le droit de plaider ma cause en leur présence mais je puis t'implorer, toi, le défenseur de Maât et l'arbitre suprême de la justice en Égypte, d'écouter en personne ce que j'ai à dire concernant l'accusation portée contre moi. Au nom de l'amour que tu me portas naguère et des moments que nous avons partagés, je te supplie donc de m'accorder la faveur d'une ultime entrevue. Il y a dans cette affaire des détails que je ne veux révéler qu'à toi seul. Il se peut que les criminels aient couramment recours à cet expédient pour échapper à leur sort, mais je t'assure, mon Roi, que je suis davantage victime que coupable. Je m'en remets à ton grand discernement pour étudier cette liste de noms." »

Le scribe s'interrompit. Comprenant pleinement tout à coup ce que j'entendais, je retins mon souffle. J'avais donc eu raison de craindre de façon vague mais persistante que Thu n'ait livré l'identité des comploteurs à Pharaon. Au comble de la terreur, elle avait murmuré leur nom à un scribe, qui les avait consciencieusement transmis au souverain. Voilà pourquoi elle avait eu la vie sauve. Les preuves manquaient, mais, en dieu miséricordieux, Ramsès lui avait accordé le bénéfice du doute. Elle avait formulé sa dernière supplique avec élégance, et j'en éprouvai une fugitive fierté. J'avais été un bon maître. Je dus laisser échapper un son, car le Prince tourna la tête vers moi.

Du coin de l'œil, je guettais Paiis. Il ne se prélassait plus dans son fauteuil. Tendu, les mains crispés sur les genoux, il avait blêmi. Le scribe reprit sa lecture, énumérant les noms de ceux qui avaient enflammé mon dévouement et mon imagination juvéniles et perverti la jeune paysanne passionnée d'Assouat. Le Voyant Houi. Le Grand Intendant Pabakamon. Le chancelier Mersoura. Le scribe royal du harem Panauk. Pentou, le scribe de la Double Maison de vie. Le général Banemus et sa sœur, dame Hounro. Le général Paiis. Thu n'avait pas mentionné mon nom, ni celui de sa servante, Disenk, bien qu'elle eût sans doute compris à l'époque le rôle manipulateur que nous avions joué tous les deux. Peut-être avait-elle éprouvé un instant de compassion en se disant que, de basse extraction comme elle, nous n'avions pas les possibilités de défense accessibles à des personnes mieux nées. « J'implore Sa Majesté de croire que ces nobles, parmi les plus puissants d'Égypte, n'ont aucun amour pour elle et ont essayé de l'éliminer par mon intermédiaire. » Le Prince fit signe au scribe de se taire.

« Assez, dit-il en se perchant sur le bord de son bureau. Ce rouleau a été dicté par Thu d'Assouat, il y a près de dix-sept ans, trois jours avant qu'elle ne soit condamnée à mort. Mon père l'a lu et, en raison de son contenu, a choisi de bannir Thu plutôt que de l'envoyer dans le monde d'en bas, une clémence qu'à mon avis elle ne méritait pas. C'est un Roi juste, et il n'a pas voulu consentir à l'exécution tant que le moindre doute subsistait sur la culpabilité de la criminelle. Plus tard, il m'a montré ce papyrus. Nous avons surveillé et attendu, mais il n'y a pas eu d'autres tentatives d'assassinat, et Pharaon a fini par se demander si elle n'avait pas menti et s'il n'avait pas eu tort de la gracier. » Le mollet royal se balançait, faisant étinceler les grains de jaspe et de turquoise ornant ses sandales, et il accompagnait son discours de gestes de la main, paume rougie de henné tournée vers le plafond. Il aurait pu être en train d'expliquer un point de gouvernement ou une technique de chasse, cet homme séduisant aux yeux noirs, mais nous n'étions pas dupes. Il était l'Horus-dans-le-nid, et son attitude décontractée ne faisait que souligner son invincibilité. Il était l'arbitre de notre sort, et nous le savions tous.

« Si j'avais affaire à un crime moins grave, je m'en désintéresserais peut-être en me disant que les années et une lente maturation rendent toute punition absurde. Mais la trahison et le régicide ne peuvent être oubliés aussi facilement.

– Il n'y a aucune preuve que les personnes citées sur ce rouleau se soient rendues coupables de l'une ou de l'autre, Prince, intervint Paiis. Ce ne sont que des accusations dictées par l'envie et l'amertume.

– L'envie et l'amertume ? répéta Ramsès, en se tournant vers lui. C'est possible. Mais accablé par la certitude d'une mort imminente, un être humain débite-t-il des mensonges ? Je ne le pense pas, car il sait que la salle du Jugement n'est qu'à quelques battements de cœur. Et si Thu, si Kaha, disaient la vérité ? poursuivit-il d'un ton songeur. S'il y avait effectivement des comploteurs et qu'ayant échoué contre le père, ils attendent qu'un nouveau Pharaon monte sur le trône ? Et s'ils décidaient que la nouvelle Incarnation du dieu ne leur plaisait pas non plus, général Paiis ? S'ils prenaient l'habitude du régicide ? Non, je ne peux pas fermer les yeux sur cette affaire. » Se redressant de toute sa taille, il appela un serviteur d'un geste impérieux. « Va me chercher un de mes commandants, ordonna-t-il. Et toi, ajouta-t-il, en désignant un autre homme, va prévenir ma femme que je ne prendrai pas part au banquet, ce soir. Tu iras ensuite dans la chambre de mon père, et s'il ne dort pas, tu lui diras que j'aimerais m'entretenir avec lui plus tard. » Les deux hommes quittèrent aussitôt la pièce.

« Je suis le plus gradé de tes généraux, Prince, déclara Paiis, en se levant. Il est inutile de déranger un commandant. Tu n'as qu'à me donner tes ordres. » Le Prince sourit et leva son gobelet.

« Oh, non, général Paiis, fit-il avec douceur. Pas cette fois. » Il dégusta son vin d'un air méditatif, puis se lécha les lèvres. « Tu comprendras que ma confiance en toi connaisse une éclipse passagère.

– Je regrette d'avoir encouru ton déplaisir.

– Prie avec ferveur que cela s'arrête là ! » tonna le Prince. Paiis ne parut pas troublé. L'un de ses sourcils se contracta. Il tapota ses cuisses deux fois et alla se rasseoir. Malgré moi, j'admirai son sang-froid.

Le commandant entra peu après. Il s'avança vers le Prince, se prosterna, puis attendit ses ordres, le visage impassible. Je le vis jeter un coup d'œil fugitif au général. « Tu vas prendre vingt hommes de ma division d'Horus et escorter le général Paiis jusqu'à son domaine, déclara Ramsès. Il est en état d'arrestation. » L'expression de l'officier ne changea pas, mais ses doigts se crispèrent soudain sur la garde de son épée. « S'il te faut mobiliser davantage de soldats pour garder son domicile, fais-le. Le général a interdiction de quitter son domaine sous peine de sanctions graves. Tu ne le quitteras pas avant que l'on ait fouillé sa maison et trouvé Kamen, le fils du marchand Men. Cet officier devra être traité avec respect et amené ici sur-le-champ. Je veux qu'un autre détachement entoure la maison du Voyant. Lui aussi est en état d'arrestation. Convoque les gardes du harem et le Gardien de la Porte et dis-leur que dame Hounro ne doit quitter l'enceinte du palais sous aucun prétexte. La même chose vaut pour le chancelier Mersoura et le scribe Panauk. Le scribe Pentou, qui exerce ses fonctions dans la Double Maison de vie, sera incarcéré dans les prisons de la ville pour y être interrogé.»

En choisissant d'emprisonner Pentou, Ramsès s'attaquait à un maillon faible de la chaîne de la conspiration, et il le savait. Comme moi, Pentou n'avait pas d'appuis haut placés, et il céderait sous les pressions. Son rôle s'était limité à servir de messager à Houi et aux autres, en recevant ses instructions indirectement de leur intendant. Je ne l'avais pas vu plus de deux fois chez Houi, et je ne pensais pas que Thu l'ait jamais rencontré. Il n'était coupable que d'avoir gardé le silence, mais il en savait assez pour être dangereux. Le Prince avait fait preuve d'une grande subtilité, et Kamen, Thu et moi avions remporté la première manche. Nous avions gagné!

«Envoie un capitaine digne de confiance en Nubie, continuait Ramsès d'un ton brusque. Il informera le général Banemus qu'il est en état d'arrestation et devra regagner Pi-Ramsès sous escorte, dès l'arrivée de son remplaçant. Je veux que les soldats de ma division aident les agents de police de la ville à chercher une femme, Thu d'Assouat. Ils disposent certainement de son signalement. À moins que tu n'aies aussi mis la main sur elle, Paiis, ajouta-t-il, sans même daigner tourner la tête vers le général.

– Non, répondit brièvement celui-ci.

– Elle devra être conduite dans le harem et surveillée. Tes ordres sont clairs? Répète-les. Ah! une chose encore : envoie un officier et des hommes à Assouat. Ils devront désenterrer et ramener à Pi-Ramsès un cadavre qu'ils trouveront probablement sous la maison de cette Thu. Je ferai remettre mes instructions par écrit aux officiers chargés de l'arrestation de Banemus et de Houi.» Le commandant répéta ses ordres, puis, congédié par le Prince, salua et sortit. Mais il fut vite de retour, et la pièce se remplit de soldats. Paiis n'attendit pas d'être emmené. Il se leva.

«Tu commets une grave erreur, Prince», déclara-t-il avec calme, les yeux pareils à du verre noir. Ramsès cette fois le regarda en face.

«C'est possible, dit-il. Et dans ce cas, tu retrouveras ton rang et ma confiance. Si tu as la conscience tranquille, sois assuré que Maât t'innocentera. Mais j'en doute, général, conclut-il dans un murmure. Oui, j'en doute.»

Un instant, je vis briller dans le regard dur de Paiis un éclair de haine, qui me révéla dans toute sa nudité l'envie, l'ambition et la fatuité qui l'avait consumé toute sa vie et fini par consommer sa perte. Appartenir à l'une des familles les plus anciennes et les plus respectées d'Égypte ne lui avait pas suffi. Il voulait gouverner. Il voulait le trône, appuyé par l'armée.

Le Prince et son général se dévisagèrent longuement, puis les épaules de Ramsès s'affaissèrent. « Emmenez-le », dit-il. Les soldats encadrèrent Paiis et marchèrent vers la porte. Je m'attendais à un dernier regard, une dernière remarque acerbe, mais il n'y eut rien, et la pièce se vida d'un seul coup. Le Prince se tourna vers nous. « Quant à vous, Nesiamon, Men, Kaha, rentrez chez vous, dit-il, paraissant soudain très las. Je vais emporter le récit de Thu chez mon père, et nous le lirons ensemble. Lorsque j'aurai parlé à mon frère, je le renverrai à sa fiancée. Allez, maintenant.

– Merci, Prince, dit Men. Je te remercie du fond du cœur. » Nous nous prosternâmes aussitôt et sortîmes. Nesiamon inspira à pleins poumons l'air parfumé de la nuit.

« Quel bonheur, dit-il en poussant un soupir. Mais j'ai l'impression d'avoir vieilli de dix ans en quelques heures. Tu n'as pas été arrêté avec les autres, Kaha. Peut-être bénéficieras-tu de l'indulgence royale.

– Peut-être », répondis-je, et je suivis mon maître dans l'obscurité.

Troisième Partie

THU

10

L'après-midi était encore chaud mais de façon supportable, lorsque je quittai d'un pas rapide la maison de Nesiamon, me sentant dangereusement exposée dans ce quartier élégant et paisible. J'avais dit à Kamen que la ville ne me faisait pas peur, mais ce n'était qu'un mensonge destiné à le rassurer. Je ne connaissais presque rien de Pi-Ramsès. Lorsque je vivais chez Houi, mes journées étaient strictement réglées et mes déplacements limités à la maison et aux jardins. Tout le reste m'était fermé. Le soir, après que Disenk avait éteint la lampe et était allée se coucher sur sa natte devant ma porte, je me pelotonnais contre la fenêtre et scrutais l'obscurité à travers l'entrelacs des branches, en me demandant ce qu'il y avait de l'autre côté.

J'avais bien traversé la ville en arrivant d'Assouat, mais dans un état d'excitation et d'appréhension tel que tout ce que j'avais vu s'était mêlé dans ma mémoire, ne me laissant qu'un souvenir confus de bruits, de couleurs et de formes. Il m'arrivait d'entendre des éclats de rire et des bribes de conversation, ou de voir briller les torches d'une barque illuminée, qui passait sur le lac, invisible, à la hauteur du pylône de Houi, et, à la longue, les murs de sa propriété avaient fini par délimiter ma réalité, alors que la ville me faisait l'effet d'un mirage.

Plus tard, je m'étais rendue au palais pour soigner Pharaon. Houi et moi avions fait le trajet en litière, et je l'avais supplié de laisser les rideaux ouverts. Il avait accepté, mais je n'avais vu que le chemin longeant le lac, bordé d'autres domaines et d'autres débarcadères. Lorsque j'étais entrée au harem, Disenk et moi avions suivi le même itinéraire. Si j'avais appris à bien connaître le cœur de la ville, cet immense ensemble tentaculaire constitué par le palais et le harem, je ne savais rien des quartiers qui alimentaient ce cœur par d'innombrables affluents.

Hounro m'avait emmenée au marché, un jour, mais nous avions bavardé dans notre litière, et bien que nous en soyons descendues quelquefois pour palper les marchandises en vente, je n'avais pas prêté attention aux rues à travers lesquelles notre escorte nous frayait un passage. Pourquoi l'aurais-je fait ? J'étais alors dame Thu, choyée et protégée, et il n'y avait aucune raison pour que mes pieds tendres foulent jamais les chemins défoncés et brûlants empruntés par la populace : des soldats et des serviteurs seraient toujours là pour franchir à ma place le gouffre qui me séparait de la poussière et de la puanteur de Pi-Ramsès.

Toujours ! Je m'arrachai à mes souvenirs en faisant la grimace. Les jolies litières avaient disparu depuis longtemps, tout comme les soldats et les serviteurs, et je m'apprêtais à franchir le gouffre toute seule, sur des pieds calleux au point d'être insensibles à la chaleur ou à la douleur. Pharaon avait ordonné que je demeure pieds nus en toutes circonstances, et cela avait été la pire des humiliations, car si l'on peut juger de la richesse et du rang d'une femme à bien des choses, l'état de ses pieds est le critère ultime.

Je me rappelais la consternation manifestée à cet égard par Disenk quand Houi m'avait confiée à ses soins maniaques : jour après jour, elle m'avait huilé et poncé les pieds, les avait amollis et parfumés, jusqu'à les rendre aussi roses et souples que le reste de ma personne. Je n'étais pas autorisée à les poser sur le sol avant de les avoir glissés dans des pantoufles de lin. Je ne pouvais sortir sans porter des sandales de cuir. Plus que mes cheveux desséchés et ma peau brune, plus que mon ignorance en matière de savoir-vivre et de maquillage, mes pieds étaient pour Disenk le symbole de mon sang paysan, et elle ne fut satisfaite que le jour où elle put en badigeonner la plante de henné à l'occasion de mon premier banquet en compagnie des amis de Houi.

Ce jour-là, je cessai d'être une femme du peuple et devins digne – aux yeux snobs de Disenk – du titre que Ramsès m'accorderait plus tard. Mais aujourd'hui, j'avais de nouveau les pieds épais et robustes. Un mois d'exil, d'ampoules et de blessures, avait réduit à néant le travail de Disenk, et dame Thu, la favorite du Roi, avait disparu une fois de plus dans les sables arides d'Assouat.

Je m'étais lentement résignée à la détérioration de mon corps. Cela avait été le moindre de mes soucis, au début, car j'étais passée sans transition d'une vie oisive à des travaux pénibles dans le temple d'Assouat, où je nettoyais l'enceinte sacrée et les cellules des prêtres, préparais leurs repas, lavais leurs robes et faisais leurs courses, avant de pouvoir regagner la minuscule cahute que mon père et mon frère m'avaient construite, m'occuper de mon pitoyable jardin et vaquer à mes propres tâches ménagères. C'était pourtant ce qui m'avait causé le plus de tourment, en raison de ma vanité, mais aussi parce que j'y voyais le symbole de tout ce que j'avais gagné, puis perdu. J'allais vieillir et mourir à Assouat, aussi flétrie et peu désirable que les autres femmes, qui s'épanouissaient tôt et se fanaient prématurément, desséchées par la dureté de leur vie. Je ne pouvais pas compter non plus sur l'énergie vivifiante d'une passion, car bien qu'en exil, j'appartenais toujours au souverain et ne pouvais, sous peine de mort, me donner à un autre homme.

Deux choses m'avaient empêchée de perdre la raison. La première, curieusement, avait été l'hostilité de mes voisins. J'avais déshonoré Assouat, et les villageois m'évitaient. Au début, les adultes me tournaient ostensiblement le dos quand je passais, et les enfants me jetaient des pierres ou me criaient des insultes, mais, avec le temps, ils se contentèrent de m'ignorer. Je n'eus pas l'occasion de participer de nouveau à la vie sociale du village et, par conséquent, d'éprouver encore le désespoir, le sentiment d'étouffement, qui m'avait tourmentée dans ma jeunesse. En dépit de mon exil, je pouvais garder mes distances et me convaincre plus aisément que je n'étais pas des leurs, que le cycle immuable de leurs jours ne me concernait pas.

La seconde fut le récit de mon ascension et de ma chute. J'entrepris de l'écrire pour combattre la tristesse qui m'accablait la nuit, quand je pensais à mon petit enfant perdu, et pour alimenter la flamme faible mais têtue de l'espoir. Je ne croyais pas, je ne pouvais pas croire que mon destin était de croupir à Assouat jusqu'à la fin de mes jours, si irrationnelle que fût cette conviction. Nuit après nuit, donc, j'écrivis obstinément, souvent abrutie de fatigue et les doigts enflés, et je cachais les feuilles de papyrus volées dans un trou creusé dans le sol de ma cahute.

Ce sol dissimulait un autre secret désormais, un secret qui sauverait mon fils et me donnerait une ultime chance d'obtenir ma liberté, si les dieux jugeaient que j'avais enfin expié mon crime. M'éloignant du lac, je cherchai un chemin qui me conduirait aux marchés de la ville et arrivai bientôt en lisière de la foule qui se pressait autour des étals. Personne ne m'accorda un regard. Les pieds et les bras nus, vêtue d'une tunique grossière, je n'étais qu'une citoyenne ordinaire vaquant à ses modestes affaires, et cet anonymat même, malgré la sécurité qu'il m'assurait, me mettait dans la bouche un goût amer.

Ma première tâche consistait à trouver la rue des marchands de paniers, afin de pouvoir me rendre facilement dans la taverne tous les trois soirs, comme convenu avec Kamen. Alors que j'hésitais sous la tente d'un marchand en plein air qui somnolait sur son siège, mes pensées commencèrent à tourner autour de ce beau jeune homme, dont j'avais encore du mal à croire qu'il était mon fils, mais je les chassai résolument. L'après-midi avançait. Il me fallait des indications, à manger, un endroit où me cacher. La joie et la fierté maternelle devraient attendre. Je sentis quelqu'un tirer sur ma robe. Le marchand s'était réveillé. « Si tu ne veux rien acheter, va chercher de l'ombre ailleurs, grommela-t-il. Tu bouches la vue aux passants.

– Peux-tu m'indiquer la rue des marchands de paniers ? demandai-je, en m'écartant docilement.

– Par là, répondit-il avec un vague geste de la main. Après le temple de Ptah. C'est loin.

– Alors, est-ce que par hasard tu n'aurais pas un melon de trop ? J'ai faim et très soif.

– Tu as de l'argent ?

– Non, mais je pourrais m'occuper de ton éventaire, si tu avais envie d'aller boire un pot de bière. Il fait chaud. » Il me jeta un regard soupçonneux, et je lui adressai mon sourire le plus ingénu. « Je ne te volerai pas, assurai-je. Comment volerait-on des melons, d'ailleurs ? Je n'ai pas de sac. Aller mendier à la porte d'un temple ne me dit rien du tout. Un melon contre le temps qu'il te faut pour vider un pot de bière, proposai-je, en levant un doigt.

– Tu as la langue bien pendue, répondit-il avec un petit rire. Eh bien, c'est entendu. Mais si tu me voles quoi que ce soit, je mettrai la police à tes trousses. » Mon sourire s'élargit. Elle me recherchait déjà, mais ne ferait sûrement pas attention à une femme haranguant les passants près d'un éventaire, un melon dans chaque main. Après avoir noué une pièce de lin autour de son crâne chauve pour se protéger du soleil, le marchand m'indiqua le prix à demander et s'éloigna, tandis que je prenais sa place à l'ombre. Je mourais d'envie d'empoigner le couteau posé sur la table à côté de la pile de fruits et de me servir, mais je résistai à la tentation. Soulevant deux melons, je me mis à vanter leur qualité à la foule, mêlant ma voix à la litanie des autres vendeurs ambulants, et l'espace de quelques instants j'oubliai mes ennuis.

Le temps que le marchand revienne, j'avais vendu neuf melons, dont un à un soldat qui m'avait à peine regardée avant de débiter son achat en tranches et de se perdre à nouveau dans la foule. Mon nouvel employeur posa une cruche de bière sur la table et sortit un pot des plis de sa tunique. Faisant rouler un melon vers moi, il me lança le couteau et me servit à boire. «Je savais que je te retrouverais ici, déclara-t-il d'un air important. Je sais juger les gens. Bois. Mange. Que fais-tu à Pi-Ramsès?» La bière, bon marché et trouble, me parut délicieusement fraîche, et je vidai le pot avant de m'essuyer la bouche d'un revers de main et de découper le melon.

Je le remerciai et, tout en me régalant, lui racontai l'histoire banale d'une famille de province incapable de payer plus longtemps mes services, ce qui m'avait obligée à venir chercher du travail dans le Nord. Mon court récit fut interrompu deux fois par des acheteurs, mais l'oreille du marchand me resta ouverte et, quand j'eus fini, et mon mensonge et le melon, il claqua la langue d'un air compatissant.

«Je savais que tu avais travaillé dans une famille noble, s'exclama-t-il. Tu ne parles pas comme une paysanne. Si tu veux, je peux t'employer ici un jour ou deux. C'est mon fils qui m'aide d'habitude, mais il est absent. Melons et bière à volonté. Qu'en dis-tu?» Je réfléchis à toute vitesse. Il fallait que je sois libre de mes mouvements, mais, d'un autre côté, j'ignorais combien de temps j'aurais à errer en ville sans autres ressources que mon intelligence. Cet homme m'était peut-être envoyé par mon cher Oupouaout.

«Tu es très aimable, répondis-je avec lenteur. Mais j'aimerais attendre demain pour te donner une réponse. Ce soir, il faut que je trouve la rue des marchands de paniers.

– Et pourquoi dois-tu te rendre là-bas? demanda-t-il, visiblement offensé. Les marchands de paniers y sont nombreux, c'est vrai, mais il y a aussi beaucoup de tavernes et de bordels, et le soir, quand les marchands sont rentrés chez eux, la rue est pleine de jeunes soldats.» Il m'examina des pieds à la tête. «Ce n'est pas un endroit pour une femme respectable.»

Mon cher marchand de melons, pensai-je avec un serrement de cœur douloureux. J'ai cessé d'être une femme respectable le jour où j'ai décidé d'offrir ma virginité à Houi en échange d'un aperçu de mon avenir. J'avais treize ans.

«J'ai rencontré quelqu'un qui m'a dit que je pourrais y trouver du travail, répondis-je. Et quoique j'apprécie beaucoup ton offre, un emploi dans une taverne m'assurerait aussi un toit.

– C'est à toi de juger, je suppose, dit-il, un peu radouci. Mais sois prudente. Tes yeux bleus pourraient bien te causer des ennuis. Reviens demain si la chance ne t'a pas souri. » Je le remerciai de nouveau de sa générosité et pris congé. J'emportai également son couteau, pensant fugitivement à Kamen lorsque je refermai la main sur sa poignée et le passai à ma ceinture. Mon fils avait tué pour me sauver, mais à présent je risquais fort d'avoir à me tirer seule d'affaire. Le soleil commençait à descendre, transformant en traits de lumière les particules de poussière en suspension dans l'air. Je saluai le marchand de la main et me fondis dans la foule.

La rue des marchands de paniers était effectivement très éloignée, et quand j'y arrivai enfin, j'étais fatiguée et de nouveau assoiffée. Étroite et sinueuse, bordée de maisons serrées les unes contre les autres, elle était déjà plongée dans la pénombre bien qu'un soleil rouge illuminât encore l'esplanade du temple de Ptah. Les marchands remballaient leurs marchandises, qu'ils chargeaient sur des ânes, et la rue retentissait des jurons des uns et des braiments des autres. Des groupes de soldats, tapageurs et pressés, se frayaient un passage à travers la confusion et disparaissaient dans des entrées discrètement éclairées.

Alors que j'avançais lentement, j'entendis soudain un air entraînant qui accéléra la course de mon sang et allégea un peu ma fatigue. En dépit de ma situation, j'étais en vie, et j'étais libre. Personne n'était là pour me donner des ordres, me faire récurer le plancher ou tirer de l'eau. Si je souhaitais flâner et regarder la foule, rien ne m'en empêchait ; je pouvais m'appuyer contre un mur tiède et respirer les odeurs mêlées d'excréments animaux, de bière et de sueur masculine, ou celle, douceâtre, des joncs utilisés pour tresser les centaines de paniers empilés dans la rue chaque jour. Une telle liberté me paraissait étrange et enivrante après ces années passées à me soumettre à la volonté des autres, et je la savourais avec précaution, en tâchant de ne pas penser qu'elle n'était, hélas, que temporaire.

Le passage me fut soudain barré par un soldat qui s'arrêta devant moi et me déshabilla du regard avec insolence. Avant que j'aie pu m'écarter, il me palpait à deux mains dans l'intention manifeste d'évaluer mes appas. « De la bière et un bol de soupe, décréta-t-il, en m'adressant un sourire impersonnel. Qu'en dis-tu ? » Un sentiment brûlant de honte et de haine m'envahit, dirigé davantage contre moi que contre lui. C'était la deuxième fois de la journée que l'on fixait mon prix à quelques aliments de première nécessité. Si je vaux si peu, murmura une voix à mon oreille, pourquoi ne pas accepter ? Quelle importance ? Tu as besoin de te nourrir, et ce jeune homme a estimé avec précision la valeur de ce que tu donnerais en échange. Je me redressai, malgré mon envie de disparaître sous terre.

« Non, dis-je. Je ne suis pas à vendre. Je regrette. » Il haussa les épaules et s'éloigna d'un pas nonchalant sans insister, pas encore excité par la boisson et les plaisanteries de ses camarades. Mon exaltation s'était dissipée d'un coup, et je pressai le pas. Le soleil allongeait une dernière langue rouge dans la rue, mais il disparut bientôt. Une bande de soldats qui sifflotaient et jouaient des coudes s'engouffra devant moi dans une porte ouverte. Je levai les yeux. Le scorpion peint au-dessus de l'entrée semblait vouloir dévaler le mur à leur suite. J'avais trouvé la taverne de Kamen.

Avec un peu d'appréhension, je me glissai à l'intérieur. C'était un petit établissement sans prétention bourré de tables et de bancs, bien éclairé et apparemment propre. Il était encore à moitié vide, mais d'autres soldats entrèrent derrière moi, salués par des cris de bienvenue. Quelques prostituées silencieuses étaient assises dans un coin. Elles me remarquèrent aussitôt et me regardèrent d'un air soupçonneux, craignant sans doute que je ne sois venue leur voler des clients, mais je cessai vite de les intéresser, et elles se remirent à observer la salle.

J'avais également commencé à attirer l'attention des soldats. Quand leurs yeux se posaient sur moi, je tâchai d'y déceler une lueur, un éclair de reconnaissance : Kamen avait peut-être déjà transmis un message à son ami. Mais les visages se détournaient tous l'un après l'autre.

Je ne pouvais pas rester plus longtemps. J'ignorais si ces hommes faisaient partie ou non de la garde de Paiis, mais tôt ou tard l'un d'eux se rappellerait mon signalement et viendrait me poser des questions. Cette rue n'était pas un endroit très indiqué. Une odeur de soupe venue des cuisines me mit l'eau à la bouche, mais je tournai les talons et m'éloignai rapidement dans l'obscurité grandissante. Demain, il me serait facile de voler de quoi manger, et une nuit de jeûne ne me ferait aucun mal. J'avais soif, mais les Eaux-d'Avaris n'étaient pas loin, et je pourrais y boire mon soûl si j'arrivais à oublier les ordures que l'on y jetait. Mieux valait tout de même aller dans un temple, où les prêtres mettaient d'immenses jarres d'eau à la disposition des pèlerins et des fidèles. Je gagnai donc celui de Ptah, tout proche, et pénétrai dans l'avant-cour avec un sentiment de soulagement.

Après avoir prié un moment le Créateur du monde, je bus son eau avec avidité, puis repris mon errance dans la ville, me dirigeant peu à peu vers les quais et les docks où je comptais passer la nuit. Dans le centre, il m'arriva souvent de me jeter dans l'encoignure d'une porte pour éviter une litière fastueuse, annoncée par un serviteur, précédée et suivie d'une escorte qui lui frayait un passage et la protégeait. Parfois, les rideaux étaient relevés et j'apercevais une fine étoffe de lin lisérée d'or ou d'argent, une main parée de bijoux et rougie de khôl, des tresses huilées et surmontées d'un diadème. Je ne voulais pas courir le risque d'être reconnue par une de mes anciennes compagnes de harem, même si, étant donné le temps écoulé, il était peu probable qu'elles en soient capables au premier coup d'œil. Parfois, je croyais voir un visage familier, maquillé et fermé, imbu de sa beauté et de ses privilèges, mais mon cœur me disait que ce n'était qu'une illusion. A mesure que je me rapprochais des docks et des entrepôts de Pi-Ramsès, les torches et les cortèges se firent plus rares, et je marchai plus librement, mais en gardant la main sur le manche du couteau que j'avais volé, car rues et venelles étaient obscures, et j'y croisais des gens à l'allure furtive. Au bord de l'eau, entre les silhouettes noires des chalands et des grands radeaux et la masse imposante des entrepôts, je trouvai un coin tranquille sous un embarcadère, et je m'étendis là, ma robe étroitement serrée autour de moi. Au bout du tunnel formé par le sol inégal et le plancher de l'embarcadère au-dessus de ma tête, je voyais le miroitement paisible du clair de lune sur les ondulations hypnotisantes du lac. Mes pensées me ramenèrent à Assouat, aux ombres noires projetées par les dunes de sable, les nuits de pleine lune, quand je dansais nue, pour défier les dieux et mon destin.

Le visage de mon frère m'apparut. Nous avions toujours été intimes. Il m'avait appris à lire et à écrire, partageant en secret avec moi pendant l'heure de la sieste tout ce qu'on lui enseignait à l'école du temple. À l'apogée de ma gloire, quand, favorite de Pharaon, j'avais l'Égypte à mes pieds et que l'avenir semblait resplendissant, je l'avais imploré de venir à Pi-Ramsès pour m'y servir de scribe, mais il avait refusé, préférant se marier et travailler dans le temple d'Assouat. J'en avais été peinée, égoïstement, car je le voulais tout à moi, comme je désirais m'approprier avidement tout ce que touchaient mes doigts et mon cœur. Mais son affection m'avait réconfortée et soutenue pendant les semaines cauchemardesques qui avaient suivi mon retour humiliant au village, et il était toujours mon roc.

Notre dernière séparation avait été douloureuse. Il avait accepté sur-le-champ de mentir pour me protéger, de raconter que j'étais malade et qu'il m'hébergeait, bien que nous sachions tous les deux qu'il serait sévèrement puni si tout ne tournait pas comme je l'espérais. À présent, je frissonnais de froid et de peur sous un pont, ma vie de nouveau en ruine, et lui, où était-il ? Notre subterfuge avait certainement été découvert. L'avait-on arrêté ? J'espérais de tout cœur que le maire tiendrait compte de l'affection et du respect que lui manifestait tout le village, et qu'il lui permettrait d'aller et venir librement jusqu'à que je sois ramenée à Assouat ou pardonnée par Pharaon. Pa-ari. Je murmurai son nom en me tournant sur le sol inégal. Il m'avait témoigné un amour désintéressé que je ne méritais pas, et je l'en récompensais encore une fois par des ennuis.

À mes parents, je n'osais pas penser. Ma mère ne me parlait quasiment plus, mais mon père avait supporté mon déshonneur avec la dignité dont il avait toujours fait preuve, et m'avait apporté toute l'aide matérielle à sa portée. Il n'en demeurait pas moins entre nous une gêne pénible, qui limitait nos conversations à des propos quotidiens et nous interdisait de sonder les plaies que les ans et mes crimes avaient ouvertes.

Le couteau me meurtrissait la cuisse et je le pris à la main. Que faisaient les autres ? Kamen et sa jolie Takhourou ? Kaha, qui m'avait tenu lieu de frère pendant les mois que j'avais passés dans la maison de Houi ? Et Paiis ? Et Houi ? J'avais besoin de sommeil, mais mon esprit fiévreux s'emballait, et les images se succédaient, toutes plus angoissantes les unes que les autres. Pour finir, je m'accrochai à celle de Kamen, quand j'ignorais encore qu'il était mon fils : Kamen, les yeux immenses dans l'obscurité, qui acceptait à contrecœur le coffret que je pressais contre sa poitrine ; Kamen, pâle et bouleversé, regardant le sang jaillir du cou de l'assassin ; la chaleur de sa main dans la mienne… Kamen, mon fils, qui m'avait été rendu contre tout espoir, pour me signifier le pardon des dieux. Apaisée, je fermai alors les yeux et, les genoux ramenés contre la poitrine, je dormis d'une traite, ne me réveillant qu'en entendant claquer des sandales et craquer des cordages au-dessus de ma tête.

Personne ne me prêta la moindre attention quand je quittai mon refuge et étirai mes membres ankylosés. J'offris avec bonheur mon visage au soleil matinal, chaud et pur, avant de reprendre la direction des marchés. Je n'avais pas l'intention de retourner chez le marchand de melons. Je volerais ce que je pourrais sur d'autres éventaires, puis je passerais peut-être un moment dans un temple. Leur avant-cour était toujours pleine de fidèles et de bavards ; je n'aurais qu'à m'asseoir au pied d'une colonne et à écouter les conversations pour me distraire. Si des soldats se montraient, je me glisserais dans le silence et la pénombre de la cour intérieure, en espérant que les prêtres ne m'en chasseraient pas avant leur départ. Je n'avais pas prévu d'avoir l'ennui pour ennemi en plus de la peur, mais je commençais à comprendre qu'il allait m'être difficile d'occuper les trois jours me séparant de mon rendez-vous au Scorpion d'or. Peut-être pourrais-je aller rendre visite à Houi ? Cette pensée me fit sourire, et j'accélérai le pas.

Il y avait plusieurs marchés dans la ville, et après plusieurs détours inutiles et une altercation avec un homme, dont l'âne patient, chargé de jarres énormes, barrait la ruelle étroite où je m'étais engagée, je débouchai sur une place ensoleillée où régnait une joyeuse activité. On dressait des tables ; on tendait des abris de toile ; des enfants déballaient toutes sortes de marchandises, depuis des laitues aux feuilles tendres encore perlées de rosée jusqu'à des représentations grossières de différents dieux, destinées à séduire l'œil naïf des fidèles venus des nomes ruraux. Des domestiques déambulaient déjà entre les éventaires à demi installés, un panier vide sous le bras, cherchant les produits qui finiraient sur la table de leurs maîtres ; et un petit groupe d'hommes et de femmes commençaient à se former à l'ombre dans l'attente d'un éventuel employeur.

Je me glissai dans la foule sans attirer les regards. Une odeur appétissante de poissons grillés m'enveloppa lorsque je passai devant le brasero où ils cuisaient. Je ne pouvais toutefois dérober des aliments brûlants ; inutile non plus de songer à m'enfuir avec l'un des canards empilés sur un autre éventaire, car si j'avais un couteau pour le vider, je ne pouvais allumer de feu pour le cuisiner. Je me rabattis donc sur une poignée de figues sèches, une miche de pain et quelques feuilles de laitue flétries, car à la différence des marchands de figues et de pain, qui, occupés à échanger les potins du jour, n'avaient pas remarqué mon larcin, le propriétaire des laitues surveillait son bien avec une attention farouche, et je dus me contenter de ce qu'il jetait au rebut.

M'esquivant aussitôt avec mon repas, je trouvai refuge dans un sanctuaire d'Hathor. À cette heure, le petit domaine de la déesse était désert, et je pus y manger en paix. J'avais à peine fini, cependant, que quelques femmes vinrent lui rendre hommage, et leurs regards désapprobateurs m'obligèrent à fuir. J'avais l'estomac agréablement plein, mais, après la nuit passée sous l'embarcadère, mes pieds, mes jambes et mes cheveux étaient gris de poussière, ma robe souillée. Je décidai donc de gagner les Eaux-de-Rê, à l'ouest de la ville, dans l'espoir de pouvoir m'y baigner dans une relative solitude. Je savais que les bords du lac de la Résidence et des Eaux-d'Avaris étaient en partie occupés par des casernes, ainsi que la rive des Eaux-de-Rê, mais au sud, autour des ruines de l'antique cité d'Avaris, il y avait les taudis des pauvres, et là on m'ignorerait totalement.

Je marchai lentement, ralentie par la nécessité d'éviter les petits détachements de soldats, dont la mission n'avait probablement rien à voir avec moi, mais que je craignais néanmoins. Quand j'arrivai enfin à la lisière occidentale de la ville, le soleil était à la verticale dans le ciel. Je m'arrêtai sur la rive boueuse du fleuve. Loin sur ma droite, derrière quelques arbres rabougris, je voyais le mur d'enceinte des casernes. À ma gauche et derrière moi s'étalait un labyrinthe anarchique de bicoques en briques crues, où régnaient la saleté, la chaleur et le bruit. Je l'avais traversé hardiment, car ses habitants étaient pour la plupart inoffensifs, à la différence des individus rôdant la nuit sur les docks. C'étaient des paysans qui avaient quitté leur village pour les merveilles imaginaires de la ville, ou les miséreux de Pi-Ramsès, respectueux des lois et se suffisant à eux-mêmes. L'endroit où je me trouvais était désert, mais je savais qu'au soir, les femmes y apporteraient leur lessive et la battraient sur les pierres, juste sous la surface de l'eau, pendant que leur enfants barboteraient en criant autour d'elles.

Pour l'instant, j'étais seule, et je me dévêtis avec bonheur. Après avoir enfoui le couteau dans le sable mouillé, j'entrai dans le fleuve, ma robe à la main, sentant avec délice l'eau fraîche monter peu à peu de mes cuisses à mes seins.

Pendant quelque temps, je restai immobile, me laissant bercer et revigorer par l'eau, puis je me nettoyai et lavai ma robe du mieux que je pus. Sans natron et sans brosse, ce n'était pas facile. Quand j'eus fini, j'enfilai mon vêtement trempé et allai m'asseoir dans l'ombre maigre d'un acacia chétif, où je m'efforçai de démêler un peu ma chevelure. Puis je suivis la rive du fleuve en direction des baraquements militaires. Repue et à peu près propre, je désirais maintenant trouver un endroit où dormir.

L'enceinte de la caserne projetait un peu d'ombre, et je longeai le mur, entendant par intermittence de l'autre côté le hennissement des chevaux, des ordres sonores, les brusques accents d'un cor… le bruit des activités auxquelles l'armée se livrait quand le pays était paix. En arrivant au grand portail d'entrée, je passai sans hésitation et poursuivis mon chemin. Les soldats de Paiis n'étaient pas casernés là, mais de l'autre côté de la ville. Si les choses n'avaient pas changé, c'étaient la division d'Horus du Prince Ramsès et celle de Seth qui se trouvaient derrière ce mur : vingt mille hommes qu'il fallait nourrir et occuper afin que leur oisiveté ne dégénère pas en actes de violence gratuite. Je me demandai combien d'entre eux partaient pour les frontières de l'Est et du Sud, et si le Prince aurait des projets plus intéressants pour ses soldats, quand il succéderait à son père.

Un fugitif instant, je pensai à Pharaon et me sentis prise de vertige. Comment imaginer que j'avais un jour dormi près de lui, respiré l'odeur de sa sueur, du parfum et de l'encens, dans cette immense chambre à coucher où des serviteurs discrets et invisibles étaient prêts à répondre au moindre de ses claquements de doigts ? Ramsès ! Souverain divin à l'immense bonté et à la dureté imprévisible, penses-tu jamais à moi pour regretter que je n'aie été qu'un rêve ?

Un autre mur s'allongeait à présent sur ma droite, plus haut, plus lisse que celui de gauche, et je compris soudain qu'il protégeait le palais et ses jardins, cette ville dans la ville, interdite et enclose, qui s'étendait sur toute la largeur de Pi-Ramsès, jusqu'au lac de la Résidence. De l'endroit où je me trouvais, si je jetais un caillou, il rebondirait sur le toit des chambres des concubines. Partagée entre la répulsion et la nostalgie, je tendis l'oreille, guettant les bruits familiers qui avaient parfois troublé mon sommeil à Assouat – le rire des femmes, les pleurs des enfants royaux jouant près des bassins, la musique des harpes et des tambours –, mais c'était l'heure de la sieste, et tout était silencieux. Je suivis le mur de la main, comme si mes doigts pouvaient voir à travers les pierres. Hatia, la mystérieuse Hatia, restait-elle toujours assise des heures sur le seuil de sa porte, tout de noir vêtue, une cruche de vin à portée de la main et son esclave derrière elle ? Les deux petites concubines d'Abydos, Noubhirmaât et Nebt-Iounou, s'aimaient-elles encore et passaient-elles toujours l'heure de la sieste dans les bras l'une de l'autre ? Et qu'était devenue la grande épouse Ast-Amasareth, à la voix de gravier et de miel ? Occupait-elle toujours ces vastes appartements au-dessus des chambres du harem ? Était-elle assise en cet instant dans son fauteuil orné, la bouche outrageusement rougie de henné, en train de réfléchir aux informations recueillies par son réseau compliqué d'espions ?

Il y avait aussi Hounro, la danseuse, toujours en mouvement, avec qui j'avais partagé une chambre et un secret mortel. Son amitié n'avait été qu'une comédie, et elle n'éprouvait en réalité que mépris pour mes racines paysannes. Lorsque j'avais échoué dans ma tentative d'assassinat, lorsque j'étais devenue inutile, Hounro s'était détournée de moi avec soulagement. Je serrai les poings en pensant à elle et m'écartai du mur. C'était un endroit terrifiant que ce harem, en dépit du luxe inimaginable qui y régnait. Je ne voulais jamais y remettre les pieds.

Le mur forma enfin un angle, et je jetai un coup d'œil prudent de l'autre côté. L'enceinte continuait, protégeant les cuisines et le quartier des domestiques du palais, mais je cessai de la suivre, car devant moi, au-delà d'une étendue herbeuse semée de palmiers-dattiers, se dressait la masse familière du temple d'Amon. La fumée d'innombrables encensoirs montait vers le plus puissant des dieux, faisant vibrer l'air, et l'on entendait avec clarté les psalmodies des prêtres. Je m'avançai avec plaisir sur l'herbe fraîche et trouvai, derrière le mur du sanctuaire, un endroit tranquille, protégé par des buissons, où je m'étendis, le couteau contre ma poitrine. Je m'endormis presque instantanément.

Je fus réveillée par le contact de quelque chose de froid et d'humide contre ma joue. Avant même d'avoir ouvert les yeux, j'étreignais mon arme et me redressais, le cœur battant. Le coupable était un beau chien maigre au museau inquisiteur, qui avait autour du cou un collier piqué de turquoises et de cornalines. J'entendis son maître l'appeler d'une voix impérieuse et n'attendis pas de le voir surgir. Repoussant l'animal, je contournai les buissons et m'esquivai, pour tomber presque aussitôt sur l'immense avant-cour du temple. En la voyant pleine de fidèles, je me rendis compte que j'avais dormi tout l'après-midi. C'était un miracle que personne ne m'ait découverte. J'avais été stupide.

J'hésitai un instant, tremblant de peur, en lisière de la foule, puis, me ressaisissant, je la contournai et me dirigeai de nouveau vers le centre de la ville. Il fallait que Kamen me fasse parvenir un message encourageant le lendemain, car cette attente commençait à me miner. Je passais par des accès de désespoir, et la panique me menaçait. Je ne pourrais pas éternellement échapper aux soldats du général en errant à travers la ville et, en me faisant cette réflexion, je fus de nouveau tentée de me réfugier dans le seul endroit où Paiis ne penserait pas à me chercher.

J'attendrais la nuit, puis je me glisserais dans la propriété de Houi, peut-être même dans sa maison. Je la connaissais aussi bien que ma misérable cahute d'Assouat, après tout. Mieux, en fait, car ses sols carrelés et ses murs peints m'avaient souvent paru plus réels que le cube grossier où j'avais dû passer ces dix-sept dernières années. Et pourquoi pas ? me dis-je, en me mêlant à la foule bruyante qui se bousculait pour acquérir les derniers produits du jour. Il n'a pas de gardes. Il est trop fier pour cela. Sa réputation de magicien écarte les importuns de sa porte, mais je n'ai pas peur de ses sortilèges. Il me sera facile d'éviter son portier et, dans son jardin, je serai à l'abri de la cohue, de la saleté et des soldats.

Mais je savais qu'il ne s'agissait là que de prétextes. En réalité, je brûlais de revoir cet homme qui avait été mon père et mon mentor, mon amant et l'auteur de ma perte, et ce désir l'emportait sur la raison. Allais-je le tuer ou enfouir mon visage dans sa belle chevelure blanche ? Je n'en savais rien.

Une fois cette idée en tête, je ne tins plus en place. Ma faim s'évanouit, ainsi que mon envie de me dissimuler dans la foule. Prenant par les ruelles, je me dirigeai vers l'est. Lentement, très lentement, la lumière déclina, le ciel passa du rose à l'orange pâle, puis au rouge, et quand j'atteignis le long sentier qui courait derrière la plupart des grands domaines, le soleil avait disparu.

Il m'était impossible d'escalader le mur de Houi, et ses jardiniers taillaient soigneusement les branches en saillie. Je ne pouvais entrer que par le pylône, ce qui supposait que je parvienne à tromper la surveillance des gardes du lac de la Résidence. De pâles étoiles commençaient à briller dans le ciel et, à leur lueur clignotante, je rebroussai chemin et gagnai le bord de l'eau. Je n'essayai pas de passer sur-le-champ. J'allais rester cachée dans l'obscurité des sycomores qui bordaient la route jusqu'à ce que les sentinelles soient relevées, et je mettrais ce moment à profit.

Le couteau sur les genoux, j'attendis longtemps. À travers le feuillage, j'apercevais les deux hommes, postés de part et d'autre du sentier, et j'entendais leur conversation. Fatigués et mourant d'ennui, ils ne rêvaient que d'un repas chaud et de leur lit. La circulation s'intensifia sur le lac, quand les riverains partirent banqueter dans leur barque décorée, et pendant quelque temps il en alla de même sur le sentier. Des groupes passèrent près de moi en échangeant des propos anodins, pareils à des papillons scintillants dans la lumière des torches, et je leur enviai leurs privilèges avec une amertume dont j'avais triomphé à Assouat, mais qui me submergeait de nouveau avec une force terrifiante. J'avais été plus riche qu'eux, plus importante qu'eux, et je serrai les dents en me rappelant que j'avais tout perdu par ma propre faute. Mais pas seulement par ma faute… Je regardai avec impatience la relève s'approcher.

Les quatre hommes se saluèrent, et la garde descendante fit son rapport. Me levant alors sans bruit, je me glissai dans l'eau et les dépassai, sans les quitter des yeux un seul instant. Il me fallait avancer lentement pour ne pas être trahie par un clapotis et, dans l'espace dégagé entre les arbres, je m'accroupis pour que ma silhouette ne se découpe pas sur le ciel. Mais je repris pied sans encombre sur le chemin. Les soldats parlaient toujours. Une fois à l'abri de leurs regards, je poussai un soupir de soulagement et me dirigeai vers la maison de Houi.

La nuit n'était pas encore très avancée, et il me vint à l'esprit qu'il avait peut-être des invités. Tant mieux. Je pourrais me promener dans le jardin, peut-être même faire un somme, et quand il irait enfin se coucher, il risquerait moins de se réveiller au moindre signe de ma présence. Je me remis en mémoire la disposition de la maison et, avant d'arriver devant son pylône, j'avais décidé d'entrer par la porte de derrière.

J'avais beau prétendre ne pas craindre les pouvoirs de divination du Voyant, j'eus un instant d'hésitation, car, en dépit d'un ciel quasiment sans lune, le pylône projetait une ombre sinistre, vaguement menaçante, et le jardin était plongé dans l'obscurité. En regardant dans la direction de la loge du portier, je vis la faible lueur d'un feu. Si l'homme se préparait un repas ou fixait même simplement les braises, il ne distinguerait rien au-dehors. Tu es bien stupide, Houi, me dis-je avec un sourire en franchissant l'entrée. Stupide et plein de suffisance. Tous les portails du quartier sont gardés sauf le tien. Comment peux-tu être aussi sûr d'être invulnérable ?

En me retrouvant cernée d'arbustes, je fus un instant désorientée, mais mes pieds savaient où ils se trouvaient, et il ne me fallut pas longtemps pour me repérer. J'étais derrière l'une des haies bordant l'allée qui conduisait à la maison. Je revis tout en esprit : le sanctuaire de Thot, l'étang aux poissons entre les parterres de fleurs à gauche, et à droite, derrière l'autre haie, la piscine où j'avais fait des longueurs sous l'œil critique de Nebnefer. Et au bout, un mur bas qui séparait le jardin de la cour et de la maison. Marchant sur l'herbe pour ne pas faire de bruit, je longeai l'étang aux poissons, où les feuilles de lotus et de nénuphar dessinaient des formes indistinctes, puis, me frayant un passage à travers les buissons touffus qui poussaient contre le mur, je risquai un regard prudent dans la cour déserte.

Rien ne bougeait. Le gravier luisait faiblement, mais sous les colonnes de l'entrée, l'obscurité était totale. Un domestique devait être assis devant la porte, bien sûr, mais aucune litière ni aucun porteur n'attendaient dans la cour. Un silence profond régnait, ce silence dont je me souvins soudain qu'il était particulier au domaine de Houi, comme intemporel. Je dus lutter contre la nostalgie qui m'envahissait. Autrefois, cette maison avait été mon foyer, un monde rassurant où j'avais rêvé et fait des découvertes passionnantes sous l'aile protectrice du maître. C'était du moins, ce que j'avais cru.

Je me reculai et m'assis dans l'herbe. Il était impossible que Houi soit couché. Il était trop tôt. Peut-être travaillait-il dans son bureau, que je ne pouvais voir de l'endroit où je me trouvais. Je me rappelai alors qu'il employait tout de même un garde, un homme chargé de surveiller la porte de son bureau, toutes les nuits, car c'était à l'intérieur de cette pièce que se trouvait l'officine où Houi conservait ses herbes et ses médicaments. Ses poisons, aussi. Il en fermait la porte par un système de nœuds compliqués qu'il m'avait enseigné, mais dont un couteau serait facilement venu à bout. Le bureau donnait directement dans le couloir qui reliait le fond de la maison au vestibule et, si j'essayais d'entrer par là, on me verrait sur-le-champ. Il me faudrait attendre que le serviteur assis au pied des colonnes quitte son poste pour me glisser à l'intérieur.

Tout à coup, des torches apparurent dans l'allée, et j'entendis des voix. Alors que je regardais prudemment par-dessus le mur, la maison s'anima. La porte s'ouvrit, et un cône de lumière éclaira le gravier. Une forme imposante apparut sur le seuil, tandis que quatre litières et leurs porteurs franchissaient le portail sur ma droite et s'immobilisaient devant les colonnes. Les rideaux s'écartèrent, et je frissonnai de la tête aux pieds, car Paiis venait d'apparaître, se mouvant avec cette grâce insolente dont je me souvenais si bien. J'en oubliai les autres invités, qui descendaient aussi de leur litière.

Le général n'avait pas beaucoup changé. Il avait un peu épaissi peut-être, et je ne pouvais voir si des cheveux blancs striaient à présent sa crinière noire, mais le visage qu'il tourna un instant vers la femme qui se tenait derrière lui était toujours aussi séduisant, avec ses yeux noirs étincelants, son nez parfaitement droit et ses lèvres pleines, toujours sur le point de se plisser en un sourire méprisant. Il portait un pagne de lin écarlate qui lui couvrait les cuisses, et un pectoral fait de mailles en or dissimulait son torse. Son charme animal ne me fascinait plus comme autrefois, car j'en connaissais le caractère superficiel, mais il était néanmoins difficile de rester entièrement insensible à sa beauté flagrante, presque tapageuse. Un bras passé autour des épaules nues de la femme, il s'exclama :

« Harshira ! Fais servir le vin et préparer les pâtisseries ! Je suis d'humeur à festoyer, ce soir. Où est mon frère ? » Sa compagne lui murmura à l'oreille quelque chose qui le fit rire, et ils disparurent dans le vestibule, suivis par les autres convives. La porte fut refermée, mais les fenêtres étaient désormais éclairées, et j'entendis bientôt retentir de la musique.

Je leur donnai le temps de s'installer devant leur table basse couverte de fleurs, d'échanger des plaisanteries avec leur hôte, de vider quelques coupes d'un vin dont je savais qu'il était le meilleur de la ville. Je laissai à Harshira le temps de traverser et retraverser le vestibule pour surveiller le défilé des serviteurs chargés de plateaux, puis de prendre son poste derrière la porte close de la salle à manger. Je laissai le temps aux porteurs de s'assoupir, adossés à leur litière. Ensuite seulement, je me levai, franchis sans mal le mur bas et m'avançai dans la cour.

Comme je l'avais supposé, l'homme assis sous les colonnes était allé se coucher. J'ouvris la porte principale, refermai derrière moi et traversai le vestibule au carrelage immaculé. Rien n'avait changé. Le mobilier élégant de Houi – chaises en cèdre marquetées d'or et d'ivoire, tables basses au plateau de faïences bleues et vertes – était toujours là, disposé avec art. Des hommes et des femmes ornaient toujours les murs, la coupe levée dans un geste figé, des fleurs dans les cheveux, entourés de chats au regard inscrutable et d'enfants nus en train de jouer.

À l'autre bout du vestibule, des escaliers s'enfonçaient dans l'obscurité et, en m'en approchant, j'entendis un brouhaha de rires et de conversations, le son d'une harpe et un cliquetis de vaisselle. Un calme glacé s'était emparé de moi, un sentiment de toute-puissance presque insolent. Un des serviteurs avait laissé tomber une sucrerie, que je ramassai et mangeai. Je ne m'inquiétais même pas du bruit de mes pieds nus sur les carreaux. D'un pas résolu, je m'engageai dans l'escalier. Je n'avais pas besoin de lumière. J'en connaissais les marches par cœur pour les avoir montées et descendues mille fois… sans courir, car Disenk m'obligeait à avoir en toutes circonstances le maintien d'une dame.

Un flot de souvenirs me submergea, quand je poussai la porte de mon ancienne chambre. La lueur pâle des étoiles tombait par la fenêtre et éclairait la table sur laquelle j'avais mangé, surveillée par Disenk, qui veillait à ce que j'observe les bonnes manières. C'était là aussi qu'elle s'installait, dans la lumière rouge du crépuscule, pour recoudre les robes dont j'avais délibérément déchiré les coutures, parce que je marchais à grandes enjambées et m'habituais mal aux petits pas maniérés qu'elle voulait m'imposer. Pour finir, j'avais essuyé les réprimandes de Houi et capitulé en maugréant devant les impératifs du bon ton.

Le lit était toujours là, lui aussi, mais réduit à son cadre de bois. Le matelas, les draps de lin fin, les coussins avaient disparu. Il n'y avait plus de tapis sur le sol, plus de coffre, aucune trace d'occupation. Un instant, j'imaginai que Houi avait gardé cette pièce libre en souvenir de moi, puis j'éclatai d'un rire silencieux. Tu n'es encore qu'une vaniteuse petite idiote, Thu, me dis-je. Il est inutile de chercher la moindre tendresse à ton égard en ces lieux. Deux de tes assassins en puissance sont en bas, en train de se nourrir de mets délicats et de se féliciter de leur nouveau complot. Quant à toi, tu n'es ici que pour te venger. Grandis !

Je demeurai pourtant un long moment dans l'obscurité, cherchant dans l'atmosphère une trace, si ténue soit-elle, de la jeune fille que j'avais été. Mais aucun effluve de la myrrhe dont Disenk me parfumait ne parvint à mes narines, nul froissement d'étoffe ne dérangea les ombres, nul cri de ravissement, de douleur ni de remords ne résonna en moi. La pièce ne m'était familière que par ses dimensions, mais plus rien n'y vibrait. Avec un soupir, je refermai la porte et me dirigeai vers l'autre extrémité du couloir, où un second escalier descendait aux bains. Situé dans la petite cour de derrière où un palmier unique dressait ses feuilles raides, le minuscule bâtiment était relativement éclairé.

Là, je humai l'air avec délices, car les odeurs d'huiles parfumées et d'essences que l'on y respirait me rappelaient des souvenirs agréables et sensuels. Depuis combien de temps n'avais-je pas été lavée et massée par des mains étrangères ? Chez Houi, tous les jours, des servantes m'avaient frottée de natron et rincée à l'eau tiède sur la dalle des bains. Ensuite, la peau rosie, les cheveux mouillés et en bataille, j'allais dans la cour où m'attendait le jeune masseur. Pendant que Disenk m'épilait avec soin, il pétrissait ma chair avec un art consommé. La vie m'avait paru belle alors, pleine de promesses pour une jeune fille séduisante et ambitieuse.

Je fis le tour de la pièce et soulevai les couvercles des nombreux pots posés sur les rebords de pierre. Puis, ôtant ma robe, je remplis un broc dans l'une des grandes jarres d'eau, pris une poignée de natron et, montant sur la dalle, je me nettoyai et me rinçai, en me frictionnant aussi les cheveux. Lorsque j'eus fini, je plongeai directement la tête dans la jarre, puis m'enduisis d'huile. Ma peau l'absorba avidement, de même que mes cheveux, que je tressai ensuite, assise sur la dalle.

Il y avait un coffre au pied de l'escalier, et je l'ouvris pour en examiner le contenu. J'y trouvai deux tuniques d'homme et des pagnes froissés, mais aussi un long manteau d'été et un fourreau, si fin que seuls mes yeux m'assurèrent que mes doigts le touchaient. Harshira pensait à tout pour le confort des invités de son maître, y compris à la possibilité d'un bain après une nuit de festivités épuisantes. Jetant ma tenue grossière de servante dans un coin, j'enfilai la robe avec respect. Elle glissa sur mon corps fraîchement huilé et moula mes formes comme si elle avait été faite pour moi. Son contact soyeux me fit regretter de ne pas avoir de miroir, car, pour la première fois depuis des années, il me semblait retrouver la Thu que j'avais été. Je fouillai encore dans le coffre à la recherche de sandales, mais n'en trouvai pas. C'était aussi bien, en fin de compte, car, chaussée, j'aurais fait trop de bruit.

J'étais prête. Reprenant mon couteau, je rebroussai chemin et descendis hardiment dans le vestibule. Les rires et les conversations étaient plus bruyants à présent, la musique plus stridente. Le vin du maître de maison coulait dans les veines de ses amis. Au pied de l'escalier, je pris à gauche et me retrouvai dans le couloir menant au jardin de derrière. Je dépassai la porte du bureau de Houi, celle, plus petite, qui donnait sans doute toujours dans la cellule de son serviteur, et m'arrêtai devant l'imposante porte à deux battants de sa chambre à coucher. Sans hâte, je la poussai.

Je n'étais entrée dans cette pièce qu'une seule fois, et j'aurais préféré ne pas m'en souvenir. Je ne pus cependant m'empêcher de jeter un regard vers la chambre de son serviteur personnel. C'était là que Kenna était mort, cet homme maussade à la langue de vipère, jaloux de l'intérêt que me témoignait Houi, qui me haïssait et adorait son maître. Je l'avais empoisonné, prise de panique à l'idée qu'il risquait de dresser Houi contre moi et me faire renvoyer à Assouat. Je n'avais pas eu l'intention de le tuer, seulement de le rendre malade, mais mes connaissances étaient encore minces à ce moment-là, et la mandragore avait été trop puissante. Recourir à une mesure aussi extrême était en outre parfaitement inutile, car j'étais bien plus précieuse à Houi que son serviteur. La mort de Kenna pesait sur ma conscience plus encore que ma tentative d'assassinat contre Pharaon. Cela avait été un acte cruel et absurde.

La porte de communication était fermée, mais j'étais certaine que le serviteur actuel de Houi se trouvait de l'autre côté, attendant que son maître prenne congé de ses invités et vienne se coucher. Il me fallait être parfaitement silencieuse. Le lit massif était toujours posé sur la même estrade, au centre de la pièce. Une lampe brûlait, répandant une lumière accueillante. Je retrouvai sur les murs les peintures dont je me souvenais : des plantes grimpantes, des fleurs, des poissons, des oiseaux et des fourrés de papyrus aux couleurs vives et gaies. Quelques chaises dorées, des tables étroites supportant d'autres lampes, éteintes, complétaient l'ameublement. Quelqu'un avait jeté un manteau de laine sur l'une des chaises. Il traînait sur le sol.

Sur la table de nuit était posé un gobelet plein. Le liquide rouge sang qu'il contenait luisait faiblement. M'avançant sans bruit sur le sol pavé de carreaux bleus, je humai le vin avec soin pour m'assurer que l'on n'y avait pas mis de somnifère, puis j'en bus une gorgée. Il était digne de Houi, sec, raffiné, délectable… Avant de m'en être rendu compte, j'avais vidé le gobelet. Avec un haussement d'épaules, je le reposai et cherchai des yeux une cachette acceptable. Il n'y en avait aucune. Quelques coffres d'ébène étaient rangés le long des murs, mais ils n'étaient pas assez grands pour que je m'y glisse.

Le manteau arrêta mon regard. Ample et épais, il me donna une idée. Je l'emportai vers le coffre le plus éloigné de la lampe et essayai plusieurs dispositions jusqu'à pouvoir m'accroupir dessous, dans l'angle qu'il formait avec le coffre. Aussitôt, la senteur délicate du jasmin, le parfum de Houi, assaillit mes narines. Je fermai les yeux, submergée par l'émotion, et frôlai le tissu de mes lèvres.

C'était sans espoir. Je n'avais vécu que treize ans sans le connaître, et ces premières années de ma vie n'étaient pour moi qu'un mirage sans forme définie ni substance. Il était la base, parfois consciente, parfois involontaire, de tout ce que j'avais été, de tout ce que j'étais, et il en serait ainsi jusqu'à ma mort, quels que soient mes efforts pour le chasser de mon ka. M'adossant au mur, je m'assis, genoux serrés contre la poitrine, et posai le couteau près de moi. Puis j'attendis.

11

J'attendis longtemps, serrant les dents contre les crampes douloureuses qui contractaient mes muscles mais n'osant quitter ma cachette pour m'étirer, de crainte d'être découverte. La porte s'ouvrit une fois sans avertissement, et mon cœur battit à tout rompre, mais ce n'était qu'un serviteur venant moucher et remplir la lampe. Il ressortit sans jeter un seul regard au reste de la pièce. J'essayai de somnoler, mais ma position et mon agitation m'en empêchèrent. Je restai donc recroquevillée sous ce manteau, le couteau serré entre les cuisses et l'estomac, en me demandant à la longue quelle folie m'avait amenée là.

Mais il entra enfin, ôtant son pagne fripé et le jetant sur une chaise en même temps qu'il s'avançait vers le lit. Avec un soupir, il passa les deux mains sur son visage, puis dénoua le ruban blanc qui attachait sa natte et libéra ses cheveux. Il cria un nom, et son serviteur apparut. Sans mot dire, celui-ci détacha le pectoral en pierre de lune de son maître et lui retira ses bracelets en argent. Houi enleva ses sandales. « Je suis fatigué, dit-il. Tu rangeras tout cela demain.

– As-tu besoin de pavot, maître ?

– Non, et pas de vin non plus. Emporte le gobelet. Bois-le, si tu veux. » L'homme s'approcha de la table de chevet, puis s'immobilisa, le récipient à la main. De ma cachette, je voyais distinctement son visage. Il faillit parler, puis se ravisa, car c'était manifestement lui qui était chargé de le remplir. L'air perplexe, il se retourna et s'inclina.

« Merci, maître. Si tu ne désires rien d'autre, je te laisse. » Houi le congédia d'un geste.

Il disparut de mon champ de vision, mais aux bruits que j'entendais, je supposai qu'il était allé à la fenêtre. J'osais à peine respirer. Il poussa de nouveau un soupir et murmura quelque chose. Ses ongles tambourinèrent contre le chambranle, et l'instant d'après, il se tenait près du lit, de nouveau visible. Il était toujours d'une beauté saisissante avec son corps d'une blancheur laiteuse et ses cheveux ivoire, qui ruisselaient sur ses épaules.

Il se pencha pour souffler la lampe, et ses traits furent alors pleinement éclairés. Les rides qui encadraient ses lèvres charnues, nettement dessinées – ces lèvres que j'avais rêvé d'embrasser et qui ne s'étaient posées que deux fois sur les miennes – étaient peut-être un peu plus profondes. C'était tout. Le temps s'était montré clément envers lui, et je fus submergée si brutalement, si invinciblement, par mon désir d'autrefois, que je dus laisser échapper un son, si léger soit-il, car il s'immobilisa et regarda droit devant lui. Un instant, j'eus l'impression terrifiante que ses yeux rouges, brusquement vigilants, plongeaient dans les miens, mais l'instant d'après, il avait soufflé la flamme. Je l'entendis s'étendre sur son lit et fermai les yeux pour m'habituer plus vite à l'obscurité. Lorsque je les rouvris, je parvins à distinguer le gris plus clair du sol, le carré de la fenêtre et une partie de l'estrade.

La respiration de Houi se ralentit et devint plus régulière, mais la certitude qu'il ne s'endormait pas, qu'il était allongé, les yeux ouverts, et m'attendait, s'empara peu à peu de moi. La gorge serrée d'effroi, je me rappelai notre première rencontre. Il était venu consulter les prêtres d'Oupouaout à Assouat de la part de Pharaon. Le village était en ébullition, et tout le monde s'interrogeait sur ce célèbre et mystérieux Voyant, que peu de gens avaient vu et qui passait pour s'emmailloter de lin des pieds à la tête comme une momie pour dissimuler une abominable maladie. J'avais néanmoins décidé d'aller l'interroger sur mon avenir, car ma peur de rester à Assouat jusqu'à la fin de mes jours, de devenir sage-femme comme ma mère et de vieillir avant l'âge l'emportait de loin sur la crainte que m'inspirait le monstre décrit en chuchotant par les femmes. J'avais donc quitté la maison de mes parents en pleine nuit et, après avoir nagé jusqu'à sa barque, je m'étais glissée dans la cabine, sombre et étouffante, qu'il occupait. Mais, ensuite, j'avais fixé la forme indistincte étendue sous le drap, paralysée par la même terreur que celle qui me glaçait maintenant, car il avait senti ma présence, jusque dans son sommeil.

Je luttai contre la panique. Sois raisonnable, me dis-je. Comment pourrait-il savoir que tu es ici ? L'homme qui a rempli la lampe ne s'en est pas douté, son serviteur non plus, et rien n'a changé depuis qu'il a quitté la pièce. Cette conviction ne cessa pourtant de grandir en moi, au point que je me tassai contre le mur, dans l'espoir dérisoire de devenir invisible. Mes mains moites glissaient sur le manche du couteau.

Puis, alors qu'à bout de nerfs j'allais rejeter le manteau et me mettre à hurler, il parla. « Il y a quelqu'un ici, déclara-t-il avec un calme parfait. Qui est-ce ? » Dans le silence qui suivit, je me mordis les lèvres et fermai étroitement les paupières. Soudain, son rire retentit. « J'ai bien l'impression que c'est Thu, reprit-il sur le ton de la conversation. Tu ferais mieux de te montrer et de débiter le discours vengeur que tu as préparé, que je puisse enfin dormir. »

Je rejetai le manteau avec résignation et me levai, réprimant le gémissement de douleur que menaçaient de m'arracher mes membres ankylosés. J'étais en proie à des émotions si tumultueuses – amour, rage, peur – que je pouvais à peine penser. « J'avais raison, poursuivit-il. C'est ma petite Thu, qui revient à la maison, comme un oiseau du désert crotté. Sauf que tu n'es plus si petite, maintenant, n'est-ce pas ?

– Tu m'as trahie. » J'aurais voulu parler avec assurance, mais j'entendis ma voix trembler. « Tu t'es servi de moi, Houi, puis tu m'as trahie, et tu m'as laissée affronter seule l'humiliation, le procès et ma condamnation à mort. Alors que tu étais tout pour moi, tu m'as abandonnée pour sauver ta peau. Je te hais. Je te hais ! J'ai passé ces dix-sept dernières années à rêver de te tuer, et je suis ici pour le faire. » Ma main serrait de nouveau le couteau avec fermeté, mais je fus soudain aveuglée par le jaillissement de la lumière. Houi était assis sur son lit, et la flamme de la lampe brûlait à nouveau.

Pendant un instant qui sembla durer une éternité, nous nous dévisageâmes. Sous son expression amusée, il me sembla percevoir une certaine tension et même, oui, peut-être même une légère tristesse. Mes doigts s'engourdirent sur le manche du couteau. Comme en cette autre occasion, il y avait si longtemps, j'étais pétrifiée, incapable de bouger.

Je me rappelai Houi, nu dans le fleuve, scintillant d'un éclat argenté dans le clair de lune, les bras levés vers Thot, son dieu protecteur. Je me le rappelai, le visage sévère, assis derrière son bureau, en train de me réprimander. Je me rappelai la façon dont ses cheveux tombaient sur sa joue lorsqu'il se penchait sur son mortier, concentré sur les herbes qu'il pilait, dans cette officine chargée d'odeurs où il était le plus lui-même. J'avalai ma salive.

« Eh bien ? fit-il, en haussant les sourcils. Ton couteau n'est pas assez acéré ? Faut-il que je fasse apporter une pierre à aiguiser ? À moins que ce ne soit ta volonté qui faiblisse ? Te souviendrais-tu des bons moments au lieu de ceux qui devraient révolter ton âme honnête de paysanne ? La mémoire est une arme implacable, ma Thu. Alors, vas-tu me plonger ton couteau dans le corps ou pas ? Tu as eu tout l'entraînement qu'il fallait, pourtant. Cela ne devrait pas être difficile. » Comme toujours, il lisait dans mes pensées avec une inquiétante facilité. Mes épaules s'affaissèrent.

« Oh, Houi ! murmurai-je. Tu n'as pas changé. Tu es toujours arrogant, cruel et plein d'une assurance démesurée. Ne t'es-tu pas demandé, au moins une fois, la vie que je menais à Assouat ? N'as-tu jamais éprouvé le moindre remords pour ce que tu m'avais fait ?

– Bien sûr que j'ai pensé à toi, répondit-il d'un ton cassant, en allant prendre nonchalamment le pagne qu'il avait ôté plus tôt. Mais je te connais bien. Tu survis, ma Thu. Tu ressembles à ces fleurs du désert capables de s'épanouir dans les conditions les plus hostiles. Non, je ne me suis pas inquiété sur ton sort. Quant au remords, tu as échoué dans ta mission, et j'ai fait ce que j'avais à faire. C'est tout.

– Décide-toi, ripostai-je. Tout à l'heure, j'étais un oiseau crotté. »

Il m'examina des pieds à la tête d'un regard froid, et je me raidis malgré moi en pensant au commentaire moqueur qui allait suivre.

« Quel âge as-tu, maintenant ? » demanda-t-il. Il s'était installé sur une chaise, les jambes croisées. Il avait des mollets encore fermes, des pieds cambrés et longs. Je n'osai pas les regarder autrement que du coin de l'œil, de peur de trahir ma faiblesse.

« Trente-trois ans, dis-je. Mais tu connaissais la réponse. J'avais treize ans quand tu m'as sortie de la boue d'Assouat, et dix-sept quand tu m'y as rejeté.

– Ton caractère ne s'est pas amélioré.

– Évidemment, sinon je ne serais pas ici sans maquillage, sans bijoux et sans même une paire de sandales aux pieds. Pourquoi ne t'apitoies-tu pas sur l'épave que je suis devenue, Houi ? Tu en meurs d'envie », dis-je, en réussissant malgré tout à garder une voix ferme.

Il sourit, mais son regard demeura indéchiffrable.

« La souillon du temple n'a rien perdu de sa vanité, on dirait, railla-t-il. Tu as une peau de crocodile ; tes pieds ont perdu leur délicatesse et on en distingue difficilement l'ossature ; tes cheveux ne sont bons qu'à servir de ruche aux abeilles ; tu es d'une teinte cannelle plutôt repoussante, et aucune femme noble n'imaginerait t'employer à un autre poste que celui d'aide-cuisinière. Malgré tout, on discerne toujours en toi le fantôme de la femme qui a embrasé le désir de Pharaon, ma Thu, et il serait possible de la ressusciter. Ses yeux bleus pourraient encore hanter les rêves d'un homme.» Je scrutai son visage, incapable de savoir s'il était sincère ou s'il s'amusait avec perversité à mes dépens. Mes yeux hantaient-ils ses rêves ? «Ne te tourmente pas, poursuivit-il d'un ton uni. Tu n'as rien à envier à la jeune fille d'autrefois. Quelques mois entre les mains de quelqu'un d'aussi talentueux que Disenk, et tu ne te reconnaîtrais pas.

– Crois-tu que je ne me soucie que de la perte de ma jeunesse? Assouat m'a guérie de ce genre de préoccupations frivoles.» J'avais dû m'exprimer avec trop d'amertume, car son sourire s'élargit.

«Voilà que tu es hypocrite, à présent. Le vice de la vanité n'épargne aucune femme sur cette terre. Mais tu as des préoccupations plus urgentes, naturellement.» Il parlait avec gravité, mais une lueur sarcastique brillait dans ses yeux rouges. «Tu as retrouvé ton fils. Ou plutôt, il t'a retrouvée. Savais-tu qu'il était venu me consulter? Comment as-tu fait pour mettre au monde un jeune homme aussi sérieux et aussi droit?»

Je retins la riposte qui me venait aux lèvres. J'aurais pu souligner que Kamen faisait honneur à l'éducation de Men et à l'Égypte, que Houi et Paiis s'acharnaient à détruire un être fort et bon, et que ce pays ne serait jamais plus un exemple de la vraie Maât dans le monde s'ils réussissaient. Mais je n'étais pas de taille à rivaliser avec Houi dans les joutes verbales. «Cesse de me provoquer, Houi, je t'en prie», dis-je avec calme.

Il me dévisagea longuement, et son regard devint songeur. À côté de moi, la lampe grésilla. Dehors, les feuillages frissonnèrent un instant sous une légère brise, puis le silence retomba. J'étais épuisée et regrettais d'avoir cédé à l'impulsion qui m'avait amenée chez Houi. Il était plus fort que moi. Il l'avait toujours été.

«As-tu faim?» demanda-t-il finalement, en se levant. Et sans attendre ma réponse, il alla frapper à la porte de son serviteur, qui apparut, le visage bouffi de sommeil. Houi lui ordonna d'apporter les restes présentables du banquet et une cruche de vin. «Je ne voulais pas vous faire assassiner, ton fils et toi, reprit-il en se tournant vers moi. Mais quand Kamen est revenu vivant, et que Paiis m'a averti des nouveaux dangers qui nous menaçaient, je n'avais guère le choix. Si tu étais restée bien sagement à Assouat, si par une bizarrerie du sort, Kamen ne s'était pas arrêté dans ce village lors d'une de ses missions, nous n'en serions pas arrivés à ces désagréables extrémités. Malheureusement, les dieux t'ont envoyé l'instrument de ta vengeance, et tu t'en es saisie. Il t'est toutefois impossible de t'en servir, ma chère sœur.»

Il s'était approché au point que je sentais son haleine sur mon visage et le parfum du jasmin sur sa peau. Jamais encore il n'avait employé avec moi le terme affectueux de «sœur», réservé à une femme ou à une maîtresse adorée, et si quelqu'un d'autre que lui l'avait prononcé, j'aurais été désarmée. En l'occurence, je fus immédiatement sur mes gardes, en dépit du désir presque irrépressible que j'éprouvais de fermer les yeux et de lui offrir mes lèvres.

«Garde-ça pour les putains idiotes de ton frère, Houi, déclarai-je en appuyant le manche du couteau contre sa poitrine nue. Je suis sûre qu'elles sont faciles à manipuler. En ce qui me concerne, il te faudra faire davantage d'efforts. Je sais parfaitement que tu ne me désires pas. De plus, j'appartiens toujours à Pharaon. À moins que tu ne l'aies oublié? Et c'est à lui que Kamen, Men et Kaha vont porter une copie de mon récit, dont Paiis ignorait l'existence. Ils lui raconteront aussi une histoire de tentative de meurtre que la justice pharaonique ne pourra laisser impunie. Recule ou je te transperce.» Il obéit, et je vis passer dans son regard une lueur de désir et d'admiration. «Le danger t'a toujours excité, n'est-ce pas, Houi? fis-je avec un sourire. Il te permet d'échapper au fardeau de ce don que les dieux t'ont accordé. Eh bien, tu es servi aujourd'hui, car le péril n'a jamais été aussi grand. Paiis ne pourra pas nous réduire tous au silence.»

Il retourna s'asseoir avec sa grâce nonchalante accoutumée, le menton dans la paume.

«Kaha aussi? murmura-t-il, en m'observant avec curiosité. Voilà qui me blesse. Un scribe devrait être d'une loyauté à toute épreuve.

– C'est le cas, dis-je, en éprouvant un violent désir de lui faire perdre son sang-froid. Il obéit à Maât et à la justice.

– Il obéit à ce qui se dresse entre ses jambes quand il te regarde, riposta le Voyant. Si je le voulais, je pourrais te faire maîtriser en un rien de temps.» J'empoignai le couteau à deux mains en le pointant vers lui.

«Vas-y, dis-je. Essaie. J'ai moins à perdre que toi.»

Un coup discret frappé à la porte nous interrompit. Le serviteur entra, chargé d'un plateau qu'il déposa sur la table de chevet. Puis il se retira dans sa chambre sans même m'avoir jeté un regard. «Sers-toi», dit Houi.

La cruche de vin était encore cachetée. Me dirigeant vers le coffre qui m'avait tenu lieu de cachette, je l'ouvris, fouillai à l'intérieur et trouvai un sac de lin fermé par un cordon. J'y fourrai alors le vin, la miche de pain, une poignée de figues et du fromage de chèvre. Houi me regarda faire en silence. Lorsque j'eus fini, je me tournai vers lui. « Ne dis rien, fis-je. Je pars avec ta nourriture et une robe qui t'appartient, mais tu me dois bien plus que cela. Tu me dois dix-sept ans de travaux exténuants et de désespoir. Lorsque l'on t'arrêtera, je viendrai au procès recevoir le reste de la dette. Je te hais, Houi, et je prie de tout mon cœur que l'on te condamne à la même peine que moi, que l'on t'enferme dans une pièce vide jusqu'à ce que tu y meures de soif et de faim. Je m'installerai de l'autre côté de la porte pour t'écouter implorer grâce, et cette fois il n'y aura pas de Pharaon miséricordieux pour t'épargner. »

Il ne bougea pas. Un sourire nonchalant s'épanouit sur son visage. « Tu ne me hais pas, ma chère Thu, dit-il. En réalité, tu m'aimes avec une passion et une obstination qui t'exaspèrent, et c'est pour cela que tu es ici, ce soir. Pourquoi, sinon, serais-tu venue me prévenir de mon arrestation imminente ? À supposer, naturellement, que Paiis échoue à vous éliminer tous : une tâche qu'il mènera sans doute à bien en dépit de tes fanfaronnades. Si toutefois on devait me juger pour trahison et m'ordonner de mettre fin à mes jours, que te resterait-il d'autre que des relations agréables mais somme toute peu satisfaisantes avec ton fils ? Car tu es moi, Thu. Je t'ai faite et, sans moi, tu ne serais plus qu'une enveloppe vide. Le germe de vie aurait disparu. »

Je ne le regardai pas. Le sac dans une main et mon couteau dans l'autre, je me dirigeai vers la porte. « Que Sobek réduise tes os en poudre, murmurai-je. Et que l'obscurité éternelle du monde d'en bas se referme sur ta tête. » D'un pas incertain, je sortis dans le couloir. Le garde avait pris son poste devant le bureau de Houi, et je le dépassai sans presque avoir conscience de sa présence. Le vestibule était désert, et je le traversai rapidement, mais il aurait pu être peuplé de mille convives que je ne m'en serais pas aperçue.

Car Houi avait raison : je l'aimais… et je me détestais d'aimer cet homme comme un prisonnier peut haïr et adorer son tourmenteur. Aucun édit de Pharaon, aucun décret des dieux ne pouvait l'obliger à me rendre mon amour, et je continuerais de soupirer après lui jusqu'à mon dernier souffle. J'avais envie de lui arracher les yeux. J'avais envie de plonger mon couteau dans ses parties intimes et de regarder son sang chaud couler sur mes mains. J'avais envie de l'enlacer et de sentir son corps s'accorder au mien. Aveuglée par les larmes de rage et de désespoir qui ruisselaient sur mon visage, je quittai tant bien que mal son domaine. Le temps que je reprenne mes esprits, j'avais dépassé les gardes somnolents du chemin du Lac et approchais du centre de la ville.

Hébétée, je m'aplatis contre le mur d'une ruelle pour laisser passer une procession d'ânes tirant des charrettes lourdement chargées. La boue du fleuve crottait mes pieds et mes jambes, et la robe délicate que j'avais volée dans les bains de Houi séchait sur mes cuisses, grise et raide. Il était temps de retourner au Scorpion d'or chercher un message de Kamen, d'élaborer un plan d'action, mais longtemps après que les charrettes eurent disparu, je restai immobile, incapable de bouger. Mes pensées étaient confuses, et tout courage m'avait abandonnée. Ce fut seulement quand je me surpris à souhaiter avec ferveur être étendue dans ma misérable cahute d'Assouat que je me secouai et me glissai à nouveau dans le flot humain qui passait devant moi.

Il n'avait pas dit qu'il ne m'aimait pas. Il n'avait en fait exprimé strictement aucune émotion. Il protégeait son ka plus étroitement que l'on ne gardait le Roi pendant ses déplacements. Autrefois, pourtant, j'avais vu ses défenses faiblir quand il me regardait, et tout en me frayant un chemin à la lueur des torches dans les rues encombrées, je me remémorai ces moments pour apaiser la blessure cuisante que m'avaient infligée ses paroles. En m'enlevant à mon village et en me modelant à sa guise comme un morceau d'argile informe, en façonnant mes pensées et en orientant mes désirs, il avait fini par être pris au piège de sa création. S'il habitait mon esprit et mon cœur, s'il était l'architecte et le créateur de tout ce que j'étais devenue, je coulais moi aussi dans son sang, comme une maladie qu'il se serait inoculée par mégarde.

Nous avions fait l'amour une fois, dans son jardin, la nuit où, à bout d'angoisse et de désespoir, j'avais résolu de tuer Pharaon. La folie de cette décision avait embrasé notre désir, certes, mais Houi n'était pas homme à se laisser emporter par la seule urgence du moment. Sous notre excitation mutuelle couraient des émotions authentiques. Mais il les avait niées, il les niait encore, pour sa survie ; et dans mon propre cœur, le désir de vengeance l'emportait sur tout le reste.

Cette vengeance, je l'obtiendrai, pensai-je en arrivant devant la porte ouverte du Scorpion d'or. Aucun souvenir ne me serait plus doux que le goût de la chute de Houi. M'arrêtant un instant pour nettoyer de mon mieux la saleté qui collait à mes jambes et ma robe, je glissai le couteau dans le sac de lin et descendis dans la taverne éclairée par la lumière chaude des lampes.

La pièce était comble. Comme la première fois, quelques têtes se tournèrent vers moi, et je restai debout assez longtemps pour être remarquée par quiconque m'aurait guettée. Puis je me faufilai au fond de la pièce et m'installai sur un banc. Le patron arriva aussitôt, mais je lui dis que j'attendais quelqu'un. Il hésita, manifestement déconcerté par le contraste entre la qualité du lin que je portais et mon apparence négligée, mais s'étant assuré que je n'allais pas vendre mes charmes dans son établissement, il s'éloigna.

J'observai le va-et-vient des clients, de jeunes officiers pleins de gaieté et des citadins accompagnés de leur femme. Quand l'un d'eux parcourait la salle du regard, je me penchais vers la lumière, tendue, mais personne ne m'aborda. Je commençai à m'inquiéter. Kamen m'avait bien dit qu'il me transmettrait de ses nouvelles tous les trois soirs, mais les heures passaient, le patron aurait visiblement préféré installer un consommateur à ma place, et j'étais trop manifestement seule au milieu de soldats qui, même s'ils n'étaient pas de service, avaient sûrement reçu mon signalement.

Je tendis l'oreille aux conversations autour de moi, craignant à chaque instant d'entendre prononcer mon nom. Il me semblait que les gens me jetaient des regards soupçonneux, s'interrogeaient sur mon identité et, à la fin, je n'y tins plus. Me levant brusquement, je sortis avec précipitation et me retrouvai avec soulagement dans la ruelle obscure. Quelque chose était arrivé à Kamen. J'en étais certaine. Je le connaissais déjà assez pour savoir que c'était un homme de parole, et il avait montré un souci touchant de me protéger. Il y avait forcément une bonne raison à son silence.

Ou plutôt une mauvaise, pensai-je, en me dirigeant vers le bout de la rue des marchands de paniers. Un événement grave. Paiis l'avait trouvé. Il l'avait tué. Une vague de panique me fit battre le cœur. Non ! Il ne faut pas penser à cela ! Suppose seulement qu'il a été arrêté, ou qu'il doit se cacher. Il ne peut pas mourir : la culpabilité me tuerait, moi aussi. Les dieux n'auraient pas la cruauté de me le rendre pour me l'arracher aussitôt. Oh, Oupouaout, toi qui-ouvres-les-voies, aide-moi ! Que dois-je faire ?

Une main s'abattit sur mon épaule, et l'espace d'un instant j'eus la conviction idiote que le dieu en personne avait répondu à ma prière et se trouvait derrière moi. La pression de la main s'accrut, m'obligeant à m'arrêter.

Un jeune homme se tenait devant moi, et il m'agrippa par le bras quand je me tournai vers lui. Je reconnus aussitôt en lui un des clients de la taverne. Le messager de Kamen, pensai-je avec soulagement. Préférant que l'on ne nous voie pas ensemble, il a attendu que je quitte l'établissement pour m'aborder. Je n'avais pourtant pas l'intention de lui révéler mon identité trop vite, car je n'aimais pas la façon dont il me tenait. «De quelle couleur sont tes yeux? demanda-t-il d'un ton brusque.

– Tu me prends pour une prostituée, répondis-je avec calme. Je ne suis pas à vendre.» Il se pencha et me dévisagea attentivement, puis, avec douceur mais détermination, il m'entraîna vers une porte éclairée. Quand j'essayai de me dégager, il resserra son étreinte sans cesser de m'examiner.

«Es-tu Thu d'Assouat? demanda-t-il.

– Non, répondis-je, soudain glacée de terreur. Et si tu ne me lâches pas, je vais crier. Il est interdit d'importuner les femmes dans des lieux publics.

– Je crois que si, dit-il, sans se laisser émouvoir le moins du monde. Tu corresponds exactement au signalement donné à mon capitaine. Grande, yeux bleus, une paysanne qui marche avec la grâce d'une femme de la noblesse et parle avec distinction. Je t'ai suivie quand tu as quitté le Scorpion d'or parce que je n'étais pas sûr de te reconnaître, mais à présent je n'ai plus aucun doute. Je t'arrête.» Je regardai autour de moi, mais par malchance, il n'y avait personne dans la rue, pas même une prostituée.

«Tu es ivre, dis-je à voix haute, d'un ton insultant. Si tu me libères sur-le-champ, je ne signalerai pas ta conduite à la police de la ville. Sinon, tu auras plus à te reprocher qu'une simple gueule de bois, demain matin.

– Je ne suis pas ivre. Je regrette, mais il faut que je te conduise à mes supérieurs.» Je compris alors que je ne parviendrais pas à ébranler sa résolution, mais dans mon désespoir, j'essayai encore.

«Quels supérieurs? demandai-je. Tu n'es pas soldat. Où sont tes insignes?

– Je tiens mon autorité des ordres donnés à mon capitaine par Son Altesse le Prince Ramsès. Je ne suis pas de service, ce soir.

– Alors, tu ne peux m'emmener nulle part. Tu me prends pour une idiote?

– Sûrement pas, répondit-il, sans même sourire. La division du Prince et la police n'auraient pas été mobilisées pour fouiller toute la ville à la recherche d'une paysanne stupide. Je serais curieux de savoir quel crime abominable tu as commis, je l'avoue, bien que cela ne me regarde pas. Tu ferais mieux de te résigner à ton sort, Thu d'Assouat, car maintenant que je t'ai trouvée, il est de mon devoir de te remettre à mon officier. Je ne suis peut-être pas de service, ce soir, mais lui l'est.»

Une sueur froide m'inonda. Je me forçai à me détendre, à courber les épaules. «Très bien, dis-je d'un ton las. Allons-y.» J'aurais bien empoigné le couteau, mais il était dans le sac de Houi et un de mes bras était immobilisé. Le jeune homme relâcha toutefois son étreinte lorsque je lui parus céder, et il avança d'un pas. Aussitôt, je plantai les dents dans son bras. Il poussa un cri et, quand il se dégagea, je l'écartai d'une bourrade et m'élançai vers la rue plus large, devant moi. Là, des gens circulaient. Je pourrais me perdre dans la foule. Me cacher.

Mais j'avais compté sans la robe que j'avais volée chez Houi. Moulante des hanches aux chevilles, elle agit comme une entrave et, avant d'avoir fait deux pas, j'avais trébuché et me retrouvai à genoux dans la poussière. Avec l'énergie du désespoir, je tâchai vainement de déchirer la couture. Le fil était résistant, et le soldat, qui s'était ressaisi, appelait à l'aide. Une groupe de ses amis sortit du Scorpion d'or. Retroussant la robe sur mes cuisses, je repris ma course, mais il était trop tard. Des mains me saisirent rudement par les cheveux, me tirèrent en arrière, et un bras s'enroula autour de mon cou. «Considère-toi prisonnière du Trône d'Horus», dit le jeune homme d'une voix haletante

Les soldats me lièrent les mains et m'escortèrent à travers la ville. Bien que certains d'entre eux soient effectivement ivres et se félicitent en plaisantant d'avoir arrêté une criminelle aussi dangereuse, celui qui m'avait reconnue était sobre, et il veilla à ce que ses compagnons m'encadrent étroitement. L'un d'eux marchait devant pour nous ouvrir le passage, et je fendis une mer de visages, curieux, apitoyés ou hostiles, mais tous tournés vers cette femme échevelée dont, dieux merci, ils ne partageaient pas le sort.

Je ne les regardais pas. Je cherchais des yeux les porches obscurs, les ruelles sombres, mais aucune occasion de fuite ne se présenta et, finalement, épuisée et résignée, je fus poussée dans un petit bâtiment de brique crue et remise à un homme en uniforme. Les soldats disparurent après m'avoir délié les mains et rendu mon sac.

Après m'avoir étudiée un instant en silence, l'homme fit le tour de son bureau et m'approcha un tabouret. Je m'y laissai tomber avec reconnaissance et le regardai ouvrir mon sac et en examiner le contenu. Il en sortit le couteau et la cruche de vin cachetée. «Du bon vin de la Rivière-de-l'Ouest de la seizième année, dit-il. Il est à toi ?

– Oui.

– Puis-je l'ouvrir ? En boiras-tu avec moi ?

– Pourquoi pas ? répondis-je avec un haussement d'épaules.

– Merci. » Il fit sauter le sceau de cire où étaient imprimées l'origine et l'année du vin, et posa deux gobelets sur la table. Tandis qu'il les remplissait, je rassemblai assez d'énergie pour examiner les insignes sur son casque et son bracelet de cuir. Il appartenait à la division d'Horus, les troupes personnelles du Prince. Et le jeune homme n'avait-il pas dit que mon mandat d'arrêt émanait du Prince ? Dans ma terreur, je n'y avais pas fait attention, mais cela me revenait à présent.

« Tu n'es pas sous les ordres du général Paiis », bégayai-je. Il me jeta un regard surpris.

« Non, bien sûr que non, répondit-il, en me tendant un des gobelets. Pourquoi le crois-tu à l'origine de ton arrestation ? C'est le Prince Ramsès qui a signé le mandat. Bois. Tu as l'air épuisée.

– Le Prince a-t-il agi sur les conseils du général ?

– Je n'en ai aucune idée, fit-il d'un air perplexe. Tout ce que je sais, c'est qu'il y a quelques heures, la police de la ville et tous les hommes de la division d'Horus qui étaient de service ont reçu l'ordre de se mettre à ta recherche. Cela fait beaucoup de monde. Pour le meilleur ou pour le pire ? » Je réussis à sourire et portai le gobelet à mes lèvres. Le vin me rappela Houi et glissa dans ma gorge desséchée comme l'un de ses élixirs.

« Je n'en sais rien », répondis-je avec sincérité. Je commençais à reprendre espoir. Si le Prince souhaitait me retrouver, cela signifiait assurément que Paiis n'avait pas réussi à garder secret son abominable complot. Ou du moins qu'il avait été obligé d'inventer un prétexte à mon arrestation, ce qui limiterait son pouvoir d'action contre Kamen et moi. Mais où était mon fils ? Avait-il réussi à se faire admettre au palais ? Je me sentis soudain affamée. Le capitaine me vit lorgner le sac et le poussa vers moi.

« Mange », dit-il en allant se rasseoir. Je me resservis du vin et dévorai le pain, les figues et le fromage.

« Garde ce qui reste du vin, déclarai-je. Peux-tu me dire maintenant où je vais passer la nuit, et si l'on a des nouvelles de mon fils ?

– Ton fils ? répéta-t-il, en fronçant les sourcils. Je ne savais pas que tu en avais un. J'ignore tout de toi, Thu. Je sais seulement que je dois te conduire au harem royal dès ton arrestation. »

Mon euphorie se dissipa, et je me sentis soudain au bord de la nausée. « Non, murmurai-je, prise de vertige. Non ! Je ne peux pas retourner là-bas, pas après tant d'années ! Le harem est une prison. Je ne m'en échapperai pas une deuxième fois. Oh, je t'en supplie, emmène-moi n'importe où, mais pas là ! » Je criais presque, les mains crispées sur le rebord de son bureau. Cette décision ne venait pas de Paiis. Elle portait la marque du Prince. Il prendrait un plaisir pervers à me voir enfermée de nouveau dans cette prison. Et cette fois, il n'y aurait personne pour me protéger : je disparaîtrais dans cet immense troupeau de vaches parfumées. J'aurais voulu m'enfuir, mais je tremblais si fort que je pouvais à peine faire un geste. Le capitaine se pencha et posa une main apaisante sur les miennes.

« J'ignore quel récit étrange tu me ferais, si tu le souhaitais », dit-il avec douceur, comme s'il s'adressait à un enfant effrayé – ce que j'étais effectivement en cet instant, terrorisée à la perspective d'un sort plus redoutable que la mort que j'avais imaginée sous les coups de Paiis. « Ce que je sais, c'est que le Prince est un héritier clément et juste, digne de monter sur le Trône d'Horus lorsque son père rejoindra les dieux. Il n'est ni mesquin, ni rancunier, et ses châtiments ne sont pas plus sévères que ne le méritent les crimes qu'il juge. Avoir été traînée à travers toute la ville t'a bouleversée, c'est bien compréhensible. Calme-toi. »

Je suis bouleversée parce que mon châtiment va m'être infligé par un prince dont j'ai autrefois repoussé les avances et qui a contribué à me faire condamner à mort, pensai-je avec effroi. Dans le harem, je n'aurai pas la moindre chance de lui parler. Il va m'abandonner dans cet océan de femmes anonymes, où je serai engloutie, oubliée à jamais, et il pensera en souriant à l'ironie du destin !

Mais, grâce au capitaine, je retrouvai peu à peu mon équilibre et me redressai. « Tu as raison, dis-je d'une voix tremblante. Pardonne-moi. Je suis très fatiguée. » Sans répondre, il se leva et alla frapper quelques coups secs à la porte.

« Rien ne s'oppose à ce que tu fasses le trajet en litière, je pense, déclara-t-il. Ton escorte est là. Il est temps. »

Je dus m'aider de son bureau pour me lever, les jambes faibles, répugnant à quitter cette pièce nue, qui m'apparaissait à présent comme un refuge. Dehors, une torche s'embrasa, et je vis la litière. Ses rideaux de laine grossière étaient relevés, et l'intérieur, plongé dans l'obscurité, me fit l'effet d'une bouche noire édentée, prête à me dévorer. Je me dis tristement que j'étais revenue à mon point de départ. Mais, cette fois, je me rendais dans le harem en prisonnière, dans une litière sans ornement, en prenant congé d'un capitaine au lieu d'un voyant. Les plaisanteries des dieux sont ainsi. Le capitaine m'attendait à l'entrée. Prenant une profonde inspiration, je me redressai et avançai, la tête droite. «Merci pour ta bonté, dis-je en lui serrant la main.

– Les dieux t'accompagnent, Thu», répondit-il, et la porte se referma sur lui.

Je ne veux pas que les dieux m'accompagnent, pensai-je avec révolte, en rabattant les rideaux de la litière. Il n'y a pas de justice au ciel. Qu'ils aillent se livrer à leurs jeux cruels sur une autre victime.

Les porteurs me soulevèrent et se mirent en route. Je jetai un coup d'œil au-dehors, dans l'espoir de pouvoir m'enfuir, mais deux soldats encadraient la litière, l'épée nue, et j'entendis les cris d'avertissement d'un autre homme, devant nous, et les pas d'un quatrième à l'arrière. Il n'y aurait pas de halte imprévue pendant ce trajet.

La litière ne contenait pas de coussins, mais seulement une paillasse dure. Je m'y recroquevillai, les yeux fermés, repoussant de toutes mes forces les fantômes menaçants de l'avenir qui cherchaient à s'emparer de mon esprit. Je suis en vie, me répétai-je avec fermeté. J'ai survécu à beaucoup de choses. Je surmonterai aussi cette épreuve. Le mépris des femmes qui se souviennent que j'ai tenté d'assassiner Pharaon ne sera pas pire que la haine des villageois bien pensants d'Assouat. Souviens-toi de Kamen, Thu. Tu as donné naissance à un prince, et rien de ce qui t'arrivera ne peut changer ce fait. Je luttai de la sorte contre le désespoir, tandis que mon cœur battait follement et que ces vaillantes pensées, à peine nées, tombaient en pièces comme des haillons dans la bourrasque.

Je dus somnoler en dépit de mon agitation, car je sursautai lorsque la litière fut déposée à terre. Une main releva le rideau. «Sors!» aboya un soldat, en m'éclairant de sa torche. Un autre homme apparut, quelques mots furent échangés, puis porteurs et escorte s'éloignèrent. Je regardai autour de moi.

Je me trouvais sur la vaste esplanade de pierre aménagée devant l'entrée principale du palais. Le débarcadère et le canal étaient derrière moi. À droite et à gauche, de grands arbres étendaient leur feuillage au-dessus d'une immense pelouse, qui se perdait dans l'obscurité. De nombreuses torches, fixées au pylône, jetaient en revanche une lumière crue sur les litières luxueuses posées sur le sol comme des embarcations échouées. Les porteurs attendaient patiemment que leurs maîtres reviennent du banquet ou de la réunion ministérielle à laquelle ils assistaient. On entendait l'eau clapoter contre les barques amarrées et les voix étouffées des marins à leur bord.

Rien n'avait changé. J'aurais pu me trouver là dix-huit ans plus tôt, resplendissante dans une robe de lin jaune, parée d'or, les cheveux coiffés d'un filet d'argent, en train d'appeler d'un geste impérieux ma litière tandis que, derrière moi, un manteau brodé sur un bras et un coffret de maquillage sous l'autre, Disenk attendait, prête à me remettre un peu de khôl autour des yeux ou à ombrer mes paupières de bleu, si j'avais l'indélicatesse de transpirer pendant la soirée. J'éprouvai un fulgurant instant de nostalgie, et m'imaginai que mon autre moi, cette image fantomatique de la jeunesse, du pouvoir et de la beauté, se tournait et me souriait avec une supériorité méprisante. Puis le soldat me saisit par le poignet, et je me laissai entraîner.

Je savais où nous irions. Une large allée pavée menait à ces colonnes éclairées sous lesquelles se pressait une foule de soldats et de serviteurs royaux, mais avant d'y aboutir, elle se divisait en trois. La branche de droite conduisait au portail donnant accès aux jardins du palais, à la salle de banquet et, plus loin encore, au bureau de Pharaon.

Le soldat me fit prendre l'allée de gauche. Elle coupait une pelouses verdoyante, et j'aperçus le bassin où Hounro et moi avions nagé chaque matin. Suantes et ébouriffées, riant aux éclats, nous faisions la course jusqu'à la porte du harem, traversions la pelouse et nous jetions la tête la première dans cette eau propre et fraîche. À cette même porte, le soldat me lâcha, frappa deux coups et tourna les talons, mais, avant que je puisse chasser ces souvenirs indésirables et me ressaisir, avant que je puisse songer à m'enfuir, on avait ouvert et on me tirait à l'intérieur.

L'homme, qui refermait déjà derrière moi, portait la robe longue et ample des intendants. À côté de lui, un jeune garçon m'observait avec curiosité, une torche à la main. Les bracelets de l'intendant scintillèrent dans sa lumière lorsqu'il me fit signe de le suivre. Il ne se présenta pas. Pourquoi l'aurait-il fait ? J'étais moins que rien, une paysanne qu'il allait conduire aux cuisines ou à la blanchisserie en demandant qu'on lui donne un pagne et une paillasse.

Je ne voyais pas grand-chose, mais je savais ce que nous dépassions. Sur la gauche, il y avait d'autres arbres, une pelouse semée de buissons, un bassin couvert de nénuphars et de lotus, puis, à la perpendiculaire de l'étroit sentier que mes pieds reconnaissaient déjà, un mur de briques crues avec un escalier extérieur menant au toit des appartements des reines. Nous marchâmes ensuite entre deux hauts murs, et je me sentis étouffer, car je savais que celui de gauche, très long, courait sur toute la longueur du harem, tandis que celui de droite dissimulait le palais lui-même. Respirant avec difficulté, pleinement consciente que c'étaient mes souvenirs qui m'oppressaient, je continuai à suivre la flamme dansante de la torche.

Le harem se composait de quatre ensembles de bâtiments séparés par d'étroites allées. Tous étaient constitués d'une cour intérieure carrée avec bassin et jet d'eau, et de deux étages de chambres pour les femmes. Celui du fond était réservé aux enfants royaux. Nous avions déjà dépassé le premier, résidence paisible et étroitement gardée des reines. Les second et troisième étaient occupés par des concubines. L'intendant s'arrêta à l'entrée du second et y pénétra. J'hésitai à le suivre, car il avait sûrement ordre de me conduire directement dans le quartier des domestiques, situé après la résidence des enfants royaux. Mais d'un geste du pouce il m'enjoignit de le rejoindre.

C'était là que j'avais habité, dans ce même ensemble. J'y avais partagé une chambre avec Hounro. Je n'avais pas besoin de la torche pour savoir à quel endroit se trouvait le bassin et où l'herbe cédait la place au dallage entourant la cour. Je levai les yeux. Les mêmes étoiles brillaient au-dessus du bord noir des toits. Le même vent faisait frissonner l'herbe sous mes pieds, et l'air était chargé de la même odeur légère de parfum et d'épices. Si j'étais arrivée en plein jour, j'aurais pu m'accrocher à la réalité. Mais dans cette obscurité, je trouvai immédiatement familières les formes confuses qui m'entouraient; mon nez, la plante de mes pieds, ma peau m'apportaient des impressions qui abolissaient le temps... et l'espace horrifiant d'un instant, je devins folle. L'intendant s'arrêta dans la lumière jaune qui sortait d'une des chambres. «Le Gardien de la Porte t'attend», déclara-t-il avant de s'éloigner.

Il n'avait quasiment pas changé. Il m'avait toujours paru sans âge, en raison de l'aisance de ses mouvements et de l'impression d'autorité qu'il dégageait. Seuls les plis plus profonds autour de ses yeux vifs et de sa bouche sévère m'indiquèrent que dix-sept ans avaient passé. Lorsque je m'avançai vers lui d'un pas hésitant, il se leva, toujours vêtu de ce long pagne bleu dont je me souvenais si bien et coiffé de cette perruque noire rigide qui lui tombait aux épaules. D'épais bracelets en or ornaient ses bras du coude au poignet, et des bagues étincelaient sur ses doigts fuselés. «Bonsoir, Thu, dit-il en souriant.

– Bonsoir, Amonnakht», murmurai-je. Je m'inclinai devant lui avec le profond respect que m'avaient toujours inspiré son intelligence et sa sagesse. Personnage le plus puissant du harem, il était chargé d'y faire régner l'ordre et l'harmonie, et ne devait de comptes qu'à Pharaon. S'il le souhaitait, il pouvait propulser une concubine au sommet de la faveur royale ou la condamner à une obscurité éternelle. Il avait eu de l'affection pour moi et favorisé mon succès, convaincu que je ferais le bonheur de son maître. Je lui avais nui, au contraire, et j'avais trahi la confiance d'Amonnakht. C'était pourtant lui qui, sur l'ordre de Pharaon, m'avait apporté une eau salvatrice alors que j'agonisais dans ma prison, lui aussi qui m'avait apaisée et réconfortée. Je n'avais pas mérité une pareille indulgence. «Je ne t'ai jamais remercié de la bonté dont tu as fait preuve la dernière fois que nous nous sommes vus, dis-je avec émotion. Ni d'avoir veillé à ce que la statue d'Oupouaout accompagne mon fils. Grâce à toi, je l'ai retrouvé. Je t'ai énormément déçu, je le sais. J'ai regretté toutes ces années de ne pas t'avoir remercié.

– Assieds-toi, Thu, je t'en prie. Je t'ai fait préparer un repas simple. Il est très tard, mais tu désires peut-être manger avant de dormir. Je ne suis pas averti de ton arrivée depuis longtemps.» Je fis ce qu'il me disait, toujours en proie à cette impression profondément perturbante d'avoir remonté le temps. «Que tu m'aies déçu ou non est sans importance, reprit-il en regagnant son siège. Je t'ai considérée comme mon plus grave échec, et je me suis reproché ton sort autant que mon erreur de jugement. J'essaie de satisfaire les besoins de mon maître de mon mieux, et c'est sa déception qui m'a le plus chagriné.» Il arrangea les plis légers de son pagne bleu sur ses genoux. «Pharaon a ordonné ta mort, et j'ai procédé à la distribution de tes biens. Puis il a ordonné ta grâce, et c'est avec plaisir que je suis entré dans ta cellule pour te soigner.

– Tu aurais pu envoyer un intendant.

– J'ai dit que je l'avais fait avec plaisir, souligna-t-il. En dépit de la gravité de ton crime et de ton ingratitude flagrante envers l'Unique, j'avais encore beaucoup d'affection pour toi. J'ignore pourquoi.

– Parce que j'étais différente des autres, suggérai-je. Parce que je refusais de me conduire comme une des brebis de Sa Majesté. Parce que je n'ai pas accepté d'être rejetée simplement pour avoir commis l'erreur de lui donner un enfant.

– Je vois que tu n'as pas beaucoup changé. Tu as gardé ton arrogance et ta langue acérée.

– Tu te trompes, Amonnakht. Mon exil m'a appris la patience et bien des leçons amères. Il m'a aussi donné le goût de la vengeance. »

Un long silence suivit, pendant lequel il m'observa avec calme, le corps détendu, avec une assurance naturelle, et peu à peu mon sentiment de confusion se dissipa. Les années qui me séparaient de la jeune fille de seize ans que j'avais été reprirent leur place, et je pus percevoir dans leur réalité présente la chambre faiblement éclairée, l'odeur de l'herbe, le murmure incessant du jet d'eau et l'homme songeur assis en face de moi. Quelque part dans ce complexe immense de bâtiments, Hounro dormait, mais une Hounro qui n'était plus la jeune fille que j'avais connue. Dans les appartements des reines, Ast reposait. Avait-elle toujours la même beauté élégante ? Et Ast-Amasareth, cette étrangère mystérieuse et rusée, avec qui Pharaon partageait ses secrets d'État ? Vivait-elle encore ? Le temps ne s'était pas plus figé dans le palais qu'il ne m'avait épargné pendant les années interminables que j'avais vécues à Assouat. Le passé était mort à jamais.

Alors que je me penchais en avant, une question aux lèvres, une servante entra, s'inclina devant le Gardien et posa un plateau sur la table, à côté de moi : une soupe à l'oignon fumante ; du pain brun beurré ; deux morceaux d'oie grillée dégageant une délicieuse odeur d'ail ; des feuilles de laitue, des radis et de la menthe perlés d'humidité. La femme déplia une serviette et, murmurant une formule de politesse, l'étendit sur mes genoux crasseux. Elle me tendit un bol où flottait une fleur rose. Lorsque je me fus rincé les doigts, elle versa un liquide brun dans un pot d'argile, le posa sur la table, puis se plaça derrière moi, prête à me servir. Mais sur un geste d'Amonnakht, elle s'inclina de nouveau et nous quitta aussi silencieusement qu'elle était entrée. Je pris le pot et sentis ma gorge se serrer. « C'est de la bière, dis-je d'une voix rauque. Tu n'as pas oublié ma préférence pour la boisson de ma jeunesse.

– Je suis un excellent Gardien, répondit-il, imperturbable. Je n'oublie rien de ce qui peut faire plaisir aux concubines de Pharaon. Mange et bois, à présent. Tout a été goûté. » Cette phrase me rappela brutalement les dangers de cet endroit, où tous les luxes allaient de soi et où couvaient pourtant les passions les plus noires. Mon humeur changea. Les deux mains autour du pot de bière, je cherchai le regard d'Amonnakht.

« Pourquoi suis-je dans cette chambre plutôt que dans les cuisines, sur une paillasse misérable ? demandai-je. Le Prince t'a-t-il ordonné de me réserver cet accueil pour me rendre ma destination finale encore plus amère ?

– J'ai vu la liste des noms que tu as fait transmettre à Pharaon, lors de ta première arrestation, répondit-il, sans s'émouvoir. Sa Majesté m'a demandé à l'époque si j'en savais plus long à leur sujet, ou si j'avais entendu des rumeurs de complot. Il était affligé. Il t'avait condamnée à mort, mais un doute le taraudait encore. J'ai été obligé de lui dire que je ne savais rien de compromettant sur eux, mais en ajoutant qu'à mon avis, tu n'avais pas cité leur nom par simple méchanceté, ni sans fondement. Dans sa miséricorde, l'Unique a ajourné ton exécution afin de pouvoir enquêter sur tes accusations. Il a dit que, s'il se révélait après ta mort que tu avais dit vrai, la vie ne pourrait t'être rendue et qu'il aurait alors gravement péché contre Maât.

– Il a dit ça ?

– Oui, et c'est pour cette raison que tu as été exilée. Tu aurais dû être fouettée d'abord pour avoir tenté d'assassiner le Dieu bon, mais il s'y est opposé. Il était furieux contre toi, mais je crois aussi qu'il se sentait coupable parce qu'il t'avait aimée plus que toute autre et rejetée malgré tout. Il a chargé le Prince d'enquêter sur le Voyant et ses complices, mais aucune preuve de leur culpabilité n'a pu être établie.

– Évidemment ! m'emportai-je. Ils mentaient ! Tout le monde mentait, sauf moi !

– Belle indignation de la part d'une régicide ! commenta Amonnakht avec ironie. Le dossier a été classé, mais Pharaon ne s'est jamais entièrement départi de ses soupçons. Par précaution, il a rétrogradé Pabakamon au rang d'intendant et l'a nommé goûteur de la grande épouse Ast.» Je ne pus retenir un rire. Pabakamon m'avait toujours méprisée, me jugeant ignorante et rustre : j'étais contente d'apprendre que son arrogance avait essuyé ce camouflet.

«Suis-je ici parce que j'ai quitté mon lieu d'exil, Amonnakht ? demandai-je. Suis-je condamnée à être une servante du harem après avoir été celle d'Oupouaout ?» Un large sourire détendit peu à peu ses traits et, l'espace d'un instant, je vis un homme dont j'ignorais l'existence, un homme malicieux et plein d'humour.

«Non, femme impossible, répondit-il avec un petit rire. Car ce soir, un événement extraordinaire s'est produit. Trois hommes ont imploré le Prince de les recevoir alors qu'il s'apprêtait à se rendre dans la salle des banquets. Heureusement pour toi, il a accepté. Et il a alors entendu une histoire de tentatives d'assassinat et de complots inouïe dans ce palais, où les actes de violence et les crimes secrets sont pourtant nombreux.» Je posai mon pot de bière sur la table si brutalement que le liquide me coula sur les mains.

« Kamen ! Kamen a plaidé ma cause devant le Prince ! Où est-il, Amonnakht ?

– Non, Thu, dit le Gardien, en reprenant son sérieux. Ce n'est pas ton fils qui a captivé l'attention de l'Horus-dans-le-nid. Il s'agissait de Men, son père adoptif, de Nesiamon, le père de sa fiancée, et du scribe Kaha.

– Pourquoi n'était-il pas là ? demandai-je, tremblant d'appréhension. Quelque chose de terrible lui est arrivé, je le savais ! Paiis... » Amonnakht m'arrêta d'un geste.

« Paiis est assigné à résidence. On a trouvé Kamen enchaîné dans sa maison. Il est sain et sauf, mais je pense que sans la promptitude du Prince, la nuit lui aurait été fatale.

– Je ne comprends pas.

– Toutes les personnes que tu as mentionnées sur ta liste sont assignées à résidence, Thu, et ce jusqu'au retour du détachement parti chercher un cadavre dissimulé sous le sol de ta maison d'Assouat. S'il est bien là, justice te sera rendue. Il t'est permis de te déplacer librement à l'intérieur du harem. Le Prince te recevra dès le retour de ses hommes.

– Je veux voir mon fils !

– Kamen a été reconduit chez lui. Le Prince ne souhaite pas que tu quittes le harem pour le moment.

– Mais Hounro est ici, Amonnakht. Si elle apprend ma présence, elle essaiera de me nuire.

– Tu ne m'as pas écouté, protesta le gardien. Hounro figurait sur ta liste. Il lui est interdit de sortir de sa chambre, et un garde du harem surveille sa porte. » Partagée entre la joie et la stupéfaction, j'avais envie de me jeter au cou du gardien, mais naturellement, je n'en fis rien.

« On ne m'a donc pas arrêtée pour me châtier mais pour me protéger ! m'écriai-je. Les soldats trouveront ce cadavre, Amonnakht. Kamen et moi l'avons enterré de nos mains. Je meurs de faim, tout d'un coup !

– Tant mieux, dit-il, se levant d'un mouvement fluide. Mange et dors. Demain, à ton réveil, tu trouveras une servante devant ta porte. Si tu as besoin de quoi que ce soit, n'hésite pas à me le faire savoir.

– Ça ne sera pas Disenk, au moins ? demandai-je en plaisantant.

– Non, elle est désormais au service de dame Kaouit, la sœur du Voyant. A propos du Voyant, d'ailleurs...

– Oui ? fis-je, sentant les battements de mon cœur s'accélérer.

– Les soldats du Prince se sont rendus chez lui mais ne l'ont pas trouvé. Ils ont fouillé la maison et les jardins sans résultat. Son intendant ignore où il est allé. »

Houi avait donc pris mon avertissement au sérieux et agi sans perdre un instant. Quelle bêtise j'avais faite en allant le voir ! Allais-je être privée par ma faute de la vengeance dont je me promettais le plus de plaisir ? Où s'était-il enfui ?

« Il a des propriétés dans le Delta, dis-je avec lenteur. Et il est bien connu dans tous les temples d'Égypte.

– On le recherche activement, assura Amonnakht. Le harem est bien gardé, Thu. Tu n'as rien à craindre de lui. »

Non, mais je veux qu'il soit capturé, me dis-je. Je veux que les mains royales se referment enfin autour de son cou laiteux. Je veux le voir perdre sa maudite assurance. Je veux le voir souffrir.

« Comment va Pharaon ? demandai-je avec hésitation. Serais-je autorisée à le voir ? » Amonnakht me jeta un regard perçant.

« Il est très malade, répondit-il. Il quitte rarement son lit. Je crains qu'il ne soit mourant. Mais le Prince l'a informé de tout ce qui s'était passé.

– Il sait que je suis ici, alors ? Il demandera peut-être à me voir !

– J'en doute, Thu. Après tout, tu as bel et bien tenté de l'assassiner.

– Il a été heureux avec moi, murmurai-je. En dépit de tout le mal que nous nous sommes fait mutuellement, il s'en souviendra peut-être.

– Peut-être. Fais de beaux rêves, concubine. »

Quand il fut parti, je poussai un profond soupir de soulagement. Kamen était en sécurité, je n'avais plus rien à craindre, et Pharaon se souviendrait de son petit scorpion. Les dieux se montraient bons, en fin de compte. Ils me permettraient de tomber à genoux devant leur égal pour lui demander pardon du mal que je lui avais fait. Je vidai le pot de bière et m'attaquai à la soupe.

12

Avant de me glisser entre les draps immaculés, j'ôtai le fourreau sale de Houi et le jetai dehors. Puis je soufflai la lampe et m'étendis. Le silence familier d'une nuit de harem m'enveloppa, rendu plus rassurant encore par le murmure du jet d'eau, et je m'y abandonnai avec un soupir de bonheur. Un court instant, je pensai aux docks où j'avais dormi la veille, à mon attente anxieuse dans la taverne, à la bonté inattendue du capitaine, à Amonnakht, mais c'étaient surtout le visage et la voix du Roi qui m'obsédaient. Il n'était qu'à un jet de pierre, de l'autre côté du mur du harem. Pensait-il à moi ? Ou avais-je fini par avoir si peu d'importance à ses yeux qu'il se rappelait à peine mon nom ?

Et Houi ? Où s'était-il enfui ? Je ne pensais pas qu'il ait quitté l'Égypte. Il n'avouerait pas sa culpabilité de façon aussi flagrante. Il attendrait en sécurité de voir la tournure que prenaient les choses et, si cela s'arrangeait pour lui, il reviendrait avec une explication toute prête de son absence. Pour l'instant, je m'en moquais. Mon lit était moelleux, j'avais dans l'estomac le meilleur repas que j'aie fait en dix-sept ans, et mon fils était en sécurité dans la maison de son père. Je glissai avec délice dans le sommeil.

Un bruit de voix féminines me réveilla, et je mis quelque temps à comprendre où j'étais. J'entendis un enfant hurler de colère, puis les réprimandes d'un adulte. Il faisait encore sombre dans ma chambre, mais lorsque j'allai ouvrir la porte, encore engourdie de sommeil, la lumière du soleil m'aveugla. La matinée était déjà bien avancée. Devant moi, sur les vastes pelouses, des femmes bavardaient, assises ou étendues sous des abris de toile qui claquaient mollement dans la brise. Des servantes allaient et venaient. Des enfants bruns barbotaient dans le bassin ou poursuivaient des chiens, qui poussaient des aboiements frénétiques. Comme s'ils renouaient avec une vieille habitude, mes yeux se portèrent d'eux-mêmes vers un endroit précis de l'immense cour, mais il était inoccupé.

Une jeune fille qui attendait, assise près de la porte, se leva et me salua en souriant. « Bonjour, Thu, dit-elle. Je suis Isis, ta servante. As-tu passé une bonne nuit ?

– Merci, Isis, répondis-je en réprimant un bâillement. Il y a des années que je n'avais pas aussi bien dormi. Comme tu le vois, je n'ai rien à me mettre et j'ai grandement besoin d'un bain. As-tu l'autorisation de m'apporter tout ce que je désire ?

– Mais bien sûr ! Absolument tout. Tu es l'invitée du Prince. » Je m'abstins de remarquer que si cela avait effectivement été le cas, je n'aurais pas été enfermée dans le harem ; je ne voulais pas détruire le sentiment que cette enfant avait de son importance.

« Parfait ! m'exclamai-je. Alors, va me chercher un peignoir et demande aux serviteurs des bains de préparer l'eau chaude. Trouve-moi aussi un masseur et une maquilleuse. Tu me serviras à manger après le bain. As-tu des vêtements prêts pour moi ?

– Je vais te faire apporter un assortiment de robes, de sandales et de bijoux.

– Une chose, encore, dis-je, alors qu'elle s'éloignait déjà. Je ne vois pas la concubine Hatia à sa place accoutumée. Où est-elle ?

– Hatia ? répéta la jeune fille en fronçant les sourcils. Ah oui ! Elle est morte, il y a cinq ans. Je ne travaillais pas encore ici, à l'époque, mais il paraît que, du jour où elle est entrée dans le harem à celui où on l'a trouvée morte dans son lit, aucune femme ne l'a jamais entendue prononcer une parole. »

C'est vrai, pensai-je tristement. Sa servante, également muette, avait fait appel à mes talents de médecin, un soir, mais Hatia s'était tournée vers le mur lorsque j'avais franchi le seuil, et j'en avais gardé l'impression d'une profonde souffrance. Hatia, l'ivrogne. Je l'avais soupçonnée de m'espionner pour le compte de la grande épouse Ast-Amasareth en échange de quantités de vin illimitées. Je m'étais même demandé si ce n'était pas elle qui avait glissé une figue empoisonnée dans mon assiette, ce jour où la vigilance de Disenk m'avait sauvée de justesse. Mais, selon toute probabilité, elle englobait dans une même malveillance toutes les concubines belles et pleines de santé qui passaient devant elle. J'aurais dû mettre plus d'efforts à la soigner, à essayer de la faire parler, mais j'étais trop égoïste et trop occupée de mes propres affaires.

Après le départ d'Isis, je retournai m'étendre. Je ne pouvais plus être d'aucune aide à Hatia désormais, pas plus que je ne pouvais réparer les actes inconsidérés que j'avais commis pendant mon séjour parmi ces femmes à la fois privilégiées et recluses. Aujourd'hui encore, alors que je n'étais qu'à quelques pas de la chambre que j'avais partagée avec Hounro, je remerciais le ciel de ne pas vraiment être des leurs. Je n'avais guère changé. Je me connaissais simplement un peu mieux.

Mais une pensée me fit soudain frémir : j'appartenais toujours à Pharaon ; j'étais toujours une concubine royale. Je n'avais partagé la couche d'aucun homme depuis ce moment de folie dans le jardin de Houi, où nous nous étions aimés clandestinement. Ramsès avait le droit d'ordonner que je demeure dans le harem jusqu'à sa mort, et son fils pourrait ensuite me reléguer dans cet endroit abominable du Fayoum, où les vieilles concubines finissaient leurs jours. Un sentiment de panique me jeta sur mes pieds, faisant voler en éclats ma belle béatitude. Il fallait que le Roi me reçoive, et quand j'aurais imploré son pardon à genoux, quand j'aurais pleuré à son chevet, je lui demanderais de me libérer. Les étranges revirements du sort qui avaient marqué ma vie ne devaient pas s'achever dans l'ennui abrutissant et le désespoir auxquels était condamnée une concubine délaissée !

Je fus arrachée à ces pensées moroses par le retour d'Isis. Elle portait sur le bras un manteau de lin presque transparent qu'elle me posa sur les épaules. « On t'attend aux bains », dit-elle. Je chassai résolument mes appréhensions, décidée à profiter pleinement de l'occasion qui m'était offerte de retrouver un peu de ma jeunesse perdue.

Les serviteurs me lavèrent avec de l'eau parfumée et enduisirent d'huile de lotus mes cheveux abîmés. Ils m'épilèrent et hydratèrent ma peau desséchée. Ils poncèrent et pansèrent mes pauvres pieds maltraités, frottèrent mon visage et mes mains d'huile de ricin et de miel. Puis ils recommencèrent. Je me soumis à ces traitements avec la plus grande joie. C'étaient les plaisirs dont le souvenir avait nourri mes jours de labeur dans le temple d'Oupouaout, et ces nuits où je désespérais de jamais quitter mon exil d'Assouat. Ils marquaient ma renaissance à une vie faite d'autre chose que de travail et de sommeil et, quoi qu'il arrive, je ne croyais pas que mon destin me ramènerait jamais à Assouat.

Quand je regagnai ma chambre, les pieds bandés et chaussés de sandales, des picotements par tout le corps, les cheveux luisants, j'y trouvai la maquilleuse, qui avait déjà préparé ses pinceaux et ses flacons. Elle attendit poliment que je déjeune. Isis me servit avec la dextérité de l'expérience et, comme la veille, je retrouvai les manières que Disenk m'avaient inculquées pendant les premiers mois que j'avais passés chez Houi. Chaque bouchée était un régal, chaque goutte de lait une promesse.

Lorsque j'eus fini et qu'Isis eut débarrassé, la maquilleuse m'examina d'un œil professionnel, un doigt sous le menton. «Ne me flatte pas, déclarai-je d'un ton brusque. Ne me dis pas que j'ai des yeux d'un bleu saisissant ou une bouche bien dessinée. Je ne sais pas si l'on peut effacer les ravages du soleil et du temps, mais essaie, je t'en prie.» Elle esquissa un sourire. C'était une femme d'un certain âge, dont les cheveux grisonnaient déjà, et je ne fus pas surprise de l'entendre dire : «Je me souviens de toi, Thu, bien que mon visage te soit inconnu, naturellement. Lorsque tu habitais ici, j'étais au service de dame Ouerel. Tu avais la chance d'être maquillée par Disenk. C'est une artiste.» Et une petite peste snob qui m'a abandonnée comme les autres, ajoutai-je, à part moi.

«Tu as la peau terriblement brune, et j'ignore l'éclat que je parviendrai à redonner à ton teint, poursuivait la femme. Peut-être pourra-t-on faire beaucoup avec le temps. Vas-tu rester ici ?

– Plaise aux dieux que non ! répondis-je avec franchise. J'ignore d'ailleurs le délai dont tu disposeras. Mais fais de ton mieux.» Elle acquiesça et se pencha sur ses produits. Je fermai les yeux.

Elle travailla avec calme et méthode, et quand elle eut terminé, elle me tendit un miroir de cuivre. Je n'avais pas envie de me regarder. Depuis des années, j'évitais mon reflet dans le Nil ou dans les canaux d'irrigation qui longeaient les champs d'Assouat. J'avais même refusé de m'apercevoir dans l'eau de mon unique bol. Les villageois détournaient la tête sur mon passage, et j'avais fait de même. Ce n'était pas seulement de la vanité : je ne voulais pas lire ma condamnation dans mes propres yeux.

Je pris pourtant l'élégant miroir et l'élevai d'une main tremblante à la hauteur de mon visage. Elle avait argenté mes paupières au-dessus des lignes noires du khôl, et frotté mes joues de poussière d'or. Du henné rouge avivait l'éclat de mes lèvres, et ma chevelure noire luxuriante encadrait sagement mon visage. Je retins mon souffle, et la Thu que j'avais été, jeune et passionnée, se mit à rire doucement quelque part au fond de moi. «Je reviendrai tous les jours aussi longtemps que tu le souhaiteras, dit la maquilleuse. Veille à ce que l'on continue les applications de miel et d'huile de ricin. Un peu de myrrhe serait indiqué aussi pour hâter l'éclaircissement de ta peau. Frotte-lui les mains et les pieds d'huile tous les soirs, Isis, ajouta-t-elle à l'adresse de la servante. Et évite qu'elle ne s'en serve trop.» Elle s'inclina avec gravité devant moi et s'en fut.

Elle avait oublié son miroir. Je le tenais toujours à la main. Que verrait Pharaon ? me demandai-je. Une paysanne usée de trente-trois ans ou une jolie femme dans toute la gloire de la maturité ? Ô dieux ! Je jetai le miroir à Isis et bus mon premier verre de vin. «L'homme attend avec tes toilettes, déclara-t-elle. Il apporte également un parasol que le Gardien en personne t'envoie, en te recommandant de n'aller nulle part sans sa protection.» En dépit de ses affirmations, Amonnakht croyait donc lui aussi que Ramsès finirait par me faire appeler.

«Qu'il entre», dis-je.

L'homme fit ruisseler sur le lit des étoffes irisées. Les bijoux – colliers, bracelets, bagues, diadèmes délicats – étincelaient dans la lumière qui entrait par la porte ouverte. Or, argent, turquoise, jaspe, cornaline, pierres de lune… Même les sandales de cuir qu'il disposa soigneusement par paires sur le sol étaient piquées de joyaux. Je m'approchai de ces splendeurs avec respect, palpai des lins de la douzième catégorie, si fins que mes doigts encore calleux en sentaient à peine la texture. Isis et l'homme attendirent tandis que je prenais et reposais une merveille après l'autre, tâchant avec humilité de ne choisir qu'une robe, qu'une paire de sandales, dans cette profusion de richesses. Je me décidai finalement pour un fourreau jaune liséré d'argent et des sandales semées de sequins du même métal. Puis j'enfilai des bracelets en or ornés de scarabées de turquoises, et choisis un pectoral aux mailles également faites de scarabées. En dernier lieu, je posai un mince serre-tête, toujours en or, sur mon front. Il était gravé d'ankhs, dans lesquels je voyais le symbole de mon entrée dans une nouvelle vie. «Pas de bagues ? demanda Isis.

– Mes mains n'en sont pas encore dignes, répondis-je en les lui montrant. Elles sont épaisses et enflées. Demain, peut-être.» L'homme commença à rassembler les toilettes.

«Ce jaune est un bon choix, remarqua-t-il. Il te va très bien.» Je le remerciai, et il s'en alla avec ses trésors. Je me tournai alors vers Isis, me sentant un peu perdue.

«À quoi vais-je m'occuper, à présent ? dis-je, m'adressant plus à moi-même qu'à elle. J'aimerais voir mon fils, mais c'est impossible. C'est la seule chose qui manque à mon bonheur. Je me demande combien de temps il faudra aux soldats du Prince pour revenir d'Assouat.

– Je peux t'installer un abri sur l'herbe ou sous un arbre, proposa Isis, et faire une partie de zénet avec toi. Mais je te déconseille de te promener dans le harem. Il vaut mieux attendre que tes pieds soient un peu plus tendres. Je vais rapporter ces sandales de papyrus aux bains. » Je sus alors ce que j'avais vraiment envie de faire.

« Oui, je vais m'installer dehors, pas trop près des autres femmes, et tu m'enverras un scribe. J'ai des lettres à dicter. » Elle s'empressa d'exécuter les ordres de l'invitée du Prince, et je fus bientôt assise au milieu d'un amoncellement de coussins à l'ombre d'un large abri de lin blanc, face à la pelouse ensoleillée et verdoyante. Était-ce un effet de mon imagination ? J'avais l'impression que certaines femmes me dévisageaient en murmurant. Je ne pouvais espérer que toutes celles qui avaient assisté à ma disgrâce soient mortes, reléguées dans le Fayoum ou dans une autre partie du harem. Toutefois, aucune d'entre elles ne m'aborda, et quand le scribe s'inclina devant moi peu après, sa palette sous le bras, j'oubliai leurs regards curieux.

Je dictai une lettre à Men, le remerciant d'avoir pris ma défense et celle de Kamen. Il avait fait confiance au jeune homme, bien que son récit ait dû lui paraître fantastique, et j'admirais sa loyauté. Toujours par l'entremise du scribe, je remerciai également Nesiamon et sa fille des services qu'ils m'avaient rendus. Puis, après m'être désaltérée en buvant un peu de bière, je dictai une courte lettre à Kamen lui-même, lui disant que je me portais bien, que j'étais impatiente de le voir et attendais avec anxiété des nouvelles de notre sort. Par égard pour la femme qui l'avait élevé, je veillai à ne pas exprimer mon affection avec trop de force, ne voulant pas percer un cœur qui devait déjà saigner. Je savais exactement ce qu'elle ressentait. J'avais cru mon fils perdu dix-sept longues années, ignorant même s'il était vivant ou mort, aimé et en bonne santé ou malheureux et rejeté. Et tandis que je souffrais, elle l'avait regardé grandir, l'avait bercé et nourri, s'était émerveillée de tous les petits changements qui marquaient sa lente progression vers le jeune homme bon et intelligent que j'avais découvert. A présent, c'était à son tour de renoncer à lui. N'avais-je pas le droit, en effet, de le réclamer ? De jouir de son existence ? Je ne souhaitais pas faire souffrir Shesira, mais Kamen m'appartenait. Lorsque tout serait terminé, lui et moi quitterions Pi-Ramsès ensemble. J'ignorais où nous irions, mais maintenant que je l'avais trouvé, je n'avais pas l'intention de le reperdre. Il pouvait épouser Takhourou, s'il le voulait. Elle était belle, de noble naissance, et son caractère fougueux, si semblable au mien, me plaisait. Mais il lui faudrait vivre avec nous.

Pour finir, je dictai une longue lettre à mon frère chéri, en lui racontant tout ce qui s'était produit depuis je l'avais imploré de mentir pour moi, et en lui assurant qu'il ne m'avait pas prodigué son affection en vain pendant ces longues années d'exil. Le scribe écrivit sans émettre le moindre commentaire, ne s'arrêtant qu'à la fin pour me demander si je souhaitais signer de ma main les feuilles de papyrus. Je le fis. Il boucha alors son encrier, rangea ses calames et se leva. «Les lettres pour Pi-Ramsès seront remises aujourd'hui même, déclara-t-il. Mais celle d'Assouat ne partira pas avant qu'un héraut soit envoyé dans le Sud pour les affaires de l'empire. Demain, sans doute.

– Mais c'est merveilleusement rapide ! m'exclamai-je en riant. J'avais oublié à quel point le personnel du harem pouvait être efficace. Merci.» Il me jeta un regard indéchiffrable et sortit.

Pendant quelque temps, je suivis paresseusement des yeux le va-et-vient des femmes sur les pelouses. J'avais conscience de la caresse du lin sur ma peau, de la légère pression du serre-tête d'or sur mon front. Je n'avais plus aucune obligation pour le moment. Pas de corvée à exécuter dans le temple, pas de jardin à désherber, pas de héraut à aborder, le cœur battant et en dissimulant ma honte. Plus besoin de trembler, de me cacher, de lutter contre ces vagues de désespoir qui avaient si souvent menacé de m'engloutir. Tout en moi commençait à se détendre, à reprendre vie. Me renversant en arrière, je fixai le ciel mouvant de mon abri de lin et, peu à peu, mes paupières s'alourdirent. Je m'endormis et n'entendis pas Isis poser près de moi un plateau chargé de mets délicieux. Elle était toujours là lorsque je me réveillai, une heure plus tard, veillant sur le repas qui avait été officiellement goûté dans les cuisines et devait rester inviolé.

Pendant trois semaines, je menai une vie oisive et luxueuse, me levant quand cela me chantait, passant de longues heures aux bains, entre les mains du masseur et de la maquilleuse, et revêtant chaque jour les toilettes fastueuses de mon choix. Mon teint retrouva son éclat, mes mains et mes pieds commencèrent à s'adoucir, mes cheveux à perdre leur rudesse. Le miroir de cuivre me montrait de jour en jour un visage plus resplendissant de santé, et je n'évitais plus mon reflet.

Le mois de khoiak céda la place à celui de *tybi*, marqué par la commémoration du couronnement d'Horus et de notre Pharaon souffrant. Le harem se vida, car les femmes participaient aux festivités, auxquelles elles se rendaient en litière, vêtues de leurs plus beaux atours. Mais je ne fus pas invitée à me joindre à elles et m'en félicitai. On disait que le souverain avait repris des forces pour l'anniversaire de son couronnement et qu'il recevait en personne les hommages de ses ministres et les présents des délégations étrangères. Je l'imaginais assis sur le Trône d'Horus, coiffé de la Double Couronne et tenant entre ses mains puissantes la Crosse, le Fouet et le Cimeterre. La barbe pharaonique serait attachée à son menton carré, sa corpulence disparaîtrait sous la splendeur du drap d'or, mais il aurait les yeux bouffis de fièvre et de fatigue, quel que soit le talent déployé par son maquilleur – et je ne pensais pas que la reine Ast, qui se tiendrait assurément à ses côtés, telle une petite poupée délicate et raide, lui témoignerait beaucoup de compassion. Ses yeux à elle ne quitteraient pas son fils, le Prince héritier, viril et séduisant, respirant une vitalité que les invités ne pourraient s'empêcher de comparer à la faiblesse croissante de son père.

Je jugeais peut-être mal la reine, mais j'en doutais. Je me rappelais en effet une femme froide, distante, imbue de la pureté de son sang. Pauvre Ramsès, me dis-je en traversant la cour déserte pour me rendre aux bains. Je t'ai aimé autrefois, un sentiment où entraient de la pitié, un peu de respect et beaucoup d'irritation, mais je ne pense pas que tu aies jamais été aimé sans restriction, excepté peut-être par Amonnakht. C'est un état bien solitaire que celui de dieu.

Une fois pendant ces trois semaines, j'envoyai demander au Gardien s'il avait des nouvelles de Houi, car j'avais rêvé la nuit précédente qu'il s'était noyé et que, debout au bord du Nil, je contemplais son visage paisible léché par les eaux. Mais Amonnakht me fit répondre par l'un de ses intendants que, malgré des recherches actives, on ne l'avait pas trouvé.

Le même rêve revint pourtant me hanter à plusieurs reprises. Le présage aurait été bon et signe d'une longue vie, si c'était mon corps que j'avais vu flotter dans les eaux du Nil. Et voir Houi plonger dans le fleuve, aurait indiqué qu'il était lavé de tous ses péchés. Mais l'interprétation de ce rêve-là était malaisée. Annonçait-il mon triomphe final, ou quelque chose de plus terrible et de plus littéral ? La possibilité qu'il se soit suicidé m'effleura, me jetant dans une profonde agitation, mais je me calmai vite. Houi était incapable de se suicider. Il battrait en retraite, feindrait, manœuvrerait, ferait des compromis, mais jusqu'à l'ultime moment, il voudrait savoir ce que lui réservait l'avenir. Je finis par oublier les détails du rêve et par cesser d'y penser, l'attribuant avec raison aux bouleversements de mon existence et au fait que l'ombre de Houi rôdait toujours dans mes pensées.

Je reçus des lettres de Kamen et de mon frère Pa-ari, qui avait dû prendre le calame aussitôt qu'il avait lu ma missive. Il m'apprenait qu'il avait réussi à dissimuler mon absence près de deux semaines mais qu'un prêtre du temple avait alors insisté pour me voir, et que ma mère avait forcé sa porte, en exigeant de pouvoir me soigner. Cela m'étonna, car elle avait toujours condamné ma conduite avec virulence et, sans m'interdire de franchir son seuil, n'avait pas caché qu'elle ne désirait plus me voir. Pa-ari avait tenté en vain de les tenir à l'écart et été accusé de complicité dans mon évasion. On l'avait incarcéré dans la minuscule prison du village, mais seulement le temps que le maire demande l'avis du gouverneur du nome : il avait ensuite été libéré. On ne parlait plus que de moi dans le village. Il était ravi et soulagé d'apprendre que j'allais bien et avais retrouvé mon fils. Il s'attendait à être informé de son sort d'un jour à l'autre. Avec un soupir de soulagement je laissai le papyrus se réenrouler. Les hommes du Prince devaient avoir déterré le cadavre et pris le chemin du retour à l'heure qu'il était. Pa-ari ne serait pas inquiété davantage. Il retrouverait sa jolie femme, ses trois enfants et le travail de scribe qu'il aimait tant. C'était un poids de moins sur ma conscience.

J'étais dans le harem depuis deux semaines lorsque j'allai voir Hounro. Mes motifs étaient entièrement égoïstes et parfaitement indignes, mais ce fut plus fort que moi. Elle avait feint de se prendre d'amitié pour moi. Je brûlais encore d'humiliation en me souvenant du sentiment secret qu'elle avait eu de sa supériorité, de ses mensonges calculés, et j'avais envie de la mettre face à la réalité de ma victoire. Elle n'avait évidemment pas besoin qu'on lui rappelle sa situation, mais il m'était sans doute nécessaire de me rassurer sur la mienne.

Je demandai donc à Amonnakht l'autorisation de lui rendre visite. Un serviteur vint m'apprendre peu après que ma requête avait été transmise au Prince. J'attendis. La réponse me parvint avec une étonnante rapidité. Son Altesse me permettait d'aller voir Hounro, à condition que les deux gardes chargés de surveiller sa porte assistent à l'entrevue. C'était ce que j'avais espéré. J'avais bien connu le Prince Ramsès, et il n'avait apparemment guère changé. Imaginer cette rencontre entre accusatrice et accusée lui procurait sans doute un secret plaisir. Peut-être aussi pensait-il que j'avais le droit de regarder dans les yeux une femme qui m'avait méprisée, puis abandonnée sans regret. Je savais que toutes les paroles que nous échangerions lui seraient rapportées, mais je m'en moquais. Si cela l'amusait, tant mieux pour lui.

Je me décidai un matin où je me sentais reposée. Je choisis une robe bleu pâle qui mettait en valeur le bleu plus foncé de mes yeux, et des bijoux en argent. J'avais les cheveux dénoués mais couverts d'une résille en fils d'argent piquée de minuscules fleurs turquoise. Ils me tombaient aux épaules, lesquelles avaient désormais la couleur de l'or fin. J'aurais bien ordonné que l'on me teigne les paumes et la plante des pieds de henné, mais j'avais perdu mon titre depuis longtemps et, avec lui, le droit de porter cette marque de noblesse. Je savais que je ne ressemblais plus à la paysanne qui avait quitté Assouat dans la barque de Kamen, mais ma métamorphose était-elle assez complète pour impressionner Hounro ? Je l'espérais. Isis me parfuma d'essence de lotus. Je l'avais envoyée s'informer de l'endroit où était détenue mon ancienne ennemie, et ne fus pas étonnée d'apprendre que c'était dans le bâtiment des enfants. J'avais été reléguée là, moi aussi, lorsque j'avais perdu la faveur de Pharaon en devenant mère par inadvertance.

Je me mis en route, accompagnée d'Isis qui tenait le parasol. Tout le monde était désormais au courant de ma situation dans le harem, sans que je sache comment la nouvelle s'était répandue, et les femmes qui m'avaient observée avec une méfiance voisine de l'hostilité me saluaient désormais avec affabilité. Après avoir traversé la cour herbeuse, je suivis le petit couloir obscur menant à l'étroit passage qui séparait les quatre bâtiments du harem du palais lui-même, puis je tournai à gauche. Le bâtiment des enfants était le plus éloigné de l'entrée principale et, en y pénétrant, Isis et moi nous retrouvâmes plongées dans un tourbillon de bruit et d'activité.

À l'autre extrémité de la cour, deux hommes étaient postés devant une porte close. Parvenue devant eux, je m'arrêtai. Ils portaient les insignes de la division d'Horus, et non ceux des gardes du harem. L'un d'eux avait au bras les bracelets indiquant un capitaine. Ce fut à lui que je m'adressai. « Je suis Thu, l'invitée de Son Altesse, dis-je avec formalité. Je souhaite parler à la prisonnière.

– As-tu l'autorisation écrite du Gardien ou de Son Altesse ? » demanda-t-il. Je lui tendis le rouleau princier. Il le lut avec soin, puis fit mine de le passer à sa ceinture.

« Je souhaiterais le conserver, déclarai-je avec fermeté. Si cette visite avait des conséquences fâcheuses, c'est la preuve que Son Altesse l'avait autorisée.» La perfidie des personnages royaux m'était familière, et je n'avais pas l'intention de me fier à la seule bienveillance du Prince. Le capitaine haussa les sourcils mais, après une légère hésitation, il rendit le rouleau à Isis.

«J'ai davantage confiance en toi que tu ne te fies à notre Prince, remarqua-t-il d'un ton acide. Ta servante restera dehors. Tu sais déjà que mon subordonné et moi assisterons à l'entretien.» J'acquiesçai, et il dénoua la corde qui fermait la porte. Mon cœur se mit à battre à tout rompre, mais je me forçai au calme. La tête droite, j'entrai, suivie des deux hommes, et le capitaine referma derrière nous.

Un mince trait de lumière tombait d'une étroite fenêtre percée juste sous le plafond. Elle éclairait la pièce d'une lumière diffuse mais, aveuglée par l'éclat du soleil au-dehors, j'eus d'abord une impression d'obscurité. Une femme était assise en tailleur sur le sol, penchée sur un travail de couture. Je crus avoir affaire à Hounro en personne, mais elle se releva, un vêtement à la main, s'inclina devant moi, et je vis que ce n'était qu'une servante. Je ne lui accordai qu'un bref regard, car l'instant d'après, je perçus un mouvement, et Hounro sortit de la pénombre.

Elle avait changé. Pendant le court moment où nous nous dévisageâmes, je remarquai avec un mélange de satisfaction et de consternation que les lignes élancées de son corps de danseuse avaient perdu leur netteté et s'arrondissaient dangereusement. Sa bouche, autrefois rieuse et résolue, avait maintenant un pli maussade, et sa peau élastique et souple avait une couleur jaunâtre malsaine. Elle était encore belle, mais d'une beauté fade, sans cet éclat que je lui avait tant envié. «Les années ne nous ont pas épargnées, Hounro», déclarai-je enfin. Elle m'adressa un sourire froid.

«Tiens, tiens! dit-elle. Voilà donc Thu, la femme qui a accompli l'impossible et est revenue d'entre les morts. Si l'on m'avait prévenue que tu allais me faire cet honneur, j'aurais mis khôl et henné. Ton séjour dans la tombe n'a manifestement amélioré ni ton apparence, ni ton naturel. Malgré les soins que t'a prodigués ta maquilleuse, tu ressembles toujours à un cadavre desséché sous le fard. Quant à ton naturel, continua-t-elle d'un ton sarcastique, tu as toujours les manières d'une paysanne. Aucune femme de la noblesse ne s'avilirait à venir dans ma cellule se réjouir de mon malheur. Car tu n'es ici que pour cela, je suppose.

– C'est vrai, mais ce n'est pas la seule raison, répondis-je sans m'émouvoir. Après tout, aucun jugement n'a encore été prononcé,

Hounro. Je voulais surtout revoir la femme qui m'a menti, qui a trahi la confiance et l'amitié qu'elle feignait de m'accorder, et qui a fini par me montrer son mépris en me tournant le dos. Ce ne sont pas non plus là les qualités d'une vraie femme noble, je crois.» Son regard s'assombrit, et elle se lécha lentement la lèvre supérieure.

«Je ne m'abaisserai pas à des excuses, déclara-t-elle. Et tu ne réussiras pas non plus à me faire discuter du passé, pas en présence de ces hommes qui enregistrent chacune de nos paroles. Tu m'as vue. Va-t'en maintenant.»

J'hésitai, regrettant à présent cette visite, honteuse d'avoir désiré cette vengeance mesquine. Le fantôme perfide qui avait virevolté moqueusement dans mes rêves n'existait plus. J'avais devant moi une femme amère et vaincue, qui dissimulait sa peur sous une attitude de défi. Où était passée la danseuse insouciante que j'avais connue? «Que t'est-il arrivé, Hounro? demandai-je malgré moi. Pourquoi as-tu arrêté de danser?» Elle regarda son corps avec une expression involontaire et fugitive de dégoût.

«Parce que je me suis brutalement rendu compte que la danse ne me permettrait pas de quitter le harem, répondit-elle d'un ton morne. Ramsès a refusé de me rendre ma liberté, et voilà tout. Quand j'étais jeune, il me paraissait tellement plus merveilleux d'être la concubine de Pharaon que la femme d'un simple aristocrate, ajouta-t-elle en me regardant. Je ne voyais pas plus loin. Je ne savais pas.

– Moi non plus», murmurai-je. Et il m'apparut alors qu'en dépit de tout ce que j'avais enduré, j'avais eu plus de chance qu'elle. En dépit de mon crime, la liberté m'avait été rendue : Hounro n'échapperait pas aussi facilement aux conséquences de sa faute. «Pardonne-moi d'être venue, déclarai-je avec franchise. C'était cruel de ma part, même en sachant que tu as projeté ma mort, et que tu le ferais encore si tu en avais l'occasion.» Elle marcha sur moi, les poings fermés.

«Quelle magnanimité! gronda-t-elle d'un ton méprisant. Quelle bonté! Thu, victorieuse, accable de sa condescendance son ennemie vaincue. Garde ta pitié pour toi. Tu as raison. Ramsès aurait dû te laisser mourir. Je t'ai détestée dès l'instant où tu as franchi le seuil de ma porte, autrefois, et ça n'a pas changé. Va-t'en!» Elle pivota avec un peu de son ancienne grâce, traversa la colonne de lumière blanche tombant de la fenêtre et disparut dans un coin sombre de la pièce. Je me dirigeai docilement vers la porte, qu'un des soldats m'ouvrit.

Sur le seuil, je m'immobilisai un instant pour inspirer profondément l'air brûlant et offrir mon visage aux rayons du soleil. Isis se précipita, le parasol ouvert, et je sentis le capitaine me tirer doucement par le coude. Après l'avoir remercié d'un signe de tête, je traversai la cour, la gorge brusquement desséchée. Le simple fait de me mouvoir m'apportait un bonheur particulier, m'apparaissait comme un privilège. Je n'osai pas regarder en arrière.

Je passai la semaine suivante dans une brume d'indolence, honteuse par moments de ma visite à Hounro, et pénétrée à d'autres du sentiment de l'implacabilité de Maât. Justice serait faite, en dépit de leurs efforts à tous pour en pervertir le cours. Le grand équilibre cosmique auquel participaient la vérité, le jugement et le lien entre gouvernements céleste et terrestre serait rétabli en Égypte. J'avais purgé ma peine. Maât m'avait écrasée et recrachée, châtiée mais libre. A présent, elle broyait les conspirateurs, et la légère pitié que j'éprouvais pour Hounro ne s'étendait pas aux autres. J'espérais que le poids de Maât les anéantirait. Tous, à l'exception peut-être de Houi. Mes pensées me ramenaient toujours à lui, et je les chassais alors résolument pour me concentrer sur des choses bien concrètes : la nourriture, le vin ou les mains du masseur sur mes pieds. Tout dépendait désormais des serviteurs de Maât, notre Pharaon et son fils, et l'affaire serait jugée, classée dans les archives du temple, puis enfin oubliée.

Huit jours après ma visite à Hounro, alors que je revenais du bain et attendais dans une tenue négligée qu'Isis m'apporte à déjeuner, une haute silhouette s'encadra dans la porte et s'inclina devant moi. Amonnakht souriait. Poussant une exclamation, je saisis un manteau dont je m'enveloppai à la hâte, tremblant d'excitation. « C'est une bonne nouvelle, n'est-ce pas, Amonnakht ? Une bonne nouvelle. » Il inclina la tête, toujours souriant.

« Oui, déclara-t-il. Le Prince me charge de t'apprendre que l'on a trouvé un cadavre dans le sol de ta maison d'Assouat. Il était assez décharné. Il a été rapporté à Assouat et enfoui dans du sable pour éviter qu'il ne se dégrade davantage. Le médecin du palais, trois généraux et plusieurs officiers de différentes divisions l'ont examiné afin d'établir qu'il avait bien reçu les blessures décrites par Kamen et toi. » Il ménagea une pause, pour donner plus de poids à ses propos, et je vis que sous son calme apparent, le puissant Gardien de la Porte était aussi surexcité que moi.

« Eh bien ? demandai-je. Ne me fais pas languir, Amonnakht !

– Certains des officiers ont reconnu un mercenaire libou ayant appartenu il y a quelques années à la division d'Amon. Arrivé à la fin de son engagement, il ne l'a pas renouvelé. Son général pense qu'il est rentré dans sa tribu, après avoir fait savoir qu'il était prêt à louer ses services comme assassin. Paiis s'en est manifestement souvenu. Il semble que l'on va te pardonner d'avoir quitté ton lieu d'exil, Thu, et que Paiis et ses complices vont être jugés pour conspiration et complot contre un dieu.

– Puis-je quitter le harem, dans ce cas ? Puis-je aller voir mon fils ?

– Non. Tu auras à témoigner devant les juges, et Kamen aussi. Le Prince a ordonné que vous ne vous entreteniez pas de cette affaire avant le procès. Par ailleurs, tu es toujours une concubine royale, que cela te plaise ou non, et, en tant que telle, ta place est ici jusqu'à ce que Pharaon meure et que son héritier revoie les listes du harem. Il te sera peut-être agréable de savoir que les accusés sont tous dans l'enceinte du palais et incarcérés dans les cellules des casernes. Le général Paiis occupe celle où tu as été enfermée, il y a dix-sept ans, ajouta-t-il après un silence.

– Oh, merci, Oupouaout ! » murmurai-je, les yeux fermés, submergée par une vague de soulagement qui me donnait le vertige. Puis mon euphorie se dissipa, et je rouvris les yeux. « Tous les accusés ? demandai-je

– Non, répondit le gardien, redevenu grave. Le Voyant n'a pas été retrouvé. Les dieux seuls savent où il est. » Je le regardai, perplexe mais pas vraiment étonnée.

« Et maintenant, Amonnakht, que va-t-il se passer ?

– Tu dois attendre. On procède en ce moment à l'interrogatoire de tous les serviteurs des conjurés. Lorsque le Prince sera prêt, il convoquera les juges, les accusés et les plaignants.

– Mais je croyais que les accusés n'assistaient jamais à leur procès !

– Sa Majesté souhaite que l'on fasse une exception, répondit Amonnakht avec un haussement d'épaules. Ce sont des gens importants, Thu, et l'accusation est grave.

– Moi, je n'étais pas assez importante pour m'entendre condamner à mort, remarquai-je avec amertume.

– La sentence n'en a pas moins été juste et le châtiment mérité, répliqua-t-il en me jetant un regard désapprobateur. Tu ne devrais pas t'apitoyer sur ton sort, Thu, surtout aujourd'hui. Tu ne mûriras donc jamais ? Le Roi désire te voir...

– C'est vrai ? m'écriai-je. Oh, Amonnakht, j'ai espéré... prié...

Comment se porte-t-il ? Va-t-il assez bien pour me recevoir ? Que faudra-t-il que je mette ?

– À toi de choisir la tenue appropriée, répondit-il. J'ai à faire, à présent. Savoure ta victoire, Thu. La santé du Roi est précaire. Il reprend des forces un jour et s'alite le lendemain. Attends-toi à être convoqué sans avertissement. Voici Isis avec ton déjeuner. Je te laisse. » Ma servante apparut en effet sur le seuil et s'immobilisa en voyant mon visage.

« Le gardien t'a annoncé de bonnes nouvelles ? » demanda-t-elle. Serrant le manteau autour de moi, j'allai m'asseoir avec calme sur mon lit. Toute la portée de ce que m'avait dit Amonnakht m'apparut alors d'un coup. Ma tête se mit à tourner, mon cœur à battre follement et mes mains à trembler. « Oui, Isis, très bonnes, réussis-je à répondre en claquant des dents. Mais j'ai froid, brusquement. Je vais aller manger dehors, au soleil.

– Tu n'es pas malade, Thu ? demanda-t-elle, inquiète. Dois-je envoyer chercher un médecin ? » Tremblant toujours de la tête aux pieds, je tâchai de comprendre la violence de ma réaction. Dix-sept ans de tension et d'angoisse s'exprimaient enfin, et c'était un processus que je ne commandais pas.

« Non, cela va passer, répondis-je. Sors les coussins et l'abri de toile, Isis. Tout va bien. »

Mais Houi, pensai-je. Houi. Où que tu sois, quel que soit l'endroit où tu as trouvé refuge, tu es le chaînon manquant dans la série d'événements qui vont assurément conduire à ma réhabilitation. Si tu restes introuvable, je ne pourrai pas guérir entièrement des blessures que tu as infligées à l'enfant que j'étais. À moins que tu ne me demandes pardon en chair et os, comme je vais aller, moi, implorer celui de Pharaon, je ne serai jamais libérée du ver rongeur de la vengeance. Et c'est ce que je désire par-dessus tout. Je suis lasse de la colère et de l'amertume qui me dévorent le cœur.

13

Je fus appelée auprès de Pharaon trois jours plus tard. Une fois passée l'étrange crise qui m'avait secouée, j'avais passé cet intervalle de temps aussi paisiblement que possible, mais je dormais mal. En dépit de mes efforts, je ne cessais de penser à mon entretien avec Ramsès. Comment devrais-je me comporter ? Que faudrait-il que je dise ? Et lui, que dirait-il ? Je me sentais aussi peu sûre de moi à la perspective de cette rencontre si longtemps et si ardemment désirée que je l'avais été la première fois où Houi m'avait conduite devant le souverain. Mon agitation devint si grande que je demandai une infusion de pavot à l'un des médecins du harem. La drogue atténua mon anxiété, qui continua cependant à palpiter sourdement sous la somnolence provoquée par la potion.

Néanmoins, à l'instant précis où l'intendant royal revêtu de la livrée bleue et blanche se présenta à ma porte et m'ordonna d'avoir à paraître devant le Seigneur-de-toute-vie dans la soirée, tous mes doutes s'évanouirent. Je remerciai calmement le fonctionnaire et, dès qu'il fut parti, appelai Isis. Nous discutâmes de ma toilette et, ce point réglé, j'envoyai chercher un prêtre. Dans ma chambre close, il fit brûler de l'encens et, tandis que je me prosternais devant la petite statue d'Oupouaout que j'étais parvenue à me procurer dans les entrepôts du harem, il entonna des prières de louanges et de supplication. Je débordais de reconnaissance pour l'attention bienveillante que me témoignait mon dieu protecteur. Oui, pensai-je, le front contre la natte et les yeux fermés. J'ai toujours compté sur toi, Celui-qui-ouvre-les-voies, pour me tirer des situations insensées où je me mets, et tu me viens en aide parce que, depuis ma jeunesse, je n'ai jamais manqué de t'honorer et de te faire des sacrifices. Tu as permis mon châtiment, mais pas ma mort, et pour cela je te dois tout. Sois encore près de moi aujourd'hui. Et puisse Ramsès me pardonner et me rendre ma liberté, ajoutai-je, mais rapidement, en secret. Je m'excusai auprès du prêtre de n'avoir aucun objet personnel à offrir, ni à lui ni à Oupouaout, mais je lui promis de me rattraper dès que je serais propriétaire d'autre chose que de mon seul corps. Sans faire de commentaire, il sourit et me laissa. Debout sur le seuil, respirant la fumée grise odorante qui s'échappait de la chambre, je me dis que les prêtres d'Oupouaout n'avaient pas la cupidité des puissants serviteurs d'Amon.

Juste avant le crépuscule, je fis un repas léger, puis Isis m'habilla. Après mûre réflexion, j'avais choisi une robe blanche très simple, croisée sur les seins et serrée à la taille par une ceinture argentée. Je n'avais pas pour but de séduire Pharaon. Ce temps-là était depuis longtemps enfui. Il n'y aurait pas de jeux entre nous. Je lui parlerais avec toute la franchise et la sincérité possibles. La maquilleuse ombra mes paupières de bleu, entoura mes yeux de khôl et me rougit la bouche d'un peu de henné. Isis me coiffa, entrelaçant un ruban d'argent dans mes cheveux maintenant soyeux, puis y piquant un lotus émaillé de bleu et d'argent. De grands ankhs, également en argent, pendaient à mes oreilles, et je glissai à mon poignet un bracelet du même métal, sur lequel avait été soudé un ankh d'or. J'avais préféré l'essence de lotus à la sensualité lourde de la myrrhe, et Isis m'en parfuma le cou et les cheveux. Puis, assise sur le seuil, j'attendis que Rê descende lentement dans la bouche de Nout et que les ombres commencent à s'allonger sur l'herbe de la cour.

Dès que je vis l'intendant, je me levai et allai à sa rencontre. Nous gagnâmes l'étroit chemin qui courait d'un bout à l'autre du harem et, presque aussitôt, il s'arrêta devant le soldat qui gardait la porte étroite ménagée dans le mur quasiment uniforme du palais. Un instant plus tard, je foulai pour la première fois depuis dix-sept ans l'allée qui conduisait à la chambre à coucher royale. Elle aboutissait à une porte en cèdre massif à deux battants. D'un pas ferme, avec tout juste un frisson d'émotion, je m'avançai vers elle, en repoussant farouchement le flot de souvenirs qui menaçait de jeter la confusion dans mon esprit. L'intendant frappa. Un des battants s'ouvrit. L'homme s'inclina, me fit signe d'entrer et rebroussa chemin. J'étais seule. Prenant une profonde inspiration, je franchis le seuil.

Rien n'avait changé. C'était le même sol de lapis-lazuli, les mêmes grands supports en bois de cèdre, où brûlaient des lampes aux flammes dansantes qui faisaient étinceler les éclats de pyrite dans le bleu sombre des dalles. Des chaises en électrum et en argent voisinaient toujours avec des tables basses en ébène où scintillait l'or. Le fond de l'immense pièce était dans la pénombre, mais on discernait cependant la silhouette des serviteurs qui attendaient patiemment, alignés contre les murs. Le lit royal trônait toujours sur son estrade, mais la table de chevet disparaissait sous les pots de médicaments.

J'entendis la porter se refermer derrière moi avec un bruit sourd. Je me prosternai aussitôt, paumes et front contre le sol, et je sentis alors une odeur que je ne reconnus que trop bien. Une odeur à la fois fétide et douceâtre, qui me bouleversa. La mort rôdait dans cette chambre. Ramsès était vraiment à l'agonie. La réalité irréfutable de ce fait me frappa pour la première fois, et je faillis défaillir lorsqu'une voix sonore annonça : «La concubine Thu!» Il ne peut pas mourir, protestai-je muettement. Il est l'Égypte, il est un dieu; il est Maât depuis plus d'années que je n'en peux compter. Sa présence a plané sur tout, depuis la plus petite graine semée dans les champs de mon père jusqu'au déversement du Nil dans la Grande-Verte. Il a projeté son ombre sur chacun des jours de mon exil. Ramsès! Puis je retrouvai mon calme.

«C'est elle?» Sa voix, faible, mais si familière, me fit un choc. «Qu'elle se relève et approche.» J'ôtai alors mes sandales et montai sur l'estrade, comptant m'agenouiller de nouveau à côté de son lit. Mais quand je le vis, l'émotion me cloua sur place.

Il était adossé à d'innombrables coussins, son crâne rasé dissimulé comme il se devait par une coiffe en lin. Sa poitrine imposante soulevait avec irrégularité le drap qui le couvrait, et un bras nu reposait sur la masse énorme de son ventre. L'autre pendait mollement contre sa cuisse. À la lueur de la petite lampe posée sur la table de chevet, son visage m'apparut bouffi et luisant de sueur. Ses yeux marron, dont je me souvenais si bien, où brillaient toujours un humour sagace ou l'acier de l'autorité suprême, étaient maintenant voilés par la fièvre et l'épuisement. C'était moins un agonisant que j'avais devant moi qu'un homme usé. Il me dévisageait toutefois avec une parfaite lucidité et, au bout d'un moment, il leva une main. «Tes années d'exil ne t'ont pas enseigné de meilleures manières, Thu, observa-t-il d'un voix sifflante. Tu n'en as toujours fait qu'à ta tête.» Ses paroles m'arrachèrent à ma transe et, m'agenouillant, j'appuyai mes lèvres sur sa main froide.

«Pardonne-moi, Majesté. Tu as raison. Te voir ainsi m'a bouleversée. La tristesse, les souvenirs m'ont submergée, et j'ai oublié de te saluer. Tu permets ?» Je me relevai et, m'asseyant au bord de son lit, posai une main sur son front. Il était brûlant. «As-tu des médecins compétents, Majesté ? demandai-je.

– Compétents ou non, ils sont incapables de soigner mon mal, répondit-il avec un faible sourire. Ils s'agitent et jacassent, mais tous ont peur de me dire la vérité. De me dire que je suis vieux et mourant. J'avais toujours pensé que tu étais une femme courageuse, qui préférait risquer de me déplaire plutôt que me mentir, mais je me trompais, n'est-ce pas ?

– Pas entièrement, Majesté. Je ne t'ai pas menti en te parlant de la rapacité des Maisons d'Amon, mais je le faisais pour de mauvaises raisons. Je ne t'ai pas menti en disant t'aimer, mais mon amour n'était pas aussi profond que je le prétendais. Je n'ai pas menti quand j'ai voulu ta mort.» Ses yeux gonflés et chassieux cherchèrent les miens.

«C'est si loin, ma Thu, dit-il. Si loin et si peu important, désormais. Je ne suis pas mort. J'ai cru ne plus t'aimer après que tu eus donné le jour à mon fils, mais je me trompais. Je t'ai exilée et j'ai confié l'enfant à Men, mais tu as continué à hanter mes rêves, et c'est moi qui me suis senti coupable, au lieu de toi.

– Non, protestai-je aussitôt, les yeux brusquement mouillés de larmes. Car le remords est devenu le compagnon de toutes mes nuits, Ramsès, et j'ai attendu dix-sept ans de pouvoir implorer ton pardon. Me pardonnes-tu ce que je t'ai fait, Pharaon ? Je méritais la mort à laquelle tu m'avais condamnée.»

Il y eut un silence, puis il se mit à tousser. Cherchant à tâtons ma main, il l'étreignit, luttant pour reprendre son souffle. Des serviteurs sortirent de l'ombre, mais il les renvoya d'un geste. «Cela ira mieux demain, dit-il d'une voix haletante. Ce n'est pas la fin. Pas encore. J'ai un peu de temps devant moi.» Il lâcha ma main pour se redresser contre ses oreillers, mais ensuite il la reprit dans la sienne. «Je remarque que tu implores mon pardon et non ta grâce, murmura-t-il. Tu as changé. Mon petit scorpion m'aurait arraché sa grâce à force de cajoleries, mais la femme que tu es devenue, assez belle encore pour me troubler si je pouvais l'être, ne me demande rien de plus qu'un mot. Ton exil t'a peut-être beaucoup appris, en fin de compte, car je ne lis aucune duplicité sur ton visage.» Ses doigts se crispèrent sur les miens. «Je te pardonne. Je comprends. Je n'ai jamais oublié la liste de noms que tu as communiquée à mon fils et, tu vois, la roue tourne, Maât lève la tête, et ces noms deviennent des traîtres qui, en ce moment même, attendent mon jugement.» Un petit sourire rusé plissa son visage usé. «Tu as désiré mon fils, n'est-ce pas, Thu ? Tu pensais me le dissimuler, mais je savais.

– Oui, sire.

– As-tu couché avec lui ?

– Non, Majesté. Ni lui, ni moi n'aurions été capables de cette perfidie.

– Bien. Aimerais-tu que je lui ordonne de t'épouser ?»

Je le regardai avec attention, brusquement sur mes gardes. Tout malade qu'il était, il pouvait fort bien me soumettre à une sorte d'épreuve. À moins que, sentant la porte de la Salle du Jugement s'ouvrir et le vent de l'autre monde souffler sur sa joue, il ne souhaitât m'accorder une dernière faveur ? Il était également possible qu'il ait découvert d'une façon ou d'une autre que j'avais autrefois contraint le Prince à signer un document qui l'aurait obligé à me prendre pour femme à la mort de son père. Le Prince m'avait en effet demandé d'user de mon influence auprès de Pharaon pour le faire désigner comme héritier, à l'époque où mon étoile brillait haut et où Pharaon ne me refusait rien. Après mon arrestation, ce document avait disparu, subtilisé et sans doute détruit par le Prince, qui n'avait évidemment aucune envie de se voir associé à une meurtrière. Ramsès m'observait, avec dans le regard une vivacité qui me rappela douloureusement l'immense appétit de vivre qui caractérisait autrefois chacun de ses actes. Je secouai la tête.

«Non, merci, Ramsès, dis-je. Je ne désire plus ton fils, et je ne veux plus être reine d'Égypte.

– Tu mens en ce qui concerne le titre de reine, mais je te félicite : c'est la deuxième fois que tu refuses de mordre à l'hameçon. Oh, Thu, je ne m'étais pas rendu compte jusqu'à cet instant de la profondeur de la blessure que tu m'avais infligée. Non seulement je te pardonne, mais je te fais grâce. Je demanderai à Amonnakht d'établir le document d'émancipation qui te permettra de quitter le harem. Y a-t-il un homme que tu désires ?» Son ton était chargé de tristesse, et je sentis des larmes couler silencieusement sur mon visage. J'étais encore jeune. Je vivrais et connaîtrais le bonheur, si les dieux en décidaient ainsi, mais Ramsès était mourant et devait renoncer à tout ce qu'il avait aimé. Le lien étrange, compliqué, qui nous avait unis serait bientôt rompu, et il ne serait plus qu'un fantôme dont le souvenir s'effacerait peu à peu de ma mémoire.

«J'avais imaginé cette rencontre différemment, murmurai-je. J'ai rêvé pendant des années de l'instant où j'entrerais dans cette pièce et implorerais ton pardon. Et dans ce rêve, tu n'avais pas changé, et j'étais toujours la même enfant impétueuse et effrontée. J'imaginais aussi que tu viendrais un jour m'arracher à la boue d'Assouat pour me redonner une place dans ton lit, et me rendre mon titre et mes colifichets. Mais ça n'est pas ça du tout ! » De grands sanglots douloureux me secouèrent malgré moi. « Le passé est vraiment mort, n'est-ce pas, Pharaon ? Car tu es condamné, je suis désemparée au moment même où j'obtiens vengeance, et rien n'est plus pareil.

– Viens ici », souffla-t-il d'une voix rauque. Et je me pelotonnai sur le lit, la tête contre son épaule. « Je ne suis pas idiot, Thu. Reprends ta liberté. Emporte ce que tu veux du harem quand tu partiras. Je te ferai redonner ton titre. Ne suis-je pas un dieu, en effet, et les dieux ne nous comblent-ils pas de bienfaits, que nous le méritions ou non ? Je t'ai aimée, mais pas assez. Et tu m'as aimée, mais insuffisamment. Nous ne pouvons changer ce qui a été. Dans quelques jours, le procès que tu attends depuis si longtemps commencera. Assistes-y avec ton fils, la tête haute, et dénonce ceux qui t'ont utilisée sans scrupule. Puis, lorsque tout sera fini, pars où tu voudras et enterre le passé. Demande à Men la permission de séjourner dans son domaine du Fayoum, le temps de te reposer et de te remettre. Tu as la bénédiction du vieux dieu que je suis. » Sa voix s'éteignit et il poussa un soupir. L'oreille contre sa poitrine, j'entendais le sifflement de sa respiration. Sous l'odeur fétide de la maladie, pourtant, sa peau dégageait la faible senteur dont je me souvenais si bien. Rires et caresses, peur et exultation, vénération et trahison, tout me revint en mémoire par vagues successives, et je pleurai longuement. Puis, quand mes larmes se furent taries, je me relevai et regardai Pharaon. Il avait les yeux fermés, et je crus qu'il dormait.

« Tu es un homme bon, Ramsès, murmurai-je, en effleurant de mes lèvres sa bouche entrouverte. Un homme bon et un grand dieu. Je te remercie. Pense à moi lorsque tu monteras dans la Barque céleste. » Il ouvrit un œil.

« Qu'aurai-je d'autre à faire ? dit-il d'une voix ensommeillée. Va maintenant, dame Thu. Que la plante de tes pieds soit ferme. »

La distance me parut interminable, mais je finis par atteindre l'endroit où j'avais laissé mes sandales. Après les avoir remises, je me prosternai de nouveau. Les lampes clignotaient comme de minuscules étoiles, perdues dans la pièce immense. Les serviteurs, attentifs, ne troublaient pas le silence. Je refermai doucement la porte derrière moi.

Une fois déshabillée et lavée par Isis, je me couchai, sans espérer m'endormir. Mais je sombrai aussitôt dans un sommeil lourd, dont je me réveillai tard dans la matinée, le visage encore marqué par les pleurs. Un signe de vieillissement, me dis-je, en m'observant d'un œil critique dans le miroir. Lorsqu'on est jeune, on peut rire, pleurer pendant des heures, boire toute la nuit, et se lever le lendemain aussi fraîche et lisse que la journée, la semaine ou même l'année précédente. Je soupirai en me faisant cette réflexion, mais sans en éprouver d'angoisse. La veille encore, j'aurais été affolée à la vue de mes yeux gonflés, de ma peau irritée, mais aujourd'hui, c'était sans importance, une préoccupation dérisoire comparée à la lente agonie du Roi.

J'avais aimé deux hommes et en avais désiré un troisième. L'un d'eux avait nié la profondeur de son sentiment afin de pouvoir se servir de moi. L'autre avait aimé ma beauté virginale, puis m'avait rejetée. Et le Prince ? La veille, j'avais renoncé à toute possibilité d'être jamais possédée par cet homme grand et musclé, et je m'en moquais. Véritablement. J'avais été sincère avec Ramsès. En cet instant, j'étais aussi vieille que lui, aussi lasse que lui. Je ne désirais plus le pouvoir, que ce soit sur les hommes ou sur le royaume. Je voulais simplement que justice soit faite, pour pouvoir ensuite me réfugier dans un endroit tranquille, loin de Pi-Ramsès et d'Assouat, et y vivre retirée avec Kamen et Takhourou. La veille, Ramsès et moi avions enfin refermé les blessures restées ouvertes si longtemps, et j'en éprouvais les effets au plus profond de mon ka. C'était comme si la couleur avait surgi, là où le gris seul régnait en maître.

J'allai aux bains me faire masser, mais sans prendre la peine de faire appeler la maquilleuse. Je déjeunai, puis bavardai dans la cour avec d'autres femmes. La nouvelle des arrestations avait filtré, provoquant curiosité et interrogations, mais je ne soufflai mot de mon rôle dans l'affaire.

En fin d'après-midi, un héraut royal vint m'apporter un petit rouleau de papyrus. Pensant qu'il s'agissait d'un message de Kamen, je brisai le cachet sans le regarder et lus avec stupéfaction quelques lignes en caractères hiératiques, tracés de la main même du Roi. « Chère sœur, écrivait-il, j'ai demandé à Amonnakht de te donner toutes les babioles que tu pourrais souhaiter, et ai ordonné au Gardien des archives royales de retrouver et détruire le document te retirant ton titre. Lorsque tu quitteras le harem, mon trésorier te remettra cinq *debens* d'argent pour te permettre d'acquérir des terres ou autre chose. Tu trouveras peut-être un petit domaine dans le Fayoum. Sois heureuse. » C'était signé simplement « Ramsès ».

Je remerciai le héraut d'un signe de tête et entrai dans ma chambre, la gorge serrée. J'étais donc dame Thu, de nouveau. J'avais le droit de teindre de henné la paume de mes mains et la plante de mes pieds. Je pouvais aller chasser le canard au boomerang dans les marais, si cela me chantait. Cinq debens d'argent assureraient mon existence jusqu'à la fin de mes jours ou… Je tâchai d'avaler la boule qui m'obstruait la gorge et menaçait de me faire fondre une nouvelle fois en larmes. Ou ils me permettraient d'acheter une maison et des terres, de les mettre en culture et d'avoir un intendant et des ouvriers agricoles à mon service.

Ramsès avait mentionné le Fayoum à deux reprises. Il se souvenait donc de ce domaine qu'il m'avait offert autrefois, en m'appelant sa petite paysanne. Nous nous y étions rendus ensemble. La terre était inculte, la maison délabrée, mais il m'avait permis d'y dormir une nuit et, de retour au palais, je m'étais occupée d'engager des hommes pour la remettre en état. Comme je m'y étais attachée ! Je me disais que ses champs me nourriraient, que mes soins seraient récompensés par des récoltes abondantes et une sécurité sur laquelle le temps n'aurait pas de prise.

Mais j'en avais été dépossédée après ma disgrâce. Tout ce que j'avais cru mien m'avait été ôté et donné à d'autres. À qui appartenait ma maison, désormais ? Je l'ignorais. Mais Pharaon n'avait pas oublié le plaisir que m'avait fait son présent ; il s'était souvenu qu'en dépit du lin fin et de l'or que je portais, je gardais le cœur d'une paysanne, pour qui la terre était quelque chose de vivant. Et il avait agi aussitôt, avant d'être incapable d'exprimer ses volontés, avant… Je restai longtemps assise, le rouleau de papyrus sur les genoux, fixant sans le voir le mur de ma chambre.

Une semaine nous séparait encore du début du procès, et Amonnakht profita de ce laps de temps pour me conduire dans les immenses entrepôts du harem, où il ouvrit un coffre vide en m'invitant à le remplir des vêtements et des bijoux que je voudrais. Outre les robes, les bagues, les colliers et autres colifichets, je choisis aussi des huiles précieuses et du natron frais. Je trouvai une table de maquillage pourvue d'un couvercle à charnière, que je remplis de pots de khôl et de henné. Dans une petite pièce servant d'officine, je pris un mortier, un pilon et une sélection d'herbes et d'onguents comme je n'en avais plus vu depuis Houi. « Suis-je trop gourmande ? » demandai-je à Amonnakht, qui attendait avec patience. Je n'en avais pas l'impression. Je me sentais calme et détachée. Je me préparais un avenir, et Ramsès l'aurait compris ainsi.

« Non, dame Thu, répondit le Gardien. Et même si tu l'étais, cela n'aurait pas d'importance, car c'est la volonté du Roi. » Il m'avait donné mon titre, ce qui signifiait que la décision du Roi était désormais de notoriété publique. En ouvrant un petit sac, j'eus la surprise de le trouver rempli de feuilles de qat séchées. Je les ajoutai à mes autres acquisitions.

Mais la découverte qui me donna le plus vif plaisir fut celle d'une palette accompagnée de pinceaux neufs de diverses épaisseurs, d'une liasse de feuilles de papyrus, d'un racloir et de pots d'encre. Serrant ces trésors sur ma poitrine, je souris à Amonnakht. « Ferme le coffre et scelle-le pour moi, déclarai-je. Je l'enverrai chercher lorsque Kamen et moi nous serons installés quelque part. Mais je vais emporter la palette et le reste dans ma chambre. Je veux écrire au Roi. » Il s'inclina en silence, et je le quittai pour regagner d'un pas rapide le bâtiment où je logeais. Je n'avais rien écrit de ma main depuis que j'avais achevé le récit de ma vie à Assouat, et j'avais hâte de sentir la forme familière du pinceau entre mes doigts, le contact de la palette sur mes genoux. Je ferais honneur à ces instruments en exprimant ma gratitude au Roi.

On me prévint la veille du procès, et j'étais donc prête lorsque deux soldats vinrent me chercher de bon matin et m'escortèrent jusqu'au palais. J'étais vêtue de lin bleu, avais les mains et les pieds fièrement teints de henné, et portais enfin des bagues, car mes mains s'étaient affinées et adoucies grâce aux soins quotidiens d'Isis.

Nous quittâmes le harem par la porte principale et rejoignîmes l'allée pavée conduisant aux colonnes imposantes qui flanquaient l'entrée publique du palais. Je me rendis compte brusquement que les pelouses s'étendant entre le débarcadère et l'imposant mur d'enceinte étaient couvertes de monde. Un murmure s'éleva lorsque j'apparus, et des gens s'avancèrent vers moi. Aussitôt, d'autres soldats vinrent m'entourer et repoussèrent la foule sans douceur. Je poursuivis mon chemin, la tête haute, et entendis mon nom prononcé à plusieurs reprises. « Comment se fait-il qu'ils sachent, capitaine ? demandai-je à l'officier qui m'accompagnait.

– Le général Paiis est très populaire en ville, et son arrestation n'est pas passée inaperçue, répondit-il avec un haussement d'épaules. Le reste n'est que rumeurs et conjectures. Ils sont venus parce qu'ils ont senti l'odeur du sang. Ils ne savent pas celui de qui.

– Mère ! » appela alors une voix. Et à peine avais-je eu le temps d'apercevoir le visage tendu de Kamen qu'il me serrait contre sa poitrine. Je l'étreignis avec force tandis que son escorte et la mienne luttaient pour tenir la foule à distance. Quand il s'écarta en me souriant, je lui trouvai mauvaise mine. Il avait les yeux injectés de sang et cernés sous le khôl. «La dernière fois que je t'ai vue, tu étais pieds nus et vêtue d'une robe grossière, dit-il. Je te reconnais à peine. Tu es superbe.

– Merci, Kamen. Mais tu as l'air mal en point.

– Oui, fit-il d'un ton bref. L'attente a été pénible.

– Il ne faut pas rester là, dame Thu, intervint le capitaine d'un ton pressant. Je ne voudrais pas avoir à user de violence contre ces gens.

– Dame Thu ? répéta Kamen, en haussant les sourcils.

– Je me suis réconciliée avec ton père, et il m'a rendu mon titre», répondis-je en hochant la tête.

Je saluai rapidement Nesiamon et Men, qui s'avançaient derrière lui, puis me dirigeai avec eux vers les colonnes.

«Depuis que nous nous sommes quittés, Takhourou prie tous les jours que justice te soit rendue, dit Kamen. Elle t'envoie tous ses vœux pour aujourd'hui.

– C'est très aimable de sa part», répondis-je plus sèchement que je n'en avais eu l'intention. Avec un rire amusé, il me passa un bras autour des épaules.

«Ta jalousie me flatte, mère !»

Il y avait d'autres soldats devant les colonnes, épée nue et lance pointée. Alors qu'ils s'écartaient pour nous laisser entrer, je dis à Kamen : «Aimerais-tu connaître le nom que les astrologues du palais t'avait choisi à ta naissance ?

– Dieux ! Je n'y avais jamais pensé, s'exclama-t-il. Mais évidemment, j'avais déjà un nom lorsqu'on nous a séparés. Pourquoi maintenant, mère ?» Nous avions dépassé les gardes et nous avancions dans l'ombre fraîche des colonnes. Le bruit de la foule s'estompa aussitôt.

«Parce que, lorsque le chef du protocole donnera le nom et les titres des accusés et des plaignants, il le prononcera en même temps que celui que tu portes aujourd'hui. Je ne voulais pas que ce soit de sa bouche que tu l'entendes pour la première fois.» Dans le court silence qui suivit, je le sentis se tendre, se préparant à ce que j'allais dire.

«Je t'écoute.

– Tu as été nommé Pentaourou, déclarai-je, gardant les yeux fixés sur les larges épaules du soldat qui me précédait.

– "Excellent scribe", grogna-t-il en se détendant. Un choix curieux pour un fils de Pharaon, et fort peu indiqué pour le soldat que je suis. Il ne me plaît pas. Je resterai Kamen.»

Nous étions devant les portes de la salle du Trône. D'ordinaire, elles demeuraient ouvertes pour laisser entrer le flot continu des ministres, des solliciteurs et des délégations, mais aujourd'hui, le capitaine dut aller frapper de son poing ganté contre un des battants. C'était manifestement là que se déroulerait le procès. Notre escorte désormais rangée derrière nous, nous entrâmes. Je n'aime pas ce nom, moi non plus, pensai-je, tandis que le bruit de nos sandales résonnait dans la pièce immense. Je ne l'ai jamais aimé. Kamen a raison de vouloir conserver un nom qui honore l'homme qui l'a élevé et qui l'aime. Je regrette cependant que Ramsès n'ait pas demandé à le voir, même s'il n'est qu'un bâtard parmi des dizaines d'autres. Comment ce tribunal va-t-il le traiter ? Avec le respect dû à un demi-frère du Prince héritier? Un intendant nous conduisit, Kamen, Men, Nesiamon et moi, à des sièges alignés le long du mur de droite. Les soldats se postèrent derrière nous.

Je vis Kamen parcourir des yeux la salle et ses splendeurs. Le sol mais aussi les murs étaient carrelés de lapis-lazuli – cette pierre sacrée que seuls les dieux avaient le droit de porter sur leur personne –, et l'on avait l'impression de se trouver au fond d'une eau d'un bleu profond traversée des rayons dorés qu'y jetaient les éclats de pyrite. Des socles en or aussi hauts que moi supportaient d'imposantes lampes d'albâtre, et des encensoirs suspendus à des chaînes, également en or, emplissaient l'air d'une fumée bleuâtre odorante. Des serviteurs parés eux-mêmes comme des dieux – pagne bleu et blanc frangé d'or et sandales ornées de pierres précieuses – étaient alignés à intervalles réguliers contre les murs, prêts à répondre au moindre appel.

À l'autre bout de la salle, face à l'entrée, deux trônes se dressaient sur une estrade immense. Ils reposaient sur des pattes de lion et, sur leur dossier d'or martelé, Aton, dont les rayons solaires donneurs de vie se terminaient par des mains, se tenait prêt à étreindre les êtres divins qui s'y assiéraient. L'un des sièges était évidemment le Trône d'Horus ; l'autre était destiné à la grande épouse royale Ast, et on en avait ajouté un troisième, plus petit. Le cœur du pouvoir de l'Égypte se trouvait là. C'était là, en effet, que l'Unique venait se faire révérer et fêter, là qu'il recevait les dignitaires étrangers et prononçait ses édits, et une atmosphère d'autorité impressionnante régnait dans cette salle aux dimensions déjà imposantes. Derrière les trônes, à gauche, une petite porte ouvrait sur un vestiaire de taille modeste. Je le savais pour être passée par là avec Houi, lors de ma première visite au palais, quand il m'avait présentée à Pharaon. Il me faudrait sans doute évoquer cette visite pendant le procès. Car j'étais là pour accuser le Voyant, après tout. Mais je préférais ne pas y penser pour l'instant.

La petite porte s'ouvrit, et un murmure salua l'entrée de dix hommes, qui franchirent l'estrade et s'assirent sur les fauteuils alignés devant elle. Je ne reconnus aucun d'eux. «Les juges, chuchota Nesiamon, en réponse à la question de Kamen. Des personnages éminents, tous, mais qui à mon avis ne seront pas tous impartiaux. Trois d'entre eux sont de sang étranger. Nous verrons.» Je les dévisageai ouvertement tandis qu'ils s'installaient et arrangeaient les plis de leur longue jupe en bavardant à voix basse. Leurs chuchotements résonnaient dans la pièce. La plupart étaient assez âgés, exception faite d'un jeune homme assez séduisant au regard pénétrant et au sourire facile.

Leur conversation tarit. Je vis que leurs regards se posaient sur moi. Ils savaient naturellement qui j'étais, puisqu'ils avaient lu et entendu tout ce qui concernait l'affaire, mais je ne pus rien déduire de leur expression. Un frisson d'appréhension me parcourut. Peut-être avaient-ils trouvé peu concluantes les preuves qui leur avaient été soumises. Peut-être avaient-ils jugé que des hommes aussi puissants et influents que Paiis et Houi ne pouvaient être coupables de trahison, que je mentais, et que je méritais la condamnation prononcée contre moi dix-sept ans auparavant. Mais Ramsès m'avait pardonné. Le Prince avait trouvé les faits suffisamment accablants pour justifier un nouveau procès. J'étais idiote de me laisser impressionner par le cadre et quelques visages solennels.

La petite porte s'ouvrit de nouveau et, cette fois, toute l'assistance se leva et s'inclina, bras tendus, car un héraut annonçait : «L'Horus-dans-le-nid, commandant de l'infanterie, commandant en chef de la division d'Horus, Son Altesse le Prince Ramsès, aimé d'Amon !» Et derrière lui, le Prince apparut, dans un uniforme de parade resplendissant. Flanqué de sa suite, il prit place sur le troisième siège de l'estrade, croisa les jambes et parcourut la salle du regard. «Vous pouvez vous rasseoir», déclara le héraut, qui se posta près de Ramsès. J'observai alors l'homme qui avait autrefois enflammé mon désir.

Il avait une vingtaine d'années lorsque, en le voyant pour la première fois dans la chambre à coucher de son père, je l'avais pris pour Pharaon en personne. Avec son corps parfait de soldat, la grâce de ses mouvements, ses traits réguliers dominés par des yeux marron perçants, il correspondait en tout point à l'image idéale que le jeune fille que j'étais se faisait du dieu de l'Égypte. Mais il n'était alors qu'un prince parmi d'autres, pas même l'aîné, et deux de ses frères lui disputaient la faveur de son père. L'homme que Houi m'avait amenée voir, le souverain qui disposait véritablement du pouvoir, m'avait amèrement déçue. Gros, lascif et plein de bonhomie : c'était la première impression qu'il m'avait faite, et il avait fallu longtemps pour que je perçoive l'intelligence et la clairvoyance d'un dieu sous la consternante banalité de son corps et de sa personnalité. Le Prince Ramsès, lui, passait alors une grande partie de son temps seul dans le désert, à chasser ou à communier avec le Pays rouge. Il cultivait une image de bonté et d'impartialité, mais j'avais découvert qu'il dissimulait sous ce masque une ambition aussi grande que la mienne. Il n'avait pas davantage hésité à se servir de moi pour obtenir la faveur de Pharaon que Houi pour obtenir sa mort, et ma déception avait été grande.

En l'observant à présent, je remarquai les premiers signes de vieillissement. Bien qu'il s'entraînât manifestement de façon régulière et que son corps eût conservé sa fermeté, sa taille s'était épaissie et son visage avait un peu perdu ces lignes pures qui attiraient si irrésistiblement le regard. Sa chair s'amollissait légèrement audessus des bracelets de commandement qui enserraient ses bras, et lorsqu'il se pencha vers le héraut pour lui dire un mot, un soupçon de pli se dessina sous son menton. Il n'en demeurait pas moins un spécimen presque parfait de beauté virile, auquel je n'étais pas insensible, même si sa vue n'accélérait plus les battements de mon cœur. Il dut sentir mon regard insistant, car il tourna la tête dans ma direction et nos yeux se rencontrèrent. Haussant un sourcil, il m'adressa un sourire, le salut d'un survivant à un autre, et je le lui rendis. Tout se passerait bien.

Le héraut s'était levé et, à son signal, la grande porte fut ouverte. Des soldats entrèrent d'un pas martial, suivis des prisonniers. Je m'étais dit qu'ils seraient peut-être enchaînés, mais ce n'était pas le cas, un privilège qu'ils devaient sans doute à leur rang élevé. La porte se referma derrière eux avec un sinistre bruit sourd. On les conduisit aux tabourets alignés contre le mur qui nous faisait face et, sur les instructions du héraut, ils s'assirent.

Je les avais donc enfin devant moi, mes anciens amis, mes vieux ennemis, vêtus non pas de pagnes ordinaires souillés de sueur et de poussière, mais de tenues somptueuses. Tous étaient maquillés et parés de bijoux. Paiis arborait ses insignes de général. J'eus un instant d'indignation, car lorsque j'avais été arrêtée et enfermée dans la cellule dont Paiis venait de sortir, on m'avait dépouillée de tout. Les juges étaient venus me voir, et j'avais été contrainte de les affronter sale et à peine vêtue. N'oublie pas que tu n'étais qu'une concubine, me dis-je. De surcroît, aucun d'eux n'était encore condamné. Je les examinai avec détachement.

Paiis n'avait pas beaucoup changé. Il avait toujours son air salace. Maquillé à l'excès, il avait la bouche trop orange, les yeux cerclés d'un trait de khôl trop épais. À peine assis, il posa sur moi un regard à la fois dédaigneux et plein de défi destiné à m'intimider, mais qui me laissa de glace. Dire qu'il m'avait fait l'impression d'un personnage romanesque, autrefois ! Quelle innocente j'étais !

Mon attention se tourna vers Pabakamon. Le visage pâle, il regardait droit devant lui, les mains croisées sur les genoux. Toi, je te hais pour ton mépris et ton arrogance ! pensai-je avec violence. Je me réjouirai de ta chute. Tu n'as jamais manqué une occasion de me rappeler mes origines paysannes, même quand le majordome royal que tu étais a dû m'admettre dans la chambre à coucher de Pharaon ; et en dépit de ton désir de voir mourir Ramsès, tu as pris un plaisir pervers à ma condamnation. J'espère qu'on t'écorchera vif avant de t'exécuter !

Ma fureur se tempéra d'un peu de pitié et de honte lorsque je regardai Hounro. Elle était raide mais composée, le dos droit, ses pieds minuscules posés bien à plat. Elle donnait la main à l'homme assis à côté d'elle et, après un moment de perplexité, je compris qu'il s'agissait de son frère Banemus, le général qui avait passé la majeure partie de sa vie à commander les garnisons égyptiennes en Nubie. Sur son visage buriné, je retrouvai cet air ouvert et franc qui me l'avait rendu si sympathique lors de notre unique rencontre chez Houi. Je ne voulais pas sa mort. Sa culpabilité n'avait rien à voir avec celle de Houi ou de Paiis. Il avait été absent trop longtemps pour participer à leurs machinations. Quant aux autres, Mersoura, Panauk, Pentou, je les remarquai à peine. Ils m'étaient indifférents et je ne leur accordai pas une seule pensée.

Un silence chargé d'attente pesait sur la salle. Quelqu'un se racla la gorge. Des bracelets tintèrent. Puis la petite porte s'ouvrit pour la dernière fois de la matinée et, après s'être incliné profondément devant le Prince, un fonctionnaire se dirigea vers le centre de la salle. Il était vêtu d'une longue jupe bleue et blanche, et une large écharpe blanche barrait son torse. Son crâne rasé était exposé aux regards. Un scribe le suivait, portant une épaisse liasse de papyrus qu'il déposa sur la table pliante installée par un serviteur. Il s'assit ensuite en tailleur sur le sol.

Le fonctionnaire se tourna vers l'estrade et s'inclina de nouveau. Le Prince leva une main baguée. Mon cœur battit plus vite. « Au nom d'Amon, le Grand des Grands, le Roi des Dieux, et en vertu de l'autorité divine de Ramsès Ousermaâtrê, Meryamon, Heq-On, Seigneur de Tanis, Taureau puissant, Aimé de Maât, Stabilisateur du Double Pays, Seigneur des sanctuaires de Nekhbet et d'Ouadjit, Puissant des fêtes de Ta-Tenen, Horus d'Or, Puissant des ans, Protecteur de l'Égypte, Conquérant des terres étrangères, Vainqueur des Sati, Triomphateur des Libous, Bienfaiteur de l'Égypte, je déclare la séance ouverte, psalmodia-t-il. Je suis le chef du protocole. Ce procès sera présidé par Son Altesse le Prince Ramsès, l'Horus-dans-le-nid, sur l'ordre de Pharaon qui a dicté la déclaration suivante. »

À ses pieds, sa palette sur les genoux, le scribe ouvrit son encrier et choisit un pinceau. Il attendit. Le chef du protocole prit une feuille de papyrus sur la table et lut de la même voix sonore : « Moi, Ramsès Ousermaâtrê, aimé de Maât et défenseur de la plume de justice, j'engage les juges à se prononcer en toute impartialité, quel que soit le rang des hommes comparaissant devant ce tribunal. Qu'ils soient assurés de la culpabilité des accusés avant de les condamner. Mais qu'ils se rappellent que la responsabilité de leurs actes leur incombe tandis que je suis privilégié et protégé jusqu'à l'éternité, étant au nombre des rois justifiés qui se tiennent en présence d'Amon-Rê, le Roi des Dieux, et d'Osiris, le Régent de l'Éternité. »

Quelle étrange déclaration, me dis-je. De quoi donc Ramsès cherche-t-il à se justifier ? D'avoir commis une erreur de jugement en nommant ces hommes à des fonctions élevées ? De s'être contenté d'une surveillance lâche alors qu'une enquête plus poussée aurait permis de me libérer plus tôt de mon exil ? C'étaient des paroles d'excuse qu'aucun dieu n'aurait employées, et elles me troublaient. « Si toutefois ils étaient reconnus coupables des crimes dont ils sont accusés, je désire qu'ils ne soient pas exécutés mais périssent de leur propre main. »

Je savais que c'était la condamnation habituelle pour les membres de la noblesse, mais je ne pus m'empêcher de me demander si Ramsès ne satisfaisait pas une rancune très peu divine en leur ordonnant de se suicider. Quoiqu'il ait été un grand guerrier dans sa jeunesse et qu'il eût vaincu les nombreuses tribus qui avaient tenté d'envahir l'Égypte, il n'était jamais parvenu à arracher aux mains avides des prêtres d'Amon le pouvoir qui aurait dû être le sien à l'intérieur des frontières. Bien qu'occupant le trône, il avait souvent été contraint de se soumettre à la volonté du grand prêtre d'Amon, plus riche et plus influent, et la tension de ces compromis incessants avait laissé des traces. Rares étaient les hommes à qui ils faisaient confiance, et en entreprenant si délibérément de mordre la main royale qui les avait nourris avec générosité, Paiis et ses complices s'en étaient pris à son point le plus sensible : l'ingratitude. Je jetai un coup d'œil à Paiis. Il balançait un pied en regardant les bijoux de sa sandale scintiller dans la lumière.

Le chef du protocole avait tendu la déclaration royale au scribe. À son signal, les juges se levèrent pour répondre à l'appel de leur nom. D'une voix forte, il nomma chacun d'eux, qui se rassit ensuite : «Baal-mahar, majordome royal.» Un des étrangers mentionnés par Nesiamon : Syrien, peut-être. «Yenini, majordome royal.» Un autre étranger, Libou cette fois. «Peloka, conseiller royal.» Là, il me fallut deviner les origines de l'homme. Un Lycien? «Pabesat, conseiller royal; May, scribe royal de la chancellerie; Hora, porte-étendard royal.» Ce dernier était le jeune homme aux yeux vifs. «Mentou-em-taoui, trésorier royal; Karo, flabellifère; Kedenden, conseiller royal; Pen-rennou, interprète royal.» Dix juges en tout. Le chef du protocole s'inclina ensuite devant le Prince, qui indiqua d'un signe de tête qu'il acceptait les dix hommes alignés devant lui.

Le héraut se leva. «Que les accusés s'agenouillent, psalmodia-t-il. Son Altesse va énoncer les chefs d'accusation.» Les prisonniers obéirent, Paiis avec nonchalance, Hounro gauchement et avec une détresse visible. Lorsque après avoir touché le sol de leur front, ils se redressèrent, Ramsès prit la parole. Il resta assis, jambes croisées, bras reposant avec abandon sur les accoudoirs de son siège.

«Le chef du protocole a la liste des chefs d'accusation officiels, et nous les connaissons tous, déclara-t-il. Je n'ai pas besoin de vous inculper individuellement. Vous comparaissez tous pour les mêmes crimes : vous être servis d'une jeune fille ignorante et sans jugement pour tenter d'assassiner le Roi, et avoir cherché à éliminer les preuves, humaines et matérielles, qui auraient risqué de vous faire traduire en justice. Vous êtes en Égypte, et non dans un quelconque pays barbare, et en Égypte, même Pharaon n'est pas au-dessus de la loi de Maât. Voir un sang aussi noble tomber aussi bas m'attriste.»

Mais il n'a pas l'air triste, me dis-je. Seulement soulagé. Il doit faire un exemple de Paiis et des autres, et un exemple assez frappant pour que dans les années à venir, lorsque lui-même occupera le Trône d'Horus, ses sujets se souviennent du prix de la trahison.

« Nous avons enregistré les dépositions de vos serviteurs, de vos familles et de vos amis, concluait le Prince. Les juges en ont eu connaissance, mais le chef du protocole va les lire à haute voix pour que les plaignants puissent relever d'éventuelles contradictions. » Il adressa un brusque signe de tête à l'homme, qui choisit une feuille de papyrus et prit une profonde inspiration.

« Déclaration d'une certaine Disenk, maquilleuse, attachée à la maison de dame Kaouit à Pi-Ramsès, et autrefois au service du Voyant Houi. » C'était la première fois que le nom de Houi était mentionné, et il s'agissait d'ailleurs du récit de la petite Disenk, snob et délicate, qui racontait comment elle m'avait appris à me conduire en femme de qualité et avait dormi devant ma porte pour mieux me surveiller. Mais Paiis attira tout à coup mon attention. Il était renversé sur sa chaise, les bras croisés, et il souriait. Cet homme sait quelque chose que nous ignorons, pensai-je soudain, parcourue d'un frisson. Il croit qu'il sera disculpé. Pour quelle raison ? Sait-il où se trouve Houi ? Nous réservent-ils une surprise ? À moins que Paiis ne se soit arrangé pour rejeter toute la faute sur son frère, puisqu'il semble que celui-ci soit hors d'atteinte et impossible à interroger ? Colère et appréhension commencèrent à m'envahir. Si Paiis était remis en liberté, qu'arriverait-il à Kamen et à moi ? Nous traquerait-il par pur esprit de vengeance ? J'en avais la conviction. Je tâchai en vain de me concentrer sur la déposition de Disenk.

Sa lecture dura longtemps, et l'atmosphère était devenue étouffante dans la salle quand le chef du protocole, la voix maintenant rauque, posa enfin la main sur la pile de feuillets en déclarant : « Voilà les termes de la déposition. Quelqu'un souhaite-t-il les contester ? » Un silence lourd, assoupi, lui répondit. Je n'avais pas écouté avec l'attention voulue. Mes pensées tournaient toujours autour du général, qui semblait percevoir mon malaise. Lorsque je coulai un regard vers lui, je m'aperçus qu'il me dévisageait avec insolence.

Le chef du protocole répéta sa question. Personne ne répondit. Le héraut se leva. « La séance reprendra dans deux heures, annonça-t-il. Prosternez-vous. » Déjà debout, le Prince se dirigeait vers la porte de derrière, accompagné de sa suite. Nous nous inclinâmes. Les juges s'étirèrent et commencèrent à bavarder entre eux. Le héraut s'avança vers nous. « On vous a préparé une collation dans les jardins, dit-il. Suivez-moi.

– Je préférerais un somme à un repas », remarqua Nesiamon, qui se mit ensuite à discuter avec Men. Je pris le bras de Kamen. Avant d'atteindre la grande porte du palais, nous tournâmes à gauche et entrâmes bientôt dans l'immense salle de banquet, sonore et plongée dans la pénombre à cette heure de la journée. Une faible odeur d'encens froid me parvint aux narines, puis nous franchîmes la colonnade qui tenait lieu de mur et nous retrouvâmes sous un soleil aveuglant.

Devant nous, au-delà de l'allée pavée conduisant au bureau privé de Pharaon et à ceux de ses ministres, s'étendait une vaste pelouse au centre de laquelle une fontaine coulait dans un bassin de pierre. À côté, sous un abri de toile, se dressait une table chargée de plats. Des domestiques se tenaient prêts à nous servir. Kamen alla examiner les mets, tandis que je m'asseyais sur les coussins disséminés dans l'herbe. Un serviteur s'approcha aussitôt pour me servir du vin. Un autre étendit une pièce de lin sur mes genoux et posa un plateau à mon côté.

Je regardai autour de moi. Nos gardes nous avaient suivis et formaient un cercle lâche sur la pelouse. Je sus aussitôt que c'était moins pour tenir les curieux à l'écart que pour veiller à ce que nous ne parlions à personne. Aux accusés ? Il s'agissait plus vraisemblablement d'éviter que nous ne soudoyions ou ne circonvenions les juges.

Kamen me rejoignit. « La déposition était intéressante, remarqua-t-il, après avoir bu une gorgée de vin. Comment les enquêteurs ont-ils convaincu les serviteurs de dire la vérité ? Tout correspond à ton propre récit, mère, et pourtant ils ont menti après ton arrestation.

– Leurs maîtres étaient alors en position de force, répondis-je en le regardant avec tendresse. Aucune preuve ne pouvait être retenue contre eux. La situation a changé aujourd'hui. As-tu remarqué l'attitude du général, Kamen ?

– Oui, fit-il d'un ton bref. Paiis possède une information que nous ignorons. Cela ne me plaît pas du tout. Et où peut bien se trouver le Voyant ? » J'avais perdu tout appétit. Je vidai mon gobelet d'un trait et le tendis au domestique.

« Non seulement il est absent, mais le Prince n'a pas mentionné son nom en énonçant les chefs d'accusation, déclarai-je. Même introuvable, il aurait dû être cité au nombre des accusés. Au fait, Kamen, sais-tu si Harshira a fait une déposition ?

– Il a disparu, lui aussi, tu ne le savais pas ? A mon avis, Houi et lui sont ensemble, dans un refuge sûr.

– Tu crois que Paiis est au courant ?

– C'est possible, répondit Kamen, en haussant les épaules. J'ai en revanche la curieuse conviction que le Prince, lui, sait.» Je le regardai avec horreur et lui agrippai le bras.

«Dieux du ciel, Kamen! Houi aurait-il conclu un accord secret avec la Double Couronne? Aurait-il sacrifié Paiis, Pabakamon et Hounro pour sauver sa vie? Ou même...» Mes doigts s'enfoncèrent dans sa chair. «Et s'il avait réussi à persuader le Prince de me condamner, moi aussi?

– Voyons, ne dis pas de bêtises! Pharaon t'a pardonné. Tu as purgé ta peine. Tu ne risques plus rien, désormais.» Je lâchai son bras et fixai sans la voir la pelouse écrasée de soleil. Je pense que tu te trompes, me dis-je. Houi peut me nuire, s'il en décide ainsi. Je le sais. Paiis est un gaffeur sans finesse comparé à Houi et à sa subtilité. Il a sûrement fait quelque chose. Mais quoi?

Sur l'insistance de Kamen, j'avalai quelques morceaux des plats délicieux préparés pour nous par les cuisines du palais, puis je m'étendis sur les coussins, où je regardai onduler le toit de lin blanc au-dessus de nos têtes. Men et Nesiamon discutaient d'exportation de faïences. Leur voix et le caractère terre à terre de leur conversation avaient quelque chose d'apaisant, mais j'étais tendue, remplie d'appréhension, prise dans un processus solennel et laborieux qui devait aller jusqu'à son terme et auquel je ne pouvais échapper.

«Dame Hounro n'est pas aussi belle que tu l'as décrite dans ton récit», remarqua Kamen. Il était allongé près de moi, appuyé sur un coude, la tête dans la paume de sa main. Il me souriait. «Je m'attendais à voir une femme aussi mince et souple qu'un roseau des marais, mais on la sent déjà au bord de la vieillesse. A-t-elle été malade?

– Seulement de déception et de regret, dis-je. Les années ne peuvent épargner une femme dont le cœur s'est desséché faute d'amour.» Il me jeta un regard pénétrant.

«À quel étrange amour dois-tu donc d'avoir conservé ta jeunesse, ô ma mère?» murmura-t-il. Je n'avais pas de réponse prête et fus dispensée d'en chercher une par le retour du héraut, qui venait nous ramener dans la salle du Trône.

Les accusés étaient déjà à leur place. Je ne savais pas si on leur avait ou non servi à manger. Les juges entraient et, derrière eux, six serviteurs portant un éventail. Ils se mirent aussitôt à nous rafraîchir en agitant sans bruit ces grandes plumes d'autruche blanches. Le chef du protocole et son scribe s'installèrent à leur tour. Les soldats fermèrent la porte et s'alignèrent le long des murs. Le Prince s'avança sur l'estrade, s'assit et nous regarda nous prosterner d'un air distrait. Son attention se fixa aussitôt sur Paiis. Son sourire avait quelque chose de suffisant, de désagréable. «Commence, dit-il au chef du protocole, qui se tourna vers moi.

– Dame Thu, veux-tu te lever et nous dire de quoi tu accuses les prisonniers.»

J'avais attendu ce moment. J'en avais rêvé pendant les longues et pénibles années de mon exil, alors qu'un chiffon à la main et les genoux rabotés par le sol, je frottais les dalles du temple d'Oupouaout. Parfois, dans le minuscule jardin que j'avais réussi à cultiver derrière ma cahute, je m'interrompais en plein travail à cause de la vivacité des images qui défilaient dans mon esprit : je me voyais entrer à pas de loup dans la chambre de Houi, le couteau levé; séduire Paiis, puis lui trancher la gorge pendant son sommeil; traîner par les cheveux une Hounro hurlante, qui cherchait à me griffer.

Mais après ces scènes inquiétantes, où je reconnaissais les germes de la folie et du désespoir, je m'imaginais, de façon plus raisonnable mais tout aussi improbable, debout devant Pharaon dans une pièce pleine de silhouettes indistinctes. Je lui racontais ma propre séduction, et le complot prémédité qui était à son origine. La réalité était moins dramatique, en fin de compte, mais mon heure avait néanmoins sonné. La vengeance était à portée de ma main. Je m'inclinai devant le Prince, puis, me tournant vers les juges, je commençai : «Mon père était un mercenaire…»

Je parlai longtemps, m'interrompant de temps à autre pour boire un peu d'eau, ou parce que l'émotion me serrait la gorge et menaçait de me submerger. Je cessai de voir la rangée d'hommes attentifs, le regard du Prince fixé sur moi, la silhouette vague du héraut à ma gauche. J'oubliai Kamen, assis près de moi. Peu à peu, mes mots prirent vie et les images me revinrent, nettes, précises, chargées de peur ou de joie, d'incertitude ou de surprise, de terreur ou de fierté. Une fois encore, je me tins dans le désert avec Pa-ari et criai ma frustration aux dieux. Une fois encore, j'entrai dans la cabine obscure de Houi, ruisselante, au bord de la panique. Je me rappelai ma première vision d'Harshira, debout sur le débarcadère de Hou, où il avait mis un terme à la bousculade et à la confusion du débarquement après le long voyage d'Assouat à Pi-Ramsès.

Je racontai aussi les côtés sombres : l'éducation reçue de Kaha, puis de Houi, et uniquement destinée à préparer mon entrée dans le harem, à profiter de mon ignorance d'enfant pour me prévenir contre le Roi et contre sa façon de gouverner l'Égypte, au point que je finirais par attenter à sa vie. Je ne m'épargnai pas mais ne dissimulai pas non plus les motifs des accusés qui m'avaient dressée comme un chien de chasse dans un unique but, sans m'accorder plus de considération qu'à un instrument utile.

Je ne pleurai qu'une fois. En décrivant comment j'avais obtenu l'arsenic de Houi, l'avais mélangé à l'huile de massage et en avais fait don à Hentmira, la jeune fille qui m'avait remplacée dans l'affection de Pharaon, je ne pus retenir des larmes de remords. Je les laissai couler. Cette expiation publique aussi faisait partie de ma punition, comme un dernier acte qui cicatriserait enfin mes blessures et me rendrait mon intégrité. J'avais su qu'Hentmira risquait de mourir. Mais je m'étais dit qu'elle avait son sort entre les mains, puisqu'elle pouvait décider de ne pas se servir de l'huile : un argument fallacieux qui me remplissait aujourd'hui de dégoût pour moi-même. À l'époque, la haine et la panique que j'éprouvais l'avaient emporté sur toute autre considération, mais pendant mes années d'exil, j'en étais venue à regretter profondément l'acte cruel qui avait privé une jeune fille de toute chance de voir ses espoirs et ses rêves se réaliser.

Je n'évoquai pas mon arrestation ni ma condamnation. Elles n'avaient pas grand-chose à voir avec mon crime. Le tribunal savait que tout le monde, depuis Houi jusqu'à son esclave le plus humble, avait menti et m'avait laissée aller seule à la mort. Je ne parlai pas non plus de mon accord secret avec le Prince : une couronne de reine si je vantais assidûment ses qualités à Pharaon. Cela ne regardait que nous, et le Prince ne s'en souvenait peut-être même plus. Lorsque je me rassis enfin, tremblante et épuisée, j'avais dévoilé toute l'étendue du complot contre le trône. Mon rôle était terminé.

Une autre interruption eut lieu et, comme la première fois, nous fûmes conduits dans les jardins. Je constatai avec effarement que le soleil était presque couché et rougissait l'eau du bassin. L'air était frais et parfumé des senteurs de fleurs invisibles. Je fus soudain prise d'une faim dévorante, et je mangeai et bus avec avidité. C'était presque fini. Demain, je pourrais commencer une nouvelle vie.

Lorsque nous retournâmes dans la salle du Trône, les immenses lampes étaient allumées, et les porte-éventail avaient disparu. Les juges paraissaient apathiques et las. Les accusés aussi semblaient fatigués. La journée avait été longue pour tout le monde. Seuls le Prince et le chef du protocole donnaient l'impression d'être dispos.

Ils échangèrent quelques mots, puis le fonctionnaire rejoignit sa table et s'adressa à mon fils : «Pentaourou, fils de Pharaon, alias Kamen, veux-tu te lever et nous dire de quoi tu accuses les prisonniers.»

Kamen s'inclina à son tour devant le Prince et parla d'une voix forte et claire. Je l'écoutai avec attention décrire notre première rencontre, quand, faisant relâche par hasard à Assouat avec son héraut, il avait accepté de prendre mon coffret en ignorant que j'étais sa mère. Sans hésitation, il déclara l'avoir remis au général Paiis, son supérieur, qui, peu après, lui avait ordonné de retourner à Assouat m'arrêter. Puis, toujours avec précision, il décrivit ses soupçons croissants concernant l'homme qui l'accompagnait, la tentative d'assassinat de celui-ci et la façon dont il l'avait tué et dont nous avions enterré son corps sous le sol de ma maison.

C'est mon fils, pensai-je avec fierté. Ce jeune homme droit et intelligent est la chair de ma chair. Qui aurait cru que les dieux m'accorderaient un pareil présent ? J'éprouvai un élan de reconnaissance pour Men qui, la tête baissée et les bras croisés, buvait lui aussi les paroles de Kamen. Shesira et lui avaient été de bons parents pour mon fils ; ils lui avaient donné une éducation sans doute préférable à celle qui aurait été la sienne si j'étais restée dans le harem avec lui. Kamen avait appris l'indépendance, la modestie et une autodiscipline dont je ne pouvais me targuer même à mon âge, et je savais que, si je l'avais élevé moi-même, jeune et égoïste comme je l'étais alors, j'aurais été incapable de lui inculquer ces qualités.

En fermant les yeux, je percevais quelque chose des intonations de son père dans sa voix, et j'avais déjà remarqué, comme tout le monde sans doute dans la salle, la ressemblance physique frappante entre le Prince et son demi-frère. Le sang d'un dieu courait dans les veines de Kamen. Si le Roi m'avait épousée, comme je l'avais supplié de le faire avec désespoir, prise de panique à l'idée d'être emprisonnée à jamais dans le harem, mon fils aurait eu droit aux richesses et au respect dont jouissait le Prince. Peut-être même aurait-il été nommé Horus-dans-le-nid, Prince héritier du royaume. Je repoussai avec fermeté cette idée en me gourmandant intérieurement. Tu es vraiment une femme ingrate et avide, Thu ! Cesseras-tu jamais de vouloir tout avoir ?

14

Après que Kamen se fut rassis, en m'adressant un sourire et en murmurant deux mots à son père adoptif, Nesiamon et Men lui-même se levèrent à leur tour et apportèrent leur témoignage. Il fut bref et, lorsqu'ils se turent, la tension se relâcha dans la pièce. Men bâilla et s'étira discrètement, tandis que les juges se mettaient à chuchoter entre eux. Mais cela ne dura pas longtemps. Le chef du protocole demanda le silence. «Les témoignages ont été entendus, déclara-t-il. Le moment du jugement est venu. Son Altesse va prendre la parole.» Ramsès se pencha en avant, le visage inexpressif.

«Lève-toi, Paiis», ordonna-t-il. Une expression perplexe passa sur le visage du général, un étonnement fugitif, puis il obéit. Le protocole d'un procès voulait qu'après la présentation des témoignages, les juges, qui en avaient eu connaissance avant l'audition, se lèvent l'un après l'autre pour rendre leur verdict. Le dignitaire présidant le procès prenait ensuite sa décision et prononçait la sentence. Ramsès désigna d'un geste de la main les hommes qui se trouvaient devant lui. «Regarde-les, général, dit-il. Que vois-tu?» Paiis s'éclaircit la gorge. Il se tenait comme un soldat, les jambes écartées et les mains derrière le dos.

«Je vois mes juges, Prince, répondit-il d'une voix rauque.

– Vraiment? répliqua Ramsès avec un sourire sinistre. Tu as bien de la chance, général. Malheureusement, tes yeux t'abusent. Veux-tu que je te les dessille? Je le ferai avec grand plaisir. À moins que tu ne préfères m'assurer que c'est moi qui ai des visions. Eh bien?» L'assistance ne donnait plus aucun signe de somnolence. Tout le monde était suspendu aux lèvres du Prince. Quant à moi, en pleine confusion, je regardai tout à tour le Prince, les juges, puis Paiis. Que se passait-il ? Le général avait maintenant les doigts crispés sur sa ceinture. Il était devenu très pâle, et une des ses paupières se contractait nerveusement.

« Parle donc, chien ! cria le Prince, en se levant brutalement. Explique-moi comment tu fais pour voir dix juges là où je ne parviens à en distinguer que quatre ! Dois-je nommer ces fantômes, ou vas-tu le faire ? » Paiis passa la langue sur ses lèvres desséchées. Le henné qui les couvrait s'était estompé, et elles étaient exsangues. Les juges, figés, semblaient dix poupées de bois.

« Je ne comprends pas, Altesse », dit enfin Paiis. Le Prince poussa une exclamation de dégoût.

« L'Égypte t'a inondé de ses bienfaits, déclara-t-il. Et en échange de sa confiance, tu as fait de ton mieux pour pervertir son cœur et la rendre impuissante. Maât ne peut survivre dans un pays sans justice, et la justice ne peut survivre dans un pays où l'on corrompt les juges. Ou les généraux. Tu es d'accord ? »

Des juges corrompus. « ... Pas tous impartiaux, à mon avis... », avait estimé Nesiamon. Ma perplexité commença à s'atténuer. Pas étonnant que Paiis ait eu l'air aussi sûr de lui. Jugé non coupable par six juges sur dix, il aurait été libéré. Mais comment le Prince Ramsès avait-il su ? Paiis gardait le silence. « J'aimerais ajouter un nouveau chef d'accusation aux deux autres, poursuivit Ramsès. Pendant le temps où il a été assigné à résidence, le général Paiis a secrètement invité chez lui deux des hommes choisis pour le juger. Il les a régalés, leur a offert de l'or en échange d'un verdict d'innocence. Ils ont accepté. Il s'est servi d'un autre juge, pris dans les rangs de l'armée, pour faire parvenir son invitation. Lève-toi, Hora. » Le jeune porte-étendard obéit, le visage solennel. Il se prosterna devant Ramsès. « Tu as encouru l'extrême colère du dieu en ne l'informant pas des intentions du général avant que les juges ne se rendent chez lui, reprit Ramsès d'une voix dure. Pour cela, tu es destitué de tes fonctions de porte-étendard et dégradé. Mais comme tu as eu la loyauté de dénoncer le stratagème méprisable du général au chef du protocole, aucun châtiment physique ne te sera infligé. Quitte cette pièce.

– J'ai mal agi, Prince, murmura le jeune homme en se levant. Je le regrette. Je te remercie d'une clémence que je ne mérite pas. » Il sortit de la salle à reculons et en le voyant passer près de moi, je me dis qu'on l'épargnait pour les mêmes raisons que moi : il avait trahi les traîtres. La porte s'ouvrit et se referma sur lui.

Je regardai Paiis. La tête haute, il fixait un point sur le mur, au-dessus de ma tête. Il savait assurément que sa tentative de corruption était à elle seule un crime grave et que, ajoutée aux autres chefs d'accusation, elle confirmait sa culpabilité et rendait sa condamnation inévitable. Mais son assurance ne l'avait abandonné qu'un instant, et il avait retrouvé son sang-froid d'une manière qui forçait l'admiration. Ramsès reprit la parole :

« Pabesat, juge et conseiller royal ; May, juge et scribe royal de la chancellerie, levez-vous ! Avez-vous quoi que ce soit à déclarer à ce tribunal ? » Les deux hommes tombèrent à genoux. Alors qu'il posait son front sur le sol, l'un d'eux, May, je pense, se mit à transpirer de peur au point d'en tremper son pagne long. Le lin mouillé plaqué contre ses fesses en laissa deviner les formes. Les deux hommes respiraient bruyamment.

« Grâce, Seigneur ! s'écria l'un d'eux. Nous avons été faibles. Le général est un homme puissant à la réputation jusqu'ici sans tache. Il nous a persuadés qu'il était la victime d'une femme jalouse et vindicative qui souhaitait sa perte.

– Mais vous avez lu les témoignages, objecta Ramsès avec froideur. Vous avez écouté le rapport des fonctionnaires qui ont examiné l'assassin engagé par ce général. Votre amour de l'or l'a emporté sur celui de la vérité. Vous ne valez guère mieux que l'homme qui vous a abusés. Parce que vous n'avez pas respecté les instructions que vous aviez reçues, j'ordonne que vous soyez emmenés sur-le-champ et que l'on vous coupe le nez et les oreilles. » Des soldats s'avancèrent.

« Non ! Non ! sanglota May, en se roulant par terre. Ce n'était pas notre faute ! Pitié, Prince ! » Mais Pabesat se leva en tremblant, les mains crispées sur les plis de son vêtement. Impassibles, les soldats les empoignèrent. Ils durent soulever et porter May, dont les gémissements résonnèrent dans la pièce jusqu'à ce que la porte se referme sur lui.

Ramsès se rassit et croisa les jambes. Bouleversée, je cherchai à tâtons la main de Kamen. Trois juges avaient été renvoyés, mais qu'en était-il des trois autres ? Le Prince prit un gobelet posé à côté de lui et but avec lenteur, d'un air songeur. Mettait-il de l'ordre dans ses pensées, ou prolongeait-il délibérément l'attente ? Je n'aurais su le dire. Lorsqu'il parla, ce fut avec le plus grand calme : « Baalmahar, Yenini, Peloka, quittez les sièges que nous n'êtes pas dignes d'occuper et allez rejoindre la racaille avec laquelle vous avez frayé. Ne protestez pas. Vous avez vu naître le complot contre le dieu, autrefois. Vous en avez discuté avec les autres accusés. Vous avez suggéré des méthodes. Le fait que vous n'ayez pas pris une part active à son exécution ne vous excuse pas. Pabakamon et le scribe Pentou faisaient l'aller-retour entre la maison du général, celle du Voyant et le palais. Ils vous tenaient informés. Je tremble à l'idée que vous pouviez tous approcher mon père et que sans la protection des autres dieux, qui l'aiment comme un des leurs, vous auriez peut-être réussi à pervertir le cours de l'histoire de ce pays et à déshonorer Maât. Par bonheur, vos serviteurs se sont révélés plus loyaux que vous. Lorsque on les a interrogés en leur assurant que cette fois des preuves corroboraient les affirmations de dame Thu, ils ont parlé. »

La mention de mon nom m'arracha à ma stupéfaction. Pendant toutes ces années, je m'étais imaginé connaître tous les conspirateurs, mais le réseau tissé par Houi et Paiis était apparemment plus étendu, comprenant même un conseiller royal. Le Prince est un homme rusé, pensai-je en frissonnant. Ce procès lui est très profitable. Il nettoie la maison qui lui appartiendra bientôt ; il s'assure de n'être entouré que de ministres loyaux lors de son accession au Trône d'Horus et, dans le même temps, il fait savoir à toute l'Égypte que l'on ne trahit pas impunément.

Pendant que je me livrais à ces réflexions, les trois hommes s'étaient levés et placés à côté de Paiis. Ils avaient l'air hébété, étonné même, et un court instant, j'eus pitié d'eux. Ils avaient vécu dans une confortable sécurité, ne sachant sans doute rien du nouveau danger qui les menaçait. Après tout, si le Prince ne se trompait pas, ils n'avaient participé que de très loin au complot, et Paiis n'avait pas dû prendre la peine de les informer. Se retrouver juges dans ce procès avait dû leur paraître une bonne plaisanterie et le moyen de libérer leurs complices. L'enquête du Prince avait été trop approfondie pour eux et bien plus rigoureuse que celle qu'aurait menée son père à sa place.

Ramsès adressa un signe de tête au chef du protocole. Il n'y aurait plus de coup de théâtre. Redressant les épaules, les mains à plat sur la pile de feuillets de papyrus, l'homme répéta : « Les témoignages ont été entendus. Le moment du jugement est venu. » Puis il se tourna vers les quatre juges restants. « Mentou-em-taoui, juge et trésorier, quel est ton verdict ?

– Tous coupables, répondit l'homme en se levant.

– Karo, juge et flabellifère, dit le chef du protocole. Quel est ton verdict ?

– Tous coupables », déclara Karo. Les deux autres juges rendirent le même jugement. Le scribe écrivait avec application.

Un lourd silence suivit. Le menton appuyé sur la paume de sa main, Ramsès regardait les accusés d'un air pensif. Eux aussi le fixaient, comme hypnotisés, me rappelant avec vivacité des lièvres paralysés par l'œil prédateur d'un cobra. « Ma tâche ne me plaît pas, dit-il enfin avec un soupir. Elle ne me plaît pas du tout. Vous avez été la jeune gloire de l'Égypte, mais aujourd'hui vous en êtes le rebut et je dois vous détruire comme les plantes vénéneuses que vous êtes. Puisse la plume de Maât vous juger moins sévèrement. » Hounro laissa échapper un hoquet. Elle étreignait le bras de son frère, le regard rivé sur le Prince.

« Je voudrais parler, Altesse, murmura-t-elle d'une voix étranglée. Puis-je parler, je t'en supplie ?

– Il est contre les règles du tribunal que les accusés s'expriment », répondit Ramsès d'un ton sec. Hounro se leva alors, bras tendus et paumes tournées vers le ciel, dans l'antique posture des suppliants.

« Quelques mots seulement, Horus-dans-le-nid, par pitié. Avant que la mort ne me réduise à jamais au silence.

– Sois brève, déclara Ramsès après un instant de réflexion.

– Je veux plaider la cause de mon frère Banemus, commença-t-elle, faisant sursauter l'homme assis à ses côtés. Il est vrai qu'au début, il a entendu Paiis prôner la trahison et que, par frustration, il l'a écouté. Il a accepté de fomenter la révolte contre l'administration de ton père parmi les troupes stationnées en Nubie, une fois le dieu mort, car il estimait, comme nous tous, que Maât n'était pas respectée sous son gouvernement. Mais ensuite, il a repris ses fonctions dans le Sud et n'a rien fait d'autre. Il refusait…

– Non, Hounro ! coupa Banemus avec colère. Je ne peux pas te laisser continuer. J'ai été jugé aussi coupable que toi ! Je n'accepterai pas de te devoir ma grâce !

– Si grâce il y a, c'est à moi que tu la devras, Banemus, jeta le Prince. Assieds-toi. Poursuis, Hounro. » Il était impossible de déterminer à son expression s'il était touché ou non par sa supplique.

« Lors de ses rares séjours à Pi-Ramsès, il refusait d'assister aux réunions où nous exposions nos griefs et peaufinions nos plans. » Elle vacilla, livide, et je craignis un instant qu'elle ne s'évanouisse. Mais elle se ressaisit et, très droite, regarda Ramsès d'un air provocant. « Il n'est coupable que d'un fugitif moment de folie. Il ne voulait rien savoir de la manière dont nous progressions vers notre but.

– Comment se fait-il alors que le regret d'avoir été même temporairement mêlé à ce complot ne l'ait pas poussé à montrer sa loyauté envers le Roi en révélant toute l'affaire au vizir ? demanda sèchement

Ramsès. Et il est faux qu'il ait refusé d'assister à toutes vos réunions. Dame Thu a écrit et assuré l'avoir rencontré chez le Voyant.

– Mais le complot n'a pas été mentionné, ce soir-là, dit Hounro. Thu n'en avait pas encore connaissance. Nous nous étions réunis pour décider de sa capacité à... à faire impression sur ton père. Banemus ne savait rien. Je le jure.

– Tais-toi, Hounro, dit Banemus en lui prenant le bras. Bien sûr que je savais. Je trouvais le complot absurde, condamné à échouer, mais je savais. Ne t'abaisse pas à mentir davantage. » Il la força à se rasseoir, et quand elle éclata en sanglots, la tête contre son épaule, il l'entoura de son bras.

Ramsès se leva, une main posée sur le poignard de cérémonie à sa ceinture, l'autre sur la hanche. « Baal-mahar, lève-toi », ordonna le chef du protocole. L'homme obéit.

« Reconnu coupable, tu es condamné à être conduit sur un lieu d'exécution et à avoir la tête tranchée », déclara le Prince. Et aussitôt, le chef du protocole clama : « Baal-mahar, tu as eu connaissance de ta peine ! » Le Prince se tourna vers Yenini, qui s'était déjà levé.

« Reconnu coupable, tu es condamné à être conduit sur un lieu d'exécution et à avoir la tête tranchée », répéta le Prince. Et le chef du protocole : « Yenini, tu as eu connaissance de ta peine ! » Les mêmes paroles terribles résonnèrent pour Peloka.

Mes oreilles bourdonnaient. C'était mon œuvre : j'avais apporté la mort à tous ces êtres. Peu importait désormais qu'ils soient ou non coupables. Leur complot avait finalement échoué. Le Roi était en vie. Et moi aussi. Quelle ironie ! Mais leur sang allait jaillir de leur cou, gicler sur les jambes du bourreau et tremper la terre devant la rangée de cellules dont je me souvenais si bien. Et tout cela parce que j'avais rencontré Kamen un soir, dans le temple d'Oupouaout. Je frissonnai. Toutes ces vies. C'était juste, mais leur sang ferait-il pencher le plateau de la balance en ma défaveur lorsque ce serait au tour de mon propre cœur d'être pesé dans la Salle du Jugement ?

J'étais très fatiguée. Les grandes lampes, alimentées par des serviteurs qui se glissaient sans bruit de l'une à l'autre, brûlaient avec régularité au centre des larges flaques de lumière jaune qu'elles répandaient. Sur le sol, les mouchetures de pyrite jetaient des éclairs dorés, puis s'éteignaient, au gré du vacillement des flammes. Le plafond de l'immense salle était invisible, et je ne distinguais que confusément les accusés, en face de moi, comme si la sentence avait déjà été exécutée et que je contemple leur fantôme blême de l'autre côté de l'abîme qui sépare les morts des vivants.

Mersoura, Panauk, Pentou et Pabakamon furent également condamnés à être décapités. Ils écoutèrent le Prince avec indifférence. On voyait que la réalité de ses paroles ne les avait pas encore atteints. Épuisés, ils rêvaient de repos, de nourriture. Leur corps ignorait tout de ces moments où il ne serait plus question d'appétit ni de sensation, et leur esprit était encore fermé à l'horreur de l'anéantissement qui les menaçait.

Le Prince semblait las, lui aussi. Les cernes s'étaient creusés sous ses yeux maquillés de khôl, et il avait les paupières un peu gonflées. Seul le chef du protocole ne donnait aucun signe de faiblesse. Il attendait patiemment les dernières déclarations.

« Général Paiis, lève-toi », déclara Ramsès. Il obéit d'un mouvement gracieux et se mit au garde-à-vous, un officier supérieur face à son chef suprême, séduisant et toujours plein de fierté. « Reconnu coupable, tu es condamné à être incarcéré et à mettre fin à tes jours de la manière de ton choix dans un délai de sept jours, conformément à la loi appliquée aux personnes de sang noble. Tes terres et tes domaines sont désormais *khato* ; tes récoltes, ton bétail et tes autres biens retourneront à la Double Couronne. Qu'on lui ôte sur-le-champ les insignes de son grade.

– Général Paiis, tu as eu connaissance de ta peine », dit le chef du protocole, lui donnant son titre pour la dernière fois. Un officier s'avança, mais Paiis se dépouilla lui-même de ses bracelets en or. Son visage s'empourpra un instant, mais le sang reflua aussi vite qu'il avait afflué, le laissant d'une blancheur de sel. Il ne se rassit pas.

« Dame Hounro, lève-toi. » La voix du Prince était rauque, mais sans doute plus de fatigue que d'émotion. Hounro obéit, en s'appuyant d'une main sur l'épaule de Banemus. Ses jambes tremblaient. « Reconnue coupable, tu es condamnée à être incarcérée et à mettre fin à tes jours de la manière de ton choix dans un délai de sept jours, conformément à la loi appliquée aux personnes de sang noble. Tes terres et tes domaines sont désormais khato ; tes récoltes, ton bétail et tous tes biens retourneront à la Double Couronne. Ton titre est caduc.

– Où est Houi ? s'écria Hounro d'une voix suraiguë, couvrant la voix ronronnante du chef du protocole. Pourquoi n'est-il pas condamné, lui aussi ? C'est injuste ! » Ramsès l'ignora.

« Général Banemus, lève-toi », ordonna-t-il. Banemus obéit et aida Hounro à se rasseoir avant de se tourner vers le Prince. Mais Ramsès ne prononça pas la sentence attendue. Il regarda l'accusé d'un air résigné. « Tu me poses un problème, général. Selon le droit de Maât, je devrais te condamner à mort comme les autres, mais tu es le général le plus capable d'Égypte et, bizarrement, le plus loyal. Tu as protesté à maintes reprises auprès de mon père contre l'absurdité qu'il y avait à stationner les meilleurs soldats d'Égypte là où ils étaient le moins utiles. Tu as servi avec intelligence et prévoyance en Nubie. Tu n'as jamais mis à exécution, que je sache, ta menace irréfléchie de pousser les soldats égyptiens à la rébellion, une menace due sans doute à ton extrême frustration. Tu n'as pas dénoncé le complot alors que tu en avais connaissance, et ce silence t'accable. Mais la même chose vaut pour les serviteurs des accusés, et je leur ai pardonné leur loyauté mal placée en raison de la bassesse de leur extraction. Voici donc ce que j'ordonne : tes insignes de général te seront ôtés et tu seras rétrogradé au rang de simple soldat d'infanterie. Tu perdras également ton titre. Tu serviras dans la division où je t'affecterai. Tes biens seront placés sous la tutelle de la Double Couronne jusqu'à ce que tu aies regagné la position privilégiée dont tu jouissais jusqu'à présent. J'ai dit.

– Je ne mérite pas pareille générosité, Prince ! protesta Banemus, abasourdi. Si toutefois, dans ton infinie miséricorde, tu daignes me laisser la vie, alors je t'en prie, étends-la aussi à ma sœur. Elle… » Il n'alla pas plus loin.

« J'ai dit ! tonna Ramsès, en s'avançant au bord de l'estrade. Hounro mourra ! Je suis l'Horus-dans-le-nid, héritier du dieu, mon père ! Ma voix est celle de Maât ! Qu'on lui ôte ses bracelets et qu'on emmène les condamnés. Je suis las de leur vue. »

Banemus retirait les insignes de son grade quand Hounro se jeta dans ses bras en hurlant des paroles inintelligibles. Il tenta de l'apaiser, mais elle était hors d'elle, inaccessible à tout raisonnement. Un capitaine lança un ordre bref, et deux soldats l'arrachèrent à son frère. Elle se débattit comme une démente lorsqu'on l'entraîna hors de la pièce.

« Je n'ai pas vécu ! Je n'ai pas vécu ! criait-elle. Sauve-moi, Banemus ! » Il la suivit du regard, les bras ballants, puis sur un geste de Paiis, qui passait avec ses gardes, il se détourna et s'éloigna d'un pas mal assuré. Quand la porte se fut refermée derrière eux, l'atmosphère étouffante de la salle sembla s'alléger.

« Ce procès est terminé, déclara le héraut. Rendez hommage au Prince. » Nous nous prosternâmes. Le Prince se dirigea vers la porte du fond, mais parvenu sur son seuil, il s'arrêta et se retourna.

« Men, je souhaite te voir sur-le-champ dans mes appartements, dit-il. Quant à toi, dame Thu, tu dois retourner dans ta chambre du harem, ce soir. Je te convoquerai demain matin. »

Qu'est-ce qui m'attend encore ? me demandai-je avec résignation. J'avais espéré m'esquiver avec Kamen, demander à son père de m'héberger chez lui jusqu'à ce que mon avenir m'apparaisse plus clairement. J'étais impatiente de quitter cet endroit pour ne plus jamais y revenir. Le désespoir de Hounro m'avait déchirée, me remettant en mémoire ce jour où les juges étaient venus dans ma prison m'apprendre que j'étais condamnée à y mourir de faim et de soif. Moi aussi, j'avais alors perdu tout sang-froid. J'avais hurlé et pleuré tandis que les serviteurs vidaient entièrement ma cellule, m'arrachant même ma robe. J'étais descendue dans cet abîme que Hounro avait vu béant devant elle, mais à l'instant où la mort se refermait sur moi, j'avais été rappelée à la vie. Aucun miracle de ce genre n'attendait Hounro. Ma haine semblait un sentiment bien ignoble face à une telle souffrance et, en regardant au fond de moi-même, je constatai qu'elle avait disparu.

Quand nous sortîmes de la salle du Trône, une nuit paisible et étoilée nous accueillit. Sous les colonnes de l'entrée du palais, je m'arrêtai un instant pour respirer à pleins poumons l'air parfumé. Je suis vivante, pensai-je avec ivresse. Ma chair est tiède. Je sens le souffle de la brise sur ma peau, le frôlement du pagne de mon fils contre ma cuisse. Je vois l'ombre des arbres sur l'herbe humide et le léger brasillement du canal à la lumière des étoiles. Et dans sept jours, ces plaisirs seront toujours miens. Merci, Oupouaout !

Men nous souhaita bonne nuit à voix basse et disparut dans la direction des appartements privés du Prince. Nesiamon me prit la main en souriant. « Félicitations, dame Thu, déclara-t-il. Ton triomphe deviendra un exemple du caractère impartial et implacable de la justice égyptienne pour nos enfants, et le restera longtemps après que toi et moi serons enterrés. Viens chez moi dès que le Prince t'autorisera à quitter le harem : nous fêterons cette victoire tous ensemble. » Je le remerciai et le regardai s'éloigner.

« Tout le monde semble oublier que je suis moi aussi une criminelle, qui a essayé d'assassiner un dieu, murmurai-je, revoyant devant moi le visage convulsé de terreur de Hounro.

– Non, dit Kamen. Tu as déjà payé ce sacrilège de dix-sept ans d'exil. Mais tu es un mystère, Thu, une criminelle bénie par les dieux. Personne ne sait très bien quoi penser de toi. » Il posa un baiser sur ma joue. « Je vais attendre mon père et rentrer avec lui. Fais-moi prévenir dès que le Prince te libérera. Bonne nuit. » J'avais espéré qu'il viendrait bavarder un peu avec moi dans ma chambre. J'avais envie de parler de Paiis et de Hounro, du Prince et du passé, et, surtout, de prononcer et d'entendre le nom de Houi. Au lieu de quoi, je lui rendis son baiser et rejoignis le héraut, qui attendait de me raccompagner jusqu'à mon bâtiment.

Dans ma chambre, je me laissai distraitement démaquiller par Isis, et lorsqu'elle eut soufflé la lampe et disparu, je m'étendis sur le dos et fixai le plafond. La nuit était si silencieuse que le son monotone du jet d'eau me parvenait avec clarté. J'étais lasse, mais mon esprit, en ébullition, revivait les événements de la journée.

La sentence prononcée contre Pabakamon et les autres dignitaires du palais avait sans doute déjà été exécutée, et leur sang frais devait brunir le sol poussiéreux du champ de manœuvres devant les cellules de détention. Hounro avait-elle été obligée de contourner leurs cadavres décapités quand on l'avait ramenée dans sa prison ? Ou les avait-elle regardés avec horreur s'agenouiller sur le sol à la lueur des torches, le visage pressé contre les barreaux de sa porte ? Pauvre femme. Mieux valait ne pas penser à cela, ni au fait que l'on n'embaumait pas les criminels. Leurs corps étaient enterrés dans le désert sans même une pierre tombale, afin que les dieux ne les retrouvent jamais.

Je chassai résolument de mon esprit ces images abominables et fermai les yeux pour réfléchir à des sujets moins affreux. Pourquoi le Prince avait-il convoqué Men dans ses appartements ? Que voulait-il me dire le lendemain ? Que faisaient les prisonniers en ce moment, seuls dans leur cellule ? Paiis dictait-il une lettre d'adieu à sa sœur Kaouit, et peut-être aussi à Houi, s'il avait un moyen de la lui faire remettre en secret ? Et Hounro ? J'espérais que Banemus était à ses côtés pour la réconforter, essayer de lui insuffler un peu de courage. Plus que la peur de mourir, c'était la conscience insoutenable que sa vie allait prendre fin avant même d'avoir véritablement commencé qui avait provoqué son effondrement. « Je n'ai pas vécu ! » avait-elle hurlé. Un cri d'angoisse dont je frissonnais encore.

Je finis par m'endormir, d'un sommeil profond et sans rêve, et je me réveillai tard, dispose et de bonne humeur. La cour résonnait de bruits pleins de gaieté. Les enfants couraient autour de leurs mères ou plongeaient dans le bassin en poussant des cris de plaisir. Des servantes allaient et venaient, apportant coussins et sucreries ou assurant les abris de toile, qui voletaient comme des oiseaux multicolores au-dessus de la tête des concubines. Ici et là, une femme dictait des lettres à son scribe ou donnait à son intendant des instructions sur la conduite de ses affaires.

Frais, sombres, embaumés par l'eau parfumée et les huiles précieuses, les bains bruissaient eux aussi d'activité féminine. Plusieurs femmes m'interrogèrent. La nouvelle du procès et de son issue s'était répandue rapidement et mystérieusement pendant la nuit, comme le fait toujours ce genre de nouvelles, et elles étaient avides de détails. Je leur parlai sans contrainte tout en me laissant laver, masser et enduire d'huile. L'une d'elles me demanda même si je recommencerais à les soigner maintenant que j'étais de retour dans le harem. Je leur répondis avec franchise que, si Pharaon m'avait rendu ma liberté et permis de choisir des plantes médicinales pour mon usage personnel, cette interdiction-là n'avait pas été levée, et que je comptais de toute manière m'installer dans un endroit tranquille avec mon fils.

De retour dans ma chambre, je mangeai avec appétit, en me rappelant que lors de mon premier séjour, je m'étais tenue à l'écart des autres concubines. J'avais soigné leurs petits maux mais en les considérant comme des ennemies, des rivales potentielles auprès de Pharaon, des adversaires dans le combat sans pitié que se livraient des femmes jalouses et ambitieuses. Ces tensions n'existaient pas dans le bâtiment des enfants, où j'avais donné naissance à Kamen avant d'y être reléguée définitivement. Mais j'étais alors si pleine de colère et de désespoir que, là aussi, j'avais tenu les autres à distance, ne voulant voir en elles que des femmes finies, dociles et soumises comme des moutons. La peur, l'arrogance et le sentiment d'infériorité d'une paysanne en compagnie de gens mieux nés expliquaient mon attitude. Sans doute étais-je toujours arrogante et le resterais-je jusqu'à la fin de mes jours : la vanité et l'orgueil me poursuivaient depuis l'enfance. Mais je n'avais plus peur de ce que la vie ou mes compagnons pouvaient me faire et, pour ce qui était du reste, ni leur titre ni leur sang n'avaient sauvé Paiis et ses complices du désastre.

Je ne fus convoquée que dans la soirée. Dans l'intervalle, j'avais dicté une autre lettre à mon frère et fait venir un des géomètres attachés au palais, que je questionnai longuement sur les fermes et les domaines disponibles en Égypte. Il en existait plusieurs à proximité de Thèbes, dans le Sud, mais je ne voulais pas vivre près d'Amon et de ses prêtres puissants. La Moyenne-Égypte avait également quelques propriétés prospères à offrir, mais cette fois, c'était Assouat dont je souhaitais éviter le voisinage.

Il y avait des terres khato et, naturellement, les innombrables aroures de Paiis étaient déjà redevenues la propriété de la Double Couronne, mais j'aurais préféré vivre dans une nouvelle masure que de profiter de la chute du général. Que d'autres vautours décharnent sa dépouille. Je repensai avec nostalgie à mon petit domaine du Fayoum. Quelqu'un d'autre en était propriétaire à présent. Son sol fertile nourrissait des inconnus, et sa maison – cette maison que j'avais prévu de restaurer avec amour – abritait désormais d'autres rêves que les miens. Après avoir dit au géomètre de m'établir une liste de toutes les propriétés avec leur prix, je le congédiai. Je me sentais découragée. Peut-être ferais-je mieux de demander à Kamen où il souhaitait vivre.

Après la sieste, je mangeai de nouveau, puis demandai à Isis d'appeler la maquilleuse et de préparer un assortiment de robes et de sandales. Elle nouait une ceinture de fils d'or tressés autour de la robe bleue que j'avais choisie, quand le héraut du Prince apparut sur le seuil et s'inclina. J'étais prête. Des rubans dorés ornaient mes cheveux, j'avais les yeux ombrés de bleu et soulignés de noir, les lèvres, les paumes et la plante des pieds rougies de henné.

Je suivis le héraut jusqu'au chemin qui allait de la porte principale du harem au quartier des domestiques, tout au fond. La sentinelle gardant l'entrée du palais nous laissa passer, et nous tournâmes à droite, vers l'escalier extérieur qui, appuyé contre le mur de la salle du Trône, montait aux appartements du Prince. Nous franchîmes la première porte, traversâmes l'étroit couloir qui menait autrefois aux appartements d'un frère de Ramsès, puis le héraut frappa à la seconde porte. Un serviteur nous ouvrit. Le héraut entra, annonça mon titre et mon nom, puis me fit signe d'avancer.

Le Prince leva les yeux à l'instant où je me prosternais. Il était en train de discuter avec deux hommes, près d'une table jonchée de rouleaux, et il les congédia d'un geste. Ils s'inclinèrent devant moi en passant, murmurant quelques mots de salutation, puis sortirent avec le héraut. J'étais seule avec Ramsès.

Je regardai autour de moi avec un peu d'appréhension. Rien n'avait changé. Les meubles étaient toujours aussi rares, quoique d'excellente qualité, et la pièce donnait toujours ce troublant sentiment d'impermanence, comme si elle n'était qu'un décor et que la vraie vie du Prince se déroulât ailleurs. C'était désormais le cas, sans doute, puisque Pharaon n'était plus en mesure de s'occuper des affaires de l'État et que son héritier assumait une grande part des responsabilités de la Double Couronne.

Il me fit signe d'avancer, en me détaillant des pieds à la tête d'une façon purement masculine. Puis, appuyé contre le bord de la table, il croisa les bras sur son torse puissant. « Eh bien, dame Thu ? Es-tu enfin satisfaite ? demanda-t-il d'un ton impérieux.

– Une question étrange, Altesse. Peut-être. Bien que les conséquences de mon obstination à vouloir faire éclater la vérité soient plus terrifiantes que tout ce que j'avais pu imaginer.

– Les accusés étaient des sacrilèges, des traîtres et des assassins, déclara-t-il, en haussant les sourcils. Toi aussi, mais leur crime est bien plus odieux. Je suis étonné que tu puisses les plaindre. Ils se sont servis de toi avec une froideur et un cynisme que je trouve révoltants.

– Toi aussi, tu as cherché à m'utiliser, remarquai-je impulsivement, trahie une fois de plus par ma fâcheuse tendance à dire la première chose qui me passe par l'esprit. Tu m'as promis une couronne de reine si je faisais humer à ton père le parfum de tes qualités.

– Ah oui, répondit-il, si vite que je sus qu'il s'était attendu à cette accusation. Mais j'ai été franc et je n'avais que le bien de l'Égypte en vue. Tu as été abusée et utilisée dans de mauvais desseins. » J'eus envie de lui dire que les justifications qu'il se trouvait ne valaient pas mieux que les miennes, mais cette fois je tins ma langue. Après tout, il serait bientôt un dieu.

« Tu as raison, Prince, fis-je en soupirant. Et de toute façon, c'est le passé. Puis-je te poser une question ? » Il acquiesça. « Pourquoi Houi n'a-t-il pas été inculpé avec les autres ? Son nom n'a pas été mentionné une seule fois, alors qu'il est aussi coupable que son frère. Même s'il échappe pour le moment aux recherches, il aurait dû être condamné. Cela paraît… » J'hésitai. J'aurais voulu lui confier que j'avais toujours un peu peur, que Houi était parfaitement capable d'exercer d'étranges représailles contre moi s'il était en liberté, que j'étais à la fois soulagée et irritée qu'il ait réussi à passer à travers les mailles du filet, mais je dis seulement : « Cela paraît injuste. »

Ramsès me dévisagea un instant avant de se retourner vers la table, où étaient posées une cruche de vin et deux coupes. Il les remplit avec précaution et, lorsqu'il me tendit la mienne, ses bagues tintèrent contre l'or. « Ta vengeance n'est donc pas entière, dit-il. Le sang répandu la nuit dernière et celui qui va couler dans les six prochains jours ne suffisent pas à apaiser totalement ta soif. Ce n'est pas à Paiis que tu en veux le plus profondément, bien qu'il ait tenté de vous faire assassiner, ton fils et toi. Non. Cela a toujours été le

Voyant, n'est-ce pas, Thu ? L'homme qui t'a dépouillée de ton innocence, qui est devenu tout ton univers, mais a fait de toi sa dupe. N'oublie pas que j'ai lu ton récit : je sais la place qu'il occupait dans ton cœur, et ce qui en toi est capable de haïr si férocement. » Bien que ses paroles fussent bienveillantes, son regard était dépourvu de chaleur et sa bouche avait un pli sagace. « Quelle ironie qu'il soit le seul à avoir échappé à son jugement ! Voilà bien les plaisanteries incompréhensibles des dieux. Allons, buvons tout de même à la vengeance : la tienne et celle du Trône d'Horus. Puisse-t-elle être un jour complète ! »

Le vin, sec et capiteux, coula agréablement dans ma gorge. « Ce n'était pas si simple, Prince, objectai-je. Il ne me considérait pas uniquement comme sa dupe, et je ne l'aime ni ne le hais autant que tu le supposes. Il n'est plus tout mon univers. Il en occupe un coin où le mur n'est pas fini et où la porte manque. L'enfant que j'étais se trouve là, elle aussi, et c'est cette enfant, sur le mal qui lui a été fait et qu'elle a fait, que j'ai écrit.

– Et pourtant, les amours et les haines de la jeunesse flambent avec une telle ardeur qu'ils peuvent encore nous brûler à l'âge adulte, remarqua-t-il avec lenteur. Nous sommes rarement assez forts pour les exorciser nous-mêmes. D'autres doivent le faire à notre place. Tu n'es pas entièrement sincère, Thu.

– Toi non plus, Prince, ripostai-je, gênée par sa perspicacité. Tu ne m'as pas encore expliqué pourquoi le nom de Houi n'avait pas été prononcé dans les débats. Tu ne peux le croire innocent ! »

Ramsès but une gorgée de vin en m'observant par-dessus le rebord de sa coupe. Il se lécha lentement les lèvres, le sourcil froncé comme si ce geste requérait une grande concentration. Plusieurs fois, il parut sur le point de parler, mais se ravisa. Puis il sembla enfin se décider. Son regard se posa sur le liquide écarlate qui remplissait sa coupe, et il se mit à le faire tournoyer lentement.

« Mon père pensait qu'il vaudrait mieux que tu ne l'apprennes que plus tard, dit-il. Mais je ne crois pas que cela change grand-chose. » Ses yeux quittèrent brusquement la coupe pour me fixer avec intensité. « Le Voyant a été accusé et condamné, Thu. Cela s'est passé en privé, devant mon père. »

Fascinée, je regardai le mouvement de ses lèvres, et il me fallut quelques instants pour comprendre la signification des mots qu'il prononçait. Le choc me glaça alors le sang.

« Quelles accusations ? demandai-je d'une voix rauque. Pour l'amour de Seth, Ramsès, quel jugement, et pourquoi en privé ?

– Parce que, pour des raisons qui le regardent, mon père tenait à ce que Houi reste à l'écart. Les chefs d'accusation sont les mêmes que pour les autres. Je ne suis pas autorisé à te révéler la sentence, mais si tu la connaissais, je pense que tu l'approuverais.

– Quelle est-elle, dans ce cas ? » Je levai la tête, et je vis alors passer une étrange expression sur son visage, quelque chose de presque sournois, qui me poussa à exprimer la conviction qui s'était brusquement imposée à moi. « Houi assistait à ce procès secret, n'est-ce pas ?

– Oui, répondit le Prince avec calme.

– Eh bien ? A-t-il été condamné à mort ? demandai-je d'un ton sarcastique. L'a-t-on fouetté d'abord ? Le bourreau l'a-t-il décapité avant que le procès public ne commence ? Ou Pharaon l'a-t-il chaleureusement remercié d'être un aussi bon médecin, un voyant aussi talentueux, et l'a-t-il laissé repartir ? Je veux savoir ! J'ai le droit de savoir ! » Ramsès leva un doigt réprobateur.

« Prends garde, prévint-il. Tu frôles le blasphème. Comment osestu prétendre savoir autre chose que le pardon accordé à ton propre crime abominable ? Dans sa sagesse, Pharaon a trouvé le châtiment idéal pour Houi. Tu en auras connaissance le moment venu. Sois patiente.

– Je veux voir le Roi, demandai-je, désorientée. Je veux entendre cela de sa bouche.

– Non, répondit le Prince. Il ne souhaite pas te revoir. Il va très mal et sait qu'une telle entrevue ne pourra que le bouleverser. Il a fait pour toi tout ce qui était en son pouvoir. Il t'a pardonnée pour que la pesée de son cœur soit favorable et aussi parce qu'en vieillissant, il se rappelle combien il t'a aimée. Aie confiance en sa sagesse, c'est un homme bon.

– Je sais. » Je respirai profondément, en proie à un tourbillon de pensées confuses et angoissantes. « Pardonne-moi, Altesse. La blessure est profonde.

– Elle guérira avec le temps, répondit-il. Assez de questions, maintenant. Tiens, finis ton vin. »

Lorsque je levai docilement ma coupe, sa main enveloppa la mienne, la guidant jusqu'à mes lèvres, et la chaleur de sa paume sembla me communiquer un certain apaisement. Quand je m'écartai, il prit la coupe et la posa sur la table d'un geste décidé. Puis il se tourna de nouveau vers moi. « Encore une chose, déclara-t-il avec un léger sourire. Mon père regrette de ne pas avoir accédé à tes supplications et accepté de t'épouser. Il a le sentiment que, s'il l'avait fait, il t'aurait peut-être évité cette tentative d'assassinat; et ton fils aurait reçu l'éducation et le respect dus à un prince légitime. Je ne te cache pas que ce regret me paraît incongru. C'est un vieil homme, et il ne voit plus le passé tel qu'il était, il en a oublié les aspects impitoyables et brutaux. Tu n'aurais pas fait une bonne reine. Je te dis cela en raison de notre ancien marché, pour que tu ne me croies plus entièrement dépourvu de sympathie à ton égard.»

Un immense sentiment de futilité et de tristesse s'était emparé de moi. Autrefois, j'aurais vendu mon ka pour cet honneur. J'avais imploré Pharaon de m'épouser et de légitimer notre fils, mais il avait refusé. J'avais arraché une promesse similaire au Prince, qui n'avait abouti à rien; pas plus que n'avait été satisfait le désir brûlant que j'avais de son corps. Si le Roi m'avait épousée, j'aurais peut-être abandonné Houi et ses machinations, mais il y aurait eu de nouveaux sommets à gravir, de plus grands pouvoirs à acquérir, sans que l'Égypte représente autre chose pour moi qu'un terrain de jeux. Je ne méritais pas d'être reine. En ce temps-là, d'ailleurs, il m'aurait été impossible de comprendre les responsabilités attachées à ce titre. À présent, je ne voulais plus ni d'une couronne, ni de l'étreinte du Prince.

«Tu feras un excellent Taureau puissant, dis-je avec calme. Merci de m'avoir parlé ainsi. Tu as raison, évidemment. Je n'ai jamais été digne d'un titre, sans parler du rang de reine. Que Pharaon ne se reproche surtout pas l'une des décisions les plus sages qu'il ait jamais prises.» Le Prince s'avança vers moi et, me soulevant le menton, m'embrassa avec douceur.

«C'est ainsi que les dieux accomplissent leurs mystérieux désirs, déclara-t-il. Tous mes vœux t'accompagnent, Thu. Tes fautes passées mourront avec l'homme qui les a suscitées.

– Oh non, répondis-je avec tristesse. Car cet homme-là était Houi, et il n'est pas ici. Ai-je l'autorisation de quitter le harem maintenant, Prince?

– Je désire que tu y restes encore six jours. Tu seras ensuite libre d'aller où bon te semblera.» Il prévint mes protestations d'un geste. Je n'avais pas envie d'attendre dans ma chambre que le dernier condamné se donne la mort. J'aurais préféré être loin de Pi-Ramsès, sur le fleuve peut-être, en route pour une destination pleine de promesses. «Ce n'est pas une requête mais un ordre, poursuivit le Prince. J'ai une ultime mesure à prendre avant ton départ. Sois patiente, tout te sera expliqué en temps voulu. Et à ce moment-là, j'aimerais que tu te rappelles la clémence et le pardon du dieu dont les jours dans ce pays touchent à leur fin. Retourne dans ta chambre, à présent. » Je m'inclinai aussitôt et me dirigeai à reculons vers la porte.

« Je ne pense pas te revoir avant que tu ne quittes la ville, ajouta-t-il. Mais si le Seigneur-de-toute-vie peut faire quelque chose pour toi à l'avenir, il te suffira de lui envoyer un message. Tu as troublé mes sens autrefois, Thu, comme j'ai enflammé les tiens. Mais nos destinées n'étaient pas faites pour se confondre, seulement pour se côtoyer un court instant. Va ! Que la plante de tes pieds soit ferme.

– Vie, santé et prospérité à toi, Horus », dis-je, la gorge nouée. Je lui jetai un dernier regard. Il était assis, les jambes croisées et les mains jointes sur les genoux. Dans la pénombre du crépuscule, je ne pus distinguer son expression. J'ouvris la porte et le laissai.

15

Je ne dormis pas cette nuit-là. Je dînai tard et, le temps qu'Isis débarrasse, la cour s'était vidée. Je n'avais aucune envie d'aller me coucher. En dépit du vin que j'avais bu en compagnie du Prince et des chocs, agréables et douloureux, que j'avais reçus, je n'étais pas physiquement fatiguée. Je me sentais paisible, vidée de toute émotion. Isis dénoua et peigna mes cheveux, me démaquilla et m'aida à me dévêtir. Puis, après avoir soufflé la lampe, elle me souhaita bonne nuit et s'éclipsa. J'attendis que le bruit de ses pas s'éteigne avant de sortir de ma chambre et de m'avancer dans l'herbe fraîche.

Elle était douce à mes pieds et, comme toujours, je savourai cette sensation. L'air de la nuit était soyeux, lui aussi, et j'en sentais avec reconnaissance la caresse sur ma peau. J'allai m'asseoir contre le bassin, et je perçus aussitôt les vibrations apaisantes du jet d'eau à travers la pierre. De temps à autre, une fine poussière d'eau m'enveloppait, perlant de gouttelettes mes cheveux et les poils de mes bras, mais cela ne me dérangeait pas.

Une obscurité rêveuse régnait dans la cour. Autour de la lune, à moitié pleine, les étoiles brillaient à peine, mais leur éclat s'avivait loin de sa pâle lumière. La plupart des chambres étaient fermées. Une ou deux portes étaient encore entrouvertes et les lampes, à l'intérieur, répandaient une lueur orange vacillante qui n'éclairait guère que le seuil avant de se perdre dans l'obscurité luxuriante de la pelouse.

Les genoux contre la poitrine, je m'abandonnai à l'étrange état d'esprit qui s'était emparé de moi. Tous les sens en éveil, j'étais sensible au moindre souffle d'air frôlant ma peau, au moindre bruissement dans l'herbe, comme si la disparition de toute émotion exacerbait mes perceptions. Mon esprit aussi semblait vidé : aucune bribe de pensée, aucune succession d'images confuses ne le traversait. Purgé et nettoyé, il attendait d'être rempli de pensées saines.

Houi l'occupa d'abord, et malgré la colère et l'indignation que j'avais laissées éclater devant le Prince en apprenant qu'une audience privée lui avait été accordée, je dus m'avouer que la nouvelle ne m'avait finalement pas surprise. C'était comme si mon ka ne s'était pas attendu à moins de la part d'un homme qui avait toujours été mystérieux et imprévisible.

Houi s'était arrangé d'une façon ou d'une autre pour être reçu par Pharaon. Mieux encore, il avait convaincu le Roi de lui permettre de plaider sa cause en privé. Pas de juge, seulement le dieu en personne pour l'entendre et décider. Comment s'y était-il pris ? Avait-il vu le danger qui le menaçait dans l'huile divinatoire et s'était-il glissé dans le palais avant que son assignation à résidence ne soit prononcée, misant tout sur la certitude de pouvoir nier les faits et fléchir Pharaon ? Après tout, il avait été le médecin personnel du souverain pendant de nombreuses années. Une relation qui inspire de la confiance à l'un et confère de l'autorité à l'autre. Le Prince m'avait néanmoins assuré que j'approuverais la sentence, si je la connaissais.

Non... *quand* je la connaîtrais. Qu'est-ce que cela signifiait ? Je savais en effet au plus profond de moi que Houi était vivant. Et pourquoi le Prince m'obligeait-il à rester dans le harem jusqu'à l'expiration du délai accordé aux autres condamnés ? Quelle mesure pouvait-il avoir à prendre qui influe sur mon avenir ? Le Roi y avait déjà pourvu avec générosité. Quelle était la raison de son entretien avec Men ? Cela concernait-il Kamen ? Je ne pouvais répondre à toutes ces questions que par des suppositions, et je finis par les chasser de mon esprit. Tout ce que je savais, c'était que Houi vivait. En étais-je heureuse ou triste ? Ni l'un ni l'autre, et les deux à la fois. Quand il était question de Houi, aucune de mes émotions n'était jamais simple. Je cessai de réfléchir à tout cela et m'abandonnai à la beauté de la nuit. J'étais toujours assise près du bassin quand les premières lueurs grisâtres de l'aube commencèrent à masquer les étoiles.

Aucun incident particulier ne marqua les trois journées suivantes. Je les passai à penser à Pharaon, car des rumeurs inquiétantes couraient sur son état de santé, et l'humeur était mélancolique dans le harem. J'aurais voulu honorer cet homme qui avait lié ma vie à la sienne pendant une période si brève, et dont l'ombre avait pourtant flotté sur chaque moment de ces dix-sept dernières années. Mais il ne souhaitait plus me revoir, et je ne pouvais lui rendre hommage qu'en silence, en esprit. Je pensai donc à lui, à sa voix, à son rire, au contact de ses mains sur mon corps, à la froideur glacée de ses rares colères, et tous les soirs, je fis brûler de l'encens devant mon dieu protecteur et priai les autres dieux de rendre son passage facile et de l'accueillir avec joie dans la Barque céleste.

Mais beaucoup de concubines discutaient moins de leur maître mourant que de leur avenir. Le nouveau Roi dresserait en effet l'inventaire de la maison des femmes, et celles qu'il ne désirerait pas garder quitteraient les lieux. Certaines pourraient reprendre leur liberté. Les jeunes resteraient sans doute. Mais les plus âgées et les infirmes seraient conduites dans le Fayoum. Je m'étais rendue une fois dans ce harem avec Pharaon, et j'y avais eu un aperçu du sort qui aurait pu être le mien, un jour. C'était un endroit tranquille, mais d'une tranquillité qui annonçait la mort; et ses chambres abritaient les enveloppes desséchées de celles qui avaient autrefois été la fleur de la féminité égyptienne. J'avais été bouleversée par cette visite au point d'être incapable ensuite de sacrifier comme il convenait au dieu Sobek, qui avait un temple dans les environs. Ce terrible destin m'était désormais épargné, et je plaignais les femmes du harem qui n'échapperaient pas à cet exil, si doré soit-il.

Le quatrième jour, un héraut vint se poster au centre de la cour et proclama que les criminels Mersoura, Panauk et Pentou avaient exécuté la sentence prononcée contre eux. Il ne mentionna ni Paiis, ni Hounro. Je n'éprouvai rien en entendant sa voix sonore se répercuter de chambre en chambre, sinon peut-être un léger soulagement, et quand l'homme fut parti annoncer la nouvelle dans le bâtiment suivant, je gagnai le bassin situé juste en dehors de l'enceinte du harem, me dévêtis et y nageai jusqu'à ce que tous mes membres tremblent de fatigue.

Je m'étendis ensuite dans l'herbe pour me sécher au soleil et sentis sa chaleur évaporer les gouttelettes d'eau, puis me brûler la peau. La lumière était presque insupportable, même les yeux fermés, et un air embrasé m'emplissait les poumons. Vivante, murmurai-je. Vivante ! Quel bonheur d'être en vie ! Lorsque je ne pus en supporter davantage, je roulai à l'ombre de l'arbre le plus proche et restai là, nue et insouciante, dans une sorte d'extase.

Le cinquième jour, un autre héraut pénétra dans notre cour, mais cette fois son message m'était destiné. J'étais assise devant ma porte, savourant un pot de bière, maquillée et habillée depuis peu, lorsqu'il s'inclina devant moi. Il parla à voix basse, après s'être assuré que personne ne pouvait l'entendre : « Le Prince a reçu une supplique de la prisonnière Hounro, dame Thu. Elle souhaite te voir. Comme tu le sais, les nobles condamnés à se donner la mort ont le droit de demander ce qu'ils veulent, dans les limites du raisonnable, que ce soit du vin, des mets délicats ou une dernière visite des êtres qui leur sont chers. Le Prince ne t'ordonne pas de satisfaire le dernier désir de Hounro. Il se contente de t'en informer en te laissant entièrement libre de tes actes. Rien ne t'interdit de refuser.

– Mais que peut-elle bien me vouloir ? fis-je, perplexe et mal à l'aise. Il n'y a aucune affection entre nous. Je ne lui serais d'aucun réconfort. Son frère n'est donc pas auprès d'elle ?

– Il vient la voir tous les soirs et reste jusqu'à l'aube. Hounro ne parvient pas à dormir. Il lui est impossible... de faire quoi que ce soit.

– Oh non, murmurai-je, frissonnant dans la brise qui me paraissait si agréable un instant auparavant. Non. Je ne peux pas... Je ne veux pas ! Comment ose-t-elle ? Elle pense donc encore que je ne vaux pas mieux que la meurtrière qu'ils m'ont poussée à devenir ? Elle a donc toujours le même mépris pour moi ? » Blessée profondément, j'avais les larmes aux yeux. Je ne serais jamais débarrassée du poids de la culpabilité, jamais ! Je pouvais l'oublier quelque temps, peut-être même jouir d'un semblant d'équilibre, mais je porterais toujours cette marque comme une flétrissure invisible. Meurtrière.

Le héraut attendit sans faire de commentaire, tandis que, le visage enfoui dans les mains, je luttai pour reprendre mon sang-froid. Puis, sans lever les yeux, je déclarai d'une voix faible : « Informe son Altesse que j'irai voir Hounro. Dis-lui de m'envoyer une escorte cet après-midi. » Après tout, pensai-je avec amertume en le regardant s'éloigner, les meurtriers sont faits pour ça : tuer. Hounro a de la chance d'avoir une aussi grande spécialiste sous la main. Ô dieux ! priai-je. Aidez-moi à ne pas accabler Hounro de propos fielleux alors que son désespoir doit déjà être indescriptible.

Une heure après midi, un soldat arriva et, ensemble, nous traversâmes les jardins du palais, dépassâmes les chambres des domestiques pour gagner l'immense champ de manœuvres poussiéreux où s'entraînait l'armée. Isis tenait le parasol, qui ne projetait qu'une mince flaque d'ombre autour de mes pieds dans la lumière éblouissante de la mi-journée. À l'autre extrémité du terrain, vibrant dans la brume de chaleur, il y avait la caserne et les écuries. Je vis quelques soldats paressant à l'ombre des baraquements, mais c'était l'heure de la sieste et l'immense espace était désert, martelé par un soleil impitoyable.

Les cellules étaient adossées au mur qui entourait le quartier des domestiques. Je m'en souvenais bien. Malgré moi, mon regard se porta vers celle que j'avais occupée, et où se trouvait à présent Paiis. Deux gardes flanquaient sa porte, mais je ne discernai aucun mouvement derrière les barreaux. Le soldat me conduisit à la cellule voisine et, sur son ordre, l'homme de service défit le nœud épais qui fermait la porte. J'attendis, redoutant tout à coup que Paiis ne choisisse cet instant pour tomber sur son épée ou se trancher la gorge, et qu'il ne me faille entendre ses râles d'agonie. Mais la porte fut ouverte sans incident. Je me tournai vers Isis. « Attends-moi là-bas, à l'ombre de cet arbre, dis-je. Ne reste pas au soleil. » Puis je suivis le soldat à l'intérieur.

L'odeur m'assaillit aussitôt, un mélange fétide d'urine, de sueur et de terreur si puissant que, l'espace d'un instant, le soldat devint mon geôlier et que je fus de nouveau une jeune concubine condamnée à mort. La porte se referma derrière nous. Il n'y avait pas grand-chose à voir dans la pièce : un lit et un coffre ouvert rempli de robes ; une table où étaient posés une lampe et de jolis récipients contenant des produits de beauté ; une natte de jonc et des paires de sandales. Les effets de Hounro semblaient trop voyants et frivoles dans cette antichambre puante et désespérée de l'éternité.

Elle était accroupie dans un coin, derrière la table, et lorsqu'elle me vit, elle poussa un cri et s'élança vers moi, m'étreignant les deux mains et balbutiant des paroles incohérentes. Elle était pieds nus et ne portait qu'une robe souillée qui avait un jour été blanche. Ses cheveux, sales et dépeignés, pendaient en tresses poisseuses dans son dos. Elle avait les ongles noirs de crasse. Si elle s'était promis de rester digne lorsque la lourde porte s'était refermée sur elle, la peur de la mort avait eu raison de cette promesse, car il était évident que les produits de maquillage, les huiles et le henné n'avaient pas été utilisés.

« Où est ta servante, Hounro ? » demandai-je d'un ton brusque. Elle s'écarta un peu, tremblante, mais sans me lâcher les mains.

« Je ne supportais plus sa présence, murmura-t-elle. Elle n'arrêtait pas de me demander si je voulais porter ci ou ça, quel fard je voulais pour mes paupières, comme si j'allais banqueter au palais au lieu de... de.... Et elle m'insultait en ne me donnant pas mon titre. Banemus m'a obligée à me laver et à m'habiller. C'était stupide. Pourquoi devrais-je me laver pour mourir ? Je l'ai renvoyé, lui aussi. » Elle parlait avec un peu plus de calme, mais je voyais que cette accalmie était précaire. La folie brûlait dans les yeux brillants qu'elle posait sur moi.

«Tu as demandé à me voir, lui rappelai-je, en tâchant de garder un ton uni. Que veux-tu?» Elle jeta un regard méfiant au soldat et se glissa près de moi.

«Je n'y arrive pas, Thu, chuchota-t-elle. Je ne peux pas. La nuit, je suis terrifiée et je pleure. Le jour, je crois que je vais en être capable et que tout ira bien. Après tout, mon ka survivra dans le paradis d'Osiris et s'assiéra sous le sycomore sacré, n'est-ce pas? Mais ensuite, je me dis : et s'il n'y avait ni paradis, ni arbre, ni Osiris? S'il n'y avait que le néant? Alors mon courage m'abandonne et je me dis que je réessaierai le lendemain. Mais il ne me reste plus que deux jours!» Elle se mit à gémir, lâchant mes mains pour tirer sur ses cheveux déjà embroussaillés. «Si je n'y arrive pas, ils entreront ici et me trancheront la tête à coups de hache!

– Écoute-moi, Hounro, dis-je d'un ton ferme, bien que sa détresse me bouleverse. Tu as été condamnée à mettre fin à tes jours. Tu dois affronter le fait que tu vas mourir. Tu peux le faire avec courage et sang-froid, ou les obliger à t'abattre comme un chien. Il vaudrait mieux, pourtant, que tu sois lavée et vêtue comme la femme de qualité que tu es, et que tu fasses brûler de l'encens à ton dieu protecteur en prévision du voyage que tu vas entreprendre. Il est inutile d'attendre un miracle. Tu ne seras pas sauvée. C'est la vie même qui lutte en toi, une force puissante et aveugle.

– Mais toi, tu as été sauvée! hurla-t-elle. Un miracle s'est produit pour toi, alors que tu étais une meurtrière, que tu avais tué Hentmira et empoisonné Pharaon. Je ne lui ai jamais rien fait. Pourquoi dois-je mourir? C'est toi qui devrais être à ma place!»

J'aurais pu essayer de raisonner avec elle, mais tout ce que j'aurais dit n'aurait fait qu'accroître son hystérie, et je n'avais d'ailleurs aucune envie de me justifier devant cette femme désespérée. Cela aurait été cruel et égoïste. «Oui, c'est vrai, déclarai-je. Mais ça n'est pas le cas. Je te plains de tout mon cœur, Hounro. Permets que j'ordonne à ta servante de revenir s'occuper de toi, et que j'envoie chercher ton frère.

– Cela me donne la nausée de te voir singer tes supérieurs, cracha-t-elle. "Permets que j'ordonne à ta servante..." De belles paroles et un accent cultivé ne masqueront jamais ton sang épais de paysanne!» Sans un mot, je pivotai et me dirigeai vers la porte. Mon garde fit mine de l'ouvrir, mais Hounro se mit alors à hurler : «Ne m'abandonne pas, Thu! Je t'en supplie! Aide-moi!»

Je n'avais pas envie de l'aider. J'aurais aimé l'abandonner à sa lâcheté, à sa crasse et à ses regrets. Mais je savais que, si je quittais cette cellule, elle hanterait à jamais mes pensées. Revenant vers elle, je la giflai avec force, puis la pris dans mes bras quand elle s'effondra contre moi en sanglotant. Je l'aidai à s'allonger, puis la berçai longuement en lui caressant les cheveux jusqu'à ce que ses pleurs deviennent moins frénétiques. Finalement, elle se redressa et posa sur moi des yeux ruisselants de larmes où ne brillait plus la flamme de la folie. « C'est si dur, murmura-t-elle.

– Je sais, Hounro. Mais il y a les médecins du palais, et Banemus aussi. Pourquoi ne t'es-tu pas adressée à eux ?

– Parce que je ne leur fais pas confiance. J'ai été condamnée pour trahison et sacrilège, pour avoir comploté l'assassinat de Pharaon. Ils se vengeraient en me donnant un poison qui me tuerait lentement et en me faisant souffrir.

– C'est absurde ! Tu ne peux croire cela de Banemus, en tout cas.

– Non, mais il ignorerait quel produit se faire donner. Je sais que c'est beaucoup te demander, poursuivit-elle d'un ton hésitant. Je ne mérite pas ton aide. Mais tu es médecin, Thu : tu connais bien les plantes. Accepterais-tu de me préparer quelque chose qui m'endormirait sans douleur, qui me ferait juste… glisser dans la mort ? »

Comprenait-elle l'énormité de ce qu'elle me demandait ? La terrible ironie de sa requête ? C'était presque plus que je n'en pouvais supporter. Je représente vraiment moins pour toi que la poussière sous tes pieds, pensai-je avec tristesse. Tu ne vois en moi qu'un instrument utilisable encore et encore pour les mêmes fins sordides. « Je le ferai si tu rappelles ta servante et Banemus, si tu demandes un prêtre et que tu te prépares dignement, dis-je avec calme. Tu es d'une famille noble et ancienne. Ne trahis pas tes ancêtres en t'avilissant devant la mort. » Je me levai, et elle m'imita, les yeux brillants maintenant de fièvre. Elle voulut reprendre ma main, mais je m'écartai.

« Je le ferai, promit-elle. Merci, Thu.

– Ne me remercie pas, répondis-je sans la regarder. On ne mérite aucune reconnaissance quand on apporte la mort. Je t'enverrai une potion demain. » Je ne savais pas si elle m'avait entendue ou non. Je m'approchai du soldat. « Ouvre-moi », murmurai-je. Mais Hounro avait sans doute retenu mes dernières paroles, car elle dit : « Tu me l'apporteras toi-même, n'est-ce pas, Thu ?

– Non, réussis-je à répondre, alors que la lumière bienfaisante du soleil m'enveloppait. Cela, je ne peux pas le faire. Adieu, Hounro. »

La porte se referma derrière moi. De l'autre côté du champ de manœuvres, je vis Isis se relever, le parasol à la main, et se diriger vers moi. Je dus me forcer à l'attendre, car j'avais envie de fuir, de courir à perdre haleine loin de la requête pathétique de Hounro et de mon propre mal, de m'enfermer dans ma petite chambre rassurante et de m'enivrer avec le bon vin de Pharaon.

Mais alors que j'attendais, tendue, l'instant où je pourrais enfin m'éloigner, on bougea dans la cellule voisine et une voix familière résonna : « J'ai entendu Hounro hurler, et il m'a semblé reconnaître ta voix, dame Thu. Comme c'est aimable à toi de rendre visite aux condamnés ! » Je fermai les yeux. Pas maintenant ! pensai-je avec désespoir. Pas maintenant, par pitié ! Isis m'avait presque rejointe, et je me tournai vers elle.

« Tu fais plaisir à voir, poursuivit Paiis. Belle, vibrante et frémissante d'indignation. Ne me bats pas froid, Thu. Tu y as mis le temps, mais tu as gagné. Tu m'as vaincu. Ne pouvons-nous pas échanger quelques mots amicaux, à présent ? » Isis était là. Je sentis l'ombre du parasol au-dessus de ma tête et jetai un coup d'œil dans la direction de Paiis. Il me regardait à travers les barreaux de la porte, et ses mains ornées de bagues scintillaient dans la lumière. Lorsque nos yeux se rencontrèrent, il m'adressa un sourire singulièrement doux.

« Ce n'était pas un combat, répondis-je avec brusquerie. Ni un jeu. Il s'agissait de ma vie et de celle de Kamen, un jeune homme qui gardait ta maison avec sérieux et conscience. Tu es un homme sans scrupules. Pourquoi devrais-je te parler avec amitié ? Où étais-tu lorsque l'on m'a enfermée dans ma cellule pour m'y laisser mourir ?

– Chez moi, en train de me soûler et de regretter de ne jamais t'avoir mise dans mon lit, dit-il aussitôt. C'est la vérité. Je ne suis qu'un déchet nuisible dont il vaut mieux se débarrasser, tu as raison. Je doute que les dieux eux-mêmes veuillent de moi, mais jusqu'à ce qu'ils soient contraints de décider, je mange, je bois et je me fais jouer mes airs favoris par mes musiciens. Partageras-tu une coupe de vin avec moi ? Un bon cru, je t'assure, venu des vignobles qui m'appartenaient. »

À mon propre étonnement, je m'avançai vers sa porte. Il adressa un geste impatient à l'un de ses gardes, qui commença à dénouer la corde.

« Tu n'es pas obligée d'accepter, dame Thu, remarqua avec calme l'homme qui m'accompagnait.

– Oh, mais si, coupa Paiis. Il faudrait avoir un cœur de pierre pour refuser la dernière requête d'un condamné à mort.

– Reste avec moi», dis-je au soldat, et tandis que Paiis s'effaçait et s'inclinait, je pénétrai dans la cellule où j'aurais dû mourir dix-sept ans auparavant.

Il s'était entouré d'objets luxueux. Deux chaises en cèdre incrustées d'or et d'ivoire encadraient une table basse du même bois au plateau de marbre veiné. Celle-ci supportait un petit sanctuaire en or, dont les portes ouvertes révélaient une statue délicate de Khonsou, le grand dieu de la guerre. Une cassolette d'encens en argent brûlait à côté, et l'inévitable puanteur des précédents occupants de la cellule était masquée par le parfum de la myrrhe. Une lampe en albâtre imitant une fleur de lotus éclairait la pièce. Son lit recouvert de draps de lin fin disparaissait presque sous les coussins. Un grand tapis couvrait le sol. Le peu d'espace qui restait était occupé par des plats remplis de pâtisseries, de fruits secs luisants de miel, de viandes froides, de tranches de pain... Me faufilant entre cette profusion d'objets, j'allai m'asseoir sur la chaise que m'indiquait Paiis, et il prit place sur l'autre.

«J'attendrai l'ultime heure de l'ultime jour pour me donner la mort, dit-il en versant du vin dans deux grandes coupes en argent. Et jusque-là, je compte ne rien me refuser. À ta remarquable santé, dame Thu. Puisses-tu en profiter longtemps.» Il but, sans me quitter des yeux, mais je ne l'imitai pas. Sa gaieté était-elle une forme de dérangement mental ou une acceptation véritable de la mort? Je penchais pour la seconde hypothèse. Son courage avait vacillé un instant dans la salle du Trône, quand les juges qu'il avait circonvenus avaient été démasqués, mais il avait retrouvé son sang-froid et n'aurait plus d'autre moment de faiblesse. Lascif et cynique, rusé et intelligent, il était aussi un soldat discipliné et un noble égyptien. Le moment venu, il se plongerait l'épée dans le ventre sans hésitation.

Reposant sa coupe, il se cala dans son siège et croisa les jambes. «Elle hurle et sanglote toutes les nuits, dit-il avec plus de gravité. Je l'entends de l'autre côté du mur. Je la réconforterais si je le pouvais, mais je n'ai pas le droit de quitter ma cellule. Elle était pleine de séduction autrefois, avec son corps de danseuse et son esprit indépendant. Qui sait ce qu'elle serait devenue si nous étions parvenus à nous débarrasser de Pharaon?

– Tu n'as pas le moindre remords», remarquai-je. Son beau visage s'éclaira.

«Pas le moindre, répondit-il en me souriant. Si l'arsenic que tu avais donné à Hentmira avait tué Ramsès, si Banemus avait fait ce qu'il était censé faire et qu'il eût poussé l'armée du Sud à la révolte, nous serions devenus les maîtres de l'Égypte. Nous aurions remis les prêtres à leur place, restauré l'autorité pharaonique en installant sur le trône quelqu'un de notre choix et commencé à reconstituer l'empire que nos ancêtres gouvernaient. Ah, c'était un beau rêve, continua-t-il avec un soupir. Mais comme la plupart des rêves, il n'avait pas assez de substance pour devenir réalité. C'est bien dommage. Pourquoi devrais-je avoir des remords, ma chère Thu ? Je suis un patriote.

– Il ne t'est jamais venu à l'esprit que si Maât était effectivement corrompue, vous auriez réussi ? Qu'elle se sert de nous pour accomplir ses justes desseins, mais que si nous voulons changer les choses de force et sans nécessité, elle nous abandonne simplement aux conséquences de notre vanité ?

– Thu, la philosophe, railla-t-il gentiment. Thu, championne du droit. De telles paroles sonnent un peu creux dans la bouche d'une femme ambitieuse et sans scrupules comme toi. Oh, ne te méprends pas ! ajouta-t-il devant mon expression. Je ne cherche pas à t'insulter. Lorsque tu étais jeune, ton ambition était une force capricieuse, dangereuse, imprévisible et totalement égoïste. Comment aurions-nous pu nous servir de toi, autrement ? Aujourd'hui, elle est canalisée, purifiée, orientée vers la réparation d'un tort et le rétablissement de l'ordre, dans ta vie comme dans celle de l'Égypte. C'est une ambition saine, Thu, mais c'est toujours de l'ambition. En quoi sommes-nous donc différents ? Deux êtres que les dieux ont voulus semblables, dont même les motivations ont été similaires. Comment se fait-il que nos destins soient si différents ?» Je n'avais rien à lui répondre. Pour dissimuler mon trouble, je pris ma coupe de vin et en bus une gorgée. J'avais le désagréable sentiment qu'il avait raison. «Je n'en sais rien, poursuivait-il. Peut-être les dieux ont-ils simplement décidé de favoriser un courage en toi que je n'ai pas.» Je cherchai son regard, désireuse d'exprimer le soudain élan de sympathie qui me poussait vers lui, mais je pus seulement dire : «Pareille humilité ne te va pas, Paiis. Je crois que je te préfère arrogant et plein d'assurance.» Il rit, et le moment d'intimité passa.

«J'ai fait d'immenses efforts pour te réduire au silence, dit-il. Je suis content aujourd'hui qu'il se soit révélé impossible de te tuer. Tu as souvent occupé mes pensées depuis ce banquet où Houi nous avait réunis pour que nous évaluions tes capacités à devenir une concubine royale.

– Je t'ai vu bien avant cette soirée, dis-je avec tristesse. J'étais chez Houi depuis peu de temps. Quand Disenk avait soufflé ma lampe et quitté ma chambre, je me mettais à la fenêtre pour contempler la nuit. Un soir, très tard, à la fin d'un banquet, j'ai regardé les invités partir. Tu es sorti dans la cour. Une Princesse ivre essayait de te convaincre de la raccompagner, mais tu as refusé. Tu l'as embrassée. Tu portais un pagne rouge. Je ne savais pas qui tu étais, mais tu étais vraiment beau comme un dieu, Paiis, en train de rire dans la lumière des torches. Et j'étais si jeune, si pleine de rêves naïfs. Je n'oublierai jamais. »

Je n'avais pas eu l'intention de lui dire cela. Ce souvenir, si vivace, que les événements ultérieurs n'avaient curieusement pas souillé, m'était précieux, et je redoutais une réponse salace ou banale qui corrompe sa pureté. Mais il resta étrangement silencieux.

« Maudite sois-tu, murmura-t-il enfin d'une voix rauque. Pourquoi faut-il que tu me rappelles que j'ai été jeune un jour, moi aussi ? Un jeune garçon plein de cette innocence qui peut transformer un petit incident sordide de ce genre en histoire romanesque. Cet enfant a disparu sous l'accumulation progressive de la nécessité, des décisions désagréables et des expériences de la vie de soldat, des pièges insidieux de la facilité. Je n'avais pas envie de le voir ressuscité aujourd'hui. Pas maintenant ! Il est trop tard ! » Je ne fis pas un mouvement et, après un combat intérieur que je devinai plus que je ne le vis, il se maîtrisa et se tourna de nouveau vers moi. « Je suis désolé, Thu, dit-il. Désolé de ne pas avoir été à la hauteur de l'image que tu t'étais faite de moi, désolé d'avoir participé à ta corruption. Je crois que c'est mon unique regret. Allons, finis ce vin et séparons-nous. »

Émue, je portai la coupe à mes lèvres. Paiis m'imita, et une atmosphère solennelle nous enveloppa soudain. C'était comme si sa confession avait modifié l'air même de cette pièce misérable, y faisant régner une paix majestueuse. Une grande sérénité s'empara de moi, au point que j'oubliai la tâche répugnante dont je m'étais chargée pour Hounro, oubliai que j'avais voulu me soûler. Nous bûmes notre vin et nous levâmes d'un même mouvement, unis par un sentiment étrange et fugitif de camaraderie. Paiis posa une main sur ma nuque et m'embrassa dans un geste affectueux et curieusement familier. « Si tu trouves Houi un jour, salue-le de ma part », dit-il en s'écartant. Je me rendis compte alors que ma bouche avait reconnu la sienne à cause de celle de son frère. « Oh oui, poursuivit-il. Je sais qu'il est en vie, mais pas où il est. Il menace moins la stabilité de l'Égypte que moi. Quelque chose me dit que vous n'en avez pas encore fini l'un avec l'autre. »

Nous nous étions avancés vers la porte. Alors que je me tournais vers le soldat, Paiis pressa ses deux paumes et son front contre le bois. « Ah, la liberté ! murmura-t-il d'une voix étranglée par l'émotion. Prie pour moi à la Belle Fête de la Vallée, Thu. Crie mon nom. Peut-être qu'ainsi les dieux me trouveront. » Il n'y avait rien de plus à dire. J'effleurai son épaule, encore ronde et ferme, chaude de vie, et il se recula. La porte s'ouvrit. Cette fois, Isis était là, et je m'éloignai aussitôt. Je ne me retournai pas.

Je bus avidement lorsque je retrouvai le confort et la sécurité de ma chambre, et seulement de l'eau. Puis je m'étendis sur mon lit et pleurai, longtemps, mais sans être la proie de sentiments tumultueux. Je ne pleurai pas sur Hounro, sur Paiis, ni même sur moi. Mes larmes coulaient parce que la vie était comme elle était, morne et dure pour certains, facile et pleine de promesses pour d'autres, un voyage semé de rêves inaccomplis et d'espoirs brisés pour beaucoup. Épuisée, je finis par sombrer dans un sommeil paisible, dont je fus réveillée, au coucher du soleil, par l'odeur de la soupe fumante et du pain frais apportés par Isis.

Tout en mangeant, je réfléchis au poison à donner à Hounro. Je le fis avec autant de calme et de réflexion que je le pus, tâchant de repousser le tourbillon de colère et de souffrance qui menaçait de me happer au profit du fonctionnement purement raisonnable de mon esprit. Au moment de ma propre arrestation, on m'avait enlevé le coffret contenant les remèdes donnés par Houi, ainsi que les papyrus décrivant diverses maladies et leur traitement. Et il m'avait été interdit de pratiquer le métier qui m'avait été enseigné si bien et avec des résultats si désastreux. Quelques jours plus tôt, j'avais choisi un assortiment de plantes dans les magasins du harem, mais je n'en avais pris aucune de nocive. À présent, il me fallait entreprendre de retrouver ces connaissances que j'avais si longtemps chassées de mon esprit.

Ce n'était pas facile, car je devais me rappeler les circonstances dans lesquelles elles m'avaient été transmises, et cela en soi était déjà un supplice. Le grand bureau de Houi et, à l'intérieur, la minuscule officine aux étagères encombrées de récipients d'argile, de flacons en pierre, de sacs de lin pleins de feuilles séchées et de racines. La façon dont je me tenais à côté de lui, calame et papyrus à la main, pendant qu'il maniait mortier et pilon en m'expliquant de sa voix calme et grave ce qu'il faisait et pourquoi. L'odeur des ingrédients eux-mêmes, si forte dans certains cas qu'elle donnait mal à la tête, et parfois délicate, se mêlant agréablement au parfum de jasmin porté par Houi.

Le jasmin. Je repoussai mon assiette vide et posai les bras sur la table, regardant distraitement la lumière dorée de la lampe jouer sur les poils fins de ma peau. Le jasmin jaune tue. Toutes les parties de la plante – fleurs, feuilles, racines, tige – sont mortelles. À haute dose, l'effet est rapide mais accompagné de symptômes désagréables : angoisse et convulsions. La mandragore aussi était efficace, mais en quantité suffisante pour provoquer la mort, elle était également redoutable. Je le savais par expérience. Avec un serrement de cœur, je me rappelai Kenna, le serviteur personnel de Houi, dont j'avais causé la mort avec un mélange de bière et de mandragore, simplement par jalousie et par peur. Il était mort dans la puanteur abominable de ses vomissures et de ses excréments.

Alors la passiflore, peut-être ? Je poussai un soupir, et la flamme de la lampe vacilla, faisant tournoyer mon ombre voûtée sur le mur. On l'utilisait comme appât pour détruire les hyènes, et quelque chose en moi s'éveilla et savoura l'ironie qu'il y aurait à l'utiliser avant que ma volonté ne lui impose silence. Peu importait que cette plante provoque une somnolence aboutissant à la paralysie et à la mort sans effets secondaires violents. Je devais refuser et étouffer ce soupçon de jubilation si je voulais pouvoir retrouver une quelconque tranquillité d'esprit ensuite.

Je continuai à réfléchir. Le tue-chien était puissant. Il pouvait être bu, respiré sous forme de poudre ou frotté sur la peau. Mais comme tant d'autres substances toxiques, il provoquait des spasmes, puis des convulsions si fortes que la victime mourait tendue comme un arc.

La joue posée contre mon bras, je regardai la pièce, éclairée d'une lumière douce, envisageant puis rejetant une possibilité après l'autre. Mon anxiété augmentant, la maîtrise que j'exerçais sur moi-même s'affaiblit. Des murmures et des réminiscences filtrèrent à travers les failles, montèrent des ténèbres où mon âme hurlait, remplie de désespoir et de dégoût pour elle-même. Lorsque je sus que le bruit de ses plaintes allait atteindre ma bouche, je me levai, enfilai mes sandales, jetai un manteau sur mes épaules et sortis.

Priant pour que le Gardien de la Porte soit encore dans son bureau, je dépassai d'un pas rapide le bâtiment des enfants et franchis le petit portail donnant accès aux logements des domestiques. La nuit n'était pas très avancée, et une activité bruyante régnait encore dans la cour s'étendant devant leurs chambres minuscules, où flottaient également les odeurs des cuisines voisines. Ceux qui m'aperçurent s'inclinèrent avec un peu d'hésitation, se demandant sans doute ce que je faisais là, mais je les ignorai.

Un tournant à droite et quelques pas me conduisirent devant un autre portail, gardé celui-ci, car il ouvrait sur les jardins du palais. Après avoir chargé une des sentinelles d'aller voir si le Gardien se trouvait dans son bureau et s'il consentirait à me recevoir, j'attendis, le dos tourné au tumulte joyeux des domestiques. L'homme revint presque aussitôt et me fit signe de passer. J'avais de la chance. Le Gardien travaillait encore.

Les bureaux des ministres de Pharaon s'appuyaient contre les deux murs à angle droit séparant le palais des serviteurs et des invités officiels ; ils se trouvaient à deux pas du bureau privé du Roi et de la salle de banquet. Après le portail, j'obliquai à gauche et marchai jusqu'au bureau de l'homme qui avait la haute main sur tous les aspects de la vie du harem. La porte était ouverte, et en m'avançant sur le seuil, je vis qu'il rangeait des rouleaux de papyrus dans un coffre. Dès qu'il m'aperçut, il referma le couvercle et s'inclina. « Entre, dame Thu, dit-il. En quoi puis-je t'être utile ? » Puis il congédia son scribe en déclarant : « Tu peux emporter ce coffre dans la salle des archives, à présent. » L'homme obéit et sortit après m'avoir adressé une ébauche de salut. Je le suivis du regard jusqu'à ce que l'obscurité l'eût englouti.

Amonnakht me souriait, une main posée sur son bureau, et brusquement, je ne sus plus que dire. Voyant mon hésitation, il me désigna un siège, puis la cruche de vin à côté de lui. Mais je secouai la tête. « Hounro m'a demandé de l'aider à mettre fin à ses jours, Amonnakht », confessai-je enfin d'une voix qui sonna suraiguë à mes oreilles. Son sourire s'effaça, et il me regarda d'un air grave.

« C'était cruel de sa part, commenta-t-il. Cruel et inutile. Je suis navré, Thu. Sa requête a dû te bouleverser. Si j'avais été informé de sa lâcheté, je lui aurais envoyé un des médecins du palais.

– Elle est folle de terreur, poursuivis-je, me sentant obligée malgré moi de prendre sa défense. Elle refuse de faire appel à un homme du palais de peur qu'il ne la fasse mourir dans d'atroces souffrances par malveillance. Il lui est impossible dans son état d'imaginer d'autres émotions que les siennes.

– Elle n'en a jamais été capable, dit le Gardien qui, me prenant par le bras, m'attira vers une chaise. Ne la prends pas en pitié, Thu. Et pour ton propre bien, je t'engage à ne pas accéder à sa demande ridicule.

– J'ai déjà accepté, répondis-je. Que pouvais-je faire d'autre ? Le Prince Ramsès m'a laissée libre de décider et, lorsque je l'ai vue, échevelée, égarée, en larmes, j'ai su que je ne pourrais pas la raisonner. Demain est l'avant-dernier jour. Si je ne l'aide pas, elle mourra dans le sang et le déshonneur.» Amonnakht me regarda d'un air pensif, puis soupira.

«Certains diraient que vous récoltez toutes les deux ce que vous avez semé autrefois, remarqua-t-il. Hounro mourra de la main de la femme qu'elle avait utilisée pour perpétrer un autre assassinat, et tu te vengeras d'elle d'une façon parfaitement légitime. La boucle de vos destinées sera ainsi bouclée. Hounro a appris trop tard la loi des conséquences, et toi, ma chère Thu, tu n'as plus le cœur d'une meurtrière. Je le sais. Pharaon aussi. Il n'y a que toi qui en doutes encore. Qu'attends-tu de moi ?»

J'écoutai moins ses paroles que leur intonation, apaisante, rassurante. C'était ainsi qu'il calmait les concubines hystériques, qu'il réprimandait les indisciplinées ou lisait les décisions de Pharaon. Je savais toutefois qu'il ne cherchait pas à me manipuler. Nous nous connaissions trop bien. Il parlait avec sincérité et sollicitude, et c'était ce qui me réconfortait. «Je veux que tu sois témoin que la requête est venue de Hounro, dis-je avec difficulté. Le soldat qui m'a accompagnée dans sa cellule le confirmera. Je veux que tu prépares un document où seront consignés ses paroles, le fait que le Prince était au courant et mon accord. Ensuite, je veux que tu viennes avec moi dans l'officine du harem, en compagnie d'un des médecins du palais, et que tu me regardes travailler en notant les ingrédients dont je me sers.» Les poings serrés, je cherchai son regard. «Personne ne doit pouvoir dire que j'ai agi sans autorisation, ni que, pour me venger, je lui ai préparé un poison qui l'a fait atrocement souffrir. Il est déjà assez pénible de savoir que tout le monde l'apprendra, se rappellera mon passé et ricanera !

– Je comprends», fit-il en hochant la tête. Brusquement et de façon surprenante, il s'accroupit devant moi et, prenant mon visage entre ses mains, m'effleura les lèvres de ses pouces. «Dans deux jours, le Prince te libérera, dit-il doucement. Tout sera fini, Thu. Tout. Il t'appartiendra alors de recommencer ta vie, de trouver des amis qui te réapprendront à rire, une terre fertile qui te nourrira, et peut-être un homme qui déversera sur toi les huiles curatives de l'amour, si bien que tu pourras de nouveau te regarder dans ton miroir et y voir une femme chérie et revenue à la vie. Mais il faut que tu veuilles tout cela. Tu dois te jurer de faire du passé un tissu aussi fin et élimé qu'une robe trop portée. T'en sens-tu capable ?» Je lui serrai les mains, bouleversée de le voir renoncer ainsi à son détachement habituel.

«Oh, Amonnakht ! m'écriai-je d'une voix étranglée. Tu m'as

toujours soutenue, envers et contre tout.» Il eut un sourire amusé et se releva, reprenant son expression impassible.

«J'ai été le fidèle serviteur de Pharaon, dit-il. Et tu t'es révélée impossible à ignorer.» S'avançant sur le seuil, il jeta un appel bref, et un serviteur apparut aussitôt à qui il ordonna d'aller chercher son scribe. «Tu lui dicteras le texte de ton choix, reprit-il en regagnant son bureau. Je le signerai, puis l'enverrai au Prince en lui demandant d'en faire autant. Ensuite, nous nous rendrons dans les magasins du harem.»

Lorsque le scribe arriva, je fis ce que le Gardien avait suggéré, et lorsque j'eus fini, il inscrivit son nom et ses titres au bas du papyrus. «Apporte-le sur-le-champ au Prince Ramsès, dit-il au scribe. Lorsqu'il y aura apposé son sceau, tu le classeras dans les archives avec les autres documents concernant la concubine royale Thu. Tâche aussi de trouver le médecin royal Pra-emheb et demande-lui de venir me rejoindre dans les magasins du harem.» Puis, remplissant une coupe de vin, il me la tendit. «Allons, buvons à l'avenir, fit-il. Et remercie les dieux de leurs bienfaits. J'ai un plat de pâtisseries quelque part, pas toutes fraîches sans doute mais encore savoureuses. En veux-tu ?»

Nous trinquâmes, bûmes et grignotâmes des sucreries, si bien que, lorsque nous quittâmes son bureau un peu plus tard, j'avais retrouvé mon équilibre.

Le scribe et le médecin nous attendaient devant l'entrée des magasins. Un domestique se tenait à l'écart, une lampe à la main. «Tout a été fait selon tes instructions, Gardien, déclara le scribe. J'ai trouvé Son Altesse dans les jardins en compagnie de sa femme. Le papyrus a été cacheté et rangé dans les archives.» Je poussai un soupir de soulagement, me demandant ce que Ramsès avait pensé de mon désir de voir enregistrer officiellement mon rôle dans le suicide de Hounro. Sans doute s'était-il souvenu d'un autre document, celui qui me promettait une couronne de reine et qui avait si opportunément disparu.

Je ne pus m'empêcher d'interroger le scribe sur les réactions du Prince.

«Son Altesse n'a fait aucun commentaire, dame Thu, répondit-il. Après avoir lu ton papyrus, elle a seulement remarqué que tout était comme cela devait être.» Une réponse ambiguë, qui lui ressemblait bien, pensai-je avec une grimace. Puis Amonnakht me présenta au médecin Pra-emheb, qui s'inclina devant moi, les yeux brillants de curiosité.

« Soignes-tu personnellement le Roi ? demandai-je, tandis que nous pénétrions dans le bâtiment. Comment se porte Sa Majesté ?

– Je suis à son chevet dans la journée, répondit-il. Nous ne pouvons guère faire autre chose qu'adoucir ses derniers moments. Ses jours sont comptés. Il ne mange plus que des fruits, avec beaucoup de difficulté, et ne veut boire que du lait.

– Se lève-t-il encore ? Souffre-t-il ? » Et regrette-t-il le savoir-faire de Houi ? avais-je envie d'ajouter. Revit-il les moments où j'étais couchée près de lui, et où le feu du désir courait dans ses veines au lieu des fluides glacés et mystérieux de la mort ? Le médecin haussa les épaules.

« Il aime qu'on l'adosse à ses coussins de temps à autre, mais cet effort l'épuise. Je ne crois pas qu'il souffre beaucoup. Nous mettons du pavot dans son lait. Les membres de sa famille sont auprès de lui, mais ce sont les prêtres qui lui apportent le plus de réconfort. » Pauvre Ramsès, songeai-je avec tristesse, les yeux fixés sur la flaque de lumière répandue par la lampe du serviteur et sur la tunique bleue d'Amonnakht, devant moi.

Nous parvînmes bientôt dans la pièce où j'avais récemment choisi des plantes médicinales pour ma consommation personnelle. Le scribe posa sa palette sur un banc et y étala une feuille de papyrus vierge. « Je veux que tu prépares une potion, dis-je au médecin. Je t'indiquerai la marche à suivre. Je procède ainsi pour qu'il soit impossible de m'accuser de tromperie, d'avoir substitué un ingrédient à un autre. Je te demanderai également de vérifier avec le Gardien le compte rendu établi par le scribe. Tu es d'accord ?

– Je ne vois pas pourquoi je suis ici, protesta le médecin en fronçant les sourcils. Tu aurais pu me demander un remède sans toute cette mise en scène, Amonnakht.

– Dame Thu est un médecin accompli, expliqua le Gardien. Elle a été choisie par le Prince, sur les instances d'une des condamnées, pour préparer le poison qui permettra à celle-ci de mettre fin à ses jours. De manière fort compréhensible, elle souhaite que cette tâche désagréable soit consignée dans ses moindres détails.

– Oh ! fit Pra-emheb. Dans ce cas, tu as toute ma sympathie, dame Thu. Que désires-tu ? » Le scribe était prêt, calame suspendu au-dessus du papyrus. Je m'efforçai de parler d'une voix neutre.

« Rien de très compliqué, déclarai-je. J'ai décidé d'utiliser le bulbe de la fiente-de-pigeon, moulu et mélangé à une bonne quantité de pavot. Qu'en penses-tu ? » Je le vis passer mentalement en revue les différentes autres possibilités avant d'acquiescer lentement de la tête.

« C'est un bon choix pour une mort indolore, dit-il. Pas de convulsions, pas de vomissements ni de diarrhée, un arrêt rapide de la respiration. Le bulbe est la partie la plus mortelle de la plante, bien entendu, et, moulu, il donnera sans doute un *ro* de poudre. Combien pèse la condamnée ?

– Pas très lourd, répondis-je aussitôt. Elle a... maigri depuis son incarcération. Mais j'emploierai deux bulbes pour plus de sécurité. Je ne veux pas qu'elle souffre. » Je trouvais haïssable cette conversation froide et impersonnelle : nous ne discutions pas du meilleur traitement à appliquer pour soigner les vers intestinaux mais d'un poison destiné à tuer. Une fois ma décision prise dans mon for intérieur, sans fanfare, j'aurais préféré me contenter de quelques instructions données à la hâte. Mais Pra-emheb semblait prendre plaisir à étaler sa science, ou à se donner une fausse importance par ce moyen.

« Deux bulbes feront l'affaire, poursuivit-il. Peu importe à ce moment-là qu'ils soient frais ou séchés. Dans le premier cas, naturellement, il faudra les préparer...

– Je sais préparer tous les poisons et remèdes utilisés en Égypte, et bien d'autres encore, coupai-je brusquement. Je n'ai pas besoin d'un cours. Tu n'es pas ici pour me conseiller mais pour suivre mes instructions. » Il s'écarta d'un pas et regarda Amonnakht d'un air profondément offensé, mais après m'avoir jeté un regard réprobateur, le Gardien déclara d'un ton apaisant :

« C'est une affaire pénible. Nous sommes tous bouleversés. Pardonne-lui, Pra-emheb, et finissons-en le plus vite possible. » Je retins la riposte qui me montait aux lèvres.

« Hounro n'est pas une "affaire" », murmurai-je, mais le médecin s'était déjà dirigé vers les étagères et répétait tout bas : « fiente-de-pigeon, fiente-de-pigeon ». Tout à coup, sa main s'immobilisa dans les airs. « Je sais qui tu es ! s'exclama-t-il. Je me souviens du scandale. Je débutais dans la profession à l'époque, et je ne soignais que les serviteurs du palais, mais cela a fait beaucoup de bruit. Tu... »

De nouveau, je le coupai : « Tais-toi, Pra-emheb, fis-je d'un ton mi-suppliant, mi-menaçant. Je ne veux plus en entendre parler. J'ai subi ma punition et maintenant, c'est fini. Fini ! » Brusquement, un vertige me prit, et je me laissai tomber sur un des coffres encombrant la pièce. « Accomplis simplement ta tâche et va-t'en, je t'en prie. » Amonnakht posa une main réconfortante sur mon épaule, et Pra-emheb se mit au travail.

Le visage fermé, il prit deux bulbes dans un coffret, puis sortit un couteau du petit sac pendu à sa ceinture. Avec adresse, il dénuda le tronçon de tige racorni et sectionna les racines desséchées. Puis, après avoir découpé les bulbes, il les pilonna dans un mortier. Ils dégagèrent une odeur amère, terreuse, et je savais que, quel que soit le liquide utilisé pour les diluer, ils auraient ce même goût âpre et malfaisant. La sueur commença à perler au front du médecin, car la tâche était ardue. Amonnakht ordonna au serviteur d'aller chercher du natron et une cuvette d'eau chaude. L'homme s'éloigna, faisant résonner du bruit de ses pas la grande pièce voûtée, et j'allai examiner les étagères à la recherche d'un récipient où verser la potion finale. Je trouvai un pot de pierre au bec large, juste au moment où Pra-emheb achevait son pilonnage.

« Et maintenant ? » demanda-t-il en s'essuyant le visage sur son pagne. Je lui tendis le pot.

« Remplis-le à moitié de poudre de pavot et ajoute la fiente-de-pigeon, dis-je. Je compléterai avec du lait.

– Une quantité pareille de pavot ! s'exclama-t-il. Mais cela seul suffira à affecter ses battements de cœur.

– Précisément, fis-je d'un ton las. Je veux qu'elle succombe aux effets soporifiques du pavot avant que la fiente-de-pigeon n'agisse. » Je ne pouvais lui reprocher cette réflexion, apparemment stupide. Il avait eu une réaction de médecin, instinctive et immédiate. J'aurais aimé avoir la même innocence. « As-tu pris note de tout ? » demandai-je au scribe, qui acquiesça et continua d'écrire.

Pra-emheb versa la poudre de pavot dans le pot. Les bulbes pilés suivirent. Alors qu'il me tendait le récipient, le serviteur revint avec une cuvette fumante et une assiette de natron, et le médecin se lava énergiquement les mains. Je savais qu'il cherchait à nettoyer plus que sa chair. J'avais envie de faire la même chose. « Merci, Pra-emheb », dis-je. Il garda le silence. Le pot à la main, je sortis du magasin.

Je ne me rendis compte qu'Amonnakht me suivait que lorsqu'il m'adressa la parole. « Ne lui en veux pas, Thu, remarqua-t-il. C'est une tâche pénible pour un médecin.

– Tu n'as pas besoin de me le dire ! hurlai-je. Je suis médecin, moi aussi, tu l'as oublié ? Crois-tu que cela ne me fasse pas plus d'effet qu'une piqûre d'épine ? Dois-je payer éternellement pour les péchés de ma jeunesse ? » Sans répondre, il se pencha et me prit le récipient des mains.

« Quelle quantité de lait faut-il ajouter ? » demanda-t-il. Je n'entendis pas tout de suite, rendue sourde par la fureur qui faisait battre le sang à mes oreilles, mais ensuite je compris et m'apaisai d'un coup.

« Tu n'as pas à te charger de cela, Amonnakht. C'est moi qui ai donné ma promesse, pas toi.

– Tu en as fait assez, répondit-il. Je suis le Gardien de la Porte. J'ai la responsabilité de toutes les femmes se trouvant dans l'enceinte du palais. Je m'acquitterai de cette obligation à ta place. Quelle quantité de lait ? » C'était une belle nuit : des étoiles filantes striaient le ciel, l'air était doux et sentait l'herbe humide. Je respirai à pleins poumons.

« Une demi-tasse, dis-je. Ensuite, il faut bien secouer le pot et rajouter du lait, en ne laissant que la place du bouchon. Tu vas le lui porter, Amonnakht ?

– Oui. Et je resterai près d'elle quand elle le boira.

– Il faut l'agiter encore une fois avant de le verser, et elle doit l'avaler d'un coup, sinon son goût âpre l'empêchera de terminer. Mais, après avoir ajouté le lait, laisse le tout reposer jusqu'à demain. Veilles-y comme sur la prunelle de tes yeux, Amonnakth. Si un serviteur le buvait en le prenant pour du lait, je ne me le pardonnerais jamais.

– Et moi non plus, dit-il en souriant. Je t'avertirai lorsque tout sera fini. Bonne nuit, Thu. » Il s'éloigna sans plus attendre, enveloppé dans ce manteau invisible d'assurance et de dignité qui n'était qu'à lui, et je regagnai ma chambre, le cœur plus léger.

Là, je me déshabillai et, après avoir envoyé Isis chercher du vin, je me rendis dans les bains déserts, où je me lavai avec fièvre, me frottant vigoureusement la peau avec les cristaux de natron rugueux, puis déversant sur ma tête cruche après cruche d'eau pure. Des picotements sur tout le corps, mais frissonnant pourtant, je retournai dans ma chambre et me couchai. Le vin était sur la table, une coupe pleine m'attendait. Je remerciai Isis et la renvoyai. A peine avait-elle quitté la pièce que j'avais vidé la coupe et m'en remplissais une autre.

Je continuai à boire, adossée à mes coussins, goûtant la chaleur du vin dans mon estomac, y cherchant l'oubli des images trop vives qui m'obsédaient. C'était un excès inoffensif, un refus passager d'affronter les tensions du moment, et je me laissai flotter sur les vapeurs de l'alcool.

Elles ne m'emportèrent pas dans le passé, où le désespoir aurait pu me submerger, mais dans l'avenir : je me vis en compagnie de Kamen et de Takhourou dans un domaine paisible aux jardins luxuriants et ombreux, où des parterres colorés bordaient les allées de pierre, où des lotus égayaient de leurs fleurs blanches et roses la surface paisible de l'étang aux poissons. Une barque blanche à la voile jaune vif serait amarrée à notre modeste débarcadère. Nous y monterions parfois pour aller rendre visite à Pa-ari et aux grands-parents de Kamen, mais surtout pour aller nous promener sur l'eau au coucher du soleil, et regarder les grues blanches déployer leurs grandes ailes ou les ibis huppés immobiles dans les bouquets de roseaux des berges.

Il y aurait des voisins, des gens agréables que nous inviterions de temps en temps à dîner dans notre salle de réception, petite mais belle. Assis sur des coussins devant de petites tables jonchées de fleurs, nous savourerions notre vin et dégusterions les plats raffinés de notre cuisinier en échangeant des potins sur les gens et les affaires de la région. Le Prince Ramsès, devenu le Taureau puissant, nous ferait peut-être l'honneur d'une visite, provoquant l'émoi et la jalousie de nos voisins. Men et Shesira viendraient eux aussi, et je partagerais avec la mère adoptive de Kamen des anecdotes sur ce fils que nous avions en commun, tandis qu'il plaisanterait amicalement avec ses sœurs.

Je me remettrais à la médecine, mais pas tous les jours, car j'aurais à m'entretenir du bétail et des cultures avec mon surveillant, à tenir les comptes des récoltes et des bénéfices. Et puis il y aurait peut-être des petits-enfants, des bébés ayant les traits aristocratiques délicats de Takhourou et le regard intelligent de Kamen, dont les petits doigts bruns s'agripperaient aux miens et qui tituberaient sur les pelouses à la poursuite de papillons ou de feuilles soulevées par le vent.

Sous cette rêverie agréable provoquée par le vin, à laquelle je m'abandonnais avec le soulagement d'un lièvre traqué par une meute de chiens, la réalité continuait néanmoins à palpiter, menaçante.

Houi était en liberté, quelque part.

Et demain était le septième jour.

16

En dépit du vin que j'avais bu, je dormis mal et me réveillai, la gorge serrée d'angoisse, aux premiers chants d'oiseaux, alors que le soleil naissant faisait scintiller l'herbe devant ma porte. Je m'étais tournée et retournée dans mon lit toute la nuit, la sueur plaquait les draps à mon corps, et je mourais de soif. Je vidai le pot d'eau toujours plein qui se trouvait sur la table de chevet, puis je me recouchai et regardai la lumière changer peu à peu au plafond.

Combien de milliers de fois Rê est-il sorti du sein de Nout depuis que l'Égypte a émergé des ténèbres primordiales ? me demandai-je. Combien de gens à travers les âges ont, comme moi, écouté les oiseaux saluer le jour et senti l'air se réchauffer en pensant : aujourd'hui, je vais travailler, manger et boire, nager dans le Nil, faire l'amour à ma femme et regagner mon lit lorsque Rê sera de nouveau englouti ? Tous se sont sans doute dit : aujourd'hui, je respire, j'entends, je vois, je vis, et demain, si les dieux en décident ainsi, j'ouvrirai de nouveau les yeux.

Et combien ont su l'heure de leur mort ? Combien se sont réveillés, encore à moitié dans leurs rêves, ont regardé d'un œil ensommeillé la lumière de l'aube en faisant de vagues projets pour la journée, et retrouvé d'un coup toute leur lucidité sous l'effet de la terreur ? Je vais mourir aujourd'hui. Je dois compter les respirations qui me restent, car il n'y en aura plus beaucoup. Demain n'existera pas pour moi. C'est la dernière fois que je vois le soleil se lever.

La cour s'animait, à présent. Des servantes apportaient le premier repas de la journée à leur maîtresse somnolente, et l'odeur de pain frais flottait derrière elles. Elles s'interpellaient gaiement. Hounro mangerait-elle ce matin ? L'horreur du réveil s'était-elle dissipée pour laisser place à l'espoir illusoire d'une grâce ? Et Paiis ? Il m'avait dit qu'il attendrait l'ultime moment pour se donner la mort. Comment passerait-il cette dernière journée ? À manger, à boire et à faire l'amour à des filles ? Sans doute.

Isis apparut avec un plateau et me salua joyeusement. Tandis que je mangeais du bout des lèvres, elle rangea la chambre, sans cesser de bavarder. Lorsque son agitation me devint insupportable, je la renvoyai et, repoussant mon plateau, je m'avançai sur le seuil.

Le soleil était déjà haut et chaud. Quelques femmes flânaient sur la pelouse en chemise de nuit, bâillant et clignant les yeux dans la lumière. On entendait des bruits de plats entrechoqués, des réprimandes lancées d'un ton brusque, des éclats de rire, et je m'en repaissais avec autant d'avidité qu'un mendiant affamé. Je ne perdrais pas un moment de cette journée, me promis-je avec passion, jusqu'à ce que la dernière goutte d'eau tombe dans la clepsydre. Et il en irait de même pour Hounro, bien qu'elle soit enfermée dans une cellule. Si Amonnakht était avisé, il attendrait la tombée de la nuit pour aller la trouver, car tant que le soleil brillerait, elle refuserait de boire.

Lorsque Isis revint, j'allai avec elle aux bains, mais après avoir été lavée et massée, je refusai maquillage et bijoux. Je ne savais pas très bien pourquoi. Cela ne changerait naturellement rien au sort de Paiis ni de Hounro, mais face à la solennité de la mort, les parures me semblaient insolentes, insultantes même. Mon agitation ne cessa de croître à mesure que la matinée avançait, et elle sembla se communiquer aux autres, car dans la cour les conversations des femmes cessèrent peu à peu, et les enfants se montrèrent d'humeur querelleuse.

Dans l'après-midi, alors que le temps paraissait étrangement suspendu, un domestique vint m'apporter la liste des propriétés en vente, que j'avais demandée au géomètre. Je n'y pensais plus du tout, et parcourus rapidement le papyrus. Mais les mots et les chiffres défilèrent sous mes yeux sans que mon esprit les enregistre. Ils appartenaient à un autre univers, où une heure suivait l'autre et conduisait à un avenir qui me semblait en cet instant aussi inconnu que les terres barbares s'étendant au-delà du désert de l'Ouest. Je rangeai la liste. Mon univers ne contenait que Paiis, Hounro et moi-même, tous consumés dans le feu de l'attente.

Je ne pus faire la sieste. La cour se vida, et les femmes allèrent s'étendre dans leur chambre, mais l'atmosphère pesante de la journée les y suivit, et je les entendis murmurer et s'agiter sur leur couche. Plus tard, elles ressortirent une par une pour aller s'asseoir sous leur abri de toile, et j'allai moi aussi m'installer contre le mur extérieur de ma chambre sur un coussin. Une sorte d'immobilité respectueuse s'empara de nous, au point que l'idée même de mouvement devint bientôt impie. Cela n'avait rien de paisible : c'était l'immobilité de créatures menacées par un danger confusément perçu, et à la fin, je fermai les yeux et m'y abandonnai.

Au coucher du soleil, l'atmosphère s'allégea un peu avec l'arrivée du repas du soir. Isis m'apporta un plateau, mais je ne pus rien avaler. Mon cœur, mes pensées, tout en moi était concentré sur les derniers instants que vivaient Hounro et Paiis. Que ce soient des criminels n'avait plus d'importance. Je ne regrettais pas davantage qu'il leur faille mourir.

Mon ka se rappelait les tourments de ma propre agonie : la colère, la certitude qu'une erreur avait été commise et que l'on allait venir me libérer, puis la panique, et enfin une résignation morne, ponctuée de moments d'hystérie qui me jetaient, hurlante, contre la porte de ma cellule.

Plus tard, trop faible pour me lever, j'avais imploré de l'eau, imploré de la lumière pour dissiper les ténèbres peuplées de cauchemars, imploré le contact d'une main pour m'aider à supporter la terrible solitude de la mort. Cette main était venue à la onzième heure, et Amonnakht m'avait sauvée au seuil de l'éternité. Mais cette onzième heure serait la dernière pour Paiis, et ce n'est pas l'eau de la vie que le Gardien apporterait à Hounro mais la coupe de l'oubli.

Le crépuscule tomba et, avant d'emporter les assiettes intactes sur le plateau, Isis alluma ma lampe. D'autres lumières clignotaient par intermittence dans l'obscurité, brouillées de l'autre côté de la cour par le rideau translucide du jet d'eau, mais je me rendis compte que l'affairement habituel à cette heure de la journée était absent. S'il devait y avoir un banquet au palais, les femmes l'ignoraient. Je voyais leurs silhouettes se mouvoir silencieusement dans les chambres ouvertes, tandis que leurs servantes paressaient à l'extérieur.

Combien d'heures encore avant que Rê ne franchisse le point médian entre les mâchoires de Nout et le moment où elle l'expulserait de son corps à l'aube ? me demandai-je. Cinq ? Six ? Qu'allais-je faire jusque-là ? J'étais trop bouleversée pour lire ou même pour prier. Cela ne ressemblait pas à la vengeance que j'avais imaginée. La réparation dont j'avais rêvé, les fantasmes dont je m'étais nourrie prenaient un goût de cendres dans ma bouche. Et si cela avait été possible, j'aurais couru à la prison libérer les condamnés. Mais c'était encore une idée extravagante. Les libérer ne changerait pas leur nature. Et pourquoi pas ? murmurait une voix à l'intérieur de moi. Cela a bien changé la tienne, puisque tu penses à la clémence alors qu'autrefois seules l'ambition et la peur te gouvernaient.

Je me mis à marcher de long en large, la tête baissée et les bras serrés sur la poitrine. Comme je ne voulais pas attirer l'attention des autres femmes en passant devant leur chambre et risquer d'avoir à leur parler, je quittai la cour et suivis le chemin désert qui passait entre les murs du palais et du harem. Au-dessus de moi, dans l'étroite bande de ciel visible, les étoiles scintillaient, mais là où j'étais, l'obscurité était si totale que je distinguais à peine mes pieds. Je ne croisai personne. Même le bâtiment des enfants était silencieux.

Je ne sais pas combien de temps je fis l'aller et retour le long de ce chemin, envahie peu à peu par un sentiment d'irréalité qui, joint à la régularité hypnotique de mes mouvements, finit par me donner l'impression d'être aussi légère et dépourvue de substance qu'un fantôme. Mais compter mes pas ne m'apaisait pas, pas plus que l'obscurité qui m'enveloppait, ni la fatigue de mes muscles. Au contraire, ce va-et-vient monotone accentuait encore le passage inéluctable du temps, chacun de mes pas ôtait un instant de vie à Paiis et à Hounro.

Mais enfin, alors que j'arrivais une énième fois devant la porte donnant dans la cour des serviteurs et que je m'apprêtais à faire demi-tour, je vis une ombre bouger au bout du chemin et m'immobilisai. Il avança d'un pas régulier. Je ne perçus d'abord que le mouvement vague de son pagne de lin, le murmure de ses sandales, puis son visage devint distinct, et je m'appuyai contre le mur, les jambes soudain molles.

Il s'inclina. Son expression était grave, tendue et, lorsque nos regards se rencontrèrent, je m'aperçus que j'étais incapable de parler. « C'est fini, dit-il. Elle a attendu sa grâce toute la journée. Je suis allé la trouver il y a deux heures, mais elle a refusé de boire avant l'expiration du délai. À ce moment-là, elle était si épuisée qu'elle n'a plus protesté. Tu as bien choisi les ingrédients de la potion, Thu. Sa fin a été paisible.

– Et Paiis ? murmurai-je d'une voix étranglée.

– Il a été ivre toute la journée d'hier et a dormi une bonne partie de la matinée. Mais ensuite il s'est fait laver et maquiller, et a demandé qu'on lui envoie un prêtre. Dans la dernière heure, il s'est tranché les poignets et s'est vidé de son sang devant l'autel de Khonsou. Une mort digne. »

Une mort digne. D'un seul coup, ma bouche se remplit de bile et, me tournant vers le mur, j'y appuyai le front et laissai couler mes larmes. Je pleurai sans bruit, puis sentis Amonnakht me prendre par les épaules et m'attirer contre lui. Il ne dit pas un mot. Il ne murmura pas de paroles apaisantes ni ne me caressa les cheveux. Il me tint simplement dans ses bras jusqu'à ce que je me sois libérée de la pitié, du chagrin et de l'étrange sentiment de perte que j'éprouvais, en trempant sa tunique de mes pleurs. Puis il m'écarta avec douceur. « Tu vas pouvoir dormir, à présent, dit-il. Et, demain, ton fils viendra te chercher. Le Prince a donné son accord. Tu vas me manquer, Thu.

– Toi aussi, Amonnakht, répondis-je d'une voix tremblante. C'est comme si les dix-sept dernières années n'avaient pas existé. J'aimerais revoir Pharaon avant de partir. Crois-tu que ce soit possible ?

– Non. Ramsès n'a plus que quelques jours à vivre. Le palais se prépare déjà à le pleurer, et les prêtres *sem* apprêtent leurs instruments pour l'embaumement. Laisse-le s'en aller en paix. C'est la fin. » Encore ce mot ! J'essuyai mon visage brûlant sur la manche de ma chemise, submergée soudain par une immense fatigue. Je pris une profonde inspiration.

« Merci pour tout ce que tu as fait pour moi, Gardien, murmurai-je avec émotion. Je te souhaite longue vie et prospérité. » J'effleurai sa joue d'un baiser, puis m'éloignai très vite sur le chemin obscur. Je sentis qu'il me suivait du regard et, avant de pénétrer dans ma cour, je me retournai, mais il avait disparu.

Je me laissai tomber sur mon lit et sombrai presque aussitôt dans un sommeil sans rêve, dont je me réveillai dans la même position. Bâillant, puis m'étirant à faire craquer mes articulations, je me redressai. « Isis ? » appelai-je, et avant que j'aie retiré ma robe froissée, elle était près de moi, le regard interrogateur, le front plissé.

« Tout va bien, dame Thu ? demanda-t-elle d'un ton hésitant.

– Très bien, répondis-je. Aujourd'hui, on te donnera une nouvelle maîtresse. Je quitte définitivement le harem. Je vais aller seule aux bains pendant que tu iras me chercher à manger, car j'ai une faim de loup. Va vite ! » Mais, au lieu de m'obéir, elle ramassa ma robe et resta là, la serrant distraitement contre elle et se mordant la lèvre.

« Tu as quelque chose à me dire ? demandai-je avec impatience.

– Je ne pensais pas que tu partirais si vite, répondit-elle.

Pardonne-moi mon impertinence, dame Thu, mais j'ai aimé te servir et, si tu m'y autorises, j'aimerais continuer à le faire. Si tu n'as pas de servante qui t'attende, emmène-moi, je t'en prie.» Je la regardai fixement, prise au dépourvu.

«Mais, Isis, je n'ai pas encore de maison. Je ne sais pas où j'irai. Tu risques de te retrouver dans une ferme reculée au fin fond de la Nubie. Ici, dans le harem, tu es au centre du pouvoir. Tes tâches sont légères. Tu vas et viens à ta guise en ville. Tu t'ennuirais et tu serais malheureuse avec moi.» Elle secoua la tête avec violence en étreignant encore plus étroitement mon vêtement.

«Je sais tout sur toi, dit-elle. J'ai entendu les femmes bavarder. Certaines te craignent. D'autres t'envient tes rapports privilégiés avec le Prince. Leur vie est...» Elle s'interrompit, cherchant ses mots. «... très étriquée, dame Thu, et cela déteint sur leurs servantes. Je ne suis pas ici depuis longtemps, et je ne veux pas passer le restant de ma vie à servir une concubine insatisfaite après l'autre.

– Que veux-tu, alors ? demandai-je avec curiosité. Tu n'as donc pas peur de moi, toi ? J'espère que tu ne me prends pas pour une aventurière qui t'entraînera dans des eaux agitées ? Car je t'assure que je ne désire rien de plus désormais que de flâner dans mon jardin, boire mon vin et me promener sur le Nil dans ma barque au coucher du soleil.

– J'installerai un abri de toile dans ton jardin, fit-elle avec enthousiasme. Je te servirai ton vin et j'arrangerai les coussins sur le pont de ta barque. Je te masserai et te maquillerai. Je serai efficace et discrète. Je n'ai pas peur de toi, dame Thu. J'ai peur de mourir sans avoir jamais su ce que c'était que d'être en vie.»

Comme un piqûre d'épingle dans le cœur, je réentendis la voix de Hounro, désormais disparue à jamais, et je regardai le visage jeune et implorant de cette enfant en me sentant brusquement très vieille.

«Très bien, dis-je. Mais je ne veux pas t'entendre pleurer quand tu t'apercevras que je n'ai aucune intention de fréquenter la haute société et que tu t'ennuies. Tu iras demander au Gardien son autorisation écrite. Et maintenant, va me chercher à manger !» Une sourire heureux aux lèvres, elle s'inclina et partit en courant, tandis que je me rendais aux bains.

Lavée et frottée d'huile, je revins dans ma chambre, où je savourai avec appétit tous les plats que me servit Isis. Je me rinçais les doigts dans un bol d'eau tiède lorsqu'un des intendants se présenta. Il me tendit un rouleau.

«C'est la liste des objets que tu as choisis dans les magasins du harem, dit-il en réponse à ma question. Les coffres sont dans la cour. Le Gardien te prie d'être prête à partir au coucher du soleil. Il te rappelle par ailleurs que les cinq debens d'argent offerts par le Roi se trouvent dans une cassette séparée contenant également deux rouleaux dictés par l'Unique en personne. Tu ne dois les décacheter qu'arrivée chez toi.

– Mais je n'ai pas de chez moi ! » m'écriai-je. Bien inutilement, car l'intendant avait déjà tourné les talons. « Va ouvrir ces coffres, ordonnai-je à Isis. Tu y trouveras des robes et des sandales. Prends ce que tu veux et reviens m'habiller. Je sortirai du harem, vêtue de mes propres habits. Après, tu pourras te mettre à la recherche du Gardien et tâcher de le convaincre de te laisser partir avec moi. »

Je l'écoutai pousser des exclamations ravies en fouillant dans les coffres. Je n'ai pas de destination précise, pensai-je, dans un brusque élan d'allégresse. Je suis libre. Ce soir, je verrai les lumières du harem et du palais pour la dernière fois. Où irai-je ? Peu importe, car je m'en moque.

Prête bien avant l'heure fixée, j'attendis devant ma porte, assise sur un des énormes coffres, tandis que, consciencieuse à son habitude, Isis effaçait toute trace de mon passage dans la chambre. J'aurais pu y rester jusqu'au dernier moment, mais à partir de l'instant où Isis avait refermé le couvercle de la petite table de maquillage que j'avais choisie et l'avait rangée, l'atmosphère de la pièce avait changé, m'était devenue hostile. Je n'étais plus la femme qui s'y était installée quelques jours à peine auparavant, et elle me rejetait. De mon côté, ses dimensions, ses meubles, jusqu'à son odeur me devinrent brusquement étrangers, et je m'en séparai comme d'un cocon, en sortant sur le chemin qui m'emmènerait loin des bâtiments des femmes, et dans une nouvelle vie.

Je portais une robe que je n'avais encore jamais mise – un fourreau diaphane d'un rouge cramoisi tissé de fils d'or – et mes nouveaux bijoux, tous en or : une ceinture dont les maillons avaient la forme de lotus ; des bracelets figurant des feuilles aux nervures de cornaline, et un gros scarabée en os monté en bague. De l'or encore pailletait mes cheveux dénoués et scintillait sur mes paupières.

Parée comme si je devais assister à une grande fête dans la salle des banquets plutôt qu'affronter un avenir inconnu, j'attendis donc, respirant le parfum musqué de l'huile coûteuse dont Isis m'avait mis quelques gouttes entre les seins. Il n'y avait personne à qui je souhaitais dire au revoir. J'avais pris congé du Gardien, et Pharaon n'avait plus la force force de supporter une dernière entrevue. Moi non plus, d'ailleurs. Si le Prince avait désiré me revoir, il m'aurait envoyé chercher. J'aurais dû demander un scribe et dicter une lettre à mon frère et à ma famille, mais je voulais conserver intacte l'humeur d'attente solennelle et joyeuse qui était la mienne.

Assise immobile dans le courant d'air léger de la cour, j'attendis qu'Isis finisse son nettoyage et me rejoigne. Je lui dis d'aller chercher ses affaires et faire ses adieux. Craignant sans doute que je ne m'en aille sans elle, elle revint peu après, un sac en cuir sur l'épaule et, tenant dans la main droite le précieux rouleau l'autorisant à quitter le harem. Elle posa avec précaution le sac à côté d'un coffre et s'assit en face de moi, mais sans lâcher le papyrus. Je ne lui parlai pas, et elle ne me regarda pas. Nous étions toutes les deux absorbées dans nos pensées.

Enfin, alors que le bleu profond du ciel avait cédé la place au rose délicat précédant le rouge écarlate du coucher du soleil, j'entendis les pas que j'attendais avec impatience, et je le regardai s'avancer vers moi. Souriant, il m'ouvrit les bras, et je m'y précipitai avec bonheur. « C'est tout ce que tu emportes, mère ! plaisanta-t-il, en faisant signe aux hommes qui l'accompagnaient de prendre les coffres. Et ce sac ? Est-il aussi du voyage ?

– Il appartient à Isis, expliquai-je en glissant mon bras sous le sien. Elle quitte le harem pour entrer à mon service. Oh, Kamen, quel bonheur de te voir, d'entendre ta voix ! Comment vas-tu ? Et Takhourou ? M'emmènes-tu chez Men ? » Nous nous dirigeâmes vers l'entrée, suivis d'Isis.

« Je vais très bien, répondit-il. Le Prince m'a nommé officier dans sa propre division, et a placé Banemus sous mes ordres directs. La décision est sage, quoique embarrassante pour nous deux. Banemus est... était un grand général, et j'espère apprendre beaucoup grâce à lui. Il aura vite racheté sa faute. Takhourou... » Je le tirai par le bras et le forçai à s'arrêter.

« J'avais prévu que nous vivrions ensemble, toi, moi et Takhourou ! protestai-je, inquiète et déçue. Cet espoir m'a aidée à traverser tout ce que nous avons vécu, Kamen, mais si tu as prêté serment au Prince, tu vas devoir rester à Pi-Ramsès ! J'ai besoin de toi ! J'ai une liste de domaines à te montrer. Sans toi, que deviendrai-je ?

– Je ne vais pas disparaître une seconde fois de ta vie, ne t'inquiète pas, dit-il en posant un baiser sur ma main. Mais je dois penser à ma carrière, épouser Takhourou, élever une famille. Je ne peux pas vivre avec toi, mère. Ce serait une erreur pour nous deux. Je comprends un peu ce que tu as subi, et je veillerai à ce que tu ne souffres plus jamais, tu dois me croire. Une maison est déjà toute prête à te recevoir. Je crois qu'elle te plaira. Si ce n'est pas le cas, je t'aiderai à en trouver une autre.

– Une maison ? Mais où ? Je voulais la choisir avec toi, Kamen ! »

En guise de réponse, il désigna les coffres.

« Tu as les deux rouleaux de Pharaon ?

– Oui. Mais…

– Plus tard. Ta barque attend devant le débarcadère du palais, et la nuit va bientôt tomber. Nous devons nous hâter. »

Il s'éloigna et, avant de le suivre, je jetai un dernier regard autour de moi. Le jet d'eau retombait toujours en cascade dans son large bassin. Son eau rouge captait les derniers rayons du soleil et son bruit régulier – une musique paisible qui avait accompagné les journées de passion et de désespoir de mon premier séjour et qui résonnait encore alors que je quittais ces lieux pour la deuxième fois – semblait la voix même de l'éternité, obscure et énigmatique.

Des femmes bavardaient, assises ou étendues autour du bassin, pendant que les servantes pliaient les abris devenus inutiles. Quelque part, quelqu'un pinçait paresseusement les cordes d'un luth, dont les notes plaintives flottaient dans l'air tiède. D'autres domestiques allaient et venaient, chargées de plateaux aux odeurs appétissantes. Bientôt les femmes dîneraient en buvant du bon vin et en discutant des petits détails de leur journées, puis les lampes seraient allumées, les draps froissés, et le silence régnerait jusqu'à l'aube… où tout recommencerait.

Mais sans moi. Les dieux en soient loués ! Sans moi. Une autre concubine entrerait dans ma chambre, le cœur battant de crainte et d'espoir, tandis que sa servante ouvrirait ses coffres et déballerait ses affaires. Étendue dans l'obscurité, se demanderait-elle parfois qui avait reposé sur ce matelas avant elle ? Rêverait-elle d'amour et d'une couronne de reine ? J'entendis le fantôme de Hounro murmurer à mes oreilles : je n'ai jamais vécu. Jamais vécu. Avec un dernier pincement de pitié au cœur pour elle, pour moi, pour toutes ces femmes, je me détournai et sortis.

Kamen parlait déjà aux gardes de la porte principale et, le temps que j'arrive à sa hauteur, celle-ci était ouverte, et nous passâmes. À ma droite, la nuit obscurcissait déjà le bassin où Hounro et moi avions nagé ensemble, et les arbres qui l'ombrageaient pendant la journée avaient à présent un air sinistre. J'y jetai un rapide coup d'œil, puis me hâtai de rattraper Kamen. Il marchait à grands pas sur le sentier rejoignant l'allée plus large qui m'avait maintes fois conduite à la majestueuse entrée publique du palais. Des serviteurs fixaient déjà des torches sur les imposantes colonnes, et le défilé des courtisans commençait.

Nous nous retrouvâmes bientôt sur la vaste esplanade qui aboutissait au débarcadère. Là, je dus me frayer un passage entre les groupes animés de nobles qui s'apprêtaient à aller banqueter au palais. Je pensai alors à Pharaon dans sa chambre à coucher ténébreuse, seul en compagnie de ses médecins et de la puanteur pénétrante de son agonie, tandis que dans ce bâtiment immense et luxueux, le pouls de l'Égypte continuait de battre.

Kamen nous conduisit au bord du canal où étaient amarrées des embarcations de toutes tailles et de toutes catégories. Il s'arrêta devant une barque petite mais gracieuse. Ses bordages étaient en cèdre. Sa proue et sa poupe étaient dépourvues d'ornement, mais des rideaux en damas fermaient la cabine, et la voile attachée à son mât délicat semblait en drap d'or. Un drapeau battait mollement tout en haut, mais je ne pus distinguer ses couleurs. Jambes nues pendant de chaque côté de la barre, le timonier regardait autour de lui avec curiosité, et plusieurs marins étaient appuyés à la lisse.

Dès qu'ils virent Kamen, ils descendirent à terre pour nous saluer et aider les serviteurs à charger les coffres. Puis, à son signal, la passerelle fut rentrée, la corde dénouée, et nous nous éloignâmes lentement du débarcadère.

« À qui appartient ce bateau ? demandai-je à Kamen tandis qu'Isis disparaissait dans la cabine, les bras pleins de coussins, et qu'un marin nous écartait de la rive au moyen d'une perche.

– À toi, répondit-il. Un cadeau du Prince. Comme il ne savait pas les couleurs qui te plairaient, il m'a permis de choisir à ta place. » Un sourire narquois éclaira son visage. « Je lui ai dit qu'étant donné que j'étais de sang royal et que tu avais été la propriété du Roi la majeure partie de ta vie, le bleu et le blanc impériaux me semblaient tout indiqués. Il a ri mais accepté.

– Un cadeau ? répétai-je, songeuse. Quelle générosité ! Je suis sans voix.

– Généreux, peut-être, dit Kamen. Mais je pense que notre futur Pharaon s'amuse secrètement beaucoup de ta situation. Il attend que je lui rende compte en détail de ta réaction devant un autre cadeau auquel son père et lui ont pensé ensemble. Non... » Il leva une main pour m'imposer le silence. « Tu n'es pas autorisée à poser de questions. Les deux rouleaux t'expliqueront tout.

– Je ne vais donc voir ni ton père adoptif, ni Takhourou, ni Nesiamon ? dis-je. Je leur dois pourtant de grands remerciements.

– Nous n'allons pas loin. Men est au courant. Veux-tu te reposer dans la cabine, à présent, où dois-je te faire apporter un tabouret ? »

J'optai pour le tabouret, et lorsque Isis l'eut apporté, je regardai la barque se dégager des autres embarcations encombrant le canal et tourner sa proue vers le fleuve. Lentement, la rangée de hautes colonnes et les torches embrasées, éclairant les invités aux tenues scintillantes qui les franchissaient, reculèrent dans le lointain, remplacées par les troncs noirs et les branches entrelacées des arbres bordant le canal. Le soleil avait disparu, et la lampe suspendue à l'arrière jetait des rayons orange qui éclairaient la surface huileuse avant de se perdre dans l'obscurité des berges. Les rames plongeaient silencieusement dans l'eau, soulevant une écume grisâtre.

Nous quittâmes bientôt le canal pour le lac de la Résidence, et les domaines des nobles défilèrent, avec leur débarcadère, leurs embarcations et leurs radeaux illuminés. Les festivités nocturnes avaient commencé dans cette ville qui était le centre du monde, mais je n'y prendrais plus part. Je n'en avais d'ailleurs aucun regret. La mélancolie que j'éprouvais était un moment de nostalgie, le désir fugitif et poignant de remonter le temps, rien de plus. Je ne pensais pas. Le mouvement de la barque me berçait. L'obscurité m'enveloppait. Je ne m'aperçus que Kamen était venu me rejoindre qu'en l'entendant parler.

« Nous arrivons aux Eaux-d'Avaris, dit-il. On t'a préparé du vin et un repas froid : salade, pain et fromage de chèvre, oie et figues. Veux-tu manger ici ou dans la cabine ? » Je caressai ses épais cheveux noirs.

« Cette ville ne présente plus d'intérêt pour moi, répondis-je. Tout ce que j'y ai connu, je l'ai laissé dans le palais, et dans des tombes anonymes creusées quelque part dans le désert, au-delà du Delta. Allons dans la cabine. »

Une lampe accrochée au mur éclairait les coussins éparpillés sur le sol, la table basse chargée de plats et l'étroit lit de camp déjà préparé. Agenouillée près de la table, Isis se tenait prête à nous servir et répondit en rougissant au salut aimable de Kamen. En entendant, au-dehors, le capitaine répondre à la sommation des gardes, je sus que nous quittions le lac de la Résidence.

Prenant la coupe de vin sombre que me tendait Isis, je la levai. « À mon protecteur Oupouaout, au grand dieu Ramsès et à son fils l'Horus-dans-le-nid ! dis-je. Vie, santé et prospérité à nous tous ! »

Nous bûmes ensemble, puis nous attaquâmes au repas, et je me rendis soudain compte, en regardant Kamen découper une feuille de laitue de ses doigts fins, que j'étais heureuse, vraiment heureuse, pour la première fois depuis des années.

Pendant quelques heures, allongés sur les coussins, nous parlâmes avec abandon, Kamen de sa jeunesse, de son entraînement militaire, de son amour croissant pour Takhourou et de ses ambitions, et moi de ma vie auprès du souverain. Je ne souhaitais plus revenir sur ma jeunesse dans la maison de Houi ou mes années d'exil à Assouat et, sentant ma réticence, Kamen n'insista pas. Nous plaisantâmes et rîmes beaucoup avant qu'il ne m'embrasse et n'aille dormir sous la tente installée contre la paroi de la cabine. Je m'étendis alors sur le lit de camp, et Isis sur des coussins près de la porte.

Lorsque je me réveillai, le Delta était derrière nous, et nous venions de dépasser les innombrables pyramides qui se dressaient sur le haut plateau de la rive occidentale. La matinée était fraîche et pleine de promesses. Debout sur le seuil de la cabine, je contemplai un moment le bleu éblouissant du ciel sur lequel les collines brunes se détachaient aussi nettement que si l'on avait tracé leurs contours au couteau. Plus près de nous, une ligne de palmiers indiquait le sentier longeant le fleuve. Le Nil scintillait, reflétant la couleur du ciel et, sur ses rives, dans les bouquets de roseaux, les oiseaux saluaient le jour en sifflant et pépiant.

Agenouillée sur le pont, entourée de pots et de plats, Isis préparait le déjeuner. Devant moi, les marins peinaient sur les rames, le dos luisant de sueur, car nous remontions le courant, qui était encore fort, bien que la crue fût passée. Au-dessus de moi, le vent dominant, venu du nord, gonflait la voile jaune, et le drapeau aux couleurs impériales claquait au sommet du mât.

Kamen était accoudé au bastingage. Il était pieds nus, vêtu seulement d'un court pagne blanc, et ses cheveux volaient au vent. Il dut sentir mon regard, car il se retourna et vint me rejoindre. « Tu as bien dormi, remarqua-t-il. Cette nuit sur le fleuve t'a fait du bien. Tu parais déjà un peu moins tendue. Viens manger sous la tente. La nourriture est à peu près la même qu'hier, j'en ai peur, mais le voyage ne sera pas très long, et tu pourras faire un repas chaud ce soir. » Nous fîmes le tour de la cabine pour aller nous installer à l'ombre de la tente, et j'essayai de réfléchir à notre destination. Lorsque Isis s'inclina devant nous et commença à nous servir, j'eus une idée.

« Essaie de me trouver le rouleau que m'a envoyé le géomètre et apporte-le-moi, dis-je à Isis. Je vais deviner où nous allons, poursuivis-je à l'adresse de Kamen. Toutes les propriétés à vendre figurent sur cette liste. Si le voyage doit être de courte durée, je devrais réussir à te donner l'emplacement de ma nouvelle maison. Mais les domaines situés à proximité du Delta sont très prisés et très chers, Kamen. La plupart sont d'ailleurs héréditaires. À qui dois-je mes debens d'argent? Et pourquoi ne m'a-t-on pas laissée faire mon choix moi-même?» Je pris le pot de bière qu'Isis m'avait servi, en bus une large rasade et mordis dans un morceau de fromage.

«Je t'ai dit qu'il fallait me faire confiance, répondit-il d'un ton indulgent. Si ce qui a été arrangé pour toi ne te ravit pas, je te ramènerai dans la maison de Men, et nous étudierons ta liste.

– Au moins, nous n'allons pas à Assouat, grommelai-je. Cette barque n'est pas équipée pour un aussi long voyage.»

Je pris le rouleau que me tendait Isis et le déroulai. Le géomètre avait classé les propriétés par région. J'éliminai tout ce qui se trouvait au sud du Fayoum. Nous avions déjà dépassé plusieurs des domaines figurant sur la liste et, dans le Fayoum même, il n'y avait rien de disponible. Cela n'avait rien d'étonnant. L'oasis était belle et verdoyante, riche en vergers et en vignobles, et son sol noir était fertile. Les personnages royaux en possédaient la majeure partie, et le reste était administré par les régisseurs de la noblesse.

«Cette maison doit se trouver quelque part entre l'entrée du Fayoum et l'endroit où nous sommes, remarquai-je en tendant le papyrus à Kamen. Je ne vois que deux possibilités, et l'un des domaines ne s'étend pas jusqu'au fleuve. Ce doit donc être l'autre.» Kamen laissa la liste s'enrouler sans y jeter un regard.

«Tu es une femme intelligente, plaisanta-t-il en souriant. Si tu devines où nous allons, je retournerai ton jardin de mes mains pendant toute une année.

– Tu dois être bien certain que je n'y arriverai pas», fis-je en riant. Mais, très intriguée, je passai néanmoins le reste de la journée à tâcher de résoudre l'énigme.

Au soir, nous nous arrêtâmes quelques heures dans une baie sablonneuse pour permettre aux marins de se reposer. Ils firent un feu sur la berge, nagèrent, puis bavardèrent et burent de la bière à la lumière des braises. Kamen se joignit à eux.

Je restai sur le pont, où je savourai mon vin en écoutant les éclats de rire joyeux de mon fils, gagnée par une sérénité que je n'avais jamais connue. Il me semblait être en harmonie non seulement avec moi-même mais avec ce qui m'entourait, l'odeur des planches en cèdre sous mes pieds, le doux clapotis de l'eau contre la rive, le bruit furtif d'animaux effarouchés dans les broussailles, les étoiles dans le ciel, entre les feuilles raides des palmiers. Je m'étais accoutumée aux bruits de fond permanents de la vie au harem. Même la nuit, lorsque femmes, enfants et serviteurs se taisaient, on continuait à entendre le lointain brouhaha de la ville.

Mais j'étais née à la campagne. Elle était inscrite dans mes fibres et, ce soir-là, j'entendais son appel et son murmure enjôleur. Dans ma jeunesse, je n'avais rêvé que d'échapper à la vie de labeur et d'ignorance qui vieillissait prématurément les autres jeunes filles d'Assouat. J'avais réussi, mais sans échapper totalement au charme de la terre. À présent, je ne le souhaitais plus. J'étais devenue une femme noble, éduquée et riche, mais comme tant d'autres hobereaux vivant sur leurs terres, loin de Pi-Ramsès, je serais une provinciale et plongerais un pied teint de henné dans la terre boueuse de l'Inondation. J'étais en paix. J'accepterais le domaine que m'avait choisi mon fils, quel qu'il soit, et m'y retirerais dans un bienheureux anonymat.

Juste avant que je n'aille me coucher, Kamen remonta à bord et je vis que l'on rentrait la passerelle derrière lui. «Nous allons poursuivre notre route, dit-il. Je veux que tu dormes, mère, et que, demain matin, tu restes dans ta cabine jusqu'à ce que je vienne te chercher. Isis te tiendra compagnie. Revêts tes habits les plus somptueux et tes plus beaux bijoux. Veille à ce qu'elle te maquille avec soin. Tu es belle, mais je te veux irrésistible.

– Je ne vais pas retrouver un amant, Kamen, ripostai-je avec humeur. Et tu devrais cesser de me donner des ordres comme un mari tyrannique. Quelques aroures de terre se soucient-elles de la façon dont je suis habillée?»

Quelque chose dans son attitude m'avait brusquement mise mal à l'aise.

«Tu dois faire bonne impression à ton nouvel intendant, insista-t-il. C'est un homme très capable mais capricieux. Si tu ne forces pas tout de suite son admiration, tu seras contrainte de le congédier.

– En mon temps, j'ai ébloui un roi et triomphé des plus belles concubines du harem! jetai-je avec colère. Et j'en serais réduite aujourd'hui à me pavaner devant un intendant! Tu te moques de moi, capitaine!

– S'il te plaît, mère», fit-il avec douceur. Je gardai le silence, haussai les épaules et entrai dans la cabine, dont je tirai les rideaux derrière moi d'un geste sec.

J'écoutai quelque temps les marins manœuvrer pour nous ramener au milieu du fleuve en s'encourageant à voix basse. Je sentis la barque hésiter et frémir quand le courant voulut l'entraîner vers le nord, mais les rames plongèrent alors dans l'eau, et elle glissa lentement en avant. Isis, qui dormait sur les coussins, poussa un soupir et changea de position. Mes yeux se fermèrent. J'avais eu l'intention de rester éveillée, d'essayer de deviner où nous allions à la vitesse et à la direction de l'embarcation, mais bercée par son mouvement et par le bruit rythmé des rames, je finis par m'endormir.

Le lendemain matin, je sus avant même d'ouvrir les yeux que nous avions mouillé quelque part. La barque se balançait doucement. Personne ne donnait la cadence de la nage. Une lumière nacrée filtrait à travers les rideaux de la cabine. Il était très tôt. Le chœur de l'aube retentissait encore, et j'en déduisis qu'il devait y avoir de nombreux arbres à proximité. Des senteurs parvenaient jusqu'à moi, très faibles mais parfaitement reconnaissables : le parfum d'arbres fruitiers en fleurs et l'odeur délicate des feuilles de vigne. Déroutée, je crus un instant que nous étions retournés dans le Delta. Mais c'était impossible ! Impensable !

Je me levai d'un bond, bien décidée à sortir de la cabine pour en avoir le cœur net, quoique Kamen en dise, mais au même instant Isis entra avec une cuvette d'eau chaude. Avant que j'aie pu apercevoir quoi que ce soit, elle avait refermé les rideaux et me souhaitait le bonjour en souriant. « Où sommes-nous ? demandai-je, alors qu'elle m'aidait à retirer ma chemise de nuit.

– Je regrette, dame Thu, mais je ne suis pas autorisée à te le dire, répondit-elle avec calme. Ton fils m'a menacée du fouet si je le faisais.

– Quelle impertinence ! Tu es ma servante, pas la sienne. Il vaudrait mieux pour toi ne pas me désobéir une seconde fois.

– Je suis désolée, dame Thu, fit-elle avec humilité. Quelle robe désires-tu porter aujourd'hui ? »

Je me soumis à ses soins de meilleur gré que je ne l'aurais admis. J'étais en fait moins contrariée que curieuse, et quand, après m'avoir lavée, épilée et frottée d'huile, elle me laissa pour aller chercher mes vêtements, je ne cherchai pas à regarder au-dehors. Je laisserais Kamen jouir de sa surprise. Je feindrais l'étonnement et le ravissement quoi qu'il me montre.

Isis semblait gagnée par la solennité de l'occasion. Ce fut avec révérence qu'elle m'aida à enfiler la robe blanche brodée de minuscules ankhs en or et qu'elle suspendit à mon cou le pectoral d'argent filigrané. Je lui demandai de me natter les cheveux, mais elle préféra les laisser dénoués et les coiffer d'un large diadème en argent surmonté d'un ankh orné de petites plumes de Maât. Elle m'avait maquillée et parfumée de myrrhe, et glissait des sandales à mes pieds lorsque Kamen écarta le rideau et la regarda faire. Il ne restait plus qu'à attendre que le henné ait séché sur mes paumes pour enfiler les bagues à mes doigts. « Bravo, Isis, dit Kamen après m'avoir examinée d'un œil critique. À présent, mère, ordonne-lui d'aller chercher les deux rouleaux que Pharaon a dictés à ton intention. » Isis me jeta un regard, et j'acquiesçai de la tête. Lorsqu'elle fut sortie, je me levai.

« Je t'aime beaucoup, mon fils, dis-je avec calme. Mais je me suis pliée à ton caprice assez longtemps. Je veux la vérité, maintenant. » Il inclina la tête et, s'approchant de moi, prit mon visage entre ses mains. Ses yeux brillaient d'affection.

« Oh, ma mère ! murmura-t-il. Sais-tu combien je suis fier d'être ton fils ? Et le bonheur que me procure cet instant ? Je me suis souvent émerveillé des méandres étranges du destin, mais jamais plus qu'ici, dans cette cabine, où tu brilles comme la déesse Hathor en personne. » Il s'écarta lorsque Isis revint et, sur un nouveau signe de tête de ma part, elle lui donna les rouleaux. Après avoir brisé les deux cachets, il les parcourut rapidement et m'en tendit un. « Celuici, dit-il, mais viens le lire dehors. » Il s'effaça et, inspirant profondément, je sortis.

Les eaux limpides du lac du Fayoum s'offrirent à mes regards. Des embarcations de plaisance y glissaient déjà, leur voile blanche gonflée par la brise, laissant derrière elle un sillage d'écume. Son rivage était semé de débarcadères, d'un blanc éclatant dans la lumière cristalline du matin, et les sentiers conduisant aux maisons basses des domaines disparaissaient sous une végétation exubérante. Des pétales de fleurs, venus des vergers, flottaient dans les airs. Les palmiers oscillaient.

« Mais il n'y a pas de propriété à vendre dans le Fayoum, Kamen, balbutiai-je.

– Non, répondit-il avec calme en me prenant la main. Regarde derrière toi, mère. » Je fus brusquement saisie d'angoisse, en même temps que montaient en moi une intuition, un immense sentiment d'incrédulité, et, avant même de m'être retournée, je sus ce que j'allais voir et mon cœur se mit à battre frénétiquement.

Tout était comme dans mon souvenir : le joli débarcadère où nous étions amarrés, le chemin pavé, les grands arbustes de part et d'autre qui le séparaient des champs, encadrés eux-mêmes par deux temples. Je voyais le bouquet de grenadiers et de sycomores abritant la maison, si touffu que la bande de désert qui s'étendait au-delà était invisible. Je savais où se trouvaient la palmeraie, le verger et les vignes. Je savais que les rangées de hauts palmiers suivaient les canaux d'irrigation qui apportaient la vie à mes terres.

Mes terres. Les aroures, que j'avais reçues en présent il y avait si longtemps. Je m'étais souvent demandé avec nostalgie quels pieds foulaient le chemin, quelle voix appelait le surveillant par-dessus les cultures, quelles mains soupesaient les grappes de raisin au moment des vendanges. Je m'appuyai contre le bastingage, les jambes flageolantes. « Je ne comprends pas, murmurai-je. Aide-moi, Kamen. » Il m'entoura les épaules de son bras.

« Lorsque j'ai été confié à Men, Pharaon lui a fait jurer le secret sur mes origines et lui a donné dix aroures de terres khato dans le Fayoum en échange. La maison était en mauvais état, mais le propriétaire précédent avait fait retourner la terre et planter de l'orge, des pois chiches et un peu d'ail. C'était un bon domaine. Père a fait remettre en état la maison, le sanctuaire extérieur et les dépendances. C'est devenu notre second foyer. Chaque *akhet,* nous venions ici nager et pêcher. J'ai aimé l'endroit dès la première fois où j'ai posé le pied sur ce débarcadère. J'ai grandi ici. Je ne savais pas – aucun de nous ne savait – que la propriété avait appartenu à une concubine célèbre tombée en défaveur. Ne pleure pas, mère, fit-il en effleurant ma joue d'une caresse. Cela va abîmer ton maquillage, et Isis devra tout recommencer.

– Continue, murmurai-je.

– Après le procès, le Prince a convoqué Men. Pharaon désirait que ce domaine te soit rendu. Il a proposé à mon père adoptif de le lui échanger contre une propriété au bord du Nil, à l'embouchure du Fayoum. Et Men a eu la bonne grâce d'accepter. Nous avons déménagé, Thu. La maison a été meublée selon les ordres de Pharaon. Je crois qu'il t'aimait beaucoup. » Il fit un grand geste de la main. « Tout est à toi. C'est ton titre de propriété que tu as en main. »

La vue brouillée par les larmes, je déroulai le papyrus. C'était bien le document que le Roi m'avait tendu avec tant de plaisir autrefois. « Oh, Ramsès ! » balbutiai-je, submergée par l'émotion. Cette terre qui s'étendait devant moi, paisible, majestueuse, luxuriante, m'appartenait. Pour toujours ! Et il m'avait fait ce présent en sachant qu'il ne serait plus là pour voir ma gratitude. Je ne méritais pas une affection aussi grande et aussi désintéressée.

Sur un ordre de Kamen, un marin apporta un tabouret, et je m'y laissai tomber. Isis me tendit une coupe de vin que je bus d'une main tremblante et, peu à peu, je repris mes esprits. « Dès que possible, j'irai à Pi-Ramsès remercier Men du fond du cœur, déclarai-je. Je ne sais que dire. Je vais dicter une lettre à Pharaon en espérant qu'elle lui parvienne avant…

– Je crains qu'il ne soit déjà trop tard, coupa Kamen. Mais il ne souhaiterait pas que cela te tourmente, mère. Rendre sa terre à une paysanne lui faisait plaisir, c'est du moins ce qu'il a dit au Prince. Et puis, il y a ceci. » Il me montrait le second rouleau. « Lorsque tu seras prête, tu devras l'emporter dans la maison. Mais tu ne dois l'ouvrir que lorsqu'on te le dira.

– Qui me le dira ? L'intendant ? Il y a des serviteurs, là-bas, Kamen ?

– Oui. S'ils ne te plaisent pas, Pharaon t'autorise à t'en débarrasser. » Je me levai avec lenteur et le dévisageai avec attention.

« Il y a un piège quelque part, n'est-ce pas ? dis-je. Le Prince s'amuse-t-il à mes dépens ? Vais-je perdre le domaine si je n'accepte par le personnel ?

– Non ! » Un éclair de pitié passa dans ses yeux. « Le titre de propriété est entre tes mains. Personne ne peut te l'enlever. Pharaon est un homme sage, mère, sage et compatissant. Tu te sens mieux ? Bien. Vas-y, maintenant. Je resterai à bord jusqu'à ce que tu me fasses appeler. » Il me donna le deuxième rouleau. Son visage exprimait quelque chose. L'inquiétude ? L'espoir ? Je ne pus le déterminer. Sans un mot, je me dirigeai vers la passerelle, acceptai la main que me tendait un marin et posai le pied sur ma parcelle d'Égypte.

Je ne marchai pas longtemps sur le chemin ombragé avant d'apercevoir la façade blanche de la maison, nichée au milieu de grands arbres. Lors de ma première visite, les briques en terre crue s'écroulaient et les pierres de l'allée étaient fendues et disjointes. Men avait tout réparé avec un goût que je trouvai remarquable de la part d'un voyageur. Mais, à vrai dire, je connaissais très peu le père adoptif de Kamen.

Mes pensées commençaient à s'emballer, et je fis un effort sur moi-même, consciente de la tension croissante qui m'habitait. La lumière tamisée qui tombait sur le chemin céda la place un court instant aux rayons directs du soleil lorsque je passai près de l'étang aux poissons. Autrefois envahi de mousse, il était à présent limpide et semé de feuille de lotus et de lys. A gauche du chemin, en face de l'étang, le sanctuaire projetait son ombre sur l'herbe. Ses portes minuscules étaient ouvertes, et il était vide, tout prêt à recevoir la statue de mon cher Oupouaout.

J'arrivai devant la porte de la maison et m'arrêtai devant ses deux solides colonnes blanches. Aucun portier ne se leva pour m'accueillir. Le silence était palpable. J'hésitai, assaillie soudain de mauvais pressentiments. Quelque chose clochait.

Je scrutai l'entrée, tâchant d'interpréter l'instinct qui me disait de faire demi-tour et de courir me réfugier sur le bateau, dans les bras protecteurs de Kamen. En sueur, les mains moites, j'essayai de me raisonner. J'étais ridicule. Je savais parfaitement ce qu'il y avait à l'intérieur : la salle de réception, vaste et agréable, avec au fond, des portes ouvrant sur une chambre à coucher, les appartements des invités, le bureau de l'intendant et un couloir conduisant au jardin de derrière où se trouvaient les bains, la cuisine et les logements des domestiques.

Les domestiques.

L'intendant.

Prenant une profonde inspiration, je rassemblai mon courage, murmurai une rapide prière à Oupouaout et franchis le seuil.

Le temps que mes yeux s'accoutument à la pénombre, je pris conscience de deux choses : d'abord, une odeur de jasmin, très faible mais indubitable, qui me parvint aux narines et me figea le sang; et puis une présence. Je n'étais pas seule. Une silhouette sortait de l'ombre.

Haute.

La peau grise.

La peau grise…

Elle s'avança, s'immobilisa, et un unique rayon de lumière tombant de la fenêtre éclaira une chevelure du blanc le plus pur. Sous l'effet du saisissement et de la panique, mon cœur s'arrêta.

Il resta immobile, m'observant de ses yeux rouges soulignés de khôl. Il était torse nu, ses cheveux de lune réunis en une unique tresse caressaient son épaule pâle, et les plis d'un pagne fin frôlaient ses chevilles. Un serpent d'argent s'enroulait autour de son bras.

Je me frappai la poitrine du poing, et mon cœur se remit à battre.

«Non, dis-je. Non.»

Puis, sans savoir ce que je faisais, je me précipitai sur lui et fis pleuvoir un déluge de coups maladroits sur son visage, son torse, son ventre… l'égratignant de mes bagues, m'efforçant de lui arracher les cheveux. Il se défendit en silence, poussant des grognements quand un coup l'atteignait, tâchant de m'attraper les poignets. Il finit par réussir et, haletante, secouée de sanglots, je me retrouvai emprisonnée contre lui, les bras immobilisés dans le dos.

«C'est ma maison! criai-je. Sors de chez moi!» Je sentis son étreinte se relâcher et m'écartai aussitôt. Du sang gouttait d'une blessure que je lui avais faite sous l'oreille.

«Je ne peux pas, répondit-il avec un geste d'impuissance. Les ordres de Pharaon et du Prince l'emportent sur les tiens, je le crains. Tu peux lire ce rouleau, maintenant.

– Tais-toi!» jetai-je. Je tremblais sous l'effet du torrent d'émotions contradictoires qui me traversait : fureur, appréhension, soulagement de le voir en vie, inquiétude concernant la raison de sa survie et bonheur d'entendre le son familier de sa voix. Je déroulai le papyrus d'une main maladroite.

Les mots me sautèrent au visage avec une terrible clarté. «Ma très chère Thu, lus-je. Après avoir été jugé à huis clos et reconnu coupable de trahison et de crime de lèse-majesté, le voyant Houi a été condamné à mettre fin à ses jours. Toutefois, en considération des années où il a été mon médecin personnel et le plus grand visionnaire d'Égypte, et aussi, ma belle concubine, dans le souci de te donner un homme digne de tes talents et de ton amour, j'ai décidé de lui laisser la vie sauve, à la condition que tu daignes le garder à ton service et aussi longtemps que tu le voudras. Si tu choisis de le renvoyer, il devra s'infliger le châtiment que j'ai prononcé. Sois heureuse.» C'était signé de la main même de Ramsès et authentifié par le cachet royal.

Je fixai longtemps le papyrus, puis le jetai loin de moi avec sauvagerie et me laissai tomber sur le siège le plus proche. «C'est de la folie, dis-je d'une voix blanche. Tu es un homme malfaisant, Houi. Comment t'y es-tu pris?» Il vint s'accroupir près de moi, et l'odeur de son parfum m'enveloppa. Je fermai les yeux.

«Je n'ai rien fait pour obtenir ce jugement très particulier, crois-moi, dit-il d'un ton pressant. Le soir où tu es venue te cacher dans ma chambre pour me provoquer et m'avertir, j'ai compris que cette fois, aucun d'entre nous n'échapperait à la justice. Je me suis aussitôt rendu au palais et j'ai tout avoué. Je m'attendais à ce que Ramsès me fasse emprisonner, et il l'a fait. Je m'attendais également à comparaître devant un tribunal avec mon frère et Hounro, mais cela ne s'est pas produit.

– C'est injuste! m'écriai-je. J'y étais, Houi! Je suis restée dans le harem jusqu'à la mort de ton frère et de Hounro. Je sais ce qu'ils ont souffert. Tu étais aussi coupable qu'eux. De quel droit vis-tu encore ? Si tu avais le moindre sens de l'honneur, tu te serais suicidé en dépit des machinations de Pharaon !

– Ah oui, murmura-t-il. Le sens de l'honneur. Mais nous savons tous les deux que cette qualité douteuse n'est pas mon fort, n'est-ce pas, Thu ? Qu'est-ce que l'honneur comparé aux satisfactions de l'existence ? Tu sais mieux que quiconque que le simple bonheur de vivre l'emporte sur toute autre considération. Après tout, tu t'es contentée du strict minimum vital pendant dix-sept ans.

– Tu y as veillé, murmurai-je. Continue.

– J'ai été conduit en présence de Pharaon et du Prince quelques jours avant le début du procès. Ramsès m'a déclaré qu'il désirait… c'est le mot qu'il a employé… qu'il désirait me laisser la vie sauve par amour pour toi. Il savait, a-t-il dit, que bien qu'il ait possédé ton corps, c'était moi qui tenais ton cœur en esclavage, et il ne voulait pas que tu passes le restant de tes jours à me pleurer. Peut-être lisait-il en toi mieux que tu ne le faisais toi-même. »

Je repoussai brutalement ma chaise et me mis à marcher de long en large. « Ce que les hommes sont arrogants, fis-je avec amertume. Suffisants, orgueilleux, supérieurs. Tu as imploré ta grâce, n'est-ce pas ? Tu as offert de lui révéler tout ce qu'il pouvait souhaiter en échange de ta vie. Et il a hésité à te faire périr. Après tout, tu as été son médecin. La confiance et l'affection qu'il avait pour toi ont prévalu sur les exigences de la justice. Mais il fallait bien qu'il fasse quelque chose. Il ne pouvait pas te libérer alors que les autres étaient condamnés à mort. Alors, il s'est débarrassé de la décision sur moi. Le lâche ! Je vous hais tous les deux, et toi plus encore que lui ! Ramsès est mourant sans que j'y sois pour rien, cette fois, et tu peux mourir, toi aussi. Je ne te veux pas ici. Va-t'en ! Va remplir les termes de ce marché stupide et pervers !

Il s'était relevé et me regardait avec calme, les mains derrière le dos. « Cela n'est pas passé comme cela, Thu, je te le jure. Tu es injuste envers Ramsès. Si ta décision est prise, je la respecterai, mais écoute ce que j'ai à dire avant de me condamner. Consens-tu à me laisser parler ?

– Raconte ce que tu veux, répliquai-je. Mais je ne suis plus la petite fille innocente qui buvait la moindre de tes paroles, Houi. Souviens-t'en.

– Je me rappelle beaucoup de choses, murmura-t-il. Je me rappelle la première fois où je t'ai vue, nue et ruisselante, dans la cabine de ma barque, les yeux brillants de peur et de résolution. Je me souviens de ce soir où tu m'as embrassée et où je brûlais de te rendre ton baiser, de te prendre dans mes bras et d'oublier mes machinations. Je me souviens de ton odeur lorsque tu étais à côté de moi dans l'officine, toute ton attention concentrée sur ce que j'essayais de t'enseigner.

« Et surtout, je me rappelle l'obscurité dans mon jardin, cette nuit où tu es venue me trouver, désespérée, et où nous avons préparé le meurtre de Pharaon. Nous nous sommes aimés ce jour-là, mais pas avec tendresse comme nous aurions dû le faire, dans la fièvre et l'exaltation de ce que nous nous apprêtions à commettre. » Il s'interrompit et, pour la première fois depuis que je le connaissais, je le vis hésiter, chercher ses mots, comme si son assurance l'avait soudain quitté. Jouait-il la comédie ? C'était impossible à dire. « Tu as changé, Thu, mais moi aussi, reprit-il avec lenteur. Mes petits projets n'ont abouti à rien, et le temps les a réduits à néant. L'Égypte survit, comme j'aurais dû savoir qu'elle le ferait. Ramsès a survécu, lui aussi, et son fils fera un Pharaon capable. Rien ne me reste que la conviction amère d'avoir rejeté la seule chose qui aurait pu me rendre heureux.

« Je t'ai appris à ne vivre que par moi. Je me suis insinué dans ton cœur et ton esprit, de façon délibérée et cynique, mais je ne savais pas que, ce faisant, j'étais aussi devenu ton prisonnier. Lorsque tu as été exilée à Assouat, j'ai cru que tu disparaîtrais de mes pensées, que toute cette misérable affaire était terminée et que ton souvenir s'effacerait de ma mémoire. » Il eut un sourire triste et, cette fois, je crus lire une souffrance authentique dans son regard. « Pendant dix-sept ans, j'ai attendu que cela arrive, j'y ai mis tous mes efforts. Lorsque Paiis est venu me trouver avec ton récit, j'y ai vu une dernière chance d'enterrer le passé. Nous avons comploté ta mort et celle de Kamen. Paiis insistait pour cette solution parce que sa sécurité était en danger, mais pour moi, c'était surtout l'occasion d'exorciser un fantôme qui me tourmentait. J'ai continué à me duper moi-même jusqu'à ce soir où tu es venue dans ma chambre à coucher et où j'ai couru au palais dans l'espoir que Ramsès me ferait exécuter sur-le-champ. J'ai compris alors que je ne serais jamais libérée de toi, que j'étais à jamais prisonnier d'un filet de ma propre fabrication. Je n'avais plus envie de vivre. Et si tu me repousses aujourd'hui, je mourrai avec un empressement que je n'aurais pas cru possible. Je t'aime.

– Tu cherches encore à sauver ta vie, dis-je sèchement. Il est trop tard pour parler d'amour, Houi. Tu as toujours été un champion de l'instinct de conservation.

– Je n'ai pas changé, répondit-il. Mais je n'en veux plus à n'importe quel prix. Nous sommes de la même espèce, Thu. Nous l'avons toujours été. Je ne te demande pas l'égalité. Selon les conditions fixées par Pharaon, je dois être ton serviteur, au sens littéral du mot. Tu peux faire de moi ce qui te plaît. »

Ô dieux ! pensai-je avec désespoir, alors que nous nous faisions face dans la chaleur grandissante de cette charmante petite pièce. Que dois-je faire ?

Et que souhaites-tu, au juste ? demandait une voix moqueuse au fond de moi. Te venger jusqu'au bout et le faire arrêter par Kamen pour qu'il connaisse le sort de Paiis ? de Hounro ? Le voir ramper devant toi, prêt à satisfaire ton moindre caprice, redoutant de te désobéir de peur d'être envoyé à la mort ? Ou l'aimer librement et dans la joie comme cela aurait dû être dès le début, si ton avidité et son ambition froide n'avaient pas tout gâché ?

Mais est-il possible de tirer un trait sur le passé, sur ses mensonges, ses souffrances, ses rêves enterrés et ses espoirs déçus ? Les protestations d'amour suffisent-elles à étouffer les murmures d'infidélité et de méfiance qui ont retenti nuit après nuit dans ma masure obscure, tout au long de mes années d'exil ? Comment échapper aux souvenirs cruels, tellement plus nombreux que les autres, qui se bousculent encore dans mon esprit et me glacent le cœur ? Ce serait comme de vouloir retrouver ma virginité. Est-ce trop espérer que de croire qu'il dit enfin la vérité ? Pouvons-nous apprendre à nous fier l'un à l'autre ?

Il m'observait avec patience, très calme, cet homme complexe à la beauté lunaire, cette création des dieux étrange et encore mystérieuse, et l'amour que j'éprouvais pour lui était une blessure inguérissable. Ramsès avait eu raison. Et il avait fait preuve d'une grande finesse. Dans sa bonté, il m'avait fait un présent plus précieux que tout ce que contenait son trésor. Ramassant le rouleau, je le déchirai en deux.

« Tu es libre, Houi, déclarai-je d'un ton neutre. Tu peux quitter l'Égypte si tu le souhaites. Je refuse d'accepter les termes de ce marché. Je n'alerterai pas les autorités. Je ne ferai strictement rien. Je ne désire ni ta mort ni ton asservissement. » Je désignai la porte du doigt. « La liberté, Voyant. »

Il ne bougea pas, ne suivit même pas des yeux la direction de mon doigt. « La liberté de faire quoi ? demanda-t-il d'une voix enrouée. De rentrer chez moi à Pi-Ramsès, où la voix de mon frère résonne encore et où l'huile attend de me montrer des visions mortes et des rêves vains ? Où mon jardin ne sent que le parfum des années perdues, les tiennes et les miennes ? Je ne veux pas de cette liberté-là. La mort serait préférable. Je ne peux me mentir à moi-même plus longtemps, Thu. J'ai besoin de toi. Mon cœur, mon âme sont incomplets sans toi. Il faut que tu me croies. Tu dis ne souhaiter ni ma mort ni mon asservissement. Mais si tu m'obliges à quitter cette maison, tu me condamnes aux deux, car celui qui ne sert qu'une époque révolue ne peut vivre. »

En plongeant mon regard dans ses yeux de braise, il me vint à l'esprit que ce que je croyais importait peu. Il se pouvait qu'il mente, ou que la vérité batte enfin sous cette poitrine nue soulevée par une respiration agitée. Je savais seulement que je n'avais pas le choix. La vie sans lui ne serait qu'une succession futile de petites responsabilités, de plaisirs minuscules, dépourvue des profondeurs enrichissantes de la passion ou de la douleur, et je vivrais une existence dénuée de sens jusqu'à ma mort. Cette perspective était insupportable. « Alors, appelle Harshira, dis-je. Je suppose qu'il est là, lui aussi. Demande-lui de nous apporter des rafraîchissements, et nous discuterons de ce que nous devons faire. Mais avant, il y a une question que tu dois me poser, Houi. Quelque chose que j'ai rêvé d'entendre. Des mots qui doivent sortir de tes lèvres pour que le passé et son pouvoir destructeur soient réduits à l'impuissance et que nous puissions repartir de zéro. » Il fronça les sourcils, et ses yeux se plissèrent. Il ne cilla pas. Apparemment calme, j'attendis, sachant que ma vie entière, mon avenir, dépendaient à présent de ce qu'il allait dire.

Finalement, l'ombre d'un sourire passa sur son visage. « Ma chère Thu, murmura-t-il. Peux-tu me pardonner les torts que j'ai envers toi ? Peux-tu me pardonner de m'être servi de toi, puis de t'avoir abandonnée ? D'avoir comploté ta mort et volé ta jeunesse ? Peux-tu me pardonner ? Veux-tu essayer ? »

Nous restâmes longtemps immobiles, les yeux dans les yeux, tandis que la chaleur ensommeillait le jardin et que, l'un après l'autre, les oiseaux se taisaient.

Table

Cet ouvrage a été composé par
IN FOLIO
Paris

Impression réalisée sur CAMERON par
BRODARD ET TAUPIN
La Flèche

pour le compte des Éditions Stock
23, rue du Sommerard, Paris V[e]
en octobre 1997

Imprimé en France
Dépôt légal : novembre 1997
N° d'édition : 5805 – N° d'impression : 1343T-5
54-07-4696-8/04
ISBN : 2-234-04696-3